레 망다랭 1

시몬 드 보부아르

레 망다랭 1
LES MANDARINS

이송이 옮김

현암사

* 미국 출신의 유대계 작가로 본명은 넬슨 올그런 에이브러햄Nelson Ahlgren Abraham(1909-1981)이다. 공산주의자로 활동하며 노동계층을 다룬 소설들을 발표하여 『황금 팔을 가진 사나이*Man with the Golden Arm*』로 1950년 최초로 전미 도서상을 수상했다. 1947년 시몬 드 보부아르와 처음 만나 15년 넘게 연인으로 지냈으며, 프랑스 실존주의 작가들에게도 소개되었다. 보부아르 사후에 17년에 걸쳐 보부아르가 그에게 쓴 300여 통의 연애편지가 출판되어 화제를 모으기도 했다. 이 소설에 등장하는 루이스 브로건의 모델로 추정된다.

넬슨 올그런*에게

제1장

I

앙리는 마지막으로 하늘을 바라보았다. 검은 수정 같은 하늘이다. 1,000대의 비행기들이 이 침묵을 깨뜨리고 있다니 상상하기도 어려운 상황이지만, 그럼에도 그의 머릿속에서는 즐거운 소리를 내며 다음과 같은 말들이 서로 부딪치고 있었다. 공격 중단, 독일군의 패주, 나는 떠날 수 있을 거야. 그는 센강 변의 모퉁이를 돌아갔다. 거리마다 기름 냄새와 오렌지 꽃 향기가 풍기고, 사람들은 불빛 환한 테라스에서 잡담을 나누겠지. 기타 소리를 들으며 진짜 커피를 마실 거야. 그의 눈은, 손은, 피부는 굶주려 있었다. 얼마나 오랫동안 굶주렸던가! 그는 얼어붙은 계단을 천천히 올라갔다.

"맙소사!" 폴은 마치 오랫동안 험한 일을 겪고 다시 만난 사람처럼 그를 껴안았다. 앙리는 폴의 어깨 너머로 요란하게 장식된 전나무가 큰 거울들을 통해 끝없이 반사되는 광경을 바라보았다. 탁자에는 접시와 유리잔과 술병들이 잔뜩 놓여 있었고, 발판 아래쪽엔 겨우살이와 호랑가시나무 다발이 뒤죽박죽으로 쓰러져 있었다. 그는 폴의 품에서 몸을 빼낸 뒤

외투를 벗어 소파에 던졌다.

"라디오 들었어? 좋은 소식이 있던데."

"아! 빨리 말해봐." 그녀는 라디오를 듣는 일이 없었다. 무슨 소식이건 그의 입을 통해 알고 싶어 했다.

"오늘 저녁 하늘이 유난히 맑은 것 같지 않았어? 1,000대의 비행기가 룬트슈테트*의 후방을 공격했대."

"세상에! 그러면 그 부대, 다시는 안 오는 거야?"

"어림도 없는 일이지. 놈들이 다시 온다는 건 말이야."

사실 그는 머리에 떠오르는 대로 말했을 뿐이었다.

폴은 수수께끼 같은 미소를 지었다. "난 대비책까지 마련해두었는데."

"무슨 대비책?"

"지하실 구석에 골방이 하나 있어. 관리인에게 거기를 치워달라고 했지. 당신이 숨어 지낼 수 있도록 말이야."

"관리인한테 그런 부탁은 하지 않는 게 좋아. 그런 식으로 공황 상태가 되는 거라고."

폴은 왼손으로 숄 끄트머리를 꼭 쥐었다. 마치 자기 심장을 보호하려는 듯했다.

"당신, 그자들한테 총살당할 뻔했잖아." 그녀가 말했다. "밤마다 그자들 소리가 들려. 그들이 문을 두드리고 내가 문을 열지. 그러면 눈앞에 그들이 있는 거야."

꼼짝 않고 서서 반쯤 눈을 감은 채, 폴은 정말로 그 소리를

---

* 게르트 폰 룬트슈테트Gerd von Rundstedt. 제2차 세계대전 당시 프랑스의 방위 사령관 및 서부전선 총사령관 등을 지낸 독일 장교.

듣고 있는 것 같았다.

"그런 일은 없을 거야." 앙리가 쾌활하게 말했다.

그녀는 눈을 뜨고, 손도 다시 내려뜨렸다.

"진짜 전쟁이 끝난 거야?"

"앞으로 한참 동안은 일어나지 않아." 앙리는 천장을 가로지르는 굵은 대들보 아래 발판을 놓았다. "도와줄까?"

"뒤브뢰유 씨 가족이 도와주러 올 거야."

"굳이 왜 그 사람들을 기다려?"

앙리가 망치를 집어 들자 폴이 그의 팔에 손을 얹었다.

"일 안 할 거야?"

"오늘 저녁에는 안 해."

"매일 저녁 하는 말이잖아. 당신, 아무것도 안 쓴 지 벌써 1년이 넘었어."

"걱정 마, 나도 글 쓰고 싶으니까"

"신문사 일에 시간을 너무 많이 빼앗기는 것 같아. 도대체 몇 시에 돌아오는지 보라고. 아직 아무것도 안 먹었지? 배고프지 않아?"

"지금은 괜찮아."

"피곤하지도 않고?"

"응."

염려하며 그를 삼킬 듯 바라보는 눈빛 앞에 있자니, 앙리는 자신이 마치 위험하고 깨지기 쉬운 대단한 보물이라도 된 듯한 기분이었다. 바로 이런 점이 그를 피곤하게 만들었다. 그는 발판 위에 올라 가벼운 망치질로 신중하게 못을 박기 시작했다. 오래된 집이니 조심해야 했다.

"어떤 얘기를 쓰려는지 말해줄 수도 있어. 유쾌한 소설이 될 거야."

"그게 무슨 뜻이야?" 폴이 걱정스러운 목소리로 물었다.

"말한 그대로야. 난 즐거움을 주는 소설을 쓰고 싶어."

자칫 그는 즉석에서 그 소설을 꾸며낼 판이었다. 큰 소리로 이야기를 구상해서 말해보면 재미있겠지. 그러나 폴이 너무나 강렬한 시선을 보내고 있어서, 그는 입을 다물어버렸다.

"저 큼직한 겨우살이 다발 좀 줘봐."

앙리는 흰 봉오리가 가득한 그 초록빛 뭉치를 조심성 있게 매달았다. 그러자 폴이 다른 못을 내밀었다. 그래, 전쟁은 끝났다. 적어도 그에게는. 오늘 저녁은 진짜 축제였다. 평화가, 모든 것이 다시 시작되는 것이다. 축제, 오락, 쾌락, 여행, 아마 행복도, 틀림없이 자유도. 그는 대들보를 따라 겨우살이와 호랑가시나무와 나래새로 만든 화환을 전부 달았다.

"어때?" 그가 발판에서 내려오며 물었다.

"완벽해." 그녀는 전나무로 다가가서 초 하나를 똑바로 세웠다. "이젠 위험하지 않으니까 포르투갈로 떠나겠네?"

"그래야지."

"여행 중에는 일 안 할 거지?"

"아마도."

폴은 나뭇가지에서 흔들리는 황금빛 장식 방울을 주저하듯 만지작거리고 있었다. 그래서 앙리는 그녀가 기다리고 있는 말을 꺼냈다.

"같이 못 가서 미안해."

"당신 잘못이 아니라는 거 알아. 미안해하지 마. 난 세상을 돌아다니기가 점점 더 싫어지네. 다녀봐야 무슨 의미가 있겠어?" 그녀는 미소를 지었다. "기다리고 있을게. 안전하다면 기다리는 것도 지루하지 않아."

앙리는 웃고 싶었다. 다녀봐야 무슨 의미가 있냐고? 얼마나 말도 안 되는 소리인지. 리스본. 포르투. 신트라. 코임브라. 그 아름다운 이름들! 목구멍까지 솟구칠 정도의 기쁨을 느껴보겠다고 굳이 그 이름들을 소리 내어 말할 필요도 없었다. 그저 이렇게 생각하는 것으로 충분했다. 나는 이제 여기 없을 거야. 난 다른 곳에 있을 거야. 다른 곳, 세상에서 가장 아름다운 이름들보다 훨씬 더 아름다운 말이지.

"옷 안 갈아입어?" 그가 물었다.

"갈아입어야지."

그녀가 실내 계단을 올라가자 그는 테이블 쪽으로 다가섰다. 생각해보니 배가 고팠지만, 사실대로 말했다면 폴의 얼굴은 근심으로 초췌해졌을 것이다. 그는 빵 조각에 파테 한 덩어리를 얹어 덥석 물었다. 그러곤 단호하게 마음먹었다. '포르투갈에서 프랑스로 돌아오면, 그땐 호텔로 가야겠어.' 매일 저녁 기다리는 사람이 아무도 없는 방으로 돌아가는 것이야말로 더없이 유쾌한 일이지! 폴에게 푹 빠져 있던 시절에도 그는 언제나 자신만의 공간을 고집했었다. 다만 1939년과 1940년 사이에는, 매일 밤 폴이 끔찍하게 훼손된 시체 같은 그의 몸 위로 죽은 듯이 쓰러지곤 했다. 그가 다시 폴의 곁으로 돌아갔던 시기였다. 그 시기에 폴에게 감히 무슨 일을 거절할 수 있었겠는가? 게다가 등화관제 때문에라도 두 사람이 동거하는 것이 편했다. "언제든지 떠나도 돼." 그녀는 이렇게 말하곤 했다. 그가 아직 그러지 못했을 뿐. 앙리는 병 하나를 쥐고 삐걱거리는 코르크 마개에 오프너를 쑤셔 넣었다. 한 달이면 폴은 그 없는 생활에 익숙해질 것이다. 만약 그러지 못한다 해도 할 수 없다. 프랑스는 이제 감옥이 아니었다. 국경이 열렸고, 삶도 더 이상 감옥이어선 안 되었다. 고행의 4년, 타인들만을 돌보았던 4년. 너무나 긴, 지나치게 긴 시간이었다. 이제 조금쯤은 자신을 돌보아야 할 때였다. 그러기 위해서는 고독과 자유가 필요했다. 4년 만에 자기 자신을 되찾기란 쉽지 않은 일이다. 확실하게 밝혀야 할 일들도 산더미였다. 어떤 일들이지? 글쎄, 그 역시 확실히는 몰랐다. 그러나 이제 저기, 기름 냄새가 풍기는 작은 길들을 거닐면서 정확히 그것들을 규명해볼 작정이었다. 그는 다시금 진한 감동을 느꼈다. 하늘은 푸르고 빨래가 창문에서 나부끼겠지. 그는 호주머니에 손을 넣고 여행자로서 그의 모국어를 말하지 않는 사람들 사이를 거닐 것이다. 아마도 그 사람들의 걱정은 그와 아무런 상관도 없으리라. 그는 살아갈 것이고 삶을 스스로 느낄 것이다. 그것만으로도 모든 게 명백해지지 않을까.

"자상하기도 하지! 포도주 병을 모두 따놓았네!" 폴이 실크처럼 부드러운 잔걸음으로 계단을 내려왔다.

"당신 정말 보라색에 푹 빠졌군."

"당신이 보라색을 너무 좋아하잖아!" 폴이 말했다. 10년 전부터 그는 보라색을 좋아했다. 10년, 정말 긴 시간이야. "이 옷, 마음에 안 들어?"

"아! 정말 예뻐." 그는 재빨리 말했다. "그저 보라색 말고
도 당신에게 잘 어울리는 색깔이 있지 않을까 생각한 것뿐
이야. 가령 초록색이라든가." 그는 되는대로 말을 던졌다.

"초록색? 내가 초록색 옷을 입으면 좋겠어?"

폴은 당황한 기색으로 한 거울 앞에 우뚝 섰다. 정말 쓸데
없는 짓이야! 폴이 초록색 옷을 입든 노란색 옷을 입든, 앙
리는 10년 전에 욕망했던 그녀를 그대로 되찾지는 못할 것
이었다. 10년 전 그때, 그녀는 여유 있는 몸짓으로 긴 보라색
장갑을 내밀었지. 앙리는 폴에게 미소를 보냈다. "이리 와,
같이 춤춰."

"그래, 춤춰." 너무도 열렬한 그 목소리에 앙리는 진저리
가 났다. 최근 그들의 동거 생활은 너무나 활기가 없었고, 폴
자신마저 스스로를 혐오하는 것 같았다. 그러다 9월 초에 그
녀가 갑자기 변했다. 이제 그녀의 모든 말과 입맞춤과 시선
에는 열정적인 전율이 자리했다. 앙리가 폴을 안자 그녀는
몸을 바짝 붙이며 속삭였다.

"우리가 처음으로 춤췄던 때 기억나?"

"그래, 파고드에서 말이지. 그때 당신이 그랬잖아, 나 춤
정말 못 춘다고."

"바로 그날 당신을 그레뱅 박물관으로 데려갔잖아. 당신
은 거길 알지도 못했는데. 당신 정말 아무것도 몰랐지." 폴
이 애잔한 목소리로 말했다. 그러고는 앙리의 뺨에 이마를
댔다. "그때의 우리 모습이 생생해."

앙리 역시 자신의 모습을 생생히 떠올리고 있었다. 그들
은 신기루 궁전 한가운데 있는 받침돌에 올라섰고, 그러자

그들과 똑같은 커플이 사방에 즐비한 거울 기둥에 끝없이 반사되었다. "말해줘, 내가 세상에서 제일 예쁘다고." "당신은 세상에서 제일 예쁜 여자야." "그리고 당신은 세상에서 제일 위대한 남자가 될 거야." 그는 큰 거울들을 향해 눈을 돌렸다. 얼싸안은 그들이 줄지어 선 전나무를 따라 끝없이 반사되었고, 폴은 경탄 어린 표정으로 미소를 보내고 있었다. 그들의 모습이 더는 전과 같지 않다는 걸 폴은 깨닫지 못하는 걸까?

"누가 왔나 봐." 앙리는 말하고서 서둘러 문을 향해 갔다. 광주리와 바구니를 잔뜩 갖고 온 뒤브뢰유 가족이었다. 안은 장미 다발을 팔에 꼭 안고 있었고, 뒤브뢰유는 거대한 붉은 고추 다발을 어깨에 멘 채였다. 나딘이 시무룩한 표정으로 그들을 뒤따르고 있었다.

"메리 크리스마스!"

"메리 크리스마스!"

"뉴스 들었나? 공군이 마침내 공격을 개시했다더군."

"예, 1,000대의 비행기로!"

"놈들을 소탕한 거야."

"이제 끝난 거죠."

뒤브뢰유가 소파 위에 붉은 열매를 한 아름 내려놓았다. "두 사람의 작은 매음굴을 위한 장식품들이야."

"고마워요." 폴이 열의 없이 대답했다. 뒤브뢰유가 이 원룸아파트를 매음굴이라 부르는 것이 싫은 것이다. 거울들과 붉은 벽지 때문에 그렇게 부른다고 했었지.

그는 방 안을 꼼꼼히 살펴보았다. "이걸 가운데 대들보에

14

달아야겠군. 겨우살이보다 더 예쁠 거예요."

"난 겨우살이가 좋아요." 폴이 단호한 목소리로 말했다.

"겨우살이는 바보 같아요. 생긴 것도 둥글둥글하고, 이맘 때면 늘 그걸 달잖아요. 게다가 쓸데도 없는걸."

"고추는 계단 꼭대기에, 난간을 따라 걸죠." 안이 의견을 냈다.

"여기가 훨씬 더 나을 텐데." 뒤브뢰유가 말했다.

"겨우살이와 호랑가시나무는 지금 자리에 그냥 둘래요." 폴이 말했다.

"그래요, 그래. 당신네들 집이니까." 뒤브뢰유가 말하고 는 나딘에게 손짓을 했다. "와서 좀 도우렴."

안이 리예트*와 버터, 치즈, 케이크를 늘어놓았다. "이건 펀치 만드는 데 쓸 거야." 안이 럼주 두 병을 놓으며 말하고 는 폴의 손에 상자 하나를 쥐여주었다. "자, 이건 네 선물. 그 리고 이건 당신 거고요." 그녀가 앙리에게 흙으로 만든 파이 프를 내밀었다. 담배통이 작은 알을 움켜쥔 새의 발톱 모양 으로 된, 15년 전 루이가 피우던 것과 똑같은 파이프였다.

"놀랍네요, 15년 전부터 이런 파이프를 원했는데. 어떻게 아셨어요?"

"전에 말했잖아요!"

"차 1킬로그램이라니! 넌 내 생명의 은인이나 마찬가지 야!" 폴은 탄성을 질렀다. "게다가 향도 좋잖아. 진짜 차야!"

    ＊　프랑스 중부 투렌 지방에서 유래한 음식으로 빵 등에 발라 먹는다. 주로 돼 지고기, 혹은 오리나 닭 같은 고기를 지방과 함께 열을 가하여 만든다.

앙리는 빵을 자르기 시작했고, 안은 빵에 버터를, 폴은 리 예트를 바르기 시작했다. 그러면서 모두 못을 박겠다고 망 치질을 세차게 해대는 뒤브뢰유를 걱정스럽게 바라보았다.

"여기에 뭐가 부족한지 알겠어요?" 그가 폴을 향해 외쳤 다. "수정으로 된 큰 샹들리에예요. 내가 하나 찾아다 주지."

"전 괜찮아요!"

고추 다발을 매단 뒤 뒤브뢰유는 계단을 내려왔다.

"나쁘진 않군!" 그가 비판 어린 시선으로 자신의 작품을 살펴보고는 식탁으로 가서 양념 봉지를 열었다. 몇 년 전부 터 그는 기회가 날 때마다 아이티에서 배운 제조법으로 펀 치를 만들곤 했다. 나딘은 난간에 기대어 고추를 씹고 있었 다. 열여덟의 나이에 프랑스 남자들과 미국 남자들의 침대 를 오가며 지내는데도, 나딘은 꼭 사춘기가 한창인 소녀처 럼 보였다.

"장식품을 먹지 마!" 뒤브뢰유가 소리를 질렀다. 그는 샐 러드 볼에 럼주 한 병을 붓고서 앙리를 향해 몸을 돌렸다. "그저께 사마젤을 만났네. 다행히 우리와 뜻을 함께할 의향 이 있는 것 같더군. 내일 저녁에 시간 있나?"

"11시 전에는 신문사에서 못 나와요."

"그러면 11시에 우리 집으로 오게." 뒤브뢰유가 말했다. "이런저런 이야기를 나누게 될 거야. 자네도 거기 함께 있어 주면 좋겠네."

앙리는 미소를 지었다. "저로서는 그래야 할 이유를 모르 겠는데요."

"사마젤한테 자네도 함께한다고 했어. 자네가 있으면 더 효과가 좋을 거야."

"사마젤 같은 친구가 그런 걸 중요하게 여기지는 않을 것 같은데요." 앙리는 미소를 거두지 않은 채 말을 이었다. "그는 잘 알아요. 제가 정치적 인간이 아니라는 사실을요."

"하지만 그도 나와 같은 생각이야. 정치를 정치인에게만 그냥 맡겨두면 안 된다는 거지." 뒤브뢰유가 말했다. "잠시라도 괜찮으니 와주게. 그는 아주 흥미로운 무리를 거느리고 있거든. 우리에겐 사마젤과 다른 젊은이들이 필요해."

"저기요, 계속 정치 이야기 하실 건 아니죠?" 폴이 화난 목소리로 끼어들었다. "오늘 저녁은 축제라고요."

"그래서요?" 뒤브뢰유가 물었다. "축제 날에는 관심사를 말하는 게 금지되어 있나?"

"도대체 왜 앙리를 끌어들이려는 거죠?" 폴이 말했다. "저 사람은 이미 충분히 피곤하고, 정치가 지겹다고 벌써 수십 번이나 얘기했잖아요."

"알고 있어요. 날 젊은 동지들을 타락으로 이끄는 악당 취급한다는 거." 뒤브뢰유는 미소를 지었다. "하지만 정치는 악도 아니고, 실내 사교 게임도 아니죠, 아가씨. 만약 3년 후에 새로운 전쟁이 일어난다면, 폴 당신이 맨 먼저 눈물을 흘리게 될걸요."

"협박하지 마세요!" 폴이 말했다. "이 전쟁이 마침내 끝나는 날이 오면, 또 다른 전쟁을 원하는 사람은 아무도 없을 거예요."

"아주 확신하고 있구먼. 사람들이 원하고 안 원하고가 중요할 것 같아요?"

폴이 대꾸하려 하자 앙리가 가로막았다. "정말로, 열의가 없는 게 아니라 시간이 없어서 그래요."

"시간이란 절대로 부족한 법이 없어."

"선생님께는 그렇겠죠." 앙리가 웃으며 말했다. "그러나 저는 보통 사람이라서요. 스무 시간 내리 일을 할 수도, 한 달 내내 잠도 못 자고 지낼 수도 없어요."

"그거야 나도 마찬가질세." 뒤브뢰유가 말했다. "나도 스무 살 청년은 아니야. 자네에게 그 정도까지 요구하는 게 아니라고." 그는 펀치를 맛보면서 초조한 듯 덧붙였다.

앙리는 쾌활하게 뒤브뢰유를 바라보았다. 스무 살이든 여든 살이든, 모든 걸 삼켜버릴 듯 지나치게 커다란 눈과 저 눈웃음 때문에 뒤브뢰유는 언제나 젊어 보일 터였다. 게다가 얼마나 열정적인지! 그와 비교하면 종종 자신은 방탕하고 게으르며 일관성 없는 사람으로 여겨지곤 했다. 그러나 무리해서 일하는 것은 쓸데없는 짓이야. 20대 때 앙리는 뒤브뢰유를 너무나 숭배한 나머지 그의 행동을 그대로 따라 해야 한다고 믿었다. 그 결과 그는 언제나 꾸벅꾸벅 졸고, 약을 달고 살고, 어리석은 상태에 빠져 지내게 되었다. 그런 상황을 운명이라 체념하고 받아들였어야만 했다. 여가 생활을 빼앗기자 삶의 의욕을 잃었고, 동시에 글을 쓰려는 의욕도 꺾였다. 기계로 변해버린 것이다. 지난 4년 동안, 앙리는 기계였다. 이제 그는 무엇보다 다시 인간이 되려는 참이었다.

"나처럼 경험도 없는 사람이 선생님께 무슨 도움이 된다는 건지 도대체 모르겠네요." 앙리가 말했다.

"그 자체로 좋은 면이 있지, 경험이 없다는 것 말이야." 뒤브뢰유는 말했다. 그는 가벼운 미소를 짓고 있었다. "게다가 지금 자네 이름은 많은 사람들에게 중요한 의미가 있거든." 그의 미소가 점점 커졌다. "사마젤은 전쟁 전에 당파들이란 당파들은 다 돌아다닌 사람이지. 하지만 그를 포섭하려는 건 그 때문이 아니야. 무장 레지스탕스의 영웅이기 때문일세. 그의 이름이 의미하는 바가 있다는 거지."

앙리는 웃기 시작했다. 뒤브뢰유가 냉소적으로 굴려고 할 때보다 더 순진해 보이는 때는 없는 것 같았다. 협박을 한다며 뒤브뢰유를 비난하는 폴이 옳았다. 만약 제3차 세계대전이 임박했다고 믿었다면, 뒤브뢰유는 그렇게 기분 좋은 모습이 아니었으리라. 사실 그는 정치적 투쟁의 가능성을 보고 상황을 이용하고자 몸이 달아 있는 것이다. 앙리는 자신의 열정이 식었음을 느꼈다. 물론 1939년 이후로 그는 변했다. 이전에 그는 좌파였다. 부르주아계급을 혐오했기 때문에, 불의에 분노했기 때문에, 모든 인간들을 형제로 생각했기 때문에. 그것은 어떤 구속도 없는 그의 아름답고 고귀한 감정들이었다. 그러나 이제 그는 알고 있었다. 자신의 계급에서 진정으로 벗어나기 위해서는 스스로를 그 대가로 내놓아야만 했다. 말필라트르, 부르구앙, 피카르는 작은 숲 기슭에서 목숨을 잃었지만, 그는 언제나 이들을 살아 있는 사람처럼 기억할 것이다. 그들은 함께 식탁에 둘러앉아 토기 고기 스튜를 앞에 둔 채 백포도주를 마시며 확신할 수 없는 미래에 대해 얘기했었다. 네 명의 졸병들. 그러나 전쟁이 끝나면 이 네 사람은 다시 한 명의 부르주아와 한 명의 농부와 두 명의 야금공이 될 터였다. 그때 앙리는 깨달았다. 다른 세 사람과 그 자신의 눈에, 그는 약간의 수치심을 지닌 채 그들과 행동을 같이하는 특권자로 보인다는 사실을. 그는 더 이상 그들과 같은 사람이 아니었다. 그들 중 하나가 되기 위해서는 한 가지 방법만 있을 것이었다. 계속 그들과 함께 레지스탕스 운동을 이어가는 것. 1941년 부아-콜롱브라는 단체와 레지스탕스 운동을 하면서 앙리는 더욱 확실히 알게 되었다. 처음에는 일이 잘 진행되지 않았다. 플라망이 걸핏하면 그의 화를 돋우고 이런 말을 반복했기 때문이다. "너도 이해하겠지만 난 노동자야. 그래서 노동자처럼 생각한단 말이지." 덕분에 그는 분명하게 체득할 수 있었다. 그 전에는 몰랐던, 하지만 그 후로 언제나 위협을 느끼게 될 감정. 바로 증오였다. 그는 그들의 증오를 누그러뜨렸다. 같이 싸우면서 그들은 앙리를 동료로 인정했다. 그러나 그가 무관심한 부르주아로 되돌아가는 순간 증오는 당연히 다시 고개를 들터였다. 반대의 증거를 보여주지 않는 한 그는 수억의 사람들의 적이요, 인류의 적이었다. 어떤 대가를 치르더라도 그렇게 되고 싶지는 않았다. 그는 그것을 입증할 셈이었다. 하지만 불행히도, 이제 투쟁이 그 양상을 바꾸었다. 레지스탕스와 정치는 별개의 것이었다. 앙리는 정치에 열광할 수 없는 사람이었다. 게다가 뒤브뢰유가 계획하는 활동이 무슨 의미인지 그는 알고 있었다. 위원회, 회의, 집회, 끝없이 이어지는 말들. 쉴 새 없이 공작을 펴고, 합의하고, 파행적인 타협안을 받아들여야만 하는 것이다. 잃어버린 시간, 분노에 찬 양보, 우울한 권태, 그보다 더 따분한 것은 없다. 신문사를 관리하는 것, 그게 그가 좋아하는 일이었다. 하지만 그 일이 결코 정치 활동에 방해가 된다고는 할 수 없었다. 오히려 양측은 서로를 보완하는 역할을 했으니,《레스푸아》*를 핑계 삼기는 불가능했다. 물론 앙리가 스스로에게 발뺌할 권리를 인정한 것은 아니었다. 다만 이 일로 인해 희생해야 할 일들에 제한을 두고 싶을 뿐이었다.

"제 이름을 사용하는 것, 또 몇몇 모임에 참석하는 것은 거절할 수 없군요." 앙리가 말했다. "하지만 절대 그 이상을 요구하시면 안 됩니다."

"분명 그 이상을 요구하게 될 걸세." 뒤브뢰유가 말했다.

"어쨌든 당장은 안 돼요. 지금부터 여행 떠나는 날까지 진절머리 날 정도로 일이 많거든요."

뒤브뢰유는 앙리의 눈을 노려보았다. "여행 가겠다는 생각은 여전한 건가?"

"무슨 일이 있어도 갈 겁니다. 늦어도 3주 뒤엔 떠나요."

뒤브뢰유가 화난 목소리로 쏘아붙였다. "별 시답잖은 짓을 하겠다고!"

"아! 난 괜찮은데요!" 안이 빈정거리는 얼굴로 뒤브뢰유를 바라보며 말했다. "만약 당신이 여행 가고 싶었다면 갔을 거잖아요. 그러고는 지성적으로 할 수 있는 일은 여행밖에 없다고 변명했겠죠."

"하지만 난 그러고 싶지 않거든. 그게 나의 탁월한 점이지." 뒤브뢰유가 대꾸했다

"이 말은 꼭 하고 싶은데, 나한테 여행은 하나의 허상처럼

---

* L'Espoir. 앙리의 신문사로, '희망'이라는 뜻이다.

보여요." 폴이 말하고는 안을 향해 미소를 지었다. "네가 준 장미 한 송이가 열다섯 시간이나 기차를 타고 가서 본 알람 브라의 정원보다 낫거든."

"오! 여행은 아주 재미있을 것이 될 수도 있어요." 뒤브뢰 유가 말했다. "지금은 여기 있는 편이 훨씬 재미있지만."

"글쎄요, 저는 정말 다른 곳으로 가고 싶어요. 그래야 한 다면 걸어서라도 떠날 겁니다. 물집이 안 생기게 마른 완두 콩을 구두에 채워 넣고라도 말이죠." 앙리가 말했다.

"그러면 《레스푸아》는? 한 달 동안이나 그냥 버려두겠다 는 건가?"

"나 없이도 뤼크가 아주 잘 운영할 겁니다."

그는 놀라운 마음으로 나머지 세 사람을 쳐다보았다. '이 사람들은 이해를 못 하고 있어!' 늘 똑같은 얼굴들, 똑같은 환경, 똑같은 대화, 똑같은 문제들, 변하면 변할수록 더욱 비 슷해지다니. 결국 살아 있는 채로 죽어가는가 싶은 것이다. 우정이나 역사의 위대한 감정들을 그는 높이 평가해왔다. 그러나 지금은 다른 것을 원하고 있었다. 이 욕망은 너무나 강력해서 그런 감정을 설명하고자 시도하는 것조차 하찮게 여겨질 지경이었다.

"메리 크리스마스!"

문이 열렸다. 뱅상, 랑베르, 세즈나크, 샹셀, 《레스푸아》의 팀원들이 모두 왔다. 저마다 여러 병의 술과 음반들을 손에 든 채, 추위로 얼굴은 분홍빛이 되어서는 다 함께 〈8월의 노 래〉 후렴을 목청껏 불렀다.

다시는 그놈들을 보지 못하리.

끝났다네, 놈들은 끝장났어.

앙리는 모두를 향해 즐겁게 미소를 보냈다. 그들과 똑같이 젊어진 기분이었고, 동시에 자신이 약간은 그들 모두를 만들어낸 기분이었다. 그는 그들과 함께 노래를 부르기 시작했다. 갑자기 조명이 꺼지고 펀치에 불이 붙더니, 크리스마스 장식 불꽃이 타닥타닥 소리를 내기 시작했다. 랑베르와 뱅상이 앙리에게 불씨를 흩뿌렸다. 폴은 전나무 가지의 작은 양초들에 불을 붙였다.

"메리 크리스마스!"

커플로, 혹은 무리를 이루어 사람들이 도착했다. 그들은 장고 라인하르트*의 기타 연주를 들으며 춤을 추고 술을 마셨다. 모두들 웃었다. 앙리가 안을 껴안자 그녀는 감격한 목소리로 말했다. "마치 연합군 상륙 전날 같군요. 똑같은 사람들이 한자리에 모였어요!"

"그래요, 드디어 그날이 왔어요."

"우리를 위해 그날이 온 거죠." 안이 말했다.

그녀가 무슨 생각을 하는지 앙리는 알고 있었다. 이 순간 벨기에에서는 마을들이 불타고, 네덜란드의 시골에서는 파도가 부서지고 있으리라. 그러나 이곳에는 저녁 파티가 한창이다. 처음으로 맞는 평화로운 성탄절이야. 이번 성탄절은 축제가 되어야 해. 가끔은 그래야지. 그게 아니면 전쟁의

* 벨기에 출신의 프랑스 재즈기타 연주자.

23

승리가 무슨 소용이 있겠어? 오늘은 축제였다. 앙리는 술, 담배, 화장용 분가루의 냄새를, 긴 밤의 냄새를 기억해낼 수 있었다. 수천 개의 무지갯빛 분수가 그의 기억 속에서 춤을 추었다. 전쟁 전에 그는 몽파르나스의 카페에서 크림 커피와 대화에 취해 수없이 많은 밤을 보냈었다. 유화 냄새가 나는 작업실에서도, 최고로 예쁜 폴을 품에 안고 있던 작은 댄싱 홀에서도 수없이 많은 밤을 보냈었다. 그러다 금속성의 소음이 울리는 여명이 되면 열광적인 목소리가 마음속에서 은밀하게 속삭이곤 했다. 그가 쓰고 있는 책은 멋진 작품이라고, 세상에서 가장 중요한 책이 될 거라고.

"저는 유쾌한 소설을 쓰기로 했답니다." 앙리가 말했다.

"당신이요?" 안은 재미있다는 듯이 그를 쳐다보았다. "언제 시작하실 건데요?"

"내일부터요."

그래, 앙리는 예전에도 그랬고 언제나 자신이 되고자 했던 인물, 즉 작가로 얼른 돌아가고 싶었다. 그 불안한 기쁨도 그는 기억할 수 있었다. 새 소설을 시작하는 거야. 되살아나고 있는 것을 전부 얘기할 거야. 여명들을, 긴 밤들을, 여행들을, 기쁨을.

"오늘 저녁에는 기분이 아주 좋으신 것 같네요." 안이 말했다.

"그래요. 저는 긴 터널을 벗어난 느낌인데, 선생님은 안 그런가요?"

그녀는 망설였다. "모르겠어요. 어쨌든 이 터널 속에서 좋은 순간들도 있었죠."

"그건 그래요."

앙리는 안에게 미소를 지어 보였다. 오늘 저녁, 그녀는 예뻤다. 장식 없는 간소한 정장 차림이 낭만적인 모습이었다. 만약 안이 오랜 친구가 아니고 뒤브뢰유의 아내도 아니었다면, 앙리는 망설이지 않고 수작을 걸었을 것이다. 안과 함께 여러 차례 연달아 춤을 춘 뒤 그는 클로디 드 벨장스에게 춤을 청했다. 어깨와 가슴을 심하게 드러낸 옷차림에 물려받은 보석으로 치장한 그녀는 지적인 엘리트와 엮여보려고 이곳에 온 터였다. 이어 앙리는 지네트 캉주, 뤼시 르누아르에게도 춤을 청했다. 이 여자들 모두를 그는 너무나 잘 알고 있었다. 그러나 이제는 또 다른 파티들이 있을 것이고, 또 다른 여자들이 있을 것이다. 앙리는 아파트를 가로질러 비틀비틀 가볍게 다가오는 프레스턴을 향해 미소를 지었다. 그는 앙리가 8월에 만나 알게 된 첫 번째 미국인이었다. 그들은 서로 얼싸안았다.

"꼭 와서 함께 축하하고 싶었어요!" 프레스턴이 말했다.

"그래요, 함께 축하해요." 앙리가 말했다.

그들은 술을 마셨다. 프레스턴은 뉴욕의 밤에 대해 감상적인 이야기를 늘어놓기 시작했다. 약간 취해서 앙리의 어깨에 기댄 채였다. "뉴욕에 꼭 와요." 프레스턴이 강압적인 목소리로 반복해서 말했다. "내가 보장하는데, 당신이라면 크게 성공할 거예요."

"물론 뉴욕에 가야죠." 앙리가 말했다.

"뉴욕에 도착하면 작은 비행기부터 빌려요. 미국을 구경하는 최고의 방법이거든요."

"난 비행기 조종을 못 하는데요."

"오! 자동차 운전보다 쉬워요."

"그렇담 배워야겠군요."

그래, 포르투갈은 시작에 불과해. 그다음엔 미국, 멕시코, 브라질 그리고 아마 소련과 중국까지. 모든 곳에 갈 수 있어. 앙리는 다시 자동차를 운전할 것이고, 비행기도 조종할 것이다. 회청색 하늘은 약속들로 무겁고, 미래는 한없이 커지며 펼쳐지고 있었다.

갑자기 주위가 조용해졌다. 앙리는 폴이 피아노 앞에 앉아 있는 것을 보고 놀랐다. 폴이 노래하기 시작했다. 그녀가 노래를 부르는 게 얼마 만인지 몰랐다. 앙리는 공정한 귀로 폴의 노래를 들어보려 했다. 그동안은 그녀 목소리의 진가를 정확하게 판단할 수 없었으니까. 분명히 범상치 않은 목소리였다. 때로는 벨벳으로 포근하게 감싼 청동 종소리의 메아리인 듯 여겨질 정도였다. 앙리는 또다시 궁금증에 사로잡혔다. '도대체 폴은 왜 노래를 관두었지?' 처음에 앙리는 그러한 그녀의 희생에서 놀라운 사랑의 증거를 보았다. 그러나 나중에는 폴이 성공의 기회를 계속해서 회피하는 것에 놀랐고, 혹시 실패의 고통을 모면하고자 사랑을 핑계 삼는 것은 아닐까 의심하게 되었다.

박수갈채가 터져 나왔다. 앙리도 모두와 함께 박수를 쳤다. 안이 중얼거렸다. "폴의 목소리는 여전히 아름다워요. 무대에 다시 서면, 분명 성공할 거예요."

"그럴까요? 이미 좀 늦은 것 아닐까요?" 앙리가 말했다.

"늦긴요. 약간 연습만 하면……." 안은 약간 망설이는 듯한 표정으로 그를 바라보았다. "폴에게도 그게 좋을 것 같아요. 당신이 격려해줘야 해요."

"그럴지도 모르겠네요."

미소를 지으며, 그는 클로디 드 벨장스의 격렬한 찬사를 듣고 있는 폴의 얼굴을 가만히 바라보았다. 가수로 다시 무대에 서면 분명 그녀의 삶은 바뀌겠지. 지금의 무기력한 생활은 그녀에게 아무 도움이 안 돼. '그러면 나도 여러 모로 편해질 거고!' 앙리는 생각했다. 결국 그렇게 되지 말란 법도 없잖아? 오늘 저녁에는 무엇이든 가능할 것 같아. 폴은 유명해지고, 자기 경력에 골몰하게 되겠지. 나는 자유로워지고. 어디든 돌아다니며, 여기저기서 즐겁고 짧은 사랑을 하는 거야. 그렇게 되지 말란 법도 없잖아? 그는 미소를 띤 채 나딘에게 다가갔다. 그녀는 난로 옆에서 침울한 표정으로 껌을 씹고 있었다.

"왜 춤을 안 추지?"

그녀가 어깨를 으쓱였다. "누구랑 춰요?"

"괜찮다면 나랑 추지."

나딘은 예쁘지 않았다. 자기 아버지를 너무 많이 닮아 거북하게도 소녀의 몸 위에 아버지의 퉁명스러운 얼굴을 하고 있었다. 눈은 안의 것처럼 푸른색이었으나 너무나 차가워지쳐 보였고, 동시에 어린애처럼 보이기도 했다. 그러나 모직 드레스 속 그녀의 몸은 앙리의 생각보다 더 나긋나긋했으며, 가슴도 풍만했다.

"우리가 춤추는 건 처음이지?" 앙리가 말했다.

"네." 그리고서 나딘은 덧붙였다. "춤을 잘 추시네요."

"그래서 놀랐나?"

"그런 건 아니에요. 단지 저 조무래기들 중에서는 누구도 춤을 출 줄 모르니까요."

"배울 기회가 전혀 없었거든."

"알아요." 그녀가 말했다. "우린 어떤 기회도 없었죠."

앙리는 나딘에게 미소를 지어 보였다. 못생겨도 젊은 여자는 여자다. 오드콜로뉴와 새 속옷에서 풍기는 소박한 향기가 그윽했다. 나딘은 춤을 잘 못 췄지만 그건 중요하지 않았다. 젊은 목소리, 웃음소리, 트럼펫의 즉흥연주, 펀치의 맛이 있으니까. 거울 깊숙이 불꽃이 매달린 전나무들이, 커튼 뒤에는 검고 맑은 하늘이 있으니까. 뒤브뢰유는 늘 하는 마술을 보여주는 중이었다. 신문지를 조각조각 자른 뒤 손짓 한 번으로 다시 조각들을 이어 붙이는 마술이었다. 랑베르와 뱅상은 빈 병으로 결투를 치르고, 안과 라숌은 오페라곡을 불러젖혔다. 기차들, 비행기들, 배들이 지구를 돌고, 사람들은 이것들을 탈 수 있었다.

"춤을 괜찮게 추는군." 앙리가 예의를 차렸다.

"난 송아지처럼 춤을 추죠. 하지만 상관없어요. 춤추는 걸 좋아하지 않으니까." 나딘은 불신의 눈으로 그를 살폈다. "별수 없는 재즈광들, 재즈, 담배와 땀내 가득한 지하실, 이런 것들이 재미있으세요?"

"가끔은." 그러고서 앙리가 물었다. "그럼 넌 어떤 게 재미있지?"

"아무것도요."

그 거친 목소리에 앙리는 호기심을 느끼며 나딘을 빤히

28

바라보았다. 그녀가 그처럼 많은 남자들의 품에 몸을 던진 건 절망 때문이었을까, 쾌락 때문이었을까? 어쩌면 고통이 그녀의 단단한 얼굴 골격을 부드럽게 만든 것일지도 모른다. 뒤브뢰유와 똑같이 생긴 그녀의 얼굴이 잠자리에 있다면 어떤 기분일까?

"포르투갈에 가신다니, 정말 운이 좋으시네요." 나딘이 원망스럽게 말했다.

"곧 다시 쉽게 여행할 수 있게 될 거야."

"곧이라니 그게 언제죠? 1년 후? 아니면 2년 후? 선생님은 어떻게 여행을 하실 수 있게 됐어요?"

"프랑스 정보국이 내게 강연 요청을 했기 때문이지."

"물론 제게는 아무도 강연 요청 같은 건 안 하겠죠." 그녀는 중얼거렸다. "가면 강연을 많이 하시나요?"

"대여섯 번쯤."

"그런 다음 한 달 내내 여기저기 돌아다니시고요!"

"늙은이한테는 보상이 필요한 법이니까." 앙리는 쾌활하게 말했다.

"그러면 젊은이에게는 어떤 보상이 있죠?" 나딘이 소리 내어 한숨을 쉬었다. "무슨 일이라도 일어났으면 좋겠어요.

"무슨 일?"

"혁명의 시기라는 때에 들어섰잖아요! 그런데도 바뀐 건 아무것도 없고……."

"그래도 8월에는 약간 바뀌지 않았나?" 앙리가 말했다.

"8월에는 모든 게 바뀔 거라고 말들은 했었죠. 하지만 전과 똑같은걸요. 항상 제일 많이 일하는 사람들이 제일 배를 못 채우고. 여전히 모두들 이런 상태가 아주 좋다고 생각하고요."

"여기서 그 상태를 아주 좋다고 생각하는 사람은 아무도 없어." 앙리가 말했다.

"그렇지만 다들 적당히 맞춰서 살아가고 있죠." 신경질적인 목소리였다. "일하기 위해 시간을 허비해야만 한다는 것만으로도 이미 충분히 구역질 나요. 만약 일해서 맘껏 먹지도 못할 정도라면, 차라리 강도가 되겠어요."

"나도 찬성이야. 우리 모두 같은 생각이지." 앙리가 말했다. "하지만 좀 참고 기다려봐. 너무 성급하군."

나딘이 그의 말을 가로막았다. "부모님이 집에서 주절주절 설명하시는 거랑 똑같은 얘기네요. 기다려야 한다는 거죠. 하지만 난 안 믿어요." 그녀는 어깨를 으쓱였다. "사실상 진짜로 뭔가 해보려는 사람은 아무도 없잖아요."

"그러면 나딘은 어때?" 앙리가 미소를 지으며 말했다. "뭔가를 해볼 셈인가?"

"저요? 전 그럴 만한 나이가 아닌걸요." 나딘이 대답했다. "끼워주지도 않는다고요."

앙리는 시원하게 웃기 시작했다.

"상심 말아. 나이는 들 테니. 그것도 순식간에!"

"순식간이라니요! 1년이 지나려면 365일이 필요한데!" 나딘은 이렇게 말하더니 고개를 숙인 채 잠시 말없이 생각에 잠겼다. 그러다가 갑자기 고개를 들고는 말했다. "절 데려가줘요."

"어디로?" 앙리가 물었다.

"포르투갈로요."

그는 미소를 지었다. "그건 거의 불가능해."

"가능성이 약간이라도 있으면 돼요." 앙리가 대답하지 않자 나딘은 집요한 목소리로 물었다. "왜 가능하지 않죠?"

"무엇보다 정부에서 내게 두 사람 몫의 일을 맡기지는 않을 테니까."

"해보세요! 선생님은 그런 일을 부탁할 만한 사람들을 다 알고 계시잖아요. 저는 비서라고 하세요." 나딘의 입은 웃고 있었지만 눈빛은 열렬하리만치 진지했다. 그도 진지하게 대답했다.

"내가 누군가를 데려간다면, 그 사람은 폴이 될 거야."

"폴은 여행을 싫어하잖아요."

"하지만 나와 함께라면 좋아할걸."

"폴은 10년 동안 매일 선생님 얼굴을 봐왔잖아요. 앞으로도 계속 그럴 거고요. 한 달쯤 안 본다고 큰일 나겠어요?"

앙리는 다시 미소를 지었다. "오렌지 사다 줄게."

나딘의 얼굴이 굳어졌고, 그러자 앙리의 눈앞에는 뒤브뢰유의 위압적인 얼굴이 나타났다. "제가 여덟 살 꼬마가 아니라는 건 알고 계시죠?"

"알지."

"아뇨, 몰라요. 선생님은 항상 저를 난로 안의 재나 걷어차는 못된 꼬마로 생각하시잖아요."

"절대 그렇지 않아. 그 증거로 춤도 추자고 했잖아."

"오! 이건 가족 파티니까요. 하지만 데이트를 하자고 하시지는 않겠죠."

앙리는 연민 어린 눈으로 나딘을 응시했다. 자기 처지를 바꾸고 싶어 하는 여자가 여기에 그래도 한 명은 있군. 나딘은 많은 것을 원해. 뭔가 다른 것들을. 가엾은 아이 같으니! 사실 나딘에겐 아무런 기회도 없었다. 지금껏 그녀가 했던 여행이라고는 기껏해야 자전거로 일드프랑스*를 돌아봤던 것이 전부였으리라. 소박한 어린 시절. 게다가 그 소년도 죽어버리지 않았는가. 나딘은 금방 마음을 추스른 듯했지만, 그래도 분명 아픈 추억으로 남아 있을 것이다.

"아니, 잘못 생각하고 있군." 앙리가 말했다. "데이트 신청을 하지."

"정말요?" 나딘의 눈이 반짝였다. 활기찬 얼굴이 되자 훨씬 사랑스러워 보이는 것 같았다.

"토요일 저녁에는 신문사에 나가지 않으니, 바 루즈에서 8시에 만나자고."

"만나서 뭘 할까요?"

"나딘이 결정해."

"전 특별한 생각이 없어요."

"그때까지 내가 생각해보지. 그럼 한잔 마실까."

"전 안 마실래요. 샌드위치만 하나 더 먹죠."

그들은 음식을 차려놓은 식탁으로 갔다. 르누아르와 쥘리앵이 다투고 있었다. 늘 있는 일이었다. 서로 바람직하지 않은 방식으로 젊은 시절을 배신했다며 상대를 비난하는 것이다. 한때 그들은 초현실주의의 전위성이 너무 절제되었다고

---

* 파리와 파리를 중심으로 한 인근 위성도시 등을 모두 포함한 지역.

생각하여 '범인간주의 운동'을 함께 창안했다. 그 후, 르누
아르는 산스크리트어 교수가 되어 신비로운 시를 썼고, 쥘
리앵은 사서가 되면서 글쓰기를 그만두었다. 아마 너무 이
른 성공 후에 평범해지는 것이 두려웠던 건지도 모른다.

"자넨 어떻게 생각해?" 르누아르가 앙리에게 물었다. "대
독 협력자였던 작가들에 대해 뭔가 조치가 있어야만 하지
않겠어?"

"오늘 저녁에는 아무 생각 안 하려고 해!" 앙리는 쾌활하
게 말했다.

"대독 협력 작가들의 출판을 막는 건 그릇된 책략이야."
쥘리앵이 말했다. "자네들이 있는 힘을 다해 선언문을 쓰는
동안, 놈들은 그 시간을 활용해 좋은 책들을 썼겠지."

누군가의 강압적인 손이 앙리의 어깨를 눌렀다. 스크리아
신이었다.

"뭘 갖고 왔는지 봐. 미국산 위스키라고. 두 병을 구할 수
있었어. 파리 해방 후 첫 크리스마스 파티용이지. 술 마시기
좋은 기회잖아."

"멋진데!" 앙리가 말했다. 그는 버번위스키를 한 잔 가득
채워 나딘에게 내밀었다.

"전 술 안 마셔요." 그녀가 공격적인 표정으로 말했다.

나딘이 돌아서서 가버리자, 앙리는 그 잔을 자기 입에 갖
다 댔다. 이 맛을 완전히 잊고 있었다. 사실 전에는 스카치위
스키를 마시곤 했지만, 그 맛 역시 잊고 있었기 때문에 별 차
이는 없었다.

"위스키 마실 사람?"

뤼크가 통풍을 앓는 커다란 발을 질질 끌며 다가왔다. 랑베르와 뱅상이 그를 뒤따라왔다. 그들 모두 잔을 채웠다.

"코냑이 더 좋긴 하지만." 뱅상이 말했다.

"이것도 나쁘지 않은데." 랑베르가 애매하게 중얼거리더니 스크리아신을 향해 눈짓을 하며 물었다. "미국에서는 다들 하루에 열두 잔씩 마신다는데, 정말인가요?"

"**다들**? 그 **다들**이라는 게 누구야?" 스크리아신이 대답했다. "미국 인구가 1억 5000만이야. 그 사람들이 전부 헤밍웨이 소설의 주인공들 같지는 않다고." 불쾌한 목소리였다. 종종 그는 자기보다 어린 사람들을 무례하게 대하곤 했다. 그는 짐짓 앙리를 향해 몸을 돌렸다.

"좀 전에 뒤브뢰유와 진지하게 이야기를 나눴어. 아주 걱정이야."

근심 어린 표정. 그게 그의 습관이었다. 자기가 있는 곳에서 일어나는 일이든 없는 곳에서 일어나는 일이든, 전부 자신과 개인적인 관계가 있기라도 한 듯 구는 것. 앙리는 그와 걱정을 나누고 싶은 생각이 전혀 없었기에 억지로 물었다.

"도대체 무슨 일인데?"

"뒤브뢰유가 운동을 조직하는 거 말이야, 난 그게 공산당에서 프롤레타리아를 떼어내려는 목적인 줄 알았거든. 그런데 전혀 아니더라고." 침울한 목소리였다.

"아냐, 절대 아니지." 앙리가 말했다.

버거움이 느껴졌다. '뒤브뢰유가 정치 운동에 나를 가담시키면 하루 종일 억지로 이런 얘기를 듣겠지.'

또다시 앙리는 어딘가 다른 곳으로 떠나고 싶은 끝없는

욕망을 온몸으로 실감했다.

스크리아신이 그의 눈을 똑바로 바라보았다. "뒤브뢰유와 정치 노선을 같이할 생각이야?"

"서서히 그렇게 되겠지." 앙리가 대답했다. "난 정치에 서투르니까."

"뒤브뢰유가 무슨 짓을 꾸미고 있는지 하나도 모르는 것 같군." 그가 비난의 눈으로 앙리를 쏘아보았다. "뒤브뢰유는 소위 독립적인 좌파 세력을 모으려고 하지만, 사실 그들은 공산주의자들과 행동을 같이하려는 자들이거든."

"그래, 그건 알고 있어." 앙리가 말했다. "그래서?"

"그러니까 뒤브뢰유가 공작을 하고 있다는 거지. 공산주의를 두려워하는 사람들이 많은데, 그가 그들을 공산주의자들 편으로 몰아가고 있다고."

"좌파 행동 노선의 통일을 반대한다는 건 아니겠지?" 앙리가 말했다. "좌파가 분열되기라도 하면 정말 가관일걸!"

"공산주의자들에게 예속된 좌파라니! 그건 기만이야." 스크리아신이 대꾸했다. "자네나 뒤브뢰유나 만약 공산당과 노선을 함께하기로 결정했다면, 차라리 공산당에 입당해. 그게 더 정직한 행동이니까."

"그건 말도 안 돼. 우린 많은 점에서 공산당과 의견이 다르다고!"

스크리아신은 어깨를 으쓱였다. "안 그러면 석 달 후에는 스탈린주의자들이 너희들을 배신자로 고발할걸."

"두고 보자고."

그는 토론을 이어가고 싶은 마음이 조금도 없었다. 그러나 스크리아신이 그의 눈을 빤히 쳐다보고 있었다. "노동자 계층이 《레스푸아》를 많이 읽는다던데, 사실이야?"

"그래."

"그렇다면, 공산주의 언론이 아니면서 프롤레타리아에게 영향을 주는 유일한 신문이 자네 손 안에 있는 셈이잖아! 그 막중한 책임에 대해 생각하고 있는 거야?"

"생각하고 있지."

"자네가 《레스푸아》를 뒤브뢰유를 돕는데 이용한다면, 그건 구역질 나는 공작에 동조하는 일이라는 거 명심해." 스크리아신이 말했다. "뒤브뢰유가 자네 친구라 해도 말이야, 그자에게 반대해야만 한다고."

"이봐, 신문은 절대 누구를 돕는 목적으로 사용되지 않을 거야. 뒤브뢰유가 되건 자네가 되건, 그건 말도 안 된다고."

"언젠가는 《레스푸아》도 정치적 강령을 정해야만 할 텐데."

"아니, 정치적인 강령을 내세우는 일은 없을 거야." 앙리가 말했다. "나는 생각하는 것을 반드시 있는 그대로 말하려고 해. 조직에 매이지 않은 채 말이야."

"그야말로 말도 안 되는 소리고."

그러자 늘 온화한 뤼크의 목소리가 갑자기 높아졌다. "우리는 정치적 강령 따위 원하지 않아. 왜냐하면 우리는 단결된 레지스탕스의 원칙을 따르고자 하니까."

앙리는 버번위스키 한 잔을 따랐다. "죄다 허튼수작뿐이군." 그는 입속으로 웅얼웅얼 중얼댔다. 레지스탕스의 정신이니, 단결된 레지스탕스니. 뤼크는 이 말 말고는 할 말이 없는 거야. 그리고 스크리아신은 소련이란 말만 나오면 격노하지. 각자 자기 집구석에나 가서 흥분하는 편이 더 나을 텐데. 앙리는 술잔을 비웠다. 그는 조언을 듣기 싫었다. 신문이 어때야 하느냐에 대해서는 자기만의 생각이 있었다. 물론 《레스푸아》는 정치적인 노선을 정해야 할 테지만, 온전히 독립적으로 정할 것이다. 앙리가 신문을 지키고 있는 것은 전쟁 전의 고만고만한 신문들 같은 삼류 언론을 만들기 위해서가 아니었다. 전쟁 전에는 모든 신문이 대중에게 권위를 휘두르며 허세를 부렸어. 이제는 모두 알듯이, 그 결과 사람들은 사소한 결정도 내리지 못한 채 완전히 갈팡질팡하게 됐지. 이제 본질적인 점에서는 모두가 거의 의견의 일치를 본 참이야. 당파적 논쟁이나 선전은 다 끝났어. 독자들의 머리를 정보로 가득 채우기보다, 그들을 도야하기 위해 이 상황을 이용해야 해. 독자들에게 의견을 강요하기보다, 그들 스스로 판단하도록 가르쳐야 해. 쉽지는 않겠지. 독자들은 종종 해답을 요구하니까. 그러니 그들에게 무지와 회의와 모순의 인상을 주어서는 안 돼. 바로 그래서 이 일이 일종의 도박이라 할 수 있겠지. 독자들의 신뢰를 빼앗아 오는 게 아니라 그들의 신뢰를 받아야 하거든. 그런 방식으로 어떤 결과를 얻었는지 보여주는 증거가 있잖아. 《레스푸아》가 거의 모든 곳에서 팔리고 있다는 점. '누구나 공산주의자들만큼 독단적인데, 그들의 당파주의를 비난할 필요가 무엇인가.' 앙리는 생각했다. 그는 스크리아신의 말을 가로막았다.

"이 얘기는 다음에 다시 하지 않겠어?"

"좋아, 날짜를 정하자고." 스크리아신이 주머니에서 수첩을 꺼냈다. "서로의 입장을 밝히는 게 무엇보다 시급한 일이니 말이야."

"여행 마치고 돌아올 때까지 기다려줘."

"여행을 간다고? 정보 수집하러 가는 거야?"

"아니, 관광차 가는 거야."

"이 와중에?"

"그럼."

"이거 탈영 아냐?" 스크리아신이 말했다.

"탈영이라고?" 앙리가 쾌활하게 되받았다. "난 군인이 아니야." 그는 턱으로 클로디 드 벨장스를 가리켰다. "가서 클로디와 춤이나 춰. 거의 벗은 상태로 온통 보석을 걸치고 있는 저 부인 말야. 저 여자는 진짜 사교계 여성이야. 게다가 자넬 숭배하고 있지."

"사교계 여자들이야말로 내 악취미 중 하나지." 스크리아신이 희미하게 미소를 띤 채 말하고는 고개를 저었다. "솔직히 나도 내가 왜 이러는지 모르겠지만 말이야."

그는 클로디에게 춤을 청했다. 나딘은 라숌과 춤을 추었고, 되브뢰유와 폴은 크리스마스 트리 주위를 돌고 있었다. 그녀는 뒤브뢰유를 좋아하지 않았지만 그는 폴을 자주 웃게 했다.

"보기 좋게 스크리아신의 화를 돋우셨군요!" 뱅상이 쾌활하게 말했다.

"여행을 간다니 다들 화가 나는 거지." 앙리가 말했다. "뒤브뢰유가 그 처음이고"

"무시무시한 사람들이네요!" 랑베르가 말했다. "선생님은 누구보다 일을 많이 하셨잖아요. 휴가를 쓸 권리가 충분하죠."

'확실히, 난 젊은 사람들이랑 더 잘 맞아.' 앙리는 생각했다. 나딘은 그를 부러워했다. 뱅상과 랑베르는 그를 이해했다. 그들 또한 떠날 수 있게 되자마자 전쟁 특파원을 지원해 다른 곳에서 무슨 일이 일어나는지 서둘러 보러 갔었다. 앙리는 그들과 오랫동안 함께해왔고, 그래서 그들은 굉장했던 지난날을 수백 번이고 이야기하곤 했다. 신문사를 점거했던 일, 앙리가 서랍에 권총을 감춰둔 채 사설을 쓰는 동안 독일군의 코앞에서 《레스푸아》를 팔던 일. 그날 저녁, 아득히 먼 곳에서 지난 일들을 듣고 있으려니 그것들이 새삼 매력적으로 다가왔다. 그는 부드러운 모래 위에 누워 있었다. 바다는 푸르렀다. 지나간 시간을, 멀리 있는 친구들을 그는 느긋한 마음으로 떠올렸다. 그는 홀로 있었고, 자유로웠으며, 즐거웠다. 그는 행복했다.

그러다가 문득, 앙리는 자신이 새벽 4시에 붉은 아파트 안에 있음을 깨달았다. 많은 사람들이 이미 돌아갔고, 남은 사람들도 모두 돌아가려는 참이었다. 곧 폴과 단둘이 남게 될 것이다. 폴과 얘기를 하고 그녀를 애무해야 할 것이다.

"자기, 오늘 파티 너무 멋졌어." 클로디가 폴에게 키스하며 말했다. "그리고 자기는 정말 멋진 목소리를 가졌다니까. 마음만 먹으면 전후의 유명 인사가 될 거야."

"그런 건 바라지도 않아요." 폴이 쾌활하게 대꾸했다.

그래, 그녀에게 이런 종류의 야망은 없지. 앙리는 폴이 무엇을 원하는지 알고 있었다. 세상에서 제일 유명한 남자의 품에 안긴 제일 아름다운 여자가 되는 것. 그 꿈을 바꿔놓기란 쉽지 않을 거야. 마지막으로 남아 있던 손님들이 떠나자 순식간에 아파트가 텅 비었다. 계단에서 울리던 발소리가 거리의 고요함 속으로 끝없이 이어졌다. 폴은 소파 아래 남겨진 유리잔들을 한데 모으기 시작했다.

"클로디 말이 맞아." 앙리가 말했다. "당신 목소리는 여전히 아름다워. 정말 오랫동안 당신 노래를 못 들었잖아. 왜 노래 안 하는 거야?"

폴의 얼굴이 밝아졌다. "내 목소리가 좋아? 가끔씩 불러줄까?"

"좋지." 그는 미소 지었다. "안이 뭐랬는 줄 알아? 당신이 무대에서 다시 노래해야 한대."

폴은 짜증스러운 표정으로 그를 바라보았다. "아, 제발! 그런 말 좀 하지 마! 오래전에 이미 끝난 얘기잖아."

"왜 그래?" 앙리가 말했다. "사람들이 얼마나 갈채를 보내는지 당신도 봤잖아? 모두가 감동했어. 요새 문 여는 클럽들이 엄청나게 많아. 다들 새 스타를 원하고 있고……."

폴이 말을 가로막았다. "제발 부탁이니 강요하지 마. 사람들 앞에 나서는 건 생각만 해도 끔찍해. 강요하지 마." 그녀는 애원하는 투로 반복해서 말했다.

앙리는 당황해서 그녀를 빤히 쳐다보았다. "끔찍하다고?" 그는 얼떨떨한 어조로 물었다. "이해가 안 돼. 전에는 안 그랬잖아. 게다가 아직 늙은 것도 아니고. 당신도 알다시피 심지어 더 예뻐졌잖아."

"그건 내 인생의 다른 시기였어." 폴이 말했다. "영원히

40

잊어버린 시기야. 난 당신을 위해서만 노래할 거야. 다른 누구를 위해서가 아니라." 그녀가 너무나 열정적으로 마지막 말을 덧붙였기에 앙리는 입을 다물어버렸다. 그러나 이 문제는 나중에 다시 꺼낼 작정이었다. 잠시의 침묵을 깨고 폴이 입을 열었다. "올라갈까?"

"그래."

폴은 침대에 앉아 귀걸이를 빼고 반지를 꼈다. "있잖아, 내가 당신 여행을 비난하는 것 같았다면 미안해." 침착한 목소리였다.

"무슨 소리야! 당신은 여행을 싫어할 권리가 있고, 그렇게 말할 권리도 있어." 앙리가 말했다. 파티 내내 폴이 이런 후회를 곰곰이 곱씹고 있었다고 생각하니 마음이 편치 않았다.

"떠나고 싶어 한다는 거 잘 알아." 그녀가 말했다. "나와 함께는 떠나고 싶어 하지 않는다는 것도."

"그러고 싶어서 그러는 게 아냐."

폴은 손짓으로 앙리의 말을 막았다. "예의 차릴 필요 없어." 그녀는 손바닥을 무릎에 얹었다. 눈은 한곳에 고정한 채 꼿꼿한 자세로 앉은 모습이 꼭 침착한 무녀 같았다. "우리 사랑으로 당신을 구속할 생각은 조금도 없어. 만약 당신이 새로운 지평선, 새로운 음식을 꿈꾸지 않는다면 더 이상 진짜 당신이 아니겠지." 폴은 앙리에게 시선을 고정한 채 앞쪽으로 몸을 기울였다. "당신에게 내가 필요하다는 것만으로 충분해."

앙리는 대답하지 않았다. 그는 폴에게 절망도 희망도 주고 싶지 않았다. '이 사람을 원망이라도 할 수 있다면 좋을 텐데!' 그러나 절대 그럴 수 없었다. 그녀에겐 불평조차 할 만한 구석이 없었다.

폴이 일어나 미소를 지었다. 얼굴은 다시 인간다운 표정으로 돌아와 있었다. 그녀는 손을 앙리의 어깨에 얹고 그의 뺨에 자신의 뺨을 댔다. "나 없이 지낼 수 있겠어?"

"그럴 수 없다는 거 잘 알잖아."

"그럼, 나도 알지." 그녀가 쾌활하게 말했다. "당신이 반대로 말해도 안 믿을 거야."

폴은 욕실을 향해 걸어갔다. 이따금씩 단편적인 사랑의 표현을, 미소를 그녀에게 보내지 않을 수 없었다. 그러면 그녀는 가슴속에 이 기념물을 간직해두었다가, 사랑의 믿음이 흔들릴 때마다 거기서 기적을 짜내는 것이었다. '하지만 폴도 마음속으로는 내가 이제 자기를 사랑하지 않는다는 걸 알고 있겠지.' 앙리는 스스로를 위안하고자 이렇게 생각했다. 그는 옷을 벗고 잠옷을 입기 시작했다. 폴은 알고 있어, 그렇고말고. 하지만 그녀가 이 사실을 인정하지 않는 한, 상황은 조금도 나아지지 않을 거야. 실크 옷자락이 스치는 소리, 이어서 물과 크리스털 장신구의 소리가 들려왔다. 한때 그를 숨 막히게 하던 소리들. 그는 거북한 마음으로 생각했다. '안 돼, 오늘 밤은 안 돼.' 폴이 문간에 나타났다. 헝클어진 머리카락을 어깨에 늘어뜨린 채, 진지한 표정으로 발가벗고 있었다. 옛날만큼 완벽한 모습이었다. 단지 앙리에게는 이 아름다움이 이제 아무런 의미가 없었다. 그녀는 시트 안으로 들어와 아무 말 없이 몸을 바싹 붙였다. 앙리는 폴을 거부할 어떤 핑계도 찾을 수 없었다. 이미 그녀는 그에게 긴밀히 몸을 밀착하며 황홀한 듯 숨을 몰아쉬고 있었다. 그는 익숙한 어깨와 허리를 애무하기 시작했다. 피가 순순히 성기에 몰리는 것이 느껴졌다. 차라리 잘됐어. 폴은 관자놀이 위의 키스 한 번으로 만족할 기분이 아니었을 거야. 게다가 변명을 늘어놓는 것보다 그녀를 만족시키는 편이 시간이 덜 걸리겠지. 그는 늘 하던 대로 자신의 입 아래 열려 있는 불타는 입에 키스했다. 그러나 잠시 뒤 폴이 입술을 뗐다. 이제 그는 그녀가 중얼거리는 것을 불편한 마음으로 듣고 있었다. 더는 그녀에게 말하지 않는 지나간 사랑의 표현들. "내가 아직도 당신의 아름다운 등나무 꽃송이야?"

"그럼."

"그러면 날 사랑해?" 폴이 부풀어 오른 그의 성기에 손을 얹고서 물었다. "정말 지금도 날 사랑하는 거지?"

앙리는 극적인 상황을 만들 용기가 나지 않았다. 그는 체념한 채 그 모든 고백을 받아들였고, 폴도 그 사실을 알고 있었다.

"그럼."

"당신은 내 것이지?"

"난 당신 것이야."

"사랑한다고 말해줘, 어서."

"사랑해."

그녀는 길고 거친 안도의 한숨을 쉬었다. 앙리는 난폭하게 폴을 껴안고 입술로 그녀의 입을 막아버렸다. 더 기다리지 않고 그녀의 안으로 들어갔다. 더 빨리 끝내기 위해. 그녀의 안은 붉은 아파트만큼이나 붉었다. 그녀는 신음하기 시

43

작했고 예전처럼 몇 마디 말을 외치기 시작했다. 옛날에는 앙리의 사랑이 그녀를 지켜주었다. 그녀의 비명, 신음, 웃음, 깨물기, 모두 신성한 제물이었다. 그러나 이제 그는 음란한 소리를 해대며 자신을 아프게 할퀴는 정신 나간 여자 위에 올라와 있을 따름이었다. 그는 폴도 자신도 혐오했다. 머리를 뒤로 젖히고, 눈은 감고, 이를 드러낸 채, 폴은 소름이 끼칠 정도로 스스로를 잃은 모습으로 자기 자신을 온전히 그에게 바치고 있었다. 앙리는 그녀의 따귀를 때려 정신을 차리게 한 다음 이렇게 말하고 싶을 지경이었다. '당신이랑 내 모습을 봐. 우리는 섹스를 하고 있어. 그뿐이라고.' 마치 죽은 여자나 미친 여자를 강간하는 기분이라 그는 마음껏 쾌락을 느낄 수 없었다. 앙리가 마침내 폴의 몸 위에 쓰러졌을 때, 만족으로 가득한 그녀의 신음이 들려왔다. 폴이 중얼거렸다.

"행복해?"

"물론이지."

"난 정말 행복해!" 폴이 말했다. 그녀는 눈물이 반짝이는 빛나는 눈으로 앙리를 바라보았다. 이 광채를 참을 수 없어서 그는 자신의 어깨로 그녀의 얼굴을 가려버렸다. '아몬드 나무에 꽃이 피어 있겠지⋯⋯.' 그는 눈을 감으며 생각했다. '오렌지 나무엔 오렌지들이 열려 있고.'

II

아니, 내 죽음을 알게 되는 날은 오늘이 아니야. 오늘도 아니고 다른 어떤 날도 아니야. 자신이 죽는 모습은 절대 보지 못한 채, 다른 사람들에게 죽은 사람이 되겠지.

나는 다시 눈을 감았다. 그러나 다시 잠들지는 못했다. 왜 죽음이 또 꿈속에 나타났을까? 죽음이 배회하고 있어. 죽음이 배회하는 것이 느껴져. 왜지?

내가 결국 죽으리라는 사실을 줄곧 알고 있었던 건 아니다. 어린아이였을 때 나는 신을 믿었다. 흰옷과 빛나는 두 개의 날개가 천국의 입구에서 나를 기다리고 있었고, 나는 큰 구름들을 뚫고 날아가기를 꿈꿨다. 나는 털 이불 위에 누워 손을 모으고 감미로운 내세에 몸을 맡기곤 했다. 때때로 꿈속에서 생각했다. '난 죽었어.' 그러면 주의 깊은 목소리가 내세를 보증해주었다. 죽음의 침묵, 그것을 나는 두려움에 떨며 알게 되었다. 한 인어가 바닷가에서 숨졌는데, 젊은 남자를 사랑해서 불멸의 영혼을 포기한 탓이었다. 그녀가 남긴 것은 추억도 목소리도 없는 약간의 흰 거품뿐이었다. 나는 마음을 놓기 위해 생각했다. '이건 동화야!'

그건 동화가 아니었다. 내가 바로 인어였으니까. 신은 하늘 한구석에서 추상적인 관념으로 변해갔고, 어느 날 저녁 나는 신을 결국 지워버렸다. 그 뒤로는 결코 신을 그리워하지 않았다. 신이 나에게서 현세를 훔쳐 갔기 때문이다. 그러나 어느 날, 나는 신을 포기하면서 스스로에게 죽음의 선고를 내렸다는 사실을 알게 되었다. 열다섯 살이었다. 텅 빈 아파트에서 나는 울부짖었다. 정신을 차렸을 때, 문득 궁금해졌다. '다들 어떻게 하고 있는 거지? 나는 어떻게 해야 할까? 이 공포와 함께 계속 살아가게 되는 걸까?'

로베르 뒤브뢰유를 사랑한 순간부터, 나는 더 이상 두려워하지 않았다. 조금도. 그의 이름을 부르기만 하면 되었다. 그러면 안전했다. 그는 옆방에서 일을 하고 있다. 나는 일어나서 문을 열기만 하면 된다……. 그러나 나는 그대로 누워 있다. 마음을 괴롭히는 이 작은 소리가 그에겐 정말 들리지 않는 걸까? 대지가 우리 발아래에서 부서지고, 머리 위에는 심연이 있다. 그리고 우리가 누구인지, 무엇이 우리를 기다리고 있는지 나는 이제 알 수 없다.

나는 소스라쳐 몸을 일으켰다. 눈을 떴다. 어떻게 로베르가 위험에 처해 있다는 사실을 받아들일 수 있지? 어떻게 그걸 묵인할 수 있지? 그는 나에게 정말 걱정되는 이야기는 조금도 하지 않았다. 새로운 사실도 전혀 말해주지 않았다. 나는 지쳤어. 술을 너무 마셨어. 이건 새벽 4시의 하찮은 망상이고. 그러나 우리가 모든 걸 명백히 이해할 수 있는 때가 몇 시인지 누가 단정할 수 있겠어? 여전히 안전하다고 믿고 있을 때, 사실 나는 정신착란을 일으키고 있었던 게 아닐까? 난 정말로 안전하다고 믿었던 걸까?

기억할 수 없다. 우리는 스스로의 인생에 그다지 주의를 기울이지 않으니까. 단지 일어난 사건들만이 중요할 뿐이다. 피난, 귀환, 공습경보, 폭탄, 행렬, 우리의 모임, 《레스푸아》 창간호. 폴의 아파트에서는 갈색 초가 불똥을 뱉어내고 있었다. 우리는 통조림 깡통 두 개를 가지고 버너를 만들었다. 거기에 종이를 태워 불을 피우자 연기가 눈을 찔렀다. 밖에는 피 웅덩이, 포탄 소리, 대포와 탱크의 요란한 소음이 가득했다. 우리의 마음속에는 똑같은 침묵, 똑같은 허기, 똑같은 희망이 있었다. 매일 아침 같은 질문을 하며 우리는 깨어났다. 상원 의사당에 여전히 나치의 깃발이 휘날리고 있을까? 몽파르나스 교차로에서 환희의 모닥불을 둘러싸고 춤을 췄을 때, 우리 모두의 마음속에서는 똑같은 축제가 열리고 있었다. 그렇게 가을이 지나갔다. 그리고 조금 전, 크리스마스트리의 불빛 아래서, 우리는 결국 죽은 사람들을 잊어버렸고 동시에 각자 자신을 위해 다시 살아가기 시작했음을 깨달았다. "과거가 되살아날 수 있다고 믿어?" 폴은 물었다. 앙리는 말했다. "유쾌한 소설을 쓰기로 했답니다." 그들은 다시 큰 목소리로 말할 수 있고, 책을 출판할 수 있다. 그들은 토론하고 활동을 조직하고 계획을 세운다. 그래서 모두 행복하다. 어쨌든 거의 모든 사람이 그렇다. 나 자신을 괴롭히기에 적당한 순간은 아니다. 오늘 밤은 축제니까. 평화 속에서 맞이하는 첫 번째 크리스마스. 부헨발트*의 마지막 크리스마스, 지상의 마지막 크리스마스, 디에고가 보내지 못한 첫 번째 크리스마스. 우리는 춤을 췄고, 사람들은 약속으로 반짝이는 트리 주위에서 키스를 나누었다. 많은 사람이 있었다. 아! 거기에 있지 않은 사람들까지, 정말 많은 사람이 있었다. 아무도 그들의 마지막 말을 기록하지

* 나치가 1937년 바이마르 교외에 세운 강제수용소.

47

않았고, 그들은 어디에도 묻히지 않았다. 그들은 허공에 파묻혔다. 파리 해방 이틀 뒤, 주느비에브는 관 하나를 받았다. 그게 진짜였을까?

자크의 시신은 발견되지 않았다. 한 동료가 주장하길, 그가 어떤 나무 아래 수첩을 묻어두었다고 했다. 어떤 수첩이지? 어떤 나무란 말이지? 소니아는 수용소에서 스웨터와 실크 스타킹을 부탁했지만 그 후로는 더 이상 아무 부탁도 하지 않았다. 라셸의 뼈와 너무도 아름다웠던 로자의 뼈는 어디 있지? 랑베르는 로자의 부드러운 몸을 수없이 껴안았던 그 팔로 나딘을 힘껏 안았다. 그리고 나딘은 디에고에게 힘껏 안겼을 때처럼 웃었다. 큰 거울들에 비친 전나무의 행렬을 바라보면서 나는 생각했다. '여기 있는 양초들과 호랑가시나무, 겨우살이들을 그들은 보지 못해. 내게 주어진 모든 것은 그들에게서 훔친 거나 다름없어.' 그들은 살해당했다. 누가 먼저였을까? 디에고의 아버지였을까, 아니면 디에고였을까? 죽음은 그의 계획에 없다고 했는데. 디에고는 자신이 죽게 되리라는 걸 알았을까? 반항했을까? 체념했을까? 어떻게 알 수 있지? 어쨌든 지금 그는 죽었는데, 그게 무슨 의미가 있겠어?

기일도 무덤도 없다. 그래서 나는 디에고가 소란스럽게 사랑했던 이 삶을 통해, 아직 더듬어가며 그를 찾고 있다. 나는 길고 둥그스름한 전기 스위치 쪽으로 손을 뻗다가 이내 손을 떨어뜨린다. 내 책상 서랍에 디에고의 사진이 있다. 그러나 몇 시간을 쳐다보아도 소용없을 것이다. 더부룩한 머리카락 아래 살아 있는 그의 얼굴을 결코 다시는 찾아내지 못할 테니까. 눈, 코, 귀, 입이 전부 너무 컸던 그 얼굴. 디에고는 서재에 앉아 있었고 로베르가 물었다. "나치가 승리할 경우, 자넨 어떻게 할 텐가?" 그는 대답했다. "제 계획에 나치의 승리는 없어요." 디에고의 계획은 나딘과 결혼하고 위대한 시인이 되는 것이었다. 아마 그는 성공했을 것이다. 그는 열여섯 살 때 이미 단어들을 불로 바꿀 줄 알았다. 성공하기까지 그에게는 아주 짧은 시간만이 필요했으리라. 5년, 어쩌면 4년쯤. 그는 너무 빠르게 살았다. 우리는 전기난로 주위에서 서로 몸을 바싹 붙인 채 지냈고, 나는 헤겔이나 칸트의 저서를 탐독하는 디에고의 모습을 즐겁게 바라보곤 했다. 그는 추리소설의 페이지를 넘기듯 재빨리 철학서의 페이지를 넘겼다. 그는 내용을 이해하고 있었다. 그의 꿈만이 느렸을 뿐.

디에고는 대부분의 시간을 우리 집에서 보냈다. 그의 아버지는 스페인 국적의 유대인이었고, 사업으로 계속 돈을 벌어들였다. 자신이 스페인 영사에 의해 보호받고 있다고 생각하는 사람이었다. 디에고는 아버지의 사치와 그의 풍만한 금발 머리 정부를 비난했다. 그는 우리의 소박함을 좋아했다. 게다가 그는 숭배의 대상을 찾는 나이였고, 그래서 로베르를 숭배했다. 어느 날 자신의 시를 로베르에게 보여주려고 찾아왔다가 그는 우리와 알게 되었다. 그는 나딘을 만난 순간부터 그 아이를 열렬하게 사랑했다. 그의 첫사랑이자 유일한 사랑이었다. 마침내 자신이 누군가에게 필요한 존재라고 느끼게 된 나딘은 몹시 얼떨떨해했다. 그 애는 디에고를 집에 들였다. 디에고는 나를 지나치게 이성적인 사람이라 생각했지만, 그럼에도 내게 애정을 주었다. 나딘은 옛날에 그랬듯이 저녁마다 잠자리를 정돈해달라고 아이처럼 졸랐다. 그러면 그녀의 곁에 누워 있던 디에고는 이렇게 묻곤 했다. "그럼 저는요? 제게는 잘 자라는 키스 안 해주시나요?" 나는 그에게도 잘 자라는 키스를 해주었다. 그해에 내 딸과 나는 친구처럼 지냈다. 나는 나딘이 진지한 사랑을 할 수 있게 되어 감사했다. 그 애는 자신의 사랑을 반대하지 않는다는 이유로 내게 고마워했다. 반대라니, 왜 내가 그런 짓을 했겠는가? 그 애는 겨우 열일곱 살이었지만, 로베르와 나는 행복에 시기상조란 결코 없다고 생각했다.

그 애들은 너무나 많은 열정으로 행복을 누릴 줄 알았다! 그들 곁에서 나는 젊음을 되찾았다. "같이 저녁 먹으러 가요. 자, 오늘 저녁은 파티예요." 두 사람은 내 팔을 한쪽씩 잡아끌면서 말하곤 했다. 그날, 디에고는 아버지의 금화 하나를 훔쳐 왔다. 그는 받기보다 훔치기를 더 좋아했다. 그만한 나이 때 다들 그렇듯이 말이다. 그는 힘들이지 않고 아버지의 보물을 현금으로 바꾸었고, 나딘과 함께 루나 파크에서 롤러코스터를 타며 오후를 보냈다. 저녁에 거리에서 두 사람을 보았을 때, 그 애들은 어떤 빵집 뒷방에서 산 거대한 파이를 먹어치우고 있었다. 그들이 식욕을 돋우는 방법이었다. 그 애들은 로베르에게 전화를 걸어 같이 가자고 했지만 그는 일을 계속하겠다고 했다. 그래서 내가 그 애들과 함께 갔다. 그 애들의 얼굴은 마멀레이드로 더럽혀져 있었고 손은 장터의 먼지로 온통 새카맸다. 눈 속에는 행복한 범죄자의 불손함이 담겨 있었다. 레스토랑 주인은 분명 나쁜 짓으로 한탕 한 돈을 급히 쓰러 왔다고 생각하는 것 같았다. 그는 우리에게 저 구석에 있는 식탁을 지정하더니 쌀쌀하게 예의를 차려 물어보았다. "재킷은 없으신가요?" 디에고의 구멍 난 낡은 재킷 위에 나딘이 자신의 웃옷을 던지자 구겨지고 더럽혀진 블라우스가 드러났다. 그래도 어쨌든 우리는 서빙을 받았다. 아이들은 제일 먼저 아이스크림과 정어리를 주문했다. 그런 뒤에는 스테이크와 감자튀김과 굴 요리, 그리고 다시 아이스크림. "어차피 배에 들어가면 다 섞이는걸요." 두 사람은 입에 음식을 가득 넣고 기름과 크림을 잔뜩 묻힌 채 이렇게 설명했다. 실컷 먹어대면서 너무나 즐거워했지! 나도 따라 해보려 했지만 소용없었다. 심하든 덜하든, 우리는 언제나 배가 고픈 상태였으니까. "드세요, 드셔보세요." 그 애들은 몰아붙이듯 말하며 로베르를 위해 파테 몇 조각을 주머니에 넣었다.

그날로부터 불과 며칠 뒤, 디에고의 아버지인 세라 씨 댁에 독일군들이 와서 초인종을 눌렀다. 스페인 영사가 다른 사람으로 바뀌었는데 그는 모르고 있었다. 그날 밤 디에고는 아버지 집에서 자고 있었다. 금발 머리 정부는 걱정하지 않았다. "나딘에게 걱정 말라고 전해주세요. 난 돌아올 거예요. 돌아오고 싶으니까요." 디에고는 이렇게 말했다. 그리고 이 말이 우리가 들은 그의 마지막 말이었다. 그의 다른 말들은 모두 영원히 파묻혔다. 그토록 말하기를 좋아하는 아이였는데.

때는 봄이었다. 하늘은 더없이 푸르르고 복숭아나무는 분홍색으로 빛나던 시기. 나딘과 함께 자전거에 올라 작은 깃발들로 장식된 정원들 사이를 지나갈 때, 우리의 마음속엔 평화로운 주말의 기쁨이 느껴졌다. 드랑시의 마천루*가 갑자기 이 거짓된 평화를 깨뜨렸다. 금발 머리 정부가 펠릭스라는 독일군에게 300만 프랑을 쥐여준 덕에, 그가 죄수들의 전갈을 우리에게 전해주기로, 또 그들을 반드시 탈출시키기로 했다. 우리는 작은 쌍안경으로 멀리 창가에 있는 디에고를 두 번 얼핏 보았다. 양털 같은 곱슬머리는 깎여 있었다. 우리에게 미소를 보내는 사람은 더 이상 예전의 디에고가 아니었다. 그의 모습은 훼손된 채 세상 밖을 떠돌고 있었다.

5월의 어느 오후, 우리는 커다란 병영에 인기척이 없다는 사실을 깨달았다. 짚을 넣은 매트들이 텅 빈 방의 열린 창가에 널려 있었다. 자전거를 맡겨둔 카페에서 밤사이 기차 세 대가 역을 떠났다는 이야기를 들었다. 우리는 철조망 벽에 기대선 채 오랫동안 동정을 살폈다. 문득 아주 멀리, 아주 높은 곳에서 갑자기 우리를 향해 몸을 구부리는 두 개의 그림자가 보였다. 그중 젊은 쪽이 의기양양한 몸짓으로 베레모를 흔들었다. 펠릭스는 거짓말을 하지 않았다. 디에고는 기차로 끌려가지 않았던 것이다. 자전거를 타고 파리로 돌아오는 동안, 우리는 기쁨으로 숨이 막힐 듯했다.

"미국인 포로수용소에 있대요." 금발 머리 정부가 말했다. "둘 다 잘 지내요. 일광욕도 한대요." 그러나 그녀도 그들을 볼 수는 없었다. 우리는 그들에게 스웨터와 초콜릿을 보

---

* 드랑시 소재의 '시테 드 라 뮈에트Cité de la Muette'라 불리는 16층짜리 고층 건물. 제2차 세계대전 중 유대인 수용소로 활용되었다.

냈다. 그들은 펠릭스의 입을 통해 우리에게 고맙다고 전했다. 그러나 우리는 어떤 편지도 받지 못했다. 나딘은 증거를 요구했다. 디에고의 반지나 머리 타래 같은 것을. 그러자 마침 그때 그들이 수용소를 옮겼다고 했다. 그들은 파리에서 멀리 떨어진 어딘가에 있었다. 그리고 점점 더 어디에도 없는 사람이 되어갔다. 그들은 존재하지 않게 되었다. 어디에도 없다는 말과 이제 존재하지 않는다는 말 사이에는 큰 차이가 없었다. 결국 펠릭스가 다음과 같이 퉁명스레 내뱉은 순간에도 바뀌는 것은 없었다. "이미 오래전에 그들은 살해됐어요."

나딘은 며칠 밤을 절규했다. 나는 저녁부터 아침까지 그 애를 내 품에 안고 지냈다. 얼마 후 아이는 잠들 수 있게 되었다. 처음에 디에고는 밤중에 심술궂은 표정을 하고 그 애의 꿈속에 나타났다. 시간이 좀 더 지난 후에는 그의 유령마저 사라졌다. 나딘이 옳다. 나는 그 애를 비난하지 않는다. 시체를 붙들고 뭘 어쩌겠다는 말인가? 사람들이 시체를 가지고 깃발이나 방패, 총, 훈장, 확성기, 아파트의 자질구레한 장식품을 만든다는 건 나도 안다. 하지만 그들의 재를 평화롭게 내버려두는 편이 낫다. 기념비들이나 먼지로. 그래도 그들이 우리의 형제라는 사실엔 변함이 없다. 그러나 우리에게 선택권은 없었지. 왜 그들은 우리를 떠나버렸을까? 그들 역시 우리를 평화롭게 내버려둬야 해. 그들을 잊도록 하자. 우리끼리 남아 있자. 우리 인생만으로 할 일이 이미 충분히 많아. 죽은 자들은 죽은 자들이야. 그들에게는 아무 문제가 없잖아. 그러나 축제의 밤이 끝난 뒤, 살아 있는 우리는 다시 깨어날 것이다. 그러면 그때부터 우리는 어떻게 살아가야 하지?

나딘은 랑베르와 함께 웃고 있었다. 음반이 돌고, 바닥은 우리 발밑에서 떨렸다. 푸른 불꽃이 흔들리고 있었다. 나는 카펫 위에 길게 누운 세즈나크를 바라보았다. 아마 그는 비스듬히 총을 메고 파리를 배회하던 영광스러운 날들을 꿈꾸고 있었으리라. 나는 독일군에 의해 사형선고를 받았다가 마지막 순간 한 죄수와 교환되어 살아났던 샹셀을 바라보았다. 랑베르의 아버지는 아들의 약혼자를 밀고했고, 뱅상은 자신의 손으로 열두 명의 친독 의용대원을 죽였다. 이 무겁고도 짧은 과거로 그들은 무얼 할까? 미완성의 미래로 무얼 할까? 내가 그들을 도울 수 있을까? 돕는 것은 내 직업이다. 그들을 장의자에 눕히고 꿈 이야기를 하게 할 수 있다. 그러나 나는 로자도, 뱅상이 자기 손으로 죽인 열두 명의 의용대원들도 살려내지 못한다. 설령 그들의 과거를 다독인다 해도, 그래서 어떤 미래를 제공할 수 있을까? 나는 사람들의 두려움을 덜어주고, 꿈을 가다듬고, 욕망을 줄인다. 적응시킨다, 나는 적응시킨다, 그런데 그들을 어디에 적응시키지? 이제 주위에서 합리적인 것은 아무것도 볼 수 없다.

틀림없이 술을 너무 마셨다. 하늘과 대지를 만들어낸 것은 내가 아니다. 아무도 나에게 책임을 묻지 않는다. 왜 나는 늘 다른 사람을 돌보고 있지? 나 자신도 조금은 돌봐야 해. 나는 쿠션에 뺨을 대고 누른다. 내가 여기 있어. 이게 바로 나야. 딱하게도 나에 대해서는 아무것도 생각할 것이 없다. 아! 만약 누군가 내게 누구냐고 묻는다면, 내 파일을 제시할 수는 있으리라. 심리 분석가가 되기 위해 나 자신을 분석해야만 했으니까. 나에게서 꽤 뚜렷한 오이디푸스 콤플렉스가 발견되었지. 나보다 스무 살이나 많은 남자와 결혼한 사실, 어머니를 향해 분명히 나타나는 공격성, 적절히 무마된 동성애적 성향이 그 사실을 설명하고 있었어. 내 초자아가 아주 발달한 것은 가톨릭 교육이 원인이야. 내가 엄격한 이유와 자기애가 결핍된 이유도 바로 거기에 있어. 딸에 대해 품고 있는 내 감정의 양면성은 어머니에 대한 나의 내밀한 감정과 나 자신에 대한 무관심에서 비롯한 거야. 내 인생은 아주 전형적이야. 규정된 틀 안에 잘 맞춰져 있지. 가톨릭 신자들의 눈에도 나는 지극히 평범한 사람이야. 육체적 쾌락이라는 욕망을 발견했을 때, 나는 더 이상 신을 믿지 않게 되었지. 신자가 아닌 사람과의 결혼이 나를 결국 타락하게 했어. 로베르와 나, 우리는 사회적으로 좌파 지식인이야. 이 모든 것이 어느 정도는 정확한 사실이야. 나는 명백히 분류되는 사람이고, 이젠 내 남편, 내 직업, 삶, 죽음, 세계, 세계의 참화에 적응하고 있어. 그게 나야, 다시 말해 누구도 아닌 바로 나.

보잘것 없는 사람이라는 것, 그것은 결국 하나의 특권이다. 나는 폴의 원룸아파트를 오가는 사람들, 명성을 가진 그들 모두를 바라보았다. 그들이 부럽지 않았다. 로베르, 그는 다르다. 그는 숙명을 짊어진 인물이니까. 그러나 다른 사람들은, 어떻게 그럴 수 있을까? 어떻게 그 낯선 무리에 스스로를 먹잇감으로 내던질 정도로 오만하고 경솔할 수 있지? 그들의 이름은 수많은 사람들의 입에서 더럽혀지고, 호기심 많은 이들이 그들의 사상, 그들의 마음, 그들의 인생까지 찔러서 거두어들이고 있지 않은가. 만약 내가 저 넝마주의자들의 탐욕에 바쳐졌더라면, 결국은 스스로를 쓰레기 더미로 대할 수밖에 없었으리라. 나는 내가 중요한 인물이 아니라는 것에 감사했다.

나는 폴에게 다가갔다. 전쟁도 그녀의 도전적인 우아함을 꺾지는 못했다. 폴은 보라색 광채가 어른거리는 긴 실크 스커트 차림에 귀에는 자수정으로 된 꽃송이 모양의 귀걸이를 달고 있었다.

"오늘 너무 아름다운걸." 내가 말했다.

폴은 커다란 거울 중 하나를 슬쩍 바라보았다.

"그래, 아름답지." 폴은 슬프게 말했다.

폴은 아름다웠다. 그러나 그녀의 눈 밑에는 화장과 같은 거무스레한 색깔로 무리가 져 있었다. 사실 앙리가 마음만 먹으면 자신을 포르투갈에 데려갈 수도 있다는 걸 그녀도 마음속으로는 잘 알고 있었다. 스스로 생각하는 것보다 더 분명하게.

"기쁘지? 크리스마스 파티를 멋지게 치러냈잖아!"

"앙리가 파티를 이렇게 좋아하니까." 폴이 말했다. 그녀는 꼭 주교의 것 같은 반지들로 뒤덮인 손가락을 기계적으로 움직여 그 다채로운 실크 드레스를 매만졌다.

"노래 불러주지 않을래? 듣고 싶어."

"노래를 하라고?" 폴이 놀라서 말했다.

"그래, 노래해줘." 내가 웃으며 말했다. "한때 노래했었다는 걸 잊은 거야?"

"한때라지만 벌써 아주 오래전이야."

"아니야, 이제 다시 예전과 똑같아졌는걸."

"그렇게 생각해?" 폴은 내 눈 아주 깊은 곳까지 뚫어져라 바라보았다. 그 눈이 내 얼굴 너머 어떤 마법의 구슬에게 묻고 있는 것 같았다. "과거가 되살아날 수 있다고 믿어?"

그녀가 어떤 대답을 기대하는지 알았기에 난 약간 난처한 듯 웃었다. "난 예언자가 아니야."

"시간이 대체 무엇인지, 로베르한테 설명을 들어야겠어." 폴이 깊은 생각에 잠긴 어조로 말했다.

사랑이 영원할 수 없음을 인정하기에 앞서, 그녀는 공간과 시간을 부정할 각오가 되어 있었다. 폴을 생각하니 걱정스러웠다. 지난 4년 동안, 그녀는 이제 권태를 제외하면 앙리에게 자신을 향한 어떤 감정도 남아 있지 않다는 걸 알고 있었다. 그러나 프랑스 해방과 함께 그녀의 마음속에 자기도 모르는 어떤 미친 희망이 깨어난 것이다.

"내가 정말 좋아했던 **흑인영가** 기억해? 그거 불러줄 수 있어?"

폴은 피아노를 향해 다가가 뚜껑을 열었다. 그녀의 목소리는 약간 둔탁했지만 여전히 감동적이었다. 나는 앙리에게 말했다. "폴은 반드시 무대에 다시 서야 해요." 그는 깜짝 놀란 듯했다. 박수갈채가 잦아들자 앙리는 나딘에게 다가갔고, 곧 두 사람은 춤을 추기 시작했다. 그 애가 앙리를 바라보는 표정이 싫었다. 그 애에게도 나는 아무런 도움이 되지 못했지. 쓸 만한 드레스를 주고 제일 예쁜 목걸이를 빌려주는 것, 내가 할 수 있는 일은 그게 다였다. 그 애의 꿈을 탐구해 봤자 소용없다. 나는 안다. 그 애에게 필요한 건 랑베르의 사랑이고, 그는 사랑을 줄 준비가 되어 있다. 하지만 어떻게 해야 그 애가 이 사랑을 망가뜨리지 않게 막을 수 있을까? 랑베르가 폴의 아파트로 들어왔을 때, 그때까지 계단 꼭대기에 서서 비난하는 태도로 감시하듯 우리를 지켜보던 나딘은 작은 계단을 네 단씩 건너뛰며 급히 내려왔다. 그러고는 그렇게 급하게 뛰어온 것이 민망했던지, 계단 맨 아랫단에 꼼짝 않고 서 있었다. 랑베르는 그 애에게 다가가 활짝 미소를 지었다.

"네가 와 있다니 정말 기쁜걸!"

그 애는 무뚝뚝한 어조로 대꾸했다.

"널 보러 온 거야."

어제 저녁 어두운색 우아한 정장을 입은 랑베르는 정말 미남이었다. 40대풍의 간소한 차림과 정중한 태도, 그 침착한 목소리. 랑베르는 사려 깊게 미소를 지었으나, 동요하는 시선과 부드러운 입매가 그의 젊음을 드러내고 있었다. 나딘은 그의 진지함에 호감을 느꼈고, 그의 연약함에 마음을 놓았다. 그 애는 다소 어리석은 만족감으로 랑베르를 뚫어지게 쳐다보았다.

"즐거웠어? 알자스는 정말 아름다운 곳인 것 같던데!"

"알다시피, 무장 지대가 되면 멋진 풍경도 음산하게 변하잖아."

그들은 계단에 나란히 앉아 오랫동안 이야기를 나누고, 춤을 추고, 웃었다. 그런 뒤에는 늘 그러듯이 다투었다. 나딘과 있다 보면 언제나 그렇게 된다. 어느새 랑베르는 화가 난 모습으로 혼자서 난롯가에 앉아 있었다. 아파트의 이 끝에서 지 끝까지 그들을 찾아가 서로 화해시킨다는 것은 생각

58

할 수도 없는 일이었다.

나는 음식을 차려놓은 식탁으로 걸어가 코냑 한 잔을 마셨다. 시선이 내 검은 스커트를 따라 내려가다가 다리 위에서 멈췄다. 내가 다리를 갖고 있다고 생각하니 우스웠다. 아무도, 나조차 그걸 짐작하지 못하고 있었는데. 다리는 구운 빵 빛깔을 띤 실크 속옷 아래 날씬하고 단단한 모습이었다. 다른 어느 다리에 못지않은 내 다리. 언젠가는 전혀 존재해보지도 못한 채 땅속에 파묻힐 다리. 그건 부당한 것 같았다. 정신없이 다리를 바라보고 있는데 스크리아신이 다가왔다.

"그리 즐기고 있는 것 같지 같네요?"

"할 수 있는 만큼 즐기고 있답니다."

"젊은이들이 너무 많군요. 젊은이들은 결코 명랑한 법이 없죠. 게다가 작가들도 지나치게 많고요." 그는 턱으로 르누아르, 펠레티에, 캉주를 가리켰다. "저치들 모두 작가죠?"

"예, 모두요."

"부인은요? 부인은 글을 쓰지 않나요?"

나는 웃으며 말했다. "맙소사, 아니요!"

스크리아신의 거침없는 태도가 맘에 들었다. 다른 모든 사람들처럼 나도 그의 유명한 책 『붉은 낙원』을 읽은 적이 있다. 그러나 나를 특히 감동시킨 것은 그가 오스트리아 나치에 대해 쓴 책이었다. 그 책은 현장 보도 기사보다 훨씬 훌륭하고 열정적인 증언이었다. 그는 러시아를 떠난 뒤 오스트리아로 갔다가, 거기서 달아나 프랑스 국적으로 귀화했다. 그러나 최근 4년은 미국에서 보낸 터라 우리는 올가을에야 처음으로 그를 만났다. 그는 로베르나 앙리와는 친근하게 말을 놓았지만, 내 존재는 전혀 알아차리지 못하는 듯했다. 그가 내게서 시선을 돌렸다. "그들이 어떻게 될지 궁금하네요."

"누가요?"

"보통의 프랑스 사람들, 그리고 특히 이 사람들 말이죠."

이번에는 내가 스크리아신을 살펴보았다. 광대뼈가 두드러진 세모꼴 얼굴, 활발하면서도 엄격해 보이는 눈, 여성스럽기까지 한 얇은 입술. 이 얼굴은 프랑스인의 얼굴이 아니었다. 그에게 소련은 적국이었고, 미국 또한 그는 좋아하지 않았다. 그가 고국으로 느끼는 곳은 세상 어디에도 없었다.

"뉴욕에서 돌아올 때 전 영국 배를 탔답니다." 스크리아신은 어렴풋한 미소를 지으며 입을 열었다. "어느 날 승무원이 이런 말을 하더군요. '불쌍한 프랑스인들은 자기네가 전쟁에서 이겼는지 졌는지도 몰라요.' 이 말이 상황을 꽤 잘 요약해주는 것 같았죠."

그의 목소리에는 내 신경을 거스르는 일종의 자기만족이 담겨 있었다. 나는 말했다. "지나간 사건에 이름을 붙이는 것은 중요하지 않아요. 문제가 되는 것은 미래죠."

"바로 그래요." 그가 격렬하게 말을 받았다. "성공적인 미래를 위해, 현재를 직시해야만 하죠. 그런데 여기 사람들은 그걸 전혀 모르는 것 같군요. 뒤브뢰유는 문예지에 대해 얘기하고 있어요. 앙리는 여행 얘기를 하고요. 다들 전쟁 전처럼 살 수 있으리라고 생각하는 것 같아요."

"그래서 하늘이 저들의 눈을 뜨게 하기 위해 당신을 보냈다는 건가요?"

내 냉담한 목소리에 스크리아신은 미소를 지었다.

"체스 둘 줄 아세요?"

"아주 못해요."

그는 계속 미소를 지었다. 현학적인 표정은 얼굴에서 완전히 사라져 있었다. 마치 우리가 오래전부터 친한 친구이며 또 공모자라도 되는 것 같았다. 나는 생각했다. 내게 슬라브인 특유의 매력을 발휘하는군. 하지만 그 매력은 통했고, 그래서 나도 미소를 지었다.

"체스는 직접 두지 않고 관찰할 때 판이 더 잘 보이죠. 체스 두는 사람보다 내 실력이 떨어질 때조차 그래요. 여기서도 마찬가지에요. 나는 외부인이고, 그래서 보여요."

"뭐가요?"

"막다른 골목이죠."

"어떤 막다른 골목이란 말씀이죠?"

갑작스러운 불안을 느끼며 나는 물었다. 너무 오랫동안 외부인 없이 우리끼리만 가깝게 지내온 터였고, 그래서 이 외부의 시선이 나를 불안하게 했다.

"지금 프랑스 지식인들은 막다른 골목에 와 있어요. 이번에는 그들 차례죠." 스크리아신은 만족감 비슷한 감정으로 덧붙였다. "프랑스인들의 예술과 사상은, 어떤 문명이 성공적으로 보존되는 경우에 비로소 그 의미를 지니게 될 거예요. 그러나 그들이 그 문명을 구제하려 한다면, 예술과 사상에는 기여하지 못할 겁니다."

"로베르가 적극적으로 정치 활동을 하는 게 이번이 처음은 아니랍니다." 나는 말했다. "그런 활동이 글 쓰는 일에 방해가 된 적은 전혀 없었어요."

"그래요. 1934년에 뒤브뢰유는 반파시스트 투쟁에 자기 시간을 많이 희생했지요." 스크리아신이 우아한 목소리로 말했다. "어쨌든 그에게는 투쟁이 문학에 전념하는 것과 도덕적으로 양립 가능한 일로 여겨졌던 겁니다." 그러고서 분노 비슷한 감정으로 그는 덧붙였다. "프랑스의 여러분은 아주 긴급한 상황에서 역사의 압력이라는 걸 한 번도 겪은 적이 없죠. 소련, 오스트리아, 독일에서는 그걸 피할 수 없었습니다. 예컨대 저만 해도 바로 그런 이유로 글을 쓰지 않지요."

"당신도 글을 썼잖아요."

"다른 책들도 써야겠다는 마음이 안 들었을까요? 하지만 그런 일은 어림도 없었죠." 스크리아신은 어깨를 으쓱했다. "스탈린과 히틀러를 면전에 두고 문화라는 것에 흥미를 갖는다는 건 휴머니즘이라는 대단한 전통이 있어야만 가능한 일이에요." 그는 말을 이었다. "물론 디드로*, 위고, 조레스 **의 나라에서는 문화와 정치가 손에 손을 잡고 나아간다고 생각하겠죠. 파리는 오랫동안 스스로를 아테네로 생각했으니까요. 아테네는 더 이상 존재하지 않아요. 끝났답니다."

"로베르가 선생님보다 역사의 중압감을 더 무겁게 느끼리라 생각하는데요."

---

* 드니 디드로Denis Diderot. 18세기 프랑스의 유물론을 대표하는 계몽사상가로, 작가이자 예술비평가.

** 장 조레스Jean Jaurès. 19세기 말에서 20세기 초까지 활동한 사회주의자이자 정치가. 제1차 세계대전 시에는 반전운동 지도자로도 활동했으며 이로 인해 암살당했다.

"남편분을 공격하려는 게 아닙니다."스크리아신은 가볍게 미소 지었다. 내 말은 전혀 중요하지 않음을 드러내는 미소였다. 그는 내 의견을 부부로서의 의리로 만들고 있었다. "사실, 로베르 뒤브뢰유와 토마스 만이야말로 이 시대의 가장 위대한 지성이라 할 수 있죠. 그래서 말인데, 뒤브뢰유가 문학을 포기할 것이라 예언하는 건 내가 그의 통찰력을 신뢰하기 때문이에요."

나는 어깨를 으쓱였다. 혹시 내 기분을 맞춰주려고 한 말이었다면, 서투른 시도였다. 나는 토마스 만을 아주 싫어하니까.

"로베르는 글쓰기를 절대 포기하지 않을 거예요."

"뒤브뢰유의 작품이 뛰어난 건, 그가 높은 미학적 요구를 혁명적 선동과 양립시킬 줄 안다는 점이에요. 삶에서도 비슷한 균형을 실현했죠. 감시 위원회*를 조직했고 소설도 썼으니까요. 그러나 바로 이 멋진 균형은 이제 불가능한 것이 되어버렸어요."

"로베르는 다른 균형을 만들어낼 거예요. 그를 믿어보세요."

"아마 예술적 요구를 희생시키겠죠."그러고서 스크리아신은 얼굴을 빛내며 의기양양한 태도로 물었다. "선사시대에 대해 공부해보신 적 있나요?"

"체스보다 더 몰라요."

---

*　반파시스트 지식인들의 감시 위원회. 프랑스는 물론 유럽 전역에 확산되는 파시즘에 대항하려는 목적으로 1934년 프랑스 좌파 지식인들에 의해 창설되었다.

"하지만 아마 알고 계시겠죠. 벽화들과 발굴 작업으로 발견된 유물들이 아주 오랜 세월에 걸친 예술적 진보의 지속성을 입증하고 있다는 걸요. 그런데 어느 시기에는 갑자기 그림들과 조각들이 사라집니다. 그리고 이런 몇 세기의 공백이 새로운 기술의 도약과 일치한다는 것을 확인하게 되는 거죠. 자, 우리는 새로운 시기로 다가가고 있어요. 그리고 다른 이유들로 인류는 이런저런 문제의 희생양이 될 겁니다. 그 문제들 때문에 인류는 스스로를 표현하는 사치를 더 이상은 누리지 못하게 되겠죠."

"유추에 의존한 추론은 대단한 사실을 입증하지 못하는 법이에요."

"그런 비교는 관두도록 하죠." 스크리아신이 인내심 있는 목소리로 말했다. "짐작건대, 당신네들은 너무 가까이서 겪었기 때문에 이 전쟁을 잘 이해할 수 없어요. 이 전쟁은 보통 전쟁과는 아주 다른 전쟁입니다. 사회의 붕괴, 심지어 세계의 붕괴라 할 수 있죠. 붕괴의 시작이에요. 과학과 기술의 발달, 그리고 경제적 변화가 세상을 뒤집어놓을 겁니다. 우리가 생각하고 느끼는 방식들조차 그 때문에 혁신적으로 바뀔 거고요. 우리가 누구였는지 기억하는 것조차 힘들게 되겠죠. 특히 예술과 문학은 오직 구식의 오락으로 보일 거고요."

내가 고개를 젓자 스크리아신은 격렬하게 말을 이었다.

"자, 세계의 패권을 소련이나 미국이 쥐게 되는 날, 프랑스 작가들의 메시지가 어떤 영향력을 가지게 될까요? 더 이상은 아무도 그 메시지들을 이해 못 할걸요. 작가들의 말조차 이해 못 하겠죠."

"그래서 당신은 기쁜 것 같군요." 내가 말했다.

그는 어깨를 으쓱였다. "이런 게 여자의 생각인가 보네요. 여자들은 객관적인 관점을 고수할 수 없다니까요."

"객관적 관점을 고수해보도록 하죠." 내가 말했다. "객관적으로, 세상이 반드시 미국화 되거나 러시아화 될 것이라는 증거는 없어요."

"다소간 시간이 걸리겠지만 그렇게 되는 것은 필연적인 일이죠." 그는 몸짓으로 내 말을 막더니 예쁜 슬라브식 미소를 보냈다. "여러분을 이해해요. 막 해방이 되었으니까요. 완전한 행복감에 젖어 있죠. 4년간 많은 고통을 받았고, 충분히 대가를 치렀다고 생각하는 거예요. 하지만 결코 충분한 대가란 없답니다." 그의 말투가 갑자기 신랄해졌다. 그는 내 눈을 똑바로 쳐다보며 말을 이었다. "독일의 공격전처럼 모스크바를 공격하려는 과격파가 워싱턴에 있다는 걸 아십니까? 그들의 관점으로 보면 그들이 옳아요. 미국 제국주의는 러시아 전체주의처럼 끝없는 팽창을 요구하고 있지요. 둘 중 하나가 점령할 것이 분명해요." 이어 그의 목소리가 울적하게 변했다. "여러분은 독일의 패배를 축하하고 있다고 믿지만, 곧바로 제3차 세계대전이 시작되는 겁니다."

"그건 선생님 개인적인 예측이죠."

"뒤브뢰유가 평화를 믿고, 하나의 유럽이 가능하다고 믿고 있는 거 알아요." 스크리아신은 너그럽게 미소 지었다. "위대한 지성들도 착각하는 경우가 있죠. 우리는 스탈린에 의해 합병되거나 미국의 식민지가 될 거예요."

"그러면 막다른 골목도 없겠군요." 내가 쾌활하게 말했다. "걱정할 필요 없네요. 글 쓰는 걸 즐기는 사람들은 그저 계속해서 글만 쓰면 되겠어요."

"아무도 읽는 사람이 없는데 글을 쓴다니, 얼마나 바보 같은 짓인가요!"

"모든 것이 끝장났을 땐 바보 같은 짓 말고는 할 일이 없지 않나요?"

스크리아신은 입을 다물었다. 교활한 미소가 그의 얼굴을 스쳤다. "어떤 상황은 또 다른 사람들에게 심지어 유리한 일이 될 테죠." 그가 비밀스러운 어조로 다시 입을 열었다. "소련이 이기는 경우, 문제는 없어요. 어차피 문명의 종말이자 우리 모두의 종말이 될 테니까요. 미국이 점령하는 경우, 전면적인 피해는 적어 보이겠죠. 만약 미국이 우리의 몇몇 가치들을 인정하게끔 하고 일부 사상들을 성공적으로 지속시키기만 한다면, 미래의 세대가 언젠가 우리 전통과 문화를 회복해주리라 염원할 수도 있겠죠. 그러나 그러려면 우리가 가진 가능성을 모두 동원해야만 합니다."

"싸움이 일어나는 경우 미국이 승리하길 원한다고 말하지는 마세요!"

"어쨌든, 역사는 결국 계급 없는 사회를 맞이하게 될 겁니다." 스크리아신이 말했다. "아마 두 세기, 혹은 세 세기 후에는요. 그 전에 살아갈 사람들의 행복을 위해, 전 혁명이 소련이 아니라 미국이 지배하는 세계에서 일어나기를 열렬히 바라는 겁니다."

"미국이 지배하는 세상에서 혁명이 일어나려면 대단히 오랜 시간이 걸릴 거예요."

"그러면 스탈린의 혁명은 어떨 거라고 생각하시는데요? 1930년 무렵의 프랑스에서는 혁명이 꽤 아름다웠죠. 소련에서 혁명은 그때부터 이미 아름답지 못했다고 대답해드리죠." 그가 어깨를 으쓱였다. "깜짝 놀랄 준비 하세요! 러시아인들이 프랑스를 점령하는 날, 깨닫기 시작할 겁니다. 불행하게도 그때는 너무 늦었을 테죠."

"러시아의 점령이라니, 당신 스스로도 그걸 믿는 건 아니죠?"

"저런!" 스크리아신이 한숨을 내뱉었다. "결국 그건 그렇다고 쳐요. 낙관주의자가 됩시다. 유럽에 기회가 올 거라고 인정하자고요. 하지만 언제나 투쟁을 통해서만 유럽을 구할수 있을 겁니다. 자기 개인만을 위해 무얼 한다는 건 생각할수도 없는 일일 거예요."

이번에는 내가 입을 다물었다. 스크리아신이 원하는 건모두 결국 프랑스 작가들의 침묵으로 수렴되는 일들이었고, 나는 그 이유를 잘 알고 있었다. 그의 예언은 조금도 설득력이 없었지만 그 비극적인 목소리가 마음에 반향을 불러일으켰다. '우리는 어떻게 살아야 할까?' 파티가 시작될 때부터나를 몹시 괴롭히던 질문이었다. 아니, 며칠 전, 혹은 몇 주전부터 이미 시작된 의문이었을까?

스크리아신이 위협적인 시선으로 나를 쳐다보았다. "둘중 하나예요. 뒤브뢰유나 앙리 같은 사람들이 상황을 직시하고 모든 것을 건 투쟁에 가담하느냐, 혹은 스스로를 속이고 글 쓰는 데 집착하느냐. 그럴 경우 그들의 작품은 현실로부터 단절되고, 장래성은 조금도 없겠죠. 그 작품들은 눈먼자의 작품들이 될 겁니다. 미사여구에 치우친 시만큼이나 실망스러운 작품이 되는 거예요."

세상과 타인에 대해 말하면서 끊임없이 자기 자신에 관한 이야기를 늘어놓는 상대와 토론하기란 어려운 일이다. 나로서는 그를 상처 주지 않고는 두려움에서 벗어날 수 없었다. 어쨌든 난 이렇게 말했다.

"사람들을 진퇴양난에 빠뜨리는 것은 쓸데없는 짓이에요. 인생은 언제나 진퇴양난을 해체해버리니까요."

"이런 경우에는 아니죠. 알렉산드리아냐 스파르타냐, 다른 선택은 없어요. 이런 일은 지금 생각하는 편이 나아요." 그는 일종의 감미로움을 담아 덧붙였다. "희생이 과거로 지나가면, 더 이상은 고통스럽지 않죠."

"난 로베르가 무엇도 희생하지 않으리라 확신해요."

"이 얘기를 1년 후에 다시 해보기로 합시다." 스크리아신이 말했다. "1년 후 그는 탈주했거나, 더 이상 글을 쓰고 있지 않을 거예요. 그가 탈주할 것 같지는 않군요."

"그는 계속해서 글을 쓸 거예요."

스크리아신의 얼굴에 활기가 돌았다. "무엇을 걸까요? 샴페인 한 병?"

"난 아무것도 안 걸래요."

그는 미소 지었다. "부인도 다른 여자들과 다를 바 없군요. 하늘에는 움직이지 않는 별들이, 도로에는 표지판이 필요한 여자들 말입니다.

나는 어깨를 으쓱였다. "아시다시피 그 움직이지 않는 별들이 최근 4년 동안에는 아주 요동치며 회전을 하던데요."

"그래요, 어쨌든 프랑스는 여전히 프랑스일 것이고 로베르 뒤브뢰유는 로베르 뒤브뢰유일 것이라고 내내 확신하시겠죠. 그러지 않으면 미쳐버릴 것 같으니까요."

"이보세요." 나는 쾌활하게 말했다. "당신 이야기의 객관성이 심히 의심스러운데요."

"부인의 관점에만 맞추니까 그렇죠. 부인은 주관적인 확신을 내세우며 내게 반대하시잖습니까." 그가 미소 짓자 취조관 같은 그 눈에 온기가 도는 듯했다.

"매사를 지나치게 진지하게 받아들이시는 편이죠?"

"경우에 따라서요."

"부인에 대해서는 얘기 들었어요. 어쨌든 저는 진지한 여자들을 매우 좋아합니다."

"누구에게 들었나요?"

그는 누구라고 지정하지 않은 채 애매한 몸짓으로 모두를 가리켰다. "사람들요."

"사람들이 뭐라고 그랬죠?"

"부인이 냉정하고 엄격하다더군요. 제 눈엔 그렇게 보지 않지만요."

나는 다른 질문을 하지 않으려고 입을 꼭 다물었다. 거울의 함정 그건 피할 수 있다. 그러나 타인들의 시선, 그 현기증 나는 심연에 누가 저항할 수 있을까? 나는 검은 옷을 입고, 말이 없고, 글을 쓰지 않아. 이 모든 것이 내 모습을 형성하고, 타인들은 그 모습을 보지. 나는 누구도 아니야. 나는 나다, 하고 말하는 건 얼마나 쉬운가. 하지만 나라는 이 사람은 누구지? 어디서 나를 만날 수 있지? 그러기 위해서는 모든 문의 반대편에 있어야 하리라. 그러나 내가 문을 두드리면 그들은 침묵하겠지. 갑자기 얼굴이 불타는 듯 느껴졌다. 내 얼굴을 뜯어내고 싶었다.

"왜 글을 안 쓰시죠?" 스크리아신이 물었다.

"책은 충분히 많으니까요."

"그게 유일한 이유는 아니잖아요." 그는 탐색적인 작은 눈으로 계속해서 나를 바라보았다. "스스로를 드러내고 싶지 않은 것이 진짜 이유겠죠."

"어디에 나를 드러낸다는 거죠?"

"부인은 매우 자신 있는 사람처럼 보이지만, 사실은 극도로 수줍음이 많은 분이에요. 일하지 않는다는 사실에 자부심을 갖는 부류죠."

나는 그의 말을 가로막았다. "나를 분석하려고 하지 마세요. 나는 그 분야를 속속들이 알아요. 심리학자거든요."

"알고 있어요." 스크리아신은 나에게 미소를 보냈다. "언제 저녁 식사 한번 하지 않으실래요? 너무 어두운 파리에서 완전히 길을 잃었어요. 이제 아는 사람이 아무도 없답니다."

문득 이런 생각이 들었다. '그래, 이자한테는 나도 다리를 가진 사람이구나.' 나는 수첩을 꺼냈다. 거절할 이유가 전혀 없었다.

"그러죠. 1월 3일은 어때요?"

"좋습니다. 리츠 호텔의 바에서 8시, 괜찮으세요?"

"좋아요."

거북함이 느껴졌다. 아! 그가 결국 나를 어떻게 생각할지 그런 건 상관없어. 타인의 의식 깊은 곳에 내 고유한 이미지가 존재한다는 사실을 깨달을 때마다 늘 잠깐의 공포를 느끼곤 하지만, 그것도 계속되지는 않는다. 내가 그것을 무시해버리기 때문이다. 나를 당황하게 하는 것은 나 자신이 아닌 다른 사람의 눈을 통해 본 로베르의 모습이었다. 그가 정말 막다른 골목에 있는 걸까? 그는 폴의 허리에 손을 얹은 채 빙글빙글 돌리며, 동시에 다른 손으로 허공에 내가 모르는 무언가를 그리고 있었다. 아마 폴에게 시간의 흐름을 설명하고 있는 모양이었다. 어쨌든 그녀는 웃고, 그도 웃고 있었다. 위험에 처한 모습은 아니었다. 만약 그가 위험에 처했다면 내가 그 사실을 알았을 거야. 그는 좀처럼 실수를 하지 않으며, 결코 스스로를 속이지 않는다. 나는 붉은 커튼 뒤편의 열린 창문의 커튼 안쪽으로 가서 몸을 숨겼다. 스크리아신은 어리석은 얘기를 수도 없이 쏟아냈다. 그러나 손쉽게 털어버릴 수 없는 문제들을 제기하기도 했다. 몇 주 동안 나는 이런 문제들을 줄곧 회피해온 터였다. 지금은 우리가 그토록 기다려온 순간이었으니까. 해방을, 승리를 즐기고 싶었던 것이다. 내일도 미래를 생각할 시간은 있을 거라고 여기면서. 자, 이제 나는 미래를 생각했고, 로베르의 생각은 어떤지 궁금했다. 회의를 느낄 때, 그는 절대 낙담한 모습을 보이지 않고 오히려 지나치다 싶게 활동을 하지. 그렇다면 그 모든 대화와 편지, 전화 통화, 그리고 밤에 하는 과도한 일이 혹시 근심을 감추기 위한 것은 아닐까? 그는 나에게 아무것도 숨기지 않지만, 걱정거리를 잠시 동안 혼자서 간직하고 있기도 해. 나는 가책을 느끼며 생각했다. '게다가 오늘 밤에도 로베르는 폴에게 그런 말을 했잖아. 우리는 교차로에 있는 셈이라고.' 그가 종종 쓰는 표현이지. 그리고 비겁하게도 나는 '교차로'라는 표현을 심각하게 생각하지 않으려 했어. 로베르가 보기에 세상은 위험에 빠져 있는 거야. 나에게 세상은 바로 로베르인데. 그러니 그가 위험에 빠져 있는 셈이지! 익숙한 어둠 속에서 팔짱을 끼고 센강 변을 따라 돌아오는 동안, 그의 수다스러운 목소리도 나를 충분히 안심시키지 못했다. 엄청나게 술을 마신 터라 그는 매우 쾌활한 모습이었다. 며칠 밤낮을 칩거 상태로 지낼 땐 아주 잠시간의 외출도 그에게는 모험담으로 변모하는 것이다. 어젯밤의 파티도 그의 입에서 얼마나 강조되어 표현되었는지, 나는 파티에서 아무것도 보지 못한 것만 같았다. 그는 머리에 온통 눈을 달고 있는 사람, 스물네 개의 귀를 갖고 있는 사람이었다. 나는 그의 말을 들으며 소리 없이 자문하고 있었다. 그는 전쟁 동안 열정적으로 썼던 회고록을 끝내지 못했어. 왜? 이것은 징조일까? 무슨 징조지?

"가엾은 폴! 문학가의 사랑을 받는 건 여자에게 재앙이야." 로베르가 말했다. "폴은 앙리 페롱이 자신에 대해 얘기하는 모든 걸 그대로 믿고 있어."

나는 폴 이야기에 관심을 집중하려 애썼다.

"프랑스 해방 때문에 정신이 좀 나가 있는 건 아닌지 걱정이에요." 내가 말했다. "작년에는 헛된 기대를 더 이상 안 했거든요. 그런데 이제 미친 사랑이 다시 시작된 거예요. 다만 혼자서 이 사랑을 연기하고 있는 거죠."

"폴은 시간이 존재하지 않는다는 말을 기어코 듣고 싶어 하더군." 로베르가 말했다. "그녀에게 인생의 가장 멋진 부분은 과거에 있거든. 이제 전쟁이 끝났으니 과거를 되찾기를 희망하는 거야."

"우리 모두 그걸 원하잖아요. 안 그래요?" 내가 물었다. 웃음기 담긴 목소리였건만 로베르가 내 팔을 붙들었다.

"무슨 일 있는 거야?"

"아무 일도 없어요, 다 괜찮아요." 나는 경쾌한 어조로 대답했다.

"어서 말해봐! 당신이 사교계 귀부인 목소리를 내면 그게 무슨 뜻인지 난 알아." 로베르가 말했다. "지금 당신 머릿속이 무겁게 빙빙 돌고 있겠지. 펀치를 몇 잔이나 마셨어?"

"당신보다는 분명히 적게 마셨어요. 그리고 펀치는 아무 상관 없어요."

"아! 드디어 고백을 하는군!" 로베르가 의기양양하게 말했다. "무슨 일이 있긴 한데, 펀치는 그 일과 아무런 상관이 없다는 거잖아. 도대체 무슨 일이지?"

"스크리아신 말이에요." 나는 웃으며 대답했다. "그 사람이 프랑스 지식인들은 망했다고 그러더라고요."

"그러기를 바라는 거겠지."

"저도 알아요. 하지만 어쨌든 그 사람 때문에 좀 무서워졌어요."

"당신 나이쯤 된 다 큰 여인이 어쩌다 만난 예언자에게 영향을 다 받다니! 나는 스크리아신 아주 좋더라고. 흥분해서 횡설수설하고 격해져서는 눈을 이리저리 굴리곤 하지. 하지만 그 사람 말을 진지하게 받아들이면 안 돼."

"정치가 당신을 갉아먹을 거고, 당신은 이제 글을 쓰지 않을 거래요!"

"그래서 그 말을 믿어?" 로베르가 쾌활하게 물었다.

"어쨌든 회고록을 끝내지 못한 건 사실이니까요."

로베르는 잠시 망설였다. "그건 아주 예외적인 경우야."

"왜요?"

"이 회고록을 출판하면, 나를 공격할 수 있는 너무 많은 무기를 제공하게 되는 셈이니까!"

"바로 그래서 그 책이 가치 있는 거잖아요." 나는 격한 어조로 말했다. "스스로를 대담하게 드러내는 사람은 너무 드물어요. 그리고 대담하게 드러내면, 결국은 이기게 되는 거죠."

"그래, 그 사람이 일단 죽었을 때는 그렇지." 로베르가 말하고는 어깨를 으쓱였다. "이제 나는 정치 인생으로 돌아왔고, 너무나 많은 적들이 있어. 이 회고록이 출판되는 날, 그들이 얼마나 기뻐할지는 알지?"

"당신 적들은 회고록에서건 다른 곳에서건 항상 당신을 공격할 무기를 발견할걸요."

"이 회고록이 라포리나 라숌, 아니면 꼬마 랑베르의 손에 들어갔고 상상해봐. 아니면 어떤 신문기자 손에 있다고 말이야!"

그는 정치적인 삶이나 미래나 대중과는 완전히 단절된 채, 이 회고록이 출판될 수 있는지조차 전혀 막연한 상태에서 글을 써왔다. 그러면서 지표도 보호막도 없이 위험을 무릅쓰고 모험을 감행하는 무명작가의 고독을 다시 발견하게 되었던 것이다. 내가 보기에는 이 회고록이야말로 그의 글 중 최고가 될 터였다. 나는 참다 못해 물었다.

"그러면 정치를 할 땐 진실한 글을 쓸 권리가 없다는 말이에요?"

"그건 아냐. 하지만 추문을 일으킬 만한 글은 안 되지." 로베르가 말했다. "게다가 당신도 잘 알잖아. 요즘은 추문을 일으키지 않고 말할 수 있는 것들이 없다고." 그는 미소를 지었다. "사실 개인적인 것은 전부 추문의 대상이 되지."

우리는 말없이 몇 걸음 걸었다. "당신은 회고록을 쓰느라 3년을 보냈어요. 그걸 서랍 구석에 던져두는 게 괜찮아요?"

"이제 회고록은 생각 안 해. 다른 책을 구상하고 있거든."

"어떤 책인데요?"

"며칠 후에 얘기해줄게."

나는 의심스러운 눈초리로 로베르를 응시했다. "당신, 글쓸 시간이 있으리라 생각해요?"

"물론이지."

"오! 그렇게 확신할 수는 없을 것 같은데요. 스스로에게 할애할 1분도 없잖아요."

"정치에서는 시작이 제일 힘들지. 일단 시작하면 문제가 해결돼."

너무나 간단한 일이라는 듯한 목소리였다. 나는 끈질기게 물었다. "만약 문제가 해결 안 되면요? 정치 운동을 포기할 건가요? 아니면 글 쓰는 것을 그만둘 건가요?"

"당신도 알잖아. 내가 잠시 글쓰기를 중단한다 하더라도 그건 전혀 비극이 아니야." 로베르가 미소를 지었다. "사는 내내 작품을 잔뜩 써왔으니까!"

가슴이 꽉 죄어 오는 것이 느껴졌다. "전에는 써야 할 작품들이 당신을 기다리고 있다고 그랬잖아요."

"지금도 그렇게 생각해. 하지만 작품이 나오는 건 기다려야겠지."

"기다린다니 얼마나? 한 달? 1년?"

로베르가 달래듯 말했다. "여보, 세상에 책이 한 권 덜 나오든 더 나오든, 그건 그리 중요한 게 아니야. 게다가 지금 정세가 흥미롭잖아. 이해해줘. 처음으로 좌파가 운명을 자기 손에 쥐고 있어. 처음으로 우파에 이용당할 위험 없이, 공산주의자들과는 독립적으로 좌파가 결집을 시도하게 되었다고. 이런 행운을 그냥 날려버리지는 않을 거야! 내가 평생 기다려온 순간이니까."

"난 당신 책이 아주 중요하다고 생각해요." 내가 말했다. "당신 책들은 사람들에게 독보적인 무언가를 전해주거든요. 하지만 정치는, 꼭 당신만이 할 수 있는 게 아니잖아요."

"내 사상대로 일을 이끌어갈 수 있는 사람은 나뿐이야." 로베르가 쾌활하게 대꾸했다. "날 이해해줘야 돼. 감시 위원회니 레지스탕스니 아주 유용했지만, 다 소극적인 범위에 머물렀지. 지금의 활동은 건설적인 거야. 이게 훨씬 더 흥미롭다고."

"나도 너무 잘 알아요. 하지만 당신의 작품이 나한테는 훨씬 더 중요해요."

"늘 생각해온 건데, 작가는 단순히 글을 쓰기 위해 쓰는 게 아니야." 로베르가 말했다. "어떤 때는 다른 형태의 활동이 더 시급해."

"당신에게는 아니에요. 무엇보다 작가니까요."

"그렇지 않다는 거 알잖아." 이제 로베르의 목소리에는 질책이 실려 있었다. "내게 무엇보다 중요한 건 혁명이야."

"그렇겠죠. 하지만 당신이 혁명을 돕는 최선의 방법은 책을 쓰는 거예요."

로베르는 고개를 저었다. "상황에 따라 달라. 우리는 중대한 시기에 있어. 무엇보다 정치에서 승리해야 해."

"지면 무슨 일이 일어날까요?" 내가 물었다. "정말 다시 전쟁이 일어날 수 있다고 믿는 건 아니죠?"

"당장 내일 일어나리라고 생각하진 않아." 로베르가 말했다. "하지만 전쟁과 비슷한 상황이 세계에 만들어지는 것, 그것만은 반드시 막아야 해. 그러지 않으면 사람들은 조만간 다시 서로 치고받게 될 거야. 이 승리가 자본주의에 의해 이용되는 것도 막아야 하고." 그는 어깨를 으쓱였다. "아무도 안 읽을지 모를 책을 쓰면서 좋아하기 전에 막아야만 할 일들이 너무 많다고."

나는 도로 한가운데 우뚝 멈춰 섰다. "뭐라고요? 당신도 사람들이 문학에 무관심해지리라 생각하는 거예요?"

"물론이지. 다들 다른 할 일이 많아질 테니까!"

정말이지 너무도 솔직한 말투였다. 내 속에선 분노가 치밀어 올랐다. "그런 게 아무렇지도 않은가 보네요. 하지만 문학과 예술이 없는 세계는 끔찍하게 슬프겠죠."

"어쨌든 수백만의 사람에게 문학은 아무 가치도 없게 된 시대야!"

"그래요. 하지만 상황이 바뀔 거라고 생각했잖아요."

"지금도 그렇게 생각해. 아닌 것 같아?" 로베르가 말했다.

"그러나 만약 세상이 변한다면, 문학 같은 건 더 이상 문제 삼지 않는 시기를 우리는 겪어내야 하겠지."

우리는 서재로 들어갔고 나는 가죽 소파의 팔걸이에 걸터 앉았다. 그래, 펀치를 너무 많이 마셨어. 벽이 내 주위를 돌고 있군. 나는 로베르가 20년 전부터 밤낮으로 글을 써온 책상을 바라보았다. 지금 그는 예순 살이다. 만약 그가 말한 시기가 길어진다면, 결코 그 시기가 끝나는 것을 보지 못할 수도 있다. 그러니 이런 정세에 그렇게 무관심할 수 없으리라.

"들어봐요. 써야 할 작품들이 당신을 기다린다고 생각하잖아요. 5분 전에 새 책을 시작할 거라고도 했고요. 결국 당신 글을 읽으려는 사람들이 있다고 전제한 거예요……"

"아! 그럴지도 모르지." 로베르가 말했다. "하지만 결국은 다른 경우를 고려해야 해." 그는 소파에, 내 곁에 앉았다. "문학은 당신 말처럼 그리 대단한 게 아니야." 그가 쾌활하게 덧붙였다. "문학이 사람들을 위해 만들어졌지, 사람들이 문학을 위해 만들어진 게 아니잖아."

"당신에게는 매우 슬픈 일이 될 거예요." 나는 말했다. "더 이상 글을 쓰지 않으면, 당신은 앞으로 절대 행복하지 못할 거라고요."

"모르겠네." 로베르가 말했다. 그는 미소를 지었다. "난 상상력이 없어서."

그에게는 상상력이 있다. 그리고 그날 저녁 "써야 할 작품들이 아직 날 기다리고 있어!" 하고 말했을 때 그가 얼마나 불안해하고 있는지 나는 알 수 있었다. 그는 자기 작품이 중요한 가치를 갖고 후세에 남겨지기를 원하는 것이다. 변명해봐야 소용없다. 그는 무엇보다 작가니까. 처음에는 아마 혁명에 봉사한다는 것만 생각했을 것이다. 문학은 단지 수단일 뿐이라고. 하지만 문학은 목적으로 변했다. 그는 문학을 그 자체로 사랑한다. 그의 책들이 모두 입증하고 있다. 특히 그가 출판을 원하지 않는 회고록이. 그는 글쓰기의 기쁨을 위해 책을 썼다. 그래, 사실은 자신을 얘기하는 것이 지겨워진 거야. 그렇다면 이 혐오감은 좋은 징조가 아니었다.

"난 상상력이 있어요." 내가 말했다.

벽이 빙빙 돌았다. 그러나 나는 내 정신이 매우 또렷하다고, 술을 안 마셨을 때보다도 훨씬 더 또렷하다고 느꼈다. 술을 마시지 않았을 때, 우리는 지나치게 방어적이다. 알고 있는 것을 모르는 척 구는 것이다. 갑자기 상황이 분명하게 보였다. 전쟁은 끝나가고 있다. 새로운 역사가 시작되었으나 거기에는 어떤 보장도 없다. 로베르의 미래도. 그는 글 쓰는 일을 그만둘지도 모른다. 그가 쓴 과거의 작품들까지 공허하게 사라져버릴지 모른다.

"당신은 어떻게 생각해요?" 내가 물었다. "사태가 좋아질까요, 아니면 나빠질까요?"

로베르가 웃기 시작했다. "아! 난 예언자가 아냐! 그렇지만 어쨌든 우리 손에 좋은 패가 많이 쥐여져 있는 건 사실이지."

"하지만 이길 가능성이 얼마나 될까요?"

"카드 점이라도 쳐보라는 거야? 아니면 커피 찌꺼기로 보는 점이 나으려나?"

"비웃을 필요까진 없잖아요." 나는 말했다. "때로는 스스로에게 질문을 던져볼 수도 있는 법이죠."

"당신도 알잖아. 나도 그러고 있어." 로베르가 말했다.

물론 그는 스스로에게 질문을 던진다. 나보다 더 진지하게. 나는 행동하지 않는 사람이고, 그래서 쉽게 비장해진다. 그게 옳지 않다는 건 알고 있다. 그러나 로베르와 함께 있으면, 옳지 않다는 것이 별로 고통스럽지 않다.

"당신은 스스로 대답할 수 있는 질문만 던지잖아요." 내가 말했다.

그는 다시 웃었다. "되도록이면 그러지. 다른 질문들은 별 소용이 없으니까."

"그게 스스로 답할 수 없는 질문들은 던지지 않는 이유가 될 수는 없어요." 내가 말했다. 내 목소리는 공격적으로 변해 있었다. 그러나 로베르에게 유감을 느껴서는 아니었다. 그보다는 나 자신, 최근 몇 주 사이에 일어난 일에 대해 아무것도 눈치채지 못했던 나에 대한 유감이었다. "어쨌든 우리에게 닥칠 일에 대해 정확히 파악하고 싶어요."

"시간이 너무 늦었고, 우리가 펀치를 너무 많이 마셨다고는 생각 안 해? 내일 아침이면 더 맑은 정신으로 생각할 수 있을 거야."

내일 아침 벽들은 더 이상 흔들리지 않을 것이고, 가구들과 장식품들도 여전히 질서 정연하게 정리되어 있을 것이다. 내 생각도 역시 그럴 것이고, 그러니 뒤돌아보지 않고 거리를 둔 채 앞만 바라보며 다시금 하루하루를 살기 시작할 것이다. 마음속의 이 자질구레한 소란에 대해 더 이상 관심을 두지 않을 것이다. 이런 정신 건강의 방식, 지긋지긋하다. 나는 디에고가 앉곤 했던 난롯가의 쿠션을 바라보았다. 그는 말했었지. "제 계획에 나치의 승리는 없어요." 그 후에 그는 살해당했다.

"정신은 늘 지나칠 정도로 맑아요!" 나는 말했다. "전쟁이 승리로 끝났다는 것, 맑은 정신에서 나온 생각이잖아요. 나한테는 말이에요, 오늘 파티가 정말 이상했어요. 더 이상 없는 죽은 사람들과 함께한 파티였다고요!"

"어쨌든 그들의 죽음이 의미 있는 것이라고 생각하는 것과 아무런 의미도 없다고 생각하는 것에는 큰 차이가 있어."

"디에고의 죽음은 정말 아무 의미도 없었어요." 나는 말했다. "그리고 설사 의미가 있었다 한들, 그게 무슨 소용이죠?" 화가 치밀어 올랐다. "살아 있는 사람들에게는 이런 관념이 소용 있겠죠. 모든 것이 자기를 초월해서 다른 것으로 발전해간다는 식의 이런 관념 말이죠. 하지만 죽은 사람들은 죽은 채로 남아 있어요. 우린 그들을 배신하고 있는 거예요. 우리는 그들을 초월할 수 없어요."

"꼭 배신한다고 할 수는 없지."

"우리가 그 사람들을 잊을 때, 그들을 이용할 때, 우리는 그들을 배신하고 있는 거예요." 나는 말했다. "후회라는 거, 그건 어딘가에 소용되는 게 아니에요. 그렇지 않다면 진짜 후회가 아닌 거겠죠."

로베르는 망설였다. "나는 후회에는 소질이 없는 것 같아." 그는 난처한 태도로 말을 이었다. "난 내가 대답할 수 없는 질문들, 내가 조금도 바꿀 수 없는 사건들에 크게 관심을 두지 않아. 그게 옳다고 말하려는 건 아니야."

"아!" 내가 말했다. "당신이 틀렸다는 게 아니에요. 죽은 사람들은 죽었고, 우리는 살아 있어요. 후회가 이걸 조금이라도 바꿀 수는 없어요."

로베르는 손을 내 손 위에 포갰다. "그러니 후회라는 걸 만들어내지 마. 당신도 알다시피 우리도 죽을 거야. 이 사실이 우리를 죽은 사람들과 아주 가깝게 해주지."

나는 손을 뺐다. 이 순간만큼은 모든 호의가 혐오스러웠다. 나는 위로받고 싶지 않았다. 아직까지는.

"아! 정말 당신의 그 빌어먹을 펀치 때문에 속이 뒤집히는 것 같아요." 내가 말했다. "가서 자야겠어요."

"가서 자. 그리고 내일 당신이 원하는 모든 질문을, 아무 소용 없는 질문까지도 함께 생각해보자고."

"당신은? 안 잘 거예요?"

"샤워라도 한 다음 일을 하려고."

'분명 로베르는 나보다 후회라는 것에 대비가 되어 있구나.' 잠자리에 누우면서 나는 생각했다. '그는 일하고 행동하는 사람이야. 따라서 그에게는 과거보다 미래가 더 많이 존재하지. 그리고 그는 글을 써. 책 속에서 자신의 행동 범위 밖에서 벌어지는 모든 것, 그러니까 불행이라든가, 실패라든가, 죽음 같은 것들에 역할을 맡기고 있어. 그러면서 거기서 벗어났다고 느끼는 거지. 내게는 어떤 방법도 없는데. 잃은 것을 어디서도 되찾을 수 없고, 무엇도 내 불충을 면해주지 않아.' 갑자기 나는 울기 시작했다. '울고 있는 것은 바로 내 눈이야. 로베르는 모든 걸 보지만, 내 눈으로 보는 건 아니야.' 나는 울었다. 그리고 20년 만에 처음으로 혼자라는 것을 느꼈다. 나는 혼자 후회했고, 두려워했다. 잠든 나는 내가 죽은 꿈을 꾸었다. 소스라쳐 깨어났지만 여전히 두려움이 남아 있었다. 한 시간 전부터 두려움과 싸우고 있건만, 두려움은 여전히 거기 있고 죽음도 계속 맴돌고 있다. 나는 불을 켰다가 다시 끈다. 내 방 밑에서 불빛이 새어 나오는 것을 보면 로베르가 걱정할 것이다. 소용없어. 오늘 밤 그는 나를 도울 수 없어. 그이에 대해 얘기하고 싶어 했을 때, 그는 내 질문을 피했지. 자신이 위험에 처했다는 걸 알고 있는 거야. 내 두려움은 바로 그이에 대한 것이야. 지금껏 나는 그의 운명을 믿고만 있었어. 결코 그를 평가하려 한 적이 없었지. 로베르야말로 모든 것에 대한 기준이었으니까. 나는 그와 거리를 두지 않고, 마치 그가 내 안에 있는 것처럼 함께 살았어. 그런데 갑자기, 이제는 아무것도 신뢰할 수 없게 되었어. 움직이지 않는 별도, 표지판도 더는 없어. 로베르는 한 남자에 불과해. 더 이상 과거에 의해 보호받지 못하며 미래로 위협받는, 과오를 범하기 쉽고 약한 예순 살 남자일 뿐이야. 나는 눈을 뜬 채 베개에 등을 기대고 있었다. 거리를 두고 그를 지켜봐야만 해. 마치 내가 한 번도 주저하지 않고 그를 사랑했던 지난 20년이 없었던 것처럼.

그건 어려운 일이다. 내가 거리를 두고 그를 바라보던 때가 있었다. 하지만 그땐 너무 어렸고, 그래서 아주 멀리서 그를 지켜볼 뿐이었다. 학교 친구들이 소르본 대학에서 손가락으로 그를 가리키며 누군지 알려주었다. 우리는 존경과 추문을 섞어서 그에 대해 온갖 이야기를 했다. 사람들은 그가 술을 마시면 매음굴로 달려간다고 수군댔다. 그런 점이 오히려 내 마음을 사로잡았다. 나는 독실한 어린 시절에서 좀처럼 벗어나지 못하고 있었다. 내 눈에 죄악이란 신이 없음을 비장한 모습으로 드러내는 것이었다. 그러니 만약 뒤브뢰유가 어린 소녀들을 강간했다는 얘기라도 들었다면, 난 그를 성인과 비슷하게 대했을 것이다. 그러나 그의 악은 소소한 정도에 머물렀고 그의 명성은 짜증이 날 정도로 너무나 확고했다. 그의 수업을 듣기 시작했을 때 난 그를 가짜 위인으로 취급하기로 결심했다. 물론 그는 다른 교수들과 달랐다. 그는 머리도 제대로 빗지 않은 채 늘 4-5분씩 늦었다. 그러고는 잠시 동안 짓궂은 큰 눈으로 우리를 면밀히 살펴보다가, 매우 친근하거나 매우 공격적인 어조로 말하기 시작했다. 그의 거친 얼굴, 난폭한 목소리, 느닷없이 터지는 웃음 속에는 무언가 도발적인 구석이 있었다. 웃음을 터뜨릴 때 그는 가끔씩 약간 미친 사람 같았다. 무심한 성격 탓에 점퍼와 스웨터와 큰 구두는 변명의 여지가 없는 상태였지만, 리넨 셔츠는 매우 희었고 손도 다듬어져 있으며 면도도 나무랄 데 없었다. 그는 품위보다는 신경 쓰지 않은 듯한 편안함을 선호했다. 나는 그것이 일부러 꾸민 태도라고 단언했다. 그의 소설들을 읽었지만 별로 좋아하지 않았다. 열광적인 메시지를 기대했기 때문이다. 그의 소설들은 평범한 사람들, 경박한 감정들, 나에게는 중요한 것 같지 않은 많은 얘기들을 하고 있었다. 물론 그의 수업은 흥미로웠으나 결국 무슨 대단한 내용 같은 건 없었다. 자신이 옳다는 확신에 차 있는 말들이었기에 나로서는 반대하고 싶은 욕구를 참을 수 없을 지경이었다. 물론 나 역시 진리는 좌파에 있다고 확신했다. 어린 시절부터 부르주아의 사고에서 어리석음과 거짓말의 냄새, 그 고약한 냄새를 맡았기 때문이다. 조금 자라서는 복음서를 통해 모든 인간이 평등하며 서로 형제라는 것을 배웠고, 나는 그 사실을 굳게 믿었다. 하지만 오랫동안 절대자에 빠져 있던 내 영혼은 신의 부재를 깨닫자 곧 모든 도덕을 하찮게 생각하게 되었다. 그런데 뒤브뢰유는 이 지상에서 구원이 있을 수 있다고 생각하는 것이었다. 나는 첫 번째 소논문에서 그에 대한 내 관점을 밝혔다. '혁명? 좋아. 하지만 그다음은 뭐지?'라는 내용이었다. 일주일 뒤, 수업을 마치고 나갈 때 그가 소논문을 돌려주며 격한 어조로 나를 비웃었다. 내가 생각하는 절대성이 현실을 직면하지 못하는 프티부르주아의 추상적인 몽상에 지나지 않는다는 얘기였다. 나는 그에게 항변할 방법이 없었다. 당연히 그는 모든 논쟁에서 나를 이겼으나 그게 무언가를 입증하지는 못했고, 나는 그에게 그러한 사실을 말했다. 그다음 주에 우리는 다시 논쟁을 시작했다. 이번에 그는 나를 짓누르는 대신 설득을 시도했다. 그렇게 그와 마주했을 때 나는 인정하지 않을 수 없었다. 그는 결코 스스로를 대단한 인물로 여기는 것같지 않았다. 그 이후, 그는 종종 수업이 끝난 뒤 나에게 이야기를 걸기 시작했다. 때로는 길을 빙 둘러서 집 대문까지 데려다주기도 했다. 곧 우리는 오후에, 저녁에 만나 데이트를 했다. 더 이상 도덕도, 정치도, 어떤 고상한 주제도 우리의 대화에 오르지 않았다. 그는 여러 다른 이야기를 들려주었고, 특히 나를 데리고 산책을 다녔다. 그는 길들을, 광장들을, 강둑을, 운하들을, 묘지들을, 빈민 구역들을, 창고들을, 공터들을, 술집들을, 내가 몰랐던 파리의 구석구석을 보여주었다. 그렇게 나는 내가 안다고 믿은 것들을 한 번도 직접 본 적이 없었다는 사실을 깨달았다. 그와 함께 있으면 모든 것이 수많은 의미를 지녔다. 얼굴들, 목소리들, 사람들의 옷들, 한 그루의 나무, 한 장의 포스터, 한 개의 네온 광고판, 무엇이든 그랬다. 나는 그의 소설들을 다시 읽었다. 그리고 전에는 내가 아무것도 이해하지 못했다는 것을 알게 되었다. 뒤브뢰유는 자신만의 기쁨을 위해 근거 없는 것들을 제멋대로 쓴다는 인상을 주었으나, 책을 덮은 뒤 독자는 분노와 혐오와 반항으로 인해 강한 충격을 받은 자신을 다시 발견하고 여러 일들이 바뀌기를 바라게 되는 것이다. 그의 작품에서 몇 구절만 읽으면, 독자는 그를 순수한 탐미주의자로 여길지도 모른다. 그는 단어에 대한 감각을 가지고 있었고, 비라든가 좋은 날씨라든가 사랑의 유희나 우연과 같은 모든 것에 꿍꿍이속 없는 자연스러운 관심을 가지고 있었으니까. 그러나 그가 다만 거기에만 머무르는 것은 아니었다. 그리하여 독자는 문득 자신이 군중 속에 던져졌음을 발견하고, 군중의 모든 문제가 자신과 연결되어 있음을 깨달을 수밖에 없었다. 바로 이것이, 그가 계속해서 글을 쓰기를 내가 그토록 바라는 이유다. 그가 독자에게 무엇을 가져다주는지는 나 자신이 알고 있다. 그의 정치적인 사상과 시적 감성 사이에는 아무런 틈이 없다. 그는 인생을 너무나 사랑하고, 그래서 모든 사람들이 인생에서 자신의 몫을 충분히 가지기를 바라는 것이다. 사람들을 너무나 사랑하기 때문에, 사람들의 인생에 들어 있는 것이라면 그게 무엇이든 열광하는 것이다.

나는 그의 책을 다시 읽고, 그의 말을 듣고, 그에게 질문을 했다. 그러느라 너무나 바빴기에, 왜 그가 나와 함께 있는 것을 좋아하는지 궁금하지도 않았다. 내 마음속에 무슨 일이 일어나고 있는지 알아내기에도 이미 시간이 부족한 터였다. 어느 날 밤 그가 카루젤 공원 한복판에서 나를 끌어안았을 때, 나는 난리를 피우며 말했다. "난 사랑할 남자가 아니면 키스하지 않을 거예요." 그는 침착하게 대답했다. "하지만 당신은 날 사랑하잖아!" 그 순간 나는 그 말이 사실이라는 것을 알았다. 그 일이 너무 순식간에 일어났기에 알아차리지 못했을 뿐이었다. 그와 함께 있으면 모든 것이 너무나 빠르게 진행되었다. 바로 그래서 처음부터 그에게 사로잡혔던 것이다. 다른 사람들은 너무 느렸고 인생도 너무 느렸다. 그는 시간을 불태우고 모든 것을 뒤집어놓았다. 그를 사랑하고 있다는 사실을 깨달은 순간부터, 나는 끝없는 놀라움 속에서 열광적으로 그를 좇았다. 내가 가구도 일정표도 없이 살 수 있으며, 점심을 거르고, 밤이 아니라 오후에 잠을 자고, 침대에서처럼 숲에서도 사랑을 나눌 수 있다는 것을 알게 되었다. 그의 품 안에서 여자가 되는 것이 내게는 단순하고 즐거운 일인 것만 같았다. 쾌락이 나를 두렵게 할 때면 그의 미소가 나를 안심시켰다. 내 마음속의 유일한 그늘은 여름방학이 다가오고, 그래서 그와 짧은 이별을 해야 하리라는 생각이었다. 그 생각이 나를 공포에 떨게 했다. 로베르도 분명히 알고 있었다. 그래서 그가 청혼했던 걸까? 그때까지 그런 생각은 해본 적도 없었다. 열아홉 살에는 한 남자에게 사랑받는 것이 존경하는 부모님이나 전능한 신에게 사랑받는 것만큼이나 자연스러운 일이었으니까.

"어쨌든 당신을 사랑했으니까!" 나중에 로베르는 이렇게 대답해주었다. 그의 입에서 나온 이 말들은 정확히 무슨 뜻이었을까? 나를 만나기 1년 전, 그가 아직 정치적 투쟁에 몸과 영혼이 사로잡혀 있던 시기라 해도 그는 날 사랑했을까? 혹시 당시 자신의 무기력한 마음을 달래기 위해서라면 다른 여자를 선택할 수도 있었던 게 아닐까? 이런 많은 질문들은 아무 소용도 없다. 그냥 넘어가자. 확실한 것은 그가 내 행복을 간절히 원했으며, 그 기회를 놓치지 않았다는 점이다. 지금까지 나는 불행하지 않았어. 그래. 그러나 행복하지도 않았지. 나는 건강했고 행복한 순간들을 보내기도 했지만, 대부분의 시간은 마음 아파하며 보냈어. 어리석음, 거짓말, 부당함, 고통, 내 주위는 온통 어두운 혼돈이었지. 게다가 어디로도 가지 않고 한 주에서 다른 한 주로, 한 세기에서 또 다른 세기로 반복되는 이 나날들은 얼마나 부조리한가! 산다는 것, 그것은 허무 속에서 제자리걸음 하며 40년 혹은 60년 동안 죽음을 기다리는 일이야. 그래서 나는 그토록 열성적으로 공부해온 거야. 이 모든 상황을 견뎌내는 것은 책들과 사상들밖에 없으니까. 그것들만이 실제 같았으니까.

로베르 덕분에, 사상들은 지상으로 내려왔고 지상은 한 권의 책처럼 일관성을 띠게 되었다. 시작은 형편없지만 훌륭하게 끝나는 한 권의 책처럼. 인류는 어디론가 향하고, 역사는 의미를 지니고 있었다. 나 자신의 존재 역시 그랬다. 압제와 빈곤도 그 속에 소멸의 약속을 품고 있었다. 악은 극복되었고 파렴치한 행위는 제거되었다. 하늘이 내 머리 위에서 다시 닫혔고 오랜 두려움들은 나에게서 사라졌다. 로베르가 이론을 가지고 나를 두려움 속에서 꺼내준 건 아니었다. 그는 나에게 삶이란 살아 있음 자체로 충분하다는 사실을 증명해주었다. 그는 죽음을 완전히 무시했고, 따라서 그모든 활동은 그저 여흥거리가 아니었다. 그는 자신이 사랑하는 것을 사랑했으며, 원하는 것을 원했다. 그는 아무것도 피하지 않았다. 결국 나는 그를 닮아가기를 바라기만 하면되었다. 내가 한때 삶에 의문을 제기했다면, 그건 집에서 권태를 느꼈기 때문이다. 하지만 더 이상 권태는 없었다. 로베르는 혼돈 속에서 충만하고 질서 있는 세계를 끌어냈고, 그세계는 그가 만들어낸 미래에 의해 정화되었다. 그것이 나의 세계였다. 유일한 과제란 이 세계에서 내 자리를 얻는 것이었다. 로베르의 아내가 되는 것으로는 충분하지 않았다. 그와 결혼하기 전까지, 나는 아내가 된다는 것에 대해 한 번도 생각해본 일이 없었다. 정치 활동에 종사하는 것 역시 단한 순간도 생각해보지 않았다. 정치 분야의 이론에는 열중할 수 있었고 매우 강한 정치적 의식을 갖고 있기도 했지만, 정치적 활동에 대해서는 반감이 일었다. 내게 인내심이 부족하다는 것도 고백해야만 한다. 혁명은 앞으로 나아갔지만너무나 불안해하는 작은 발걸음으로, 너무나 천천히 나아가고 있었다! 로베르의 경우, 만약 어떤 해결책이 다른 것보다 낫다면 그것이 바로 좋은 해결책이다. 그는 보다 적은 악을 선으로 본다. 그가 물론 옳다. 그러나 나는, 절대성이라는오래된 꿈을 완전히 없애지 못해서인지 그런 생각으로는 만족할 수가 없다. 그리고 미래라는 건 너무 멀리 있는 것만 같다. 나는 아직 태어나지 않은 인간들에 대해 마음을 쓸 수 없다. 차라리 바로 이 순간 살아가고 있는 사람들을 돕길 원하며, 그래서 내 일에 열중하는 것이다. 오! 외부에서 미리 만들어진 구제 방안을 누군가에게 가져다준다는 것, 나로서는 생각해본 적도 없는 일이었다. 그보다는, 사람들이 종종 행복할 수 없는 이유는 바로 어리석음 때문이기에 그들을 어리석음에서 벗어나게 해주고 싶을 뿐이었다. 로베르는 내 용기를 북돋아주었고, 그런 점에서 정통 공산주의자들과 달랐다. 그는 정신분석학이 부르주아사회에서 이롭게 사용될 수 있으며, 계급 없는 사회에서도 역시 어떤 역할을 할 수 있을지 모른다고 생각했다. 마르크시즘으로 전통적인 정신분석학을 다시 규명하고 검토하는 일을 흥미롭게 생각하는 것 같았다. 사실 나에게도 그 일은 흥미로웠다. 내가 보내는 하루하루가 주위의 대지만큼이나 충만한 시절이었다. 매일 아침이면 전날 아침의 기쁨이 다시 깨어났고, 저녁마다 수많은 발견으로 풍부해진 자신을 발견했다. 스무 살에 사랑하는 사람의 손을 통해 세상을 얻는다는 것은 얼마나 큰 행운인가! 그 세상에서 자신의 정확한 자리를 차지하는 것은 또 얼마나 대단한 행운인지! 로베르는 이 어려운 일을 성공시켰다. 그는 내 고독을 빼앗지 않으면서 고립으로부터 나를 보호했다. 우리는 모든 것을 함께했고, 동시에 나에겐 나만의 우정이, 쾌락이, 일이, 근심이 있었다. 원하는 대로 그에게 어깨를 기댄 채 다정하게 저녁을 보낼 수도, 오늘처럼 방 안에서 소녀처럼 홀로 지낼 수도 있는 것이었다. 지금 나는 벽을, 또 문틈으로 새어 나오는 빛을 바라보고 있다. 이런 감미로움을 몇 번이나 느꼈었지? 그가 내 목소리를 들을 수 있는 곳에서 일하는 동안 잠드는 것 말이야. 이미 몇 년 전에 우리 사이에서 욕망은 힘을 잃었다. 그러나 우리는 너무나 긴밀하게 결합되어 있기에 육체의 결합은 크게 중요하지 않았다. 육체의 결합을 포기하면서, 말하자면 우리는 아무것도 잃지 않은 셈이 되었다. 나에게 오늘 밤은 꼭 전쟁 전날 밤인 듯 여겨질 정도다. 나를 깨어 있게 하는 이런 근심 자체는 새롭지 않다. 세상의 앞날이 아주 어두웠던 일은 전에도 종종 있었으니까. 그러면 도대체 뭐가 변한 걸까? 왜 죽음이 다시 와서 맴도는 거지? 끊임없이 죽음이 맴돌고 있다. 왜?

얼마나 어리석은 고집인가! 수치스럽다. 최근 4년 동안, 어떤 불행한 일을 겪어도, 전쟁이 끝나면 전쟁 전의 모습을 되찾을 것이라고 믿다니. 아까만 해도 폴에게 이렇게 말했지. "이제 다시 예전과 똑같아졌는걸." 전쟁 전에도 꼭 지금과 같았다고 말이야. 절대 그렇지 않아. 난 거짓말을 했어. 지금은 전쟁 전과 같지 않고, 앞으로도 결코 같아지지 않을 거야. 한때는 가장 불안한 위기에 처해도 극복할 수 있다고 마음속 깊이 확신했었다. 로베르가 분명 그 위기를 극복할 거라고. 그의 운명이 나에게 세계의 운명을 보증했고, 세계의 운명이 그의 운명을 보증했으니까. 그러나 과거를 뒤로한 채, 어떻게 미래를 다시 믿을 수 있지? 디에고는 죽었다. 너무나 많은 이들이 죽었다. 치욕스러운 일은 지상으로 되돌아왔고, 행복이라는 단어는 더 이상 의미를 갖지 않는다. 내 주위는 다시 혼란뿐이다. 아마 세상은 이 혼란에서 벗어날 것이다. 하지만 언제? 두 세기, 세 세기 뒤는 너무 길다. 우리 앞에 놓인 날들이 이미 눈앞에 보이는 것 같다. 로베르의 삶이 실패와 의심과 절망으로 끝난다면, 조금도 회복될 수 없으리라. 결코.

그의 서재에서 조심스러운 기적이 느껴진다. 그는 글을 읽고, 깊이 생각하고, 계획을 세우는 것이다. 성공할까? 성공하지 못하면 어떻게 되는 거지? 최악의 경우를 예상할 필요는 없어. 우리가 누구에게 잡아먹히는 것은 아니니까. 우리는 그저 우리 것이 아닌 역사가 흘러가는 대로 근근이 살아갈 뿐이야. 로베르는 수동적인 증인의 역할만 하게 되었고. 그는 자신의 목숨으로 뭘 하려는 거지? 로베르는 그야말로 뼛속까지 혁명에 바치고 있다. 혁명은 그에게 절대나 마찬가지다. 혁명이 그의 젊음에 영원히 각인되어 있는 것이다. 숯검정 색깔의 집과 인생들의 틈바구니에서 성장하는 내내, 사회주의는 로베르의 유일한 희망이었다. 그는 자기희생이나 논리에 의해서가 아니라 필요에 의해 사회주의를 믿었다. 그에게 남자가 된다는 것은 아버지와 같은 투사가 되는 것을 의미했다. 그러나 많은 사건들로 인해 그는 어쩔 수 없이 정치에서 멀어졌다. 1914년의 분노에 찬 환멸, 투르 전당대회* 2년 후 카셍과의 절연, 사회당에서 오래된 혁명의 불길을 다시 일으키려던 노력의 실패 같은 일들. 그러나 그는 기회가 닿는 대로 다시 정치 운동에 몸을 던졌고, 그 순

---

* 프랑스 서부 루아르강과 셰르강 사이의 도시인 투르에서 열린 제18차 국제 노동자 프랑스 지부 전국대회. 이 대회로 프랑스의 사회당과 공산당이 양분되었다.

간만큼 열광적인 적이 없었다. 스스로를 안심시키기 위해, 난 그에게 그럴 만한 여력이 충분하다고 믿었다. 나와 결혼한 뒤 투쟁하지 않고 지낸 세월 동안, 그는 글을 많이 썼고 행복했다. 하지만 정말 행복했을까? 그렇게 믿어야겠지. 그래서 오늘 밤에 이르기까지 난 그가 혼자서 무슨 생각을 하고 있는지 굳이 염탐하려 하지 않았고, 이젠 우리의 과거에 대해 그렇게 확신할 수가 없다. 그가 그렇게 빨리 아이를 원했던 것은, 어쩌면 자신의 존재를 입증하기에 나로는 충분하지 않아서가 아니었을까. 또한 어쩌면 이제는 잡을 수 없는 미래에 대해 보복할 방법을 강구했던 것이 아닐까. 그래, 아버지가 되자 했던 그의 욕망이 지금 내게는 아주 의미심장하게 여겨진다. 그와 브뤼에*로 탐방을 갔을 때 느꼈던 슬픔만큼이나. 우리는 그가 어린 시절을 보낸 거리들을 산책했다. 그는 아버지가 교사로 일했던 학교, 아홉 살 때 조레스의 연설을 들었던 크고 어두운 건물을 보여주었다. 그는 일상적인 불행과 희망 없는 노동에 대한 최초의 경험담을 얘기해주었다. 남의 얘기를 하는 듯한 어조로 너무 빨리 말하다가, 갑자기 흥분한 목소리로 외쳤다. "아무것도 변한 게 없지만 난 소설을 쓰고 있군." 나는 그것이 순간의 감회라 믿고 싶었다. 너무나 쾌활한 모습이었기에 진지하게 후회를 한다는 생각은 들지 않았다. 그러나 암스테르담 대회** 이후 감시 위원회를 조직하던 시기에, 나는 그가 한층 더 쾌활한 모

---

* 프랑스 북부의 파드칼레주에 위치한 도시. 정식 명칭은 브뤼에-라-뷔시에르.
** 정식 명칭은 '암스테르담-플레옐 대회'. 반파시즘과 반전 운동을 목적으로 1932년 암스테르담에서 개최되었다.

습을 보일 수도 있다는 사실을 알게 되었다. 그래서 나 자신에게 진실을 고백해야만 했다. 지금까지 그는 겨우겨우 참고 있었던 것이라고. 만약 그가 무기력이나 고독에 빠진다면, 모든 게 그에게는 무의미한 것이 되어버리리라. 글 쓰는 일도, 아니 특히 글 쓰는 일이 그럴 것이다. 1925년에서 1935년까지, 그는 겨우겨우 참으면서 글을 썼다. 그래, 하지만 그때는 달랐어. 공산주의자들이나 몇몇 사회주의자들과 친하게 지냈지. 노동자 연합에 대한 희망, 결국 승리하리라는 희망을 갖고 있었고. 나는 로베르가 걸핏하면 반복하곤 했던 조레스의 말을 외우고 있다. "내일의 인간은 지금까지 역사적으로 알려진 인간 중에서 가장 복잡한 인간, 가장 풍요한 인생을 보내는 인간이 될 것이다." 그는 자신의 책이 미래의 건설을 도울 것이며 내일의 인간에게 읽히리라고 확신했어. 그래서 글을 썼던 거지. 그러나 닫힌 미래 앞에서 그건 아무 의미도 없어. 동시대 사람들이 그의 말에 더 이상 귀 기울이지 않는다면, 후세의 사람들이 그를 이해하지 못한다면, 그냥 침묵할 수밖에 없는 것이다.

그러면 어떻게 되지? 그는 어떻게 변할까? 살아 있는 인간이 거품으로 변한다는 것은 끔찍하다. 그러나 그보다 더 나쁜 운명이 있다. 바로 혀까지 마비된 환자의 운명. 아마 죽는 게 나으리라. 언젠가 나는 로베르가 죽기를 바라게 될까? 아니, 그건 상상할 수 없어. 그는 이미 심한 충격을 받아왔어. 그러나 늘 극복했고, 앞으로도 극복하겠지. 나는 어찌해야 할지 모를지언정, 그는 뭔가를 만들어내겠지. 가령 어느 날 공산당원이 될 수도 있을 거야. 물론 지금은 그럴 생각이 없지만. 그는 아주 과격하게 공산당의 정책을 비판하고 있으니까. 하지만 공산당의 노선이 바뀐다면, 공산주의자들 외에는 응집력 있는 좌파가 전혀 없다면, 로베르는 활동하지 않고 가만히 있기보다는 결국 공산주의자들에 합류하기를 택할 거야. 이런 생각이 싫어. 찬성하지도 않을 지령에 따르는 걸 누구보다 힘들어하는 사람이니까. 자신이 따라야 할 전술에 대해 늘 자기만의 생각을 갖고 있지. 그렇다고 파렴치한 언동을 하려 해도 그게 안 될 거야. 자신의 오랜 윤리를 늘 충실하게 따르는 사람이니까. 그는 늘 다른 사람들의 이상주의에 미소를 짓지. 하지만 그 역시 자기만의 이상주의를 갖고 있어. 아마 공산주의자들의 몇 가지 방식은 절대 받아들일 수 없겠지. 그래, 그가 공산주의에 합류하는 건 해결책이 될 수 없어. 그와 공산주의자들은 너무나 많은 점에서 다르잖아. 그의 휴머니즘은 공산주의자의 휴머니즘과 달라. 만약 공산주의에 합류한다면 그는 아무것도 진지하게 쓸 수 없을 뿐 아니라, 모든 과거를 부정해야만 할 거야.

"할 수 없지!" 그는 이렇게 말하겠지. 조금 전에는 이런 말을 했어. "세상에 책이 한 권 덜 나오든 더 나오든, 그건 그리 중요한 게 아니야." 하지만 정말 그렇게 생각하고 있을까? 나는 책에 많은 가치를 둬. 어쩌면 지나치게 가치를 두는지도 몰라. 선사시대라고 할 만큼 아주 어린 시절부터 현실 세계보다 책을 더 좋아했으니까. 그때의 생각이 아직 나에게 남아 있는 거지. 책 때문에 다소나마 영원에 집착하는 거고. 맞아, 그래서 내가 로베르의 작품에 이토록 열렬한 관심을 가지는 거야. 그의 작품이 사라진다면, 우리 두 사람도 다시 덧없는 존재로 변하겠지. 미래는 그저 무덤에 불과할 거야. 로베르는 이렇게 생각하지 않지만, 그도 자신을 완벽하게 잊은 채 봉사하는 모범적인 투사는 아니야. 그는 이름을, 많은 사람들에게 많은 의미를 주는 이름을 후세에 남기기를 진심으로 원해. 게다가 그는 글쓰기를 세상에서 제일 좋아해. 그게 그의 기쁨이자 욕구야. 글쓰기는 그 사람 자신이야. 글쓰기를 포기한다는 것은 그에게 자살행위나 마찬가지일 거야.

그렇다면 다른 사람들처럼 청탁받는 글을 쓰는 것으로 만족하면 되지 않을까. 아니, 다른 사람들은 그럴 수 있겠지만 로베르는 아니야. 부득이한 경우, 나는 억지로 투사 노릇을 하는 그의 모습을 떠올릴 수 있다. 그러나 글쓰기는 다르다. 만약 자기 방식대로 생각을 표현하지 못하게 된다면 펜은 그의 손에서 떨어져버릴 것이다.

아! 나에게는 그 막다른 골목이 보인다. 로베르는 확고한 뜻을 가지고 어떤 사상에 집착하는 것이다. 전쟁이 나기 전, 우리가 언젠가는 현실이 되리라 확신했던 사상에. 일생 동안 그는 이 사상이 풍부해지도록, 또 현실이 되도록 온몸을 바쳐 준비해왔다. 하지만 그게 결코 현실이 될 수 없다면 어쩌지? 혁명이 로베르가 늘 옹호했던 휴머니즘을 부정한 채 실현된다면 어쩌지? 그러면 로베르는 뭘 할 수 있을까? 로베르의 노력이 그가 믿는 모든 가치를 부정하는 미래를 만드는 데 쓰인다면, 그의 정치 활동은 결국 무위로 돌아갈 것이다. 하지만 지상에서 실현될 수 없는 가치를 지키려고 고집을 부린다면, 그는 자신이 절대로 닮고 싶어 하지 않는 늙은 몽상가 중 한 명이 될 것이다. 아냐, 그 둘 중 어떤 것도 선택할 수 없어. 어쨌든 그건 실패이자 무능을 의미하니까. 로베르에게 그것은 산 채로 죽는 것과 같아. 그래서 열정적으로 몸을 던져 정치투쟁을 하는 거야. 그는 현재 정세가 평생 기다려온 기회라고 말했지. 그래. 하지만 이 정세에는 로베르가 겪어온 것보다 더 심각한 위험이 도사리고 있어. 그도 그 사실을 알지. 그래, 분명해. 로베르 역시 내가 방금 생각했던 모든 것을 생각하고 있어. 미래가 무덤이 될 수도 있다는 걸, 자신이 로자나 디에고보다 더 흔적 없이 이 무덤 속으로 사라질 수도 있다는 걸 그는 아는 거야. 심지어는 더 나쁜 일이 일어날 수 있다는 것도. 미래에 자신이 머저리나 백치, 사기꾼으로, 또 쓸모없는 인간이나 죄인, 쓰레기로 보일 수 있다는 것도. 언젠가 다른 사람들의 냉혹한 눈으로 자기 자신을 보고 싶어 할지도 몰라. 그러면 그의 삶은 절망 속에서 끝나겠지. 절망한 로베르의 모습은 죽음보다 더 참을 수 없이 치욕스러워. 나의 죽음을, 그의 죽음을 받아들이는 건 괜찮아. 그러나 그의 절망은 아니야. 안 돼. 내일, 그리고 다가오는 나날에 이런 엄청난 위기가 닥치는 모습을 보며 잠에서 깬다는 건 참을 수 없어. 그럴 수 없어. 하지만 참을 수 없다고 수백 번 반복해서 말해봐야 무엇도 바꿀 수 없겠지. 내일, 그리고 다가오는 나날에 나는 이런 엄청난 위기가 코앞으로 다가왔다는 걸 느끼며 잠에서 깨어나겠지. 확실한 건, 적어도 이것 때문에 죽을 수도 있다는 거야. 하지만 죽기 전, 바닥이 보이지 않는 이 두려움을 반드시 겪어야만 하겠지.

제2장

I

다음 날 아침, 라디오에서 독일군의 패주를 확인해주었다. "정말 평화가 시작되는군." 앙리는 책상 앞에 앉으며 같은 말을 되풀이했다. '마침내 글을 쓸 수 있게 되었어!' 그는 결심했다. '매일 쓰도록 해야지.' 도대체 무엇을 써야 할까? 그는 몰랐지만 만족스러웠다. 전에는 자신이 써야 할 것을 너무 잘 알고 있었다. 이번에는 계획 없이, 친구에게 편지를 쓰듯이, 독자에게 말을 거는 식으로 써볼 것이다. 그렇게 하면 지나치게 구성이 탄탄한 이전 작품들에서는 절대로 쓸 수 없었던 이야기를 독자에게 전부 할 수 있을지 모른다. 언어로 표현하려 해봐도 사라져버리는 것들이 얼마나 많은지! 그는 고개를 들어 창문 너머 차가운 하늘을 바라보았다. 이 아침이 곧 지나갈 것이라 생각하니 아쉬웠다. 오늘 아침에는 모든 것이 너무나 소중하게 느껴졌다. 빈 종이며 술과 식어버린 담배의 냄새, 이웃 카페에서 들려오는 아랍 음악까지 모두 그랬다. 노트르담대성당은 하늘처럼 차가웠다. 노숙자 한 사람이 골목 한가운데서 춤을 추고 있었다. 거대한 푸른색 수탉 깃털을 달고 있었다. 나들이옷을 입은 두 소녀가 웃으며 그를 바라보았다. 크리스마스가 지나갔고, 독일군은 패주했다. 무언가가 다시 시작되고 있었다. 앙리는 지난 4년 동안 붙잡지 못한 채 흘려보냈던 아침과 저녁을 앞으로 30년을 보내는 동안 모두 되찾을 작정이었다. 모든 것을 말할 수는 없어. 물론 그렇지. 하지만 인생의 진정한 맛을 되찾게 할 수는 있어. 각각의 인생에는 각각의 맛이 있는 법이잖아. 그것을 써야만 해. 그게 아니면 글을 쓸 필요가 없지. '내가 사랑했던 것, 내가 사랑하는 것, 내가 누구인지를 이야기하자.' 그는 꽃다발 하나를 그렸다. 나는 누구지? 오랜 부재 후에 그가 되찾은 이 사람은 누구지? 스스로를 정의하는 것, 스스로의 한계를 정하는 것은 쉬운 일이 아니다. 그는 정치광도 아니고, 글쓰기에 미친 사람도, 위대한 정열가도 아니었다. 오히려 그는 자신이 평범하다고 생각하고 있었다. 하지만 그게 싫지 않았다. 다른 모든 사람들과 같은 사람, 동시에 자신에 대해 진실하게 이야기하는 사람이니까. 그는 모든 사람들의 이름으로, 모든 사람들을 위해 이야기할 생각이었다. 진실함이야말로 그의 유일한 목표가 될 독창성이자, 스스로에게 내릴 유일한 지령이었다. 그는 꽃다발에 꽃 한 송이를 더 그려 넣었다. 진실하다는 것이 쉬운 일은 아니다. 그가 소설로 자기 고백을 하려는 건 아니었다. 게다가 소설은 그 자체로 거짓말을 의미하지 않는가. 아! 나중에 다시 생각해보자. 지금은 무엇보다 이런저런 문제로 속썩는 일을 피해야 해. 무턱대고 떠나서 어떻게든 시작해볼 참이니까. 달빛 아래의 엘우에드* 정원에 대한 이야기라도.

텅 빈 백지를 채우는 것이 중요해.

"유쾌한 소설은 시작했어?" 폴이 물었다.

"모르겠어."

"모른다니? 자기가 쓰는 걸 모른단 말이야?"

"나 자신을 놀라게 하고 싶어서." 앙리는 웃으며 말했다.

폴은 어깨를 으쓱였다. 하지만 사실이었다. 그는 알고 싶지 않았다. 앙리는 종이 위에 수많은 삶의 순간을 뒤죽박죽으로 끼적여놓았다. 그에겐 그것이 너무 즐거웠고, 그 이상 기대하는 것도 없었다. 나딘과 약속한 날 저녁, 그는 마지못해 일을 마무리한 뒤 폴에게 스크리아신을 만나러 간다고 말했다. 지난 1년 사이 그는 솔직함을 최대한 아끼는 법을 배웠다. "나딘 만나러 가"라는 단순한 말은 너무 많은 질문과 해석을 불러일으킬 터였고, 그러니 다르게 말하는 편이 나았다. 하지만 조카 비슷하게 생각하는 건방진 소녀과의 만남을 숨겨야 한다니 정말 어처구니가 없었다. 무엇보다 그녀와 만날 약속을 했다는 것이 어처구니없었다. 그는 바루즈의 문을 열고 들어가, 나딘이 라숌과 뱅상 사이에 앉아 있는 테이블로 다가갔다.

"오늘은 주먹다짐이 없었나?"

"한 번도요." 뱅상이 분한 듯 말했다.

이 붉은색 참호 같은 술집에, 젊은이들은 동료를 만나기보다 앙숙에게 맞서기 위해 빽빽이 모여들곤 했다. 모든 정치 분파의 사람들이 이곳에 나타났다. 앙리도 종종 이곳에

---

 * 알제리 북동부에 위치한 소도시.

서 시간을 보냈다. 오늘 그는 그냥 거기 앉아서 사람들을 쳐 다보며 라솜과 뱅상과 잡담이나 나누고 싶었다. 그러나 나 딘이 곧장 일어났다.

"저랑 저녁 먹으러 가는 거죠?"

"그러려고 왔지."

밖은 어두웠다. 인도는 얼어붙은 진흙으로 뒤덮여 있었 다. 나딘에게 뭘 어떻게 해줘야 할까? 그는 물었다. "어디 갈 래? 이탈리아 식당으로 갈까?"

"이탈리아 식당 좋아요."

나딘은 까탈스럽게 굴지 않았다. 앙리더러 테이블을 정하 게 하고, 앙리처럼 페페로니 소시지와 오소부코*를 주문했 다. 그녀는 즐거운 표정으로 그가 하는 모든 말에 맞장구를 쳤다. 앙리는 곧 이 태도가 의심스럽게 느껴졌다. 나딘은 사 실 그의 말을 귀담아듣지 않았고, 접시를 향해 미소를 지으 며 침착하지만 급하게 먹기만 했다. 앙리가 말을 멈추어도 알아채지 못하는 것 같았다. 마지막 한 모금을 삼키더니, 나 딘은 요란한 동작으로 입가를 훔쳤다.

"이제, 어디로 가죠?"

"재즈도 춤도 싫어하지?"

"네."

"트로피크 뒤 캉세르**에 가볼까."

"거기 재밌나요?"

---

* 송아지 뒷다리에 백포도주를 부어 푹 고아낸 찜 요리.

** '북회귀선'이라는 뜻.

"혹시 재미있는 클럽 아는 데 있어? 트로피크는 뭐, 잡담하기엔 나쁘지 않아."

나딘은 어깨를 으쓱였다. "잡담하기에는 지하철 좌석도 아주 좋죠." 그녀의 얼굴이 밝아졌다. "제가 아주 좋아하는 클럽이 있어요. 벌거벗은 여자들도 볼 수 있는 곳이죠."

"설마! 그런 곳을 좋아한다고?"

"아, 그럼요! 터키탕이 더 재밌지만요. 하지만 카바레도 나쁘지는 않죠."

"좀 변태적인 것 아냐?" 앙리가 웃으며 말했다.

"그럴 수도 있고요." 나딘은 무뚝뚝하게 대꾸했다. "더 괜찮은 곳 있어요?"

아가씨도 부인도 아닌 다 큰 소녀와 함께 벌거벗은 여자들을 보는 것보다 몰상식한 짓이 있다는 건 상상도 되지 않았다. 하지만 결국 앙리는 나딘의 기분을 맞춰주기로 했다. 게다가 별다른 생각이 떠오르지 않기도 했다. 그들은 셰 아스트레라는 곳에서 샴페인이 담긴 양동이를 앞에 두고 앉았다. 홀은 아직 비어 있었고, 바 주위에서 댄서들이 잡담을 나누고 있었다. 나딘은 오랫동안 댄서들을 관찰했다.

"내가 남자라면 매일 저녁 멋진 여자들을 바꿔 가며 데리고 올 거예요."

"매일 저녁 다른 여자라. 결국은 똑같을걸."

"절대 그렇지 않아요. 키 작은 갈색 머리 여자와 가짜 가슴을 달고 있는 예쁜 빨간 머리 여자는 옷을 벗으면 전혀 다르죠." 그녀는 손바닥으로 턱을 괴고서 앙리를 뚫어지게 쳐다보았다. "여자들에게 관심이 없으세요?"

"이런 식으로는."

"이런 식이 아니면 어떤 식으로요?"

"글쎄, 예쁜 여자라면 쳐다보고, 같이 춤을 추고, 이야기하는 걸 아주 좋아하지."

"이야기 상대로는 남자들이 더 나아요." 나딘은 이렇게 말하더니 의심스럽다는 듯이 그를 바라보았다. "도대체 나랑은 왜 만나셨어요? 저는 예쁘지 않고, 춤도 못 추고, 얘기도 잘 못하는데."

그는 미소를 지었다. "기억 안 나? 한 번도 만나자는 소리를 안 했다며 비난했잖아."

"뭔가를 안 해줬다고 비난하면 그걸 해주시나요?"

"그럼 나딘은 왜 내 제안에 응했지?" 앙리가 물었다.

나딘이 너무나 천진한 도발의 시선으로 계속 바라보자 앙리는 당황했다. 폴이 주장했듯이 나딘이 남자를 만나면 반드시 잠자리를 같이한다는 게 사실일까?

"아무것도 거절해서는 안 되는 법이니까요." 그녀가 거드름을 피우는 듯한 어조로 대답했다.

잠시 그녀는 말없이 샴페인 잔을 두드렸다. 곧 가벼운 대화가 다시 시작되었지만, 이후에도 나딘은 이따금씩 끈질기게 침묵을 지켰다. 그러면서 앙리를 똑바로 쳐다보았는데, 그 표정에는 놀라움과 비난이 담겨 있었다. '그렇다고 이 아이를 데리고 어디로 들어갈 수는 없잖아.' 그는 생각했다. 나딘이 크게 마음에 드는 것도 아니었다. 그는 그녀를 너무 잘 알았고, 또 너무 쉽기도 했다. 게다가 뒤브뢰유 부부 때문에 마음이 불편해질 수도 있었다. 앙리가 침묵을 깨뜨리려 했지만 나딘은 일부러 두 번이나 하품을 했다. 그 역시 시간이 더디게 가는 듯 느껴졌다. 몇몇 커플들이 춤을 추고 있었다. 미국인들과 매춘부들이 특히 많았고 지방에서 온 불륜 커플 한두 쌍도 보였다. 그는 댄서들의 쇼가 끝나면 바로 나가자고 마음먹었다. 곧 댄서들이 나타나자 마음이 가벼워졌다. 모두 여섯 명이었고, 다들 브래지어와 반짝이는 장식이 달린 팬티 차림에, 저마다 프랑스 국기와 미국 국기 색깔로 만들어진 실크해트를 쓰고 있었다. 댄서들은 춤을 잘 추지도 못 추지도 않았고, 아주 못난 얼굴들도 아니었다. 재미있지도 우습지도 않은, 그저 그런 공연이었다. 나딘은 왜 저렇게 즐거워 보이지? 댄서들이 브래지어를 벗고 파라핀을 입힌 가슴을 드러낸 순간, 그녀는 앙리에게 엉큼한 시선을 던졌다. "어떤 여자가 제일 맘에 드세요?"

"다 똑같은데."

"왼쪽에 있는 금발 머리 말이에요, 배꼽이 작고 매력적이지 않아요?"

"하지만 얼굴이 비참하군."

나딘은 입을 다물었다. 그녀는 능숙하지만 약간은 흥미를 잃은 시선으로 여자들을 면밀히 훑어보았다. 댄서들이 한 손으로 팬티를 흔들고 다른 손으로는 삼색기 모자를 성기에 대고 누르며 뒷걸음질로 퇴장할 때, 나딘이 물었다.

"예쁜 얼굴과 좋은 몸매 중에서 뭐가 더 중요할까요?"

"경우에 따라 다르지."

"어떤 경우요?"

"전체적인 느낌을 보느냐, 아니면 보는 사람 취향을 따지느냐, 그런 거."

"전체적으로, 그리고 선생님 취향으로 보면, 저는 몇 점이나 돼요?"

앙리는 나딘을 위아래로 훑어보았다. "3, 4년 후에 말해주지. 또 변할 테니까."

"사람은 죽을 때까지 계속 변하죠." 화난 목소리였다. 그녀의 시선은 홀 주위를 떠돌다가 비참한 얼굴을 한 댄서에게 머물렀다. 그 댄서는 작고 검은 드레스 차림으로 바에 와 앉은 참이었다. "정말 비참한 얼굴을 하고 있네요. 저 여자에게 춤을 청하세요."

"그런다고 저 여자가 좋아하지는 않을걸."

"저 여자의 동료들한테는 모두 남자들이 달라붙어 있잖아요. 저 여자는 낙오자의 얼굴을 하고 있다고요. 그러니 춤을 청하세요. 별일도 아니잖아요?" 나딘의 목소리가 갑자기 격렬해졌다가 이어 부드러운 애원조의 음성으로 바뀌었다. "그냥 딱 한 번만요!"

"그렇게 원한다면." 앙리가 말했다.

금발 머리는 열의 없이 무대 위로 그를 따라왔다. 진부할 정도로 멍청한 여자였고, 그래서 앙리는 나딘이 왜 그녀에게 관심을 가지는지 도무지 이해할 수 없었다. 솔직히 나딘의 변덕이 귀찮아지기 시작한 터였다. 그가 나딘의 곁으로 돌아와 앉았을 때, 그녀는 두 개의 잔에 샴페인을 가득 채워놓고는 깊은 생각에 잠긴 태도로 그를 바라보았다.

"정말 자상한 분이네요." 나딘이 부드러운 시선으로 앙리를 보며 말하더니 갑자기 미소를 지었다. "취하면 재밌는 분이 되나요?"

"취하면 재밌어지지."

"그러면 다른 사람들은 뭐래요?"

"취했을 때 다른 사람들이 뭐라 하든 난 상관 안 해."

그녀는 병을 가리켰다. "취해보세요."

"샴페인으로는 심하게 취하지 않을걸."

"취하지 않고 몇 잔이나 마실 수 있으세요?"

"많이."

"석 잔 이상도요?"

"물론이지."

나딘은 못 믿겠다는 표정이었다. "정말 보고 싶네요. 두 잔을 한꺼번에 들이켜도 아무렇지 않아요?"

"전혀 아무렇지 않아."

"마셔보세요."

"뭐 하러?"

"누구나 큰소리는 칠 수 있으니까요. 직접 봐야 알죠"

"이걸 하면 더 말도 안 되는 짓을 시키려고 그러지?" 앙리가 물었다.

"이걸 하면 집으로 돌아가서 주무실 수 있어요. 마셔요. 한 잔, 그리고 또 한 잔."

첫 잔을 들이켜자 위장에 심한 통증이 느껴졌다. 나딘은 그의 손에 다시 잔을 쥐어주었다.

"한 잔 더 마시는 거죠?."

그는 또 한 잔을 들이켰다.

눈을 떴을 때, 앙리는 침대 위에 벌거벗은 상태로 누워 있었고, 곁에서 알몸의 여자가 그의 머리카락을 움켜쥔 채 흔들고 있었다. 그는 중얼거렸다. "누구세요?"

"나딘이에요. 일어나요, 늦었어요."

그는 눈을 떴다. 전등이 켜져 있었다. 모르는 호텔 방이었다. 그래, 호텔 접수대와 계단이 기억났다. 그 전에 샴페인을 마셨었지. 머리가 아팠다.

"무슨 일이야? 도대체 이해가 안 되네."

"선생님 샴페인에 화주를 70퍼센트나 섞었죠." 나딘이 크게 웃으며 말했다.

"샴페인에 화주를 넣었다고?"

"약간요! 미국 사람들을 취하게 만들고 싶을 때 종종 써먹는 방법이에요." 그녀는 미소를 지었다. "선생님을 차지할 수 있는 유일한 방법이었고요."

"그래서, 날 차지했어?"

"그렇다고 할 수 있죠."

그는 머리를 만졌다. "아무것도 기억이 안 나."

"오! 별일도 아니었어요."

그녀는 침대 밖으로 뛰어내리더니 가방에서 빗을 꺼냈다. 그러고는 옷장의 거울 앞에 가 알몸으로 머리를 빗기 시작했다. 얼마나 젊은 몸인가! 둥근 어깨에 연약한 가슴을 한 저 날씬한 상반신을 내가 정말 안았던 걸까? 나딘이 앙리의 시선을 알아챘다. "그렇게 보지 말아요!" 그녀는 급히 속옷을 집어서 입었다.

"너무 예쁘군!"

"바보 같은 말 마세요!" 나딘이 거만한 말투로 대꾸했다.

"뭐하러 옷을 입어? 이리 와."

그녀가 고개를 젓자 앙리는 약간 불안해졌다. "혹시 내가 비난받을 만한 짓을 했어? 알다시피 난 취했었잖아."

나딘이 침대로 다시 돌아와 그의 볼에 키스했다. "선생님은 정말 다정했어요. 그렇지만 다시 하고 싶지는 않아요." 그러더니 저만치 멀어지며 덧붙여 말했다. "같은 날 또 하기는 싫어요."

아무것도 기억하지 못하니 기분이 상했다. 나딘이 짧은 양말을 신는 동안 그는 알몸을 시트로 덮고 누운 채 불편함을 느끼고 있었다. "씻으러 갈 거야. 저쪽으로 돌아서줘."

"돌아서라고요?"

"부탁해."

나딘은 구석에서 코를 벽에 대고 벌받는 초등학생처럼 손을 뒤로 맞잡은 채 우뚝 서 있었다. 곧 그녀가 빈정대는 목소리로 물었다. "이제 됐어요?"

"이제 됐어." 허리띠를 채우며 앙리가 말했다.

나딘은 평가하는 듯한 표정으로 그를 지켜보았다. "정말 까다롭네요!"

"내가?"

"침대에 들어올 때나 침대에서 나갈 때나 말썽을 부리니까요."

"참 골치 아프게 하는군!" 앙리가 말했다.

나딘이 다시 관계를 갖고 싶어 하지 않자 그는 아쉬웠다. 그녀는 예쁜 몸을 가진 재미있는 소녀니까. 몽파르나스역 근처, 막 문을 연 카페 프티 비아르에서 가짜 커피를 앞에 두고 앉았을 때, 앙리는 쾌활하게 물었다. "그렇게까지 해서라도 나랑 자려고 한 이유가 뭐지?"

"선생님을 알기 위해서죠."

"누군가를 알기 위해서 항상 그렇게 해?"

"잠자리를 하면 어색함이 없어지잖아요. 전보다 더 친하게 지낼 수 있어요. 아닌가요?"

"어색함이 없어진다." 앙리가 웃으며 말했다. "그런데 왜 나랑 그토록 친해지려 한 거지?"

"내가 얼마나 사랑스러운지 알아줬으면 했거든요."

"넌 아주 사랑스러워."

나딘은 난처하면서도 악의 어린 표정으로 그를 쳐다보았다. "포르투갈로 데려갈 수 있을 만큼 사랑스럽다고 생각했으면 좋겠어요."

"아! 과연 그거였군!" 앙리는 나딘의 팔에 손을 얹었다. "그럴 수 없다고 말했을 텐데."

"폴 때문에요? 하지만 폴이 같이 안 가니까 내가 갈 수 있잖아요."

"절대 안 돼, 넌 갈 수 없어. 그러면 폴이 아주 불행해질 거야."

"폴에게는 얘기 안 하면 되죠."

"너무 엄청난 거짓말이야." 그는 미소 지었다. "폴이 알게 되면 더 큰 거짓말이 되겠지."

"내가 그토록 원하는 걸 해주시지 않겠다는 게 결국 폴에게 고통을 주지 않기 위해서라는 건가요?"

"네가 그토록 원하는 거라고?"

"태양과 먹을 것이 있는 나라 말예요. 거기 가기 위해서는 영혼도 팔 수 있어요."

"전쟁 동안 굶주린 건가?"

"그걸 말이라고 하세요! 그런 점에서 엄마는 정말 대단했죠. 우리에게 버섯 1킬로그램이나 썩은 고기 조각을 가져다주겠다고 80킬로미터를 자전거로 왕복했으니까요. 하지만 그래도 배가 고팠어요. 처음 들어온 미군이 배급품 상자를 내 팔에 안겨주었을 땐, 정말 미칠 것 같더라고요."

"그래서 미군을 그렇게 좋아했던 거야?"

"그래요. 게다가 처음에는 재미도 있었고요." 나딘은 어깨를 으쓱였다. "지금 미군들은 규율을 너무 엄격하게 지켜요. 더는 재미가 없죠. 파리는 다시 음산해졌어요." 그녀는 애원하듯 앙리를 바라보았다. "날 데려가줘요."

앙리도 그녀를 기쁘게 해주고 싶었다. 누군가에게 진정한 행복을 주는 건 정말 힘이 되잖아! 하지만 폴에게 그런 일을 겪게 할 수는 없어.

"벌써 여자들과 여러 차례 문제를 일으키셨잖아요. 하지만 폴은 다 이해했고요." 나딘이 말했다.

"누구한테 그런 얘길 들었지?"

나딘은 교활한 표정으로 웃었다. "여자가 다른 여자에게 자기 연애에 대해 얘기할 때는 못 하는 말이 없죠."

그랬다. 앙리는 여러 번 외도를 고백했고, 폴은 멋지게 용서했다. 그러나 지금은 그렇게 하기가 쉽지 않았다. 이제 앙리의 해명은 폴을 불행하게 만들거나, 그로서는 더 이상 하고 싶지 않은 거짓말, 폴을 사랑한다는 말에 얽매이게 될 터였다. 그도 아니면 이제 폴에게서 벗어나고 싶다고 잔인하게 요구하게 되거나. 그에겐 그럴 만한 용기가 없었다.

"한 달간의 여행이라는 건 다른 문제야."

"돌아와서 나랑 헤어지면 되잖아요. 폴에게서 당신을 빼앗고 싶은 게 아니에요!" 나딘은 오만한 태도로 웃었다. "난 그저 돌아다니고 싶어요. 그뿐이에요."

앙리는 망설였다. 낯선 거리를 산책하는 것, 그를 보며 웃어줄 한 여자와 함께 카페테라스에 앉는 것, 저녁마다 호텔방에서 그녀의 젊고 포근한 몸을 다시 갖는 것. 그래, 마음을 끄는 일이지. 게다가 폴과 끝내기로 결심한 이상, 기다려봐야 무슨 이득을 얻겠어? 시간은 아무것도 해결해 주지 않아.

"이봐, 너는 아무것도 약속할 수 없어." 앙리가 말했다. "잘 알고 있어야 해. 이건 약속이 아니라는 걸 말야. 하지만 폴에게 얘기는 해보도록 할게. 그래서 널 데려갈 수 있으면, 좋아, 그렇게 하지."

II

나는 그 작은 그림을 바라보며 실망을 느꼈다. 두 달 전에 나는 그 애에게 말했다. "집을 그려보렴." 그러자 아이는 지붕과 난로와 굴뚝이 있는 집을 그렸다. 창문도 문도 없이, 온통 뾰족한 창살이 달린 검은색 높다란 철책에 둘러싸인 집이었다. "이제 가족을 그려볼래?" 아이는 작은 소년의 손을 잡고 있는 남자를 그렸다. 오늘, 그 애는 또 검고 뾰족한 창살로 둘러싸인 문 없는 집을 그렸다. 치료에 진전이 없다. 특별히 까다로운 증상을 보여주는 사례일까, 아니면 내가 이 아이를 치료할 줄 모르는 걸까? 나는 서류철에 그림을 넣었다. 나는 치료할 줄 모르는 걸까, 치료하고 싶지 않은 걸까? 이 아이의 저항이 내 마음속 저항을 그대로 표현하고 있는지도 몰라. 2년 전 다하우*에서 죽은 남자, 나도 모르는 남자를 그 아들의 마음에서 쫓아내는 일이 지긋지긋하다. '그러니 이 치료는 그만두는 게 좋겠어.' 나는 작업용 책상 옆에 서 있었다. 두 시간쯤 여유가 있었다. 그동안 메모해놓은 것들을 정리할 수도 있지만, 그럴 결심을 못 하고 있다. 물론 스스로에게 수많은 질문을 던져봤다. 회복시킨다는 것은 종종 손상시키는 일이니까. 부당한 사회에서 균형 있는 개인이란 것이 무슨 가치가 있을까? 그런데도 나는 그때그때 답을 만들어내는 일에 열중해왔지. 내 목적은 환자들에게 기만적인 마음의 위안을 주는 것이 아니었어. 환자를 은밀한 망상에서 벗어나게 하려 했던 건 세상의 진정한 문제에 직면할 수 있게끔 만들어주기 위해서였어. 또 그렇게 해낼 때마다 스스로 유익한 일을 했다고 평가해왔어. 너무나 방대한 일, 모두가 협력해야 하는 일이라고 바로 어제까지 생각해왔지. 하지만 그건 인류를 행복으로 이끌어가는 역사 속에서 모든

* 독일 바이에른주의 다하우에 있었던 나치가 정권을 잡은 후에 세워진 최초의 강제수용소.

분별 있는 인간이 하나의 역할을 해야 한다는 사실을 전제로 한 생각이야. 이제 난 이런 아름다운 조화를 믿지 않아. 미래는 우리를 벗어났어. 미래는 우리 없이 이루어질 거야. 따라서 현재로 만족한다면, 내 환자인 어린 페르낭이 다른 아이들처럼 웃고 덤벙거리는 아이가 되어서 좋을 게 뭐지? '점점 안 좋은 쪽으로 가고 있어. 계속 이런 식이면, 진료실을 닫을 수밖에 없겠지.' 나는 욕실에서 세숫대야와 헌 신문지 한 아름을 가지고 와 난로 앞에 꿇어앉았다. 난로에서는 종이 뭉치가 맥없이 타고 있었다. 나는 인쇄된 신문지를 적셔 반죽하기 시작했다. 이런 종류의 일이 전만큼 싫지는 않았다. 나딘의 도움을 받고 때때로 관리인의 손을 빌려서, 나는 그럭저럭 집안 살림을 해나갔다. 적어도 헌 신문지를 반죽하고 있는 동안에는 내가 무언가 쓸모 있는 일을 한다고 확신할 수 있었다. 난처한 점이 있다면, 단지 손으로만 일에 몰두할 수 있다는 것이다. 꼬마 페르낭에 대한 생각도, 내 일에 대한 생각도 떨쳐버릴 수가 없었다. 하지만 그렇다고 대단한 결론에 이르지도 못했다. 늘 반복되는 내용이 다시 머릿속을 맴돌기 시작했다. '스타벨로*에서는 나치 친위대에 의해 살해된 아이들을 전부 매장할 만한 관이 부족할 정도였지…….' 우리는 피할 수 있었지만 다른 곳에서는 그런 일이 일어났다. 사람들은 급하게 깃발들을 감추고 무기들을 물에 버렸다. 남자들은 밭으로 도망갔고 여자들은 집 안에 틀어

* 벨기에 리에주의 도시. 제2차 세계대전 중 독일군에 의해 대량학살이 일어났다.

박혔다. 이어 비 내리는 빈 거리에서 그들의 거친 목소리가 들려왔다. 이번에 그들은 관대한 정복자로 도착한 것이 아니라 증오와 죽음을 안고 되돌아와 있었다. 그들은 다시 떠났지만, 축제가 벌어지던 마을에는 타버린 대지와 작은 시체 무더기만이 남아 있었다.

갑자기 찬바람이 불어와 몸서리를 쳤다. 나딘이 문을 연 것이다.

"왜 도와달라고 안 하셨어요?"

"너 옷 갈아입는 줄 알았지."

"준비는 벌써 다 끝났죠." 그 애는 내 옆에 꿇어앉아 신문지를 움켜쥐었다. "내가 못할까 봐 그러셨어요? 이런 것쯤은 나도 할 수 있어요."

사실 나딘은 서투르다. 신문지를 너무 많이 적시고 충분히 짜지도 않는다. 그래도 그 애를 부르는 게 좋았을 것이다. 나는 아이를 자세히 뜯어보았다.

"옷매무새 좀 가다듬어줄게."

"누구 때문에요? 랑베르 때문이에요?"

나는 옷장으로 가서 스카프와 오래된 브로치를 찾아 왔다. 그러고는 바닥이 가죽으로 된 무도화를 그 애에게 내밀었다. 자신이 완치되었다고 믿은 환자가 선물로 주었던 구두다. 나딘은 머뭇거렸다.

"하지만 엄마도 외출하실 거잖아요. 뭘 신고 가시게요?"

"누가 내 발을 쳐다보겠니?" 내가 웃으며 말했다.

나딘이 구두를 신고는 중얼거렸다. "고마워요."

나는 이렇게 대답하고 싶었다. "천만에." 내가 보살피고 무조건 내주는 것을 나딘은 불편해했다. 내게 진심으로 고마움을 느끼지 않고, 그것이 그 아이의 마음을 괴롭히기 때문이었다. 그 애가 서툰 솜씨로 종이 뭉치를 반죽하는 동안, 나는 감사와 의심 사이에서 망설이는 아이의 마음을 느꼈다. 의심하는 것도 당연하다. 나의 헌신과 관용이야말로 가장 부당한 속임수니까. 나는 그 애의 자책을 덜어주려는 행동으로 오히려 죄책감을 심어주고 있었던 것이다. 자책, 그건 디에고가 죽었기 때문에, 나딘이 파티에 입고 갈 옷이 없기 때문에, 그 애가 예쁘게 웃지 못하기 때문에, 우울함이 그 애를 밉상으로 만들어놓았기 때문에 생겨났다. 내가 그 애를 복종시킬 줄 모르기 때문에, 그 애를 충분히 사랑하지 않기 때문에 생겨났다. 공연히 친절한 태도로 그 애를 혼란스럽게 하지 않는 편이 더 정직했으리라. 그 애를 품에 안고 이렇게 말한다면, 아마 아이는 마음이 가벼워졌으리라. "내가 없은 딸, 널 더 많이 사랑하지 못하는 나를 용서하렴." 만약 내가 그 애를 품에 안았다면, 나는 우리가 매장할 수 없었던 작은 시체들에 대해 더 이상 고통을 느끼지 않았을지도 모른다.

나딘이 고개를 들었다. "그 비서직에 대해 아빠한테 다시 얘기해보셨어요?"

"그저께부터 아빠랑은 말도 못 해봤어." 그러고서 나는 재빨리 덧붙였다. "잡지는 4월에야 나오잖니. 아직 시간이 많단다."

"하지만 어떻게 해야 할지 알고 싶단 말예요." 나딘이 말하며 신문지 뭉치를 불에 던졌다. "아빠는 왜 반대하시는 건지, 정말 이해가 안 가요."

"아빠가 얘기했잖아. 시간 낭비라고 생각하신다고." 직업, 성인으로서의 책임감, 나는 그런 것들이 나딘을 위해 좋으리라 생각했다. 그러나 로베르는 나딘에게 더 큰 기대를 품고 있었다.

"그러면 화학은요? 그건 시간 낭비 아닌가요?" 아이가 어깨를 으쓱이며 말했다.

"아무도 너에게 화학 공부를 강요하지 않았어."

나딘이 화학을 선택한 것은 우리 속을 상하게 하기 위해서였다. 그러나 그 선택 때문에 아이는 충분히 벌을 받고 있었다.

"내가 싫은 건 화학이 아니에요." 나딘이 말했다. "대학생으로 있는 거죠. 아빠는 이해 못 해요. 난 엄마가 내 나이였을 때보다 훨씬 성숙하다고요. 뭔가 현실적인 일을 하고 싶어요."

"나는 찬성한다는 거 알잖아." 내가 대꾸했다. "그러니 너무 걱정할 것 없어. 네가 생각을 바꾸지 않으면, 아빠도 결국은 찬성하실 거야."

"찬성한다고 말씀하시겠죠. 어떤 어조일지 들리는 것 같아요!" 나딘은 뿌루퉁한 태도로 말했다.

"우리가 아빠를 설득해보자." 내가 말했다. "내가 너라면 어떻게 했을지 알겠니? 타이핑하는 법을 배워뒀을 거야."

"당장은 못 해요." 그러고서 나딘은 머뭇거리다가 약간은 도발적인 표정으로 나를 바라보았다. "앙리가 날 포르투갈에 데려간댔어요."

순간 온몸이 얼어붙은 듯 꼼짝도 할 수 없었다. "어제 그 얘길 한 거니?" 나는 불쾌함을 제대로 감추지 못한 목소리로 물었다.

"오래전에 결정한 일이에요." 나딘이 대답하고는 공격적인 어조로 덧붙였다. "당연히 엄마는 절 나무라실 거죠? 폴 때문에 말이에요."

나는 축축한 신문지 뭉치를 손바닥 위에서 굴렸다. "네가 불행해질까 봐 그래."

"그건 내가 신경 쓸 문제예요."

"하긴, 그렇긴 하구나."

더 이상 아무 말도 덧붙이지 않았다. 내 침묵이 아이의 신경을 긁는다는 걸 알았지만, 그 애기 스스로도 원하고 있는 설명을 단호하게 거부할 때면 나 역시 짜증이 나곤 했다. 그 애는 내가 강압적으로 나오기를 바라고 있었다. 잔꾀에 말려들고 싶지 않았지만 애써 말해야 했다. "앙리는 널 사랑하지 않아. 그 사람은 누구를 사랑할 마음이 없는 사람……."

"반면에 랑베르는 나랑 결혼할 만큼 충분히 바보고요?" 그 애의 말투에는 적의가 서려 있었다.

"난 결혼하라고 강요한 적 없다." 내가 말했다. "랑베르가 널 사랑하는 건 사실이지만."

나딘이 내 말을 가로막았다. "일단, 랑베르는 날 사랑 안 해요. 같이 자자고 한 적도 없고요. 심지어 지난번 크리스마스이브 파티에서도, 내가 유혹하자 날 화나게 해서 돌려보냈다고요."

"너와는 다른 걸 기대하고 있어서 그랬겠지."

"만약 내가 랑베르의 맘에 들지 않는다면, 그건 그 사람 문제죠. 게다가 로자 같은 여자와 사귄 다음에는 힘들 거라는 거, 당연히 이해해요. 그런 거야 나한테 아무렇지도 않다는 건 믿어주셨으면 해요. 다만 그가 날 사랑한다는 얘기만은 하지 말아주세요." 나딘의 목소리가 높아졌다. 나는 어깨를 으쓱였다.

"좋을 대로 하려무나!" 내가 말했다. "널 자유롭게 내버려둘게. 뭘 더 원하는 거니?"

나딘은 겁먹었을 때 늘 그러듯이 잔기침을 했다. "앙리와의 관계는 짧은 정사에 불과해요. 돌아오면 헤어질 거예요."

"나딘, 너 정말로 그렇게 생각하니?"

"네, 그래요." 그 애는 지나친 확신을 갖고 대답했다.

"한 달을 함께 보내고 나면 그에게 집착하게 될 거야."

"절대 아녜요." 반항심이 다시 그 애의 눈 속에서 불타올랐다. "알고 싶으시면 말씀드리죠. 나 어제 그 사람이랑 잤어요. 그랬는데 아무렇지도 않고요."

나는 눈을 돌렸다. 무엇도 알고 싶지 않았다. 나는 거북함을 드러내지 않은 채 말했다. "그건 이유가 될 수 없어. 분명히 너는 돌아와서 그를 붙잡고 싶어 할 거야. 그는 붙잡히고 싶어 하지 않을 거고."

"그거야 두고 보면 알겠죠."

"아! 너도 인정하잖니. 넌 그를 붙잡고 싶어 해. 넌 착각하고 있어. 그가 지금 원하는 것은 자유뿐이야."

"해볼 만한 게임이네요. 재밌어요."

"계산하고, 가짜로 꾸미고, 동정을 살피고, 기다리고, 그러는 게 재미있니? 게다가 넌 그를 사랑하지도 않잖아!"

"아마 그렇겠죠." 그 애가 말했다. "하지만 그를 원해요."

나딘은 종이 뭉치 한 줌을 난로 철책 안으로 던졌다.

"그 사람과 함께라면, 나도 살 수 있을 것 같아요. 이해하시겠어요?"

"우리가 살아나가기 위해서는 아무도 필요치 않아." 나는 화가 나서 말했다.

나딘은 주위를 둘러보았다. "엄마는 이걸 산다고 말할 수 있어요? 아, 불쌍한 우리 엄마. 솔직히, 엄마는 지금까지 살아왔다고 믿어요? 절반은 아빠와 이야기하느라, 나머지 절반은 정신병자들을 치료하느라 하루를 다 쓰잖아요. 그러면서 삶을 이야기하시다니!" 나딘이 몸을 일으켜 무릎의 먼지를 털었다. 그 애의 목소리는 더 격해졌다. "나도 바보짓을 할 때가 있죠. 아니라고 하진 않겠어요. 하지만 매끄러운 염소 가죽 장갑을 끼고 인생을 배회하느니 매음굴에서 끝나는 게 더 나아요. 엄마는 결코 장갑을 벗지 않잖아요. 조언을 하며 시간을 보낼 뿐이죠. 그러니 엄마가 남자에 대해 뭘 알겠어요? 그리고 내가 분명히 확신하는데, 엄마는 자신을 거울에 비춰보는 법도, 악몽을 꾸는 일도 절대 없겠죠."

자기가 잘못했거나 혹은 자신의 결정을 의심할 때, 그 애는 매번 이런 방식으로 나를 공격하곤 했다. 내가 아무 대답도 하지 않자 나딘은 문 쪽으로 다가갔다. 문턱에서 그 애는 발걸음을 멈추더니 보다 침착한 목소리로 물었다.

"이따가 차 한잔 하러는 오실 거죠?"

"부르면 갈게."

나는 일어나 담배에 불을 붙였다. 내가 뭘 할 수 있을까? 이제 어느 것도 대담하게 해나갈 수가 없어. 나딘이 디에고를 찾기 시작했을 때, 또 이 남자 저 남자를 전전하며 디에고의 죽음을 피하기 시작했을 때, 난 그 애를 돕고 싶었다. 그러나 그 애는 너무나 급격하게 불행을 알게 되었고, 반항심과 절망으로 제정신이 아니었기 때문에 누구도 그 애에게 아무런 영향을 미칠 수 없었다. 무슨 말만 하려 해도 그 즉시 귀를 막고 비명을 지르며 도망갔으니까. 그러곤 새벽이 되어야 집으로 돌아왔다. 내 부탁으로 로베르가 그 애를 타일렀고, 그날 저녁 그 애는 애인인 미국인 대위를 만나러 가지 않았다. 그렇게 방에 처박혀 있다가 다음 날 메모를 남기고 사라졌다. "집을 나가겠어요." 밤새도록, 다음 날 하루 종일, 또다시 로베르는 그 애를 찾으러 다녔다. 나는 집에서 기다렸다. 얼마나 끔찍한 기다림이었는지! 새벽 4시쯤 몽파르나스의 한 바텐더가 전화를 걸어 왔다. 나는 한쪽 눈언저리에 멍이 든 채 죽을 만큼 취한 상태로 바의 기다란 의자 위에 누워 있는 나딘을 발견했다. "저 애 마음대로 하게 내버려둬. 쟤를 몰아붙여 반항하게 하면 절대 안 돼." 로베르는 말했다. 선택의 여지가 없었다. 계속 그 애와 맞붙었다면 나딘은 나를 증오하기 시작하고 일부러 나를 경멸했을 것이다. 그럼에도, 내가 마지못해 굴복하고 자신을 비난한다는 걸 그 애는 알고 있었다. 아마 나를 원망하고 있으리라. 그 애의 생각이 완전히 틀리지는 않을 것이다. 내가 그 애를 더 사랑했었다면 우리 관계는 달랐을 테니까. 내가 비난하는 그런 인생으로부터 그 애를 지킬 수 있었을 테니까. 나는 오랫동안 선

채로 불꽃을 바라보았다. 그러면서 줄곧 혼잣말을 되뇌었다. "내가 그 애를 충분히 사랑하지 않은 거야."

나는 그 애를 원하지 않았다. 결혼하자 곧바로 아이를 원했던 사람은 로베르였다. 우리가 함께 있는 것을 방해하는 나딘을 나는 원망했다. 로베르를 너무 사랑했으니까. 그래서 침입자인 나딘에게서 내 모습이나 로베르의 모습을 발견하고 감동할 만큼의 관심도 없었다. 나는 냉정한 태도로 그애의 푸른 눈과 머리카락과 코를 바라보았다. 최대한 아이를 야단치지 않으려 했지만, 그 애는 내가 의도적으로 말을 아낀다는 사실을 눈치채고 있었다. 그래서 늘 나를 의심했다. 다른 어떤 소녀도 아버지의 마음속에 있는 자신의 경쟁자를 이기기 위해 그만큼이나 집착하지 않았을 것이다. 그애는 자신이 나와 같은 종류의 사람이라는 것을 결코 체념하고 받아들이지 못했다. 내가 그 애에게 곧 생리를 시작하게 될 것이며, 그게 무슨 의미인지 설명해줄 때의 일이었다. 나딘은 격렬할 정도로 집중해서 내 얘기를 듣더니, 자신이 제일 좋아하는 꽃병을 바닥에 던져 깨버렸다. 첫 생리 이후엔 그 애의 분노가 너무나 심해서 이후 열여덟 달 동안이나 생리가 없었다. 우리 사이에 새로운 분위기를 만들어준 것은 디에고였다. 나딘이 마침내 자신만의 보물을 갖게 된 것이다. 그 애는 나와 동등하다고 느꼈고, 우리 사이에는 우정이 생겼다. 그러나 디에고가 죽은 후 모든 것이 악화되었고, 지금은 최악의 상태였다.

"엄마."

나딘이 불렀다. 복도를 따라 걸어가며 나는 가늠해보았

다. 내가 너무 오래 있으면 제 친구들을 독차지한다고 할 것이고, 너무 금방 일어나면 제 친구들을 경멸한다고 하겠지. 문을 열었다. 랑베르와 세즈나크, 뱅상, 라숌이 있었다. 여자는 없었다. 나딘은 여자 친구가 하나도 없다. 그들은 전기난로 주위에 둘러앉아 미국산 커피를 마시고 있었다. 나딘이 내게 검고 자극적인 맛이 나는 커피가 담긴 잔을 내밀었다.

"샹셀이 살해당했어요." 불쑥 그 애가 말했다.

나는 샹셀을 잘 알지 못했다. 그러나 열흘 전 크리스마스트리 옆에서 다른 사람들과 웃고 있는 그의 모습을 보았다. 로베르가 옳을지도 몰라. 살아 있는 사람들과 죽은 사람들 사이에는 그렇게 큰 차이가 없어. 그러나 여기서 말없이 커피를 마시고 있는 이들, 미래의 죽은 이들은 나와 마찬가지로 살아 있다는 사실을 수치스러워하는 것 같았다. 세즈나크의 눈은 평소보다 더욱 공허했다. 마치 사고력을 잃은 랭보 같았다. 나는 물었다.

"어쩌다 그렇게 됐지?"

"우리도 전혀 몰라요." 세즈나크가 말했다. "샹셀의 형이 그가 전사했다는 통지를 받았대요."

"혹시 자청해서 전투에 나간 건 아니고?"

세즈나크가 어깨를 으쓱였다. "그럴지도 모르죠."

"그 친구 의견은 아예 묻지도 않았을걸요." 뱅상이 말했다. "우리 장군님들은 인적자원을 아끼는 법이 없으니까요. 고매한 귀족 나리들이시라."

창백한 얼굴에 핏발 선 그의 눈은 마치 두 개의 상처 같았고, 입은 흉터 같았다. 언뜻 봐서는 뱅상의 용모가 반듯하고

섬세하다는 사실을 알아차리기 힘들다. 그와 대조적으로 라
숌의 얼굴은 온화하며 바위처럼 굴곡이 심했다.

"위신의 문제지!" 그가 말했다. "여전히 그 대단하신 권력
을 보여주려면 적당한 수의 사상자가 필요하니까."

"F.F.I.*를 무장해제 한 것으로도 이미 꽤 성공한 셈인데
말이야. 하지만 이런 방식으로 그들을 조용히 제거하는 편
이 그들에겐 더 만족스럽겠지." 뱅상이 말했다. 그의 흉터
같은 입이 미소와 비슷한 모습으로 열렸다.

"무슨 말을 하고 싶은 거야?" 랑베르가 뱅상을 똑바로 바
라보며 엄격한 목소리로 물었다. "드골이 드 라트르**에게
공산주의자들을 모두 제거하라고 명령했다는 거야? 그렇다
고 말하고 싶으면 말해봐, 적어도 그럴 용기는 있겠지."

"드골이 따로 명령할 필요도 없어." 뱅상이 말했다. "그들
은 말하지 않아도 서로 통하니까."

랑베르는 어깨를 으쓱였다. "너 자신도 그걸 믿지 않잖아."

"사실일지도 몰라." 나딘이 공격적인 목소리로 말했다.

"당연히 사실이 아니지."

"그걸 어떻게 증명해?"

"아! 너도 그 수법에 걸려들었구나." 랑베르가 말했다.
"사람들은 단편적인 일들을 모아서 사실을 꾸며내. 그런 다
음 나중에는 그게 사실이 아니라는 걸 입증하라고 요구하

---

* '프랑스 국내군Les Forces françaises de l'intérieur'의 약칭. 제2차 세계대전 후반
프랑스 국내에서 활동한 레지스탕스 부대를 가리킨다.
** 장 드 라트르 드 타시니Jean de Lattre de Tassigny. 제1차 세계대전에서 활약하
고 이후 비시 정권하에서 복무했으나 1943년 드골의 자유프랑스에 가담했다.

지! 물론 난 샹셸이 등에 총을 맞고 살해당한 게 아니라는 걸 입증할 수 없고."

라숌이 미소를 지었다. "뱅상의 얘기는 그런 게 아니야."

그들끼리의 대화는 항상 그렇게 흘러갔다. 세즈나크는 침묵을 지키고, 뱅상과 랑베르는 서로 말다툼을 하고, 적당한 때 라숌이 끼어드는 식이었다. 그는 보통 뱅상의 극좌 사상을 비난했고 랑베르의 프티부르주아적인 편견을 비난했다. 나딘은 기분에 따라 이 편이 되었다 저 편이 되었다 했다. 나는 그들의 논쟁에 개입하지 않으려 했다. 논쟁은 평소보다 더 격렬했다. 분명 샹셸의 죽음이 그들의 마음을 다소 뒤흔들어놓았기 때문이리라. 아무튼 뱅상과 랑베르는 원래가 서로 잘 어울릴 수 없었다. 랑베르가 명문가의 아들이라는 느낌을 풍기는 반면, 양털 반코트 차림에 섬세하며 병약한 얼굴을 한 뱅상은 자못 불량배 같았다. 그의 눈에는 완전히 마음을 놓을 수 없게 만드는 뭔가가 있었다. 하지만 그가 진짜 총으로 사람들을 죽였다는 얘기는 나로서도 믿기 힘들었다. 매번 그를 볼 때마다 그 이야기를 떠올렸지만, 여전히 그가 그랬으리라 믿을 수 없었다. 아마 라숌도 역시 살인을 했을 것이다. 그러나 그는 아무에게도 밀하지 않았고, 그 일로 동요하지도 않았을 것이다.

랑베르가 내 쪽으로 고개를 돌렸다. "친구들과도 이제 얘기를 할 수가 없게 됐네요." 그가 말했다. "아! 요새 파리는 정말 웃기지도 않는다니까요. 샹셸이 옳았던 게 아닐까 싶을 정도예요. 죽었다는 거 말고, 싸우러 나갔던 거 말입니다."

나딘은 화난 태도로 그를 쳐다보았다. "넌 파리에 있지도 않았잖아."

"파리가 얼마나 음산한지 알아차릴 만큼은 충분히 있었지. 하긴, 전방에서 돌아다닐 때도 딱히 자부심을 느끼진 않았지만."

"특파원이 되기 위해 온갖 수를 다 썼으면서!" 그 애가 날카로운 목소리로 말했다.

"여기 있느니 그게 나을 줄 알았거든. 하지만 그것도 임시변통이었어."

"오! 파리가 그렇게 싫다면 널 붙잡을 사람은 아무도 없어." 나딘의 얼굴이 심하게 노기를 띠었다. "드 라트르가 예쁜 남자애들을 좋아하는 것 같으니까 가서 영웅 놀이나 해봐. 가보라니까."

"다른 놀이보단 그게 낫겠군." 랑베르는 암시가 가득한 시선으로 나딘을 바라보며 중얼거렸다.

나딘은 잠시 그를 경멸하듯이 아래위로 훑어보았다. "온몸에 붕대를 감은 부상병 행세를 해도 어울리겠네." 그 애는 빈정대고 있었다. "내가 병문안이라도 가리라고는 기대하지 마. 2주 후면 포르투갈에 있을 거니까."

"포르투갈이라고?"

"앙리가 나를 비서로 데리고 갈 거야." 아무렇지 않은 말투였다.

"저런, 그 사람 운이 좋군." 랑베르가 말했다. "한 달 내내 널 독차지한다니 말이지!"

"세상 모든 사람들이 너처럼 까다롭진 않거든."

"그래, 요즘에는 남자들이 쉽지." 랑베르가 중얼거렸다.

"여자들만큼이나 말이야."

"정말 야비하네!"

나는 나딘과 랑베르가 어떻게 이처럼 서로의 유치한 계략에 넘어가고 있는지 의아해하며 짜증을 느꼈다. 서로를 도와 그들을 결합시키기도 하고 떼어놓기도 했던 추억들로부터 마침내 벗어나 다시금 인생을 시작할 수 있으리라 확신하고 있던 터였는데 말이다. 그러나 바로 그 때문에 그들은 서로를 괴롭히고 있는지도 몰랐다. 각자가 상대방에게서 죽은 연인을 배신하는 자신의 모습을 발견하고 미워하는 것이리라. 어쨌든 그들 둘 사이에 개입하는 것이야말로 가장 바보 같은 실수이리라. 나는 말다툼을 벌이는 그들을 내버려둔 채 방을 나섰다. 세즈나크가 나를 따라 밖으로 나왔다.

"말씀 좀 드려도 될까요?"

"그럼."

"도와주세요." 그는 말했다. "선생님께 도움을 청하고 싶어요."

8월 25일, 수염을 기른 얼굴에 붉은색 머플러를 두르고 손에는 총을 들었던 그의 모습이 얼마나 당당했는지 난 기억하고 있었다. 1848년의 혁명군 같은 모습이었다. 지금 그의 푸른 눈은 생기를 완전히 잃었고, 얼굴은 부어 있었다. 아까 악수를 할 땐 손바닥도 축축하게 젖어 있었다.

"잠을 잘 못 자요." 세즈나크가 말했다. "저는…… 저는 몸이 아파요. 한번은 친구가 옥시코돈 좌약을 줬는데, 그게 고통을 많이 진정시켜주더라고요. 그런데 약사들은 꼭 처방전을 요구하잖아요……."

그는 애원하는 듯한 표정으로 나를 바라보았다.

"어떻게 아픈데?"

"아! 온몸이 다 아파요. 머리도 너무 아프고요. 특히 악몽이……."

"옥시코돈으로 악몽을 치유할 수는 없어."

그의 이마가 손처럼 축축하게 변했다.

"전부 말씀드릴게요. 여자 친구가 있어요. 매우 사랑하고 있습니다. 그녀와 결혼하고 싶어요. 하지만 저는…… 옥시코돈을 넣지 않으면 여자 친구와 아무것도 할 수가 없어요."

"그 진통제의 주성분은 아편이야." 나는 말했다. "그걸 자주 사용하니?"

그는 질겁한 듯했다. "아! 아녜요. 이따금씩, 뤼시와 밤을 보낼 때만 써요."

"다행이구나. 그런 약들은 중독이 빠르거든." 이마엔 온통 땀이 송골송골 맺혀서는, 그가 애원하듯 나를 바라보았다. "그러면 내일 아침에 와. 처방전을 써줄 수 있는지 한번 볼게."

나는 방으로 돌아왔다. 보아하니 그는 이미 중독이 제법 진행된 상태였다. 언제부터였을까? 왜? 나는 한숨을 쉬었다. 장의자에 눕히고 마음에 있는 생각을 털어놓게 해야 할 환자가 또 한 사람 생긴 것이다. 이따금씩, 그 모든 환자들이 성가시게 여겨질 때가 있다. 진료소 밖에서는 두 다리로 서서 성인으로서의 역할을 그럭저럭 해나가다가, 이곳에 오면 뒤에 똥을 묻힌 아기로 되돌아가는 사람들. 그리고 아기인 그들의 뒤를 닦아줘야 하는 사람은 바로 나였다. 그럼에도 나는 이성과 건강의 목소리, 사적인 감정이 드러나지 않는 목소리로 이야기한다. 그들의 진짜 삶은 다른 곳에 있고, 내 삶도 마찬가지였다. 내가 그들에게, 나 자신에게 피로를 느끼는 것도 놀랄 일은 아니다.

나는 지쳤다. '매끄러운 염소 가죽 장갑'이라고 나딘은 말했다. '냉정하고 엄격한'이라고 스크리아신은 말했다. 내가 그렇게 보였나? 내가 그런 사람이었나? 어린 시절에 느꼈던 분노를, 사춘기 시절의 가슴 뛰던 일들을, 올해 8월의 열기를 기억하고 있지만, 이 모든 일이 이미 멀리 있었다. 내 마음 속에서 아무것도 동요하지 않는다는 것은 이제 분명한 사실이다. 나는 머리에 빗질을 하고 화장을 고쳤다. 두려워하면서 끝없이 버틸 수는 없어. 결국은 지쳐버리니까. 게다가 로베르는 책을 쓰기 시작했지. 최상의 기분일 거야. 나는 더 이상 불안에 휩싸여 식은땀을 흘리며 잠을 깨지는 않지만 낙심해 있어. 슬퍼할 어떤 이유도 알 수 없는데. 아니야, 행복하다고 느끼지 못하는 것이 나를 불행하게 만드는 이유야. 그동안 너무 복에 겨웠던 거지. 나는 가방과 장갑을 들고 가서 로베르의 방문을 두드렸다. 외출하고 싶은 마음은 조금도 없었다.

"너무 춥지 않아요? 종이로 불을 좀 지필까요?"

그는 안락의자를 뒤로 밀고서 나에게 미소를 지어 보였다. "괜찮아."

그렇겠지. 로베르는 늘 괜찮지. 2년 동안 무를 곁들인 슈크루트*와 스웨덴 순무도 즐겁게 먹은 사람이잖아. 절대 추위를 느끼지도 않지. 요가 수련자라도 되는 양 스스로 열기를 만들어내는 것 같아. 자정쯤 내가 귀가하면, 그는 여전히 스코틀랜드 모포에 싸여 글을 쓰고 있겠지. '아, 지금 몇 시지?' 하면서 놀랄 거야. 새 책에 대해 그는 아직 막연하게만 들려주었지만, 그가 만족스러워한다는 것을 나는 느낄 수 있었다. 나는 자리에 앉았다.

"나딘이 엄청난 소식을 막 알려줬어요." 내가 말했다. "앙리 페롱이랑 같이 포르투갈에 가겠대요."

그는 재빨리 나를 향해 눈길을 돌렸다. "그래서 화났어?"

"그래요. 페롱은 여자들이 만났다가 금방 포기하는 종류의 남자가 아니니까요. 나딘은 그 사람에게 지나치게 집착하게 될 거예요."

로베르가 손을 내 손 위에 포겠다. "나딘 때문에 너무 걱정하지는 마. 무엇보다 그 애는 절대로 페롱에게 집착하지 않을 거야. 어차피 금세 마음을 바꿀걸."

"그 애도 그렇죠, 평생 마음을 바꾸며 보내서도 안 되는 거잖아요!"

로베르는 웃기 시작했다. "어쩔 수 없군. 딸이 남자애처럼 닥치는 대로 잠자리를 하는 게 당신에겐 늘 충격일 테니까. 나도 그 애만 할 땐 그만큼 했어."

로베르는 나딘이 남자애가 아니라는 사실을 딱히 특별하게 생각할 마음이 없는 것이다. 나는 말했다. "그거랑은 달라요. 나딘이 한 남자에게 매달렸다가 곧장 다른 남자에게

---

* 양배추를 소금에 절여 발효시킨 요리로 주로 삶은 감자와 고기, 햄, 소시지 등을 곁들여 먹는다.

매달리는 건, 혼자서는 살아 있는 것처럼 느끼지 못하기 때문이에요. 그게 걱정스러워요."

"여보, 그 애가 혼자 있는 걸 두려워하는 건 우리도 이해할 수 있잖아. 디에고 사건이 아주 오래전 일도 아니고."

나는 고개를 저었다. "디에고 일 때문만은 아니에요."

"나도 알아. 우리 잘못도 있다는 거지." 그가 회한이 담긴 어조로 말하고는 어깨를 으쓱였다. "그 앤 달라질 거야. 아직 어리잖아."

"그러기를 바라요." 나는 집요하게 로베르를 쳐다보았다. "당신도 알다시피, 나딘한테는 정말 좋아하는 일을 하게 되는 게 아주 중요해요. 그 애에게 비서 일을 줘요. 조금 전에도 그 얘길 하더라고요. 그 앤 그 일을 정말 하고 싶어 해요."

"그렇지만 재미라곤 전혀 없을 텐데." 로베르가 말했다. "그렇게 똑똑한 아이한테 하루 내내 봉투를 타이핑하고 서류함을 정돈하는 일은 거의 죄악이라 할 수 있다고."

"그 애는 자신이 쓸모 있다고 느끼겠죠. 그 일로 용기를 얻을 거라고요."

"그 애는 더 나은 일을 할 수 있어! 그러니 공부를 계속 시켜야 돼."

"나딘은 지금 뭔가를 정말 하고 싶어 해요. 좋은 비서가 될 거예요." 그러고서 나는 덧붙였다. "사람들에게 뭐든 지나치게 요구하면 안 되는 법이에요."

나에게 로베르의 요구는 늘 활력을 주었다. 그러나 그의 요구는 나딘을 결국 낙담하게 했다. 그는 나딘에게 명령하는 법이 없었다. 그저 믿고 기다릴 뿐. 그리고 나딘은 그에 보답하려 노력했다. 그 애는 너무 어릴 때 너무 진지한 책들을 읽었다. 너무 일찍 어른들의 대화에 끼어들었다. 결국 이런 생활에 진력이 났다. 처음에는 자기 자신에 대해 화를 냈다. 그리고 이제는 로베르를 실망시키는 일에 몰두하면서 복수 비슷한 짓을 벌이고 있는 것이다. 내 말에서 비난의 기미를 알아챌 때 매번 그러듯이, 로베르는 당황한 얼굴로 나를 쳐다보았다.

"정말 비서 일이 그 애에게 적합하다고 생각한다면⋯⋯." 그가 말했다. "어쨌든 당신이 나보다 더 잘 알 테니까."

"정말 그렇게 생각해요." 내가 말했다.

"그러면 그렇게 하도록 하지."

그는 너무나 쉽게 포기했다. 로베르를 실망시키려던 나딘의 생각이 보기 좋게 성공을 거둔 셈이었다. 로베르는 사람이나 일에 더 이상 아낌없이 헌신할 수 없을 때 서둘러 관심을 거두곤 하니까. "물론, 그 애가 우리에게서 독립할 수 있는 직업이면 훨씬 더 낫겠지만요." 내가 말했다.

"어쨌든 그 애가 진짜 원하는 건 그런 게 아니야. 그저 독립을 원하는 것처럼 보이고 싶어 하는 거지." 로베르가 냉담하게 말했다. 더 이상 나딘에 대해 이야기하고 싶지 않은 것이다. 나로서도 그가 반대하는 일에 대해 열의를 불어넣을 수는 없었다. 나는 이야기를 그만두었다. 그가 갑자기 활기찬 어조로 말했다.

"페롱은 그 여행을 왜 하려는 건지, 정말 이해할 수 없군."

"휴가가 필요한 거죠. 나는 이해해요." 나도 열의를 가지고 덧붙였다. "앙리도 조금쯤은 좋은 시간을 보낼 권리가 있잖아요. 충분히 일을 했고……."

"나보다 많은 일을 했지. 하지만 그건 문제가 아니야." 그는 엄격한 표정으로 나를 바라보았다. "S.R.L.이 출범하려면 언론이 필요한데 말이야."

"나도 알고 있어요." 이어 나는 주저하며 덧붙였다. "사실 좀 의문이긴 해요……."

"뭐가?"

"앙리가 언젠가는 신문사를 넘겨주게 될까요? 그는 신문사에 애착이 크잖아요."

"앙리가 우리에게 신문을 넘겨준다는 건 말도 안 되는 일이야."

"그가 S.R.L.의 명령에 따를 것이냐 하는 것도 의문이죠."

"하지만 앙리도 가담하고 있는걸. 명백한 강령을 채택하는 게 그에게도 큰 이익이 될 거야. 정치 강령이 없는 신문은 버틸 수 없는 법이거든."

"그건 그 사람들 의견에 달렸죠."

"그걸 의견이라 부르는군!" 로베르가 어깨를 으쓱였다. "'당파를 넘어서서 레지스탕스의 정신을 영속시키자.' 가엾은 뤼크에게는 이런 종류의 거짓말이 마음에 들겠지. 레지스탕스의 정신이라. 저런, 나한테 그런 말은 로카르노 조약*의 취지를 떠올리게 하거든. 앙리는 그런 강신술 같은 헛소리에 빠져 있지 않아. 나는 걱정 안 해. 앙리는 결국 우리를

---

* 1차 대전 후, 유럽의 안전과 평화를 도모하기 위해 스위스의 로카르노에서 1925년에 발의된 안전보장 조약.

따르게 될 거야. 단지 기다리느라 우리가 시간을 낭비하고 있다는 게 문제지."

나는 로베르가 좋지 않은 일을 계획하는 게 아닐까 겁이 났다. 무언가를 계획할 때, 그는 사람들을 단순한 도구로 취급하곤 했다. 앙리는 이 신문에 몸과 영혼을 바쳤다. 그에게는 일생의 모험인 셈이다. 그는 정치 강령을 기꺼이 받아 쓸 마음이 없을 것이다.

"왜 앙리에게 그 얘길 아직 안 한 거에요?" 내가 물었다.

"앙리는 놀러 갈 생각만 하고 있으니까."

너무도 불만에 찬 태도였기에 나는 넌지시 권했다.

"여기 있으라고 설득해봐요."

앙리가 이 여행을 포기하면, 나딘 문세는 해결된다. 그러나 앙리 자신을 위해서는 유감스러운 일이 될 터였다. 그는 이 여행을 무슨 축제처럼 여기고 있으니까.

"당신도 앙리를 잘 알잖아!" 로베르가 말했다. "한번 고집을 부리기 시작하면 절대 꺾이지 않아! 돌아오길 기다리는 편이 나아." 그는 무릎 위로 담요를 끌어당기더니 쾌활한 태도로 말을 이었다. "당신을 내쫓으려는 건 아니지만…… 당신 보통 약속에 늦는 걸 아주 싫어하지 않아?"

나는 일어났다. "그러네요. 나가봐야겠어요. 당신은 정말 가기 싫은 거에요?"

"아, 싫다마다! 스크리아신이랑은 정치 얘기를 한 마디도 하고 싶지 않아. 당신한테라면 그 친구도 적당히 하겠지."

"그러기를 바라야죠."

로베르가 칩거하던 기간에, 나는 종종 혼자서 외출하곤

했다. 그러나 오늘 저녁 추위와 어둠 속을 헤치고 가면서 나는 스크리아신의 초대에 응한 것을 후회했다. 아, 물론 내가 어떤 마음으로 나섰는지는 알고 있었다. 늘 같은 얼굴들을 보는 것이 약간은 피곤해진 것이다. 친구들, 나는 그들을 너무 잘 알았다. 4년 동안 우리는 가까이 붙어 지내며 서로 온기를 유지해왔다. 그렇지만 이제 그 친밀함은 식어버렸고, 얻는 것 없이 곰팡이 냄새만 풍기고 있었다. 그래서 새로움의 매력에 굴복해버린 것이다. 하지만 스크리아신과 도대체 무슨 얘깃거리를 찾을 수 있겠는가. 나 역시 정치 얘기는 조금도 하고 싶지 않았다. 나는 리츠 호텔 입구에 멈춰 서서 거울 속의 모습을 살펴보았다. 의류 쿠폰이 한정되어 있지만 우아함을 유지하기 위해서는 끊임없이 옷차림에 관심을 기울여야 했다. 그래서 난 차라리 무엇에도 관심을 갖지 않기로 마음먹었다. 낡은 프록코트에 나무 밑창을 댄 구두. 안색은 정말 못 봐줄 정도였다. 친구들이야 나를 있는 그대로 대했지만, 여자들이 치장을 많이 하는 미국에서 온 스크리아신은 내 나막신을 눈여겨볼 터였다. '그렇게 되는대로 나를 방치하지는 말았어야 했는데.'

물론 스크리아신의 미소는 그런 생각을 드러내지 않았다. 그는 내 손에 키스를 했다. 내가 너무나 싫어하는 상황이었다. 손은 얼굴보다 더 적나라하니까. 내 손을 그렇게 가까이서 쳐다보는 것이 불쾌했다.

"뭘 드시겠어요?" 그가 물었다. "마티니?"

"네, 좋아요."

바는 미국 장교들과 잘 차려입은 여자들로 가득 차 있었다. 열기와 담배 냄새와 진이 섞인 향이 곧장 머리로 올라왔고, 그러자 그곳에 있다는 것이 만족스러워졌다. 스크리아신은 4년을 미국에서 보냈다. 위대한 해방의 나라. 과일 주스와 아이스크림이 분수처럼 쏟아져 나오는 나라. 나는 탐욕스럽게 질문을 던졌다. 내가 마티니를 두 잔째 마시는 동안 그는 진솔하게 대답해주었다. 우리는 작은 레스토랑으로 가서 저녁을 먹었다. 나는 소고기와 슈크림을 사양 않고 배불리 먹었다. 이번에는 스크리아신이 내게 이야기를 시켰다. 지나치게 명확한 그의 질문에 대답하기란 쉽지 않았다. 전쟁 당시의 일상, 그러니까 통금으로 출입이 통제된 집 안에 풍기던 양배추 수프 냄새라든가, 불법 모임에 간 로베르의 귀가가 늦어질 때 일어나는 마음속의 침묵 같은 것을 떠올리려 할 땐 그가 단호하게 말을 가로막았다. 스크리아신은 이야기를 매우 잘 들어주고 공감하는 사람 같았지만, 나 자신보다는 그를 위해 말해야 했다. 그가 알고 싶어 하는 건 실제적인 정보였다. 가짜 증명서를 어떻게 만들었는지,《레스푸아》를 인쇄하고 배포할 땐 어떤 방법을 썼는지. 그는 광대한 시대 묘사도 요구했다. 어떠한 도덕적 분위기 속에서 살고 있었죠? 나는 그를 만족시키려 노력했지만 제대로 되지 않았다. 모든 것이 그가 상상하는 것보다 더 나쁘거나 더 나은 상황이었기 때문이다. 진짜 불행이 내게 직접 일어난 것은 아니지만, 그것은 내 삶을 사로잡았다. 디에고의 죽음을 어떻게 말할까? 내 입으로 말하기에는 너무도 비극적인 그 일이, 기억으로는 너무 무미건조하게 남아 있었다. 무슨 일이 있어도 과거가 다시 시작되지 않기를 나는 바랐다.

그렇지만 그런 과거도 거리를 두고 보니 부드러운 어둠으로 존재하고 있었다. 나는 로베르가 평화 속에서 느끼는 권태를 이해했다. 이 평화는 우리에게 삶의 이유를 알려주지 않는 채 삶 자체만을 돌려주었기 때문이다. 레스토랑의 출입문 앞에서 추위와 어둠을 다시 느끼며, 나는 한때 우리가 얼마나 자부심을 가지고 추위와 어둠에 맞섰던가를 회상했다. 그러나 지금 나는 빛과 열기를 원하고 있었다. 나 역시 다른 어떤 것을 바라는 것이다. 딱히 자극하지도 않았는데 스크리아신은 긴 독설을 퍼붓기 시작했다. 그가 어서 화제를 바꿨으면 싶었다. 그는 격노하여 드골과 그의 모스크바 여행을 비난했다.

"심각한 문제는, 프랑스 국민들이 모두 그에게 찬성하고 있는 것 같다는 거예요." 그가 비난조의 목소리로 말을 이었다. "앙리와 뒤브뢰유 같은 정직한 사람들이 공산주의자들과 손에 손을 잡고 앞으로 나아가는 걸 보세요. 사정을 아는 사람에게 그건 정말이지 말로 표현할 수 없는 고통스러운 모습이죠."

"로베르는 공산주의자들과 행동을 같이하지 않아요." 나는 그를 진정시킬 생각으로 말을 꺼냈다. "로베르는 독립적인 정치 운동을 일으킬 생각이에요."

"그가 이미 얘기했어요. 하지만 스탈린주의자들에 대항해서 활동하지 않으리라는 건 분명히 하더군요. 이런 말이었어요. 그들 옆에서, 그러나 부딪치지 않고!" 낙담한 말투였다.

"설마 로베르가 당장 반공주의 운동을 벌였으면 하는 건 아니시겠죠?" 내가 물었다.

그는 단호한 표정으로 나를 바라보았다. "제 책『붉은 낙원』을 읽어보셨나요?"

"물론이죠."

"그렇다면 우리가 유럽을 스탈린에게 선물로 주면 어떤 일이 일어날지 생각해보셨겠군요."

"그것과는 다른 문제예요."

"정확하게 그 문제입니다."

"절대 아네요! 문제는 보수 반동에 대항해 이겨야만 한다는 거예요. 만일 좌파가 분열되기 시작하면, 지고 말겠죠."

"좌파라!" 스크리아신이 빈정거리는 투로 중얼거리더니 단호한 몸짓을 보였다. "아! 정치 얘기는 그만두죠. 여성들과 정치 얘기 하는 것, 아주 싫어하거든요."

"이야기를 시작한 사람은 제가 아닌데요."

"아, 그렇군요." 의외로 그는 진지하게 인정했다. "죄송합니다."

우리는 리츠 호텔의 바로 돌아가서 앉았다. 스크리아신이 위스키 두 잔을 시켰다. 나는 그 술이 마음에 들었다. 새로운 맛이었기 때문이다. 그리고 스크리아신 역시 내게 익숙한 사람이 아니라는 큰 장점을 가지고 있었다. 이 저녁 만남은 예기치 못한 것이었고, 그래서 오래전에 지나간 젊음의 향기를 발산하고 있었다. 예전에는 수많은 다른 만남과 또 다른 만남들이 있었다. 예기치 않은 말을 하는 낯선 사람들도 만났다. 그리고 때때로 무슨 일이 일어나곤 했다. 5년 전부터, 많은 일들이 일어났다. 세계에, 프랑스에, 파리에. 그리고 다른 사람들에게. 그러나 나에게는 아니었다. 이제 내게는 결코 아무 일도 일어나지 않는 걸까?

"여기 있자니 재밌네요." 내가 말했다.

"무엇이 재밌죠?"

"열기, 위스키, 소음, 제복들……."

스크리아신이 주위를 돌아보았다. "저는 이곳이 싫어요. 회사에서 여기 호텔 방 하나를 내줘서 온 거죠. 제가 프랑스와 미국 소식을 알리는 잡지의 통신원이라는 이유로요." 그는 미소를 지었다. "다행히 이곳은 제게 너무 비싼 곳으로 변하게 되겠죠. 그러면 떠나야 하게 될 거고요."

"떠나야 할 상황이 아니고서는 이곳을 떠날 수 없나요?"

"없죠. 그래서 저는 돈이 사람을 아주 타락시킨다고 생각합니다." 쾌활한 웃음 덕에 그의 얼굴이 젊어졌다. "돈이 생기자마자 서둘러서 써버리죠."

"빅토르 스크리아신? 맞죠?" 아주 부드러운 눈을 한 키 작은 대머리 늙은이가 우리 테이블로 가까이 다가왔다.

"그렇습니다만." 나는 스크리아신의 눈에서 불신과 희망이라 할 만한 감정을 함께 읽었다.

"절 모르시겠습니까? 빈에서 뵌 뒤로 제가 많이 늙었지요. 마네스 골드만입니다. 혹시라도 뵈면 감사 인사를 하려고 했었죠. 선생님의 책에 대해서요."

"마네스 골드만 씨요! 물론 기억합니다!" 스크리아신이 다정하게 말했다. "지금 프랑스에 살고 계신 건가요?"

"1935년부터 살았죠. 귀르 수용소*에서 1년을 보내다가 간신히 빠져나왔어요……." 그는 시선보다 더 부드러운 목소리로 말했다. 너무나 부드러워서 마치 죽은 듯한 목소리였다. "방해하고 싶지는 않습니다만, 『갈색의 빈』을 쓴 작가와 악수를 나누게 되어 기쁘군요."

"저도 다시 뵙게 되어 정말 반갑습니다." 스크리아신이 말했다.

키 작은 오스트리아인은 이미 발소리도 없이 멀어져가고 있었다. 어느 미국인 장교 뒤편 유리문을 통해 사라지는 그를 눈으로 좇던 스크리아신이 갑자기 말했다.

"또 실패했군!"

"실패라뇨?"

"그 사람을 여기에 앉히고 얘기를 나눴어야 했는데 말이에요. 그는 뭔가를 원하고 있었어요. 그런데 전 그의 주소를 모르고 내 주소를 전해주지도 않았죠." 그의 목소리에는 분노가 담겨 있었다.

"그 사람이 당신을 다시 만나고 싶으면 호텔에 문의를 하겠죠."

"감히 그러지 못할 거예요. 내가 먼저 물었어야 했는데. 게다가 어려운 일도 아니었잖아요! 귀르에서 1년이라면, 나머지 4년 동안 그는 숨어 지냈을 겁니다. 나와 동갑인데 늙은이 같아요. 분명히 내게 뭔가를 기대했을 거예요. 그런데 그를 그냥 떠나보내다니!"

"그 사람은 실망한 기색이 아니었어요. 당신에게 단지 감

---

* 프랑스 남부 귀르에 있었던 집단 수용소. 나치 점령 당시 정치범과 공산주의자, 특히 유대인을 수용하는 시설로 사용되었다.

사하고 싶었던 거겠죠."

"감사는 평계예요." 스크리아신은 단번에 술잔을 비웠다. "그 사람에게 앉으라고 말하는 건 너무나 쉬운 일이었는데. 할 수도 있었지만 못 했던 일, 하지 않은 일, 알고도 놓쳐버린 기회들을 모두 생각해봐요. 새로운 생각이나 발전을 놓치는 겁니다. 마음을 여는 대신에 닫고 있었던 거죠. 그게 바로 제일 큰 죄악이에요. 태만에 의한 죄라 할 수 있죠." 그는 격렬한 후회 속에서 나는 안중에도 없이 혼자서 독백을 늘어놓았다. "지난 4년 동안 난 미국에서 따뜻하고 안전하게 잘 먹으며 지냈는데."

"당신은 여기 있을 수 없었잖아요." 내가 말했다.

"몸을 숨긴 채 지낼 수도 있었겠죠."

"그게 무슨 소용이 있었을지 모르겠군요."

"동지들이 시베리아 유형에 처해졌을 때 저는 빈에 있었어요. 다른 동지들이 빈에서 갈색 셔츠, 즉 나치에 의해 암살당했을 땐 파리에 있었고요. 그리고 파리가 독일에 점령당했을 땐 뉴욕에 있었습니다. 문제는, 이렇게 살아남은 것이 무슨 소용일까 하는 거예요."

스크리아신의 어조가 나를 감동시켰다. 우리도 역시 강제수용소로 끌려간 사람들을 생각하며 수치심을 느꼈으니까. 우리가 조금이라도 자책할 일을 한 건 아니었다. 그저 충분히 고통 받지 않았을 뿐.

"나눌 수 없는 불행에 대해서 우리는 죄책감을 느끼기 마련이에요." 그러고서 나는 이렇게 덧붙였다. "죄의식, 그건 정말 가증스러운 기분이죠."

스크리아신이 갑자기 비밀스러운 공모의 표정으로 나에게 미소를 보냈다. "경우에 따라 다르겠죠."

나는 잠시 교활함과 고통이 뒤섞인 그 얼굴을 유심히 살펴보았다. "다른 사람들로부터 우리를 보호해주는 어떤 양심의 가책이 있다고 말씀하시고 싶은 건가요?"

이번에는 그가 나를 유심히 쳐다보았다. "부인은 정말 바보가 아니시군요. 보통 저는 똑똑한 여자들을 좋아하지 않습니다. 아마 그 여자들이 충분히 똑똑하지 않아서겠죠. 그들은 스스로를 입증하기 위해 항상 이야기를 하지만 사실 아무것도 이해 못 하고 있거든요. 제가 처음 부인을 보며 느낀 인상은 침묵하는 태도였어요."

나는 웃기 시작했다. "선택의 여지가 없었기든요."

"다들 많이도 떠들어댔죠. 뒤브뢰유, 앙리, 나 자신도 그랬고요. 하지만 부인은 조용한 태도로 듣고 있었어요……."

"아시다시피 듣는 것이 내 직업이라서요."

"네, 그렇지만 뭔가 특별한 태도가 있어요." 그는 고개를 저었다. "분명히 아주 훌륭한 정신분석가시겠죠. 만약 제가 열 살쯤 어렸다면 부인 손에 절 맡겼을 겁니다."

"정신분석을 받고 싶으신가요?"

"지금은 너무 늦었군요. 다 자란 인간이니까요. 제 스스로 단점과 결함을 가지고 만든 인간 말입니다. 이 인간을 파괴할 수야 있어도 치료할 수는 없는 법이죠."

"어떤 병이냐에 따라 다르죠."

"중요한 병은 하나밖에 없습니다. 자기 자신이 되는 것, 자신이라는 병이죠."

고통스러울 정도의 진실함으로, 그의 얼굴이 갑자기 허물
어졌다. 그 목소리에 담긴 솔직한 슬픔이 내 마음을 움직였
다. 나는 열의를 가지고 말했다. "당신보다 더한 환자도 있
어요."

"그런가요?"

"사람들을 보다 보면, 도대체 어떻게 자기 자신을 참아낼
수 있을까 의문이 드는 이들이 있어요. 노망이 든 상태라면
몰라도, 자기 자신을 끔찍하게 혐오하는 사람들 말이죠. 당
신이 주는 인상은 그렇지 않아요."

스크리아신은 여전히 엄숙한 표정이었다. "스스로를 혐오
한 적이 한 번도 없으신가요?"

"없어요." 나는 미소를 지었다. "하지만 난 나 자신과 거
의 관계를 맺지 않는답니다."

"그래서 그토록 남을 안정시킬 수 있는 거군요." 스크리
아신이 말했다. "뵙자마자 안정을 주는 분이라고 생각했죠.
어른들이 편안하게 잡담할 수 있게끔 해주는, 아주 잘 교육
받은 소녀 같았죠."

"열여덟 살 된 딸도 있는걸요." 내가 말했다.

"그런 것과는 상관이 없어요. 게다가 전 소녀들이라면 참
을 수 없기도 하고요. 하지만 소녀를 닮은 여인이라면 매력
적이죠." 그는 나를 꼼꼼히 관찰하더니 말을 이었다.

"재미있군요. 부인 같은 환경의 여자들은 매우 자유로워
요. 혹시 부인은…… 남편을 두고 부정을 저지르신 적이 있
는지 궁금하군요."

"부정이라니요. 정말 끔찍한 말이네요! 로베르와 저는 자

유롭답니다. 서로 숨기는 것이 전혀 없죠."

"하지만 그런 자유를 결코 누려본 적은 없으시죠?"

나는 약간 거북함을 느끼며 대답했다. "가끔은 있었죠." 나는 태연한 척 마티니 잔을 비웠다. 그럴 기회는 많지 않았다. 이 점에 있어 나는 로베르와 매우 달랐다. 예쁜 매춘부를 바에서 데리고 나가 한 시간 정도 보내는 것쯤은 그에게 아주 예삿일이었다. 나는 친구로 지내지 못할 남자를 정부로 받아들일 수 없었고, 게다가 그 친구의 조건이 까다롭기도 했다. 지난 5년 동안 나는 후회 없이 정숙하게 살았다. 그리고 영원히 그러리라 생각했다. 자연히 여자로서의 삶은 끝난 거라고. 너무나 많은 다른 것들도 영원히 끝나버렸다고…….

스크리아신은 말없이 내 얼굴을 응시했다.

"어쨌든 부인 인생에 분명 남자들이 많지는 않았을 것 같은데요."

"정확해요." 내가 대답했다.

"왜죠?"

"그럴 기회가 없었으니까요."

"만약 기회가 없었다면, 찾지 않으셔서 그런 거겠죠."

"모두에게 전 뒤브뢰유의 아내이거나 안 뒤브뢰유 박사지요. 이런 위치는 존경이나 불러일으킬 따름이에요."

스크리아신이 웃었다. "전 그렇게까지 존경하고 싶지 않은데요."

잠시 짧은 침묵이 흘렀고, 나는 말했다.

"왜 자유로운 여성은 세상의 모든 남자들과 잠자리를 해야 할까요?"

그는 진지한 눈길로 나를 보았다. "만약 호감을 느끼는 남자가 대뜸 함께 자자고 제안하면, 그렇게 하실 건가요?"

"상황에 따라 다르겠죠."

"상황이라면?"

"그 사람과 저의 사정에 따라서요."

"지금 제가 그런 제안을 한다면요?"

"모르겠어요."

조금 전부터 그가 이렇게 나오리라 예상하던 터였다. 그럼에도 어쨌든 기습을 당한 기분이었다.

"제안을 드리죠. 승낙하실 건가요, 아닌가요?"

"너무 성급하시군요."

"점잔 빼는 건 질색이라서요. 여자의 마음에 들려고 수작을 부리는 건 자신과 상대의 품위를 떨어뜨리는 짓이죠. 멋부린 말투를 좋아하시지는 않을 것 같은데요."

"안 좋아해요. 하지만 결정하기 전에 깊이 생각해보는 건 좋아하죠."

"생각해보시죠."

스크리아신은 다시 위스키 두 잔을 주문했다. 아냐, 그와도, 어떤 다른 남자와도 난 잠자리를 하고 싶지 않아. 내 몸은 아주 오래전부터 이기적인 마비 상태에 고착되어 있잖아. 휴식하고 있는 몸이 타락한 행위로 깨어날까? 게다가, 아마 난 못 할 거야. 나딘이 너무 쉽게 낯선 남자들에게 몸을 내준다는 사실에도 매번 놀라곤 하니. 내 외로운 육체와 지금 곁에서 고독하게 술을 마시는 이 남자 사이에는 아주 작은 유

144

대 관계도 없었다. 벌거벗은 채 그의 품에 안긴 나를 생각하는 것이 늙은 내 어머니의 그런 모습을 떠올리는 것만큼이나 몰상식하게 느껴졌다. 나는 말했다.

"이 저녁 만남이 어떻게 진행되는지 두고 보자고요."

"말도 안 돼요." 그가 말했다. "우리 머릿속을 맴도는 문제를 내버려둔 채 정치나 심리학 얘기나 하기를 원하시다뇨. 어떤 결정을 내릴지 이미 분명히 알고 계시잖아요. 말씀해보시죠."

그의 안달하는 듯한 태도는 어쨌든 내가 늙은 어머니는 아니라는 사실을 확인해주었다. 설령 한 시간이라도 내게 성적 매력이 있다는 것을 믿지 않을 수 없었다. 왜냐하면 그가 나를 원하고 있으니까. 나닌은 테이블에 앉아 있는 것만큼 침대에 누워 있는 것도 별것 아니라고 주장했다. 그 애가 옳을지도 모른다. 그 애는 나더러 매끄러운 염소 가죽 장갑을 끼고 인생을 배회한다며 비난했지. 그게 사실일까? 이 장갑을 벗으면 무슨 일이 일어날까? 오늘 장갑을 벗지 않으면 영원히 벗지 못하게 될까? '내 인생은 끝났어.' 나는 이성적으로 생각했지만, 지극히 이성적인 판단에도 불구하고 내겐 아직 많은 세월 또한 남아 있었다.

나는 불쑥 말했다. "좋아요, 승낙하죠."

"아! 드디어 올바른 답을 주시는군요." 그는 의사나 교사가 용기를 북돋아주려 할 때 낼 법한 목소리로 말했다. 내 손을 잡고 싶어 했지만, 나는 이 보답의 행위를 거절했다.

"커피 한잔 하고 싶네요. 술을 너무 마신 것 아닌가 싶어서요."

"미국 여자라면 위스키를 한 잔 더 주문할 텐데요." 그가 미소를 지으며 말을 이었다. "하지만 당신이 옳아요. 만약 우리 둘 중 한 사람이 제정신이 아니라면 보기 흉하겠죠."

스크리아신은 커피를 두 잔 주문했다. 이어 불편한 침묵이 흘렀다. 주로 그에 대한 호감에서, 그리고 그가 만들어낸 우리 사이의 불확실한 친밀감 때문에 나는 승낙을 했다. 그리고 승낙을 한 지금 호감은 사그라져버렸다. 커피 잔을 비우자마자 곧바로 그가 말했다.

"내 방으로 올라가죠."

"당장요?"

"왜 안 됩니까? 이제 서로 할 말 없다는 거 아시잖아요."

나는 내 결심에 적응할 시간이 필요했다. 우리의 계약에서 일종의 공모 의식이 조금씩 싹트기를 바랐던 것이다. 그러나 사실 나로서도 아무 할 말이 없었다.

"올라가요."

방은 여행 가방들로 혼잡했다. 구리로 된 두 개의 침대가 있었는데, 그중 하나는 옷과 서류로 뒤덮여 있었다. 둥근 테이블 위에 빈 샴페인 병이 즐비했다. 그는 나를 안았다. 내 입술 위로 난폭하면서 쾌활한 입술이 느껴졌다. 그래, 이건 가능한 일이고, 쉬운 일이기도 해. 무언가가 나에게 일어났다. 다른 무엇인가가. 나는 눈을 감고 현실보다 더 무거운 꿈 속으로 들어갔다. 새벽에, 가벼운 마음으로 이 꿈에서 깨어나리라. 그때 그의 목소리가 들렸다. "겁먹은 소녀 같군요. 하지만 소녀를 아프게 하지 않을 거예요. 꽃을 꺾겠지만 아프게는 아니에요." 어쩌면 내게 건넨 것이 아니었을 이 말이 매

정하게 나를 깨어나게 했다. 나는 강간당하는 젊은 여자의
역할을 하거나 무슨 게임을 하러 여기 온 것이 아니었다. 나
는 그의 포옹에서 간신히 몸을 빼냈다.

"잠깐만요."

욕실로 피신한 나는 모든 생각을 몰아내면서 급히 화장을
고쳤다. 생각하기에는 너무 늦었다. 어떤 생각도 떠오를 새
없이 그는 침대 속에서 나를 다시 안았다. 나는 그에게 달라
붙었다. 지금은 그가 내 유일한 희망이었다. 그의 손이 내 속
옷을 벗기고 내 배를 애무했다. 나는 욕망의 검은 물결에 몸
을 맡겼다. 물결에 휩쓸리고, 흔들리고, 가라앉고, 솟구치고,
던져졌다. 때때로 허공 속에 수직으로 떨어지기도 했다. 망
각에서 어둠으로 쇄초해가고 있었나. 얼마나 대난한 여행인
가! 하지만 그의 목소리가 나를 다시 침대 위로 던져놓았다.
"피임을 해야 할까?" "그래, 가능하면 그렇게 해줘요." "당
신 여기가 막혀버린 거 아니야?" 질문이 너무 거칠어서 나는
몸을 움찔했다. "아뇨, 왜 그런 말을 해요?" 새로 시작하기
가 쉽지 않았다. 나는 다시금 그의 애무에 정신을 집중했다.
침묵을 모으고, 그의 피부에 몸을 붙이고, 모든 모공으로 그
의 열기를 삼켰다. 나의 뼈, 나의 근육은 이 불길에 녹았고 평
화가 실크 같은 부드러운 소용돌이로 내 주위를 감쌌다. 그
때 그가 명령조로 말했다. "눈 떠."

나는 눈꺼풀을 들었지만 너무 무거웠다. 빛에 시린 눈 위
로 눈꺼풀이 저절로 다시 떨어져 내렸다. "눈 뜨라니까." 그
가 다시 말했다. "이게 당신이고, 이게 나야." 그가 옳았다.
나 역시 우리를 피하고 싶지 않았다. 그러나 무엇보다 나는

내 정욕이라는 이 기괴한 존재에 익숙해져야만 했다. 그의
낯선 얼굴을 바라보는 동시에 그의 시선 아래서 나 자신에
몰두하기란 너무 버거운 일이었다. 그가 요구했기에 그를
쳐다보았고, 나는 욕망의 가운데 멈춰버리고 말았다. 나 자
신이 몸도 살덩이도 아닌, 빛도 어둠도 없는 곳에. 그는 시트
를 내던졌다. 그와 동시에 나는 방에 난방이 제대로 되어 있
지 않으며, 내가 더 이상 소녀의 복부를 가지지 않았음을 생
각했다. 차갑지도 따뜻하지도 않은 유해를 그의 호기심에
제공한 셈이었다. 그의 입술은 내 가슴을 지분대다가 배 위
를 기어갔고, 이어 성기 쪽으로 내려갔다. 나는 황급히 다시
눈을 감고서 그가 빼앗았던 쾌락 속으로 완전히 피신했다.
멀리 있는 쾌락이자 잘린 꽃처럼 외로운 쾌락으로. 거기서
잘린 꽃은 흥분하며 잎을 떨구고 있었다. 그리고 그는 내가
듣지 않으려 하는 말들을, 단지 그 자신만을 위해 성급히 중
얼거리고 있었다. 나는 지겨워졌다. 이윽고 그는 나에게로
돌아왔고, 잠시 그의 열기가 나에게 생기를 불어넣었다. 그
가 억지로 자신의 성기를 쥐게 했다. 내가 열의 없이 성기를
애무하자 그는 비난조로 말했다.

"남자의 성기를 진정으로 사랑하지 않는군."

이번에는 그가 내게 나쁜 점수를 매긴 셈이었다. 나는 생
각했다. '한 남자의 모든 것을 좋아하지 않는다면, 대체 무슨
수로 이 고깃덩어리를 사랑할 수 있을까? 그리고 이 남자로
말하자면, 대체 이 사람의 어디에 애정을 가질 수 있을까?'
그의 눈 속에는 나를 낙담시키는 적의가 담겨 있었다. 하지
만 나는 그에게 죄를 짓지 않았다. 태만에 의한 죄조차도.

그가 내 안으로 들어온 순간에도 난 별다른 것을 느끼지
못했다. 곧 그는 다시 말을 하기 시작했다. 내 입은 마치 시멘
트로 가득 찬 듯 한숨조차 쉴 수 없을 지경이었다. 그가 잠시
침묵을 지키더니 말했다. "좀 봐." 나는 약하게 고개를 흔들
었다. 거기서 일어나는 일은 나와 전혀 상관없는 것이었다.
만약 눈을 떴다면 아마 숨어서 엿보는 자가 된 기분이었으
리라. "부끄러워하는군! 소녀가 부끄러워하고 있어!" 한순
간 승리감에 사로잡혀 그는 말을 이었다. "어떤 느낌인지 말
해. 내게 말해줘." 나는 말없이 있었다. 내 안에 있는 존재를
느끼긴 했지만, 마취된 입안에 치과 의사의 도구가 들어올
때와 비슷한 정도로 의식하는 상태였다. "느꼈어? 느꼈으면
좋겠는데." 스크리아신의 목소리가 커지면서 설명을 요구
하고 있었다. "못 느꼈어? 괜찮아, 밤은 기니까." 밤은 너무
짧을 것이다. 영원도 너무 짧을 것이다. 게임은 실패로 돌아
갔고, 나는 그걸 알고 있었다. 어떻게 끝내면 좋을지 생각했
다. 밤중에, 벌거벗은 채 홀로 적의 팔에 안겨 있을 때, 우리
는 무력해진다. 나는 입을 열고 간신히 말을 뱉었다. "내게
신경 쓸 것 없어요. 그냥 내버려둬요.""하지만 당신, 불감증
은 아니지?" 그가 화가 나서 말했다. "이성으로 저항하고 있
군. 하지만 난 강제로라도……."

"싫어." 내가 말했다. "싫어요……." 내 상태에 대해 설명
하기가 너무 힘들었다. 그의 눈에는 진정한 증오가 담겨 있
었다. 그리고 나는 육체적 행복이라는 달착지근한 환영에
사로잡혔던 것이 수치스러웠다. 남자란 터키식 목욕탕이 아
니라는 사실을 깨달은 것이다.

"아! 싫다는 거군!" 스크리아신이 말했다. "싫은 거야! 고 집쟁이 같으니!" 그가 가볍게 내 턱을 때렸다. 나는 분노 속으로 도망칠 수조차 없을 만큼 너무나 피곤했다. 몸이 떨리기 시작했다. 떨어지는 한 번의 주먹, 천 번의 주먹…… '사방에 폭력이 있어.' 나는 생각했다. 몸이 떨리고 눈물이 흐르기 시작했다.

이제 그는 내 눈에 키스를 하며 중얼거렸다. "난 당신 눈물을 마시고 있어." 정복자의 부드러움이 어린 얼굴, 다시 어린아이로 돌아간 모습이었다. 나는 나만큼 그에게 연민을 느꼈다. 우리는 둘 다 실패했고, 실망했다. 나는 그의 머리를 어루만졌다. 그런 뒤 연인들이 으레 그러듯이 말을 늘어놓았다.

"왜 날 미워해?"

"아! 어쩔 수 없잖아." 그는 유감스럽다는 듯 대꾸했다. "어쩔 수 없다고."

"난 당신을 미워하지 않아. 당신에게 안겨 있으니 너무 좋은걸."

"정말이야?"

"정말이야."

어떤 의미에서 그건 사실이었다. 무언가가 일어났었다. 실패했고, 슬프고, 우스꽝스러웠지만, 어쨌든 그것은 현실이었다. 나는 미소를 지었다.

"당신 덕분에 묘한 밤을 보내고 있잖아. 한 번도 이런 밤을 보낸 적이 없는데."

"한 번도? 젊은 남자와도? 거짓말하는 건 아니지?"

말이 나를 대신해서 거짓말의 책임을 졌다.

"한 번도 없었어."

그는 격정적으로 나를 껴안았고, 다시 내 안으로 들어왔다. "나와 동시에 절정을 느꼈으면 좋겠어. 당신도 원하지? 그때 말해줘. 지금이라고……."

나는 짜증을 느끼며 생각했다. 이게 바로 그들이 원하는 거지. 동시성! 이게 뭔가를 입증하는 양, 서로의 합치를 대신하는 양. 함께 절정을 느낀다 해도, 우리가 더 가까워질 수 있을까? 쾌락이 내 마음에 반향을 일으키지 않으리라는 건 잘 알고 있었다. 그러니까 내가 그의 만족을 초조하게 기다리는 건 오직 해방되고 싶어서였다. 하지만 나는 패배했다. 그냥 기친 숨을 쉬고 신음하기로 했다. 그러나 교묘하게 꾸미지는 못했던 모양이다. 그가 이렇게 물었기 때문이다.

"못 느낀 거지?"

"아니, 확실히 느꼈어."

그 역시 패배했다. 더 이상 집요하게 묻지 않았으니까. 거의 곧바로 그는 내게 몸을 댄 채 잠에 빠졌고, 나도 잠들었다. 가슴 위에 걸쳐진 팔의 무게에 나는 깨어났다.

"아! 당신 여기 있군!" 그가 말하고는 눈을 떴다. "악몽을 꿨어. 난 언제나 악몽을 꿔." 아주 먼 곳에서, 심연의 밑바닥에서 말하고 있는 듯한 음성이었다.

"날 숨겨줄 만한 장소 어디 없을까?"

"당신이 숨을 수 있는 곳 말이야?"

"그래, 사라지는 게 좋을 것 같아. 함께 며칠간 사라져버리지 않겠어?"

"그런 곳은 없어. 그리고 난 떠날 수 없어."

"유감이군." 그러고서 그는 물었다. "악몽은 안 꿔?"

"자주 꾸지는 않아."

"아! 정말 부럽네. 난 밤에 곁에 있을 누군가가 필요해."

"하지만 난 이제 가봐야겠어." 내가 말했다.

"지금 당장은 안 돼. 떠나지 마. 날 버려두지 마." 그가 내 어깨를 잡았다. 나는 부표였다. 그런데 어떤 난파 속의 부표일까?

"다시 잠들 때까지 기다릴게." 내가 말했다. "내일 다시 만나고 싶어?"

"물론이지. 정오에 당신 집 근처 담배 파는 카페에 있을게. 어때?"

"알았어. 이제 마음 놓고 잠을 청해봐."

그의 숨소리가 깊어졌을 때, 나는 침대 밖으로 살짝 빠져 나왔다. 피부에 붙어 있는 이 밤을 몸에서 떼어내기가 힘들었지만 나딘의 의심을 사고 싶지 않았다. 우리는 각자 상대를 속이는 방식이 있었다. 그 애는 모두 말하고, 나는 아무 말도 하지 않는 식이었다. 거울 앞에 선 채 정숙한 얼굴이라는 가면을 다시 쓰면서, 나는 나딘이 내 결정에 영향을 미쳤다는 생각에 그 애를 원망했다. 그러나 어떤 의미에서는 조금도 후회되지 않았다. 한 남자에 대해 너무나 많은 것을 여자는 침대에서 알게 되는 법이니까! 몇 주 동안 그를 장의자에 눕혀놓고 헛소리를 하도록 강요하면서 알게 되는 것보다 훨씬 많은 것을 말이다. 다만, 이런 종류의 경험을 하기에는 내가 너무 상처 받기 쉬운 사람이었다.

오전 내내 너무 바빴다. 세즈나크는 오지 않았지만 다른
환자들이 많았다. 그래서 스크리아신에 대해서는 그저 어렴
풋하게만 떠올릴 수 있었다. 그를 다시 보고 싶었다. 우리의
밤이 완결되지 않은 채, 부조리한 형태로 마음에 남아 있었
다. 서로 얘기를 나누면서 그 밤을 끝마치고 그 밤을 구해내
고 싶었다. 내가 먼저 카페에 도착했다. 새빨간 장식에 윤기
나는 테이블들이 놓인 작은 카페였다. 거기서 종종 담배를
사곤 했지만 자리에 앉아본 것은 처음이었다. 칸막이 좌석
에서 연인들이 속삭이고 있었다. 나는 포트와인 비슷한 음
료를 주문했다. 낯선 도시에 있는 기분이었고, 내가 무얼 기
다리고 있는지도 이제 알 수 없었다. 스크리아신이 돌풍처
럼 황급히 들어왔다.

"미안해요, 약속이 열 개나 있어서."

"그래도 자상하게 와주었네요."

그는 나에게 미소를 지었다. "잘 잤어요?"

"아주 잘 잤죠."

그도 역시 포트와인 비슷한 음료를 주문한 뒤 내 쪽으로
몸을 기울였다. 그의 얼굴에 이제 적의는 조금도 없었다.

"질문 하나 해도 될까요?"

"해봐요."

"왜 그렇게 쉽게 내 방에 함께 올라갔죠?"

나는 미소 지었다. "호의로 그랬죠."

"취했던 건 아니죠?"

"전혀."

"후회하지 않아요?"

"안 해요."

그는 머뭇거렸다. 자신만의 비밀 목록을 위한 상세하고 비판적인 평가를 원하는 것 같았다. "알고 싶어요. 어제 내게 한 번도 이런 밤을 보낸 적이 없다고 했잖아요. 그거 진심인가요?"

나는 약간 거북하게 웃어 보였다. "그렇기도 하고 아니기도 해요."

"아! 생각한 대로군." 그가 실망해서 말했다. "절대 진심이 아니었겠죠."

"그 순간에는 진심이었어요. 그다음 날에는 좀 의심스러워지는 법이죠."

그는 끈적끈적한 포트와인을 단숨에 삼켰고, 나는 대화를 이어갔다.

"뭐가 날 얼어붙게 했는지 알잖아요. 불쑥불쑥 당신이 너무 적대적으로 나와서 그랬어요."

그는 어깨를 으쓱였다. "그건 어쩔 수 없는 건데!"

"왜요? 남성과 여성 간의 투쟁인가요?"

"우리는 입장이 같지 않잖아요. 내 말은, 정치적으로 말이에요."

나는 잠시 어안이 벙벙했다. "내 인생에서 정치가 차지하는 자리는 거의 없는데요!"

"무관심 역시 정치적 입장이죠." 그는 냉담하게 말했다. "정치 분야에서 내 입장과 일치하지 않는 사람은 결국 아주 먼 사람이라는 뜻이에요."

"그렇다면 함께 방으로 올라가자고 요구하질 말았어야

죠." 내가 비난을 담아 말했다.

교활한 미소가 그의 눈에 주름을 만들었다.

"하지만 내가 원하는 여자라면, 정치적으로 아주 차이가 많이 나도 상관없어요. 나는 파시스트와도 충분히 잘 수 있어요."

"상관없는 건 아니겠죠. 당신은 적대적으로 나왔잖아요."

그는 다시 미소를 지었다.

"침대에서 서로 약간 미워하는 것도 나쁘지는 않죠."

"끔찍해요." 나는 그를 빤히 쳐다보았다. "쉽게 자신에게서 빠져나오지 못하는군요! 연민이나 양심의 가책이 아니면 사람을 못 만나는 거죠. 틀림없이 호의로는 절대 누군가를 못 만나겠죠."

"아! 오늘은 당신이 내 심리 상담을 해주는 모양이군요. 계속해봐요, 난 아주 좋아하니까." 스크리아신이 말했다.

그의 눈에는 전날 밤 나를 살필 때와 같은 편집광적인 갈망이 내비쳤다. 환자나 아이를 대할 때가 아니고서는, 난 이런 갈망을 참을 수 없었다.

"고독을 강제로 없애버릴 수 있다고 생각하는군요. 하지만 사랑에 있어서 그보다 더 서투른 방법은 없어요."

그는 동요하는 듯했다.

"결국, 어젯밤은 실패였죠?"

"좀 그랬죠."

"다시 시작할 수 있을까요?"

나는 머뭇거렸다.

"그래요, 실패한 상태로 있는 건 싫으니까요."

그의 얼굴이 굳었다. "이유가 좋지 않군요." 그러더니 어깨를 으쓱였다. "사랑은 이성으로 하는 게 아니죠."

물론 내 의견도 그랬다. 그의 말과 욕망이 나를 상처 입힌 이유는 그게 이성에서 나왔기 때문이었다. 나는 말했다. "우리 둘 다 너무 생각이 많은 것 같군요."

"그러면 다시 시작하지 않는 게 좋겠네요."

"나도 그렇게 생각해요."

그래, 두 번째 실패는 더 나쁠지 몰라. 게다가 성공할 수 있을 것 같지도 않고. 우리는 서로 조금도 사랑하지 않잖아. 말할 필요도 없지. 간직할 것도, 결론지을 것도 없는 얘기야. 우리는 다시 의례적인 시시한 대화를 주고받았다. 그런 뒤 나는 집으로 돌아왔다.

그를 원망하지 않는다. 후회도 거의 없다. 게다가 로베르가 지체 없이 말했듯이, 그건 별로 중요하지 않다. 우리의 기억에 남아 있다는 것, 우리에게만 상관있는 하나의 기억이라는 것 빼고는 아무것도 아니다. 다만 내 방으로 올라갔을 때, 난 매끄러운 염소 가죽 장갑을 다시는 빼지 않으리라 결심했다. "너무 늦었어." 나는 거울을 바라보며 중얼거렸다. "이제 장갑은 내 피부에 이식되어버린 거야. 장갑을 벗기 위해서는 살가죽을 벗겨내야만 하겠지." 그래, 일이 이렇게 돌아간 것이 단지 스크리아신의 잘못만은 아니다. 그건 내 잘못이기도 했다. 호기심으로, 도발로, 피곤함으로 그 침대에 누웠었지. 나도 잘 모르는 무언가를 나 자신에게 증명해 보이고 싶어서이기도 했고. 하지만 나는 정확히 그 반대의 것을 증명하고 말았어. 나는 거울 앞에 그대로 멈춰 서 있었다.

다른 인생을 살 수 있을지 모른다고 막연하게 생각했는데. 옷을 잘 입을 줄 알고, 스스로를 과시할 줄 알고, 허영의 작은 기쁨들이나 강한 관능의 흥분을 알았을지도 모르지. 하지만 너무 늦었어. 문득 내 과거가 왜 때때로 타인의 과거처럼 보이는지 알 것 같았다. 바로 지금의 내가 타인이니까. 서른아홉 살의 여자, 나이 든 여자니까.

나는 큰 소리로 말했다. "난 나이를 먹었어!" 전쟁 전에는 너무 어려서 세월이 짐스럽게 느껴지지 않았다. 그다음 5년 동안은 스스로를 완전히 잊고 지냈다. 나 자신을 되찾은 지금, 내게 내려진 죽음의 선고를 알 수 있었다. 노년이 나를 기다리고, 어떤 방법으로도 거기서 벗어날 수는 없겠지. 이미 그것을 거울 깊숙한 곳에서 언뜻 봤잖아. 아! 나는 아직 여자야. 달마다 아직도 피를 흘리고 있으니까. 아무것도 바뀌지 않았어. 다만 이제는 알게 된 거야. 나는 머리카락을 올려보았다. 이 하얀 새치들은 이미 구경거리도 무슨 징조도 아니야. 그냥 시작일 뿐이지. 내 머리는 산 채로 내 뼈와 같은 색깔을 갖게 되겠지. 아직 매끄럽고 생생해 보이는 내 얼굴도 곧 가면이 무너지며 늙은 여인의 맹한 눈을 드러낼 거야. 계절이 다시 시작되고 패전의 모습도 복구되겠지만, 나의 노쇠를 멈출 어떤 방법도 없어. '이제는 걱정하기에도 늦었어.' 나는 거울 속에 비친 내 모습에서 시선을 돌리며 생각했다. '회한을 느끼기에도 너무 늦었지. 이대로 계속할 수밖에.'

제3장

나딘은 며칠 저녁 계속해서 신문사로 앙리를 찾아왔다. 어느 날 밤에는 다시 호텔 방을 찾기도 했지만 딱히 좋을 것은 없었다. 나딘은 분명 사랑을 나누는 행위를 지겨워하고 있었다. 앙리 역시 금세 지겨워졌다. 그러나 나딘과 외출하고, 그녀가 먹는 것을 바라보고, 웃음을 듣고, 얘기하는 것은 아주 좋았다. 나딘은 많은 일에 맹목적이었지만, 자신이 보는 것에 활발하게 반응했고 절대 속이는 법이 없었다. 앙리는 그녀가 기분 좋은 여행의 동반자가 되리라 생각했고, 그녀의 갈망에 마음이 움직였다. 매번 그녀는 물었다.

"얘기했어요?"

"아직 안 했어."

그러면 나딘이 얼마나 침통한 표정으로 고개를 숙이는지, 그는 자신이 나쁜 짓을 한 듯한 기분이 들 정도였다. 태양, 먹을 것, 진짜 여행, 그동안 그녀가 빼앗겨온 이 모든 것을 이제 그가 다시 빼앗는 기분이었다. 폴과 헤어지기로 결심한 만큼, 그는 나딘을 기쁘게 해주고 싶었다. 게다가 여행하는

158

동안 희망을 주고 애간장을 태우느니, 떠나기 전에 헤어져야 한다고 이해시키는 편이 폴을 위해서도 나았다. 폴에게서 멀리 떨어져 있을 때 앙리는 자신이 옳다고 느꼈다. 그가 연극을 하면서 폴을 속인 적은 한 번도 없었다. 그보다는 폴 자신이, 죽어서 매장되어버린 과거를 되살릴 것이라고 믿는 척하면서 스스로를 속이고 있는 것이었다. 그럼에도 그녀의 곁으로 돌아가면 그는 자신에게도 잘못이 있음을 깨닫곤 했다. '폴을 계속 사랑하지 않는 나는 개자식일까?' 그는 아파트 안을 오가는 폴을 바라보며 생각했다. '그녀를 사랑한 게 잘못이었나?' 그가 쥘리앵과 루이와 함께 카페 돔에 있었을 때였다. 옆 테이블에는 등나무 색깔의 옷을 입은 아름다운 여자가 짐짓 열성적으로『실패』를 읽고 있었다. 조그만 원탁에는 긴 보라색 장갑이 놓여 있었다. 그녀의 앞을 지나치면서 그가 말했다. "장갑이 정말 아름답군요!" "맘에 드시나요? 가지세요." "제가 그 장갑을 어디에 쓰겠습니까?" "우리가 만난 기념으로 간직하시면 되죠." 그들은 부드러운 시선을 교환했고, 몇 시간 뒤에 앙리는 벌거벗은 그녀를 껴안고 있었다. 그는 말했다. "너무나 아름다워!" 그래, 스스로를 나무랄 수는 없었다. 폴의 아름다움, 목소리, 신비스러운 언어, 아련한 지혜의 미소에 그가 넋을 잃은 것은 당연했다. 그녀는 그보다 약간 나이가 많았고 그가 모르는 수많은 자질구레한 일들을 알고 있었다. 그런 자질구레한 일들이 대단한 일들보다 앙리에게는 더 중요해 보였다. 그가 무엇보다 경탄하는 점은, 바로 폴이 이 세상의 부를 경멸하고 있다는 사실이었다. 폴은 초자연적인 영역에서 떠돌고 있는 사람이었고, 앙리는 거기로 올라가 그녀를 만날 수 없음에 절망했다. 그래서 그런 폴이 자신의 품에서 육신으로 변해 나타났을 때 그는 큰 충격을 받았다. '물론 나 혼자 상상에 빠져 약간 제정신이 아니긴 했지.' 나중에 그는 이렇게 인정했다. 그녀는 영원한 맹세를, 자기가 자기 자신으로 존재하는 기적을 믿고 있었다. 아마 이에 대해서는 그도 비난받아 마땅할지 모른다. 그는 비정상적인 감정으로 폴을 찬미했고, 이제는 지나치게 냉정하게 평가하고 있으니까. 그래, 잘못은 둘 모두에게 있어. 문제는 잘잘못을 따지는 것이 아니라, 이 상황에서 벗어나는 거야. 그는 입속으로 같은 말을 되풀이했다. '폴이 눈치챘을까?' 보통 앙리가 침묵을 지킬 때, 그녀는 지체 없이 물어보곤 했기 때문이다.

"왜 장식품들을 다른 곳으로 옮겼어?" 그가 물었다.

"이게 더 예뻐 보이지 않아?"

"잠깐 앉아볼래?"

"내가 방해됐어?"

"전혀 아냐. 하고 싶은 말이 있어서."

폴은 어색하게 짧은 미소를 지었다. "정말 심각한 표정이네! 설마 이제 날 사랑하지 않는다고 말하려는 건 아니지?"

"아냐."

"그렇다면야 다른 어떤 문제라도 괜찮아." 폴이 앉으며 말했다. 그녀는 참을성 있는 태도로, 약간은 장난스럽게 앙리에게 몸을 기울였다. "말해봐, 내 사랑, 들어볼게."

"서로 사랑하느냐, 사랑하지 않느냐, 그게 유일한 문제는 아냐." 그가 말했다.

"그래, 나도 알아. 당신 일, 여행들, 이런 것들을 포기하라고 한 적 한 번도 없었잖아."

"내가 애착을 갖는 다른 것도 있어. 자주 말했지. 그건 내 자유야."

폴은 다시 미소를 지었다. "내가 당신을 구속한다고는 말하지 마!"

"공동생활이 허락하는 한에서 자유롭기는 해. 하지만 내 자유는 무엇보다 고독을 의미해. 당신도 기억하지? 내가 여기 정착했을 때, 전쟁 동안만 같이 있자고 합의했잖아."

"내가 당신에게 부담이 되는 줄은 몰랐는데." 폴이 말했다. 미소는 사라져 있었다.

"당신보다 부담을 주지 않는 사람은 없겠지. 하지만 우리가 따로 살 때가 더 나았다는 생각이 들어."

폴은 다시 미소를 지었다. "매일 밤 나를 찾아온 건 당신이었잖아. 나 없이는 잘 수 없다면서 말이야."

처음 1년 동안은 그런 얘길 했지만, 그 이후로는 아니었다. 하지만 그는 반박하지 않았다. "그랬지. 그래도 일은 호텔 방에서 했으니까……."

"그 호텔 방이란 것도 당신 젊은 시절의 엉뚱한 생각이었지." 너그러운 목소리로 폴이 말했다. "당신은 뒤섞여 사는 것도 싫고 동거도 싫다고 했잖아. 솔직히 말하자면 당신의 원칙은 아주 모호했어. 그 원칙을 아직 진지하게 생각한다니 믿을 수가 없는데."

"천만에, 모호한 게 아냐. 공동생활은 긴장과 태만을 동시에 가져올 수 있어. 내가 종종 불쾌하게 굴거나 무관심하다는 건 알아. 그래서 당신을 고통스럽게 하는 것도 알고. 그러니까 정말 원할 때만 서로 만나는 것이 더 낫다는 얘기야."

"늘 당신이 보고 싶은걸." 비난이 담긴 목소리였다.

"피곤하거나 기분이 나쁠 때, 아니면 일을 할 때, 난 혼자 있는 게 나아."

앙리의 목소리는 무뚝뚝했다. 폴이 다시 미소를 지었다.

"한 달 내내 혼자 있을 거잖아. 당신 생각이 바뀔지 그대로 일지는 좀 두고 보는 게……."

"아니, 내 생각은 안 바뀌어" 그가 단호하게 말했다.

폴의 시선이 흔들렸다. 그녀가 속삭였다. "한 가지만 맹세해줘."

"뭘?"

"다른 여자와는 절대 같이 살지 않을 거지?……"

"미쳤어! 무슨 생각이야! 물론 맹세해."

"그러면, 젊은 남자의 소중한 일상으로 다시 돌아가도 난 괜찮아." 그녀가 체념하듯 말했다.

앙리는 호기심으로 폴을 뚫어지게 쳐다보았다. "왜 그런 맹세를 시키는 거야?"

폴의 시선이 다시 불안에 사로잡혔다. 그녀는 잠시 침묵을 지켰다. "아! 당신 인생에서 다른 어떤 여자도 결코 내 자리를 차지할 수 없으리라는 건 알고 있어." 폴은 애써 침착하게 말했다 "하지만 나는 상징적인 것에 집착하거든." 그녀는 일어나려고 몸을 움직였다. 마치 앙리의 말을 더 듣는 것이 두려운 것처럼. 그가 폴을 제지했다.

"기다려봐." 앙리는 말했다. "당신에게 정말 솔직하게 말해야 할 것 같아. 다른 여자와는 살지 않을 거야. 절대로. 하지만 최근 4년 동안 엄격한 생활을 해서 그런지 새로운 일을, 모험을 하고 싶거든. 여자들과 가볍게 연애하고 싶어."

"하지만 그런 연애는 이미 하고 있지 않아?" 폴이 침착하게 대꾸했다. "나딘이랑 말이야."

"그걸 어떻게 알지?"

"당신은 거짓말을 너무 못해."

폴은 가끔씩 너무나 맹목적이야. 그러나 때때로 너무나 통찰력이 있지! 그는 당황해서 거북하게 말했다. "얘기를 안 한 건 멍청한 짓이었어. 하지만 당신을 고통스럽게 할까 봐 겁이 났어. 그럴 이유도 없이 말이지. 거의 아무 일도 없었어. 게다가 오래가지도 않을 거고."

"아, 걱정마. 난 어린애를 질투하지 않으니까. 특히 나딘이라면." 폴이 앙리에게 다가가 소파 팔걸이에 걸터앉았다. "크리스마스 날 밤에 말했잖아. 당신 같은 남자는 다른 사람들과 같은 규범에 매이지 않는다고. 진부하게 정절을 지키라고 요구하는 일은 결코 없을 거야. 나딘과 재밌게 즐겨. 그리고 당신이 원하는 다른 사람들과도." 폴은 쾌활하게 앙리의 머리를 쓰다듬었다. "내가 당신 자유를 존중한다는 거 알잖아!"

"그래." 앙리가 말했다. 마음이 가벼워졌으나, 그는 실망스러웠다. 이런 손쉬운 승리는 아무 도움이 되지 않았다. 이젠 이 승리를 끝까지 밀어붙여야 했다. "사실, 나딘은 내게 감정이 조금도 없어." 그가 덧붙였다. "오직 내가 여행에 데려가기만을 원해. 물론 귀국한 다음엔 당연히 헤어질 거야."

"여행이라니?"

"나딘과 함께 포르투갈에 갈 거야."

"안 돼!" 폴이 말했다. 그녀의 얼굴을 덮고 있던 가면이 갑자기 산산조각 났다. 앙리는 떨리는 입술과 눈물로 반짝이는 눈을, 살과 뼈로 된 진짜 얼굴을 눈앞에 마주하게 되었다. "나는 데려갈 수 없다면서!"

"당신은 여행을 좋아하지 않잖아. 그래서 굳이 고집 부리지 않았지."

"내가 여행을 좋아하지 않는다니! 당신과 같이 가기 위해서라면 한쪽 손도 바쳤을 거야. 나는 그저 당신이 혼자 있길 원한다고 생각했어. 당신의 고독을 위해서는 기꺼이 나를 희생해야겠다고." 폴은 분노해서 외쳤다. "하지만 나딘을 위해선 아냐."

"혼자 가든 나딘과 가든 큰 차이는 없잖아." 앙리가 성의 없이 말했다. "당신은 나딘을 질투하지 않으니까."

"그건 완전히 다른 얘기지." 충격을 받은 듯한 목소리였다. "당신이 외로울 때 나는 당신과 있었어. 우린 함께였다고. 전쟁이 끝난 다음 처음으로 하는 여행을 다른 여자와 할 권리는 없어."

"폴, 이 여행을 전쟁 후의 첫 여행이라는 어떤 상징적인 일로 보는 거라면, 그건 정말 잘못된 생각이야." 그가 말했다. "나딘은 세상을 보고 싶어 해. 아무것도 구경 못 해본 가엾은 어린애라고. 나딘을 데리고 다니게 되어서 난 기뻐. 그 이상의 관계는 아니야."

"그렇다면, 정말 그 이상의 관계가 아니라면, 나딘을 데리

164

고 가지 마." 폴이 천천히 말하고는 애처롭게 앙리를 바라보았다. "우리 사랑을 생각해서 부탁해."

침묵 속에서 그들은 한동안 서로를 응시했다. 폴의 얼굴에는 온통 애원뿐이었다. 그러나 앙리는 그녀에게서 문득 완고함을 느꼈다. 곤경에 처한 여자가 아닌, 무장한 채 고문을 준비하는 사람과 마주하고 있는 기분이었다. "조금 전에는 내 자유를 존중한다며."

"그래." 폴이 거친 음성으로 내뱉었다. "하지만 당신이 스스로를 망치길 원하니 내가 그걸 막아야지. 우리 사랑을 배신하게 내버려두지는 않을 거야."

"달리 말하자면, 내겐 그저 당신이 원하는 것만 해도 되는 사유가 있다는 뜻이군." 그는 비꼬듯 말했다.

"아! 당신 정말 너무나 나빠!" 그녀가 흐느끼기 시작했다. "난 당신의 모든 걸 받아들였어. 모든 걸! 하지만 이것만은 들어줄 수 없어. 나 아닌 그 누구도 당신과 여행을 떠나서는 안 돼."

"당신이 그렇게 정한 것뿐이지." 그가 말했다.

"하지만 그건 분명하잖아!"

"내게는 그렇지 않아."

"왜냐하면 당신은 판단력을 잃었고, 판단력을 잃고 싶어 하니까!" 이제 그녀의 목소리는 이성을 되찾고 있었다. "들어봐. 당신은 그 애한테 애정이 없어. 그리고 내가 얼마나 고통 받을지 알고 있지. 그 애를 데리고 가지 마."

앙리는 침묵을 지켰다. 딱히 대꾸할 말이 없었다. 마치 물리적인 구속이라도 당한 양 폴이 원망스러웠다

"좋아, 나딘을 데려가지 않을게." 앙리는 이렇게 말한 뒤 일어나서 계단으로 걸어갔다. "그러니까 이제부터 자유에 대해서는 말하지 말아줘!"

폴이 그를 따라와 어깨에 손을 얹었다.

"당신의 자유라는 게 날 고통스럽게 하는 거야?"

앙리는 몸을 뺐다. "내가 원하는 일을 할 때마다 당신이 고통을 받는다니, 내 자유와 당신 중에서 선택할 수밖에 없겠군."

그가 걸음을 떼자 폴이 걱정스러운 목소리로 불렀다. "앙리!" 그녀의 눈에는 공포가 어려 있었다. "방금 그 말 무슨 뜻이야?"

"말 그대로의 뜻이야"

"일부러 우리의 사랑을 망가뜨리려는 건 아니지?"

앙리는 폴을 향해 몸을 돌렸다. "좋아! 당신이 우리 사랑에 집착하니 마지막으로 한번 이야기해보자고!" 그는 폴에게 너무나 화가 났다. 마침내 진실을 밝힐 작정이었다. "우리 사이에는 오해가 있어. 우리는 사랑에 대해 같은 생각을 하고 있지 않아."

"어떤 오해도 없어." 폴이 황급히 대꾸했다. "당신이 뭐라 말할지 알고 있어. 사랑은 내게 인생의 전부지만, 당신의 인생에선 단지 하나의 요소에 지나지 않는다는 거잖아. 나도 알아, 나도 동의하고."

"그래, 하지만 바로 거기에 문제가 있다는 거야."

"절대 아니야!" 폴이 말했다. "아! 다 바보 같은 짓이야." 그녀는 흥분한 목소리로 덧붙였다. "나딘과 함께 떠나지 말

166

라고 했다는 이유로 우리 사랑을 다시 생각해야겠다는 건
아니겠지!"

"나딘과 같이 떠나지 않을 거야. 그건 끝난 얘기라고. 하
지만 이건 아주 다른 문제……."

"아! 들어봐." 폴이 성급히 말했다. "이 얘긴 그만두자. 당
신이 자유롭다는 걸 스스로에게 증명하고 싶어서 나딘을 데
려가야겠다면, 그 앨 데려가는 편이 낫겠어. 내가 당신을 괴
롭힌다고는 생각하지 말아줘."

"내가 여행하는 동안 당신이 괴로워할 거라면, 나딘을 데
려가지 않을 거야!"

"당신이 원망을 품고 우리 사랑을 망가뜨리며 즐기는 게
나로서는 더 괴로울 거야." 폴은 어깨를 으쓱였다. "당신은
충분히 그럴 수 있잖아. 자신의 아주 작은 변덕도 너무나 중
요하게 여기는 사람이니까."

폴은 간청하는 태도로 앙리를 바라보았다. 그녀는 그가 이
렇게 대답하기를 기다리고 있었다. '당신을 원망하지 않아.'
아주 오랫동안이라도 기다릴 수 있었다. 그녀는 한숨을 쉬었
다. "당신은 날 사랑해. 그러나 우리 사랑을 위해 조금도 희
생하고 싶어 하지 않지. 오직 나만이 모든 걸 바쳐야 해."

"폴," 앙리가 다정하게 그녀를 불렀다. "내가 나딘과 이
여행을 한다 해도 말이야, 여러 번 말하지만 여행이 끝나면
나딘을 만나지 않을 거고 당신과 나 사이에 바뀌는 건 아무
것도 없을 거야."

폴은 말이 없었다. '내가 지금 하는 짓은 협박과 비슷하잖
아.' 앙리가 생각했다. '좀 비열하군.' 더욱 야비한 점은 폴

역시 그걸 알고 있다는 사실이었다. 그녀는 자신이 꽤 더러운 거래를 받아들이고 있다는 걸 알면서도 매우 관대한 듯 연기를 하는 것이다. 하지만 그래서 어쨌다는 거야? 원하는 건 원하는 대로 해야지. 그는 나딘을 데려가길 원했다.

"당신 마음대로 해." 폴이 말하고는 한숨을 쉬었다. "내가 너무 상징적인 것에 집착하는 것 같아. 사실 그 애가 당신을 따라가든 말든, 조금도 다를 게 없는데."

"조금도 다를 게 없지." 앙리가 단호하게 되풀이했다.

그 후 며칠 동안 폴은 이 일에 대해 묻지 않았다. 단지 그녀의 몸짓 하나하나, 침묵 하나하나가 다음과 같은 의미를 내비칠 뿐이었다. '난 무력해. 그리고 당신은 그걸 기회로 이용하지.' 아닌 게 아니라 그녀에겐 어떤 무기도, 아주 작은 무기조차 없었다. 그러나 무기가 없는 상황 자체가 하나의 함정이었다. 앙리는 스스로 피해자가, 혹은 가해자가 되지 않고는 빠져나갈 방법이 조금도 없었다. 그는 결코 피해자인 척하고 싶지 않았다. 그러나 난처한 것은 그가 가해자도 아니라는 사실이었다. 떠나는 날 저녁 오스테를리츠역 플랫폼에서 나딘을 만났을 때, 그는 오히려 기분이 좋지 않았다.

"일찍 오지 않았네요." 나딘이 투덜대듯 말했다.

"늦지도 않았지."

"어서 타요. 기차가 출발해버릴 수도 있잖아요."

"출발 시간 전에는 떠나지 않을 거야."

"그건 아무도 모르죠."

그들은 기차에 올라 텅 빈 칸을 선택했다. 두 좌석 사이에서 나딘은 당황한 태도로 한참이나 잠자코 서 있더니, 이윽고 등을 기관차 방향으로 돌린 채 창가 자리에 앉았다. 이어 여행 가방을 열고서 나이 든 여자처럼 정성을 다해 그 좌석을 자기만의 자리로 꾸미기 시작했다. 그녀는 나이트가운을 입고, 슬리퍼를 신고, 다리를 이불로 감쌌다. 그런 뒤 머리 밑에 베개를 고정시키고는 핸드백을 대신하는 바구니에서 풍선껌 한 통을 꺼냈다. 그제야 앙리의 존재를 의식한 듯, 나딘은 매력적인 표정으로 미소를 지었다.

"결국 날 데려가기로 했다는 걸 알고 폴이 소리를 질러댔겠죠?"

앙리는 어깨를 으쓱였다. "물론 기뻐하지는 않았지."

"폴이 뭐라고 했어요?"

"너와 관련된 얘긴 아무것도 없었어." 그가 무뚝뚝하게 말했다.

"하지만 무슨 얘긴지 알면 재밌을 것 같아서요."

"나는 그런 얘기 재미없어."

나딘은 바구니에서 검붉은색 뜨개질감을 꺼내더니 풍선껌을 씹으면서 바늘을 부딪쳐 뜨개질을 하기 시작했다. '이 애는 행동이 좀 지나쳐.' 앙리는 언짢은 기분으로 생각했다. 나딘이 일부러 그를 자극하고 있는 것인지도 몰랐다. 그의 양심이 여전히 폴의 붉은 아파트에 머물러 있다고 생각하기 때문이다. 폴은 울지 않고 그에게 키스를 했었다. "여행 잘하고 와." 하지만 지금은 울고 있을지 모른다. '도착하자마자 편지를 써야지.' 앙리는 생각했다. 기차가 흔들리며 교외 지역의 슬픈 석양을 가로질러 나아갔다. 앙리는 추리소설을 펼치고, 앞에 있는 나딘의 찌푸린 얼굴을 흘끗 바라보았다.

지금으로서는 폴의 슬픔을 막기 위해 할 수 있는 게 아무것도 없었다. 게다가 나딘의 기쁨을 망칠 필요도 없었다. 그는 애써 활기 있게 말했다.

"내일 이 시간이면 스페인을 지나가게 될 거야."

"그렇군요."

"리스본에서는 내가 이렇게 일찍 도착할 줄 모를 테니 이틀 동안은 우리끼리만 보낼 수 있어."

나딘은 대답이 없었다. 한동안 뜨개질에 전념하다가, 곧 좌석에 누워 밀랍으로 된 둥근 귀마개를 귀에 박고 스카프로 눈을 둘렀다. 그녀는 엉덩이를 앙리 쪽으로 돌렸다. '폴의 눈물을 미소로 보상받으리라 기대했다니!' 그는 자조적으로 생각했다. 소설을 다 읽은 그는 불을 껐다. 차창 너머의 그림 같은 푸른색 정경은 이제 보이지 않았다. 별도 없는 하늘 아래 평원이 완전히 시커맸다. 기차간은 추웠다. 나는 기차 안에서 시끄럽게 코를 고는 이 낯선 여자와 왜 마주하고 있는가? 갑자기, 과거가 영영 되살아날 수 없으리라는 생각이 들었다.

'어쨌든 나딘도 약간은 상냥하게 굴 수 있을 텐데!' 다음 날 아침 이룬*으로 향하며, 앙리는 원망스럽게 생각했다. 앙다이**역에서 나와 태양과 가벼운 바람을 피부에 느꼈을 때도 나딘은 미소조차 짓지 않았다. 앙리가 그들의 여권에 사증을 받는 사이, 나딘은 조심성 없이 하품을 했다. 지금은 앙

---

* 스페인 북쪽 바스크 지역의 도시.
** 프랑스 남부 아키텐 지역의 도시.

리의 앞에서 소년처럼 큰 걸음으로 걸어가고 있었다. 그는 두 개의 무거운 여행 가방을 들고, 이 새로운 태양 아래 무더위를 느끼며, 약간 털이 난 그녀의 건장한 다리를 무덤덤하게 바라보았다. 짧은 양말이 다리의 못생긴 부위를 더욱 강조하고 있었다. 창살문이 그들의 뒤에서 다시 닫혔다. 6년 만에 처음으로 앙리는 프랑스 땅이 아닌 땅을 밟은 것이다. 다른 창살문이 그들 앞에 열리는 순간, 그는 나딘의 외침을 들었다. "아!" 앙리가 그녀를 애무하며 듣고자 그토록 헛되이 애썼던 열정적인 신음 소리였다.

"아! 저것 봐요!"

길가의 불탄 집 근처에 세워진 진열대에 오렌지와 바나나와 초콜릿이 있었다. 나딘은 그리로 돌진하더니 오렌지 두 개를 쥐고 하나를 앙리에게 내밀었다. 냉혹하게도 이 손쉬운 기쁨이 불과 2킬로미터 떨어진 프랑스에는 없었다. 이 모습을 보자, 앙리는 4년 전부터 그의 가슴속에서 심장을 대신하고 있던 어둡고 단단한 것이 삼 부스러기처럼 변해 사라지는 것을 느꼈다. 굶주림으로 죽어가는 네덜란드 아이들의 사진을 보면서도 눈 하나 깜짝하지 않았던 그가, 이제는 도랑가에 앉아 머리를 손으로 감싼 채 꼼짝 않고 있고 싶은 심정이었다.

나딘은 즐거운 기분을 되찾았다. 기차가 바스크의 농촌과 카스티야의 사막을 가로지르는 동안, 그녀는 과일과 사탕을 배불리 먹고 미소를 지으며 스페인의 하늘을 바라보았다. 다시 좌석의 먼지 속에서 하룻밤을 보내고 다음 날 아침, 기차는 연푸른색 강을 따라갔다. 그 강은 올리브 나무들 사이를 굽이쳐 흘러 큰 강으로 바뀌었다가 곧이어 호수로 변했다. 그리고 마침내 기차가 멈추었다. 리스본이었다.

"저 택시들 좀 봐요!"

택시의 행렬이 역 광장에서 승객을 기다리고 있었다. 앙리는 여행 가방들을 물품 보관소에 맡긴 뒤 한 운전사에게 말했다. "도시 구경 좀 시켜줘요." 그들을 태운 차는 전차가 덜컹거리며 지나가는 가파른 길을 현기증이 날 것만 같은 속도로 굴러떨어질 듯 질주했다. 나딘은 두려움으로 소리를 지르면서 앙리의 팔을 꼭 붙잡았다. 자동차로 달리는 감각을 잊고 있었던 것이다. 앙리 역시 나딘의 팔을 꽉 잡고 웃었다. 그는 믿을 수 없는 기쁨에 오른쪽 왼쪽으로 고개를 돌렸다. 과거가 다시 되살아났다. 남부의 도시, 타는 듯하면서도 시원한 도시. 그 도시의 수평선에는 바다의 약속이 있고, 곶을 때리는 소금기 섞인 바람이 있었다. 이 도시를 그는 기억하고 있었다. 그렇지만 이곳은 예전의 마르세유보다, 아테네나 나폴리나 바르셀로나보다도 더 그를 놀라게 했다. 이제는 완전히 새로워진, 흡사 기적과도 같은 모습이었다. 이 도시는 아름다웠다. 단정한 도심과 무질서한 언덕이, 부드러운 색으로 반짝이는 집들과 하얗고 큰 배들이 있는 수도였다.

"도심 어디쯤에 내려줘요." 앙리가 말했다. 택시는 영화관과 카페로 둘러싸인 커다란 광장에 멈췄다. 테라스에 어두운 정장을 입은 남자들이 앉아 있었다. 여자들은 보이지 않았다. 하구로 내려가는 상가에서야 여자들로 북적이는 모습을 볼 수 있었다. 그곳에서, 앙리와 나딘은 제자리에 우뚝 멈춰 섰다.

"저것 보세요!"

가죽. 냄새로 추측할 수 있는, 두껍고 부드러운 진짜 가죽이었다. 돼지가죽으로 만든 여행 가방들, 멧돼지 가죽으로 만든 장갑, 다갈색 가죽 담배쌈지, 거기다 특별히 두꺼운 고무창이 달린 가죽 구두도 있었다. 저 구두를 신으면 소리도 없이, 발도 적시는 일도 없이 걸을 수 있겠지. 진짜 실크, 진짜 양모, 플란넬로 된 정장, 포플린으로 만든 셔츠들. 앙리는 문득 인조양모로 만든 정장 차림에 앞코가 갈라져 일어난 구두를 신은 자신이 너무 비참하게 느껴졌다. 나딘도, 모피를 두르고 실크 스타킹에 섬세한 무도화를 신은 여자들 사이에서 쏙 노숙자처럼 보였다.

"내일은 쇼핑을 하자." 그가 나딘에게 말했다. "이것저것 많이 사자고."

"현실이 아닌 것 같아요!" 나딘이 말했다. "파리 사람들이 이걸 보면 뭐라 할까요!"

"우리랑 똑같이 말하겠지." 앙리가 웃으며 대답했다.

그들은 제과점 앞에서 멈췄다. 그러나 이번에는 갈망이 아니라 분노에 가까운 감정으로 나딘은 시선을 돌리지 못하고 있었다. 앙리 역시 믿을 수 없을 만큼 놀라 한순간 꼼짝할 수가 없었다. 그는 나딘의 어깨를 밀었다. "들어가자."

노인과 어린 소년을 제외하고는 여자들만이 조그만 원탁 주위에 앉아 있었다. 기름을 바른 머리에 모피와 보석과 살덩이에 짓눌려 있는 듯한 그들은 매일의 일과처럼 경건한 태도로 배가 터지도록 먹고 있었다. 검은 머리를 땋아 내린

두 어린 소녀는 푸른색 리본을 어깨에서 허리로 비스듬히 매고 수많은 메달을 목에 건 채 휘핑크림이 잔뜩 올라간 진한 코코아를 조심스레 맛보고 있었다.

"너도 먹을래?" 앙리가 물었다.

나딘은 고개를 끄덕여 그러겠다고 했다. 여종업원이 잔을 앞에 놓자, 나딘은 입술로 잔을 가져갔다. 곧장 얼굴에서 핏기가 가셨다. "못 마시겠어요." 나딘이 말했다. 그러고는 용서를 구하듯 덧붙였다. "위장이 꽉 찼어요." 그러나 그녀가 불편한 것은 위장 때문이 아니었다. 그녀는 무엇인가를, 아니면 누군가를 생각하고 있었다. 앙리는 나딘에게 아무것도 더 묻지 않았다.

호텔 방에는 맵시 있는 두툼하고 질긴 무명천이 깔려 있었다. 욕실에는 더운물이 나왔고, 진짜 비누와 타월로 된 목욕 가운까지 있었다. 나딘은 다시 쾌활해져서 앙리를 때밀이 장갑으로 문질러주겠다고 나섰다. 그의 피부가 머리끝에서 발끝까지 타는 듯 붉어졌을 때, 나딘은 웃으며 그를 침대 에 넘어뜨렸다. 너무도 기분 좋게 사랑을 나눠서 앙리는 그녀 역시 쾌감을 느꼈으리라 믿을 지경이었다. 다음 날 호화로운 면직물과 견직물을 거친 손으로 매만지는 동안에도 나딘은 눈을 빛냈다. "파리에도 이만큼 멋진 가게들이 있었나요?"

"훨씬 더 멋진 가게들이 있었지. 기억 안 나?"

"멋진 가게에는 가본 적이 없어요. 너무 어렸거든요." 나딘은 희망에 찬 눈으로 앙리를 쳐다보았다. "언젠가는 다시 그렇게 될까요?"

"아마도 언젠가는."

"그런데 여기 사람들은 어떻게 이렇게 부자죠? 난 가난한 나라라고 생각했는데."

"부유한 사람들이 사는 가난한 나라지."

그들은 자신들과 파리의 사람들을 위해 옷감과 스타킹, 속옷, 구두, 스웨터를 샀다. 그런 뒤 지하 식당에서 점심을 먹었다. 말을 탄 투우사들이 성난 황소들을 향해 돌진하는 모습이 담긴 다양한 색깔의 포스터들로 뒤덮여 있는 곳이었다. "고기냐, 생선이냐. 어쨌든 이 사람들에게도 제한은 있나 보네요." 나딘이 웃으며 말했다. 그들은 잿빛 비프스테이크를 먹었다. 그러고는 둘 다 요란한 노란색의, 그러나 호화로운 신발창이 달린 구두를 신고 둥근 자갈이 깔린 거리를 올라갔다. 인구 밀집 구역으로 이어지는 오르막길이었다. 어떤 사거리에서는 맨발의 아이들이 색 바랜 작은 꼭두각시를 웃지도 않고 바라보고 있었다. 도로가 좁아지고 외벽 칠이 벗겨진 건물들이 나타나기 시작하자 나딘의 얼굴이 어두워졌다.

"이 거리는 구역질 나요. 여기는 이런 곳이 많나요?"

"그럴 것 같은데."

"이런 게 짜증 나지 않나 보네요."

그는 짜증 낼 기분이 아니었다. 사실 그늘진 구멍 같은 입구 위의 햇살 드는 창가에 얼룩덜룩한 빨래가 널려 있는 모습을 다시 보게 되자, 그는 아픔을 느낄 정도로 기뻐하고 있었다. 그들은 말없이 더러운 골목을 따라갔다. 그러다가 끈적끈적한 포석으로 된 계단 한가운데서 나딘이 멈춰 섰다. "구역질 나요!" 그녀는 반복해서 말했다. "여기서 나가요."

"아! 조금만 더 가보자고." 앙리가 말했다.

그는 마르세유, 나폴리, 피레에프스,* 바리오 치노** 에서 몇 시간이나 이런 시끄러운 좁은 골목길을 헤매고 다녔다. 물론 지금처럼, 그때도 이런 비참함이 끝나기를 원했다. 그러나 그 소망은 추상적인 것에 지나지 않았다. 거기서 도망치고 싶은 마음은 결코 없었다. 폭력적인 인간의 냄새가 그를 도취시켰기 때문이다. 언덕의 위에서 아래까지, 하나같이 생생하게 사람들로 우글거렸고, 똑같은 푸른 하늘이 지붕들 너머 빛나고 있었다. 앙리는 아주 열렬히 그 옛날의 기쁨을 되찾으러 가는 기분이었다. 그가 좁은 골목에서 골목으로 다니며 뒤쫓고 있는 것은 바로 이 기쁨이었다. 그러나 그는 되찾지 못했다. 여자들이 문 앞에 쭈그리고 앉아 숯 조각 위에 정어리를 굽고 있었다. 그리 싱싱하지 않은 생선의 냄새가 뜨거운 기름 냄새와 뒤섞였다. 여자들은 맨발이었다. 여기서는 모두가 맨발로 걸어다녔다. 거리를 향해 열린 동굴 같은 거처에는 침대도 가구도 성상도 하나 없었다. 초라한 침상과 습진으로 뒤덮인 아이들, 그리고 때때로 염소가 보일 뿐이었다. 집 밖에는 유쾌한 목소리도 웃음소리도 없이, 생기를 잃은 눈들만이 있었다. 여기서는 빈곤이 다른 도시들에서보다 더 절망적인 것일까? 아니면 우리가 불행에 대해 무감각해지기는커녕 오히려 더 예민해지는 걸까?

---

* 그리스 중남부 아티카 지방의 항구도시, 그리스 최대의 항구도시로 알려져 있다.

** 스페인어로 '차이나타운'이라는 뜻. 바르셀로나 라발 구역의 옛 이름이기도 하다.

병적인 그늘 위에서 푸른 하늘은 잔인하게 보였고, 나딘이 말없이 느끼듯이 앙리 또한 큰 충격을 받고 있었다. 그들은 검은색 누더기를 입은 여자를 스쳐 지나갔다. 드러낸 젖가슴에 한 아이를 매단 채 그녀는 험상궂은 태도로 달려가고 있었다. 앙리가 불쑥 말했다.

"아! 네 말이 옳아. 여기서 나가자."

그러나 그곳을 벗어나도 소용없었다. 앙리는 다음 날 프랑스 영사관에서 열린 칵테일파티에 갔다가 그 사실을 알게 되었다. 식탁은 샌드위치와 어마어마한 케이크로 가득 차 있었다. 여자들은 이제는 잊힌 빛깔의 드레스를 입었다. 모두 웃는 얼굴이었으며, 모두 프랑스어로 이야기했다. 어제 갔던 그라사 언덕은 아주 멀리 있었고, 앙리는 그 불행과 전혀 상관없는 낯선 나라에 와 있는 것만 같았다. 그는 다른 사람들과 함께 점잖게 웃고 있었다. 그때 늙은 멘도스 다스 비에르나스가 앙리를 홀 구석으로 데리고 갔다. 빳빳한 깃에 검은 넥타이를 맨 그는 살라자르*의 독재 전에 장관을 지낸 사람이었다. 그는 경계 어린 시선으로 앙리를 바라보았다.

"리스본의 인상은 어떻소?"

"아주 아름다운 도시입니다!" 앙리가 말했다. 다스 비에르나스의 시선이 흐려졌다. 그래서 앙리는 미소를 띠며 덧붙였다. "아직 특별히 구경한 건 없다고 말씀드려야 할 것 같네요."

---

* 안토니오 드 올리베이라 살라자르António de Oliveira Salazar. 포르투갈 제2공화국의 독재자. 1932년 국민통일당을 조직하여 일당독재를 추진하였다.

"여기 온 프랑스 사람들은 대개 아무것도 안 보려고 하지." 다스 비에르나스는 울분에 차서 말했다. "당신네 나라의 발레리*는 바다와 정원을 찬미하더군. 다른 것은 아무것도 못 봤던 거요." 노인은 잠시 말을 멈췄다가 다시 입을 열었다. "당신 역시 눈감고 있으려는 거요?"

"그 반대입니다!" 앙리가 말했다. "전 눈을 제대로 활용하려 합니다."

"아! 당신에 대한 얘기를 들었는데, 기대하겠소." 다스 비에르나스의 목소리가 한결 부드러워졌다. "내일 만날 약속을 잡읍시다. 리스본을 보여드리도록 하지요. 겉으로야 아름답지요. 아름답고말고! 하지만 그 뒤에 무엇이 있는지 보게 될 거요."

"어제 이미 그라사 언덕을 둘러보았습니다."

"하지만 집 안으로 들어가보지는 않았겠지! 사람들이 무얼 먹는지, 어떻게 사는지를 직접 확인해봤으면 하오. 내 얘길 못 믿는 것 같으니까." 다스 비에르나스는 어깨를 으쓱였다. "모든 문학작품들이 포르투갈의 애수와 신비를 이야기하지! 하지만 현실은 단순하다오. 700만 포르투갈인들 중 7만 명만이 실컷 먹고 있다는 거요."

발을 뺄 수는 없었다. 앙리는 다음 날 오전 내내 빈민가를 방문하면서 보냈다. 늦은 오후가 되자 전직 장관은 굳이 친구들을 불러 모았는데, 앙리에게 소개하기 위해서였다. 거

---

* 폴 발레리Paul Valéry. 20세기 전반에 활동했던 프랑스의 시인이자 비평가, 사상가.

절할 수가 없었다. 그들은 모두 어두운색 정장 차림에 풀 먹인 깃을 달고 중절모자를 쓰고 있었다. 지나치게 예절을 갖추어 말을 했지만, 때때로 증오심이 그들의 지각 있는 얼굴을 바꾸어놓았다. 다들 전직 장관이나 전직 기자, 전직 교수로, 현 정부에 동조하길 거부했다는 이유로 실추된 터였다. 모두 강제수용소에 끌려간 부모나 친구들이 있었다. 그들은 가난했고, 쫓기는 신세였으며, 아직 정치 활동을 하는 이들은 유형지인 지옥의 섬이 자기들을 기다리고 있다는 사실을 잘 알고 있었다. 가난한 사람들을 무료로 치료해주고 보건진료소를 열거나 병원에 공중위생을 도입하려는 의사는 즉시 용의자가 되었다. 야간 수업을 열어도, 관대한 행동이나 단순한 자선 행위를 해도 누구든 교회의 적이자 정부의 적이 되었다. 하지만 그들은 나치즘의 붕괴가 독실함을 가장하는 파시즘의 종말을 가져오리라 믿고 고집스럽게 활동을 이어가고 있었다. 살라자르 정권을 전복하고 프랑스에서와 같은 국민전선을 만들기를 꿈꾸고 있었다. 그들은 자신들이 고립된 상태에 처해 있음을 알고 있었다. 영국 자본가들은 포르투갈과 큰 이해관계로 얽혀 있고, 미국인들은 아조레스제도*의 군용 비행장을 구입하고자 정부와 협상 중이었다. "프랑스가 우리의 유일한 희망입니다." 그들은 반복해 말하며 간청했다. "프랑스 국민들에게 진실을 말해주시오. 그들은 모르고 있소. 그들이 알면 우리를 구하러 올 것이오." 그들은 앙리에게 매일 만날 것을 강요하는가 하면, 여러 사실

* 포르투갈 서쪽에 있는 화산 군도.

179

과 통계 수치를 퍼붓고 그 내역을 받아쓰게 했다. 굶주린 교외 지역으로 앙리를 데리고 다니기도 했다. 이것은 앙리가 꿈꾸던 휴가가 아니었다. 그러나 그에겐 선택의 여지가 없었다. 그는 신문 캠페인을 통해 여론에 호소해보겠다고 약속했다. 정치적 압제, 경제적 착취, 경찰의 공포, 대중매체에 의한 체계적인 우민화, 성직자와의 수치스러운 결탁 등을 전부 알리겠다고 말이다. "프랑스가 우리를 지지하리라는 걸 알게 되면, 카르모나*도 우리와 행동을 같이할 거요." 다스 비에르나스가 단언했다. 그는 전부터 비도**를 알고 있어서, 그에게 일종의 비밀 협정을 제안할까 생각 중이었다. 자기들을 지지해주면 그 대가로 미래의 포르투갈 정부는 아프리카 식민지에 대해 프랑스가 유리한 계약을 하게끔 돕겠다는 것이었다. 이 계획이 얼마나 비현실적인지를 무례하지 않게 다스 비에르나스에게 설명하기란 정말 힘든 일이었다!

"비도의 비서실장인 투르넬을 만나보도록 하죠." 앙리는 알가르베***로 출발하기 전날 이렇게 약속했다. 그는 앙리의 레지스탕스 동지였다.

"그동안 명확한 계획을 짜서, 돌아오시는 대로 전달드리겠소." 다스 비에르나스가 말했다.

---

* 안토니오 오스카르 프라고주 카르모나António Óscar Fragoso Carmona. 당시 포르투갈의 대통령.
** 조르주 비도Georges Bidault. 레지스탕스 활동가로 당시 프랑스의 외무부 장관.
*** 포르투갈 남부 지역인 파루를 중심으로 하는 지방을 통칭한다.

앙리는 리스본을 떠나게 되어 기뻤다. 프랑스 정보국이 순회강연의 편의를 위해 그에게 차를 빌려주고 원하는 만큼 사용하라고 했다. 마침내 진짜 휴가가 시작된 것이다. 하지만 불행히도, 그의 포르투갈 친구들은 그가 휴가의 마지막 주를 자신들과 함께 음모를 꾸미면서 보내리라 기대하고 있었다. 방대한 자료를 수집하고 사모라*의 조선소에 있는 공산주의자들과의 만남을 주선하겠다는 것이었다. 거절이란 어림없는 일이었다.

"그러니까 우리가 자유롭게 구경 다닐 수 있는 건 정확히 보름뿐이란 얘기네요." 나딘이 뾰로통해져서는 말했다.

그들은 타구스강 건너편의 술집에서 저녁을 먹었다. 여자 종업원이 탁자 위에 토막 내어 튀긴 대구와 칙칙한 분홍빛 포도주 한 병을 놓았다. 그들은 창문 너머, 하늘과 강물 사이에서 층을 이루어 빛나는 리스본의 불빛을 바라보았다.

"차를 타고 보름 동안 돌아다니면 한 나라의 여러 곳을 볼 수 있지." 앙리가 말했다. "우리는 운이 좋은 거야!"

"바로 그래서 그 운을 제대로 쓸 수 없다는 점이 유감스럽네요."

"날 믿고 있는 사람들을 실망시킨다는 건 야비한 일이 되지 않겠어?"

나딘은 어깨를 으쓱였다. "어차피 그 사람들을 위해 아무것도 할 수 없잖아요."

"그들의 이름으로 말할 수 있잖아. 그게 내 직업이야. 그

* 스페인과 포르투갈의 국경 근처에 위치한 도시.

게 아니면 신문기자라는 게 아무 소용 없지."

"그래봤자 아마 소용없을걸요."

"벌써부터 돌아가서 할 일을 생각하지 말자고." 앙리가
타협적인 어조로 말했다. "우린 굉장한 여행을 할 거야. 강
가의 저 작은 불빛들 좀 봐. 정말 예쁘잖아."

"저게 뭐가 예쁘단 거죠?" 나딘이 말했다. 그녀가 즐기는,
상대의 화를 돋우는 종류의 질문이었다. 앙리는 어깨를 으
쓱했다. 나딘이 다시 물었다. "아니, 정말 왜 저게 예쁘다고
생각하는 거예요?"

"예쁘니까. 그뿐이야."

그녀는 이마를 유리창에 댔다. "그 뒤에 뭐가 있는지 모른
다면 아마 예뻐 보일 수도 있겠죠. 하지만 그걸 아는 이상……
저건 또 다른 기만이라고밖에 할 수 없어요." 그녀는 퉁명스
럽게 결론을 내렸다. "난 이 더러운 도시가 정말 싫어요."

분명 그것은 기만이었다. 하지만 그는 이 불빛들이 예쁘
다고 생각하지 않을 수 없었다. 빈곤의 더운 열기, 유쾌하고
다양한 빛깔, 이제는 이런 것들에 속지 않았으나, 어두운 물
을 따라 반짝거리는 이 작은 불꽃들은 그 모든 것을 넘어서
서 그를 감동시켰다. 배경 뒤에 무엇이 감춰져 있는지 아직
몰랐던 시절을 그것들이 상기시켜주기 때문인지도 몰랐고,
이곳에서 그는 그저 기억 속의 환상만을 사랑할 뿐인지도
몰랐다. 그는 다시금 나딘을 바라보았다. 열여덟 살의 기억
속에 환상도 없다니! 적어도 그는 과거를 갖고 있었다. '그
리고 현재도, 미래도 있잖아.' 그는 마음속으로 스스로에게
대꾸했다. '다행히 사랑할 것들이 아직 남아 있어!'

다행히 남아 있고말고! 다시 자동차 핸들에 손을 얹는다는 게, 앞에 한없는 길이 펼쳐져 있다는 게 너무 기뻐! 오랜만에 자동차를 몰게 된 첫날, 앙리는 겁이 났다. 자동차가 고유한 생명을 지니고 있는 것 같았다. 무겁고, 현가장치가 시원찮고, 시끄럽고, 때로는 변덕스러웠기에 더더욱 그랬다. 그렇지만 어느새 자동차는 그의 한쪽 팔처럼 자연스럽게 복종하고 있었다.

"정말 빠르네요, 대단해요." 나딘이 말했다.

"파리에서 자동차로 드라이브해보지 않았어?"

"지프는 타봤어요. 하지만 이렇게 달려본 적은 한 번도 없었거든요."

이 역시 기만이며, 자유와 권력에 대한 낡은 환상이었다. 그러나 나딘은 거리낌 없이 환상을 받아들이고 있었다. 그녀는 차창을 전부 내리고 바람과 먼지를 게걸스럽게 마셨다. 나딘이 하자는 대로만 했다면 그들은 결코 자동차에서 내리지 않았을 것이다. 그녀가 좋아하는 것은 하늘과 길 사이에서 최대한 빨리 내달리는 것이었다. 풍경에 대해서는 거의 관심이 없었다. 하지만 이렇게 아름다운 풍경인데! 황금색 먼지가 일어나는 듯 보이는 미모사들, 둥근 꼭대기에 오렌지 나무들이 끝없이 이어지는 원시적이고도 절도 있는 낙원, 바탈랴의 돌로 이루어진 수도원이 주는 고양감, 검고 흰 성당을 향해 교차되며 올라가는 계단들의 위풍당당한 이중주, 사랑으로 고통 받았던 한 수녀의 오래된 비명이 남아 있는 베자*의 거리. 남쪽 지방에 어른거리는 아프리카의 향기 속에서 작은 당나귀들은 건조한 땅의 물을 조금이라

183

도 길어 올리고자 우물가를 맴돌았고, 붉은 대지를 찌르는 푸른 용설란들 사이에는 우윳빛으로 빛나는 하얀 집 한 채가 서늘한 모습을 가장하고 있었다. 그들은 북쪽을 향해 올라갔다. 그들이 지나가는 거리의 돌들은 꽃들에게서 최고로 생생한 색깔을 훔쳐낸 듯했다. 보라색, 붉은색, 황토색의 돌들. 그 빛깔들은 다시 미뉴의 완만한 언덕 중턱에 피어 있는 꽃들에게로 되돌아갔다. 그래, 아름다운 풍경이야. 너무 빨리 지나가서 뒤에 무엇이 숨어 있는지 생각할 겨를이 없군. 알가르브의 타는 듯한 도로에서처럼, 화강암 해변을 따라 농부들이 맨발로 걸어가고 있었다. 그러나 이들을 자주 마주치지는 못했다. 축제가 끝난 것은 바로 흙이 핏빛을 띤 붉은 포르투에서였다. 맨발의 아이들로 우글거리는 이곳의 빈민가는 리스본의 빈민가보다 더 어둡고, 더 축축했다. 벽에는 이런 게시물이 붙어 있었다. "이곳은 비위생적이므로 거주를 금함." 네다섯 살 먹은 여자아이들이 구멍 난 양말을 신고 휴지통을 뒤졌다. 앙리와 나딘은 점심을 먹기 위해 어두운 골목 구석에 있는 식당으로 몸을 감췄다. 레스토랑의 창문에는 얼굴을 바짝 붙인 사람들의 실루엣이 어른거렸다. "난 도시들이 너무 싫어요!" 나딘이 격분해서 말했다. 그녀는 하루 종일 호텔 방에 처박혀 지냈고, 다음 날 도로에서도 입을 거의 열지 않았다. 앙리도 나딘을 즐겁게 해주려고 굳이 애쓰지 않았다.

리스본으로 돌아가기로 한 날, 그들은 점심을 먹기 위해

＊ 포르투갈 남부 베자주의 주도. 15세기에 세워진 수도원이 남아 있다.

리스본에서 세 시간 거리에 있는 작은 항구에 차를 세웠다. 그런 뒤 한 여인숙 앞에 차를 대놓고서 바다가 바라다보이는 언덕을 올라갔다. 언덕 꼭대기에는 녹색 기와를 인 하얀 풍차가 서 있었다. 풍차의 날개에는 흙으로 구워 만든 작고 모가지가 좁다란 항아리들이 붙어 있었는데, 그 안에서 바람이 노래를 불렀다. 앙리와 나딘은 이파리가 무성한 올리브 나무들과 꽃이 활짝 핀 편도 나무들 사이로 언덕을 뛰어 내려왔다. 유치한 음악소리가 그들의 뒤를 좇았다. 두 사람은 작은 만의 모래에 쓰러졌다. 작고 녹슨 돛단배들이 옅은 색 바다 위에서 머뭇거리고 있는 것 같았다.

"여기서 살면 좋을 텐데." 앙리가 말했다.

"그러게요." 나딘이 따분하다는 표정으로 말하고는 덧붙였다. "배고파 죽겠어요."

"그렇겠지. 조금도 안 먹었잖아."

"삶은 달걀을 주문했는데 미지근한 물 한 그릇이랑 생달걀을 내주잖아요."

"대구는 정말 맛있었잖아. 누에콩도 그랬고."

"기름 한 방울에도 난 구역질이 난다고요." 나딘은 화가 난 듯 침을 뱉었다. "침 속에도 기름이 들어 있어요."

그러더니 갑자기 그녀는 단호한 동작으로 블라우스를 벗기 시작했다.

"너 뭐 하는 거야?"

"보면 몰라요?"

나딘은 브래지어를 하고 있지 않았다. 그녀는 똑바로 누워 작은 가슴을 그대로 태양에 드러냈다.

"안 돼, 나딘. 누가 오기라도 하면 어쩌려고."

"아무도 안 와요."

"그건 네 생각이지."

"상관없어요. 난 태양을 느끼고 싶어요." 가슴을 바람에 내맡기고 머리를 모래에 내맡긴 채, 나딘은 비난에 찬 눈으로 하늘을 바라보았다. "충분히 즐겨야죠. 오늘이 마지막 날이잖아요."

앙리는 대답하지 않았다. 그러자 그녀가 불만스러운 어조로 입을 열었다.

"정말 오늘 저녁에 리스본으로 돌아가야 해요?"

"그 사람들이 기다리고 있다는 거 알잖아."

"우리는 산도 못 봤잖아요. 다들 산이 여기서 제일 아름답다고 했는데. 일주일이면 정말 굉장한 여행을 할 수 있을 거라고요."

"이미 말했듯이, 나는 만나야 할 사람들이 있어."

"빳빳하게 깃을 세운 늙은 신사들요? 그 사람들, 인류사 박물관의 진열장 안에 있으면 잘 어울릴 거예요. 하지만 혁명가라니 웃기네요."

"난 그 사람들이 감동적이라고 생각해. 큰 위험을 무릅쓰고 일하잖아."

"그 사람들은 말이 많아요." 나딘이 손가락 사이로 모래를 줄줄 흘렸다. "말뿐이죠. 모두 그러듯이 말뿐이라고요."

"뭔가 해보려는 사람들을 우월감에 차서 비판하기는 쉽지." 앙리가 약간 짜증스럽게 말했다.

"내가 그 사람들을 비난하는 건, 실제로는 아무것도 안 하려 들기 때문이라고요." 나딘은 신경질을 냈다. "나 같으면 그렇게 떠들어대는 대신 살라자르를 한 방에 죽이겠어요."

"그런다고 일이 크게 진척되는 건 아니야."

"살라자르가 죽으면 진척될걸요. 뱅상 말마따나, 적어도 죽음은 용서가 없죠." 그녀는 깊은 생각에 잠겨 바다를 바라보았다. "그와 함께 자폭을 할 결심이면, 분명 죽일 수 있을 거예요."

"그만둬!" 앙리가 웃으며 말하고는 모래가 달라붙은 그녀의 팔에 손을 올렸다. "그렇게 말하면 내 꼴이 뭐가 되겠어. 알면서!"

"멋진 최후가 될 거예요."

"왜 그렇게 조급하게 끝을 보려는 거지?"

그녀는 하품을 했다. "사는 게 재밌나요?"

"지겹지는 않아." 앙리가 쾌활하게 말했다.

나딘은 팔꿈치를 괴고 상반신을 일으키더니 신기하다는 듯 그를 관찰했다. "설명해봐요. 당신이 하듯이 아침부터 저녁까지 글 쓰는 게 정말 만족스러운 삶인가요?"

"글을 쓸 때는 그래, 만족스러운 삶이야." 앙리가 말했다. "다시 글을 쓰고 싶어 죽을 지경인걸."

"어쩌다가 글을 쓰고 싶다는 생각을 하게 됐어요?"

"아! 아주 오래전 일이지." 앙리가 말했다.

아주 오래전 일이었다. 그러나 그 추억을 얼마나 중요하게 생각해야 하는 건지, 사실은 그로서도 알 수 없었다.

"젊었을 때, 책은 내게 마법 같았어."

"나도 책 좋아해요." 나딘이 격한 어조로 말했다. "하지만 책들은 이미 너무 많잖아요! 거기 한 권 더 보태는 게 무슨 의미가 있겠어요?"

"누군가 말하고자 한다면 그건 다른 사람들의 얘기와 전혀 다르니까. 각자 자기만의 삶을 갖고 있잖아. 사물이나 언어와도 자기만의 관계를 갖고 있고."

"신경 쓰이지 않아요? 다른 사람들이 당신이 앞으로 쓰게 될 글보다 훨씬 나은 글을 이미 썼다고 생각하면?" 왜인지 약간 신경질적인 어조로 나딘이 물었다.

"처음에는 그런 생각 안 했어." 앙리가 미소를 지으며 말했다. "아무것도 안 하는 동안, 사람들은 교만해지거든. 그리고 일단 일을 시작하면, 자기가 쓰는 것에 몰두하기 때문에 더 이상 남과 비교하면서 시간을 낭비하지 않게 되지."

"아! 그렇겠죠. 어쨌든 다들 상황에 맞춰나가기 마련이니까!" 나딘은 퉁명스럽게 내뱉으며 다시 길게 누웠다.

앙리는 대답할 수 없었다. 글쓰기를 싫어하는 사람에게 왜 글쓰기를 좋아하는지 설명하는 건 너무 어려운 일이다. 더욱이, 그 이유를 자기 자신에게 설명할 수나 있을까? 그도 사람들이 영원히 자신의 글을 읽어주리라 생각하는 것은 아니었다. 하지만 글을 쓸 때면 영원함 속에 자리 잡고 있는 것만 같았다. 언어로 형상화한 것이 그를 완전히 구원해주는 기분이었다. 그 안에 진실이 있었을까? 어떤 기준에서 보면, 그 역시 단지 환영에 지나지 않는 것이 아닐까? 이것이 바로 앙리가 이번 휴가 동안 풀어야 할 문제 중 하나였다. 그러나 사실 그는 무엇도 알아내지 못했다. 확실한 것은, 자유로이 스스로를 표현하려 하지 않는 사람들, 폴이나 안, 나딘의 인생에 대해 그가 고통스러울 정도로 연민을 느끼고 있다는 사실이었다. '아, 그렇지!' 앙리는 생각했다. '지금쯤 프랑스에서 내 책이 나왔겠군!' 오랫동안 그는 대중과 만나지 않았다. 그래서 이제 사람들이 자신의 소설을 읽고 그에 대해 이야기를 하고 있으리라 생각하니 겁이 나는 것이었다. 앙리는 나딘에게 몸을 기울이고 미소를 지었다.

"괜찮아?"

"네, 여기 좋아요!" 나딘은 약간 떼를 쓰듯 대답했다.

"그러게, 좋군."

그는 나딘의 손을 붙잡아 깍지를 끼고는 뜨거운 모래밭에 몸을 붙였다. 태양 빛을 받아 푸르스름하게 바랜 무기력한 바다와 사정없이 새파란 하늘 사이에, 행복이 잠시 머물러 있었다. 그것을 붙잡기 위해서는 나딘이 미소를 한 번 지어주는 것만으로 족했을지 모른다. 미소 지을 때 그녀는 거의 예쁘다 싶을 정도로 얼굴이 변했다. 그러나 지금 주근깨로 얼룩진 그녀의 얼굴은 미동도 없었다. 앙리는 말했다. "가엾은 나딘."

나딘이 갑자기 몸을 일으켰다. "왜 가엾죠?"

그녀는 분명 가엾게 여길 만한 여자였지만, 그는 그 이유를 잘 알 수 없었다. "이 여행이 널 실망시켜서 말이지."

"오! 아시다시피 크게 기대 안 했어요."

"하지만 좋은 순간들도 있었어."

"더 있을 수도 있고요." 차가운 푸른빛의 눈동자가 불붙기 시작했다. "늙은 몽상가들은 내버려두자고요. 그것 때문에 여기 온 건 아니잖아요. 돌아다녀요, 우리. 뼈에 살이 붙어 있는 동안 즐기자고요."

그는 어깨를 으쓱였다. "즐기는 게 그렇게 쉽지 않다는 거 잘 알잖아."

"노력해봐요. 산에서 하이킹을 하면 좋을 것 같지 않아요? 하이킹 좋아하잖아요. 모임이니 조사니, 그런 것들에 질렸잖아요."

"그건 그렇지."

"그러니까요! 뭐 하러 여기까지 와서 진력나는 일들을 해요? 휴가잖아요."

"생각해봐. 아무도 당신들 불행에 관심이 없고 포르투갈은 작은 나라라서 누구도 상관 안 한다고 내가 저 불쌍한 늙은이들에게 말할 수 있겠어?" 앙리는 미소를 지으면서 나딘 쪽으로 몸을 구부렸다. "그렇게 말할 수 있을까?"

"전화해서 몸이 아프다고 해요. 그러고서 우리 에보라로 도망가요."

"다들 상심할 거야." 앙리가 말했다. "아냐, 난 못해."

"그 사람들한테 싫다고 해요." 나딘이 날카롭게 말했다.

"안 된다니까." 앙리가 초조하게 대꾸했다. "그러고 싶지 않아."

"당신은 우리 엄마보다 더 나쁘네요." 나딘은 모래에 코를 박고 투덜거렸다.

앙리는 그녀의 곁에 길게 몸을 뻗고 누웠다. "즐겨보도록 하자고." 한때는 그도 즐길 줄 알았다. 그때였다면, 늙은 음모자의 꿈들은 그가 아는 기쁨을 위해 단번에 희생되었을지도 모른다. 그는 눈을 감았다. 황금색 피부에 꽃무늬 천을 허

190

리에 두른 여자, 세상에서 가장 아름다운 폴 곁에, 다른 해변에 그는 누워 있었다. 그들의 머리 위에서 종려나무가 흔들렸다. 옷과 베일과 보석으로 빈틈없이 몸을 감싼 뚱뚱한 유대인 여자들이 웃으며 바다로 들어가는 모습을 그들은 갈대를 통해 바라보았다. 때로는 밤중에 수의 같은 옷을 두른 채 위험을 무릅쓰고 물속으로 들어가는 아랍 여자들을 엿보기도 했다. 로마 유적 근처의 작은 카페에서 시럽이 들어간 진한 커피를 마시기도 했고, 시장의 광장에 앉아 있기도 했다. 앙리는 아무르 아르신과 환담을 나누며 물담배를 피웠고, 그런 다음에는 별이 가득한 방으로 돌아가 침대에 쓰러지곤 했다. 그러나 지금 가장 강렬한 그리움으로 기억하는 시간은 푸른 하늘과 강렬한 꽃향기에 둘러싸여 호텔 테라스에서 보내던 아침이었다. 여명의 서늘함과 정오의 열기 속에서 그는 글을 썼다. 발아래의 시멘트가 타는 듯하고 결국에는 햇빛과 단어들로 정신이 얼떨떨해지면, 그는 안뜰의 그늘로 내려와 몹시 찬 아니스주를 한 잔 마셨다. 그가 되찾고자한 것은 제르바*의 하늘이었고, 협죽도였고, 사나운 물결이었다. 그곳에서 수다를 떨며 보내던 밤의 유쾌함, 특히 그곳 아침의 서늘함과 열기였다. 왜 그는 자신의 삶이 예전에 누렸던 강렬하고도 부드러운 맛을 되찾을 수 없는 걸까? 이 여행에서 그는 그것을 욕망했다. 며칠 동안 다른 것은 무엇도 생각나지 않았다. 내내 모래밭에, 태양 아래 누워 있는 것만을 꿈꾸었다. 지금 그는 태양과 모래밭이 있는 곳에 있었

---

* 튀니지 동부 가베스만에 있는 섬.

지만, 마음에는 여전히 무언가가 부족했다. 행복이나 기쁨이라는 낡은 단어들이 의미하는 게 무엇인지 그로서는 이제 알 수 없었다. 우리는 단지 오감만을 가지고 있고, 이 감각들은 너무 쉽게 권태를 느끼고 마는 거야. 이미 그의 시선은 계속 푸르기만 한 하늘을 한없이 따라가는 것에 지겨움을 느끼고 있었다. 그는 새틴처럼 매끄러운 하늘을 터뜨리고 싶었고, 나딘의 부드러운 피부를 찢고 싶었다.

"쌀쌀해지기 시작하는군." 앙리가 말했다.

"그러네요." 나딘이 갑자기 그에게 몸을 붙였다. 앙리는 셔츠 너머로 자신의 가슴을 누르는 벌거벗은 젊은 젖가슴을 느꼈다. "내 몸을 덥혀주세요."

그는 부드럽게 나딘을 밀어냈다. "옷 입어. 마을로 돌아가자고."

"사람들이 볼까 봐 겁나요?" 나딘의 눈이 번뜩였다. 그녀의 뺨에는 홍조가 떠올라 있었다. 그러나 앙리는 나딘의 입술이 여전히 차갑다는 것을 알았다. "사람들이 우리를 어떻게 할 것 같은데요? 돌이라도 던질 것 같아요?" 그녀가 유혹적인 태도로 물었다.

"일어나. 돌아갈 시간이야."

나딘이 전신의 무게로 앙리를 내리눌렀다. 그는 저릿저릿한 욕망에 저항하기가 힘들었다. 앙리는 나딘의 젊은 가슴을, 투명한 피부를 사랑했다. 다만 그녀가 침대에서 일부러 음란하게 날뛰는 대신 쾌락이 흔드는 대로 몸을 맡겨주기만 한다면……. 나딘은 반쯤 감은 눈으로 앙리를 쳐다보았다. 그녀의 손이 리넨 바지 쪽으로 내려갔다.

"그대로 있어요. 내가 하는 대로 맡겨둬요."

나딘의 손과 입술은 능란했다. 그러나 앙리는 자신이 굴복할 때마다 그녀의 눈에서 읽을 수 있는 확고한 승리감이 너무 싫었다. "안 돼." 그가 말했다. "여기서는 안 돼. 이렇게는 안 돼."

앙리는 몸을 떼고 일어났다. 나딘의 블라우스가 모래 위에 뒤집혀 있었다. 그는 블라우스를 집어 그녀의 어깨에 던져주었다.

"왜요?" 나딘이 분개해서 말했다. 그러더니 느릿한 목소리로 단조롭게 덧붙였다. "밖에서 하면 더 재미있을 텐데."

앙리는 옷에 묻은 모래를 털어냈다.

"네가 진정한 여사가 될 날이 올지 궁금해." 그는 관대한 것처럼 꾸민 어조로 중얼거렸다.

"오! 아시다시피 그거 하는 걸 좋아하는 여자들은 100명 중 한 명도 안 될걸요. 그냥 속물근성에서 좋은 척 꾸며대는 거라고요."

"이봐, 우리 다투지 말자고." 앙리가 나딘의 팔을 잡으며 말했다. "자, 케이크와 초콜릿 사줄 테니까 차 안에서 먹자."

"날 어린애 취급하는군요."

"아니, 어린애가 아니라는 건 너무 잘 알아. 네가 생각하는 것보다 널 더 잘 알고 있지."

경계 어린 얼굴로 앙리를 바라보는 그녀의 입술 위에 미소가 가볍게 맺혔다. "당신이 늘 미운 건 아니에요."

앙리는 약간 힘을 주어 그녀의 팔을 잡았다. 그들은 말없이 마을 쪽으로 걸어갔다. 햇빛은 약해졌고 작은 배들이 항구로 들어오고 있었다. 소들이 배를 모래사장으로 끌어당겼다. 마을 사람들은 서거나 빙 둘러앉아 그 광경을 구경하고 있었다. 남자들의 셔츠와 여자들의 넓은 치마가 밝은 빛깔로 바둑판무늬를 이루었지만, 그 활기는 움직이지 않는 침울함 속에서 굳은 채였다. 검은 숄이 돌과 같은 얼굴들을 둘러쌌고, 수평선에 고정된 눈들에는 아무런 기대감도 보이지 않았다. 몸짓도 없고 말도 없었다. 어떤 저주가 그들 모두의 혀를 굳혀버린 것만 같았다.

"저 사람들 때문에 소리 지르고 싶어요." 나딘이 말했다.

"저 사람들은 네 소리조차 듣지 못할걸."

"대체 뭘 기다리는 걸까요?"

"아무것도. 자기들이 아무것도 기다리지 않는다는 걸 저들도 알고 있지."

큰 광장에서는 삶이 미약하게 소리를 내고 있었다. 아이들이 고함을 치고, 바다에서 죽은 어부의 아내들은 길가에 앉아 구걸을 했다. "참고 견뎌요!" 처음에 앙리와 나딘은 두꺼운 모피를 입은 부르주아 여성들이 거지 여인들에게 위엄 있게 대꾸하는 모습을 보며 화가 났다. 하지만 이제 그들은 구걸하는 손이 나타날 때마다 도둑처럼 도망치고 있었다. 거지들이 너무 많았다.

"뭐라도 사자." 제과점 앞에서 나딘을 멈춰 세우고 앙리가 말했다.

나딘이 제과점으로 들어가자 머리를 빡빡 깎은 두 아이가 제과점 유리창에 코를 박았다. 이어 그녀가 종이 가방을 두 팔 가득 안고서 다시 나타났을 때, 아이들이 뭐라고 외쳤다.

그녀는 멈춰 섰다.

"저 애들이 뭐라고 하는 거죠?"

앙리는 머뭇거렸다. "배고플 때 먹을 수 있으니, 넌 정말 운이 좋다고 하는 거야."

분노한 몸짓으로 나딘은 아이들의 팔에 불룩한 종이봉투를 던져주었다.

"안 돼. 애들에게는 돈을 줄게." 앙리가 말했다.

나딘은 그를 끌고 갔다. "그냥 둬요. 저 애들 때문에 식욕이 달아났어요. 더러운 애새끼들."

"배고프다며."

"이젠 안 고프다니까요."

그들은 차를 타고 잠시 말없이 달렸다. 나딘이 목멘 소리로 말했다.

"다른 나라로 갔어야 했나 봐요."

"어디로?"

"몰라요. 하지만 당신은 분명히 알 거잖아요."

"아니, 나도 몰라." 앙리가 말했다,

"그래도 사람들이 제대로 살 수 있는 나라가 분명 한 곳은 있을 거예요."

갑자기 나딘이 울음을 터뜨려서, 앙리는 놀라 그녀를 바라보았다. 폴의 눈물은 비처럼 자연스러웠다. 그러나 나딘의 눈물을 보는 것은, 흡사 오열하고 있는 뒤브뢰유를 목격하는 것처럼 난처했다. 앙리는 팔로 나딘의 어깨를 감싸고 꽉 끌어안았다.

"울지 마, 울지 마." 앙리는 거칠거칠한 그녀의 머리를 쓰다듬었다. 왜 그는 나딘을 미소 짓게 하지 못했을까? 왜 그렇게 마음이 무거웠을까? 나딘은 눈물을 닦고 요란하게 코를 풀었다.

"하지만 당신은, 젊었을 때 행복했죠?"

"그럼, 행복했지!"

"그것 봐요!"

앙리는 말했다. "너도 언젠가는 행복해질 거야."

그는 나딘을 더 꽉 안고 이렇게 말해줬어야 했다. "내가 널 행복하게 해줄게." 그 순간 그는 그러고 싶었다. 인생을 걸게 하는 한순간의 욕망. 그러나 앙리는 아무 말도 하지 않았다. 그는 문득 생각했다. '과거는 되풀이되지 않아. 과거는 결코 되풀이되지 않을 거야.'

"뱅상!" 나딘이 출구를 향해 달려갔다. 종군기자의 제복을 입은 뱅상이 미소를 지으며 손을 흔들고 있었다. 나딘은 고무창 달린 신발 바닥으로 미끄러져 가다가 뱅상의 팔을 붙잡고 몸을 바로 세웠다. "안녕!"

"안녕! 여행가들!" 뱅상이 쾌활하게 말하고는 감탄한 듯 휘파람을 불었다. "너 엄청난 옷을 입고 있네!"

"진짜 귀부인 같지 않아?" 나딘이 제자리에서 한 바퀴 돌아 보였다. 모피 외투를 걸치고 스타킹에 무도화까지 신은 그녀는 우아하고 꽤나 여성스러운 모습이었다.

"이리 줘요!" 뱅상이 앙리가 뒤에서 끌고 오던 큰 해군용 가방을 낚아챘다. "시체라도 들었어요?"

"먹을 것만 50킬로그램이야!" 앙리가 말했다. "나딘이 식구들에게 식량을 공급할 거래. 볼테르 강변로까지 이걸 무슨 수로 가지고 가느냐가 문제야."

"문제없어요." 뱅상이 의기양양하게 말했다.

"지프라도 훔쳤어?" 나딘이 물었다.

"아무것도 안 훔쳤어."

그는 당당하게 출구를 가로질러 건너가더니 작은 검은색 자동차 앞에 멈춰 섰다. "어때? 괜찮지?"

"우리 자동차야?" 앙리가 물었다.

"네, 뤼크가 드디어 장만해냈어요. 어때요?"

"자동차가 작은데." 나딘이 말했다.

"우리에겐 엄청나게 큰 도움이 될 거야." 앙리가 차 문을 열며 말했다. 그는 그럭저럭 짐들을 자동차 뒤편에 쌓아 올렸다.

"나도 태우고 드라이브 다닐 거지?" 나딘이 물었다.

"미쳤어?" 뱅상이 말했다. "이건 업무용이야. 사실 앙리와 네 짐을 싣고 보니 좀 좁긴 하네." 뱅상은 결국 차가 작다는 나딘의 의견에 동의했다. 그가 운전석에 앉았고, 이어 자동차가 고통스러운 딸꾹질 소리를 내며 출발했다.

"너 정말 운전할 줄 알아?" 나딘이 물었다.

"요전 날 밤에 내가 헤드라이트도 없이 지프로 지뢰가 묻혀 있는 길 위를 질주하는 모습을 봤다면 근거 없이 날 모욕하지는 못할 텐데."

뱅상이 앙리를 쳐다보았다. "나딘을 내려준 다음 신문사로 모셔다드릴까요?"

"좋지.《레스푸아》는 어때? 그 빌어먹을 나라에서는 단한 부도 못 봤어. 여전히 손바닥만 한 판형으로 발행해?"

"네, 여전히요. 정부가 삼류 신문을 두 개나 허가해주면서
도 우리한텐 종이를 공급하질 않네요. 뤼크가 저보다 더 잘
설명해드릴 거예요. 저는 전선에서 막 복귀한 참이라."

"그래도 발행 부수는 줄지 않았지?"

"안 줄었을 겁니다."

앙리는 어서 신문사로 가고 싶었다. 그러나 폴이 분명히
역에 전화를 걸었을 것이고, 그래서 기차가 정시에 도착했
다는 걸 알고 있을 터였다. 아마 시계추에 시선을 고정한 채
모든 소리에 귀를 기울이고 있으리라. 승강기에 짐과 함께
나딘을 태우고 와서 앙리는 말했다.

"생각해보니, 일단 집에 들러야겠어."

"하지만 다들 기다리고 있는데요." 뱅상이 말했다.

"한 시간 뒤에 신문사로 가겠다고 전해줘."

"그러면, 이 롤스로이스는 두고 갈게요." 뱅상은 동물 무
료 진료소 앞에 차를 세웠다. "여행 가방들은 꺼낼까요?"

"가장 작은 것만 부탁해. 고마워."

앙리는 씁쓸한 마음으로 현관문을 열었다. 문이 쓰레기통
에 부딪치며 요란한 소리를 내자 관리인의 개가 짖기 시작
했다. 앙리가 문을 두드리기도 전에 폴이 문을 열었다.

"당신이네! 정말 당신이야!" 잠시 그녀는 앙리의 품에서
미동도 않고 있다가 물러서서 말했다. "햇볕에 탔네! 돌아오
는 길이 많이 피곤하지는 않았어?" 폴은 미소를 지은 채였지
만 입가의 작은 근육이 발작적으로 떨리고 있었다.

"전혀." 그는 장의자 위에 여행 가방을 놓았다. "이건 당

신 거야.”

“정말 자상해!”

“열어봐.”

폴은 열어보았다. 실크 스타킹, 사슴 가죽 샌들과 그에 어울리는 가방, 천, 스카프, 장갑이 있었다. 앙리가 세심하게 정성을 기울여 하나하나 고른 선물이었다. 그는 약간 실망을 느꼈다. 폴이 만져보기는커녕 몸을 구부려 자세히 보지도 않고, 그저 감동한 듯 막연한 태도로 선물을 바라보고만 있었기 때문이다.

“당신 정말 자상해!” 그녀가 반복해서 말하고는 급히 앙리에게로 시선을 돌렸다. “짐은 어디 있어?”

“아래, 차 안에 있어. 알고 있겠지만 《레스푸아》에 차가 한 대 생겼거든. 뱅상이 마중 왔었어.” 앙리는 활기찬 목소리로 말했다.

“관리실에 연락해서 짐 올려달라고 할게.” 폴이 말했다.

“그럴 필요 없어.” 앙리는 매우 빨리 이야기를 이어나갔다. “그동안 어떻게 지냈어? 날씨는 많이 나쁘지 않았어? 외출은 좀 했고?”

“조금.” 폴이 얼버무리듯 말했다. 그녀의 얼굴은 굳어 있었다.

“누구 만났어? 뭘 했어? 얘기해줘.”

“오! 별로 재미도 없었어.” 그녀가 말했다. “내 얘기는 하지 말자.” 폴은 활기 있게 대화를 이어갔지만 성의 없는 목소리였다. “당신 책이 성공을 거둔 건 알고 있겠지?”

“전혀 몰랐어. 그게 정말이야?”

"아! 물론 비평가들은 전혀 이해하지 못하지. 그래도 걸작이라는 걸 직감적으로 알고는 있던데."

"정말 잘됐군." 앙리는 억지로 미소를 지었다. 이런저런 걸 묻고 싶었으나 폴이 내뱉은 단어들이 너무나 불쾌했다. 그는 화제를 돌렸다. "뒤브뢰유 부부는 좀 만났어? 다들 어떻게 지내?"

"안은 만났어. 일이 아주 많다더라고." 폴이 내키지 않는다는 듯 대답했다. 앙리는 초조함을 느끼며 폴의 일상으로 다시 화제를 돌리려 했다.

"혹시 그동안 《레스푸아》를 모아두지는 않았어?"

"나 그거 안 읽었는데."

"안 읽었다고?"

"당신이 쓴 기사도 없잖아. 게다가 다른 생각할 것들이 있었거든." 폴은 앙리와 눈을 맞추며 다시 활기를 보였다. "지난 한 달 동안 많이 생각했어. 그리고 많은 걸 이해했지. 여행가기 전에 시비 걸었던 거 후회했어. 진심으로 말이야."

"오! 그 얘기는 그만하자고." 그가 말했다. "게다가 당신은 아무런 시비도 안 걸었는걸."

"걸었어." 폴이 말했다. "다시 말하지만, 그 일을 후회하고 있어. 당신도 알잖아. 당신 같은 남자에게는 한 여자가 전부가 될 수 없다는 거. 나도 오래전부터 알던 사실이야. 심지어 세상 모든 여자라 해도 전부가 될 수 없겠지. 내가 그 사실을 진정으로 받아들이지 않았던 거야. 이젠 나 자신을 위해서가 아니라 당신을 위해 완전히 희생하면서 사랑할 준비가 되었어. 당신에겐 당신의 사명이 있고, 그게 무엇보다 우선

이 되어야 하잖아."

"무슨 사명?"

폴이 애써 미소를 지었다. "내가 종종 당신에게 너무 무거운 짐이었다는 거 분명히 깨달았어. 고독을 약간 되찾고 싶어 하는 것도 이해하고. 이제 안심해도 돼. 고독을, 자유를 당신에게 약속할게." 폴은 강렬하게 그를 응시했다. "당신은 자유로워, 내 사랑. 그걸 알아야 해. 게다가 이번 여행으로 그걸 증명했잖아?"

"그래." 이렇게 대답하고서 그는 힘없이 덧붙였다. "하지만 내가 당신에게 설명했던 건……."

"다 기억해." 폴이 말했다. "하지만 분명히 말할게. 당신은 이제 호텔에 갈 어떤 이유도 없어. 내가 변했으니까. 들어봐, 당신은 독립도 모험도 원하지만, 나 역시 원하지?"

"물론이야."

"그러면 여기서 지내. 맹세하건대, 후회하지 않을 거야. 나에게 어떤 일이 일어났는지, 그리고 앞으로 내가 당신에게 얼마나 가벼운 존재가 될지 알게 될 거야." 폴은 일어나서 전화기로 손을 뻗었다. "관리인 조카더러 당신 짐을 올려달라고 할게."

앙리도 일어나 실내 계단 쪽으로 걸음을 옮겼다. '나중에 하자.' 그는 생각했다. 다시 만나자마자 폴을 고통스럽게 하고 싶지는 않았다. "신문사에 신고식 비슷한 걸 하러 가야 해." 그가 말했다. "다들 기다리고 있거든. 그냥 당신에게 인사하러 들른 거야."

"그래, 무슨 말인지 알아." 폴이 부드럽게 말했다.

'앞으로 내가 자유롭다는 것을 증명해 보이려고 애를 쓰겠군.' 앙리는 작은 검은색 자동차에 올라타며 매정하게 생각했다. '아! 하지만 오래가지는 못하겠지. 내가 폴의 집에 오래 있지 않을 테니까.' 그는 울분 섞인 심정으로 마음의 결정을 내렸다. '내일 당장 이 일을 해결하는 데 전념해야지.' 지금은 더 이상 폴을 생각하고 싶지 않았다. 파리로 돌아온 것이 너무나 기뻤다. 날씨가 흐렸고 올겨울 다들 춥고 배고팠지만, 그래도 거리의 모든 이들이 구두를 신고 있었다. 게다가 여기서는 그들에게 이야기할 수 있고, 그들을 위해 이야기할 수도 있지 않은가. 포르투갈에서 너무나 실망스러웠던 것은 자신이 그 낯선 불행에 아무런 도움이 되지 않는 증인으로 여겨진다는 점이었다. 차에서 내리며, 앙리는 건물 정면을 다정하게 바라보았다.《레스푸아》는 그동안 어떻게 운영되었을까? 소설이 성공했다는 건 사실일까? 그는 재빨리 계단을 올라갔고, 그러자 곧 환성이 일었다. 복도 천장에 현수막이 매달려 있었다. "경축, 여행객의 귀환." 다들 벽에 기대서서 울타리를 만든 채 검 대신에 만년필을 휘둘렀고, 살라자르를 '더러운 우연'이라는 표현에 맞춰가며* 알아들을 수 없는 노래를 불러댔다. 랑베르만이 보이지 않았다. 왜지?

"다 같이 술 마시러 가자고!" 뤼크가 외치고는 앙리의 어깨에 무겁게 손을 올려 놓았다. "재밌었어?"

"많이 탔군요!"

---

* '살라자르Salazar'와 '더러운 우연sale hasard'의 발음이 비슷한 것을 이용해 말장난을 하는 것이다.

"신발 좀 보여줘요."

"보도 기사는 가지고 왔어?"

"이 셔츠 좀 봐!"

그들은 정장과 넥타이를 만지며 탄성을 외치고, 바텐더가 술잔을 채우는 동안 질문에 질문을 퍼부어댔다. 앙리도 역시 이런저런 것을 물었다. 신문 판매는 약간 저조했지만 큰 판형으로 다시 나오면 다 해결될 터였다. 검열과 관계된 문제가 있긴 했지만 심각한 건 전혀 아니었다. 모두들 앙리의 책에 대해 좋은 이야기만 한다고, 그에게 온 편지들이 엄청나다고 했다. 그동안 나온《레스푸아》는 그의 책상 위에 놓여 있었다. 미국인 프레스턴이 몰래 여분의 종이를 지급해 줄 수도 있을 텐데 그러면 일요일에 일요판 잡지를 발행할 수 있다고 그들은 이야기해주었다. 다른 논의할 일들도 많았다. 사흘 동안 제대로 자지 못한 데다, 소음과 목소리와 웃음과 이런저런 문제들로 그는 정신이 멍해지는 것을 느꼈다. 멍하지만 행복한 상태였다. 현재가 이토록 즐겁게 생생한데, 도대체 무슨 생각으로 죽어서 매장된 과거를 찾으러 포르투갈에 갔었지?

"돌아오니 너무 기쁘군!" 앙리가 흥분해서 말했다.

"우리도 네가 돌아온 게 싫진 않아." 뤼크가 말했다. "슬슬 네가 필요해지기 시작했거든. 미리 알려주는데, 할 일이 꽤 있을 거야."

"바라던 바야."

타자기가 소리를 내기 시작했다. 그들은 복도로 나와 미끄러지고 웃어대면서 흩어졌다. 아무도 나이라는 게 없는 듯한 나라에서 돌아와보니 이들이 얼마나 젊어 보이는지! 앙리는 사무실 문을 열고 늙은 사무원처럼 만족스러운 마음으로 소파에 앉았다. 그는 《레스푸아》 최신 호들을 앞에 펼쳐놓았다. 익숙한 서명들, 아주 적은 지면도 낭비하지 않는 보기 좋은 레이아웃. 그는 이제 한 달 전 것부터 호별로 차례차례 훑어보기 시작했다. 그 없이도 신문사는 매우 잘 돌아가고 있었다. 그리고 바로 그러한 사실이 그의 성공을 증명하는 것이었다. 《레스푸아》는 그저 전쟁 중의 모험을 넘어 매우 견실한 회사로 발전하고 있었다. 네덜란드에 대한 뱅상의 기사들은 훌륭했고 강제수용소에 대한 랑베르의 기사들은 더욱 뛰어났다. 마침내 그들만의 어조를 찾아낸 것이다. 거기에는 어리석음도, 거짓말도 허튼소리도 없었다. 《레스푸아》는 성실성으로 지식인들에게 감명을 주었으며, 넘치는 생동감으로 수많은 독자들을 사로잡고 있었다. 다만 세즈나크의 기사들이 한심하다는 것이 유일한 결점이었다.

"들어가도 될까요?"

랑베르가 문간에서 쑥스럽게 미소를 짓고 있었다.

"물론이지! 어디 숨어 있었나? 역으로 올 수도 있었을 텐데, 매정한 친구 같으니."

"네 사람이나 탈 만한 자리가 없을 것 같아서요." 랑베르가 난처한 듯 대꾸했다. "그리고 그 파티는⋯⋯." 그는 입을 삐죽이며 덧붙이다가 하던 말을 그만두고 물었다. "혹시 지금 제가 방해가 될까요?"

"전혀 아니야. 앉게."

"여행은 즐거우셨나요?" 랑베르가 어깨를 으쓱였다. "적어도 스무 번은 받으셨을 법한 질문이지만요."

"좋기도 하고 나쁘기도 했어. 아름다운 풍경과 700만 명의 굶어 죽어가는 사람들이 있었지."

"포르투갈에는 좋은 옷감도 있군요." 랑베르가 앙리를 살펴보며 찬사를 표하듯 미소 지었다. "거기서는 붉은 구두가 유행인가요?"

"오렌지색 아니면 레몬색도 유행이지. 어쨌든 멋진 가죽이야. 부자들은 모든 걸 갖고 있더군. 그게 제일 보기 싫은 점이지. 그 이야기는 나중에 들려줄게. 먼저 여기 소식 좀 알려주게. 방금 자네 기사들을 읽었어. 이미 알고 있겠지만, 잘 썼더군."

"프랑스어 작문 숙제 같은걸요." 랑베르가 빈정대는 투로 말했다. "강제수용소를 방문하는 동안 당신이 느낀 점을 묘사하시오. 스무 번 이상 써먹은 주제 아닌가요?" 그러더니 그의 얼굴이 밝아졌다. "정말 좋은 게 뭔지 아시잖아요. 바로 선생님 책입니다. 전 녹초가 됐어요. 읽기 시작하니까 하루 밤낮을 눈도 감지 못하겠더라고요. 단숨에 읽었다니까요. 책을 끝내기 전까지 잘 수가 없었어요."

"그런 말을 들으니 정말 기쁘군!" 앙리가 말했다.

칭찬은 거북했지만, 랑베르의 말은 그를 진정으로 기쁘게 했다. 바로 그렇게 자신의 책을 읽어주길 열망하던 터였다. 한 젊은이가 참지 못하고 밤새도록 그의 책을 끝까지 읽는다는 것. 단지 이 사실만으로도, 특히 이것을 위해, 글쓰기는 가치 있는 것이 아닌가.

"선생님 책에 대한 비평을 보시면 재미있어하실 것 같아서요." 랑베르가 이렇게 말하며 테이블 위에 커다란 노란색 봉투를 던졌다. "저 역시 짤막하게 다른 사람들과 비슷한 말을 적었습니다."

"물론 재미있겠지, 고마워."

이제 랑베르는 약간 걱정스러운 표정으로 그를 바라보았다. "거기서도 글을 쓰셨나요?"

"현지 보도 기사를 하나 썼지."

"이제 다른 소설은 출판하지 않으세요?"

"시간이 나는 대로 다시 시작할거야."

"시간을 마련하세요." 랑베르가 말했다. "안 계시는 동안 생각해봤는데……." 그는 얼굴을 붉혔다. "자신을 지키셔야 해요."

"무엇으로부터?" 앙리가 미소를 지으며 물었다.

랑베르는 다시 머뭇거렸다. "뒤브뢰유가 초조하게 선생님을 기다리고 있는 것 같아요. 그분이 하는 일에 관여하지 마세요……."

"이미 조금은 관여하고 있어."

"그러면 서둘러 빠져나오세요."

앙리가 미소를 지었다. "안 돼. 정치적이지 않은 상태로 남아 있는 건 이제 불가능해."

랑베르의 얼굴이 다시 흐려졌다. "아! 그러면 선생님은 절 비난하시는 건가요?"

"그건 절대 아냐. 내게 불가능하다는 뜻이지. 우린 같은 세대가 아니잖아."

"세대가 무슨 상관이죠?"

"알게 될 거야. 나이를 먹게 되면 사람은 여러 가지 일들을 이해하고, 변하게 되지." 앙리는 미소를 지었다. "글을 쓰기 위한 시간은 남겨두겠다고 약속할게."

"꼭 그러셔야 해요."

"그런데 이봐, 자넨 이렇게 내게 설교를 하면서 말이지, 언젠가 얘기했던 단편소설들은 어디 있지?"

"조금도 가치 없는 소설들이에요." 랑베르가 말했다.

"가져와봐. 그런 다음 한번 저녁이라도 먹지. 그때 감상을 얘기해줄게."

"좋습니다." 랑베르는 자리에서 일어나 말을 이었다. "내키지 않으실 것 같지만, 그 자그마한 마리-앙주 비제가 꼭 인터뷰를 하고 싶다며 두 시간 전부터 기다리고 있어요. 뭐라고 할까요?"

"나는 인터뷰는 절대 안 하는 사람이고, 일도 너무 많다고 전해줘."

랑베르가 나가며 문을 닫자, 앙리는 테이블 위의 노란 봉투에 들어 있는 것을 전부 꺼냈다. 두터운 서류 첫 장에는 비서의 필체로 "소설 관련 기사 모음"이라고 적혀 있었다. 그는 잠시 망설였다. 전쟁이 계속되는 동안 그는 앞으로 다가올 운명을 생각하지 않은 채 소설을 썼다. 다가올 운명이 있으리라 확신할 수조차 없던 때였다. 그리고 지금 소설이 출판되었고, 사람들에게 읽혔다. 이제 앙리는 평가되고 토론되고 분류되는 것이다. 마치 그가 종종 다른 사람들을 평가하고 토론하듯이. 그는 오려낸 기사들을 흩어놓고 훑어보기 시작했다. 폴이 "대성공"이라고 했을 땐 과장된 말이라고 생각했었다. 아닌 게 아니라, 비평가들은 과장스러운 표현을 사용하고 있었다. 랑베르의 의견이야 분명 편파적일 테고, 라숌도 마찬가지다. 그리고 막 입문한 젊은 비평가들은 레지스탕스 작가들에 대해 무조건적으로 호의를 보이는 법이다. 하지만 친구들과 모르는 사람들이 보낸 다정한 편지들이 언론의 판결을 입증해주었다. 흥분할 정도는 아니더라도 진심으로 만족할 만한 내용들이, 감동을 주는 인상적인 글들이 있었다. 앙리는 유쾌하게 기지개를 켰다. 약간은 기적과도 같은 일이 막 일어난 참이었다. 2년 전, 푸른 도료를 칠한 유리창을 두터운 커튼으로 가린 채 그는 검은 도시와 세상으로부터 완전히 차단되어 있었다. 그의 만년필은 종이 위에서 머뭇거리기만 했다. 그리고 오늘, 그의 목구멍에 남아 있던 불확실한 이야기들이 세상에 나와 생생한 목소리로 변하고 있었다. 비밀스러운 마음속 움직임이 다른 사람들의 마음에 이르러 진실로 변한 것이다. '나딘에게 설명해줘야 했는데.' 앙리는 생각했다. '만약 다른 사람들이 중요하지 않다면, 글 쓰는 것은 아무런 의미가 없다고. 반대로 다른 사람들이 중요하다면, 글로 그들의 우정과 신뢰를 불러일으키는 것은 대단한 일이 될 거라고. 다른 사람들의 마음에 반향하는 자신의 생각을 듣는 건 엄청난 일이야.' 문이 열려 앙리는 고개를 들었다.

"두 시간이나 기다렸어요." 불평 섞인 목소리였다. "15분 정도는 내주실 수 있잖아요." 마리-앙주가 그의 책상 앞으로 와서 섰다. "《랑드맹》지에 사진과 함께 1면으로 실리는 게 얼마나 대단한 일인지 아시면서 그러세요."

"이봐요, 난 인터뷰는 절대 안 해요."

"바로 그렇기 때문에 제 인터뷰가 엄청난 가치를 지닐 거고요."

앙리가 고개를 젓자 마리-앙주는 격분해서 다시 입을 열었다. "인터뷰 안 하신다는 원칙으로 제 경력을 망치시려는 건 아니죠?"

앙리는 미소를 지었다. 그녀에게는 15분이라는 시간이 그토록 큰 의미를 지니는 것이다. 반면 그에게 그 15분은 대단한 희생이 아니었다. 그의 책을 사랑하는 사람들 중에는 분명 작가에 대해 더 알고 싶어 하는 이들도 있을 터였다. 앙리는 그 사람들에게 알려주고 싶었다. 그들이 진정으로 자신과 공감할 수 있도록.

"좋아요." 앙리가 말했다. "무슨 얘기를 하면 좋을까요?"

"먼저, 태어나신 곳을 말씀해주시겠어요?"

"아버지는 튈*의 약사였어요."

"그리고요?"

앙리는 망설였다. 자신에 대해 직접적으로 얘기한다는 것은 쉬운 일이 아니었다.

"말씀해보세요." 마리-앙주가 말했다. "어린 시절의 추억 한두 개쯤 얘기해주실 수 있잖아요."

누구에게나 그렇듯 앙리에게도 추억이 있다. 그러나 그것은 조금도 중요하지 않은 것 같았다. 앙리 2세 레스토랑에서의 저녁 식사만 빼면. 그날 저녁 식사를 하면서, 그는 비로소

---

*　프랑스 남서부의 누벨-아키텐 지역에 위치한 도시.

두려움에서 벗어났던 것이다.

"좋아요, 추억을 하나 얘기해보죠." 앙리가 말했다. "거의 아무것도 아닌 이야기라 할 수 있지만, 그때부터 내게 많은 일들이 일어나기 시작했죠."

마리-앙주는 연필을 메모지에 가져간 채 격려하듯 앙리를 쳐다보았다. 그는 말을 이었다.

"내 부모님의 대화에서 중요한 주제는 세계를 위협하는 재앙들이었어요. 빨갱이의 위협, 황인종의 위협, 야만, 퇴폐, 혁명, 볼셰비즘 같은 것들. 나에겐 그런 것들이 인류를 모두 먹어치우러 오는 끔찍한 괴물들 같았죠. 그날 저녁에도 아버지는 평소와 마찬가지로 예언 비슷한 얘기를 하셨어요. 혁명이 임박했다는 둥, 문명이 붕괴할 것이라는 둥. 어머니는 공포에 질린 표정으로 동의하셨고요. 그런데 갑자기 이런 생각이 들더군요. '하지만 그들도 어쨌든 인간이잖아.' 정확히 그런 생각이었는지는 모르겠지만, 아무튼 그 비슷한 의미였어요." 앙리가 미소를 지었다. "그 효과는 기적 같았죠. 그 즉시 괴물들은 사라지고, 내가 이 지상에, 인간들 사이에, 동포들 사이에 있다는 걸 깨닫게 된 겁니다."

"그래서요?" 마리-앙주가 물었다.

"그래서, 그날 이후로 난 괴물들을 쫓아냈어요."

마리-앙주는 당혹스러운 표정으로 앙리를 쳐다보았다.

"그러면 그 얘기의 결말은 어떻게 되죠?"

"무슨 얘기요?"

"방금 시작하신 얘기 말예요." 마리-앙주가 초조하게 말했다.

"별다른 결말은 없어요. 그렇게 끝나는 얘기지."

"아!" 마리-앙주는 안타까운 목소리로 덧붙였다. "전 뭔가 특별한 걸 기대했는데요!"

"오! 내 어린 시절에 특별할 건 전혀 없어요." 앙리가 말했다. "그냥 약국이 지겨웠고, 지방에서 산다는 게 짜증 났지. 다행히 파리에 사는 삼촌 한 분이 날《방드르디》지에 취직시켜줬죠."

거기서 앙리는 말을 멈췄다. 파리에서 보냈던 첫 몇 년에 대해 할 말이 많았지만, 무슨 얘기를 골라야 할지 알 수가 없었다.

"《방드르디》는 좌파 신문이었죠." 마리-앙주가 말했다. "그때 이미 좌파 의식이 있었던 건가요?"

"무엇보다 우파의 사상은 전부 끔찍하게 싫어했죠."

"왜요?"

앙리는 잠시 생각에 잠겼다. "스무 살 땐 야망이 있었어요. 그래서 민주주의자가 됐죠. 나는 1등이 되길 원했지만, 평등한 사람들 속에서 1등이 되고 싶었거든요. 만약 시합이 처음부터 속임수라면, 내기는 아무 가치도 없을 테니까요."

마리-앙주는 노트에 휘갈겨 받아 적고 있었다. 그리 똑똑해 보이지는 않았다. 앙리는 쉬운 말을 찾았다. "침팬지와 가장 멍청한 인간의 차이는 그 멍청이와 아인슈타인의 차이보다 훨씬 더 큰 법이죠! 인간에겐 자신을 표현하는 의식이 있고, 그건 절대적이니까요." 앙리가 다시 입을 벌리려는데 마리-앙주가 선수를 쳤다.

"데뷔 시절에 대해 얘기해주세요."

"무슨 데뷔 시절?"

"작가로 데뷔하셨던 시절요."

"많든 적든 잡다한 글들은 늘 쓰고 있었는데요."

"『실패』가 출판되었을 때 몇 살이셨죠?"

"스물다섯요."

"되브뢰유가 문단에 데뷔시킨 거죠?"

"그분이 많이 도와주셨죠."

"그분과는 어떻게 알게 되셨어요?"

"신문사 인터뷰 때문에 그분을 만나러 갔었어요. 반대로 뒤브뢰유가 내 얘기를 하게 만들었지만. 그분이 다시 만나자고 하기에 난 다시 갔고⋯⋯."

"자세히 말씀해주세요." 애원하는 듯한 목소리였다. "선생님은 말씀을 잘 못하시네요." 그녀가 그의 눈을 똑바로 바라보았다.

"두 분이 함께 있을 때, 무슨 얘기를 나누셨죠?"

앙리는 어깨를 으쓱했다. "다른 사람들이 그러듯이 시시콜콜한 얘기들을 했죠."

"그분이 글을 쓰도록 격려하셨나요?"

"그랬죠. 『실패』를 끝냈을 때, 그분이 모반에게 그걸 읽어보라고 권했어요. 모반은 즉시 그 원고를 받아줬고⋯⋯."

"큰 성공을 거두셨죠."

"좋은 평가를 받은 성공이었죠. 그리고 이건 우스운 얘기지만⋯⋯."

"네, 우스운 얘기 해주세요!" 마리-앙주는 솔깃한 표정이었다.

앙리는 잠시 망설였다.

"우스운 일이죠. 처음 뭔가를 시작할 땐 명예를 얻으려는 원대한 꿈을 꾸지만, 작은 성공이라도 해내면 그대로 만족해버리니까……."

마리-앙주가 한숨을 내쉬었다.

"선생님의 다른 작품들의 제목과 출판 날짜를 봤는데요, 선생님도 징집되셨나요?"

"보병대에서 이등병으로 복무했어요. 절대 장교가 되고 싶지는 않더군요. 5월 9일에 부지에르* 근처 몽디유에서 부상을 입고 몽텔리마르**로 후송되었죠. 그러다 파리에는 9월에 돌아왔고요."

"레지스탕스에서 정확히 무슨 일을 하셨죠?"

"뤼크와 함께 1941년에 《레스푸아》를 창간했습니다."

"하지만 다른 활동도 하셨죠?"

"그건 별것 아니에요. 그 얘긴 관두죠."

"좋아요. 이번에 출판한 작품은 언제 쓰셨어요?"

"41년과 43년 사이에요."

"다른 작품을 시작하셨나요?"

"아뇨, 하지만 쓸 생각이에요."

"어떤 거죠? 소설인가요?"

"소설이죠. 아직은 너무 막연하지만요."

"잡지에 대한 얘기도 들었는데요."

---

* 프랑스 북동쪽 아르덴 지역에 위치한 도시.
** 프랑스 남서쪽 론-알프 지역에 위치한 도시.

"그래요. 뒤브뢰유와 월간지를 출간할 예정이에요. 《비질랑스》*라는 이름을 붙일 생각이고, 모반의 출판사에서 출간될 겁니다."

"뒤브뢰유가 창당 중인 정당은 어떤 거예요?"

"설명하기엔 너무 길 것 같군요."

"조금만 얘기해주실 수 없을까요?"

"뒤브뢰유에게 물어봐요."

"그분에게는 가까이 갈 수도 없어요." 마리-앙주가 한숨을 내쉬었다. "당신들 참 이상해요. 제가 만약 유명인이라면 늘 인터뷰를 할 텐데."

"그러면 뭘 제대로 할 수 있는 시간이 조금도 남지 않게 되고, 결국은 전혀 유명해지지 않게 되거든요. 그러니 이제 내가 일할 수 있도록 해주면 고맙겠군요."

"하지만 아직 질문할 것이 많은데요. 포르투갈은 어떠셨어요?"

앙리는 어깨를 으쓱였다. "구역질 나요."

"뭐가요?"

"전부 다."

"더 설명해주시죠. 단순히 독자들에게 '구역질 난다'라고 할 수는 없잖아요."

"그러면, 살라자르의 보호주의란 역겨운 독재이며 미국인들이 서둘러 그를 없애버려야 한다고 써요." 앙리는 빠르게 말했다. "불행하게도 그런 일이 금세 일어나지는 않겠죠.

* Vigilance. '감시', '경계'라는 뜻이다.

살라자르는 아조레스제도를 군용 비행장으로 미국에 팔 생각이니까."

마리-앙주가 눈살을 찌푸렸다. 앙리는 덧붙여 말했다. "이 이야기가 불편하면, 신문에 싣지 말아요.《레스푸아》에서 폭로하면 되니까."

"아뇨, 싣겠어요!" 마리-앙주가 의미심장한 표정으로 앙리를 바라보았다. "어떤 은밀한 이유로 이 여행을 떠나시게 된 건가요?"

"이봐요, 기자로 성공하고 싶다면 절대 바보 같은 질문을 던져선 안 돼요. 다시 말하지만, 이제 관둡시다. 그만 가주면 고맙겠어요."

"전 재미있는 뒷이야기를 원했는데요."

"뒷이야기 같은 건 없어요."

마리-앙주는 종종걸음으로 나가버렸다. 앙리는 약간 실망을 느꼈다. 그녀는 해야 할 질문을 하지 않았다. 그 역시 해야 할 말을 하나도 하지 못했다. 하지만 정확하게 무슨 말을 해야 했을까? '내가 어떤 사람인지 독자들이 알아줬으면 싶은 거지. 나 스스로도 완전히 확정된 존재라고 할 수 없으면서.' 결국, 며칠 후 다시 책을 쓰기 시작하며 체계적으로 자신을 정의해볼 터였다.

그는 다시 우편물을 검토하기 시작했다. 살펴봐야 할 전보와 기사들, 써야 할 편지들, 만나야 할 사람들이 정말 많군! 뤼크가 이미 얘기했었지. 할 일이 꽤 있을 거라고. 다음 날부터 앙리는 사무실에 틀어박혔고, 잠을 자기 위해서만 폴의 집으로 돌아갔다. 겨우 짬을 내 현지 보도 기사를 쓰는 동안 식자공들이 와서 원고를 한 장씩 가져갈 정도였다. 너무 길었던 휴가를 보낸 뒤라, 그는 지나치게 일이 많아도 즐거웠다. 전화에서 스크리아신의 목소리가 들려왔을 때도 그리 반갑지 않았다.

"이런, 매정한 친구 같으니. 돌아온 지 나흘이나 됐는데 아직 못 봤잖아. 당장 발자크 거리의 리즈바로 와."

"아쉽지만 일이 있어."

"아쉬워하지 말고 그냥 오라니까. 우정의 샴페인을 마시기 위해 자넬 기다리고 있다고."

"누가 날 기다리나?" 앙리가 쾌활하게 물었다.

"날세." 뒤브뢰유의 목소리가 들렸다. "그리고 안과 쥘리앵도 있지. 자네에게 할 얘기가 쉰 가지는 되네. 뭘 하고 있나? 구멍에서 한두 시간도 나오지 못하나?"

"내일 댁에 들를 생각이었어요." 앙리가 말했다.

"그러니까, 그냥 지금 바로 리즈바로 오라니까."

"알겠어요. 가겠습니다."

앙리는 전화를 끊고 미소를 지었다. 뒤브뢰유를 무척 만나고 싶던 터였다. 그는 폴에게 전화를 걸었다.

"나야. 뒤브뢰유 부부와 스크리아신이 리즈바에서 우리를 기다리고 있어. 그래, 리즈바. 어디에 있는지는 나도 당신만큼이나 모르겠군. 일단 자동차로 태우러 갈게."

30분 뒤, 그는 폴과 함께 카자크풍으로 꾸민 남자들이 늘어서 있는 계단을 내려갔다. 폴은 새옷이나 다름없는 긴 드레스를 입었는데, 심사숙고해서 선택한 초록색은 그녀에게 그리 어울리지 않았다.

"정말 이상한 곳이네." 폴이 중얼거렸다.

"스크리아신과 함께 있으면 무슨 일이 일어날지 예측할 수가 없지."

너무나 황량하고 적막한 바깥의 밤에 비하면 리즈바의 사치스러움은 불안하게 느껴질 정도였다. 고문실로 가기 전에 들러야 하는 변태적인 대기실이라고나 할까. 쿠션을 댄 벽이 붉게 칠해져 있어서, 마치 벽지 주름에서 피가 방울져 떨어지는 것 같았다. 집시 악사들의 셔츠도 핏빛으로 빛나고 있었다.

"아! 오셨네요! 빠져나올 수 있었어요?" 안이 말했다.

"무사한 것 같군." 쥘리앵이 말했다.

"방금 신문기자들에게 공격당했어." 뒤브뢰유가 말했다.

"사진기로 무장한 신문기자들이죠." 안이 덧붙였다.

"뒤브뢰유가 굉장했지." 쥘리앵이 열광적인 목소리로 더듬더듬 말을 이었다. "그가 뭐랬냐면…… 뭐라고 했는지 지금은 기억이 안 나네. 여하튼 굉장했어. 조금만 더 있다가는 기자들에게 덤벼들 뻔했다고."

스크리아신을 제외한 모두가 동시에 떠들어댔다. 스크리아신은 약간 우월감 어린 표정으로 미소를 짓고 있었다.

"난 이이가 기자들을 진짜로 때리는 줄 알았다니까요." 안이 말했다.

"뒤브뢰유가 그랬지. '우리는 똑똑한 원숭이가 아니야!'" 쥘리앵은 계시라도 받은 표정이었다.

"난 내 얼굴을 늘 개인적인 소유물로 생각해왔으니까." 뒤브뢰유가 엄숙하게 덧붙였다.

"그건," 안이 말했다. "그건 말이죠, 당신 같은 사람들은 나체가 얼굴에서 시작되기 때문이에요. 당신이 코와 눈을 보여준다는 것은 이미 노출증이라는 거죠."

"노출증 환자의 사진을 찍으려는 사람은 없어." 뒤브뢰유가 말했다.

"틀린 말씀이에요." 쥘리앵이 말했다.

"자," 앙리가 보드카 한 잔을 폴에게 건넸다. "마시자고. 우린 늦게 왔으니까." 그는 자신의 잔을 비우고 물었다. "다들 여기 있는 걸 기자들이 어떻게 알았을까요?"

"아, 정말 그렇군." 그들은 놀라서 서로 얼굴을 쳐다보았다. "어떻게 알았지?"

"호텔 지배인이 전화했을 것 같은데요." 스크리아신이 말했다.

"하지만 그 사람은 우릴 모르는데요." 안이 말했다.

"그 사람이 나는 알거든요." 스크리아신은 실수를 들킨 여자가 짓곤 하는 당황한 표정으로 아랫입술을 깨물었다. "지배인이 여러분께 어울리는 대접을 해주길 바랐어요. 그래서 여러분이 여기에 있다고 말했죠."

"멋지게 한 건 했군." 앙리가 말했다. 스크리아신은 늘 어린애 같은 허영심으로 그를 놀라게 했다.

뒤브뢰유는 웃음을 터뜨렸다. "이 친구가 제 입으로 우릴 고발했구먼! 생각도 못 했는데!" 그러고는 재빨리 앙리를 향해 몸을 돌려 말을 이었다. "그래, 이번 여행은 어땠나? 휴가 대신 세미나와 조사를 하며 보냈다던데."

"아! 그래도 돌아다니긴 했어요."

"자네의 현지 보도 기사를 읽어보니 차라리 다른 나라로 가는 편이 나았겠다는 생각이 들더군. 슬픈 곳이야!"

"네, 슬프죠. 하지만 아름답기도 했어요." 앙리가 쾌활하게 말했다. "포르투갈 사람들에게 특히 슬프지만요."

"일부러 그렇게 쓰는 건지는 모르겠지만……" 뒤브뢰유가 말했다. "자네가 바다를 가리켜 푸르다고 하면, 푸른색은 침울한 색깔로 변한다니까."

"때때로 그렇긴 하지만, 늘 그런 건 아니에요." 앙리는 미소를 지었다. "글 쓸 때 어떤지 아시잖아요."

"그건 그래." 쥘리앵이 말했다. "진실이 되지 않게 하기 위해서는 거짓말을 해야 하는 법이니까."

"어쨌든 돌아오니 좋군요." 앙리가 말했다.

"하지만 서둘러 친구들을 만나려는 것 같지는 않던데."

"아뇨, 서두르긴 했어요." 앙리가 말했다. "선생님 댁으로 단숨에 달려가야겠다고 아침마다 생각한걸요. 그러다 갑자기 자정이 지나버리는 식이었지만요."

"그래." 뒤브뢰유가 꾸짖는 어조로 말했다. "그렇다면, 내일은 시계를 더 잘 보도록 하게. 자네에게 들려줘야 할 이야기가 많아." 그는 미소를 지었다. "우리, 시작이 꽤 좋을 것 같아."

"모집을 시작하셨어요? 사마젤이 결심했나요?" 앙리가 물었다.

"완전히 찬성한 건 아냐. 하지만 결국 타협하게 될 걸세."

"오늘 밤에는 진지한 얘기 금지야!" 스크리아신이 말을 끊더니 외알 안경을 낀 거만한 지배인에게 손짓을 했다. "뭘 브뤼* 두 병.”

“그런 걸 꼭 주문해야겠나?” 앙리가 말했다.

“저 사람한테는 그게 규칙이거든.” 스크리아신이 눈으로 지배인을 쫓았다. “1939년부터 여기서 일한 사람이야. 전직 대령이지.”

“이 집 단골이야?”

“심장이 터지는 기분을 느끼고 싶을 때마다 음악을 들으러 오거든.”

“돈이 덜 드는 방법도 많은데!” 쥘리앵이 말하고는 망연한 표정으로 내뱉었다. “게다가 우리 심장은 이미 오래전에 산산조각으로 부서졌다고.”

“내 심장은 재즈를 들을 때만 터지지.” 앙리가 말했다. “집시 악사들은 귀찮기만 해.”

“저런!” 안이 중얼거렸다.

“재즈라!” 스크리아신이 말했다. “『아벨의 아들들』에 내가 재즈에 대한 결론을 썼지.”

“도대체가 결론이 되는 글을 쓸 수 있다고 생각하시나 봐요?” 폴이 뻣뻣한 어조로 물었다.

“논쟁은 그만두죠. 제 책을 읽어보세요.” 스크리아신이 말했다. “프랑스어 번역본이 곧 나올 겁니다.” 그는 어깨를 으쓱였다. “5,000부라니 너무 적지만요! 가치 있는 책을 위해서는 예외적인 조치가 필요한 법인데. 자네 책은 몇 부나 찍었나?”

***

＊　프랑스산 고급 샴페인.

"5,000부야." 앙리가 말했다.

"말도 안 돼. 드디어 자네가 독일 점령 시대에 대한 책을 썼는데 말이야. 그런 책은 10만부는 찍어야 하거든."

"정보국 장관한테 가서 얘기해봐." 앙리가 말했다. 스크리아신의 강압적인 열광에 짜증이 일었다. 친구 사이에서는 서로의 책에 대한 이야기를 피해야 하는 법이다. 모두를 불편하게 하고, 아무도 즐거워하지 않으니까.

"다음 달에 잡지를 하나 출간할 거야." 뒤브뢰유가 말했다. "그런데 종이를 구하는 게 정말 큰일이더군!"

"장관이 자기 할 일을 모르니까요." 스크리아신이 말했다. "장관에게서 종이를 얻어다 드리죠."

스크리아신이 기술적인 문제를 교훈적인 목소리로 비난하기 시작하면 끝이 없었다. 그가 자족감에 푹 빠져 프랑스에 종이 홍수를 일으킬 기세로 이야기를 늘어놓는 동안, 안이 낮은 목소리로 말했다. "지난 20년 동안 당신의 책만큼 날 감동시킨 책은 없었던 것 같아요. 4년 전부터 우리가 읽고 싶어 했던 바로 그런 책이에요. 너무 감동해서, 진정하려고 몇 번이나 책을 덮고 거리를 돌아다녀야만 했죠." 그녀는 갑자기 얼굴을 붉혔다. "이런 얘기를 하는 게 바보 같다는 느낌이 들기도 해요. 하지만 이런 말을 안 하는 것도 역시 바보 같겠죠. 마음을 상하게 할 얘기도 아니고 말예요."

"얘기해주시니 기쁘기까지 한걸요." 앙리가 말했다.

"당신은 많은 사람들을 감동시키고 있어요." 안이 말했다. "잊으려 하지 않는 모든 사람들을요." 그녀의 말에는 열정과 비슷한 감정이 섞여 있었다. 앙리는 호감을 느끼며 안을 향해 미소를 지었다. 오늘 저녁 그녀는 스코틀랜드식 드레스를 입고 있었는데, 그 때문인지 무척 젊어 보였다. 화장도 곱게 한 모습이었다. 어떤 의미에서 그녀는 나딘보다 훨씬 젊은 것 같았다. 나딘은 결코 얼굴을 붉히지 않으니까.

스크리아신의 목소리는 확성기라도 단 것만 같았다.

"잡지는 문화와 행동을 위한 매우 중요한 도구가 될 수 있어요. 작은 당파의 성향만을 보여주는 게 아니라면 말이죠. 그래서 루이 볼랑주 같은 사람이 선생님의 무리에 합류해야 한다는 게 제 생각이에요."

"말도 안 되는 소릴." 뒤브뢰유가 말했다.

"지식인의 과실은 그리 심각한 게 아니에요." 스크리아신이 말했다. "도대체 어떤 지식인이 단 한 번도 실수하지 않겠습니까?" 이어 그는 침울한 목소리로 덧붙였다. "자신이 저지른 잘못을 평생 감당해야만 할까요?"

"1939년에 소련에서 공산당원이었다는 것이야 잘못이 아니지." 뒤브뢰유가 말했다.

"실수를 할 권리가 없다면, 범죄가 돼버려요."

"권리의 문제가 아닐세."

"어째서 선생님이 재판관 행세를 하시는 거죠?" 스크리아신은 그의 말을 듣지도 않은 채 반박하기 시작했다. "볼랑주가 그랬던 이유를 아세요? 그의 변명은 들어보셨어요? 선생님 무리에 받아들인 사람들 모두가 볼랑주보다 나은 사람들이라는 건 확실합니까?"

"우리는 심판하려는 게 아니야." 앙리가 말했다. "정치적 입장을 취하려는 것이지. 그건 완전히 다른 얘기야."

볼랑주는 꽤 교활했기 때문에 자기의 평판을 심각할 정도로 위태롭게 만들지는 않았다. 하지만 앙리는 다시는 그와 손을 잡지 않을 것이라고 스스로 맹세한 터였다. 볼랑주가 자유 지역*에서 쓴 기사를 읽었을 때도 그는 놀라지 않았다. 고등학교를 졸업한 이후로, 앙리와 그의 우정은 거의 공공연한 적대감으로 변해 있었다.

스크리아신은 실망한 듯 어깨를 으쓱이고는 지배인에게 손짓을 했다. "한 병 더!" 그는 다시금 그 늙은 망명자를 슬쩍 살펴보았다. "저 사람 얼굴을 보면 좀 놀랍지 않나요? 눈밑의 처진 살이며 입가의 주름이며, 모두 늙고 쇠약했다는 징조잖아요. 전쟁 전에도 저 얼굴에 교만함이 보이긴 했죠. 하지만 이제 계급 특유의 무기력과 부도덕함이, 또 배신이 얼굴을 아예 갉아먹었어요."

스크리아신은 매혹당한 사람처럼 계속해서 지배인을 바라보았다. 앙리는 생각했다. '저 사람이 스크리아신에게는 천민인 셈이구나.' 스크리아신 역시 자신의 조국에서 도망쳤고, 조국에서 배신자로 불렸다. 어쩌면 이러한 사실이 그 허영심의 이유를 설명해주는지도 모른다. 자신 외에 조국도 증인도 없기에, 그는 세상 어디서나 자신의 이름이 의미 있는 것임을 확신해야만 하는 것이었다.

"안." 폴이 외쳤다. "무슨 끔찍한 짓이야."

안이 샴페인 잔에 보드카를 붓고 있었다.

---

* 제2차 세계대전 당시 프랑스의 자유 점령 지역, 즉 비시 정부가 통치한 남부 프랑스 지역을 뜻한다.

"이러면 샴페인이 활기를 띠거든." 그녀가 설명했다. "한 번 해봐. 아주 맛이 좋아."

폴은 고개를 저었다.

"왜 아무것도 안 마셔?" 안이 말했다. "마시면 기분이 좋아지는데."

"마시면 취하게 되니까." 폴이 대답했다.

쥘리앵이 웃기 시작했다. "당신을 보니 어떤 소녀가 생각나네요. 몽파르나스의 작은 호텔 정문 앞에서 만났던 매력적인 소녀였죠. 저한테 이러더군요. '아! 삶이 날 죽이고 있어……'"

"그렇게 말하지 않았을 것 같은데요." 안이 말했다.

"그렇게 말했을 수도 있죠."

"어쨌든 그 여자 말이 옳긴 하네요." 안이 술꾼이 내뱉는 격언조로 말했다. "산다는 것, 그것은 약간 죽는 것이니까……"

"조용히 좀 해줘요, 맙소사!" 스크리아신이 말했다. "음악을 안 들어도 좋으니 내가 들을 수 있게는 해줘야죠."

오케스트라가 막 〈검은 눈동자〉를 열정적으로 연주하기 시작한 참이었다.

"이분 심장이 터지게 해줍시다." 안이 말했다.

"심장이 터진 사람과 겨룬다는 건……" 쥘리앵이 중얼대듯 말문을 열었다.

"제발 조용히 좀 해달라니까!"

그들은 대화를 멈췄다. 스크리아신은 바이올린 주자의 춤추는 손가락에서 시선을 떼지 않은 채, 필사적인 표정으로 옛 추억에 귀를 기울이고 있었다. 그는 자신의 변덕으로 모두를 휘두르는 것이 남자다운 행동이라 믿고 있었다. 하지만 사람들은 신경질적인 여자를 대하듯 그에게 양보해줄 뿐이었다. 사람들이 이렇게 고분고분하게 나오는 걸 이상하게 생각해야 마땅한데. 하긴, 이미 이상하게 생각하고 있을지도 모르지. 앙리는 테이블을 두드리고 있는 뒤브뢰유를 보며 미소를 지었다.누군가 지나치게 오랫동안 그를 시험하지 않는 한 그의 정중한 태도는 무한정 이어질 것 같았다. 그러나 뒤브뢰유의 정중함에도 한계가 있다는 것을 빨리 알아차리는 게 좋을 거야. 앙리는 뒤브뢰유와 조용히 이야기하고 싶었지만 조급해하지 않았다. 그는 샴페인도, 집시 악단도, 이런 가짜 호화로움도 싫었다. 그렇지만 이 모임이 새벽 2시에 공공장소에 앉아서 벌이는 파티처럼 느껴지기도 했다. '다시 집으로 돌아온 거야.' 앙리는 생각했다. 안, 폴, 쥘리앵, 스크리아신, 뒤브뢰유. '내 친구들'이라는 말이 크리스마스의 불꽃 장식처럼 유쾌하게 그의 마음속에서 따닥따닥 소리를 내고 있었다.

스크리아신이 열광적으로 박수를 치고, 그사이 쥘리앵은 폴을 무대로 끌고 갔다. 뒤브뢰유가 앙리를 돌아보았다.

"거기서 자네가 만난 포르투갈 사람들 모두 혁명을 원하고 있던가?"

"그랬어요. 불행하게도 살라자르는 프랑코가 제거되기 전에는 무너지지 않을 겁니다. 게다가 미국인들도 서두르는 것 같지 않고요."

스크리아신이 어깨를 으쓱였다.

"그렇겠지. 미국인들은 지중해에 공산주의 기지가 만들어지는 걸 원치 않을 테니."

"자넨 공산주의가 두렵다고 프랑코까지 인정하겠다는 거야?" 앙리가 믿을 수 없다는 듯 물었다.

"당신네들이 현 정세를 잘 이해하지 못하고 있는 건 아닌가, 걱정이군."

"안심하게." 뒤브뢰유가 쾌활하게 말했다. "우리는 잘 이해하고 있으니까."

스크리아신이 입을 열었으나, 뒤브뢰유는 웃으며 말을 막았다. "그래, 자넨 멀리 보고 있지. 하지만 자네도 어쨌든 노스트라다무스는 아니지 않나. 앞으로 50년간 일어날 일에 대해 자네가 우리보다 더 알고 있다고는 말할 수 없겠지. 현재로서 스탈린이 위험하다는 건 틀림없이 미국이 만들어낸 얘기야."

스크리아신은 의심스럽다는 듯이 뒤브뢰유를 쳐다보았다. "꼭 공산주의자처럼 말씀하시는군요."

"말도 안 되는 소릴! 공산주의자라면 방금 내가 한 얘기를 소리 높여 말하지는 못하겠지." 뒤브뢰유가 말했다. "누군가 미국을 공격하면, 공산주의자들은 그 사람이 제5열* 활동을 한다고 비난하거든."

"지령이 곧 바뀔 겁니다." 스크리아신이 말했다. "여러분

---

* 적국에서 외부 세력과 연동해 각종 모략 활동을 하는 조직적인 집단. 간첩을 의미하기도 한다. 스페인 내전 당시 파시스트 혁명 장군이었던 에밀리오 몰라 비달이 마드리드 내부에 있던 자신의 지지자들을 '제5열'이라 부른 데서 유래되었다.

은 몇 주 앞서가고 있어요. 단지 그뿐이죠." 그는 눈살을 찌푸렸다. "종종 선생님이 어떤 점에서 공산주의자들과 다르냐는 질문을 받곤 합니다. 솔직히 고백하자면, 그 질문에 대답하기가 매우 어려워요."

뒤브뢰유가 웃기 시작했다. "그러면 대답하지 말게."

"이런!" 앙리가 말했다. "진지한 얘기는 금지라고 생각하고 있었는데."

스크리아신은 시답잖은 말은 무시하겠다는 의미로 짜증스럽게 어깨를 들먹였다. "회피하신다는 뜻인가요?" 그가 뒤브뢰유를 비난 어린 시선으로 노려보았다.

"전혀 아닐세. 자네도 알다시피 난 공산주의자가 아니야."

"전 잘 모르겠네요." 스크리아신은 표정을 바꾸어 자신이 할 수 있는 가장 매력적인 표정으로 미소를 지었다. "선생님의 관점을 정말 알고 싶어요."

"내가 보기에, 지금은 공산주의자들이 실수하고 있어." 뒤브뢰유가 말했다. "그들이 왜 얄타협정*을 지지했는지야 잘 알지. 소련이 다시 재기할 시간을 주고 싶었던 거야. 하지만 그 결과 세계는 두 진영으로 나뉘고, 그 둘은 온갖 이유로 서로 싸우게 되겠지."

"선생님이 공산주의자들을 비난하는 이유는 그게 전부인가요? 계산 한 번 잘못했다는 거?" 스크리아신이 몰아붙이듯 물었다.

---

* 미국, 영국, 소련 등 연합국 정상들이 제2차 세계대전 종전을 앞두고 흑해 연안 얄타에서 이룬 협정. 연합국 4개국의 독일 분할 점령, 자유선거에 의한 폴란드 정부 수립 등이 결의되었다.

"눈앞의 것밖에 못 보고 있기 때문에 공산주의자들을 비난하는 걸세." 뒤브뢰유는 어깨를 으쓱였다. "재건이란 참 멋지지. 하지만 어떤 수단도 좋다는 것은 아니야. 그들은 미국의 원조를 받아들였어. 언젠가 후회하며 제 손가락을 물어뜯게 될 걸세. 미국 앞에서 프랑스는 점점 더 꼼짝 못 하게 될 거야."

스크리아신이 샴페인 잔을 비우더니 소리 나게 내려놓았다. "아주 낙관적인 예언이군요!" 그는 진지한 목소리로 말을 이었다. "난 미국이 싫어요. 대서양 문명도 믿지 않고요. 하지만 미국이 패권을 쥐기를 바랍니다. 오늘날 제기되는 문제는 결국 부유함의 문제거든요. 그리고 미국만이 오로지 우리를 부유하게 만들 수 있죠."

"부유함이라고? 누구를 위한 부유함이지? 어떤 대가를 치러도 부유하기만 하면 된다는 건가?" 그러고서 뒤브뢰유는 격분한 목소리로 덧붙였다. "우리가 미국의 식민지가 되는 날이 오면, 그것참 멋지겠구먼!"

"그럼 소련에 합병되는 게 더 좋다는 건가요?" 스크리아신은 손짓으로 뒤브뢰유의 말을 막으며 자기 이야기를 이어 갔다. "자주적이고 사회주의적이며 통일된 유럽을 꿈꾸고 계신다는 거 압니다. 하지만 미국의 보호를 거절한다면, 유럽은 틀림없이 스탈린의 손에 떨어지겠죠."

뒤브뢰유가 다시 어깨를 들먹였다. "소련은 합병을 원하지 않아."

"어쨌든 그런 유럽은 이루어질 수 없어요."

"그렇게 말하는 건 자네뿐이지!" 뒤브뢰유는 재빨리 말을 이었다. "여기 프랑스에서 우리에겐 어쨌든 분명한 목표가 있어. 인민전선의 진정한 정부를 구현하는 것. 그러기 위해서는 공산주의가 아닌 통일된 좌파가 필요하네." 그는 앙리를 향해 몸을 돌렸다. "더 이상 허비할 시간이 없어. 사람들은 지금 미래의 도래를 느끼고 있네. 그들을 좌절시켜서는 안 돼."

스크리아신은 보드카 한 잔을 단숨에 들이켠 뒤 이제 호텔 지배인을 관찰하는 일에 정신을 쏟기 시작했다. 미친 사람들에게 이치를 따져가며 얘기하는 건 포기했다는 듯한 태도였다.

"시작이 좋다고 하셨죠?" 앙리가 물었다.

"시작은 좋아. 어쨌든 이젠 그게 지속되어야 하네. 자네가 가능한 한 빨리 사마젤을 만났으면 싶은데. 그리고 토요일에 위원회가 있어. 참석하리라 믿겠네."

"숨 좀 돌리게 해주세요." 앙리는 걱정스러운 표정으로 뒤브뢰유를 바라보았다. 선량하면서도 요구가 많은 그의 미소에 저항하기란 쉽지 않을 터였다.

"자네가 참석할 수 있도록 토론을 미뤄뒀다고." 뒤브뢰유가 다소 비난을 담아 말했다.

"그러지 않는 편이 좋았을 텐데요." 앙리가 말했다. "확실히 선생님은 절 과대평가하고 계세요."

"자네가 스스로를 과소평가하는 거지!" 뒤브뢰유는 엄격한 표정으로 앙리를 바라보았다. "최근 나흘 동안 자네도 사태를 완전히 파악했겠지만, 일이 정말 진전되고 있다네. 더 이상 중립적인 태도를 고수할 수 없다는 건 이해했겠지."

"전 한 번도 중립적이지 않았는걸요." 앙리가 말했다. "어쨌든 늘 S.L.R.과 노선을 함께할 거라고 인정해왔으니까요."

"그 문제에 대해 얘기 좀 하지. 그저 이름을 올리고 몇몇 활동에 참석하겠다는 게 약속한 전부 아닌가."

"제가 신문사를 책임지고 있다는 점을 잊으시면 안 됩니다." 앙리가 격한 어조로 말했다.

"바로 그거야. 내가 생각한 것은 특히 자네 신문이네. 자네 신문은 더 이상 중립을 지킬 수 없어."

"하지만 중립이 아닌데요!" 앙리가 놀라서 말했다.

"자네에게 필요한 게 뭔가?" 뒤브뢰유가 어깨를 으쓱했다. "레지스탕스 편에 있다는 것은 이미 정치 강령이 되지 못해."

"제게 정치 강령이랄 건 없어요." 앙리가 말했다. "하지만 그럴 필요가 있을 때마다, 《레스푸아》는 정치적 입장을 취했습니다."

"절대 아냐. 자네 신문은 어떤 정치적 입장도 취하지 않네. 하기야, 다른 신문들은 자네들보다 더하지만. 다들 하찮은 일에 대해 논쟁을 벌이면서 문제를 겉돈다는 점에서는 모두들 의견 일치를 보이더군." 뒤브뢰유의 목소리에는 분노가 담겨 있었다. 《피가로》*에서 《뤼마니테》**까지, 자네들 신문기자들은 모두 사기꾼들일세. 자네들은 드골에도 찬성이고 얄타협정에도 찬성이지. 아직 레지스탕스가 존재한

---

* 1826년에 창간된 조간신문. 프랑스에서 가장 오래된 우파 신문으로 알려져 있다.

** 1904년 사회당의 장 조레스가 창간한 신문으로 비공산권 국가에서 발행되는 공산주의 신문 중 가장 큰 영향력을 발휘했다.

다고, 사회주의를 향해 전진하는 중이라고 믿는 척하고. 최근 사설에서 제일 횡설수설하고 있는 사람이 바로 자네 친구 뤼크야. 사실 우리는 제자리걸음을 하고 있네. 심지어 뒷걸음질을 시작했지. 그런데 자네들 중 한 명도 이런 사실을 감히 털어놓지 못하잖나!"

"선생님이 《레스푸아》의 입장에 동의하신다고 생각했는데요." 앙리가 말했다. 심장이 빠르게 뛰기 시작했고, 넋이 나간 기분이었다. 지난 나흘 동안, 그는 사람들이 각자의 삶에 대해 느끼듯이 자신의 신문과 일체감을 느꼈다. 그런데 갑자기 뒤브뢰유에 의해 《레스푸아》가 비난을 받고 있는 것이다!

"무엇에 동의한다는 건가?" 뒤브뢰유가 말했다. "《레스푸아》는 노선이 없어. 자네들은 매일 국영화를 안 한다고 한탄하지. 그다음에는 뭔가? 중요한 건, 누가 국영화에 제동을 걸고 있으며 그 이유는 무엇이냐 하는 거야."

"계급이라는 지형에 제 위치를 정하고 싶지 않습니다." 앙리가 말했다. "개혁은 여론이 요구할 때 일어날 거예요. 저는 여론을 일으키려는 거고요. 그러기 위해서라도 독자 절반의 반감을 사서는 안 된다는……."

"설마 계급투쟁이 이미 끝났다고 생각하는 건가?" 뒤브뢰유가 의심스럽다는 표정으로 물었다.

"아닙니다."

"그러면, 여론에 대해 내게 가르침을 줄 필요 없네." 뒤브뢰유가 말했다. "한편에는 개혁을 원하는 프롤레타리아가 있고, 다른 한편에는 원하지 않는 부르주아가 있어. 프티부르주아는 흔들리고 있지. 자신의 이익이 어디에 있는지 이제 모르니까 말일세. 하지만 프티부르주아들에게 영향을 줄 수 있으리라 기대해서는 안 돼. 그건 상황에 따라 결정될 테니까."

앙리는 망설였다. 계급투쟁이 끝나지 않았다는 이유로 사람들의 선의와 양식에 호소하는 행동이 전부 비난받아야 할까?

"프티부르주아의 이해관계는 매우 복잡합니다." 그가 말했다. "우리가 그들에게 영향을 주지 못한다고 단언할 수는 없어요."

뒤브뢰유가 말을 꺼내려 했지만, 앙리가 이를 저지했다. "다른 것도 있어요." 그는 재빨리 말을 이었다. "노동자들이 《레스푸아》를 읽어요. 왜냐하면 《뤼마니테》와 다른 방식으로 그들을 변화시키기 때문이죠. 이 신문이 분위기를 바꾸는 겁니다. 우리가 공산주의 신문들과 같은 계열로 옮겨 가거나 그들과 같은 얘길 반복한다면, 노동자들은 우릴 저버릴 겁니다." 이어 그는 타협적인 목소리로 덧붙였다. "저는 선생님이 모으는 사람들보다 더 많은 사람들을 상대하고 있어요. 훨씬 더 광범위한 방침을 가져야만 하는 이유죠."

"그래, 자네는 많은 사람들을 상대하고 있지." 뒤브뢰유가 말했다. "하지만 자네가 방금 스스로 그 이유를 말했잖은가! 모두가 자네의 신문을 좋아한다면, 그건 아무도 불편하게 만들지 않아서야. 자네 신문이 무엇도 공격하지 않고, 무엇도 옹호도 않는다는 뜻이지. 진정한 문제는 회피하면서 말이네. 사람들은 즐겁게 읽을 걸세. 하지만 그렇고 그런 지방신문을 읽듯이 자네 신문을 읽겠지."

침묵이 흘렀다. 폴은 어느새 돌아와 안의 옆에 앉아 있었다. 그녀는 모욕당한 듯한 얼굴이었다. 안은 매우 난처해하고 있었다. 쥘리앵은 사라졌고, 스크리아신은 명상에서 깨어나 심판을 보는 태도로 앙리와 뒤브뢰유를 차례로 응시했으나 어느 편도 들지 않았다. 앙리는 이렇듯 난폭한 공격에 당황하고 있었다.

"도대체 어쩌라는 겁니까?"

"솔직한 생각을 말해보게." 뒤브뢰유가 말했다. "그리고 공산당에 대한 자네 입장을 정하도록 해."

앙리는 의심의 눈초리로 뒤브뢰유를 뚫어지게 쳐다보았다. 뒤브뢰유는 종종 열정에 넘쳐 남의 일에 끼어드는 경우가 있는데, 사실은 그러면서 자신의 일을 처리한다는 것이 나중에 밝혀지곤 했다. "결국, 선생님이 제안하시는 건 S.R.L.의 강령이군요."

"그래."

"하지만 《레스푸아》가 S.R.L.의 기관지가 되길 바라시는 건 아니겠죠?"

"자연스럽게 그렇게 될 걸세." 뒤브뢰유가 말했다. "《레스푸아》의 약점은 아무것도 대변하지 않는다는 것이니까. 한편, 신문 없이는 정치 조직이 성공할 가능성이 거의 없지. 결국 우리의 목표가 같으니……."

"우리의 목표는 같을지 몰라도 방법은 같지 않습니다." 앙리가 말했다. 서운한 감정이 들었다. '뒤브뢰유가 날 만나려고 안달을 한 이유가 바로 이거였군!' 유쾌함은 완전히 사라져버렸다. '친구들과 정치 이야기를 하지 않고 저녁을 보낼 수는 없을까?' 그는 생각했다. 하나도 급할 게 없는 문제였다. 뒤브뢰유는 이 대화를 하루나 이틀쯤 미룰 수도 있을 터였다. 스크리아신만큼이나 그 또한 광적인 사람이 되어버린 것이다.

"확실히 자네들은 방법을 바꾸는 편이 나을 걸세." 뒤브뢰유가 말했다.

앙리는 고개를 저었다. "제가 받은 편지들을 보여드리죠. 특히 지식인들의 편지들, 교사들과 대학생들의 편지들을요. 그 사람들이 《레스푸아》를 좋아하는 건 이 신문의 진솔함 때문입니다. 정치 강령을 제시한다면, 우린 그들의 신뢰를 잃겠죠."

"지식인들이야 물론 우유부단한 입장을 취하도록 격려를 받으면 아주 좋아하는 법이지." 뒤브뢰유가 말했다. "지식인들의 신뢰라……. 누군가 말했듯이, 그게 무슨 소용이 있겠나?"

"2년, 아니 3년만 여유를 주세요. 제가 손을 잡고 그들을 S.R.L.로, 선생님에게로 이끌고 갈 테니까요."

"정말 그게 될 것 같은가? 그렇다면 자넨 빌어먹을 이상주의자야!"

"그럴지도 모르죠." 앙리도 약간 화가 나서 대꾸했다. "1941년에도 전 이상주의자 취급을 당했어요." 그는 단호한 목소리로 덧붙였다. "제겐 신문이 어떤 모습이어야 하는가에 대한 철학이 있습니다."

뒤브뢰유는 회피의 몸짓을 보였다. "이 얘긴 다시 하도록 하지. 하지만 날 믿게나. 반년 뒤 《레스푸아》는 우리 정책에 동조하든지, 아니면 엉터리 신문으로만 남게 될 거야."

"좋습니다. 반년 뒤에 얘기하도록 하죠."

앙리는 갑자기 피로와 혼란을 느꼈다. 뒤브뢰유의 제안에 기습을 당한 것이다. 당장은 이것을 받아들이지 않겠노라 그는 단단히 마음먹었다. 어쨌든, 그는 이제 정신을 차리기 위해서라도 혼자 있고 싶었다. "이만 가봐야겠습니다" 앙리가 말했다.

돌아오는 길에 폴은 아무 말도 하지 않았지만, 집에 들어서자마자 공격을 시작했다.

"뒤브뢰유에게 신문사를 주려는 건 아니지?"

"절대 안 줘."

"정말이야?" 그녀가 말했다. "뒤브뢰유가 신문을 원하고 있고, 그 사람은 고집이 세잖아."

"나도 고집은 세."

"하지만 당신, 결국에는 늘 그 사람에게 굴복했잖아." 폴이 갑자기 과격한 목소리로 말했다. "왜 S.R.L.에 들어가기로 한 거야? 다른 일이 없는 것도 아닌데! 당신이 돌아온 게 나흘 전인데 우리는 5분도 이야기를 못 했고, 당신은 소설을 한 줄도 쓰지 못했어!"

"내일 아침부터 다시 시작할 거야. 신문사도 어느 정도 돌아가기 시작했고."

"그게 하기 싫은 일을 맡아야 할 이유는 될 수 없어." 폴의 목소리가 높아졌다. "10년 전에 뒤브뢰유가 당신을 도와줬지. 그렇다고 그 사람에게 평생 그 빚을 갚아야 하는 건 아니잖아."

"폴, 뒤브뢰유와 함께 일하는 것은 빚을 갚기 위해서가 아니야. 관심이 있어서지."

그녀는 어깨를 으쓱였다. "설마!"

"정말이야."

"그 사람들이 하는 말 믿어? 다시 전쟁이 일어난다느니 하는 말을?" 폴이 다소 불안한 목소리로 물었다.

"아니." 앙리가 말했다. "미국에 과격분자들이 있긴 하겠지만, 거기 사람들도 전쟁을 싫어해. 다만 세계가 바뀌리라는 것만은 사실이야. 더 나아지거나 더 나빠지겠지. 우린 더 나아지도록 노력해야 하고."

"세계는 늘 바뀌었어. 전쟁 전까지는 당신도 거기 가담하지 않고 변하는 대로 내버려뒀고."

앙리는 결심한 듯 계단을 올라갔다. "이젠 전쟁 전이 아니니까." 그가 하품을 하면서 말했다.

"왜 우리는 전쟁 전처럼 살 수 없을까?"

"상황이 다르잖아. 나도 그렇고." 그는 다시 하품을 했다. "졸리네."

앙리는 정말 졸렸다. 하지만 폴의 곁에 눕자 잠이 달아났다. 샴페인, 보드카, 뒤브뢰유 탓이었다. 그래, 《레스푸아》를 양보하지는 않을 거야. 변명할 필요도 없는 명백한 사실이지. 하지만 그럴듯한 이유를 찾아냈어야 했는데. 내가 정말 이상주의자인가? 그런데 이상주의자란 도대체 무슨 의미일까? 그는 사람들의 자유와 선의와 사상에 내재된 힘을 어느 정도는 분명하게 믿고 있었다. "설마 계급투쟁이 이미 끝났다고 생각하는 건가?" 아니다, 그는 그렇게 생각하지 않았다. 하지만 거기서 어떻게 결론을 끌어내야 했을까? 그는 몸을 쭉 뻗었다. 담배를 피우고 싶었지만 그러면 폴을 깨우게 될 것이고, 그녀는 너무나 행복해하며 그의 불면을 달래주려 할 터였다. 그래서 앙리는 움직이지 않았다. '아, 맙소사!' 그는 조금쯤 불안한 마음으로 생각했다. '어쩌면 이렇게도 무지한가!' 많은 책을 읽었지만, 그나마도 명성에 합당한 그의 지식은 문학에 관한 것뿐이었다. 게다가 그 지식조차 충분하지 않잖아! 지금까지는 이런 무지함이 불편하지 않았다. 레지스탕스 활동을 위해서도, 불법 신문 창간을 위해서도 특별한 능력은 필요치 않았다. 그는 이렇게 계속되리라 생각했다. 아마 오해했던 것일지 모른다. 여론이란 무엇인가? 사상이란 무엇인가? 글은 뭘 할 수 있지? 어떤 이에게? 어떤 상황 속에서? 신문을 운영하려면 이런 질문에 답할 수 있어야 할 터였다. 그리고 이 질문들이 차츰차츰 모든 문제와 연결되는 것이다. '결국 다들 무지한 상태에서 결정을 내릴 수밖에 없는 거야.' 그는 생각했다. 심지어 지식을 갖춘 뒤브뢰유도 종종 되는대로 행동하지 않는가. 앙리는 한숨을 쉬었다. 그날 밤의 패배에만 머무를 수는 없었다. 무지에도 등급이 있다. 앙리가 특히 정치 활동을 제대로 준비하지 못한 것은 사실이었다. '다시 시작하는 수밖에 없어.' 하지만 더 깊이 파고들기를 원한다면, 그에게는 몇 년이라는 시간이 필요할 것이다. 경제, 역사, 철학. 절대 끝내지 못할 거야! 마르크시즘에 대해 명확하게 이해하는 수준에 도달하는 데만도 얼마나 많은 공부가 필요할까! 글을 쓴다는 것은 더 이상 문제도 되지 않겠지. 하지만 그는 글을 쓰길 원했다. 그렇다면 어떻게 해야 하지? 역사적인 유물론을 세세히 알지 못한다는 이유로 《레스푸아》를 포기할 수는 없었다. 그는 눈을 감았다. 여기에는 뭔가 부당함이 있어! 세상 모든 사람들처럼 그 또한 정치에 전념해야 한다고 느끼고 있었다. 그것이 특별한 지식을 요구하지는 않을 터였다. 만약 정치가 전문가들에게 제한된 영역이라면, 그에게 가담하라고 요구하지도 말았어야 했다.

'필요한 건 시간이야!' 앙리는 잠에서 깨어나며 생각했다. '유일한 문제는 내 시간을 가져야 한다는 거야.' 아파트의 문이 막 열렸다가 다시 닫혔다. 외출했다가 벌써 돌아온 폴이 조심스러운 발걸음으로 방을 돌아다니고 있었다. 그는 이불을 걷었다. '나 혼자 산다면 몇 시간쯤 더 여유가 생길 텐데!' 쓸데없는 대화도, 규칙적인 식사도 더 이상은 없을 것이다. 길모퉁이의 프티 비야르에서 커피를 마시며 일간지를 보고 있겠지. 신문사에 갈 때까지 일을 하고, 점심은 샌드위치로 때우고, 일이 끝나면 얼른 밤참을 먹은 다음 밤늦게까지 책을 읽을 것이다. 그런 식으로, 성공적으로 《레스푸아》를 이끌면서 소설을 쓰고 책을 읽을 수 있으리라. '아예 오늘 아침에 폴에게 말해버려야겠어.' 앙리는 결심했다.

"잘 잤어?" 폴이 쾌활하게 물었다.

"아주 잘 잤지."

그녀는 노래를 흥얼거리며 테이블 위에 꽃을 장식하고 있었다. 앙리가 돌아오고부터 폴은 과시라도 하듯 늘 즐거운 모습이었다. "당신 마시라고 진짜 커피를 끓였어. 그리고 신선한 버터도 남아 있지."

그는 앉아서 구운 빵 조각에 버터를 발랐다. "당신은 아침 먹었어?"

"난 배 안 고파."

"절대 배가 고픈 적이 없군."

"아! 먹고 있어. 믿어도 돼. 아주 잘 먹고 있다니까."

그는 버터 바른 빵을 베어 물었다. 뭘 어쩌겠는가. 음식물 주입관으로 그녀를 먹일 수는 없었다. "아주 일찍 일어난 것 같던데."

"응, 잠이 더 안 오더라고." 폴은 가장자리에 금박을 입힌 두꺼운 앨범을 테이블에 올려놓았다. "포르투갈에서 당신이 찍은 사진을 정리하면서 시간을 보냈지." 그녀는 앨범을 열어 사진 속 브라가의 계단을 가리켰다. 나딘이 계단에 앉아 웃고 있었다.

"내가 진실을 회피하지 않으려는 거, 당신도 알잖아." 폴이 말했다.

"잘 알지."

폴은 진실을 회피하지 않았다. 대신 진실을 그대로 통과해버렸다. 이것이 더욱 곤혹스러운 일이었다. 그녀가 몇 페이지를 넘겼다. "어렸을 때 사진에서조차 당신은 이미 불신의 미소를 짓고 있었네. 정말 지금이랑 똑같아!" 한때는 앙리도 폴이 그렇듯 추억을 모으는 일을 거들곤 했다. 그러나 오늘은 이런 짓이 무의미해 보였다. 여전히 추억들을 되살리고 그것들을 붙들어두려는 폴의 모습에 그는 짜증이 났다.

"처음 만났을 무렵의 사진이 여기 있네!"

"그리 못된 표정은 아닌데." 앙리가 앨범을 밀어내면서 말했다.

"당신은 젊었고, 요구하는 게 많았지."

그러더니 그녀는 앙리 앞을 막아선 채 갑자기 흥분한 듯 말했다.

"《랑드맹》인터뷰는 왜 한 거야?"

"아! 이번 호가 나왔어?"

"그래, 내가 가져왔어." 폴은 아파트 구석에 가서 주간지를 찾아 들고 오더니 탁자 위에 던졌다. "같이 결정했었잖아. 인터뷰는 절대 안 하기로."

"결정했다고 꼭 지켜야 하는 건 아니야."

"그건 진지한 결정이었어. 신문기자들에게 미소 짓기 시작하면 아카데미프랑세즈*에 들어갈 준비가 된 거라고 당신이 그랬잖아."

"내가 별 얘기를 다 했군."

"신문에 나온 당신 사진을 봤을 때, 난 육체적인 고통까지 느꼈다고." 그녀는 말했다.

"신문에서 내 이름을 볼 때마다 아주 기뻐했으면서."

"우선, 내가 아주 기뻐하지는 않았어. 그리고 이건 아주 다른 경우야."

폴은 모순되는 말이나 행동에 그리 신경 쓰지 않는 편이었지만, 앙리에겐 이런 태도가 특히 성가셨다. 폴은 그가 세

---

* 프랑스 학사원을 구성하는 다섯 아카데미 가운데 하나. 프랑스 한림원이라고도 불리는 가장 권위 있고 명예로운 학술 기관이다.

상에서 제일 유명한 사람이 되길 원하면서도 명예는 경멸하는 척했다. 한때 앙리가 꿈꾸었듯이, 그녀는 스스로 도도하며 숭고한 모습이 되기를 고집스럽게 갈망하고 있었던 것이다. 그러나 동시에 그녀는 다른 모든 세상 사람들처럼 지상에 살고 있는 인간이기도 했다. '정말 재미 없는 인생이겠지.' 앙리는 문득 연민을 느꼈다. '폴이 보상을 필요로 하는 것도 당연해.'

그는 타협적인 어조로 말했다.

"그 애송이 기자를 도와주고 싶었어. 신참인데, 혼자서 요령 있게 일을 처리하지 못하더라고."

폴은 다정하게 미소를 지었다. "게다가 당신은 거절을 잘 못하니까."

그녀의 미소에는 아무런 저의도 없었다. 그 역시 미소 지었다.

"거절하는 법을 모르지."

앙리는 주간지를 앞에 펼쳤다. 1면에서 그의 사진이 미소 짓고 있었다. 앙리 페롱과의 인터뷰. 마리-앙주가 자신을 어떻게 생각하는지는 상관없었다. 하지만 이 인쇄된 글을 앞에 두고 보니, 약간은 성경을 읽는 농부의 마음에 일어나는 순진한 믿음과 같은 기분이 들었다. 마치 기자에게 쓰게 했던 문장들을 통해 마침내 자신이 누구인지를 알게 된 것처럼. "퇼에 자리한 약국의 어둠 속에서, 붉은색과 푸른색의 저장용 약병들의 마술…… 그러나 착한 아이는 이 편협한 삶, 약의 냄새, 고향의 초라한 거리들을 증오했다…… 그는 성장했고 대도시가 더욱 간절히 그를 부르는 것 같았다……

그는 단조로운 초라함을 넘어서서 높이 올라갈 것이라고 스스로 맹세했다. 은밀히 마음 한구석에, 언젠가 다른 모든 사람들보다 더 높이 올라가리라는 희망까지 품고 있었다……하늘이 도운 로베르 뒤브뢰유와의 만남…… 앙리 페롱은 경탄하고, 좌절하고, 감탄과 도전을 오간다. 이러한 감정과 함께 그는 사춘기의 꿈을 남자의 진정한 야망과 바꾸고, 악착스럽게 일한다…… 아주 작은 책 한 권, 그의 인생에 갑작스러운 영광을 선사하기에 충분한 그 한 권의 책. 그는 스물다섯 살이다. 갈색 머리에 요구가 많은 눈, 엄격한 입을 갖고 있다. 직설적이고 개방적이지만, 비밀스럽다……"그는 신문을 집어 던졌다. 마리-앙주는 바보가 아니었다. 그녀는 앙리를 꽤 잘 알고 있었다. 그러면서도 그를 감상적인 아가씨들을 위한 이류 라스티냐크*로 만들어버린 것이다.

"당신이 옳아." 앙리는 말했다. "신문 인터뷰를 거절해야겠어. 기자들에게 하나의 인생이란 그저 하나의 경력에 불과하니까. 그리고 일이란 목표에 도달하는 수단 외에는 아무것도 아니라는 거지. 신문기자들이 성공이라 부르는 건 사람들이 떠드는 소리와 벌어들이는 돈이야. 이자들을 그런 기준에서 벗어나게 만들 수는 없어."

폴은 너그럽게 미소 지었다. "잘 봐. 이 꼬마 아가씨가 당신 책에 대해서는 호의적으로 말하고 있잖아. 그녀도 다른

---

* 발자크의 '인간희극La Comédie humaine' 연작에 나오는 등장인물. 목표를 위해 수단과 방법을 가리지 않는 야심만만한 인물이다. 프랑스에서는 흔히 지방에서 수도로 와서 출세하려는 야심 강한 청년을 가리키는 우의적인 표현으로 사용된다.

사람들과 똑같을 뿐이야. 이해하지 못하면서 경탄만 하고 있는 거지."

"사람들이 그렇게까지 경탄하는 것도 아니야. 당신도 알잖아." 앙리가 말했다. "프랑스 해방 이후에 나온 첫 소설이니 다들 좋게 얘기해야만 하는 거지."

그로서는 어느새 이 찬미의 합창이 오히려 불편해진 터였다. 그 책의 출간이 시의적절했다는 얘기뿐, 책의 가치에 대해서는 하나도 알려주지 않았기 때문이었다. 결국 앙리는 책의 성공이 오해에서 비롯한 것이라고 생각하게 되었다. 랑베르는 그가 집단행동을 통해 개인주의를 찬미하려 했다고 믿었고, 라숌은 반대로 그가 집단을 위한 개인의 희생을 권장했다고 믿었다. 모두들 소설의 교훈적인 성격을 강조하고 있었다. 하지만 앙리가 이 이야기를 레지스탕스 활동 시기로 설정했던 것은 그저 우연에 가까웠다. 그는 한 인간과 한 상황을 생각했을 뿐이었다. 등장인물의 과거나 그가 겪는 위기 사이의 관계를 염두에 두었던 것이다. 더하여 어떤 비평가도 말하지 않았던 다른 많은 것도 생각하고 있었다. 이것은 그의 잘못일까, 아니면 독자들의 잘못일까? 대중은 앙리가 보여주었다고 생각한 작품과는 완전히 다른 작품을 사랑하고 있었다.

"오늘은 뭐 할 거야?" 앙리가 다정한 목소리로 물었다.

"특별한 계획 없어."

"그래? 특별하지 않은 건?"

폴은 곰곰이 생각했다. "양재사에게 전화를 해서 당신이 선물한 옷감을 같이 살펴보자고 해야겠다."

"그다음엔?"

"할 일은 늘 있어." 폴이 쾌활하게 말했다.

"말하자면 당신은 아무것도 안 한다는 거잖아." 앙리는 엄격한 태도로 폴을 쳐다보았다. "최근 한 달 동안 당신에 대해 많이 생각했어. 집 안에 틀어박혀 아무 일도 안 하는 건 죄라고 생각해."

"아무것도 안 한다니!" 폴은 부드럽게 미소를 지었다. 예전처럼 그 미소에는 세상의 모든 지혜가 담겨 있었다. "사랑하고 있을 때는 아무것도 안 하는 게 아니야."

"하지만 사랑하는 것은 일이 아니지."

폴이 앙리의 말을 가로막았다.

"미안하지만 나에겐 이게 일이야."

"크리스마스 날 밤에 당신에게 했던 말을 다시 생각해봤어." 그가 말을 이었다. "내가 옳았다고 확신해. 당신은 노래를 다시 시작해야 해."

"몇 년 전부터 이렇게 살아왔잖아." 폴이 말했다. "왜 갑자기 걱정을 해?"

"전쟁 중에는 그저 시간을 보내는 것에 만족할 수 있었지. 하지만 전쟁은 끝났어. 내 말 들어봐." 그가 단호하게 말했다. "그레팽 영감에게 가서 다시 일하고 싶다고 말해봐. 난 당신이 노래 고르는 걸 도울게. 작사도 해줄게. 친구들에게도 부탁해볼게. 그러고 보니 이건 쥘리앵에게 딱 알맞은 일이겠군. 그가 분명히 매력적인 노래를 만들어줄 거고 브뤼제르는 곡을 붙여줄 거야. 한 달 뒤에는 당신의 공연 목록을 볼 수 있겠지! 준비가 되면 사브리리오에게 당신 노랠 들려

244

줘. 틀림없이 그가 당신을 클럽 45의 스타로 만들어줄걸. 그 때부터 당신은 유명해지는 거야."

자신이 너무 흥분해서 지나치게 떠들어댔다는 것을 그는 문득 깨달았다. 폴은 놀라움과 비난이 뒤섞인 표정으로 그를 뚫어지게 쳐다보고 있었다. "그래서?" 그녀가 말했다. "만약 내 이름이 포스터에 있으면, 당신 눈에 더 나은 사람으로 보일 거란 뜻이야?"

앙리는 어깨를 으쓱였다. "무슨 바보 같은 소릴! 물론 아니지. 하지만 아무것도 안 하느니 뭐라도 하는 편이 낫잖아. 나는 글을 쓰려고 노력할 거야. 당신은 노래를 불러야 해. 왜냐하면 재능이 있으니까."

"나는 살아가고 있어. 당신을 사랑하고. 이게 아무것도 아니라고 할 수는 없어."

"그건 말장난이야." 앙리는 성마르게 대꾸했다. "왜 한번 시도하려고도 안 해? 그렇게 게으름뱅이가 됐어? 아니면 겁이 나는 거야? 그것도 아니면 뭐야?"

"들어봐." 폴이 갑자기 강경한 목소리로 말했다. "성공, 명성, 이런 모든 허영이 당신에게 어떤 의미가 있다 해도, 나는 서른일곱 살에 이류 가수로 경력을 시작하지 않을 거야. 당신을 위해 브라질 순회공연을 포기했을 때, 난 내 경력을 완전히 포기했어. 후회는 조금도 없어. 어쨌든 이 얘기는 다시 꺼내지 말기로 해."

앙리는 반박하려고 입을 열었다. 폴이 그와 의논하지도 않고 열정에 떠밀려 결정했던 희생에 대해. 그래놓고 이제 그가 그 희생에 책임이 있는 것처럼 굴다니! 앙리는 스스로를 억누르며 당황한 표정으로 폴을 뚫어져라 바라보았다. 그녀가 정말 명성을 경멸하는 건지, 아니면 명성을 얻지 못할까 두려워하는 건지, 그로서는 도저히 알 수 없었다.

"당신 목소리는 옛날만큼 아름다워." 앙리가 말했다. "당신 모습도 그렇고."

"절대 그렇지 않아." 폴이 성급하게 대꾸하고는 어깨를 으쓱였다. "나도 알아. 몇 달 동안은 몇몇 지식인들이 당신을 기쁘게 하려고 내게 재능이 있다고 단언하겠지. 그런 다음엔 안녕이야. 나도 다미아*나 에디트 피아프**가 될 수 있었을지 모르지만, 이미 행운을 놓쳐버렸어. 애석한 일이지. 이제 이 얘기는 그만두자고."

폴은 아마 대스타는 되지 못할 것이다. 하지만 약간의 성공으로도 그녀의 고집을 꺾기에는 충분할 터였다. 어쨌든 뭔가에 적극적으로 관심을 갖는다면 그녀의 삶은 덜 초라할 텐데. '그리고 내게도 정말 도움이 될 텐데!' 앙리는 생각했다. 사실 그것이 폴의 삶보다는 자기 자신의 삶에 관한 문제라는 것을 그도 알고 있었다.

"많은 관중에게 감동을 주지 못한다 해도, 해볼 만하잖아." 그가 말했다. "당신에겐 당신만의 목소리가 있고 당신만의 재능이 있어. 할 수 있는 한 모두 끌어내보는 것도 흥미로울 거야. 거기서 분명히 진정한 기쁨을 얻게 될걸."

* 본명은 마리 루이즈 다미엥Marie-Louise Damien. 가수이자 배우로 장 콕토와 같은 문학가들의 숭배를 받으며 1930년대에 프랑스에서 큰 인기를 누렸다.
** 에디트 피아프Edith Piaf. 1930년대에서 1960년대 초까지 활동했으며, 아직까지 20세기 프랑스 최고의 가수로 인정받고 있다.

"내 인생에는 많은 기쁨이 있어." 폴이 말했다. 흥분한 얼굴이었다. "당신을 향한 내 사랑이 어떤지, 당신은 이해 못 하는 것 같아."

"물론 이해하지!" 앙리는 격렬한 어조로 대답한 뒤 심술궂게 덧붙였다. "나를 사랑한다고 하지만, 내 부탁까지 들어줄 정도는 아니잖아."

"당신이 부탁하는 일에 진정한 이유가 있다면 할 거야." 폴은 엄숙하게 말했다.

"다만 당신은 내 이유보다 당신 이유가 더 중요한 거지."

"그래." 그녀는 조용히 대꾸했다. "왜냐하면 내 이유가 더 나으니까. 당신은 완전히 외부의 관점에서 나에 대해 얘기하고 있잖아. 진정한 당신의 관점이 아닌 세속적인 관점으로 말이야."

"당신의 관점이라는 게 뭔지 난 모르겠어!" 앙리는 화가 나서 말하고는 일어섰다. 다퉈봤자 소용없는 일이다. 폴이 실제로 일에 부딪치도록 해버리는 편이 나았을지 모른다. 노래를 폴에게 가져다주고 약속을 잡아줬어야 했다거나. "됐어, 이 얘긴 관두자고. 하지만 당신은 틀렸어."

폴은 대답 없이 미소를 지었다. "당신 일할 거야?"

"응."

"소설 쓸 거야?"

"그래."

"좋아." 그녀가 말했다.

앙리는 계단을 올라갔다. 다시 글쓰기를 시작하고 싶어 몸이 근질근질했다. 그리고 이 소설이 단순히 감동만을 주는 것이 되지는 않으리라는 사실에 기쁨을 느꼈다. 아직 무얼 써야 할지 분명한 계획은 없었다. 그저 특별한 목적 없이, 오직 성실하게 시간을 보내자고 결심했다. 앙리는 초고를 펼쳤다. 100페이지쯤 되었다. 한 달간 초고를 내버려두길 잘했어. 새로운 눈으로 다시 읽어볼 수 있으니까. 처음에는 많은 인상과 추억들이 심사숙고해서 만들어진 문장으로 전개되는 걸 다시 읽으며 기쁨에 빠져들었다. 그러나 조금씩 불안해졌다. 이걸로 다 뭘 할 거지? 휘갈겨 쓴 글은 서두도 결말도 없었다. 글들 사이에 공통점이 있기는 했다. 전쟁 전의 어떤 분위기. 바로 그것이 앙리를 불안에 빠뜨렸다. 책을 쓰기 시작했을 때, 그는 막연하게 생각했다. '내 인생에 진정한 맛을 되돌려줘야겠어.' 마치 그 진정한 맛이라는 게 여러 해가 지나도 변함없는, 유명한 향수이기라도 한 것처럼. 그러나, 예컨대 여행에 대해 쓴 내용은 그저 1935년에 스물다섯살이었던 한 젊은이에 관한 이야기일 뿐이었다. 포르투갈에서 그가 경험한 것과는 아무런 관계가 없었다. 폴과 그의 이야기 역시 시대에 뒤떨어진 것이었다. 랑베르도 뱅상도, 그가 아는 어떤 젊은이도 이제는 그런 식으로 행동하지 않을 것이다. 하물며 5년의 독일 점령기를 겪어낸 스물일곱 살의 젊은 여자라면 폴과 완전히 다를 것이다. 해결책이 있었다. 이야기의 배경을 1935년경으로 삼으면 되었다. 하지만 앙리는 과거를 떠올리게 하는 '시대'소설만큼은 절대 쓰고 싶지 않았다. 그와 반대로, 이 글을 쓰면서 그는 종이 위에 매우 생생하게 자신을 투영하고 싶었다. 따라서 등장인물들과 사건들을 현재로 바꾸어 이야기를 써나가야만 했다. '바꾼다니.

짜증 나는 말이군! 바보 같은 말이야!' 앙리는 생각했다. '소설의 등장인물을 작가 멋대로 주무른다는 건 무분별한 발상이야. 작가는 등장인물들을 이 세기에서 저 세기로 옮기고, 이 나라에서 저 나라로 데리고 다니고, 이 인물의 현재와 저 인물의 과거를 연결시키지. 그러면서 개인적인 환상을 집어넣어. 독자가 면밀히 들여다본다면 이런 인물들은 모두 괴물이 되겠지. 그래서 작가는 모든 기법을 동원해 독자가 너무 가까이서 들여다보지 못하도록 하는 거고. 그래, 바꾸지말자. 폴, 루이, 나 자신과도 아무런 공통점이 없는 완전한 인물들을 만들 수 있어. 전에도 그렇게 했으니까. 그렇지만 이번에는 바로 나 자신의 경험을 진실하게 표현하고 싶었는데……' 앙리는 초고 뭉치를 다시 밀어두었다. 작품의 소재를 무턱대고 모으는 것은 좋은 방식이 아니다. 늘 하는 식으로 일을 시작해야 했다. 포괄적인 형태, 명백한 의도로 시작하는 거야. 그런데 명백한 의도란 건 뭘까? 난 어떤 진실을 쓰고 싶은 거지? 그 진실이란 정확하게 무슨 의미지? 그는 멍하니 빈 종이를 바라보았다. 아무것도 쓰지 못한 채 공허함에 빠지다니 얼마나 끔찍한 일인가! 이제 아무 할 말이 없는 건지도 몰라. 앙리는 생각했다. 반대로 지금까지 아무 말도 하지 않은 것 같기도 했다. 다른 모든 사람들처럼 앙리도 언제나 모든 할 말이 있었다. '모든'이란 표현은 지나치긴 하지만……. 어떤 접시 바닥에 쓰여 있던 오래된 수수께끼 같은 구절이 떠올랐다. "들어오고, 울부짖는 것, 이것이 인생이다. 울부짖고, 나가는 것, 이것이 죽음이다." 여기에 무슨 말을 덧붙인단 말인가? 우리는 모두 같은 별에 살고, 한 사람의 배에서 태어났으며, 결국은 구더기를 살찌우게 되는 거야. 우리의 얘기는 모두 같아. 왜 그 이야기가 내 이야기이며, 내가 그 이야기를 해야 한다고 확신하는 걸까? 앙리는 하품을 했다. 충분히 자지 못한 데다 빈 종이 때문에 현기증이 났다. 그는 무감각에 깊이 빠져 있었다. 무감각 속에서는 아무것도 쓸 수 없는 법이다. 생의 표면까지 다시 올라와야만 했다. 거기서는 모든 순간들과 개인들 하나하나가 중요하니까. 하지만 그것도 아니었다. 앙리가 무감각 상태에서 벗어난다면, 근심거리만 되찾을 터였다. 사실 《레스푸아》는 별수 없는 지방신문일 뿐일까? 여론에 호소하려 하면, 난 이상주의자가 되는 걸까? 빈 종이를 앞에 두고 꿈꾸는 대신에 진지하게 마르크스를 공부하는 것이 더 나았을지 몰라. 그래, 그거야말로 시급한 일이야. 계획을 세우고 열심히 공부를 시작했어야 했다. 그는 오래전에 그렇게 했어야 했다. 문제는 갑자기 여러 사건들이 일어났고, 최대한 빨리 대비해야만 했기에 그럴 수 없었다는 것이다. 하지만 그가 경솔한 탓도 있었다. 프랑스가 해방된 다음부터는 근거 없는 행복과 비슷한 감정에 젖어 살아가고 있었으니까. 앙리는 자리에서 일어났다. 그날 아침, 어떤 일에도 집중할 수가 없었다. 뒤브뢰유와 나누었던 이야기가 그를 흔들어놓았다. 게다가 전날 쓰던 편지도 마치지 못한 채 그대로 둔 참이었다. 세즈나크와 얘기를 해봐야 했고, 프레스턴이 종이를 구할 수 있을지도 걱정이었다. 늙은 다스 비에르나스의 편지도 아직 외무성에 전달하지 못했다. '좋아! 바로 편지부터 갖다줘야겠어.' 앙리는 마음먹었다.

"투르넬 씨를 5분만 뵐 수 있을까요? 앙리 페롱입니다. 전해드릴 게 있는데요."

"성함과 방문 이유를 적어주세요." 비서가 앙리에게 양식이 인쇄되어 있는 종이를 내밀면서 말했다.

그는 만년필을 꺼냈다. 방문 이유라고? '몽상에 대한 존중'이라고 할 수 있겠지. 이런 교섭이 얼마나 부질없는지는 그도 아는 바였다. 그는 기밀이라고 적었다. "여기요."

비서는 관대한 태도로 종이를 받아 쥐고는 문 쪽으로 향했다. 비서의 미소와 위엄 있는 발걸음은 비서실장이 너무 중요한 인물이며, 따라서 예고 없이 그를 방해할 수 없다는 점을 명백히 드러내고 있었다. 앙리는 손에 들린 두꺼운 하얀 봉투를 연민 어린 마음으로 바라보았다. 희극이 막 끝나가는 참이었고, 이젠 더 이상 현실을 피할 수 없을 것 같았다. 불쌍한 다스 비에르나스는 잔인한 답장을 받거나 아예 답장을 받지 못할 것이다.

비서가 다시 나타났다. "투르넬 씨가 최대한 빨리 만나실 수 있게 약속을 잡겠다고 하시네요. 가지고 오신 건 두고 가세요. 제가 잠시 후에 전해드릴게요."

"대단히 감사합니다." 앙리는 비서에게 봉투를 내밀었다. 능력 있는 비서의 손 안에 있는 지금처럼 그 봉투가 초라하게 보인 적은 없었다. 어쨌든 그는 결국은 부탁받은 일을 했고, 이후에 일어날 일은 알 바가 아니었다. 앙리는 바 루즈에 들르기로 결심했다. 아페리티프를 마실 시간이었다. 라솜이 분명 거기 있을 것이다. 그의 기사에 대해 감사 인사를 하고 싶었다. 문을 열자, 라솜과 뱅상 사이에 앉아 있는 나딘이 보였다. 그녀가 화난 목소리로 말했다.

"얼굴 보기 힘드네요."

"일하느라 그래."

앙리는 그녀의 옆에 앉아 토리노 진을 주문했다.

"선생님 얘기를 하던 중이었어요." 라숌이 쾌활하게 말했다. 《랑드맹》인터뷰에 대해서요. 폭로하신 내용이 좋더라고요. 그러니까, 스페인에서의 연합군 정책 말입니다."

"왜 너희 공산주의자들은 그걸 폭로하지 않지?" 뱅상이 물었다.

"우리는 못 해. 지금은 안 돼. 하지만 분명 누군가가 해주겠지."

"거참 이상한 소리군!" 뱅상이 말했다.

"넌 아무것도 이해하려 하질 않으니까." 라숌이 말했다.

"난 아주 잘 이해하고 있어."

"아니, 넌 이해 못 해."

앙리는 멍하니 이 대화를 들으며 토리노 진을 마셨다. 기회를 놓치지 않고 라숌은 당이 재검토하고 수정한 현재와 과거와 미래의 방향에 대해 설명하고 있었다. 하지만 아무도 그에게 면박을 주지 않았다. 라숌은 스무 살에 무장 항독 지하조직에서 모험과 동지애, 공산주의를 한꺼번에 알게 되었고, 그래서 다들 공산당에 대한 그의 맹신을 양해해주고 있었다. '나는 그를 도와줬기 때문에 이렇게 그를 좋아하는 거야.' 앙리는 아이러니를 느꼈다. 그는 라숌을 폴의 아파트에 석 달 동안 숨겨주었고, 떠날 땐 가짜 신분증을 마련해주며 하나뿐인 외투까지 선물로 주었다.

"이봐, 기사 고마워." 앙리가 불쑥 말했다. "정말 우호적인 기사였어."

"제가 생각하는 대로 썼는걸요." 라쏨이 말했다. "게다가 다들 제 의견에 찬성했고요. 선생님 책은 뛰어나요."

"아, 이상하네요." 나딘이 말했다. "처음으로 비평가들이 모두 같은 의견이잖아요. 다들 누군가의 장례식을 하거나 덕행상이라도 수여하는 것 같다니까요."

"그것도 사실이군!" 앙리가 말했다. '작은 독사 같으니.' 그는 원망스러워하면서도 재미있다고 생각했다. '저 애는 내가 생각하고 싶어 하지 않는 걸 곧바로 찾아낸단 말이야.' 그는 라쏨에게 미소를 지었다. "자네가 착각한 부분이 하나 있어. 나 같은 인물은 결코 공산주의자가 될 수 없거든."

"공산주의자와 다른 사람으로 변한다는 말씀이세요?"

앙리는 웃음을 터뜨렸다. "글쎄, 내가 어떻게 변하겠나!"

라쏨 역시 웃었다. "바로 그러니까 말입니다!" 그가 앙리의 눈을 응시했다. "반년 안에 S.R.L.은 해체될 겁니다. 그리고 선생님은 개인주의로는 무엇도 얻을 수 없다는 사실을 깨닫고 공산당에 입당하시겠죠."

앙리는 고개를 저었다. "난 이런 식으로 해야 자네들을 더 도울 수 있어. 내가 공산당을 대신해서 폭로한 걸 자네들도 아주 만족스러워하고 있잖아. 《뤼마니테》가 했던 말을 《레스푸아》가 되풀이하면 무슨 발전이 있겠어? 나는 훨씬 더 유용한 일을 하고 있다고. 사람들을 생각하게 하고, 제기하지 않는 문제들을 제기하고, 말하지 않는 진실들을 얘기하면서 말이지."

"공산주의자로서 그 일을 하셔야죠." 라슘이 말했다.

"공산당이 그렇게 하도록 날 내버려두지 않을걸!"

"절대 그렇지 않아요. 물론 당 내부에 지나치게 파벌이 많은 건 사실이지만 지금은 여러 정세 때문에 그래요. 이런 상태가 영원히 계속되지는 않을 겁니다." 라슘은 망설였다. "이 얘기는 선생님만 알고 계세요. 친구들과 제가 곧 잡지를 만들 생각이에요. 뭐랄까, 다소 당의 주변적인 잡지라고 할 수 있을 텐데, 아주 자유롭게 이런저런 얘기를 나눌 수 있을 겁니다."

"잡지는 일간지와 다르니까." 앙리가 말했다. "자유로운 이야기에 대해서는 내 눈으로 확인해봐야겠군." 그는 우정을 담아 라슘을 쳐다보았다. "자네가 잡지를 낸다면 어쨌든 아주 괜찮을 것 같아. 잘될 것 같나?"

"좋은 기회가 되리라 생각해요."

뱅상은 앞으로 몸을 기울이고 도전적으로 라슘을 바라보았다. "네가 정말 솔직하다면, 동지들에게 말해. 공산당이 소위 회개했다는 개자식들을 두 팔 벌려 받아주는 꼴이 구역질 난다고 말이야."

"우리가? 우리가 두 팔 벌려 대독 협력자들을 받아준다고?《피가로》독자들에게 가서 그 말을 해봐. 그 사람들 근심이 줄어들걸."

"너희들이 몰래 빼내주는 악당들이 많잖아."

"문제를 뒤섞어 생각하면 안 돼." 라슘이 말했다. "우리가 누군가를 용서하기로 할 땐, 그건 그 사람이 개과천선할 수 있다고 믿기 때문이야."

"그런 논리로 가면, 우리가 죽인 사람들도 개과천선할 수 있었을지 누가 알겠어?"

"그 시절에는 문제가 없었지. 그들은 죽어야 했어."

"아, 그 시절 말이지! 난 목숨을 걸고 그들을 죽였다고." 뱅상이 심술궂게 미소를 지었다. "듣기 좋은 얘기 하나 해줄까? 전부 비열한 놈들이었어. 예외는 없어. 남은 일은, 우리가 그때 빼먹고 죽이지 못했던 놈들을 모두 죽이는 거야."

"그게 무슨 의미야?" 나딘이 물었다.

"우리가 스스로 조직을 만들어야 한다는 의미지." 뱅상이 대답했다. 그는 앙리와 눈을 맞추려 했다.

"뭘 조직한다는 거야? 처단 원정대 말인가?" 앙리가 웃으며 말했다.

"아시겠지만, 마르세유에서 보통법을 내세워 모든 항독 지하운동가들을 범죄자처럼 감옥에 가두는 중이래요. 그걸 가만히 내버려둬야 할까요?"

"테러리즘은 처방이 아니야." 라슈이 말했다.

"아니지." 앙리가 말하고는 뱅상을 바라보았다. "심판자 행세를 즐기는 무리가 있다는 얘긴 들었어. 이게 개인적인 복수라면, 이해해. 하지만 여기저기서 대독 협력자를 죽이며 자신이 프랑스를 구한다고 상상하는 놈들은 병자거나 아니면 바보들이야."

"무슨 말씀인지 알겠군요. 공산당에 입당하거나, S.R.L.에 가입하면 정상이란 거죠!" 뱅상이 말했다. 그는 고개를 저었다. "저는 포섭하지 못하실걸요."

"자네랑은 함께하지 못하게 되겠군!" 앙리가 우정 어린 목소리로 말했다.

그가 자리에서 일어서자 나딘도 따라 일어섰다.

"나도 나갈래요."

나딘은 여성스럽게 변신하기로 작성한 모양이었다. 화장을 하려고 한 듯했다. 하지만 속눈썹은 성게 가시 같았고 눈밑에는 검은색의 가늘고 긴 자국이 나 있었다. 밖에 나오자마자 그녀가 물었다.

"점심 같이할래요?"

"안 돼. 신문사에서 할 일이 있어."

"이 시간에요?"

"일은 늘 있지."

"그러면 저녁 같이 먹어요."

"안 돼. 신문사에 아주 늦게까지 남아 있을 거거든. 그다음에는 네 아버지를 만나러 갈 거고."

"오! 그놈의 신문사! 당신 입에서는 그 말밖에 안 나오는군요! 신문사가 세계의 중심은 아니잖아요!"

"그렇다고 말한 건 아닌데."

"안 했죠. 하지만 그렇게 생각하잖아요." 나딘은 어깨를 으쓱했다. "그러면, 언제 만날 수 있어요?"

앙리는 머뭇거렸다. "정말이야, 나딘, 요즘은 1분도 시간이 없어."

"그렇지만 테이블에 앉아 밥은 먹을 거잖아요. 아닌가요? 내가 왜 당신 테이블 맞은편에 앉을 수 없는지 이유를 모르겠네요." 나딘은 앙리를 똑바로 쳐다보았다. "나랑 함께 있는 게 성가시지 않다면요."

256

"물론 성가시지 않아."

"그러면요?"

"좋아, 내일 밤 9시에서 10시 사이에 날 데리러 와."

"알았어요."

앙리는 나딘에게 호감을 갖고 있었다. 그녀와 만나는 것이 싫지도 않았다. 하지만 그게 문제가 아니었다. 중요한 건, 최대한 엄격하게 시간을 절약해서 생활을 꾸려나가야 한다는 것이었다. 그러니 나딘을 만날 여유 같은 건 없었다.

"왜 뱅상에게 그렇게 심하게 말했어요?" 나딘이 대화를 이어갔다. "그럴 필요까진 없었을 텐데."

"뱅상이 바보짓을 하지나 않을까 걱정이야."

"바보짓이라니! 행동하기를 원하는 것, 그걸 바보짓이라 부르는군요. 책을 쓰는 것이 최고로 바보짓이라는 생각은 안 들어요? 사람들이 당신에게 갈채를 보내고, 당신은 거드름을 피우죠. 하지만 그다음에 사람들은 구석에 책을 던져버리고, 아무도 더 이상은 생각하지 않을걸요."

"그게 내 직업이니까." 앙리가 대꾸했다.

"웃기는 직업이네요."

그들은 말없이 계속 걸었다. 신문사 정문 앞에서 나딘은 냉담하게 말했다. "그럼 난 집으로 갈게요. 내일 만나요."

"내일 봐."

나딘은 애매한 태도로 앙리 앞에 선 채 움직이지 않았다. "9시에서 10시 사이는 너무 늦어요. 뭘 할 시간이 없잖아요. 더 일찍 만날 수 없어요?"

"그 전까지는 시간이 없는데."

그녀는 어깨를 으쓱였다. "그러면 9시 30분에 만나죠. 하지만 삶을 즐길 시간도 없으면서 유명해지면 뭐 한대요?"

'삶을 즐긴다.' 거칠게 돌아서는 나딘을 보며 앙리는 생각했다. '여자들의 입에서 이 말이 나올 땐 자기에게 관심을 가져달라는 뜻이지. 하지만 삶을 즐기는 데는 그것 말고도 많은 방법이 있는데.' 그는 오래된 먼지와 새 잉크의 냄새가 좋았다. 건물은 아직 비어 있고 지하실은 조용했다. 곧 완전한 하나의 세계가 이 침묵에서 솟아날 것이다. 그의 창조물인 세계가. '그 누구도 《레스푸아》에 손댈 수 없어.' 앙리는 줄곧 되뇌었다. 그는 자신의 책상 앞에 앉아 기지개를 켰다. 자, 흥분할 필요 없어. 신문을 포기하지 않을 테니까. 결국에는 늘 시간이 생기는 법이야. 하룻밤 푹 자고 나면 일이 나아지겠지.

그는 재빨리 우편물을 정리하고 손목시계를 보았다. 30분 뒤에 프레스턴과 약속이 있었다. 세즈나크와 이야기를 나눌 시간은 충분했다. "세즈나크 좀 불러줄래요?" 그가 비서에게 요청하고는 책상 앞에 앉았다. 사람을 신뢰하는 것이 아주 아름다운 일이긴 하지만, 세즈나크의 자리를 기꺼이 차지할 수 있는 더 유능한 사람들이 많아. 한 사람에게 고집스럽게 기회를 준다는 건 결국 멋대로 다른 사람의 기회를 빼앗는 셈이 되겠지. 그건 절대 받아들일 수 없어. '애석하군!' 앙리는 생각했다. 샹셀이 세즈나크를 데려왔을 때 그의 태도가 얼마나 멋있었는지 떠올랐다. 한 해 동안 그는 가장 열정적인 연락원이었다. 어쩌면 그에게는 지금도 그런 특별한 상황이 필요한 것인지 몰랐다. 그러나 이제 세즈나크는 흐릿한 눈에 창백하게 부어오른 얼굴로 뱅상에게 끌려다니고 있었다. 일관성 있는 문장은 두 줄도 쓸 수 없게 되었다.

"아! 자네 왔군! 앉아."

세즈나크가 말없이 자리에 앉는 순간, 앙리는 1년을 함께 일했지만 그를 전혀 모르고 있다는 사실을 갑자기 깨달았다. 다른 친구들의 생활이나 취미나 생각은 어느 정도 알고 있었는데. 세즈나크는 늘 말이 없었다. "앞으로 엉터리가 아닌 글을 쓸 마음이 있는지 알아야겠어." 앙리는 생각했던 것보다 더 냉정한 목소리로 말했다.

세즈나크는 무력한 태도로 어깨를 들먹였다.

"뭐 안 좋은 일이 있나? 피곤해? 아니면 귀찮은 일이라도 생긴 건가?"

세즈나크는 양손 사이에 손수건을 넣고 돌리면서 바닥만 계속 바라보았다. 그와 눈을 맞추는 일조차 너무나 어려웠다.

"무슨 일이 있는 거야?" 앙리는 반복해서 물었다. "기꺼이 한 번 더 기회를 주고 싶은데."

"아닙니다." 세즈나크가 말했다. "신문사 일이 안 맞는 것 같아요."

"처음에는 그렇게 나쁘지 않았는데 말이야."

세즈나크는 희미한 미소를 지었다. "샹셀이 좀 도와줬으니까요."

"그렇지만 그 친구가 자네 기사를 써준 것은 아니잖나?"

"그건 그렇죠." 세즈나크는 확신 없이 말하며 고개를 저었다. "계속 권하실 필요 없습니다. 제가 좋아하는 일도 아닌걸요."

"그렇다면 더 일찍 얘기할 수도 있었을 텐데." 앙리는 약간 짜증이 나서 말했다. 다시 침묵이 흐른 뒤 그가 물었다. "그러면, 뭘 하고 싶은 건가?"

"걱정하지 마십시오. 제가 알아서 해야죠."

"하지만 뭘 어떻게 하려고?"

"영어 과외를 하고 있어요. 게다가 번역 일도 맡을 예정이고요." 세즈나크가 자리에서 일어섰다. "이렇게 오랫동안 일하게 해주셔서 감사합니다."

"혹시 우리에게 기사를 보내고 싶으면……."

"그럴 일이 생기면 그러죠."

"내가 뭔가 도울 일이 없겠어?"

"1,000프랑만 빌려주실 수 있으세요?" 세즈나크가 물었다.

"여기 2,000프랑이야." 앙리가 말했다. "하지만 이게 해결책은 안 될 거야."

세즈나크는 손수건을 주머니에 넣고 처음으로 미소를 지었다. "임시 해결책은 될 겁니다. 가장 확실한 해결책이죠." 그가 문을 열었다. "감사합니다."

"행운을 비네." 앙리가 말했다. 당황스러웠다. 세즈나크는 도망칠 기회만 기다리고 있었던 것 같았다. '뱅상을 통해 소식을 들을 수 있겠지.' 앙리는 스스로를 안심시키기 위해 생각했다. 그러나 세즈나크에게서 뭔가 얘기를 끄집어낼 수 없었던 것이 약간은 마음에 걸렸다. 그는 만년필을 꺼내고 편지지를 책상 앞에 펼쳐놓았다. 15분 후면 프레스턴이 도착할 터였다. 종이 문제가 확실히 해결되기 전까지는 잡지 일에 대해 지나치게 생각하고 싶지 않았지만, 머릿속이 앞으로의 계획으로 가득 차 있었다. 지금 발행되는 주간지들은 모두 형편없어. 정말 괜찮은 잡지를 세상에 내놓으면, 더 즐겁겠지.

비서가 문을 조금 열었다.

"프레스턴 씨가 오셨는데요."

"들어오시라고 해요."

평상복 차림의 프레스턴은 전혀 미국인처럼 보이지 않았다. 단지 그의 프랑스어 구사 능력이 약간의 의심을 자아낼 뿐이었다. 프레스턴은 오자마자 곧바로 문제를 거론했다.

"친구분인 뤼크에게 들으셨겠죠. 안 계신 동안 여러 번 만났습니다." 프레스턴이 말했다. "실로 유감스러운 프랑스 출판계의 현 상황을 같이 한탄했죠. 종이를 추가로 드려서 신문사를 도울 수 있다면 매우 기쁠 겁니다."

"아! 그래주시면 우리 문제는 잘 해결되겠군요!" 앙리가 말했다. "물론 신문 판형을 바꿀 수는 없습니다." 그는 덧붙여 말을 이었다. "다른 신문들과의 연대 관계도 있으니까요. 하지만 일요일 주간지를 발간하는 건 아무도 막을 수 없겠죠. 그렇게만 된다면 많은 기회를 가지게 되는 셈입니다."

프레스턴은 안심하라는 듯 미소를 지어 보였다. "사실상 아무 문제가 없습니다. 내일 종이를 갖다드리죠." 그는 검은 칠기로 된 라이터로 담배에 오랫동안 불을 붙였다. "한 가지 솔직하게 질문을 드려야 할 것 같군요.《레스푸아》의 정치 노선은 바뀌지 않겠죠?"

"예." 앙리가 대답했다. "왜요?"

"내 관점에서 현재《레스푸아》는 정확하게 선생의 조국

이 필요로 하는 길잡이의 모습을 보여주고 있으니까요." 프레스턴이 말했다. "그래서 나와 친구들도 선생의 신문을 도우려는 거고요. 여러분의 정신적인 독자성, 용기, 통찰력에 감탄하고 있지요……."

그는 입을 다물었지만, 아직 말을 다 끝내지 않은 듯한 어조였다.

"그래서요?" 앙리가 물었다.

"포르투갈에 대한 현지 보도 기사의 도입부를 매우 흥미롭게 읽었어요. 하지만 오늘 아침 인터뷰를 보고는 약간 놀랐죠. 그 기사에는 살라자르 정권, 지중해에서의 미국 정책을 비난하려는 의도가 담겨 있는 것 같더군요."

"미국의 정책을 유감스럽게 생각하는 건 사실입니다." 앙리는 약간 무뚝뚝하게 말했다. "프랑코와 살라자르는 옛날에 쫓겨났어야 했어요."

"그렇게 단순한 일이 아니에요. 잘 아시잖습니까." 프레스턴이 말했다. "미국은 분명 스페인 사람들과 포르투갈 사람들이 민주적인 자유를 되찾도록 도울 생각이에요. 하지만 적절한 때에 그럴 겁니다."

"적절한 때란 바로 지금이죠." 앙리가 말했다. "마드리드의 감옥엔 사형수들이 있습니다. 하루하루가 중요해요."

"물론 나도 동의합니다." 프레스턴이 말했다. "미 국무부도 분명히 그럴 거고요." 그는 미소를 지어 보였다. "그래서 난 프랑스가 미국에 반대한다고 벌써부터 밝히는 것이 시의 적절하지 않다고 봐요."

앙리 역시 미소를 지었다. "정치인들은 절대 서두르는 경우가 없죠. 그러니 벗어날 수 없는 상황에 밀어 넣는 게 효과적일 것 같은데요."

"지나친 기대는 말아요." 프레스턴이 정답게 말했다. "《레스푸아》는 미국 정치계에서 높은 평가를 받고 있어요. 하지만 워싱턴에 영향을 끼치리라 기대할 수는 없죠."

"오! 기대 안 합니다." 앙리는 재빨리 덧붙였다. "내 생각을 말한 거예요. 그뿐이죠. 방금 우리의 독자성을 칭찬하지 않았습니까……."

"바로 선생이 그 독자성을 위태롭게 할 수 있다는 거예요." 프레스턴은 비난을 담은 눈으로 앙리를 바라보았다. "이런 운동을 벌이면, 미국인들을 제국주의자로 내세우려는 사람들의 노리개 역할을 하게 되겠죠." 그는 덧붙여 말했다. "선생은 휴머니스트의 관점을 갖고 있고, 나도 그 관점에 전적으로 공감합니다. 하지만 정치적으로 그건 가치가 없어요. 1년만 기다려봐요. 그러면 최상의 조건 아래서, 스페인에 공화제가 확실하게 돌아올 겁니다."

"난 정치 운동을 벌일 의도가 없어요." 앙리가 말했다. "단지 어떤 사실들을 알리기를 원할 뿐입니다."

"하지만 그 사실들은 미국에 적대적으로 이용되고요."

앙리는 어깨를 으쓱였다. "그건 상관 안 해요. 난 기자고, 진실을 말합니다. 그게 내 직업이죠."

프레스턴은 앙리를 뚫어지게 쳐다보았다. "어떤 진실이 나쁜 결과를 가져온다고 확신한다 해도, 그 진실을 말할 겁니까?"

앙리는 주저했다. "진실이 나쁘다고 확신한다면, 해결책은 하나뿐입니다. 기자직을 사퇴하고 저널리즘을 포기하는 것이죠."

프레스턴은 매력적인 표정으로 미소를 지었다.

"그건 너무 틀에 박힌 도덕론 아닌가요?"

"공산주의자 친구들이 정확하게 똑같은 질문을 했죠."앙리가 말했다. "사실 내가 존중하는 것은 그 정도까지의 진실이 아니에요. 내 독자들이죠. 어떤 상황에서는 진실이 사치가 될 수도 있다는 것도 인정합니다. 아마 소련이 그 경우겠지요."앙리도 미소를 지으며 말을 이었다. "하지만 지금 프랑스에서, 난 그 누구도 진실을 독점할 권리가 있다고 인정하지 않아요. 아마 정치인에게는 더 복잡한 문제겠죠. 그러나 난 대중을 조종하려는 사람들의 편이 아니라, 조종당하는 사람들과 같은 편이에요. 그들은 내가 할 수 있는 한 최고의 정보를 제공해주기를 기대합니다. 내가 침묵하거나 거짓말을 하면 그들을 배신하는 셈이죠."

앙리는 이렇게 일장 연설을 늘어놓은 것에 약간 수치스러움을 느끼며 말을 멈췄다. 단지 프레스턴만을 향한 말은 아니었다. 막연히 몰아세워진다는 느낌에, 모든 사람을 향해 무턱대고 자신을 방어하고 있었던 것이다.

프레스턴은 고개를 저었다. "우리는 똑같이 오해를 하고 있군요. 선생이 정보 제공이라고 부르는 것을 나는 일종의 행동 방식으로 보고 있으니 말입니다. 선생이 프랑스 지성주의의 희생양이 되진 않을까 걱정이군요. 난 실용주의자입니다. 듀이*를 압니까?"

"모릅니다."

"유감스럽군요. 프랑스에서는 미국을 너무 몰라요. 듀이는 위대한 철학자죠." 프레스턴은 잠시 말을 쉬었다. "미국이 결코 비판을 거부하지 않는다는 사실을 유념해주시길 바랍니다. 건설적인 비판에 대해 미국인만큼 개방적인 사람은 없어요. 어떻게 해야 프랑스인들과의 우정을 유지할 수 있을지 우리한테 설명해주면, 다들 최고의 흥미를 갖고 선생의 얘기에 귀를 기울일 겁니다. 하지만 우리 지중해 정책을 평가하기에 프랑스는 적절한 처지가 아니죠."

"난 내 이름으로만 얘기할 뿐입니다." 앙리가 짜증스럽게 말했다. "적절한 처지든 아니든, 누구나 자기 의견을 말할 권리가 있으니까요."

침묵이 흐르고, 결국 프레스턴이 입을 열었다.

"이해하시겠지만,《레스푸아》가 미국에 적대적인 입장을 취한다면 더 이상은 지금과 같은 호의를 보일 수 없습니다."

"이해합니다." 앙리가 무뚝뚝하게 말했다. "선생 입장에서도 이해하시겠죠.《레스푸아》가 선생의 검열을 받을 수 없다는 걸."

"도대체 누가 검열을 얘기한다는 겁니까!" 프레스턴이 충격을 받은 표정으로 말했다. "내가 바라는 건, 신문이 선생의 방침인 중립성을 계속 지키는 것뿐입니다."

"바로 그 중립성을 지키고 있는데요." 앙리가 갑자기 화를 내며 맞받았다. "종이 몇 킬로그램 얻겠다고《레스푸아》

---

* 존 듀이John Dewey. 실용주의를 미국의 철학으로 자리 잡게 한 철학자. '가장 미국적인 철학을 만든 미국의 철학자'로 평가받는 그의 사상은 미국의 사회학과 교육 등에 커다란 영향을 미쳤다.

를 팔 생각은 없습니다."

"아! 그런 식으로 생각한다니!" 프레스턴이 말했다. 그는 일어났다. "아쉽군요."

"난 조금도 아쉽지 않아요."

하루 종일 막연히 분노를 느끼던 터에, 어쨌든 화를 낼 좋은 기회를 찾았던 셈이다. 프레스턴이 산타클로스 역할을 하리라 상상했다니 얼마나 어리석었던가. 프레스턴은 미국 무부의 요원이었다. 그런 그와 마치 친구처럼 토론을 하면서 용서할 수 없을 정도의 고지식함을 증명해 보인 것이었다. 그는 일어나 편집실을 향해 걸어갔다.

"이봐, 불쌍한 뤼크, 잡지는 날아가버렸어." 앙리가 큰 테이블 끝에 앉으며 말했다.

"안 되는 건가?" 뤼크가 물었다. "왜?" 부어오르고 늙수그레한 모습이 꼭 난쟁이의 얼굴 같았다. 난처해질 때면 뤼크는 금방이라도 울 것 같은 표정이 되곤 했다.

"그 미국 놈이 미국에 반대하는 말은 꺼내지도 못하게 하더군. 거래 성사 직전까지 끌고 가서는 말이야."

"말도 안 돼! 사람 좋아 보였는데!"

"어떤 의미에서는 기분 좋은 일이지." 앙리가 말했다. "우리를 탐내고 있었다는 뜻이니까. 뒤브뢰유가 어제저녁에 무슨 제안을 했는지 알아? 《레스푸아》가 S.R.L.의 신문이 되어줬으면 한다더군."

뤼크가 놀란 얼굴로 앙리를 쳐다보았다. "거절했지?"

"물론이지."

"되살아나는 모든 정당들, 분파들, 운동들, 이런 것들에 우리 신문이 영향을 받으면 안 돼." 뤼크가 애원하는 듯한 목소리로 말했다.

뤼크의 신념은 너무도 확고해서, 그에 동조하는 이들조차 가끔은 그를 조금 불안하게 해주고 싶다는 유혹을 느낄 정도였다. "하지만 단결된 레지스탕스라는 게 이제는 유명무실하다는 것도 맞는 말이지." 앙리가 말했다. "사실, 우리의 정치적 입장을 분명히 정하기는 해야 해."

"단결을 방해하는 것이 바로 S.R.L.이잖아." 뤼크가 갑자기 흥분해서 말했다. "S.R.L.을 재집결이라고들 하지만, 사실 그 사람들이 새로운 분열을 조장하고 있다고."

"아니, 분열을 조장하는 건 바로 부르주아들이지. 그리고 우리 신문이 계급투쟁의 영역 밖에 있기를 고집하면, 부르주아들의 농간에 휘말릴 위험이 있어."

"들어봐." 뤼크가 말했다. "신문의 정치적 노선을 결정하는 사람은 바로 자네야. 자넨 나보다 아는 것이 많잖아. 하지만 S.R.L.에 종속된다는 건 얘기가 달라. 그에 대해서 난 절대 반대야." 뤼크의 얼굴이 굳어졌다. "그동안 우리가 겪는 경제적 어려움에 대해 너에게 세세하게 설명하지는 않았지. 그렇지만 상황이 썩 좋지 않다는 건 알고 있을 거야. 아무에게도 대단한 의미가 없는 정치 운동을 추종하게 되면, 우리 사정은 영영 해결되지 않을걸."

"독자를 잃게 될까?" 앙리가 물었다.

"물론이지! 그다음엔 우리가 없어지는 거고."

"그래, 아마 그렇게 될 것 같군." 앙리가 말했다.

지방 사람들은 형편없는 삼류 신문을 한 부 사더라도 파리의 신문보다 지역 일간지를 선호했다. 그러니 발행 부수는 심하게 줄어들 수밖에 없었다. 다시 보통 크기로 신문이 발행된다 해도 《레스푸아》가 독자를 되찾을 수 있을지 확신할 수 없었다. 어쨌든 뭔가 위기를 불러일으킬 만한 일은 할 수 없을 것이다. '결국 난 이상주의자에 지나지 않는군!' 앙리는 생각했다. 그는 독자에 대한 신뢰와 영향, 신문이 맡아야 할 역할 등에 대해 이야기하며 뒤브뢰유의 제안을 반대해왔지만, 사실 진정한 답은 숫자에 새겨져 있었다. 우리는 파산할 것이다. 이것이야말로 추측할 수 있는 확고한 결론 중 하나였다. 궤변도 도덕도 이 결론을 바꿀 수는 없었다. 앙리는 빨리 이 이야기를 하고 싶었다.

앙리가 볼테르 강변로에 도착한 것은 10시였지만, 예상했던 공격이 곧바로 시작되지는 않았다. 여느 때처럼 안은 이동용 카트에 밤참이라 할 만한 먹을거리들을 차려서 가져왔다. 포르투갈 소시지와 햄, 쌀을 넣은 샐러드, 앙리의 귀환을 축하하기 위한 뫼르소 와인 한 병이었다. 그들은 여행을 하며 받은 인상과 최근 파리의 동향 등에 대해 두서없이 얘기를 주고받았다. 솔직히 앙리는 조금도 전투적인 마음이 들지 않았다. 이 서재에 다시 돌아온 것이 기쁠 따름이었다. 낡았지만 대부분 저자들에게 헌정받은 책들, 유명인의 이름이 서명되어 있지만 직접 산 것은 아닌 그림들, 여행의 추억이 깃든 자질구레한 장식품들, 수수한 특권을 누리는 이런 삶을 앙리는 먼발치에서 바라보며 높이 평가해왔다. 이곳은 동시에 그의 진정한 가정이기도 했다. 그곳에 가면, 앙리는 친밀한 삶 속에 들어간 듯 따뜻함을 느끼게 되는 것이었다.

"선생님 댁에 있으면 정말 좋아요." 그가 안에게 말했다.

"그렇죠? 나도 밖에 나가기만 하면 길을 잃어버린 기분이라니까요." 그녀가 쾌활하게 대답했다.

"이 얘긴 해야겠군. 저번엔 스크리아신이 고른 곳은 너무 무서웠어." 뒤브뢰유가 말했다.

"맞아요, 정말 저속한 술집이었죠! 하지만 따지고 보면 좋은 저녁 시간이었어요." 앙리가 말하고는 미소를 지었다. "끝날 때만 빼면요."

"끝날 때라고? 아냐, 난 〈검은 눈동자〉 듣는 순간이 제일 힘들던데." 뒤브뢰유가 순진한 표정으로 대꾸했다.

앙리는 머뭇거렸다. 뒤브뢰유가 너무 빨리 《레스푸아》 문제를 거론하지 않기로 작정한 건지도 모른다. 그렇다면 그의 신중함을 따르는 편이 좋을 터였다. 이 순간을 망치는 건 유감스러운 일이 될 거야. 그러면서도 앙리는 자신의 은밀한 승리를 확인하고 싶어 안달이 나 있었다.

"그날 선생님은 《레스푸아》를 아주 낮게 평가하셨죠?" 앙리가 쾌활한 목소리로 물었다.

"절대 아니라네……." 뒤브뢰유가 미소를 지으며 말했다.

"사모님이 증인인데요! 물론 선생님의 비난이 모두 틀린 건 아니었어요." 앙리가 덧붙였다. "하지만 말씀드리고 싶어요. 《레스푸아》와 S.R.L.의 관계에 대한 선생님의 제안을 다시 생각해봤습니다. 심지어 뤼크와 그 문제에 대해 얘기도 했지요. 그건 어림없는 일입니다."

뒤브뢰유의 미소가 사라졌다. "그게 자네의 최종 결정은 아니길 바라네." 그가 말했다. "왜냐하면 신문 없이 S.R.L.은 결국 아무것도 아니게 될 테니까. 다른 신문들도 있지 않냐는 말은 말게. 어떤 신문도 우리의 성향을 정확히 반영하지 못해. 자네 아니면 누가 받아들이겠나?"

"저도 압니다." 앙리가 말했다. "다만 이것만 알아주세요. 지금 《레스푸아》는 대부분의 신문들처럼 위기에 빠져 있어요. 우리는 극복하리라 생각하지만, 앞으로 오랫동안은 예산의 수지를 맞추기 어려울 겁니다. 여기에 더해, 우리 신문이 정당의 기관지가 된다고 결정되는 날에는 그 즉시 발행부수가 떨어지겠죠. 우리는 버틸 수 없게 될 겁니다."

"S.R.L.은 정당이 아니야." 뒤브뢰유가 말했다. "이건 아주 광범위한 운동이고, 그러니 자네 독자들도 외면하지 않을 걸세."

"정당이든 정치 운동이든 실제적으로는 비슷합니다." 앙리가 말했다. "말씀드렸듯이, 모든 공산주의 노동자 혹은 공산주의에 동조하는 이들이라면 기꺼이 《뤼마니테》와 중립적인 신문을 동시에 사겠죠. 하지만 다른 삼류 정치 신문은 안 사거든요. 설사 S.R.L.이 공산당과 손에 손을 잡고 나아간다 하더라도 달라질 건 없어요. 정당 기관지라는 꼬리표가 붙자마자 《레스푸아》는 의심을 받을 테니까요." 앙리는 어깨를 으쓱였다. "《레스푸아》가 S.R.L.을 지지하는 사람들 외에는 아무도 읽지 않는 신문이 되는 날, 우리는 망하게 될 겁니다."

"S.R.L.이 신문의 지원을 받게 되면 지지자는 끝없이 늘어갈 걸세."

"그렇게 되기까지 오랜 기간 속절없이 기다려야겠죠." 앙리가 말했다. "그리고 그 기간은 우리가 망하기에 충분한 시간이고요. 그렇게는 어느 쪽도 이익을 얻을 수 없어요."

"그래, 그러면 어느 쪽도 이익을 얻을 수 없지." 뒤브뢰유는 인정했다. 그는 잠시 침묵을 지키며 손가락 끝으로 압지를 두드렸다. "분명히 위험부담이 있기는 해."

"굳이 무릅쓸 필요가 없는 위험이죠." 앙리가 대꾸했다.

뒤브뢰유는 다시 잠시 생각하더니 한숨을 쉬며 말했다. "돈이 필요하겠군."

"바로 그겁니다. 우리에겐 돈이 없어요."

"우리에겐 돈이 없지." 뒤브뢰유는 깊이 생각에 잠긴 듯한 목소리로 동의를 표했다.

물론 자신이 그렇게 쉽사리 수긍했다고 인정하는 건 아니었고, 머릿속으로 아직도 가능성이 있는지를 검토해보는 중이었다. 하지만 앙리의 이야기는 설득력이 있었다. 이어지는 일주일 동안 되브뢰유는 다시 이 문제를 거론하지 않았지만, 앙리는 그와 자주 만남을 가졌다. 자신의 선의를 증명해 보이려는 행동이었다. 사마젤과 두 번의 인터뷰를 했고, 위원회 모임에도 참석했다. 그리고 S.R.L.의 선언문을 《레스푸아》에 싣기로 약속했다. "우리가 독립적인 위치를 그대로 지키는 한, 원하는 대로 해." 뤼크는 그렇게 말했다.

《레스푸아》는 독립적인 위치를 지켰다. 그건 분명했다. 다만 이 독립성으로 무엇을 할 것인지는 다시 알아봐야만 할 터였다. 9월, 그때는 모든 것이 그토록 단순하게 보였는데. 약간의 상식과 선의로 충분했고, 대비도 되어 있었다. 그러나 이제는 문제들이 끊임없이 생기는 데다, 그 문제들 하나하나가 다시 다른 문제를 낳고 있었다. 라숌이 앙리의 포르투갈 기사를 너무나 감격적인 태도로 지면에 알리는 바람에 《레스푸아》는 공산당의 기관지로 받아들여질 정도였다. 반박을 해야만 했을까? 어느 쪽에도 치우치지 않는 앙리로서는 《레스푸아》를 좋아하는 지식인 독자들을 잃고 싶지도, 공산주의자 독자들을 불쾌하게 하고 싶지도 않았다. 하지만 모든 사람의 비위를 건드리지 않도록 조심하다 보면 그는 별수 없이 무의미한 존재가 되고, 결국 사람들을 졸게 만들어버리는 꼴이 될 터였다. 그러면 무얼 해야 하나? 랑베르가 함께 저녁 식사를 하기 위해 기다리고 있는 스크리브 호텔 쪽으로 걸어가는 내내 앙리는 머릿속으로 같은 질문을 반복했다. 그러나 어떤 결정을 내리든, 명백한 이유에서가 아니라 그의 기분에 따라 정해질 터였다. 모든 해결책들을 고민해보아도 생각은 계속 제자리로 돌아왔다. 충분히 알지 못한다는 생각, 아무것도 모른다는 생각. '우선 정보를 얻고, 그런 다음 말하는 것이 그래도 논리적이겠지.' 앙리는 생각했다. 하지만 일은 그런 식으로 진행되지 않는다. 우선 말을 해야 해. 그게 시급해. 그 후에 여러 사건들이 그 말이 옳았는지 아닌지를 결정해주는 거야. '그게 바로 허풍이라는 거겠지.' 불쾌한 마음이 들었다. '나 역시 독자들에게 허풍을 떨고 있고.' 그는 사람들을 계몽하고 생각하게 만드는 이야기들, 진실한 이야기들을 하기로 결심했었다. 그러나 지금은 허풍을 떨고 있는 것이다. 무얼 해야 하나? 사무실을 닫고, 직원들을 해고하고, 1년 동안 방 안의 책더미 속에 틀어박혀 있을 수는 없잖아! 신문을 살리기 위해서는 하루하루를 고스란히 바쳐야만 했다. 앙리는 스크리브 호텔 앞에 멈춰 섰다. 랑베르와 저녁을 먹게 되어 기뻤다. 그가 쓴 단편소설들에 대해 이야기하는 것은 좀 거북스러웠지만, 랑베르라면 자기 소설들을 그리 중요하게 여기지 않으리라 생각하며 기대를 품었다. 회전문을 밀고 들어가니 갑자기 다른 대륙으로 옮겨 온 기분이었다. 호텔 안은 따뜻했고, 남자들과 여자들 모두 미국 군복을 입고 있었다. 공기 중에 엷은 담배 냄새가 풍기고 진열장에는 호화로운 장신구들이 진열되어 있었다. 랑베르가 미소를 지으며 다가왔다. 그 역시 중위의 군복을 입은 모습이었다. 종군기자의 식당으로 사용되는 식당의 테이블 위에는 버터와 새하얀 빵들이 기둥처럼 쌓여 있었다.

"선생님도 아시다시피, 이 잡화점에는 프랑스 포도주도 팔죠." 랑베르가 쾌활하게 말했다. "독일군 전쟁 포로만큼 먹을 수 있을 겁니다."

"미국 놈들이 포로들을 제대로 먹이고 있어서 화가 나나?"

"딱히 그런 건 아녜요. 곳곳에서 프랑스 사람들이 아무것도 먹지 못하고 있다는 건 정말 마음 아픈 일이지만요. 비열한 건 전체적인 불균형이에요. 미국인들이 나치를 포함한 독일 군인들을 어떻게 다루며, 그에 비해 수용소의 사람들은 어떻게 다루느냐 하는 것 말입니다."

"미국이 프랑스 적십자를 수용소에 들어오지 못하게 했다는 게 사실인지 정말 궁금하군."

"제가 맨 먼저 확인해야 할 일이군요."

"요즘 같아선 결국 미국에 대해 좋은 마음을 가질 수가 없어." 앙리가 접시를 스팸과 면 요리로 채우며 말했다.

"좋아할 이유가 없죠!" 랑베르가 눈살을 찌푸렸다. "이런 상황이 라숌을 지나치게 기쁘게 하는 건 유감이지만요."

"여기 오면서 나도 그 생각을 했어." 앙리가 말했다. "공산당에 반대하는 말을 하잖아? 그게 곧 반동이 되는 거야! 워싱턴을 비판하잖아? 그러면 이제 공산주의자가 되는 거고. 제5열에 가담했다는 의심을 받지 않으면 말이지."

"다행스러운 건, 결국은 진실이 거짓을 고치게 된다는 거죠." 랑베르가 말했다.

앙리는 어깨를 으쓱였다. "그것만 너무 믿어도 안 돼. 기억하나? 크리스마스 파티 때《레스푸아》는 조직에 끌려가지 않아야 한다고 말했잖아. 글쎄, 그런데 그게 쉽지 않아."

"계속 우리 양심에 따라 말하기만 하면 돼요."

"자네도 알잖아!" 앙리가 말했다. "매일 아침 나는 10만 명의 독자에게 그들이 뭘 생각해야 하는지 설명하고 있지. 그런데 내가 지침으로 삼는 건 뭘까? 그저 내 양심의 소리라고!" 그는 와인 한 잔을 따랐다. "그건 사기야!"

랑베르는 미소를 지었다. "선생님보다 더 양심적인 기자가 있으면 어디 말씀해보시죠." 그가 다정하게 말했다. "선생님은 모든 정보를 직접 면밀히 검토하시잖아요. 모든 걸 감독하시고요."

"그날그날 정직하려고 노력은 하지." 앙리가 말했다. "하지만 바로 그러느라 내가 말하는 내용을 깊이 고민할 시간이 1분도 없어."

"괜찮아요! 선생님 독자들은 아주 만족하고 있으니까요." 랑베르가 말했다. "저만 해도《레스푸아》만을 걸고 맹세하는 대학생들을 많이 아는걸요."

"그럴수록 더더욱 죄의식만 느끼게 된다니까!" 앙리가 말했다.

랑베르는 걱정스러운 표정으로 그를 바라보았다. "하루종일 독자와 관계된 통계만 연구하시려는 건 아니죠?"

"바로 그게 내가 해야 할 일인걸." 앙리가 말했다. 잠시 침묵이 흘렀다. 이윽고 그는 문득 마음을 먹었다. 불편한 얘기는 되도록 빨리 해버려야겠어.

"자네 단편들을 다시 가져왔어." 앙리는 랑베르를 향해 미소를 지어 보였다. "이상하단 말이야. 자네는 경험이 많잖나. 매우 강렬한 체험도 했고. 종종 그 경험담을 아주 멋지게 들려주기도 했지. 현지 보도 기사들은 늘 많은 사실들로 가득했고 말이야. 그런데 자네 단편소설에서는 그런 게 전혀 보이지 않거든. 왜 그런지 궁금하군."

"제 단편들이 별로라는 뜻이죠?" 랑베르가 물으며 어깨를 으쓱해 보였다. "제가 미리 말씀드렸잖아요."

"그건 자네가 자기 자신을 작품에 하나도 담지 않아서야." 앙리가 대꾸했다.

랑베르는 망설였다. "제가 진정으로 감동을 받은 것들에 대해서는 아무도 흥미를 느끼지 못하는 모양입니다."

앙리는 미소를 지었다. "자네 이야기가 자네를 전혀 감동시키지 않았다는 걸 독자가 너무나 잘 느끼고 있는 거지. 마치 벌로 숙제를 하는 것처럼 이야기를 쓴 것 같잖나."

"오! 제게 재능이 없다는 건 충분히 짐작하고 있었어요."

랑베르는 미소를 지었지만 어색한 표정이었다. 앙리는 그가 그 단편들을 매우 중요하게 생각하고 있음을 깨달았다.

"누가 재능이 있고, 누가 없다는 거야? 아무도 그게 무슨 말인지 몰라. 자기 자신과 너무 동떨어진 주제들을 선택했던 게 잘못이지. 그뿐이야. 다음번에는 스스로를 좀 더 작품에 넣어봐."

"글쎄요." 랑베르가 살짝 웃었다. "전 절대 작가가 될 수 없는 가련하고 보잘것없는 지식인의 완벽한 전형이죠."

"바보 같은 소리!" 앙리가 말했다. "이 단편들은 아무것도 증명하지 못해. 처음에 실패하는 거야 당연하잖나."

랑베르는 고개를 저었다. "전 저를 알아요. 가치 있는 일은 절대 못 할 겁니다. 아무것도 못 하는 한심한 지식인이죠."

"자네가 관심 있는 일이라면 해낼 거야. 게다가 지식인이라는 건 결점이 아니라고!"

"축복도 아니죠." 랑베르는 말했다.

"나도 지식인 중 한 명인데, 날 기꺼이 존경하고 있잖아."

"선생님은 달라요." 랑베르가 말했다.

"절대 그렇지 않아. 나도 지식인이야. 이 말이 욕설처럼 사용되는 게 화가 나는군. 머리가 텅 빈 사람은 거길 채울 정도로 불알이 크다고들 생각하는 모양이야."

앙리는 랑베르와 눈을 맞추려 했지만 그는 고집스럽게 접시만 쳐다볼 뿐이었다. 그가 입을 열었다. "전쟁이 완전히 끝나면 전 어떻게 될지, 정말 궁금해요."

"신문사 일을 계속하고 싶지 않나?"

"종군기자 일이라면 몰라도, 평화로울 때의 특파원 노릇은 제대로 해내지 못할걸요." 그러더니 랑베르는 흥분한 목소리로 덧붙였다. "선생님처럼 신문사 일을 한다면 그것도 해볼 만하겠죠. 진짜 모험이니까요. 하지만《레스푸아》에서 일한다 해도, 편집인이 된다는 것은 생활비를 벌 수 있어야 만 제게 의미를 갖게 될 거예요. 그렇다고 물려받은 유산의 이자로만 살아간다는 건 양심이 허락하지 않고요." 랑베르 는 망설였다. "어머니가 너무 많은 돈을 남겨주셨어요. 그래 서 전 어쨌든 양심의 가책을 받습니다."

"모든 사람이 다 그래." 앙리가 말했다.

"오! 선생님이 소유하신 건 전부 직접 일궈낸 거잖아요. 그건 문제가 안 되죠."

"사람이 양심의 가책을 아예 느끼지 않을 수는 없다는 뜻 이야." 앙리가 말했다. "예컨대, 여기서 이렇게 먹으면서 암 시장의 식당에는 안 가겠다고 하면 유치한 짓 아니겠어? 우 리는 모두 교활해. 뒤브뢰유는 돈을 자연적인 물질인 양 굴 지. 그는 엄청나게 돈이 많고 돈을 벌기 위해 아무것도 하지 않으니까. 누가 돈을 줘도 절대 거절하지 않아. 그리고 안에 게 돈을 관리하게 하고. 안은 그 돈을 자신의 돈이라 생각하 지 않으며 적절히 관리하고 있어. 그녀가 돈을 쓰는 것은 남 편과 딸을 위해서야. 그들에게 안락한 생활을 하게 해주고, 자신도 득을 보는 거지. 나는 예산 맞추기가 참 힘이 드는데, 실은 그 일이 날 도와주고 있는 셈이야. 소유한 게 별로 없다 고 느끼게 되니까. 이것 역시 하나의 속임수지."

"그건 완전히 다른 얘기예요."

앙리는 고개를 저었다. "부당한 상황에서 바르게 살 수는 없어. 바로 그래서 사람들이 정치를 하게 되는 거야. 상황을 바꾸려고 말이지."

"가끔 전 이 돈을 거부해야 하는 게 아닐까 자문하곤 해요." 랑베르가 말했다. "하지만 그게 또 무슨 소용이겠어요?" 그는 머뭇거렸다. "게다가 솔직히 말씀드리면, 가난해지는 게 두렵기도 합니다."

"차라리 그 돈을 유용하게 쓰도록 해."

"바로 그거예요. 어떻게요? 이 돈으로 뭘 할 수 있죠?"

"관심 갖는 일들이 많이 있잖아?"

"잘 모르겠어요……."

"좋아하는 것이 없다고? 아무것도 좋아하지 않는다는 건가?" 앙리가 약간 초조한 듯 물었다.

"동료들을 아주 좋아하지만, 프랑스 해방 이후로는 계속 싸우기만 해요. 여자들은 바보거나 참을 수가 없고요. 책은 지겹고, 여행을 생각해봐도, 지구는 어딜 가든 똑같이 슬플 뿐이에요. 게다가 얼마 전부터는 더 이상 선악도 구별할 수 없게 되었어요." 그가 말을 맺었다.

"왜?"

"1년 전만 해도 모든 것이 에피날 판화*처럼 단순했죠. 그런데 지금은 미국인들도 나치만큼이나 난폭한 인종차별주의자라는 것을 깨달았어요. 수용소에서 사람들이 계속 죽어도 미국인들은 상관도 안 한다는 걸 알게 됐거든요. 소련에도 역시 형편없는 수용소들이 있는 모양이더라고요. 게다가

---

* 19세기 에피날 지역에서 만들어진 교훈적인 내용의 통속화. '지나치게 도식적이고 낙관적인 현실 묘사'라는 의미로도 사용된다.

대독 협력자들을 총살하면서, 그만큼 비열한 다른 자식들은
꽃으로 덮어주고 있죠."

"분노를 느낀다면, 그건 자네가 아직 뭔가를 믿는다는 증
거야."

"아뇨, 솔직히 의문을 갖기 시작하면 모든 것이 변할 수밖
에 없어요. 사람들이 인정하는 많은 가치들이 있는데, 그것
들은 대체 무슨 명목으로 인정되죠? 근본적으로 왜 자유며
평등을 추구하는 걸까요? 어떤 정의가 의미를 갖죠? 왜 타
인들을 자기 자신보다 더 사랑해야 합니까? 우리 아버지처
럼 인생을 즐기려고만 하는 게 그렇게 잘못된 건가요?" 랑베
르는 불안한 시선으로 앙리를 바라보았다. "제가 선생님을
화나게 했나요?"

"절대 아냐. 그런 의문을 가져봐야지."

"누군가가 특히 이런 질문에 답을 해줘야 해요." 그의 목
소리가 높아졌다. "사람들은 정치로 우리를 귀찮게 굴죠. 하
지만 다른 게 아니라 왜 하필 정치일까요? 우리에겐 무엇보
다 도덕이, 삶의 지혜가 필요한데요." 랑베르는 다소 도전적
인 태도로 앙리를 바라보았다. "바로 그걸 선생님이 제시해
주셔야 해요. 뒤브뢰유를 도와 선언문을 쓰는 것보다 그게
훨씬 유용한 일일 거예요."

"도덕이란 반드시 정치적인 태도를 포함하기 마련이지."
앙리가 말했다. "그 역의 경우도 마찬가지고. 정치란 곧 살
아가는 것이니까."

"전 그렇게 생각하지 않아요." 랑베르가 말했다. "정치는
존재하지 않는 것들만을 고민하죠. 미래니 공동체니 하는

것들요. 반면에 구체적인 것은 현재의 순간이고, 개인 한 사람 한 사람이에요."

"하지만 개인들은 집단의 역사와 관련이 있어."

"불행한 건, 정치에 있어서는 결코 역사에서 개인으로 돌아가지 않는다는 사실이에요." 랑베르가 말했다. "대다수에게 몰두하지만 개인적인 것들은 모두 무시하죠."

랑베르의 어조가 너무도 강경했기에 앙리는 호기심을 갖고 그를 쳐다보았다. "예를 들면?"

"죄의식의 문제를 보죠. 정치적으로 또 이론적으로 보면, 독일군과 함께 일했던 인간은 개자식이에요. 사람들이 그에게 침을 뱉어도 문제가 안 됩니다. 하지만 만일 선생님이 지금 그들 중 한 명을 특별히 가까이에서 보신다면, 더 이상 정치적으로 보는 식과 똑같이는 보실 수 없을 거예요."

"아버지를 생각하는 거지?" 앙리가 물었다.

"예, 사실 전부터 선생님께 조언을 구하고 싶었어요. 제가 정말 계속 아버지와 의절한 채 지내야 할까요?"

"작년엔 그분에 대해 그토록 심하게 이야기하지 않았나!" 앙리가 놀라 물었다.

"왜냐하면, 그땐 아버지가 로자를 밀고했다고 믿었거든요. 하지만 아버지 얘기를 듣고 그게 아니었다는 걸 납득하게 됐어요. 아버지는 아무 잘못이 없었어요. 로자가 유대인이라는 건 누구나 알고 있었죠. 그래요, 아버지가 독일과 경제적으로 협력하신 건 사실이에요. 이미 그것만으로도 꽤 비열한 일이라 할 수 있죠. 결국 법정에 끌려가 틀림없이 유죄선고를 받을 거예요. 아버지는 늙었고……."

"아버지를 다시 만났나?"

"한 번요. 그 후로 아버지께서 여러 번 편지를 보내셨고요. 솔직히 말씀드리면, 전 그 편지를 보고 깊이 감동했어요."

"아버지와 화해하고 싶다면, 그건 자네 자유야." 앙리가 말했다. "하지만 난 자네가 아버지와 사이가 아주 나쁘다고 생각했는데."

"선생님을 알게 되었을 시기에는 그랬죠." 랑베르는 머뭇거리다가 애써 말을 이었다. "저를 길러주신 분은 아버지예요. 그분의 방식으로 저를 많이 사랑하셨다고 믿습니다. 다만 제가 반항하는 걸 용납할 수 없으셨던 거죠."

"로자를 알기 전에는 아버지에게 반항한 적이 한 번도 없었던 건가?" 앙리가 물었다.

"네, 그래서 아버지가 미친 듯이 화를 낸 거예요. 아버지를 화나게 한 건 그때가 처음이었죠." 랑베르는 어깨를 으쓱했다. "아버지가 로자를 밀고했다고 생각하는 게 오히려 마음 편했어요. 그러면 더 이상 문제가 없으니까요. 그땐 아버지를 제 손으로 죽일 수도 있었을 거예요."

"그런데, 자네는 어떻게 아버지를 의심하게 된 거지?"

"친구들이 그 생각을 제 머리에 심어줬어요. 특히 뱅상이 그랬죠. 하지만 나중에 다시 이 얘기를 해보니 뱅상은 어떤 증거도, 아주 작은 증거조차 갖고 있지 않았어요. 아버지는 그게 거짓말이라고, 어머니의 무덤을 걸고 맹세하시더군요. 그리고 이제 이성적인 상태로 판단하건대, 아버지가 절대 그러시지 않았다고 확신하고 있어요. 절대로요."

"어처구니가 없군." 앙리가 말했다. 그는 망설였다. 랑베

281

르는 2년 전 증거도 없이 아버지가 죄를 지었기를 바랐듯이, 이제는 아버지가 결백하기를 바라고 있었다. 무슨 수를 써도 그 사건의 진실은 알 수 없을 것이었다.

"뱅상은 현실을 범죄소설처럼 생각하고 있어." 앙리가 말했다. "이봐, 만약 이제 아버지를 의심하지 않고 아버지에 대한 개인적인 원망도 없다면, 자네가 재판관의 역할을 할 필요는 없어. 아버지를 다시 만나도록 해. 원하는 대로 하고 아무도 신경 쓰지 마."

"정말로 그래도 될까요?" 랑베르가 물었다.

"아무도 막지 않아."

"그런 행동이야말로 제가 아직 어린애라는 증거라고 생각하지 않으세요?"

앙리는 놀라 랑베르를 빤히 쳐다보았다. "어린애라고?"

랑베르는 얼굴을 붉혔다. "그러니까, 비겁하다고요."

"절대 아니야. 자기 생각대로 사는 건 비겁한 게 아니지."

"그래요, 선생님이 옳아요. 아버지께 편지를 쓰겠어요." 그러고서 랑베르는 고마움이 담긴 목소리로 덧붙였다. "선생님과 얘기하길 잘했어요."

그는 접시에서 떨고 있는 장미색 풀처럼 변한 음식에 스푼을 찔러 넣었다. "선생님은 그렇게 우리를 도우실 수 있어요." 그가 중얼거렸다. "단지 저뿐만이 아니에요. 저와 비슷한 많은 젊은이들이 있어요."

"자네들을 어떻게 도와준다는 거지?"

"선생님은 구체적인 관점을 갖고 계시잖아요. 우리에게 하루하루 살아가는 방식을 가르쳐주셔야 해요."

앙리가 미소를 지었다. "도덕이니, 삶의 지혜니, 내 계획에 전혀 없는 것들이야."

랑베르는 빛나는 눈으로 그를 바라보았다. "오! 제가 표현을 제대로 못 했네요. 이론적인 인생론을 생각하고 드린 말씀은 아니에요. 하지만 선생님은 사실을 중요시하고, 가치를 믿고 계시죠. 그러니 이 지상에서 사랑할 만한 것이 무엇인지 우리에게 보여주셔야 한다는 거예요. 그리고 아름다운 작품으로 지상을 약간은 더 살 만한 곳으로 만들어주셔야 하고요. 바로 그게 문학의 역할인 것 같은데요."

랑베르는 짧은 연설과도 같은 말을 단숨에 내놓았다. 앙리는 그가 이 연설을 미리 준비했고, 며칠 전부터 말할 기회를 기다렸다는 느낌을 받았다. "문학이 꼭 즐거운 것이라고는 할 수 없지." 그가 말했다.

"아뇨, 반드시 그래요!" 랑베르가 말했다. "슬픈 것조차도 예술로 만들어질 때는 즐겁게 변하죠." 그는 머뭇거렸다. "'즐겁게'라는 게 아마 적절한 단어가 아닐지도 모르겠네요. 하지만 결국은 증명될 겁니다." 그가 갑자기 말을 멈추더니 얼굴을 붉혔다. "선생님이 쓰시는 작품이 어때야 한다, 이런 얘기를 하려는 건 아니에요. 다만, 선생님은 무엇보다 작가이고 예술가라는 걸 잊으시면 안 돼요."

"난 잊지 않아." 앙리가 말했다.

"저도 알아요. 그렇지만……." 랑베르는 다시 당혹감을 느낀 듯했다. "예를 들자면, 포르투갈에 대한 선생님의 현지 보도 기사 말이죠, 정말 좋았어요. 그렇지만 전 이전에 쓰신 시칠리아에 대한 글들을 기억하고 있어요. 이번 보도 기사가 그 글과 아주 달라서 약간 아쉬웠죠."

"자네도 포르투갈에 한번 가보면 꽃이 핀 석류나무만을 묘사하고 싶지는 않을 거야." 앙리가 말했다.

"아! 예전과 같은 글을 쓰고 싶은 욕망이 선생님에게 다시 살아났으면 좋겠어요." 랑베르가 애원하는 투로 말했다. "왜 안 되나요? 정어리 가격에 대한 걱정 없이 바닷가를 얘기할 권리가 있잖아요."

"내가 그럴 수 없었으니까."

"결국," 랑베르가 격렬하게 말을 이었다. "우리는 개인이 그 자신이 될 권리, 행복해질 권리를 지키기 위해 레지스탕스 운동을 했어요. 이제 우리가 뿌린 것을 거두어야 할 시간이라고요."

"불행한 사실은 몇 십억의 개인들에게 그 권리라는 게 의미 없는 말로만 남아 있다는 거지." 앙리는 어깨를 으쓱였다. "바로 우리가 그들에게 관심을 가지기 시작했기 때문에, 이제는 그만둘 수 없을 것 같군."

"그러면 모두가 행복해지는 날이 되기 전까지는 각자 스스로의 행복을 위해 노력할 수 없다는 건가요?" 랑베르가 말했다. "예술과 문학은 황금시대가 올 때까지 미뤄야만 한다는 겁니까? 하지만 전 바로 지금이야말로 우리에게 문학과 예술이 필요한 때라고 생각하는데요!"

"더 이상 글을 쓰지 말아야 한다고는 하지 않았어." 앙리가 말했다. 그는 망설였다. 랑베르의 비난이 정곡을 찔렀던 것이다. 그래, 포르투갈에 대해 다른 할 말이 많이 있었지. 그가 그 부분을 빼고 글을 쓰며 조금도 후회하지 않았던 것은 아니었다. 그가 원하는 것은 바로 예술가, 작가가 되는 것이며, 그는 그 사실을 잊지 말아야 했다. 오래전, 그는 자기 자신에게 중요한 약속들을 했고, 이제 그 약속들을 지켜야 할 때였다. 젊은 날의 성공이나 사람들이 되는대로 칭찬을 쏟아붓는 시의적절한 책과는 다른 것을 그는 원했다. "사실은," 앙리는 말을 이었다. "바로 자네가 바라는 소설을 쓰고 있는 중이야. 완전히 동기가 없는 소설이라고나 할까. 유일한 나만의 즐거움을 위해 여러 이야기를 하는 소설이 될 거야."

"정말이에요?" 랑베르의 얼굴이 빛났다. "많이 진행됐습니까? 순조롭게 되어가나요?"

"도입부야 늘 쉽지 않지. 어쨌든 순조로운 셈이야!"

"오! 정말 기뻐요!" 랑베르가 말했다. "선생님이 정치의 먹잇감이 된다면 너무나 유감스러울 겁니다!"

"난 정치의 먹잇감이 되지 않아." 앙리가 말했다.

"유쾌한 소설은 진도가 좀 나갔어?" 폴이 물었다.

"응, 진행 중이지."

폴은 앙리 뒤편의 침대에 누워 있었다. 앙리는 깊이 생각에 잠긴 그녀의 시선이 자기 목덜미에 쏟아지는 것을 느꼈다. 시선은 소리를 내지 않기에 그녀를 내쫓을 구실이 못 되었다. 하지만 그 시선이 앙리를 짓누르고 있었고, 그는 소설에 다시 집중하기 위해 애를 써야 했다. 이번 달에 여러 결정을 내린 참이었다. 부득불 이야기의 배경은 1935년으로 정하게 되었다. 어쩌면 잘못된 결정인지도 몰랐다. 며칠 전부터 만년필 끝에서 문장들이 말라버린 것이다.

'그래, 이건 아니야.' 앙리는 생각했다. 자신에 대해 이야기하고 싶었지만, 1935년의 그와 지금의 그는 전혀 달랐다. 정치적 무관심이나 호기심, 야망, 개인주의적인 모든 면이 정말 편협하고 어리석었지! 그런 모습은 진보를 믿는 안일한 미래, 사람들 사이에서 곧장 생겨나는 동포애, 우호적인 후세를 가정한 태도였으며, 무엇보다 이기주의와 경솔함이 전제된 모습이었다. 오! 이에 대해 스스로 변명을 찾을 수도 있을 터였다. 하지만 그는 잘못을 설명하기 위해서가 아니라 자신의 인생에 대한 진실을 말하고자 이 책을 쓰고 있었다. '현재의 이야기로 써야 해.' 앙리는 이렇게 마음을 먹고 마지막 몇 장을 다시 읽어보았다. 파리에 도착했을 때의 일, 뒤브뢰유와의 첫 만남, 제르바로의 여행과 같은 과거가 결국 묻혀버린다니 안타까웠다. '그걸 경험했잖아. 그걸로 충분해!' 앙리는 생각했다. 하지만 그런 식이라면 현재도 그 자체로 충분하며, 인생도 그 자체로 충분하지 않은가. 그러나, 사실 그에게 인생은 그 자체로 충분하지 않았다. 자신이 완전히 살아 있다고 느끼기 위해서는 글을 써야만 했다. 결국 아쉽지만 어쩔 수 없어. 어쨌든 모든 과거를 다 보존할 수는 없으니까. 중요한 건 오늘 그가 자신에 대해 무엇을 말해야 하는지를 아는 것이었다. '나는 어디쯤에 있지? 내가 원하는 건 뭐지?' 우스운 일이야. 그토록 자신을 표현하려 한다는 건, 결국 자신이 특별하다고 느끼기 때문이겠지. 하지만 어떤 점에서 특별한지조차 말할 수 없잖아. '나는 누구인가?' 예전에는 이러한 질문을 스스로에게 던져본 일이 없었다. 그때, 다른 사람들은 모두 규정되어 있었고 한계를 가지고 있었지만, 그 자신은 아니었다. 그의 책들과 인생이 앞에 놓여 있었다. 그래서 사람들의 모든 비판을 거부했고, 미래에 나올 작품의 수준에 올라 모든 사람들, 심지어 뒤브뢰유까지도 다소 관대한 눈으로 보았다. 그러나 이제 앙리는 자신이 이미 성숙된 인간이라는 사실을 인정해야만 했다. 젊은이들은 그를 연장자로 대했고, 나이 든 이들은 자신들 중 한 명으로 그를 대했다. 어떤 사람들은 그에게 존경을 표하기까지 했다. 성숙되고 한정되고 완성된 그는 타자가 아니었다. 다른 누구도 아닌 그 자신인 것이다. 그는 누구인가? 어떤 의미에서는 그의 책들이 그것을 규정해줄 터였다. 하지만 반대로 그 책들을 쓰기 위해서는 자신에 대한 진실을 알아야만 했다. 언뜻 보면 앙리가 살아온 지난 몇 개월의 의미는 매우 분명한 것 같았다. 하지만 가까이에서 살펴보면 모두 희미해졌다. 사람들이 보다 제대로 생각하고 보다 잘 살게끔 돕는 것이 정말 중요한 일이었을까? 아니면 인도주의적인 몽상에 불과했을까? 진정으로 타인의 운명에 관심이 있었던 걸까? 아니면 그저 양심의 가책을 느끼지 않는 데만 관심이 있었던 건가? 그리고 문학은 어떻게 변했지? 긴급하게 얘기할 것이 하나도 없을 때 글쓰기를 원한다는 것은 너무나 애매한 일이야. 앙리의 펜은 멈춘 채 있었다. 글을 쓰지 않고 있는 모습을 폴이 본다고 생각하니 짜증스러웠다. 앙리는 뒤를 돌아보고 물었다. "내일 아침에 그레팽 만나볼래?"

폴이 가볍게 웃었다. "당신, 하여튼 무슨 생각만 했다 하면!"

"내 말 좀 들어봐. 그 노래, 당신한테 딱일걸. 당신도 좋다며. 베르제르의 음악은 매혹적이야. 그리고 사브리리오는 당신이 원하는 날에 노래를 들어줄 거고. 당신도 노력해볼 수 있잖아. 침대에서 졸고 있는 대신 목소리를 연마해보라고. 나쁘지는 않을 거야. 내가 장담해."

"난 졸고 있지 않아."

"하여튼 내가 약속을 잡아놨어. 가볼 거지?"

"나도 그레팽에게 가서 당신이 만든 노래 배우고 싶어."

"하지만 오디션은 보지 않겠다는 거군?"

폴은 미소를 지었다. "그 비슷한 거야."

"실망스럽군!"

"내가 그러겠다고 한 적은 한 번도 없다는 거, 당신 인정해야 해" 그러고서 폴은 다시 미소를 지었다. "그러니 난 신경 쓰지 마." 부드러운 목소리였다.

앙리는 이번만은 폴이 스스로의 일에 관심을 가지기를, 그래서 더 이상 뒤에서 자신을 감시하지 않기를 바랐다. 아마도 폴도 그의 생각을 알아차리고 있었을 것이다. 앙리는 사브리리오에게 얘기를 했고, 직접 노래 두 곡의 작사를 했고, 연주 목록을 전부 작성했고, 그레팽에게 전화를 걸었다. 폴을 위해 할 수 있는 모든 일을 한 것이다. 폴은 앙리를 위해, 아니 그보다는 그를 기쁘게 하기 위해 너무나 자주 노래하고 싶어 했지만, 무대에 서는 것만은 줄곧 완고하게 거부하고 있었다. 앙리는 생기 없는 문장을 기쁨 없이 늘어놓기 시작했다.

두 시간 동안 종이를 앞에 둔 채 권태에 빠져 있는데, 누군가가 아파트 문을 세차게 두드렸다. 그는 손목시계를 보았다. 12시 10분이었다. "누가 문을 두드렸어."

침대에서 졸고 있던 폴이 몸을 일으켰다. "내가 열까?"

누군가가 다시금 문을 두드렸고, 이어 유쾌한 목소리가 들렸다. "뒤브뢰유야. 내가 방해했나?"

그들은 함께 계단을 내려갔고 폴이 문을 열었다. "무슨 일이 생긴 건 아니죠?"

"누구한테?" 뒤브뢰유가 미소를 지으며 말을 이었다. "불빛을 봤어요. 그래서 올라가도 되겠다고 생각했지. 자정밖에 안 됐는데 자려던 참이었나요?" 그는 이미 늘 앉는 가죽 소파에 앉아 있었다.

"마침 한잔하고 싶었어요!" 앙리가 말했다. "혼자서는 마실 수 없었을 테죠. 타락한 천사가 선생님을 모시고 온 것 같네요."

"코냑 드시겠어요?" 폴이 벽장을 열면서 물었다.

"좋죠." 뒤브뢰유는 앙리를 향해 밝은 얼굴을 돌렸다. "자네가 매우 흥미 있어 할 따끈따끈한 소식을 하나 가져왔지."

"그게 뭔가요?"

"우리가 《레스푸아》를 S.R.L.의 기관지로 만들 생각을 다소 포기하지 않았나. 뒤따를 수 있는 재정적인 위기 때문에 말이야……."

"그랬죠." 앙리가 말했다. 그는 폴이 건넨 잔을 잡고 막연한 불안을 느끼며 한 모금 마셨다.

"자, 돈이 아주 많은 녀석의 집에서 오는 길이네. 그 친구하는 말이, 필요하다면 우리를 지원할 준비가 되어 있다더군. 자네 트라시유인지 트라리외인지 하는 사람에 대해 들은 적 없나? 구두 사업을 크게 하는 사람이고, 레지스탕스 활동도 좀 했었다던데?"

"들어본 것 같네요."

"그 친구, 신물이 날 정도로 돈이 많은 백만장자인데, 사마젤을 한없이 존경하고 있어. 이 행복한 조합 덕분에 매우 실질적으로 S.R.L.을 돕게 되었지. 오늘 저녁에 사마젤이 날 그 친구 집으로 데리고 갔어. 6월 모임에 자금을 댈 준비가 되어 있더군. 그리고 만약《레스푸아》가 정치 운동을 위한 신문이 된다면 필요한 모든 자금을 제공할 걸세."

"사마젤에게 아주 대단한 인맥이 있군요." 앙리는 단숨에 잔을 비웠다. 뒤브뢰유가 너무 대놓고 즐거워해서 살짝 짜증이 솟았다.

"기꺼이 외식을 하러 다니는 친구니까." 뒤브뢰유가 웃으며 말했다. "자네와 나 같은 사람들은 죽어라고 피할 일인데 말이야. 난 광장에서 기부금을 모으는 편이 오히려 나을 거야. 하지만 사마젤은 그런 일을 좋아하고 남의 환심을 잘 사거든. 잘됐지, 그렇게 돈을 모을 수 있으니 말일세. 사마젤이 없었다면 재정 문제로 어찌 됐을지 모르겠어. 트라리외랑은 독일 점령 때 알게 되었는데, 사마젤이 잘 교육해뒀다더군."

"그 백만장자 구두 상인이 S.R.L.이라고요?"

"뜻밖이란 말인가?"

폴은 뒤브뢰유의 맞은편에 앉아 있었다. 적대적인 표정으로 줄곧 그를 응시하며 담배를 피우고 있다가 이제 막 입을 열려는 참이었다. 앙리는 그녀가 분노한 목소리로 이야기를 시작하리라 짐작하고 선수를 쳤다.

"선생님의 제안에 아주 신이 난다고 할 수는 없군요."

뒤브뢰유는 어깨를 으쓱였다. "자네도 알다시피, 조만간 신문들 전부 개인적인 후원금을 받지 않을 수 없게 될 거야. 자유로운 신문이라는 건 또 다른 근사한 거짓말이지!"

"《레스푸아》는 순조롭게 회복되고 있어요." 앙리가 말했다. "지금의 모습을 계속 유지한다면, 오랫동안 자립할 수 있을 겁니다."

"자립이라. 그러면 그다음에는?" 뒤브뢰유가 격한 어조로 물었다. "자네 심정은 잘 아네. 《레스푸아》를 혼자서 창간했잖나. 운영도 혼자서 하고 싶겠지. 이해해." 그는 반복해서 말했다. "하지만 자네 역할을 생각해보게! 이번 달 내내 S.R.L.이 얼마나 기관지를 필요로 했는지 알잖나. 안 그런가?"

"알고 있죠." 앙리가 말했다.

"게다가 자네는 우리 일이 중요하다는 점에도 동의하고 있지. 그러니 뭐가 문젠가?"

"만약 《레스푸아》에 돈을 대면, 그 사람은 신문 일에 간섭하려 할 겁니다."

"아! 그건 어림없는 일이지!" 뒤브뢰유가 말했다. "신문사 운영에는 절대로 개입하지 않을 거야. 사실상 자네는 이런 출자자와 함께 지금보다 훨씬 더 독립적인 지위를 누릴 걸세. 왜냐하면, 결국은 자네도 지금 독자들을 잃을까 두려워서 꼼짝도 못 하고 있잖아."

"선생님이 말씀하신 호인이 제게는 좀 이상한 자선가로 느껴지는데요."

"그 친구를 만나보면 자네도 바로 이해할걸세." 뒤브뢰유가 말했다.

"하여간 그 사람이 어떤 조건도 강요하지 않을 것 같지는 않아요."

"아무 조건도 없어. 내가 보장하지. 완전히 끝난 얘기야."

"그 모든 게 그냥 뜬구름 잡는 소리 아닐까요? 확실하다고 생각하세요?"

"이봐, 직접 그 사람과 한번 얘기해보라니까!" 뒤브뢰유가 재차 말했다. "자넨 그저 전화 한 통만 하면 돼. 그는 내일이라도 계약할 준비가 되어 있다고."

뒤브뢰유가 너무나 신나게 이야기를 늘어놓아, 앙리는 미소를 지었다. "조금만 기다려주세요! 먼저 뤼크와 상의해봐야 해요. 그리고 혹여 우리가 S.R.L.을 지지한다고 선언하기로 결정한다 해도, 신문은 어떻게든 독자적으로 유지하고자 해볼 겁니다. 저는 그 편이 훨씬 좋거든요."

"개인적으로 《레스푸아》가 독자를 잃지 않으리라 확신하네." 뒤브뢰유가 말했다. "트라리외 없이 독자적으로 유지하는 것이 좋다는 생각에는 나도 전적으로 찬성이야." 이어 그는 잠시 머뭇거렸다. "어쨌든, 그 사람과 얘기는 해보는 게 좋을 걸세."

"선생님과 나눈 얘기에서 더 나올 말은 없을 텐데요." 앙리가 말했다. "게다가 될 수 있는 한 그의 돈은 받지 않을 생각이니까요."

"자네 원하는 대로 하게." 뒤브뢰유가 걱정스러운 표정으로 앙리를 바라보았다. "부탁이니 빨리 결정해주게. 우린 이미 너무 많은 시간을 낭비했어!"

"아시다시피 선생님이 요구하신 건 정말 중차대한 일입니다. 제 문제만도 아니고요. 조금만 참고 기다려주세요."

"그럴 수밖에 없겠지." 뒤브뢰유가 한숨을 쉬고는 일어나서 폴을 향해 얼굴 가득 미소를 지었다.

"나와 근처 한 바퀴 돌고 오지 않겠어요?"

"어딜요?" 폴이 말했다.

"어디든지요. 아름다운 밤이군. 진짜 여름밤이잖아요."

"싫어요. 전 졸려서요." 폴은 뚱하게 대꾸했다.

"저도 그래요." 앙리가 말했다.

"할 수 없지. 혼자 산책을 나가야겠군." 뒤브뢰유가 문 쪽으로 걸어가며 말했다. "토요일에 만나자고."

"토요일에 뵙죠."

앙리가 문을 잠그고 돌아서자, 폴이 흥분한 얼굴을 하고 그의 눈앞에 서 있었다. "당치도 않아. 저 사람 당신 신문을 훔치려는 거야!"

"들어봐, 훔치고 말고의 문제는 아니야." 그러고서 앙리는 일부러 하품을 했다. 폴과 다툴 때 가장 참기 어려운 순간은 바로 그녀와 의견이 일치할 때였다. 게다가 앙리 역시 화가 난 터였다. 이런 얄궂은 마법 같은 일이 있을까! 뒤브뢰유는 신문을 요구하는 것만으로 자연스럽게 그에게 이런저런 권리를 행사하게 되었으니 말이다. '내 마음이 어떨지, 그에겐 아무 상관도 없는 거야. 누군가를 이용하기로 결정한 이상 우정은 조금도 중요하지 않은 사람이지.'

"그 사람을 그냥 돌려보내서 헛걸음을 시킬걸 그랬어." 폴이 말했다. "그 사람, 당신을 절대 진지하게 대하지 않을 걸. 자기가 문학계에 데뷔시켰고 자기한테 모든 것을 빚지고 있는 애송이, 영원히 그렇게 생각하겠지."

"어쨌든 그 사람이 뭐 대단한 걸 요구하는 건 아니니까." 앙리가 말했다. "난 S.R.L.에 가입했고,《레스푸아》를 총괄하고 있어. 이 두 가지 일이 하나로 합쳐지는 것이 오히려 자연스럽겠지."

"당신은 이제 무엇도 마음먹은 대로 못 할 거야. 그 사람들 명령에 따라야 할 거라고." 폴의 목소리는 분노로 떨렸다. "게다가 목까지 정치에 파묻히게 되고. 스스로를 위한 시간은 1분도 낼 수 없겠지. 이미 소설 쓸 시간이 부족하다고 불평하고 있잖아……."

"걱정하지 마. 결정된 건 아무것도 없으니까." 앙리가 말했다. "받아들이겠다는 얘긴 전혀 안 했다고."

폴의 항의를 듣고 있는 사이 어느새 앙리의 원망은 사라져버렸다. 폴의 격렬함 자체가 그 하찮은 근거를 드러내고 있었던 것이다. 바로 그것을 앙리는 스스로 되새기던 참이었다. '내가 반항하고 있는 건 정치로 나 자신이 소모될까 두렵기 때문이야. 새로운 책임을 떠안는 게 불안하기 때문이지. 여유를 원하고 무엇보다 나 자신의 주인으로 남아 있고 싶어서.' 결국은 더없이 하찮은 이유들이었다. 다음 날 신문사에 갔을 때, 그는 마음속으로 뤼크가 이보다는 더 나은 이유를 말해주기를 바랐다.

하지만 뤼크는 눈코 뜰 새가 없었다. 결국 라숌의 기사가 《레스푸아》에 나쁜 영향을 가져온 터였다. 사람들은 앙리가 공산주의자들의 명령에 따르고 있다며 수군댔다. 그가 수많

은 일로 공산주의자들을 비난하던 시기인 만큼 더더욱 분통
터지는 일이었다. 그는 공산주의자들이 레지스탕스와 공산
당을 혼동시키는 점, 그들의 국수주의, 선거 전의 민중 선동,
대독 협력자에 대한 터무니없는 관용과 가혹함을 공격하고
있었다. 하지만 우파 신문들은 친절하게도 이 애매한 상황
을 이용했고, 많은 독자들이 불평을 했다. 랑베르가 대책을
강구하자고 제안해 왔다. 신문사에서 일하는 사람들 대부분
이 난처해하고 있었다. 뤼크도 그랬다. "당파의 기관지라는
꼬리표를 붙일 수밖에 없다면," 앙리가 정세를 전하자 뤼크
는 말했다. "공산주의 기관지로 불리느니, S.R.L.을 대변하
는 편이 낫겠지." 신문사의 일반적인 의견도 대체로 그랬다.
"난 S.R.L.도 공산당도 믿지 않아요. 다 똑같죠." 뱅상이 말
했다. "선생님 생각에 따라 결정하세요."

'결국 모두 찬성한 셈이야.' 사무실에 다시 홀로 남게 되
자, 앙리는 이렇게 결론을 내렸다. '거절할 어떤 이유도 찾지
못했어.' 가슴이 죄어 왔다. 승낙할 수밖에 없었다. S.R.L.은
신문이 필요했고, 아무도 거절할 수 없는 기회를 내밀었다.
세계는 전쟁과 평화 사이에서 머뭇거리고 있었다. 미래가
어느 방향으로 흘러갈지 누구도 예측할 수 없었다. 평화를
위해 최선을 다하지 않는 것은 범죄가 될 것이다. 앙리는 책
상을, 소파와 벽을 바라보았다. 윤전기 돌아가는 소리를 듣
자 길고 무의미한 꿈에서 갑자기 깨어난 기분이었다. 그는
지금껏 《레스푸아》를 장난감 비슷하게 생각해왔던 것이
다. 어린아이가 인쇄해서 만든, 실물만큼 크고 완벽한 도구
이자 멋진 장난감. 그러나 그것은 도구인 동시에 무기이기

도 했다. 사람들은 그가 이것을 어디에 사용하려는지 물을 권리가 있다. 앙리는 창문을 향해 다가갔다. 아! 하지만 그건 다소 과장된 생각이야. 그 정도로 경박하지는 않았어. 작년 9월에 느꼈던 행복감은 오래전에 사라져버렸다. 앙리는 이 신문사 일로 너무나 속을 끓였다. 하지만 다른 사람들에게 책임을 전가할 마음은 없었다. 그가 완전히 잘못 생각하고 있었을 뿐이다. '재미있군.' 그는 생각했다. '뭔가 적절한 것을 만들자마자, 권리 대신에 의무가 주어지다니.' 앙리는 《레스푸아》를 창간했고, 그로써 정치의 난장판에 몸과 마음을 바치게 되었다. 사마젤의 개입, 자신의 연설, 뒤브뢰유의 전화, 토론, 협의, 논쟁, 타협을 벌써부터 상상할 수 있었다. 앙리는 스스로 다짐했다. '그대로 잡아먹히지는 않을 거야.' 자, 그러나 주사위는 던져졌고, 그는 잡아먹힐 터였다. 앙리는 사무실에서 나와 계단을 내려갔다. 오늘 밤, 도시는 안개에 싸인 거대한 역처럼 보였다. 앙리는 안개와 역을 좋아했지만 지금은 무엇도 좋아할 수 없었다. 그는 이미 잡아먹혔다. 그래서 자신에 대해 말하려 해도 아무 할 말이 없는 것이다. '관심 갖는 일들이 많이 있잖아. 그게 뭐지?' 그게 뭘까? 앙리는 폴도 나딘도 사랑하지 않았다. 여행도 그의 마음을 전혀 사로잡지 못했다. 다시는 즐기기 위해 책을 읽거나 산책을 하거나 음악을 듣지 못하게 되었다. 이제 즐거움을 위해서는 아무것도 할 수 없었다. 그저 길모퉁이에 서 있거나, 추억을 즐길 수도 없었다. 만나야 할 사람들, 해야 할 일들이 있었다. 도구의 세계 속에서 기술자처럼 살고 있었다. 돌멩이보다 더 냉담하게 변한 것이 놀랍지 않았다. 그는 발걸음을 서둘렀다. 이 냉담함이 혐오스러웠다. 스스로를 되찾겠다고, 크리스마스 날 밤에 그렇게 결심했건만 결국 아무것도 되찾지 못했다. 게다가 늘 불편했고, 방어적인 태도로 긴장한 상태에, 예민했고, 화가 나 있었다. 자신에게 부과된 이 고역에 대해 잘 알면서도 제대로 해내지 못한 채 후회만 느꼈다. '충분히 알지 못하는 거야. 분명하게 이해하지 못하고 있는 거지. 경솔하게 한쪽 편을 들고 있잖아. 시간이 없다. 앞으로도 결코 시간이 없겠지.' 이 똑같은 후렴을 견딜 수가 없었다. 그러나 계속해서 듣게 될 터였다. 전보다 모두 나빠졌고, 계속 나빠질 거야. 먹히고, 삼켜지고, 뼈까지 제거되겠지. 글을 쓴다는 것은 이제 엄두도 내지 못하게 되리라. 글을 쓰는 것이 살아가는 한 방식이긴 하지만, 그는 다른 방식을 택하게 될 것이다. 함께 나눌 것도, 함께 나눌 사람도 이제는 없을 것이다. '그러고 싶지 않아.' 앙리는 분노를 느꼈다. 그랬다. 그의 혐오감은 절대 하찮은 감정이 아니었다. 오히려 다소 비장하게 표현한다면 사느냐 죽느냐의 문제로 생각할 수도 있었다. 작가로서 사느냐 죽느냐의 문제가 걸려 있었다. 자신을 지켜야만 했다. '결국 S.R.L.이 인류의 운명을 손에 쥐고 있는 건 아니잖아.' 앙리는 생각했다. '나도 S.R.L.의 운명을 손에 쥐고 있지 않고.' 자주 떠올리던 생각이었다. '우리는 스스로를 너무 진지하게 생각하고 있어. 우리의 행동들도, 이 세계도 사실은 중요하지 않은데 말이야. 그저 질기고 구멍 많은, 믿을 수 없는 체제잖아.' 행인들이 안개 사이로 발걸음을 서두르고 있었다. 어딘가에 더 일찍 도착하는 것이 아주 중요한 일인 양. 결국 그들 모두 죽을 것이고 나

역시 그렇다. 그렇게 생은 가벼워진다. 죽음에 맞서서 우리는 아무것도 할 수 없어. 그러니 누군가를 위해서 할 수 있는 일도 없는 거지. 누구에게도 무엇 하나 신세질 게 없는 거야. 결국 삶을 망칠 이유는 없어. 할 수 있는 일을 해야 한다.《레스푸아》와 S.R.L.을 포기하자. 파리를 떠나 남부의 어느 외진 시골에 자리를 잡고 글쓰기에 전념하자. '뿌린 대로 거두리라'라고 랑베르는 말했지. 모두가 행복해질 때까지 기다리지 말고 내가 행복해지도록 하자. 왜 안 되겠어? 앙리는 외딴 농가들, 소나무들, 관목의 냄새를 상상했다. '도대체 난 뭘 쓰게 될까?' 그는 머리가 멍한 상태로 계속해서 걸었다. '덫이란 참 신통한 물건이지.' 앙리가 생각했다. '피했다고 생각하는 순간, 거기 걸리게 되니 말이야.' 글로 과거를 되살리고 현재를 보전하는 건 참 근사한 일이야. 다만 다른 사람들에게 전달될 때 가능한 일이지. 과거가, 현재가, 인생이 중요성을 지닐 때, 이 일은 의미가 있는 거야. 이 세계가 중요하지 않다면, 다른 사람들이 중요하지 않다면, 글을 쓰는 게 무슨 소용이지? 그저 권태롭게 하품만 할 수밖에 없겠지. 인생은 잘게 나뉘지 않아. 전체로 포착해야만 해. 결국 인생은 전부가 아니면 아무것도 아닌 것이다. 다만 그 전부를 위한 시간이 없다는 것, 바로 여기에 비극이 있지. 다시 앙리의 머릿속으로 무질서한 생각들이 끊임없이 몰려들었다. 그는 신문에 집착하고 있었다. 또 전쟁과 평화와 정의에 대한 그의 고민도 무의미하지 않았다. 이 모든 것을 던져버린다는 것은 당치도 않았다. 하지만 앙리는 작가였고, 글을 쓰기를 원했다. 지금까지는 이 모두를 조화롭게 하고자 그럭저럭 요령 있게 행동해왔다. 그러나 오히려 모두를 나쁜 방향으로 조화시켜왔던 건지도 모른다. 뒤브뢰유에게 굴복한다면 이 난관에서 벗어나지 못할 것이다. 그러면 어떻게 해야 하지? 굴복해야 할까? 굴복하지 말아야 할까? 행동해야 할까? 글을 써야 할까? 앙리는 집으로 돌아가 잠을 잤다.

며칠 뒤에도, 앙리는 여전히 망설이고 있었다. '그렇게 할까, 하지 말까?' 이 강박이 결국 그를 우울한 상태로 몰아갔다. 문간에서 라숌의 미소 짓는 얼굴을 보았을 때도 그는 다시금 그런 생각에 빠져 있었다. "5분만 시간 내주실 수 있으세요?"

라숌은 종종 뱅상을 만나러 신문사에 왔다. 그리고 앙리의 사무실에 들르면 늘 환영을 받았다. 하지만 이번에는 앙리가 매우 냉정한 목소리로 말했다. "내일이 좋겠어. 끝내야 할 기사가 있거든."

"오늘 선생님께 말씀드릴 게 있어서요." 라숌은 당황하는 기색 없이 대꾸하고는 과감하게 들어와 자리에 앉았다.

"무슨 얘기지?"

라숌은 자못 엄중한 표정으로 앙리를 쳐다보았다.

"뱅상이 그러는데, 《레스푸아》가 S.R.L.에 종속되느냐 마느냐 한다면서요?"

"뱅상 그 친구 참 수다스럽구먼." 앙리가 말했다. "완전히 거짓말이야."

"아! 그렇다면 다행이네요!"

"도대체 왜 그래? 그게 자네와 무슨 상관이지?" 앙리가 다소 공격적인 투로 물었다.

"그렇게 되면 심각한 실수일 테니까요."

"뭐가 심각하다는 건가?"

"선생님이 모르고 계실 줄 알았어요." 라숌이 말했다. "그래서 미리 알려드리려고 온 거죠." 그의 어조가 딱딱해졌다. "공산당 내부에서는 S.R.L.이 반공 운동으로 변질되어간다고 생각하고 있어요."

앙리가 웃기 시작했다. "정말이지! 나 혼자서는 절대 알아낼 수 없을 사실이군."

"웃으실 일이 아네요!"

"자넨 좀처럼 웃기가 힘든 모양이지!" 앙리는 비꼬듯이 라숌을 바라보았다. "자넨 《레스푸아》를 미사여구로 뒤덮고 있어. 내가 보기엔 약간 지나칠 정도로 말이야. 뒤브뢰유도 나와 같은 얘길 하더군. 그는 자네들을 반대한다고! 대체 무슨 일이 있었던 건가?" 그러고는 덧붙여 물었다. "지난주만 해도 라포리는 아주 우호적이었는데."

"S.R.L.과 같은 정치 운동은 아주 불분명합니다." 라숌이 침착한 목소리로 말했다. "이 운동이 어떤 면에서 사람들을 좌파로 유인하는 건 사실입니다. 하지만 신문과 병합되고 모임을 조직하는 순간부터 우리를 침식시킬 작정이에요. 처음에 공산당은 연대를 바랐지만, S.R.L.이 우리를 반대한다고 선언하니 결국 우리도 적대적이 될 수밖에요."

"S.R.L.이 소극적이고 조용한 작은 모임으로 공산당의 그늘에서 고분고분하게 활동을 했다면, 봐주거나 격려까지도 해줄 수 있었다는 건가? 하지만 S.R.L.이 자신의 이익을 추구하기 시작하면, 신성한 동맹도 끝이라는 얘기야?"

"S.R.L.이 우리를 침식시킬 작정이라면," 라솜이 말했다. "다시 한 번 말씀드리지만. 신성한 동맹은 이제 없습니다."

"그래, 바로 그런 게 자네들 생각이군!" 앙리가 말했다. "그렇다면 더 나은 조언을 하나 하지. S.R.L.을 공격하지 말게. S.R.L이 반공 운동이라고 아무도 생각 안 해. 그러면 자네들 국민전선이 속임수라고 하는 사람들 말이 옳다는 걸 인정하는 꼴이라고. 공산주의자 아닌 좌파가 존재하는 것을 참아내지 못한다는 말이 결국은 사실이었군!"

"지금으로서야 S.R.L.을 공개적으로 공격하는 것은 말도 안 되죠." 라솜이 말했다. "우리는 S.R.L.을 지켜보고 있어요. 그뿐입니다." 그는 심각한 표정으로 앙리를 바라보았다. "신문을 소유하는 날, S.R.L.은 위험해지겠죠. 그들에게 《레스푸아》를 넘기지 마세요."

"이봐, 이건 협박이야." 앙리가 말했다. "신문만 포기하면 S.R.L.은 조용히 명맥을 유지할 수 있을 것이다. 뭐, 이런 뜻인가?"

"협박이라뇨!" 라솜이 비난하듯 말했다. "S.R.L.이 제자리를 지킨다면 우리는 우호적인 관계로 지낼 수 있습니다. 아니면 그럴 수 없고요. 당연한 논리죠."

앙리는 어깨를 으쓱였다. "스크리아신이 공산주의자들과 일할 수 없다고 주장했을 때, 난 믿고 싶지 않았어. 결국 그가 옳았군. 우리에게는 손짓 하나 눈짓 하나까지 공산주의자들에게 복종할 권리 뿐, 그 이상의 것은 전혀 없다는 얘기잖아."

"이해할 생각이 없으시군요!" 라솜은 절박한 어조로 덧붙였다. "왜 독립적인 위치를 고수하지 않는 거죠? 그게 선생님의 힘이라고요."

"S.R.L.과 노선을 함께한다 해도 내가 주장하는 바는 변함이 없을 거야." 앙리가 말했다. "자네도 찬성하는 주장 말이지."

"하지만 당파의 이름으로 그걸 주장하실 거고, 그러면 다른 의미를 가지게 되겠죠."

"그렇다면 지금까지는 내가 공산당에 전적으로 찬성한다고 생각했다는 건가? 그래서 자네들이 만족했다는 거야?"

"찬성하셨던 건 사실이죠." 라숌이 열의를 띠며 말했다. "의용 유격대 역할이 지겨우시면 저희에게 오세요. 하여튼 S.R.L.은 미래가 없어요. 절대 프롤레타리아의 신뢰를 얻지 못할 겁니다. 공산당에도 선생님 이야기를 들을 사람들이 있어요. 거기서 진짜 일을 하실 수 있을 거예요."

"하지만 내가 좋아하지 않는 일인걸." 앙리는 화가 나서 생각했다. '나를 완전히 공산주의와 합병시켰군.' 라숌은 계속해서 그를 설득하고 있었다. 이런 종류의 이야기로는 앙리를 공산주의자들 쪽으로 끌어올 수 없음을 그는 알아야 했을 터였다. 라숌은 친구로서 앙리에게 미리 언질을 주러 온 걸까, 아니면 그를 선동하러 온 걸까? 분명 둘 다 일 것이다. 그게 무엇보다 비열한 행동으로 느껴졌다. 앙리는 불쑥 말을 꺼냈다.

"우리는 시간 낭비를 하고 있어. 그리고 난 기사를 끝내야만 해."

라숌이 일어났다. "《레스푸아》를 가지면 뒤브뢰유는 이득을 보지만 선생님께는 아무런 이익도 없다는 걸 잘 생각해보세요."

"내 이익을 지키는 건 내가 알아서 하도록 하지."

그들은 아주 차갑게 악수를 나누었다.

뒤브뢰유는 공산당의 급변한 태도에 대해 잘 알고 있었다. 라포리가 그에게 모임을 가질 생각을 포기하라고 정중하게 명령했던 것이다. "공산당은 우리가 너무 큰 세력이 될까 두려운가 봐." 뒤브뢰유가 말했다. "우리를 위협하려 하더군. 하지만 잘 버티면 감히 공격하지 못하겠지. 심각하게는 못 할 거야." 뒤브뢰유는 잘 버텨보겠노라 결심했고, 앙리도 찬성했다. 어쨌든 위원회에 이 문제를 내놓아야 했다. 결국에는 언제나 뒤브뢰유의 의견을 받아들이는, 그저 형식적인 회의였지만 말이다. '정말이지 시간 낭비로군!' 열성적인 웅성임을 들으며 앙리는 생각했다. 그는 창문 너머 아름다운 푸른 하늘을 바라보았다. '산책이나 나가는 편이 훨씬 더 나을 건데!' 처음으로 맞는 봄날, 전쟁 후의 평화로운 첫 번째 봄이었다. 하지만 앙리는 봄을 즐길 시간이 1분도 없었다. 아침에는 미국 종군기자들과의 회견이 있었고, 이어 북아프리카 사람들과의 비밀 회담이 있었다. 점심은 여러 신문을 훑어보면서 샌드위치로 때운 터였다. 그리고 지금은 이 사무실에 갇혀 있는 것이다. 다른 사람들을 바라보았지만, 창문이라도 열고 싶어 하는 사람은 전혀 없었다. 르누아르의 목소리가 열정과 수줍음으로 떨렸다. 그는 거의 말을 더듬고 있었다. "이 모임이 공산당에 적대적이라는 인상을 준다면, 전 우리 모임이 유해하다고 봅니다."

"이 모임이 공산당의 횡포를 고발하지 않는다면 그거야

말로 유해한 거지." 사비에르가 받아쳤다. "좌파가 죽어가는 이유가 바로 그런 비겁함 때문이야."

"저는 비겁하다고 생각하지 않습니다." 르누아르가 말했다. "다만 동지들이 기쁨의 불을 밝히는 밤에 함께 노래할 권리를 갖고 싶을 뿐이에요."

"자, 근본적으로는 우리 모두 같은 의견이잖나. 단지 전술의 문제에 지나지 않아." 사마젤이 말했다.

사마젤이 말을 꺼내자 모두가 입을 닫았다. 그의 목소리 옆에 다른 목소리가 있을 자리는 없었다. 그의 목소리는 매우 컸고, 행복감에 젖어 있었다. 사마젤이 입안에서 목소리를 울릴 때면 마치 적포도주를 꿀꺽꿀꺽 마시고 있는 것만 같았다. 그는 이 모임 자체가 공산당에 대한 독립선언을 의미하며, 따라서 연설 내용은 중립적이고 또 우호적이어야 한다고 설명했다. 그가 너무 교묘하게 말을 했기 때문에, 사비에르는 그것이 공산주의자들에게 잘못을 모두 돌리면서 그들과의 단절을 단언하기 위한 책략이라고 생각했고, 반대로 르누아르는 모든 희생을 치르고라도 공산당과 동맹을 유지하려는 방책으로 이해했다.

'하지만 이런 교묘함이 무슨 소용이 있지?' 앙리는 의아함을 느꼈다. '우리와 공산주의자들과의 분쟁을 감춘다고 해서 그 분쟁이 해결되는 건 아니잖아.' 이젠 뒤브뢰유가 손쉬운 방식으로 자신의 결정을 강요하고 있었다. '이러다 만약 상황이 긴박해지면, 예를 들어 공산주의자들이 우리를 공격한다면, 각자 어떤 반응을 보이게 될까?' 르누아르는 공산주의자들에게 매료되어 있으면서도 문학에 대한 애정과 뒤브뢰유와의 우정 때문에 공산당 입당을 보류하고 있었다. 반대로 과거에 사회당 투사였던 사비에르는 공산당에 대한 원한을 억누르느라 애를 먹었다. 사마젤이 무슨 생각을 하고 있는지 앙리는 잘 알지 못했고, 막연하게 그에게 경계심을 느끼고 있었다. 사마젤은 나무랄 데 없는 정치인의 전형이었다. 큰 체격과 그 열정적이고 허스키한 목소리 덕분에 땅에 단단히 뿌리를 박은 인물처럼 보였다. 사람들은 사마젤이 인간과 사물을 열렬히 사랑한다고 생각했지만, 사실 그 모든 것을 그는 자신의 격렬한 활력을 유지하기 위해 이용할 따름이었다. 바로 이 격렬한 활력에만 그는 도취해 있었다. 이 얼마나 이야기하는 것을 좋아하는 사람인가. 게다가 상대가 누구든 말이다! 늘 외식을 즐기는 것도 그의 성정에 얼마나 잘 어울리는가! 자신이 하는 말의 의미보다 목소리를 더 중요시하는 사람을 어떻게 진지하다고 말할 수 있을까? 브뤼노와 모랭은 진지했지만 우유부단했다. 바로 라솜이 표현했던바, 개인주의를 희생하지 않은 채 스스로 사회에 공헌한다고 느끼는 지식인들이었다. '나처럼.' 앙리는 생각했다. '그리고 뒤브뢰유도 마찬가지야. 공산주의자가 되지 않되 그들과 의견을 같이하는 이상은 별문제가 없겠지. 하지만 혹시라도 공산당이 우리를 거부하면, 엄청난 일이 발생할 거야.' 앙리는 고개를 들어 푸른 하늘을 바라보았다. 오늘 당장 해결하려 해봤자 소용없는 문제야. 그 문제가 무엇인지 구체적으로 보여줄 수도 없으니 말이지. 공산당의 태도가 바뀌면 앞으로의 일은 변하게 될 것이다. 확실한 건, 위협에 굴복하지 말아야 한다는 거야. 여기에는 다들 동의

하고 있어. 그러니 결국 이런 토론은 무의미한 셈이야. '이러는 동안 낚시나 하고 있는 녀석들도 있겠지.' 앙리는 생각했다. 그는 낚시를 좋아하지 않았다. 하지만 지금은 낚시를 좋아하는 낚시꾼들이야말로 정말로 운이 좋은 사람들 같았다.

마침내 위원회가 대회의 개최에 만장일치를 표명했을 때, 사마젤이 앙리에게 다가왔다.

"이 대회는 반드시 성공시켜야만 합니다!" 사마젤의 목소리에는 막연한 비난이 담겨 있었다.

"그렇죠." 앙리가 대답했다.

"그러기 위해서는 가입자가 꽤 늘어야만 할 거고요."

"그러길 바라야죠."

"알고 계시겠죠. 만약 우리가 신문을 가지면 더 넓은 지지층을 확보할 수 있다는 것 말입니다."

"압니다."

넘치는 미소를 짓고 있는 억센 얼굴을 앙리는 불쾌한 마음으로 살펴보았다. '만약 내가 승낙하면 이 사람을 상대하게 되겠지. 적어도 뒤브뢰유를 상대하는 정도로는 말이야.' 앙리는 생각했다. 사마젤은 지치지 않는 활동가였다.

"하루빨리 대답을 듣고 싶군요." 사마젤이 말했다.

"며칠 생각할 시간이 필요하다고 뒤브뢰유에게 말해두었습니다."

"네, 그게 며칠 전의 일이었죠."

'확실히 난 이 사람이 싫어.' 앙리가 다시 생각했다. 이어 그는 스스로를 비난했다. '바로 이런 게 개인주의자의 반응이지!' 정치적 동지가 반드시 친구일 수는 없었다. '하지만 친구란 뭐지?' 앙리는 뒤브뢰유와 악수를 하며 자문해보았다. '어느 정도까지를 친구라고 할 수 있지? 친구를 위해 어느 정도까지 대가를 치러야 하지? 내가 양보하지 않으면 이 우정은 어떻게 될까?'

"잊지 않았지?《비질랑스》원고들이 자네를 기다리고 있다는 것 말이네." 뒤브뢰유가 말했다.

"바로 들르도록 할게요." 앙리가 말했다.

사실 그는 이 잡지에 기꺼이 더 관심을 가지고 싶었다. 뒤브뢰유를 돕고, 원고를 모으고, 고르는 건 재미있는 일이니까. 하지만 결국 그 일도 마찬가지였다. 정성을 들여 초고를 읽고, 저자들에게 편지를 쓰고, 이야기를 나누려면 시간이 더 필요할 터였다. 모두 어림없는 일이었다. 익명의 글들을 급히 넘겨보는 정도로 끝낼 수밖에 없었다. '모든 일을 날림으로 해치우고 있군.' 앙리는 작은 검은색 자동차의 운전석에 앉으면서 생각했다. 이 아름다운 하루도 대충 해치운 것이다. 결국은 매일매일을, 인생을 대충 해치우게 될 것이다.

"우편물 찾으러 오셨어요?" 나딘이 거드름 피우는 듯한 태도로 두껍고 노란 봉투를 내밀었다. 그녀는 비서 역할을 매우 진지하게 수행하고 있었다. "여기 출판 관련 정보지들도 있어요. 잠깐 보실래요?"

"다음에 볼게." 앙리가 말했다. 그는 테이블 위에 쌓인 서류 뭉치들을 연민의 눈으로 살펴보았다. 검은색, 붉은색, 초록색 노트들, 잘 묶이지 않은 종이 다발, 문집들. 너무나 많은 원고들. 그러나 원고를 쓴 각각의 작가에게는 이 하나하나가 유일무이한 작품이겠지…….

"가져갈 원고 목록을 주세요." 나딘이 카드를 바쁘게 정리하면서 말했다.

"이 뭉치를 가져가지." 앙리가 말했다. "그리고 이것도. 꽤 괜찮을 것 같군." 그는 첫 페이지가 마음에 들었던 소설을 가리키며 말했다.

"필르베라는 젊은이의 소설 말이죠? 그 적갈색 머리 남자, 사람 좋아 보이던데요. 하지만 그 나이에 뭘 쓸 수 있죠? 스물두 살도 안 되었잖아요." 나딘이 강압적인 태도로 손을 노트 위에 얹었다. "이건 그냥 두고 가세요. 오늘 밤에 갖다 드릴게요."

"그러는 게 좋을지 모르겠는데……."

"나도 읽어보고 싶어서요." 나딘이 말했다. 이런 탐욕스러운 호기심이 그녀의 유일한 열정이었다. "오늘 밤에 만날래요?" 나딘이 경계하는 듯한 어조로 덧붙였다.

"좋아, 10시에 모퉁이 카페에서 보자고."

"그 전에 마르코니의 집에 오지 않으시겠어요? 베를린 함락을 축하하려고요. 친구들 전부 거기서 모일 거예요."

"시간이 없어."

"마르코니가 최신 음반을 갖고 있는 것 같았어요. 저는 별 관심 없지만, 선생님은 재즈를 좋아하신다면서요."

"재즈 좋아하지. 하지만 할 일이 있는걸."

"5시와 6시 사이에 1분도 시간이 없어요?"

"없어. 7시에는 드디어 나를 만나주기로 한 투르넬을 보기로 했고."

나딘은 어깨를 으쓱했다. "그 사람, 당신을 보면서 코웃음

치겠죠!"

"그럴 것 같긴 해. 하지만 불쌍한 다스 비에르나스에게 편지를 보내주고 싶거든. 내가 투르넬과 직접 얘기를 했다고 말이야."

나딘은 말없이 목록 작성을 마무리했다.

"좋아요. 그럼 밤에 봐요." 그녀가 고개를 들며 말했다.

앙리는 나딘에게 미소를 지었다. "밤에 봐."

그는 10시에 나딘을 만날 것이다. 11시쯤 그들은 함께 신문사 맞은편의 작은 호텔의 계단을 오를 것이다. 다시 함께 자자고 고집한 것은 바로 그녀였다. 이 따분한 하루가 몇 시간 뒤에는 포근한 장밋빛 밤으로 이어지리라 생각하니 위안이 되었다. 앙리는 다시 자동차를 타고 신문사를 향해 떠났다. 밤은 아직 멀었다. 그리고 오후는 기쁨 없이 끝날 것이다. 참신한 재즈를 듣고, 동료들과 술을 마시고, 여자들에게 미소를 지을 수 있다면 정말 좋을 테지. 그러나 시간이 더 중요했다. 신문사에서는 벌써 시간을 재며 사는 사람들이 그를 기다리고 있었다. 앙리는 강둑에 차를 세우고 팔꿈치를 난간에 괸 채 햇빛에 반짝이는 강물을 쳐다보고 싶었다. 아니면 파리 근교의 무기력해 보이는 시골 마을을 향해 차를 달리거나. 많은 것들을 원했지만 그럴 수 없었다. 올해에도 파리의 오래된 돌들은 그 없이도 다시 푸르게 변해갈 것이다. '결코 휴식이란 없어. 미래 말고는 아무것도 없는데, 미래는 끝없이 뒷걸음질 치고 있군. 바로 이런 걸 두고 행동이라고 하다니!' 토론들, 집회들로 보내는 시간들 중 어떤 시간도 시간 자체를 위해 쓰인 시간은 없다. 이제 그는 사설을 쓰기 시작할 것이고, 투르넬을 만날 것이다. 그리고 10시 전에 기사를 하나 끝내면, 인쇄실로 내려갈 시간만이 남아 있겠지. 그는 신문사 건물 앞에 차를 세웠다. 그나마 운이 좋아이 자동차를 얻었다. 자동차가 없었으면 해야 할 일을 절대 끝까지 해낼 수 없었을 터였다. 앙리는 차 문을 열며 계기판을 흘낏 보았다. 2,327. 그는 놀라서 숫자를 다시 읽었다. 어제저녁 계기판에는 분명 2,102라는 숫자가 떠올라 있었다. 차고의 열쇠를 가진 사람은 네 명뿐이다. 그중 랑베르는 독일에 있고, 뤼크는 오전을 신문사에서 보냈다. 그렇다면 뱅상이 자정에서 정오 사이에 225킬로미터를 달린 건가? 매춘부를 태워 드라이브할 사람은 아닌데. 홍등가로 직접 간다면 몰라도. 게다가 어디서 휘발유를 얻었지? 차를 사용한다고 미리 알린 일도 없었다. 늘 미리 알리기로 되어 있건만. 앙리는 계단을 올랐다. 사무실 입구에서 그는 발을 멈추었다. 이 계기판 문제가 마음에 걸렸다. 앙리는 편집실을 향해 걸어가 뱅상의 어깨에 손을 얹었다.

"이봐……."

뱅상이 돌아보고 미소를 지었다. 앙리는 망설였다. 의심스럽다고 할 수는 없지만, 조금 전에 《프랑스 수아르》* 1면 하단의 짤막한 기사를 읽으며 바 루즈에서 뱅상이 짓던 미소를 떠올린 터였다. 그리고 지금도 뱅상은 미소를 짓고 있었다. 그래서 앙리는 이 짤막한 기사를 다시 생각하지 않을 수 없었다. 그는 의심을 숨긴 채 뱅상에게 물었다. "한잔하

---

* 파리에서 발간되는 일간지로 1944년 젊은 레지스탕스들에 의해 창간되었다.

러 가지 않겠나?"

"술이라면 절대 거절하지 않죠." 뱅상이 말했다.

그들은 바에 올라가 테라스로 통하는 문 옆의 조그만 원탁에 앉았다. 앙리는 백포도주 두 잔을 주문한 뒤 다시 말을 꺼냈다. "이봐, 자네가 오늘 오전에 자동차를 썼나?"

"자동차요? 아니요."

"이상하군. 우리 아닌 누군가가 열쇠를 갖고 있는 게 분명해. 난 어제 자정에 돌아왔거든. 그런데 그 이후에 누가 225킬로미터를 운전했단 말이지."

"숫자를 착각하셨겠죠." 뱅상이 말했다.

"아니, 분명히 아니야. 2,100킬로미터를 막 넘긴 참이라 숫자를 유심히 봤거든." 앙리는 잠시 말을 멈추었다. "뤼크는 오늘 아침 여기에 있었어. 만약 자네가 자동차를 탄 게 아니라면, 누구인지 정말 궁금하군. 이 비밀을 반드시 밝혀내야겠어."

"선생님이 그렇게까지 신경 쓰실 일인가요?" 이렇게 묻는 뱅상의 목소리가 집요하게 느껴져서, 앙리는 말없이 그를 응시했다.

"난 비밀을 싫어하거든." 앙리가 말했다.

"아주 하찮은 비밀인걸요!"

"그렇게 생각하나?"

다시 침묵이 흐른 뒤, 앙리가 물었다.

"자네가 차를 탄 거지?"

뱅상이 미소를 지었다. "저기요, 이 얘기는 잊어주세요. 부탁드릴게요. 그냥 잊어주세요. 어제저녁 이후로 차를 탄 사람은 없는 겁니다. 그렇게 해요."

앙리는 술잔을 비웠다. 225킬로미터. 아티쉬는 파리에서
대략 100킬로미터 거리에 있다.《프랑스 수아르》의 짧은 기
사는 게슈타포와 함께 일했다는 의혹을 받던 보말이라는 의
사가 무혐의 판결을 받은 뒤 새벽에 아티쉬의 자택에서 살
해된 채 발견되었다고 보도하고 있었다. 앙리는 다시 뱅상
을 살펴보았다. 싸구려 소설의 냄새가 나는 이야기다. 그리
고 뱅상은 바로 눈앞에서 생생하게 미소를 짓고 있었다. 그
의 모습은 분명한 현실이었다. 앙리는 일어났다. 아티쉬에
시체가 있는 것 역시 분명한 현실이고, 어딘가에 살인자들
도 현실로 존재할 것이다.

"대화를 나누기에는 테라스가 더 낫겠군." 앙리가 말했다.

"네, 날이 참 좋네요." 뱅상이 테라스 난간 쪽으로 나가면
서 말했다. 난간 너머로 빛나는 파리의 지붕들이 보였다.

"어젯밤에 그럼 어디 있었나?" 앙리가 물었다.

"그걸 꼭 아셔야 합니까?"

뱅상은 미소를 머금은 채 생각에 잠겨 있었다. 앙리가 불
쑥 말했다.

"자네, 아티쉬에 있었지?"

뱅상의 얼굴이 변했다. 그는 자신의 손을 바라보았다. 손
을 떨고 있지는 않았다. 그가 다시 재빨리 눈을 들어 앙리를
쳐다보았다.

"무슨 근거로 그런 말씀을 하십니까?"

"너무 분명한 일이니까."

사실 그는 확신 없이 그저 말을 던져봤을 뿐이었다. 그런

데 그것이 갑자기 사실이 되었다. 뱅상은 폭력단에 가담하고 있었고, 어젯밤 아티쉬에 있었던 것이다.

"그렇게 분명한가요?" 뱅상이 분하다는 어조로 물었다. 그렇게 쉽게 발각된 것이 유감스러울 뿐, 그 밖의 일은 아무래도 좋다는 식이었다.

앙리는 뱅상의 어깨를 잡았다. "모르는 것 같은데, 자네 아주 비열한 짓을 하고 있어. 아주 비열한 짓이라고."

"보말이라는 의사는," 뱅상이 조용한 목소리로 대꾸했다. "게슈타포에게 잡혀 의식을 잃은 사람들을 손보느라 퐁프가로 불려다니던 자였습니다. 그가 기절한 사람들을 깨워놓으면 발가락을 비트는 고문이 다시 시작되었죠. 그자는 그 일을 2년간 했습니다."

앙리는 뱅상의 앙상한 어깨를 잡은 손에 더욱 힘을 주었다. "그래, 그놈은 진짜 개자식이야. 그래서? 지상에 개자식이 한 명 줄어들면 뭐 나아지는 거라도 있나? 1943년에 대독 협력자를 처단했던 일이야 나도 찬성이야. 하지만 지금 이런 짓은 아무런 소용이 없어. 이건 모험이라고도 할 수 없어. 행동도, 노동도, 스포츠조차도 아니라고. 단지 보잘것없고 병적인 놀이에 불과하지. 어쨌든 더 나은 일을 해야 하잖나."

"숙청이 구역질 나는 코미디일 뿐이라는 거 인정하시잖아요."

"자네가 한 일 역시 똑같은 구역질 나는 코미디야." 앙리가 말했다. "진실을 말해볼까?" 그는 화난 목소리로 덧붙였다. "모험이 끝나서 자네들은 상심한 거야. 그래서 모험을 이어가는 척하고 있지. 하지만 맙소사! 중요한 건 모험이 아니란 말이네. 우리가 지키던 게 중요하다고."

"우리는 여전히 같은 것들을 지키고 있습니다." 뱅상이
침착한 목소리로 대꾸했다. 마치 매우 추상적인 윤리학 문
제를 토론하고 있는 것 같았다. "아시다시피……" 그는 말을
이었다. "이런 작은 3면 기사들은 기억을 되살리는 데 아주
큰 도움이 됩니다. 기억을 되살릴 필요는 충분히 있고요. 아,
지난주에 아버지와 산책하고 있는 랑베르와 마주쳤어요. 너
무 분별없는 짓 아닌가요?"

"랑베르에게 아버지를 다시 만나고 싶으면 그렇게 하라
고 했어." 앙리가 말했다. "그건 랑베르 문제야. 기억을 되살
리는 일이라니!" 그는 어깨를 으쓱했다. "미치지 않고서야,
그런 짓이 뭔가를 바꿀 수 있다고 생각하는 건 아니겠지?"

"누가 뭘 바꾼다는 겁니까?" 뱅상이 비꼬는 어조로 되물
었다.

"왜 우리가 진퇴양난에 빠져 있는지 아나?" 앙리는 화가
나서 말했다. "우리 머릿수가 충분하지 않아서야. 자네와 자
네 친구들 탓이라고. 진짜 일을 하는 대신 멍청한 짓이나 하
면서 좋아하고 있으니까."

"저더러 S.R.L.에 가입하라는 건가요?" 뱅상이 빈정거리
듯 말했다.

"그게 훨씬 나을걸!" 앙리가 말했다. "하여튼 잘 생각해
봐. 아무도 상관하지 않는 별수 없는 개자식들을 죽이는 것
이 무슨 의미가 있는지를! 그런 일로 우파의 세력이 더 약해
지지는 않아."

뱅상이 말을 잘랐다. "라숌은 S.R.L.이 반동을 돕는다고

하고, 뒤브뢰유는 공산당이 프롤레타리아를 배신한다고 합니다. 그러니 선생님도 정신을 차리도록 하세요!" 그는 단호하게 테라스 문 쪽으로 걸어갔다. "이 얘기는 잊어주세요. 약속할게요. 더 이상 차를 타지 않겠다고 말입니다." 그러면서 그는 미소를 지었다.

"차 문제가 아냐."

뱅상은 다시 그의 말을 끊었다. "다른 일은 상관하지 마세요." 그들은 바를 가로질렀다. 문득 뱅상이 물었다.

"이따 마르코니 집에 오실 겁니까?"

"아니, 일이 너무 많아."

"아쉽네요! 이번만은 모두가 같은 일로 즐길 수 있을 텐데요! 선생님이 오시면 다들 아주 좋아할 겁니다!"

"나도 가고 싶어."

그들은 말없이 계단을 내려갔다. 앙리는 뭔가 설득력 있는 말을 덧붙이고 싶었지만 할 말이 없었다. 너무나 우울했다. 뱅상은 뒤에 한 다스나 되는 시체를 남겨두었고, 그것을 잊기 위해 계속 살인을 했다. 그러면서 술도 취하도록 마시곤 했다. 마르코니의 집에가서도 심하게 취할 것이다. 그가 계속 저런 일을 하도록 내버려둘 수는 없었다. 하지만 어떻게 막겠는가? '어디서 무언가가 썩어가는 거야.' 앙리는 생각했다. 할 일이 너무 많다! 그리고 무엇을 할지 모르는 사람들이 너무 많아! 그 둘을 연결시켜야 했는데 그러질 못한 거지. '뱅상을 아주 멀리 보내서 긴 현지 보도 기사를 쓰게 해야겠군.' 앙리는 마음먹었다. 하지만 이는 임시방편에 지나지 않았다. 무언가 확실한 해결책을 뱅상에게 줘야 했다.

S.R.L.이 더 나은 방향으로 진행되고 진정으로 희망을 대변한다면 뱅상에게 이렇게 말할 수 있을 텐데. '자네가 필요하네.' 그러나 지금으로서는 생각할 수 없는 일이었다.

두 시간 후 외무성에 도착했을 때도 앙리는 우울했다. 투르넬이 친절하게 맞아주고 신중하게 미소만 지을 것이 너무나 뻔했기 때문이다.

"자네 친구 다스 비에르나스에게 그 편지에 대해 생각해보겠다고 전하게. 하지만 기다려달라고 충고해줬으면 좋겠군." 투르넬이 말했다. "자네의 답장은 외교 문서로 보내주도록 하지. 비서에게 편지를 맡겨놓기만 하면 돼. 하지만 그래도 조심하게."

"물론 조심해야지. 그 불쌍한 노인은 이미 충분히 의심받고 있으니까!" 앙리는 비난을 담아 투르넬을 바라보았다. "그 사람들이 몽상가인 건 맞아. 상황을 제대로 이해하지 못하지. 하지만 살라자르를 내쫓으려 하는 건 어쨌든 옳은 일이잖아."

"물론 그 사람들이 옳기야 하지!" 투르넬이 말했다. 그 목소리에 원망이라 할 만한 감정이 담겨 있었기에, 앙리는 그의 얼굴을 더 주의 깊게 응시하지 않을 수 없었다.

"그러니, 어떤 방식으로든 도와야 하지 않아?"

"어떤 방식으로?"

"난 모르겠어. 그건 자네 소관이잖아."

투르넬은 어깨를 으쓱였다. "자네도 나만큼 정세를 잘 알잖아. 프랑스가 포르투갈을 위해서나 다른 나라를 위해 도대체 무슨 일을 할 수 있겠나! 프랑스 자신을 위해서도 아무것도 못 하는 이런 때에 말이야."

앙리는 근심스러운 마음으로 그의 화난 얼굴을 쳐다보았다. 투르넬은 레지스탕스를 조직한 초창기 인물 중 하나였다. 그는 결코 승리를 의심해본 적이 없었다. 패배에 대한 고백은 그답지 않았다.

"그렇지만 우리가 약간의 영향력은 갖고 있잖나." 앙리가 말했다.

"그렇게 생각해? 자네도 프랑스가 샌프란시스코에 초대받았다고* 자부심을 느끼고 있는 건가? 뭘 상상하는 거야? 우리가 이제 중요하지 않다는 것, 그게 진실이야."

"우리에게 큰 힘은 없지. 그건 알고 있어." 앙리가 말했다. "하지만 결국은 발언권을 가지고 있고, 우리 의견을 주장할 수 있고, 압력을 행사할 수 있으니……."

"나도 기억해." 투르넬이 씁쓸한 어조로 말했다. "프랑스가 연합국에 당당하게 말할 수 있을 만큼 명예를 회복하길 원했었지. 그걸 위해 죽은 사람들도 있었고. 정말 무의미하게 피를 흘린 셈이야!"

"레지스탕스 운동이 필요 없었다는 얘기는 아니겠지?"

"모르겠어. 내가 아는 사실이란, 그저 그게 큰 소용은 없었다는 거야." 투르넬이 앙리의 어깨에 손을 얹었다. "이 얘기는 자네만 들은 걸로 해줘."

"물론 그래야지!"

* 1945년 4월 25일부터 6월 26일까지 국제연합 헌장의 채택을 위해 샌프란시스코에서 개최된 회의. 미국, 영국, 소련, 중국이 주최국이 되어 총 50개국의 연합국이 참가하였다.

투르넬은 다시 사교적인 미소를 드러냈다. "어쨌든 이런 기회로 다시 만나게 되니 기쁘군!"

"나도 마찬가지야."

그는 빠른 걸음으로 복도를 지나서 안뜰을 가로질렀다. 가슴이 죄어 오는 것 같았다. '불쌍한 다스 비에르나스! 불쌍한 착한 늙은이들!' 그는 그들의 풀 먹인 깃과 중절모, 그들의 눈에 비치던 정당한 분노를 떠올렸다. 그들은 말했었다. "프랑스가 우리의 유일한 희망입니다." 희망은 없어. 어디에도. 다른 곳만큼이나 프랑스에도 이제 희망은 없어. 그는 차도를 가로질러 건넌 뒤 강둑의 난간에 팔꿈치를 괴었다. 포르투갈에 있을 때, 프랑스는 죽은 별들의 집요한 빛을 아직 간직하고 있는 듯 보였다. 앙리는 속았던 것이다. 문득 그는 자신이 아주 작은 나라의 죽어가는 수도에 살고 있다는 사실을 깨달았다. 아래에서는 센강이 흘렀고, 마들렌 사원과 국회의사당도 제자리를 지키고 있었다, 오벨리스크도. 전쟁이 기적적으로 파리를 피해 갔다고 해도 믿길 정도였다. '우리도 그렇게 믿고 싶었지.' 앙리는 차를 타고 생제르맹 대로로 들어서며 생각했다. 마로니에는 변함없이 꽃을 피웠고, 프랑스인들은 과거와 비슷한 집들, 나무들, 벤치에 기꺼이 속으며 만족스러워하고 있었다. 하지만 세상의 중심에 서 있었던 오만한 도시는 사실상 사라졌다. 앙리는 5등 국가의 하찮은 시민에 지나지 않았고《레스푸아》는《프티 리무쟁》*과 다를 바 없는 지방신문에 지나지 않았다. 그는 침울한 발걸음으로 신문사 계단을 올라갔다. '프랑스는 이제 아무것도 할 수 없어.' 아무것도 할 수 없는 사람들에게

정보를 알려주고 분노와 열광을 끌어내는 것이 무슨 소용이
있을까? 앙리는 포르투갈 현지 보도 기사에 정성을 들였다.
마치 온 세상의 여론을 불러일으켜야만 한다는 듯. 하지만
워싱턴은 완전히 무시했고, 프랑스 외무성은 무엇도 하지
못했다. 그는 책상에 앉아 자신이 쓴 기사의 도입부를 다시
읽었다. 무슨 소용이 있어? 사람들은 기사를 읽고, 고개를
끄덕이고, 신문을 휴지통에 던져 넣겠지. 그게 다야.《레스
푸아》가 독립적으로 남거나 말거나, 독자를 잃거나 말거나,
혹여 망한다 해도 그게 뭐 대단한 일이겠어? '고집을 부릴
필요가 없어!' 갑자기 그런 생각이 들었다. 뒤브뢰유와 사마
젤은 이 신문을 이용할 수 있다고 믿고, 프랑스가 고립되어
있지 않은 이상 아직 할 역할이 있다고도 믿지. 그러한 희망
이 전부 바로 곁에 있긴 하지만, 그들 앞에는 공허함뿐이다.
'그렇다면, 난 왜 제안을 받아들이겠다고 전화하지 않는 거
지?' 앙리는 생각했다. 그는 오랫동안 책상 위의 전화기를
바라보았지만, 그의 손이 결정을 내리지 못하고 있었다. 그
는 기사를 쓰기 시작했다.

"여보세요, 앙리? 나딘이에요." 목소리가 사납게 떨리고
있었다. "나 잊어버린 거 아니죠?"

그는 놀라서 손목시계를 보았다. "절대 아니야. 내려갈게.
아직 10시 15분밖에 안 됐지?"

"10시 17분이에요."

"저런, 내가 일이 좀 있었어."

그는 급하게 전화를 끊었다. 나딘은 늘 만남을 망치는 재능이 있었다. 따분한 오늘 하루, 앙리는 그녀의 부드럽고 싱싱한 육체를 껴안을 순간, 마침내 자기 몫의 봄을 누리게 될 순간을 몇 번이나 생각했다. 그런데 원망이 단번에 욕망을 사라지게 만들어버렸다. '나에 대해 무슨 권리라도 가진 양 생각하는 여자가 하나 더 있다니!' 그는 계단을 내려가며 생각했다. '그런 여자는 폴만으로 충분해.' 그는 작은 카페의 문을 열었다. 나딘은 광천수를 마시며 침착한 태도로 책을 읽고 있었다.

"그래서? 20분쯤 기다려줄 수 없었어?"

그녀는 고개를 들었다. "미안해요. 재촉하고 싶지는 않았어요. 하지만 어쩔 수 없었어요. 누군가를 기다리기 시작하면, 그 사람을 영원히 못 볼 것 같단 말이에요."

"사람들이 그렇게 사라지지는 않아."

"그렇게 생각해요?"

앙리는 부끄러움에 고개를 돌렸다. 나딘이 겨우 열여덟 살이며, 힘든 과거가 있다는 것이 떠올랐기 때문이었다.

"주문했어?"

"네, 오늘 저녁엔 비프스테이크가 있대요." 나딘은 타협적인 미소를 지으며 덧붙였다. "마르코니 집에 안 오길 잘 했어요. 재미없었거든요."

"뱅상은 취했지?"

"어떻게 그걸 알죠?"

"항상 취하잖아. 뱅상이 마음을 돌리도록 좀 도와줘."

"오, 뱅상을요! 그 애는 뭐든 할 권리가 있어요." 나딘이 생각에 잠긴 목소리로 말을 이었다. "뱅상은 다른 사람들과 완전히 달라요. 대천사 같은 사람이랄까……."

그러고서 그녀는 앙리에게 시선을 고정했다. "그래서, 투르넬은 만났어요?"

"만났어. 할 수 있는 일이 없다더군."

"아무 소득 없이 고생만 할 줄 알았어요."

"나도 이럴 줄은 알고 있었어."

"그러면 굳이 만날 필요가 없었잖아요" 나딘의 얼굴이 다시 부루퉁해졌다. 이어 그녀가 앙리에게 검은색 노트를 내밀었다. "원고 가져왔어요."

"읽을 만해?"

"인도차이나에 대한 이야기인데 아주 재미있어요." 객관적인 판단을 내린다는 듯한 어조였다.

"발췌해서 잡지에 실을 수 있을 것 같아?"

"그럼요! 나라면 전부 다라도 싣겠어요." 그녀는 원망 비슷한 감정을 담아 원고를 쳐다보았다. "이렇게 대담하게 자기 이야기를 하려면 부끄러움이 없어야겠죠. 난 절대 쓰지 못할 것 같아요."

앙리는 나딘에게 미소를 지었다. "한 번도 글 쓰고 싶었던 적 없어?"

"전혀요." 그녀는 과장스럽게 대답했다. "무엇보다, 재능이 없는데 글을 쓰는 사람을 이해할 수 없어요."

"때로는 글쓰기가 널 도와줄 거라는 느낌이 드는데." 앙리가 말했다.

나딘의 얼굴이 굳어졌다.

"글쓰기가 날 도와준다고요? 어떤 걸요?"

"인생에서 힘든 일을 해결하는 것."

"고맙지만 나 혼자 그럭저럭 잘 해결해나가고 있어요."
나딘이 비프스테이크를 찔러보며 말했다. "작가들은 이상
해요. 마약중독자들보다 더 나빠요."

"왜 하필이면 마약중독자들이지?"

"마약중독자들은 모두를 중독시키고 싶어 하잖아요. 작
가들은 모두가 글을 쓰기를 원하고요."

앙리는 원고를 펼쳤다. 그러자 마치 작은 조약돌이 비처
럼 쏟아지듯이, 타이핑한 문장들이 맑고 간결하며 흥겨운
소리로 마음속에서 울려 퍼졌다.

"스물두 살 청년치고는 정말 잘 썼군." 그가 말했다.

"네, 아주 잘 썼죠." 나딘이 말하며 어깨를 으쓱해 보였다.
"그런데 어떻게 만나보지도 못한 사람에게 그렇게 열광할
수 있어요?"

"열광하는 게 아니야. 재능이 있다는 걸 인정하는 거지."

"그래서요? 이 세상에 재능 있는 작가들이 충분하지 않다
는 뜻인가요? 설명해줘요." 나딘은 완고한 태도로 다시 말
을 이었다. "왜 아빠와 당신은 신인들의 걸작을 찾아내려고
하는 거죠?"

"우리가 글을 쓰는 이유는 문학을 믿기 때문이야." 앙리
가 말했다. "좋은 책 덕분에 문학이 풍요해지는 것은 기쁜 일
이지."

"새 작품이 작가인 당신들의 활동에 영향을 미치고 그걸

정당화해준다는 뜻인가요?"

"어떤 의미에서는 그렇지."

"생각했던 그대로네요." 나딘이 만족스러운 목소리로 말했다. "신인에 대한 작가들의 관심이란 근본적으로 이기적이군요."

"오! 웬 싸구려 냉소주의야!"

"어차피 인간이란 늘 이기적으로 행동하지 않나요?"

"타인을 위한 다소 유쾌한 이기주의도 있기는 하지."

앙리는 무엇보다도 토론만큼은 하고 싶지 않았다. 나딘은 성냥개비 끝으로 이를 쑤시고 있었다. 그는 정말이지 짜증이 났다. 그녀가 성냥개비를 타일 바닥에 떨어뜨렸다. "당신도 내가 비서직을 맡은 것이 잘못이라고 생각하죠?"

"왜 그런 걸 물어? 넌 아주 잘하고 있잖아."

"비서직의 관점에서가 아니라 나 자신의 입장에서 말이에요. 내가 옳은 결정을 한 걸까요, 아닐까요?"

사실 앙리는 별로 생각해보지 않았다. 나딘은 매우 냉소적이지만, 그런 그녀도 그가 자신의 문제에 대해 얼마나 무관심한지 알았다면 놀랐을 것이다.

"물론 공부를 계속할 수도 있었겠지." 그는 마지못해 대답했다.

"난 독립하고 싶었어요."

아버지의 잡지사에서 일하는 것은 우스운 독립이다. 사실 나딘은 전심전력을 다해 부모를 경멸하고 있었으며, 증오하기까지 했다. 하지만 부모와 자신의 삶이 서로 분리되는 것은 견디지 못할 터였다. 그녀는 부모를 바로 앞에서 경멸하고자 했으니까. 앙리는 열의 없이 말했다. "너 자신에 대해서는 네가 최고의 판단을 내릴 수 있을 거야."

"그러면, 내가 옳았다는 거예요?"

"네가 원하는 것을 하는 게 옳지." 그는 억지로 대답했다. 나딘은 자기 자신에 대해 얘기하는 것을 아주 좋아하면서도, 비판의 말에는, 그것이 호의에서 나온 것이라 해도 상처를 받곤 했다. 오늘 저녁 앙리는 솔직히 아무것도 말하고 싶지 않았다. 오직 나딘과 함께 침대에 있고 싶을 뿐이었다.

"넌 상냥한 애니까, 내가 뭘 원하는지 알고 있겠지?"

"뭔데요?"

"나와 함께 길 건너로 가보는게 어때?"

나딘의 얼굴이 어두워졌다. "날 만나는 건 오직 그것 때문이군요." 분하다는 듯한 어조였다.

"모욕할 생각은 없었어."

나딘은 애처롭게 말했다. "난 얘기를 하고 싶었어요."

"그럼 얘기하지! 코냑 마실래?"

"술 안 마시는 거 알잖아요."

"늘 수녀처럼 절제를 하는군. 담배도 싫어?"

"싫어요."

그는 코냑을 주문하고 담배에 불을 붙였다.

"무슨 이야기를 하고 싶은데?"

앙리의 목소리가 친절하지 않았지만 나딘은 당황하지 않았다.

"공산당에 입당하고 싶어요."

"입당해."

"당신은 어떻게 생각하는데요?"

"아무 할 말 없어." 그의 어조가 격렬해졌다. "뭘 하고 싶은지는 너 자신이 알아야지."

"하지만 망설여져요. 그리 간단한 일은 아니잖아요. 그래서 얘기를 하고 싶었어요."

"토론으로는 아무도 납득시킬 수 없어."

"다른 사람들과는 토론하잖아요." 나딘의 목소리가 갑자기 날카로워졌다. "나랑은 절대 토론하려고 하지 않죠. 내가 여자니까. 여자들이랑은 섹스나 하는 게 제격이니까."

"난 매일 장황하게 떠들며 보내고 있어." 앙리가 말했다. "결국은 말하는 것이 얼마나 지긋지긋해지는지 좀 알아줬으면 좋겠는데."

랑베르나 뱅상과 함께였다면 사실 토론을 피하지 않았을 것이다. 나딘도 그들만큼 도움을 원하고 있었다. 하지만 그는 큰 희생을 치르고 깨달은 터였다. 여자를 도와준다는 것은 결국 권리를 주는 것이었다. 아주 작은 것을 줘도 여자들은 그것을 약속으로 여겼다. 그래서 그는 방어 태세를 갖추고 있었다.

"내 생각엔, 당에 들어간다 해도 네가 오래 버티지 못할 거라고 봐." 앙리는 애써 입을 열었다.

"오! 당신네들, 당신네 지식인들의 소심함 같은 것 때문에 힘들어하는 일은 없을 거예요." 나딘이 열정적으로 말했다. "확실한 건, 입당을 했더라면 포르투갈에서 굶어 죽게 된 아이들을 보았을 때 그토록 양심의 가책을 느끼지는 않았을 거라는 점이에요."

그는 침묵을 지켰다. 그래, 양심의 가책에서 영원히 벗어나게 된다는 건 정말 솔깃한 일이지. 하지만 단지 그런 이유로 입당한다면, 절대로 잘되지 않을 것이다.

"무슨 생각 해요?" 나딘이 물었다.

"입당하길 원한다면, 그렇게 하는 게 좋을 거라는 생각."

"하지만 당신은 공산당에 들어가기보다는 S.R.L.에 남아 있고 싶은 거죠?"

"왜 내가 의견을 바꾸겠어?"

"그러면 공산주의자가 되는 것이 내게는 좋지만 당신에겐 아니라는 거예요?"

"공산당에는 참을 수 없는 게 너무 많거든. 만약 네가 그걸 참을 수 있다면, 입당하도록 해."

"이것 봐, 토론하고 싶어 하지 않잖아요!"

"토론하고 있잖아."

"마지못해 이러는 거잖아요. 함께 있는 것이 너무나 지겨운 것 같군요!" 나딘이 비난을 담아 말했다.

"절대 아니야! 지루하지 않아. 다만 오늘 밤에는 머리가 정말 멍해."

"날 만날 때는 항상 멍하죠."

"밤에만 만나니까. 내가 다른 때는 여유가 없다는 거 잘 알잖아."

짧은 침묵이 흐른 뒤, 그녀가 입을 열었다. "있죠, 뭔가 부탁하고 싶어요. 당연히 거절하겠지만……."

"뭔데?"

"다음 주말은 나랑 보내요."

"그럴 수 없어." 앙리가 말했다. 다시 울분이 목구멍으로 치밀어 올랐다. 나딘은 그가 원하는 육체를 거절하면서 그의 시간과 관심만 요구하고 있었다. "그럴 수 없다는 거 너도 알잖아."

"폴 때문에요?"

"그래."

"어떻게 한 남자가 더 이상 사랑하지 않는 여자의 노예가 되어 참고 일생을 보낼 수 있죠?"

"내가 폴을 아끼지 않는다고 말한 적은 한 번도 없어."

"당신은 그녀를 동정하고 양심의 가책을 느끼는 거예요. 이런 감상적인 계략들 정말 다 구역질 나요. 만나서 더 이상 즐겁지 않을 때는 포기를 해요. 그뿐이에요."

"그렇다면 누구한테도, 아무 부탁도 하지 말아야지." 앙리는 오만한 태도로 나딘을 응시하며 말했다. "그리고 특히, 거절을 당했다는 이유로 심하게 화내지 말아야 하는 거고."

"당신이 솔직하게 말했다면 나도 화내는 일 없었을 거예요. 폴에 대한 의무감을 말하는 대신에 나랑 주말을 보내고 싶지 않다고 했으면요."

앙리는 가볍게 웃었다. '아니, 이번에는 솔직하게 말하라는 따위의 수법에 걸려들지 않을 거야. 진실을 요구할 테면 해보라지.' 앙리는 목소리를 높였다. "내가 솔직하게 말한다면 어쩔 건데?"

"두 번 다시 날 만나지 않아도 되는 거죠."

나딘은 테이블 위에 있는 가방을 잡고 탁 소리를 내며 닫았다. "난 거머리 같은 여자는 아니니까." 그녀가 말했다.

"난 집착하지 않아요. 걱정 말아요. 게다가 당신을 사랑하지도 않고." 나딘은 한순간 말을 멈추더니 앙리의 얼굴을 빤히 쳐다보았다. "어떻게 지식인을 사랑할 수 있겠어요? 당신도 그렇듯이 지식인들은 심장 대신에 저울을 갖고 있고, 그 끝에 작은 뇌를 달고 있잖아요. 그리고 사실……" 이어 결론을 내리듯 말을 맺었다. "지식인들은 모두 파시스트예요."

"이해가 안 가는군."

"사람들을 결코 평등하게 대하지 않으니까요. 양심이라는 알량한 판단력에 따라 사람들을 쥐락펴락하죠. 당신들의 관대함이란 제국주의고, 공평함이란 자만이에요."

나딘은 분노의 기색 없이 생각에 잠겨 이야기하더니 곧 일어나 가벼운 미소를 덧붙였다.

"오! 약한 척하지 말아요. 날 만나는 게 귀찮잖아요. 사실 나도 이제는 별로 재미가 없어요. 심각하게 생각할 것 없어요. 또 만나게 되면 가볍게 이야기 나눠요. 서로 원망하지 말고요."

나딘이 거리의 어둠 속으로 사라지자 앙리는 계산서를 달라고 했다. 자신이 한 짓이 불만스러웠다. '왜 나딘에게 그렇게 못되게 굴었지?' 좀 성가시기는 했지만, 그는 나딘을 아주 좋아하고 있었다. '나는 너무 짜증을 잘 내. 모든 것이 나를 짜증 나게 해. 무언가 잘못되어가고 있어.' 그는 포도주 잔을 비웠다. 놀랄 것도 없는 일이었다. 그는 하기 싫은 일을 하며 매일을 보내고 있었으니까. 아침부터 저녁까지, 그는 마지못해 살고 있었다. '어쩌다가 내가 이렇게 되었지?' 프랑스가 해방된 다음 날만 해도 그의 계획은 그리 주제넘은

328

것으로 보이지 않았다. 전쟁 전의 삶을 되찾고 새로운 활동을 하면서 삶을 풍요롭게 만드는 것이었으니까. 앙리는 글을 쓰며 행복한 상태로《레스푸아》를 운영하고 S.R.L.에서 일할 수 있으리라 믿었다. 하지만 그럴 수 없었다. 왜지? 시간의 문제가 아니었다. 그가 진정으로 일에 애착을 가졌다면, 오후에 얼른 일을 해결하고 거리로 산책을 나가거나 마르코니의 집에 갔을 것이다. 그리고 지금도 일할 수 있는 시간은 있었다. 웨이터에게 종이를 달라고 할 수도 있지 않은가. 하지만 그 생각만으로도 그는 구역질이 났다. "웃기는 직업이죠." 나딘은 그렇게 말했었지. 그녀가 옳아. 러시아인들은 베를린을 약탈하는 중이야. 전쟁이 끝나느냐, 아니면 또 다른 전쟁이 시작되느냐 하는 마당에, 어떻게 한 번도 일어나지 않았던 이야기를 즐겁게 쓸 수 있겠어? 그는 어깨를 으쓱였다. 이것도 일이 잘 안 될 때 사람들이 스스로 만들어내는 핑계 비슷한 거겠지. 전쟁의 위협이 있을 때도, 전쟁이 터졌을 때도, 그는 여전히 즐겁게 이야기를 썼었다. 그런데 왜 지금은 아닌가? 앙리는 카페에서 나왔다. 정치에 먹혀버리리라 예상했던 밤, 그 안개 낀 밤이 떠올랐다. 그렇게 되었어. 정치에 먹혀버렸어. 하지만 난 왜 더 잘 방어하지 못한건가. 쓰지 못하게 하는 마음속의 고갈은 어디서 연유한 것인가. 내 손에 들린 원고를 쓴 청년은 이야깃거리를 찾았는데, 왜 나는 그러지 못하고 있는가. 앙리도 한때는 스물두 살이었고, 이야깃거리가 있었다. 자신의 책을 꿈꾸며 길을 걸었다. 책……. 그는 발걸음을 늦추었다. 그 길들은 더 이상 예전과 같지 않았다. 한때 그 거리들은 빛으로 눈부신 세계의 수도를 가로지르고 있었다. 오늘, 군데군데 어두운 밤을 비추는 희미한 가로등 불빛에 차도가 얼마나 좁은지, 집들이 얼마나 노화되었는지가 눈에 들어왔다. 빛의 도시는 사라졌다. 언젠가 파리가 다시 빛나게 되면, 이 도시의 광채는 쇠퇴한 수도의 광채가 될 것이다. 베니스, 프라하, 브루게와 같은 죽은 도시가 될 것이다. 이미 전과 같은 길이, 같은 도시가, 같은 세계가 아니었다. 크리스마스 날 밤, 앙리는 평화의 감미로움을 언어로 표현하기로 결심했었다. 하지만 그 평화는 감미로움 없이 존재하고 있으며, 거리들은 침울하고, 나딘의 육체도 우울했다. 봄은 그에게 아무것도 선사하지 않았다. 푸른 하늘과 새싹들은 계절의 관습을 따를 뿐, 아무런 약속도 해주지 않았다. '내 삶의 취향을 이야기하자.' 하지만 여러 일들이 이제 아무런 의미가 없었기 때문에, 삶에도 더는 취향이랄 게 없었다. 바로 그래서 글쓰기도 더 이상 의미가 없었다. 역시 나딘이 더 옳았다. 테주강가의 작은 불빛들이 굶어 죽어가는 도시를 비추고 있다는 것을 알 때, 그 광경을 즐겁게 묘사할 수는 없는 것이다. 굶어 죽어가는 사람들 또한 글쓰기의 구실이 될 수는 없다. 과거는 단지 환영에 불과했다. 환영이 사라지면 무엇이 남을까? 불행, 위험, 불확실함, 무질서가 남겠지. 앙리는 하나의 세계를 잃었고 그 대가로 무엇도 받지 못했다. 그는 어디에도 없었고, 아무것도 소유하지 못했으며, 아무것도 아니었다. 어떤 이야기도 할 수 없었다. '그러니까, 난 침묵을 지키기만 하면 돼.' 앙리는 생각했다. '이러한 결심이 진심이라면, 이러지도 저러지도 못하지는 않겠지. 내게 주어진 고역을 즐겁게 해낼 수도 있을 거야.' 앙리는 바 루즈 앞에서 멈추었다. 유리창 너머 등 받이 없는 의자 위에 외로이 앉아 있는 쥘리앵의 모습이 보였다. 문을 열자 앙리의 이름을 속삭이는 사람들의 목소리가 들려왔다. 바로 전날만 되었어도 앙리는 아직 이 사실에 감격했을 것이다. 하지만 무리 지은 단골손님들을 헤치고 나아가는 지금, 그는 초라한 환영에 속은 자신을 원망하고 있었다. 과테말라나 온두라스에서 위대한 작가가 된다는 건 얼마나 가소로운 성공인가! 한때 앙리는 자신이 세계에서 가장 특혜 가득한 장소에 살고 있다고 믿었다. 말 한 마디 한 마디가 세계 전체로 퍼져가는 장소. 하지만 이제 자신의 말이 전부 바로 발밑에서 사라져버리리라는 것을 그는 알았다.

"너무 늦었군!" 쥘리앵이 말했다.

"너무 늦었다니?"

"난투극이 있었는데 그걸 놓쳤잖아. 아! 뭐 대단한 건 아니었지만." 그가 덧붙였다. "젊은 애들은 제대로 싸울 줄도 몰라."

"뭣 때문에 싸웠는데?"

"한 녀석이 페탱*을 '원수'라고 불렀거든." 쥘리앵이 혀가 잘 돌아가지 않는 목소리로 말하고는 주머니에서 작고 납작한 병을 꺼냈다. "진짜 스카치위스키 마실래?"

"응."

"잔 하나랑 소다수 하나 더 주세요." 쥘리앵이 주문을 하

---

* 프랑스의 군인이자 정치가. 제2차 세계대전 당시 독일의 프랑스 점령 후 히틀러와 강화하고 국가원수로서 대독 협력 정책을 취하여 국가 주석이 되었다.

고 앙리의 잔을 절반쯤 채웠다.

"좋군!" 앙리가 말하고는 한 잔을 쭉 들이켰다. "작은 강장제가 필요했어. 완전히 일로 꽉 찬 하루를 보냈거든. 정말 어이가 없지! 이런 하루를 보내면 얼마나 공허한지 알아?"

"하루하루 늘 일로 꽉 차 있는 법이니까. 한 시간도 빠지는 일이 없이 말이지. 불행히도 술병은 다르지만."

쥘리앵이 카운터 위에 놓인 노트를 건드렸다. "이건 뭔가? 비밀 서류?"

"어느 젊은이가 쓴 소설이야."

"그 젊은이에게 말해. 이런 건 여동생 머리 마는 종이로 쓰라고 말이야. 나처럼 사서가 되라고 해. 매혹적인 직업인 데다 소설가보다 건전한 직업이기도 하지. 자네도 알잖아. 버터나 대포를 독일인들에게 팔았다면, 용서받고 포옹을 받고 훈장을 받겠지. 하지만 여기저기에다 지나친 말을 썼다면, '겨눠! 발사!'가 되는 거거든. 자네, 이런 일에 대해 기사를 좀 써봐."

"쓸까 생각 중이야."

"늘 생각 중이구먼, 안 그래?" 쥘리앵이 작은 병에 들어 있던 스카치위스키를 부어 잔을 채웠다. "자네가 국영화를 요구하는 글로 지면을 채울 줄은 몰랐어! 노동과 정의라. 그게 재밌을 거라 생각해? 그러면 생식기의 국영화는 언제 할 건데?" 그가 잔을 들었다. "베를린의 학살을 위해."

"학살이라고?"

"착한 러시아 군인들이 오늘 밤에 베를린에서 뭘 하겠나? 학살과 강간이지! 아주 난장판이야. 그게 승리라는 거지! 우리의 승리 말이야. 자랑스럽지 않아?"

"아! 자네마저 진저리 나는 정치 얘기를 하려는 건 아니겠지!"

"안 해! 빌어먹을 정치!"

"이 세상이 너무 재미없다는 뜻이라면, 동감이야." 앙리가 말했다.

"내 말이 그 말이야. 이 빌어먹을 곳을 봐. 이런 곳을 '바'라고 부른다니. 주정뱅이들조차 프랑스 재건 얘기뿐이야. 게다가 여자들은 어떻고! 주변에 재밌는 여자라고는 한 명도 없어. 우울해 죽겠는 여자들뿐이라고."

쥘리앵이 등받이 없는 의자에서 내려왔다. "자! 몽파르나스로 가자고. 적어도 거기서는 젊고 매력적인 여자들을 찾을 수 있겠지. 진짜 처녀들은 아니어도 상냥하겠다, 돈을 얼마 안 준다고 절망하지도 않는다고."

앙리는 고개를 저었다. "난 가서 자야겠어."

"자네도 역시 재미없군." 쥘리앵이 적의 어린 태도로 말했다. "아냐, 이 '전후戰後'라는 게 참 돼먹지 못했어."

"돼먹지 못했지!" 앙리는 문을 향해 위엄 있게 걸어가는 쥘리앵을 눈으로 좇았다. 그 역시 재미있기는커녕 가시 돋친 사람이 되어 있었다. 하지만 전후의 생활이 재미있을 수 있을까? 그래, 독일 점령하에 있을 땐 전쟁이 끝나면 모든 게 너무 아름다울 것 같았지. 그것도 이젠 옛날 이야기야. 내일에 대한 노래는 충분히 불렀어. 그 내일이 오늘로 변했지만, 오늘은 이제 노래조차 되지 못하지. 정말이지, 파리는 파괴되었고 모두가 전쟁에서 죽어버렸어. '나도 마찬가지고.' 앙

리는 생각했다. 그다음에는? 살아가는 척하기를 포기한다
면 죽음도 그리 불쾌한 건 아니야. 글쓰기도 삶도 다 끝났어.
유일한 명령은 행동뿐이지. 집단으로 행동할 것, 자신을 돌
아보지 말고 씨를 뿌릴 것, 절대 수확하지 말고 다시 씨를 뿌
릴 것. 행동할 것, 단결할 것, 뒤브뢰유에게 복종할 것, 사마
젤에게 미소를 보낼 것. 앙리는 전화를 걸 작정이었다. '신문
은 선생님들 겁니다'라고 말해야지. 봉사할 것, 단결할 것,
행동할 것. 그는 코냑을 더블로 주문했다.

제4장

살아남는다는 것, 자기 인생의 반대편에서 산다는 것. 어쩄든 아주 편안한 일이다. 무엇도 기대하지 않고, 무엇도 두려워하지 않게 되니까. 그리고 모든 시간이 추억 비슷해지니까. 이러한 사실을 나는 나딘이 없는 사이 깨닫게 되었다. 정말 평화로워! 더 이상 아파트 문에서 덜그럭대는 소리도 나지 않아. 아무에게도 방해받지 않고 로베르와 이야기할 수 있어. 누군가 내 방문을 두드리는 일 없이 밤늦게까지 깨어 있을 수도 있어. 이 상황이 내겐 너무나 좋아. 나는 매 순간 문득문득 과거를 떠올리며 즐거워했다. 잠 못 이루는 1분으로도 충분했다. 세 개의 별이 보이는 방향으로 열린 창문 너머, 지나간 모든 겨울들과 얼어붙은 시골이 크리스마스가 되살아나고 있었다. 청소부들이 쓰레기통을 옮기는 소리에도 내가 어린 시절부터 지금까지 시간을 보내왔던 파리의 모든 아침이 깨어났다. 로베르가 충혈된 눈으로, 먹먹한 귀로, 무감각한 정신으로 글을 쓰는 동안, 그의 사무실에는 옛날과 같은 침묵이 흘러갔다. 흥분 섞인 웅성거림은 또 얼마나 친근한가! 그들의 얼굴은 새롭고, 그들의 이름은 르누 아르와 사마젤로 바뀌었지만, 저 싸구려 담배 냄새나 저 격 렬한 음성, 저 타협적인 웃음은 익숙한 것들이었다. 저녁이 면 난 로베르의 얘기에 귀 기울이며 우리의 변함없는 실내 장식품들을, 책들을, 그림들을 바라보았다. 죽음이란 짐작 하는 것보다 더 관대할지도 모른다고 생각하면서.

다만, 나는 이 무덤 속에 몸을 숨기고 있어야만 했다. 그리 고 이제 젖은 거리에서 줄무늬 죄수복을 입은 남자들과 마 주치게 되었다. 강제수용소에서 돌아온 최초의 귀환자들. 벽에 붙고 신문에 실린 사진들은 그동안 우리가 '공포'라는 단어가 무엇을 의미하는지 예감조차 못 했었다는 사실을 보 여주었다. 새로운 사망자들이 우리가 살아서 배신했던 수많 은 사망자들의 수를 늘려놓았다. 그리고 과거 속에서 쉴 수 없는 생존자들이 내 진료실로 오기 시작했다. "단 하룻밤이 라도, 지난날을 떠올리지 않은 채 충분히 자고 싶어요." 아 직 생기발랄한 볼을 가졌지만 머리는 백발이 된 키 큰 소녀 는 애원했었다. 보통의 경우라면 나는 스스로를 방어하는 법을 알고 있다. 전쟁 중에 광기를 억제했던 모든 신경쇠약 환자들이 미친 듯 설욕전을 해대도 난 그들에게 직업적인 관심만을 기울였다. 하지만 돌아온 이 유형수들 앞에서는 부끄러웠다. 충분히 고통 받지 않아서, 무사해서 부끄러웠 다. 건강한 상태로 그들을 굽어보며 조언을 내릴 준비가 되 어 있어서 부끄러웠다. 아! 스스로 제기했던 의문들이 얼마 나 헛되게 보였는가. 세상의 앞날이 어떻게 되든 간에, 이 남 자들, 이 여자들이 과거를 잊고 회복할 수 있도록 도와야 했다. 유일한 문제는 밤늦게까지 일을 해도 소용이 없었다는 것, 낮은 너무 짧다는 것이었다.

그러다가 나딘이 파리로 돌아왔다. 그 애는 적갈색 소시지며 햄이며 설탕이며 커피며 초콜릿 따위로 가득 찬 해군 가방을 끌고 왔다. 가방에서는 설탕과 달걀로 만든 끈적끈적한 케이크며 스타킹, 구두, 스카프, 천, 브랜디가 나왔다. "인정하세요! 그럭저럭 잘해내고 왔죠?" 그 애는 자부심에 차서 말했다. 타탄체크가 들어간 스커트, 재단이 잘된 붉은색 블라우스, 얇고 가벼운 모피 코트를 입고 고무창이 달린 구두를 신은 채였다. "빨리 드레스 한 벌 맞춰요, 불쌍한 우리 엄마. 하여튼 엄만 너무 부랑자 같다니까요." 화려한 가을 빛깔의 솜털 옷감을 내 팔에 던지듯 안기며 그 애는 말했다. 그러고는 이틀 동안 혈기에 넘쳐 포르투갈에 대해 묘사했는데, 이야기를 썩 잘하지는 못했다. 몸짓을 많이 섞어서, 자신의 어휘로는 감당이 안 되는 미사여구를 동원해서 묘사했지만, 목소리에 강렬한 불안함이 담겨 있었다. 마치 추억을 즐기기 위해서는 우리의 마음을 사로잡아야 한다고 생각하는 것 같았다. 그리고 무슨 중요한 일인 양 집을 면밀히 살피기 시작했다.

"엄마는 진짜 아무것도 몰라요. 이 유리창들! 이 바닥들! 곧 환자들이 몰려들 테니, 이제는 엄마 혼자서 집안일을 해내기 힘들 거예요."

로베르 역시 그렇게 주장했다. 남의 시중을 받는다는 것에 약간의 반감이 들었지만, 나딘은 그걸 프티부르주아의 소심함이라고 하더니 젊고 의욕적이고 성실한 가정부를 찾아주었다. 이름은 마리였는데, 첫 번째 주에 해고할 뻔했다. 로베르는 요즘 자주 그러듯이 외출하고 없을 때였다. 그는 책상 위에 원고를 뒤죽박죽으로 흩뜨려놓고 나갔는데, 서재에서 소리가 나길래 문을 조금 열어보니 마리가 로베르의 원고 위로 몸을 숙이고 있는 모습이 눈에 들어왔다.

"뭐 하고 있는 거죠?"

"정리 중이에요." 마리가 태연하게 대답했다. "선생님이 안 계시는 틈에 하려고요."

"이 서류에는 절대 손대지 말라고 얘기했을 텐데요. 그리고 정리 중이 아니라 원고를 읽고 있었잖아요!"

"전 선생님의 글씨를 읽어낼 수 없답니다." 마리는 서운하다는 듯이 말하며 나에게 미소를 지었다. 활기 없는 작은 얼굴. 미소도 그 얼굴에 활기를 불어넣지 못했다. "하루 종일 글을 쓰시다니 정말 신기해요. 전부 선생님 머리에서 뽑아내시는 걸까요? 그게 종이에서는 어떤지 보고 싶었어요. 망가뜨린 건 아무것도 없어요."

나는 머뭇거렸다. 결국 마음을 누그러뜨릴 수밖에 없었다. 하루 종일 청소하고 정리만 하다 보면 정말 지겹겠지! 마리는 졸린 듯 멍한 표정이었지만 바보는 아닌 것 같았다. 그저 기분 전환을 할 생각으로 그랬으리라.

"알았어요. 하지만 다시는 그러지 말아요." 이어 나는 덧붙여 물었다. "책 읽는 거 좋아해요?"

"읽을 시간이 조금도 없는걸요." 마리가 대답했다.

"오늘 일과는 끝났잖아요."

"집에 아이가 여섯이나 있고, 제가 장녀예요."

'제대로 배우고 진짜 직업을 가질 수 없다니 안타깝군.' 나는 생각했다. 마리와 이 얘기를 나눠봐야겠다고 막연히 생각했지만 그 뒤로는 그녀와 거의 마주치지 못했다. 마리는 매우 조심성 있는 성격이었다.

"랑베르가 전화를 안 하네요." 포르투갈에서 돌아오고 며칠이 지난 뒤 나딘이 말했다. "앙리가 돌아왔으니 나 역시 돌아왔다는 걸 알고 있을 텐데."

"돌아오면 네가 직접 알리겠다고 떠나기 전부터도 랑베르에게 여러 번 말했었잖아. 널 귀찮게 할까 봐 신경 쓰는 거겠지."

"랑베르가 삐쳐 있다면 그거야 자기 마음이죠. 어쨌든 랑베르는 나 없이도 잘 지낼 수 있나 보네요."

내가 대답하지 않자 그 애는 공격적인 어조로 덧붙였다.

"엄마한테 얘기하고 싶은 게 있어요. 엄만 나랑 앙리의 관계에 대해 단단히 오해를 하고 있어요. 내가 다른 사람도 아닌 그런 남자와 사랑에 빠질 리가요! 그는 지나치게 자신만만한 데다 지겨운 사람이라고요." 나딘은 화를 내며 결론을 내렸다.

분명히 그 애는 앙리에게 어떤 애정도 없겠지만, 그를 만나는 날에는 매우 특별히 정성을 들여 화장을 했다. 그리고 돌아왔을 때는 평소보다 더 심술궂게 변했다. 과장하는 것이 아니라, 정말이지 그 애의 성질을 돋우기에는 무엇이든 좋은 핑곗거리가 되었다. 어느 날 아침, 나딘은 복수라도 하듯이 신문을 흔들며 로베르의 서재로 들어왔다.

"이것 보세요!"

《랑드맹》의 1면, 격분한 표정의 로베르와 그 앞에서 미소를 짓고 있는 스크리아신의 모습이 실려 있었다.

"아! 이놈들이 날 잡는군!" 로베르가 주간지를 움켜지며 말했다. 리즈바에서 저녁을 보냈던 날인 것 같은데." 그가 나딘에게 말했다. "썩 꺼지라고 했건만, 결국 놈들한테 당하고 말았어!"

"이놈들, 이 더러운 자식과 함께 아빠를 엮었네요." 나딘은 분노로 목이 졸린 듯한 목소리였다. "일부러 이런 식으로 찍은 게 분명해요."

"스크리아신은 더러운 자식이 아니야." 로베르가 말했다.

"그 자식이 미국에 팔렸다는 걸 다들 안다고요. 구역질 나요. 어떻게 하실 거예요?"

로베르는 어깨를 으쓱였다. "어떻게 했으면 좋겠니?"

"고소해야죠. 동의도 없이 남의 사진을 찍을 권리는 없잖아요."

나딘의 입술이 떨렸다. 그 애는 아버지가 유명인이라는 사실을 늘 지긋지긋해했다. 새 교수나 시험관이 "로베르 뒤브뢰유의 따님이군"이라고 말할 때마다, 나딘은 까다롭게 침묵을 지키며 굳어버리곤 했다. 아버지를 자랑스러워하는 동시에, 아버지가 유명해져도 다른 사람들이 그것을 모르기를 그 애는 원했다.

"소송은 너무 시끄러워질 거야." 로베르가 말했다. "안 되겠군, 방어할 방법이 없어." 그는 신문을 던졌다. "당신 지난번에 아주 정확한 얘길 했지. 우리의 나체는 얼굴에서 시작된다고 말이야."

나는 내가 완전히 잊어버린 말을 그가 정확하게 기억하는 것에 늘 놀란다. 그는 보통 내가 하는 말에 나보다 더 많은 의미를 부여했다. 모든 사람의 모든 말에 항상 더 많은 의미를 주는 것이다.

"나체는 얼굴에서 시작되고 음란함은 말에서 시작되지." 로베르는 다시 말을 이었다. "사람들은 우리가 조각이나 유령이 되어야만 한다고 선언해놓고서, 우리가 뼈와 살로 존재한다는 것이 발각되자마자 사기죄로 고발하지. 그래서 아주 작은 움직임도 너무나 쉽게 추문의 형태가 되는 되야. 웃고, 말하고, 먹는 것조차 현행 범죄가 되는 거라고."

"그러면, 발각되지 않게 하면 되죠." 나딘이 격노한 목소리로 말했다.

"애야." 내가 말했다. "그렇게까지 야단스럽게 생각할 건 없는 일이야."

"오! 물론 엄마한테야 그렇겠죠! 만약 누군가 발을 밟으면, 엄만 우연히 발이 거기 있었다고 생각할 사람이니까."

사실, 나 역시 로베르를 둘러싼 이 떠들썩한 법석이 마음에 들지 않았다. 《레스푸아》의 기사들을 제외하면 1939년 이후 어떤 글도 출판하지 않았건만, 사람들은 전쟁 전보다 훨씬 야단스러운 방식으로 그에 대해 얘기하고 있었다. 다들 그가 아카데미프랑세즈 회원이 되기를, 레지옹 도뇌르 훈장을 요구하기를 열망하는 것이었다. 신문기자들이 그를 따라다니며 그에 관한 무수한 거짓말들을 찍어냈다. "프랑스가 문화와 고급 패션이라는 특산물을 마구 띄우고 있는 거야." 로베르는 그렇게 말했었다. 그 역시 자신에 관한 쓸

데없는 소문에 대해 짜증을 내고 있었다. 하지만 어떤 조치를 할 수 있지? 아무것도 할 수 없다고 나딘에게 설명해봤지만 소용없었다. 그 애는 로베르에 대한 소문을 읽거나 신문에서 그의 사진을 볼 때마다 발작을 일으키는 것이었다.

이제 다시 집 안에서 문들이 덜그럭대고, 가구들이 요동을 치고, 책들이 난잡하게 바닥 위에 쓰러지기 시작했다. 이 소동은 아주 이른 시각부터 시작되었다. 나딘은 거의 잠을 자지 않았다. 그 애는 자는 것을 시간 낭비라고 생각하면서도, 시간을 어떻게 써야 할지에 대해서는 너무 모르고 있었다. 일을 하기 위해 희생한 것들에 비하면 그 애가 하는 일들은 모두 무의미해 보였다. 어떤 일을 할지조차 결심하지 못하는 것 같았다. 침울한 표정으로 타자기 앞에 앉은 그 애에게 내가 물었다. "진전은 좀 있니?"

"화학 공부를 더 열심히 해야겠어요. 시험에 떨어질지도 모르니까요."

"그럼 화학 공부를 해."

"하지만 비서는 타자를 칠 줄 알아야죠." 나딘은 어깨를 으쓱여 보였다. "공식으로 머리를 꽉 채우는 건 터무니없는 짓이에요. 그런 게 진짜 삶과 무슨 관계가 있겠어요?"

"그렇게 지겨우면 화학을 관두렴."

"엄마가 스무 번도 넘게 말했잖아요. 풍향계처럼 변덕스럽게 행동하면 안 된다면서요."

그 애는 어린 시절 자기를 성가시게 했던 내 충고를 전부 되돌려주는 법을 알고 있었다.

"고집하는 것이 오히려 바보짓인 경우도 있어."

"걱정마세요! 난 엄마가 생각하는 것만큼 멍청하지 않으니까. 이 시험에 합격할 거예요."

그러던 어느 날 오후, 나딘이 내 방문을 두드렸다. "랑베르가 우릴 만나러 왔어요."

"널 만나러 온 거겠지."

"모레 독일로 다시 떠난대요. 엄마에게 꼭 작별 인사 하고 싶다던데요." 나딘은 투덜거리듯 발랄하게 덧붙였다.

"그러니 보러 나오세요. 안 만나주면 너무한 거예요."

그 애를 따라 거실로 갔지만, 사실 랑베르가 나를 조금도 좋아하지 않는다는 건 알고 있었다. 이유가 없지야 않겠으나, 나딘이 준 상처를 전부 내 책임으로 돌리는 것뿐인지도 몰랐다. 그 애의 공격성과 악의와 고집이 만든 상처를 말이다. 아니면 나이 많은 여자에게서 모성을 찾으려는 성향이 너무 강해 자신의 어린애 같은 욕망에 저항하려 애쓰는 것 같기도 했다. 들창코와 부드러운 볼을 한 랑베르의 얼굴은 복종하고 싶다는 생각에 사로잡힌 몸과 마음을 드러내고 있었다.

"랑베르가 무슨 얘길 했는지 아세요?" 나딘이 활기를 띠며 말했다. "미국인들이 강제수용소에 있는 사람들 열 명 중 하나는 돌려보내지 않았대요. 그 자리에서 죽어 썩도록 그대로 내버려뒀다는 거예요."

"초기에는 수용소에 있던 사람들 절반이 죽었어요. 소시지와 통조림을 갑자기 많이 먹었거든요." 랑베르가 말했다. "그래서 이젠 아침에 수프 한 그릇, 저녁에 커다란 빵 한 덩어리와 커피 한 잔씩 줘요. 그러자 지금은 다들 티푸스에 걸려 파리처럼 죽어가고 있죠."

"이 사실을 알려야 해." 내가 말했다. "항의하지 않으면 안 되겠어."

"앙리가 할 거예요. 정확한 자료를 원하고 있는데, 그게 어려워요. 미국인들이 프랑스 적십자단을 수용소에 못 들어오게 하거든요. 그래서 제가 다시 가보려고요."

"나도 데려가줘." 나딘이 말했다.

랑베르가 미소를 지었다. "그럴 수만 있다면 나야 더 바랄 게 없지."

"내가 말도 안 되는 소리라도 한 거야?" 나딘이 화난 목소리로 물었다.

"안 된다는 거 잘 알잖아." 랑베르가 말했다. "종군기자만 통과시켜준다고."

"여자 종군기자도 있잖아."

"하지만 넌 아니잖아. 그리고 너무 늦었어. 더는 아무도 받아주지 않아. 하지만 서운해할 필요 없어." 그가 덧붙였다. "권할 만한 일이 아니거든."

이것은 랑베르 스스로에게 하는 얘기였지만, 나딘은 그의 목소리에서 자신을 보호하려는 듯한 투를 느낀 것 같았다.

"왜? 네가 했던 일은 나도 할 수 있어, 아니야?"

"내가 갖고 온 사진 볼래?"

"보여줘." 나딘이 솔깃하다는 듯이 대답했다.

랑베르가 테이블 위에 사진들을 던졌다. 나는 그것들을 보지 않는 편이 좋을 거라 생각했지만, 선택의 여지가 없었다. 시체 더미 사진들은 그나마 참을 만했다. 그 수가 너무 많은 데다, 사실 해골 앞에서 뭘 어떻게 불평할 수 있겠는가? 하지만 살아 있는 사람들의 사진 앞에서는, 우리 스스로를 어찌해야 할지 알 수가 없었다. 저 모든 사람들의 눈…….

"난 더 심한 사진들도 봤어." 나딘이 말했다.

랑베르는 대답 없이 사진들을 돌려받더니 격려하는 듯한 어조로 말했다. "네가 만약 현지 보도 기사를 쓰고 싶다면, 그리 어려운 일은 아닐 거야. 앙리에게 부탁만 하면 될걸. 프랑스에서도 얼마든지 조사할 수 있으니까."

나딘은 그의 말을 끊었다. "내가 원하는 건 세상을 그대로 보는 거야. 말만 늘어놓는 건 흥미 없어."

"너라면 틀림없이 잘해낼 거야." 랑베르가 열의를 가지고 말했다. "넌 용기가 있으니까. 사람들에게서 이야기를 끄집어낼 수도 있고. 잘 헤쳐나가고. 어디든 갈 수 있을 거야. 종이를 대충 메꾸는 거야 금방 배울 수 있겠지."

"아니." 나딘은 고집스러운 태도로 말했다. "다들 글을 쓸 땐 절대로 진실을 이야기하지 않잖아. 포르투갈에 대한 앙리의 현지 보도 기사도 실제와 달라. 네 기사도 그렇겠지. 난 기사들을 믿지 않아. 바로 그래서 내 눈으로 직접 보고 싶은 거고. 하지만 그걸로 거짓말을 만들어 팔 생각은 없어."

랑베르의 얼굴이 어두워져 내가 재빨리 끼어들었다. "난 랑베르의 기사가 아주 설득력 있는 것 같던데. 다하우의 의무실을 직접 방문한 듯한 기분이었어."

"엄마의 인상이라는 것이 뭘 증명할 수 있겠어요?" 나딘이 성마르게 대꾸했다. 짧은 침묵이 흐른 뒤, 그 애가 다시 입을 열었다.

"마리는 대체 차를 갖고 오겠다는 거야, 말겠다는 거야?"
그러고는 위압적으로 그녀를 불렀다. "마리!"

마리가 푸른 작업복 차림으로 문지방에 나타나자 랑베르
가 미소를 지으며 일어섰다.

"마리-앙주! 여기서 뭐 하는 거야?"

마리가 새빨개진 얼굴로 몸을 돌렸다. 나는 그녀를 붙잡
았다. "대답해요."

마리는 랑베르를 똑바로 쳐다보면서 말했다.

"나 여기 가정부야."

랑베르의 얼굴도 새빨개졌다. 나딘은 의심스럽게 그들을
뚫어지게 쳐다보았다. "마리-앙주라고? 너 이 여자 알아?
마리-앙주, 성은 뭐죠?"

일순 당황스러운 침묵이 흘렀다. 곧 그녀가 입을 열었다.

"마리-앙주 비제예요."

나는 분노가 뺨으로 치밀어 오르는 것을 느꼈다. "기잔가
요?" 마리-앙주는 어깨를 으쓱였다.

"네." 그녀가 말했다. "나갈게요. 바로 나갈게요. 내쫓으
실 필요 없어요."

"우리를 염탐하려고 왔어요? 정말 비열한 짓이잖아요!"

"다른 기자들과 알고 지내시는 줄 몰랐어요." 그녀는 랑
베르를 힐긋 쳐다보며 말했다.

"따귀라도 때리지 않고 뭐 해요!" 나딘이 외쳤다. "저 여
자, 우리 대화를 모두 듣고 사방을 뒤지고 다녔어요. 우리 편
지도 전부 읽었고요. 모두에게 얘기할 거라고요……."

"오! 큰 소리를 내셔도 나는 겁 안 먹어요." 마리-앙주가

말했다.

그때 내가 겨우 나딘의 손목을 붙잡아 제지할 수 있었다. 그 애로서는 마음만 먹으면 마리-앙주를 바닥에 때려눕힐 수도 있겠지만 다행히 나를 뿌리쳐내지 않았다. 마리-앙주가 문을 향해 걸어갔고, 내가 그녀를 뒤따라갔다. 곁방에서 그녀는 침착하게 물었다.

"유리창 닦던 일 마저 하길 원하시는 건 아니죠?"

"어느 신문사에서 보냈는지 알아야겠어요."

"아무 신문사도 아녜요. 저 혼자 생각해서 온 거예요. 쉽게 팔릴 재미있는 기사를 쓸 수 있겠다 싶었거든요. 소위 간단한 인물 소개 같은 거요." 마리-앙주가 직업적인 어조로 대꾸했다.

"좋아요, 그렇다면 어떤 신문인지 내가 찾아내죠. 당신 거짓말을 사려는 신문은 호되게 대가를 치르게 될 거예요."

"팔 생각도 없어요. 어차피 방금 끝장났잖아요." 마리-앙주는 푸른 작업복을 벗고 외투를 입었다. "그것 때문에 일주일 내내 집안일까지 했는데. 그 싫은 걸!" 그녀가 절망적인 목소리로 덧붙였다.

내가 아무 말도 하지 않자 마리-앙주는 내 분노가 누그러졌다고 생각했는지 대담하게도 희미한 미소를 지었다. "함부로 기사를 쓰려고 생각했던 건 아니에요." 어린 소녀의 목소리로 그녀가 말을 이었다. "그저 분위기만 알아보려던 것뿐이에요."

"그래서 우리 서류를 뒤졌어요?"

"오! 보고 싶었던걸요." 그녀는 뿌루퉁한 어조로 덧붙였다. "저를 욕하시기는 쉽겠죠. 제가 잘못했으니까……. 하지만 명성을 거저 얻나요? 유명인의 아내시니 사모님께는 쉽겠죠. 하지만 저는 혼자서 모두 해결해야만 해요. 저기, 좀 들어보세요." 그녀가 말을 이었다. "제게 기회를 주세요. 기사를 써서 가져올 테니, 보시고 맘에 안 드는 부분은 모두 삭제하시면 되잖아요."

"그다음에는 삭제된 부분을 다시 넣어서 신문사에 넘기겠죠!"

"아뇨, 맹세할게요. 원하시면 절 공격할 무기도 드릴 수 있어요. 제가 서명을 한 간단한 자백서 말예요. 그걸로 절 잡아둘 수 있잖아요. 자, 제안을 받아들여주세요! 제가 설거지도 해드렸잖아요. 어쨌든 용기도 있었고요. 아닌가요?"

"지금도 용기는 넘치네요."

나는 머뭇거렸다. 만일 이런 얘기를 다른 사람에게 전해 들었다면, 나는 꿈속에서라도 우리의 사생활을 모독한 이 뻔뻔스러운 여자의 머리채를 잡아 계단 꼭대기에서 아래로 내던졌을 것이다. 하지만 바로 지금 그녀는 실제로 눈앞에 있었다. 거무스름하고 뼈가 드러날 정도로 야윈 몸에 예쁘지 않은 작은 소녀. 명성을 너무나 원하는 소녀. 나는 결국 이렇게 대답했다.

"남편은 절대 인터뷰를 안 해요. 승낙하지 않을 거예요."

"한번 여쭤봐주세요. 기사는 거의 완성된 참이니까……. 제가 내일 아침 전화드릴게요." 그런 뒤 마리-앙주는 재빨리 덧붙였다. "절 나쁘게 생각하시는 거 아니죠? 누군가에게 미움 받는 건 정말 싫거든요." 이어 그녀는 부끄러운 듯 웃었다. "전 누구도 나쁘게 생각하지 않아요.."

"그건 나도 마찬가지예요."

"너무하시네요!" 갑자기 나딘이 랑베르와 함께 복도에서 뛰어나와 외쳤다. "저 여자에게 아빠 이야기를 쓰게 하다뇨! 지금 미소까지 짓고 있잖아요! 저 끄나풀한테……."

마리-앙주는 출입문을 쾅 닫고 서둘러 가버렸다.

"기사를 미리 보여주겠다고 약속했어."

"저 끄나풀한테!" 나딘이 날카로운 목소리로 반복했다. "저 여자, 내 일기까지 읽었어요. 디에고의 편지들도 읽었다고요, 저 여자가……." 그 애의 목소리가 그쳤다. 나딘은 어린애와 같은 난폭한 분노로 몸을 떨고 있었다. "그랬는데 상을 줘요? 때려줘야 할 사람한테!"

"동정심이 들었어."

"동정심이라고요! 엄마는 늘 모두를 동정하죠. 무슨 권리로 그래요?" 그 애는 증오 비슷한 감정을 담아 나를 바라보았다. "사실 그건 경멸이잖아요. 엄마는 사람들과 절대 진정한 관계를 갖지 못해요."

"진정하렴. 그렇게 대단한 일도 아니야."

"오! 나도 알아요. 원래 내 행동은 옳지 않잖아요. 엄마는 나한테만큼은 절대 용서가 없죠. 엄마가 늘 옳으니까! 나도 엄마의 동정에는 관심 없어요!"

"착한 여자야, 너도 알다시피." 랑베르가 말했다. "야심가이긴 해도 친절한 애라고."

"그러면 너도 축하해주러 가. 아주 뛰어가시지."

나딘은 자신의 방으로 달려가 문을 쾅 닫았다.

"죄송해요." 랑베르가 말했다.

"네 잘못이 아닌걸."

"요즘은 신문기자들이 경찰 끄나풀 같아요. 나딘이 화를 내는 것도 이해가 돼요. 그 애 입장이라면 저 역시 격노할 거예요."

랑베르가 내 앞에서 나딘을 두둔할 필요는 없었지만, 어쨌든 좋은 뜻에서 그런다는 건 나도 알 수 있었다. "그래, 나역시 이해해."

"그럼, 전 가볼게요." 랑베르가 말했다.

"잘 다녀와." 그러고서 나는 덧붙였다. "나딘을 더 자주 보러 와줘. 그 애는 널 아주 좋은 친구로 생각하고 있거든. 너도 알겠지만."

그는 불편한 표정으로 미소를 지었다. "하나도 그렇게 보이지 않는걸요!"

"네가 더 일찍 소식을 전해주지 않아서 서운해했었어. 그래서 별로 상냥하게 나오지 않는 거야."

"하지만 나딘이 먼저 전화하지 말라고 했는데요."

"그래도 네가 전화를 했으면 기뻐했겠지. 상대의 우정을 확신하지 않고는 누군가에게 헌신하지 못하는 애야."

"나딘이 제 우정을 의심할 어떤 이유도 없어요." 그러더니 랑베르는 갑자기 이렇게 덧붙였다. "나딘은 제게 매우 소중한 사람이에요."

"그러면 그 애가 그걸 알 수 있도록 해줘."

"최선을 다할게요." 랑베르는 망설이듯 손을 내밀었다. "어쨌든 돌아오는 대로 들르겠습니다."

나는 감히 나딘의 방문을 두드리지 못한 채 내 방으로 들어갔다. 그 애는 어쩌면 그렇게 부당하게 나오는 걸까! 내가 기꺼이 다른 사람들의 잘못을 용서하려 애쓰는 것은 사실이야. 그리고 관대함으로 인해 내 마음이 메마른 것도 사실이지. 내가 나딘에게 엄격한 건 그 애가 내 연구 대상인 환자가 아니기 때문이었다. 그 애와 나 사이에는 진짜 간격이 있었다. 그게 내 마음을 괴롭히는 소리이자 내 가슴속 근심의 소리였다.

꼬마 마리-앙주가 쓴 보잘것없는 기사가 실렸을 때, 나딘은 일단 불평부터 늘어놓았다. 하지만《비질랑스》사무실이 문을 열자 그러한 불쾌감도 한결 누그러졌다. 해야 할 업무가 분명해지면서 나딘은 뛰어난 비서의 자질을 보여주었고, 자부심도 매우 커졌다.《비질랑스》창간호는 대성공이었다. 로베르와 앙리는 매우 만족스러워하며 열심히 다음 호를 준비했다.《레스푸아》의 운명과 S.R.L의 운명이 하나가 되게끔 앙리를 설득한 이후로 로베르는 그에게 넘치는 애정을 쏟았다. 나도 기뻤다. 결국 앙리야말로 로베르의 유일하고도 진정한 친구이기 때문이었다. 쥘리앵, 르누아르, 펠티에 부부, 캉주 부부와도 물론 좋은 시간을 보냈지만, 그 이상의 관계라고는 할 수 없었다. 늙은 사회주의자 동지들 가운데 몇몇은 로베르에게 협력했고, 다른 이들은 수용소에서 죽었다. 샤를리에는 스위스에서 치료를 받는 중이었다. 당에 충실한 이들은 로베르를 비난했고, 로베르도 되받아 그들을 비난하고 있었다. 라포리는 로베르가 공산주의를 규합하는 대신 S.R.L을 만들었다며 실망을 드러냈다. 로베르는,

말하자면 동년배의 사람들과 더 이상 접촉이 없었지만 그것을 오히려 다행스럽게 여겼다. 이 전쟁을 막을 수 없었던 자신의 세대 모두에게 책임이 있다고 생각했던 것이다. 그는 자신이 과거에 지나치게 집착해왔다고 판단했고, 그래서 젊은이들과 함께 일하기를 원했다. 새로운 양상과 방식을 가진 오늘날의 정치와 행동에 스스로를 맞추기를 원했다. 그는 자신의 사상조차 재검토해야 한다는 생각을 가지고 있었다. 그렇기 때문에 아직 해야 할 일이 있다고 그토록 집요하게 반복해서 말하는 것이었다. 그는 집필 중인 평론을 통해 자신의 해묵은 생각들과 세계의 새로운 전망을 통합할 생각이었다. 목표는 옛날과 같았다. 당장 눈앞의 목적을 넘어, S.R.L은 휴머니스트로서의 의도와 동질적인 혁명을 이룩하고자 했다. 하지만 지금 로베르는 가혹한 희생 없이는 이 혁명이 이루어지지지 않으리라 확신하고 있었다. 내일의 인간은 조레스가 지나친 낙관주의로 규정했던 인간과는 다를 테니까. 그렇다면 오래된 가치들, 즉 진리나 자유, 개인의 도덕, 문학, 사상에는 어떤 의미가, 또 어떤 기회가 아직 남아 있는 것일까? 만약 그 가치들을 보존할 생각이라면, 결국은 그것들을 다시 창조해야 했다. 바로 이 일을 로베르는 시도했고, 그로 인해 열광했다. 나는 그가 글쓰기와 행동 사이에서 행복한 균형을 되찾은 것에 만족스러워하고 있었다. 물론 매우 바빴지만 그는 즐거워했다. 나의 삶 역시 로베르와 나딘과 환자들로, 또 내 책들로 꽉 차 있었다. 나의 일과 중 후회나 욕망을 위한 자리는 없었다. 흰머리의 소녀는 더 이상 악몽을 꾸지 않는다고 했다. 그녀는 공산당에 입당했고,

애인을 여러 명 두었고, 무절제하게 술을 마셨다. 균형 잡힌 생활은 아니지만, 마침내 그녀는 잘 수 있게 되었다. 그리고 오늘 오후, 나는 기분이 좋았다. 꼬마 페르낭이 마침내 창문과 문이 달린 집을 그렸다. 그 아이가 창살 없는 그림을 그린 건 처음이었다. 페르낭의 어머니와 막 통화를 끝냈을 때 관리인이 우편물을 가져다주었다. 로베르와 나딘은 일반 독자들과 만나는 날이라 잡지사에 나갔고, 아파트에는 나 혼자였다. 로미외에게서 온 편지를 뜯는 순간, 나는 문득 성층권에 던져진 양 두려움에 사로잡혔다. 1월 뉴욕에서 열릴 정신분석학회에 나를 초대한 것이다. 그리고 뉴잉글랜드, 시카고, 캐나다에서도 내 강연이 준비될지 모른다고 했다. 나는 벽난로 위에 편지를 올려놓고 놀라움을 느끼며 다시 읽어보았다. 그래, 정말 여행을 좋아했었지! 몇 사람을 빼놓고 내가 세상에서 가장 좋아한 것이 여행이었으니까. 하지만 벨기에나 이탈리아를 둘러보는 정도라면 몰라도, 뉴욕이라니! 그 어마어마한 단어에서 눈을 뗄 수가 없었다. 뉴욕은 늘 나에게 전설의 도시였고, 오래전부터 난 더 이상 기적을 믿지 않던 터였다. 시간과 공간, 그리고 상식을 뒤집어엎기에 이 종잇조각으로는 충분하지 않았다. 나는 편지를 가방에 넣고 성큼성큼 거리로 걸어 나갔다. 누군가 높은 곳에서 나를 조롱하고 있는 것 같았다. 누군가 나를 골탕 먹이려는 중이었고, 이 속임수를 피하기 위해서는 로베르가 필요했다. 나는 잡지사가 자리한 모반 회관의 계단을 서둘러 올라갔다.

"세상에, 엄마가?" 나딘이 일종의 비난을 담아 말했다.

"보다시피 그래."

"아빠는 바쁘세요." 기고만장한 태도였다.

나딘은 대기실로 사용하는 큰 사무실 한가운데 자리한 테이블 앞에 당당히 앉아 있었다. 젊은이들, 늙은이들, 남자들, 여자들이 모여 그야말로 혼잡을 이루고 있었다. 전쟁 전에도 로베르는 꽤 많은 방문객들을 맞았지만 이 무리들과 비교하면 아무것도 아니었다. 방문객들 중 특히 젊은이들이 많다는 사실에 틀림없이 로베르는 기뻐할 터였다. 많은 이들이 호기심으로, 할 일이 없어서, 혹은 출세를 위해 왔겠지만, 로베르의 책을 좋아하고 그의 활동에 관심이 있는 사람들 역시 많을 것이다. 그래! 그는 사막에서 얘기했던 것이 아니었어. 그와 같은 시대의 사람들이 아직 그의 책을 읽을 수 있는 눈과 그의 말을 들을 수 있는 귀를 가지고 있어.

나딘이 일어났다. "6시에요. 문 닫습니다!" 그 애는 퉁명스러운 목소리로 외치더니 실망한 방문객들을 입구로 데려가 내보낸 뒤 문을 잠갔다.

"정말 사람이 많았어요!" 나딘이 웃으며 말했다. "공짜 음식을 기다리는 거 아닌가 싶을 정도였다니까요." 그 애가 사잇문을 열었다. "편하게 들어가세요."

문간에서 로베르가 내게 미소를 보내고 있었다. "쉬는 시간이야?"

"네, 바람 좀 쐬고 싶어서요."

나딘이 아버지를 향해 몸을 돌렸다.

"아빠가 위엄을 차리고 있는 걸 보면 이상해요. 꼭 고해소의 신부 같아요."

"난 오히려 점쟁이 같은데."

갑자기 버튼이라도 눌린 양 나딘이 폭소를 터뜨렸다. 그 애가 즐거움을 폭발시키는 건 드문 일이지만, 그럴 때마다 웃음소리가 너무 커 귀가 찢어지는 것 같았다. "아, 이것 좀 보세요!"

그 애는 귀퉁이가 닳은 여행 가방을 가리켰다. 빛바랜 가죽 위에 "조세핀 미에브르의『나의 인생』"이라고 쓰인 쪽지가 붙어 있었다. "이거 진짜 엄청난 원고예요!" 나딘이 딸꾹질을 하며 말했다. "이게 본명이에요. 이 여자가 뭐라고 썼는지 아세요?" 기쁨으로 젖어 있는 그 애의 눈에 승리의 광채가 어른거렸다. 그 애에게 웃음은 복수였다. "이렇게 썼어요. '나는 살아 있는 기록입니다!' 지금 쉰 살인데, 오리야크에 살고 있대요. 태어나서부터 지금까지 일어난 모든 일을 다 쓰고 있대요."

그 애는 발로 한 번 걷어차 여행 가방을 열었다. 초록색 잉크로 쓴 글씨가 빽빽하게 들어찬 장밋빛 종이 뭉치가 가득했는데, 한 군데도 지우거나 고친 표시가 없었다. 로베르가 종이를 한 장 들어 훑어보더니 다시 던졌다. "우스꽝스럽지는 않은데."

"아마 음란한 대목도 있을 거예요." 나딘이 기대 섞인 투로 말하더니 여행 가방 앞에 무릎을 꿇었다. 이 얼마나 많은 종이이며, 얼마나 많은 시간인가! 시골 냄새가 풍기는 식당 난롯가 램프 밑에서의 무기력한 시간들, 너무나 꽉 차 있거나 너무나 텅 빈 시간들, 너무나 감미롭게 정당화되었거나 너무나 어리석게 낭비된 시간들.

"아냐, 재미가 없네요!" 나딘이 참을성 없이 일어섰다. 그 애의 얼굴에 이제 즐거움이라곤 조금도 남아 있지 않았다.

"다시 담을까요?"

"5분만 기다려봐." 로베르가 말했다.

"서둘러요. 여기는 문학 냄새가 나요."

"문학 냄새가 어떤 건데?"

"옷차림에 무관심한 늙은이의 냄새예요."

냄새는 아니었지만 세 시간 동안 그곳의 공기는 희망과 두려움과 실망으로 가득 채워져 있었고, 우리는 헛된 욕망에 뒤따르는 형태 없는 슬픔을 말없이 들이마셨다. 나딘은 서랍에서 검붉은색 뜨개질 거리를 꺼내어 짐짓 바늘 부딪치는 소리를 내며 뜨개질을 했다. 늘 자신의 시간을 낭비하면서도, 누가 잠깐이라도 시간을 끌면 자신의 시간은 조금도 낭비되어선 안 된다는 사실을 서둘러 보여주는 것이었다. 내 시선이 그 애의 테이블 위에 오래 머물렀다. 검은 표지로 된, 무언가 도발적인 구석이 있는 공책이 놓여 있었다. 표지에는 굵은 붉은색 글씨로 "르네 두스, 『시선집』"이라고 적혀 있었다. 나는 그 공책을 열어보았다.

'가을의 풀밭은 독을 지녔으되 아름다우니……'

한 페이지를 넘겼다. '나는 충돌하였네, 당신은 아는가, 경이로운 플로리다에서……'

"나딘!"

"왜요?"

"어떤 사람이 자기 이름으로 아폴리네르와 랭보와 보들레르의 시 일부분을 짜깁기해서 보냈어……. 설마 사람들이 속아 넘어가리라 생각했던 건 아니겠지."

"아! 그거 어떻게 된 일이냐면요……." 나딘이 무심하게 말을 이었다. "그 불쌍한 바보가 세즈나크더러 자기한테 시를 팔라면서 2만 프랑을 제안했어요. 물론 세즈나크가 자기 미발표작을 넙죽 넘겨줄 리는 없었겠죠?"

"하지만 이 사람이 찾아오면 사실을 말해줘야 할 텐데." 내가 말했다.

"상관없어요. 세즈나크는 이미 돈을 받았으니까요. 그 사람, 감히 항의하지는 못할걸요. 무엇보다 도움 청할 사람도 없고, 또 너무 창피할 테니까요."

"세즈나크가 그런 일을 하니?" 나는 놀라서 물었다.

"그럼 혼자서 어떻게 생계를 해결하겠어요?" 나딘이 말하고는 서랍 속에 뜨개질 거리를 던졌다. "그 애, 가끔 재미있는 수를 쓴다니까요."

"자기가 쓰지도 않은 시에 자기 이름을 붙이기 위해 2만 프랑을 지불하다니, 황당하군." 로베르가 말했다.

"왜요? 인쇄된 자기 이름을 꼭 보고 싶다면 그럴 수도 있죠." 나딘이 말하고는 아버지 앞에서 말을 가리느라 나한테만 들리도록 우물거리며 덧붙였다. "일해서 등골 빠지느니 돈으로 지불한다는 건데요."

계단 아래 이르렀을 때, 그 애가 슬쩍 떠보듯 물었다. "지난 목요일처럼 술 한잔 하러 맞은편 술집으로 가실래요?"

"좋지." 로베르가 말했다.

나딘은 밝아진 얼굴로 대리석 원탁 앞에 앉으면서 즐겁게 말했다. "솔직히 말씀해보세요! 제가 아빠를 제대로 돕고 있는 거죠?"

"그럼."

아이는 불안한 표정으로 아버지를 쳐다보았다. "아빠는 제가 만족스럽지 않으세요?"

"오! 나야 더없이 만족스럽지. 오히려 너 자신을 위해서 걱정이야. 이 일로 대단한 걸 얻지는 못할 테니까."

"직업이라는 걸로는 절대 뭘 얻지 못해요." 나딘이 갑자기 단호한 태도로 말했다.

"직업에 따라 다르지. 랑베르가 현지 보도 기사를 한번 써 보라고 했잖아. 하여튼 그 일이 더 흥미로울 것 같구나."

"아, 내가 남자라면 더 말할 것도 없죠." 나딘이 말했다. "하지만 여자 특파원은 1,000명에 한 명도 성공할 가능성이 없어요." 우리가 이의를 제기하려 하자 나딘은 손짓으로 막으며 말을 이었다. "내가 성공이라고 부르는 것은 못 한다는 뜻이에요." 그 애의 목소리가 높아졌다. "여자들은 항상 지지부진하죠."

내가 불쑥 말했다. "항상 그런 건 아니야."

"그렇게 생각하세요?" 나딘은 빈정거렸다. "예를 들어 엄마 자신을 봐요. 엄마가 어려운 일을 해내고 있긴 하죠. 맞아요. 환자도 있고요. 하지만 결코 프로이트는 되지 못할 거잖아요."

그 애는 아버지가 함께 있을 때면 어린애처럼 나를 공격하곤 했다.

"프로이트가 되는 것과 아무것도 안 하는 것 사이에는 많은 단계가 있어."

"나도 뭔가를 하고 있어요. 비서잖아요."

"네가 그걸로 만족한다면, 어쨌든 그게 중요한 거지." 로베르가 서둘러 끼어들었다.

그가 침묵을 지키지 않은 것이 나로서는 유감스러웠다. 별로 득 될 것도 없이 나딘의 기쁨을 망쳐버린 셈이니 말이다. 종종 내가 그의 마음을 바꾸려 애쓰긴 하지만, 로베르는 딸에게 키워왔던 야망을 포기하지 못했다. 나딘이 공격적인 어조로 입을 열었다.

"어쨌거나, 지금 개인의 운명이란 중요하지 않잖아요."

"내게는 네 운명이 매우 중요하거든." 로베르가 미소를 지으며 대꾸했다.

"하지만 내 운명은 아빠에게도 나에게도 달려 있지 않아요. 그래서 난 대단한 인물이 되고자 하는 보잘것없는 사내들이 정말 웃겨요." 그 애는 우리를 쳐다보지도 않은 채 잔기침을 하며 말을 이었다. "어려운 일을 해낼 용기가 생기는 날, 난 정치계로 뛰어들 거예요."

"지금이라도 S.R.L에서 일해보는 건 어때?" 로베르가 말했다.

나딘은 광천수 한 잔을 한 번에 들이켰다.

"아뇨, 싫어요. 결국 S.R.L은 공산주의자들에게 적대적이 잖아요."

로베르가 어깨를 으쓱였다. "내가 공산주의자들에게 적대적이라고 생각한다면 라포리가 그렇게 우호적으로 나오겠니?"

나딘은 희미한 미소를 지었다. "라포리도 아빠한테 모임을 중단하라고 요구할 것 같던데요."

"누가 그런 얘기를 하더냐?"

"어제 라숌이 그랬어요. 공산주의자들은 불만이 많대요. S.R.L.이 잘못된 길을 가고 있다고 생각한다더라고요."

로베르가 다시 어깨를 으쓱였다. "라숌과 그 친구네 극좌파 무리야 만족스럽게 생각하지 않겠지. 하지만 스스로를 중앙 위원회로 간주하는 것은 잘못이야. 나는 지난주에도 라포리를 만났어."

"라숌이 라포리를 만난 건 그저께예요." 그 애가 말을 이었다. "분명히 말씀드리는데 상황이 심각하다고요. 공산주의자들이 전투적인 대회의를 열어 조치를 취해야만 한다고 결정했대요. 라포리가 아빠한테 알리러 올 거예요."

로베르는 잠시 침묵을 지켰다. "그게 사실이라면, 모든 게 절망적이군!"

"사실이에요." 나딘이 말했다. "공산주의자들은 S.R.L.이 공산당에 동조하기는커녕 반대 정책을 장려한다고 말하고 있어요. 모임을 열어서 S.R.L.에 대한 적대감을 선언하고, 좌파를 분열시키는 아빠에게 반대하는 운동을 일으켜야 한다는 거예요." 나딘의 목소리에는 일종의 자기만족이 담겨 있었다. 자기가 지금 얼마나 엄청난 얘기를 하는 건지 그 애는 모르고 있는 것 같았다. 우리가 정말 심각한 고민에 빠지면 당황해 허둥지둥하면서도, 우리의 자질구레한 난처한 일들은 자신에게 기분 전환이 된다는 식이었다.

"반대 운동을 일으킨다니!" 로베르가 말했다. "그것참 감탄이 절로 나오는군! 게다가 내가 좌파를 분열시킨다고? 아! 공산주의자들은 도대체가 변하지를 않아." 그가 덧붙였다. "절대로 변하지 않겠지! 공산주의자들은 S.R.L.이 자기들한테 충실히 복종하기만을 원하는 거야. 독립하려는 조짐이 보이기만 하면 적의가 있다고 비난하지!"

"아빠가 공산주의자들과 한목소리를 내지 않으니, 아빠더러 잘못했다고 하는 게 당연하잖아요." 나딘이 이성적인 목소리로 말했다. "아빠도 그들과 다를 바 없어요."

"다른 의견을 가지고도 행동을 함께할 수 있어." 로베르가 말했다. "바로 그게 국민전선*의 이상이라고."

"그들은 아빠를 위험인물로 간주하고 있어요." 나딘이 말했다. "아빠가 최악의 정책을 장려하고 프랑스의 재건을 방해하고 싶어 한대요."

"얘야," 로베르가 말했다. "정치에 관여해도 되고 안 해도 돼. 하지만 앵무새 흉내는 내지 마라. 네 머리로 생각해보면 그들의 정책이 얼마나 최악인지 이해할 수 있을 거야."

"공산주의자들에게는 달리 방법이 없는 거예요." 나딘이 말했다. "만약 그들이 권력을 잡으려고 하면 곧바로 미국이 개입할 테니까요."

"공산주의자들이 시간을 벌 필요가 있다는 말에는 찬성이다. 하지만 다른 식으로도 할 수 있을 거야." 로베르가 말하고는 어깨를 으쓱했다. "그들 상황이 어렵다는 건 나도 기꺼이 인정해. 다소간 궁지에 몰린 셈이니까. S.F.I.O.**가 끝

---

* 프랑스 공산당 내부에서 만들어진 레지스탕스 운동인 '프랑스의 자유와 해방을 위한 국민전선'을 가리킨다.

** 프랑스 사회당의 전신인 '국제 노동자 연맹 프랑스 지부 Section française de l'Internationale ouvrière'의 약칭이다.

장난 뒤로는 공산당이 동시에 모든 역할을 해야만 했거든. 좌파의 좌익, 좌파의 우익 역할을 번갈아 가며 하고 있지. 하지만 바로 그렇기 때문에, 공산당은 좌파 안에서 다른 당이 존재하길 바라야 해."

"어쨌든, 공산당은 그걸 바라고 있지 않아요."

나딘이 갑자기 일어났다. 자신이 불러일으킨 작은 영향에 만족하고 질 게 뻔한 토론에는 끌려들지 않으려는 모양이었다. "산책하러 갈래요."

우리도 일어나서 강둑을 따라 걸으며 집으로 돌아왔다.

"당장 라포리에게 전화를 해야겠어!" 로베르가 나에게 말했다. "지금은 협력이 절실한데 말이야! 게다가 공산당도 그 사실을 알면서! 자기들 말고 또 다른 좌파가 존재한다는 걸 참을 수 없는 거야. 사회당은 이제 아무것도 아니니까. 반면에 국민전선에는 눈독을 들이고 있지. 하지만 젊은 정치 운동이 막 시작되면 상황은 완전히 다르게 변할 거야……."

그는 화가 나서 계속 이야기하고 있었다. 나는 그의 말을 들으면서 생각했다. '이 사람 곁을 떠나고 싶지 않아.' 조금 전까지만 해도 그를 떠난다고 생각하는 것이 아무렇지 않았다. 삶을 살아가듯, 우리는 영원을 넘어서서 서로를 사랑하고 있으니까. 하지만 이제 나는 우리에게 인생이 단 한 번뿐이라는 것을 깨달은 참이었다. 그리고 이 한 번의 인생이 이미 심각하게 상처를 입었으며, 미래의 위협을 받고 있다는 것도. 로베르는 끄떡없는 사람이 아니야. 그러자 갑자기 그가 연약한 존재로 보이기까지 했다. 그는 공산주의자들의 호의에 대한 믿음이라는 큰 실수를 저질렀다. 그래서 심각한 문제들이 제기되고, 그들의 적대감에 부딪치게 된 것이다. '그래, 이제 막다른 골목이야.' 나는 생각했다. 그는 계획을 포기할 수도, 공산주의자들에 대항해서 고집을 부릴 수도 없어. 그리고 그 중간쯤 되는 해결책도 없지. 어쩌면 여러 일들이 해결될 수도 있을지 몰라. 공산주의자들이 대회의를 용인해주기만 한다면. 로베르의 운명은 이제 자신의 손이 아니라 그들의 손에 달린 거야. 생각만으로도 진저리가 나. 로베르가 자신을 위해 이루어놓은 행동과 글쓰기 사이의 아름다운 균형을 그들이 말 한마디로 파괴할 수 있다니. 안 돼, 그를 내버려둘 때가 아니야. 서재로 들어가면서, 나는 아이러니하다는 투로 말했다.

"제가 뭘 받았는지 봐요!"

로미외의 편지를 로베르에게 내밀자 그의 표정이 변했다. 내 얼굴에 나타났어야 했을 기쁨이 그의 얼굴에 내비쳤다. "대단한데! 왜 아무 말 안 했어?"

"하지만 석 달이나 떠나 있을 수는 없어요."

"왜?" 그가 놀라서 나를 바라보았다. "흥미진진한 여행이 될 텐데."

나는 중얼거렸다. "여기서 할 일이 너무 많아요."

"도대체 무슨 소리야? 지금부터 1월까지 일을 조정할 시간이 있잖아. 나딘도 다 컸으니 당신 없이 지낼 수 있어. 나도 마찬가지고." 그가 미소를 지으며 덧붙였다.

"미국은 멀어요."

"이해가 안 되는군!" 그는 비판적인 표정으로 나를 뜯어보았다. "좀 돌아다니는 편이 당신한테도 좋을 텐데."

"이번 여름에 자전거로 돌아다니기로 해요."

"그 정도야 여행이라고 할 수도 없지!" 로베르가 미소를 지었다. "난 괜찮다니까! 이 계획이 물거품이 되면 당신 분명 실망할걸."

"그럴 수도 있겠죠."

그가 옳았다. 나는 이미 이 여행에 집착하고 있었고, 사실은 그래서 불안했다. 추억들과 욕망들이 모두 깨어나다니, 이 얼마나 당혹스러운 일인가! 왜 로미외는 죽은 듯한 나의 지혜롭고 하잘것없는 삶을 방해하는 거지? 그날 저녁, 로베르는 앙리와 함께 라포리에 대해 분개했고, 잘 버티자며 서로를 격려했다. S.R.L.이 진정한 세력이 된다면 공산주의자들로서도 S.R.L.을 고려하고 다시 연합할 수밖에 없을 터였다. 나는 듣고 있었다. 그들의 이야기가 매우 흥미로웠지만, 내 머릿속에서는 바보 같은 생각들만 혼란스럽게 뒤섞였다. 다음 날에도 나아지지 않았다. 나는 업무용 책상 앞에 앉아 한 시간 내내 자문하고 있었다. '간다고 할까, 말까?' 결국 일어나서 수화기를 들었다. 일하는 척해봐야 소용없잖아. 폴에게 조만간 보러 가겠다고 약속을 했으니, 차라리 지금 거기 가봐야겠어. 물론 그녀는 집에 혼자 있겠지. 그래서 폴의 집을 향해 걷기 시작했다. 나는 폴을 매우 좋아하지만, 동시에 그녀에게 약간의 혐오감을 느끼기도 했다. 종종 아침에 불행의 숨 막히는 그림자가 깨어나 한꺼번에 나를 짓누르고 있는 것을 느낄 때마다 내 머릿속에는 제일 먼저 폴이 떠오른다. 내가 눈을 뜨고, 그녀도 눈을 뜬다. 이어 곧 그녀의 마음이 어두워지는 것이다. 나는 생각한다. '내가 폴이라면 그런 인생을 견딜 수 없었을 거야.' 그녀의 입장이었다면 틀림 없이 더는 참지 못했을 것이다. 폴은 아무것도 하는 일 없이 몇 시간을, 몇 주를 집에 틀어박혀 지낼 수 있는 사람이었다. 그녀는 앙리가 이제 자신을 조금도 사랑하지 않는다는 사실을 인정하지 못하고 있어. 하지만 언젠가는 진실이 폭로되겠지. 그러면 무슨 일이 일어날까? 우리는 폴에게 어떤 조언을 건넬 수 있을까? 노래하라고? 하지만 그것으로 위로가 되지는 않을 것이다.

폴의 집에 가까워지자 마음이 죄어 왔다. 불행한 사람들의 구역에 사는 것이 그녀에게 잘 어울린다는 생각이 들었다. 이들이 독일 기간 점령 동안 어디에 숨어 지냈는지 나는 모른다. 하지만 올해의 봄이 그들의 누더기를, 갑상샘종을, 상처를 소생시키고 있었다. 시든 꽃다발로 장식된 대리석 기념비 옆 광장의 철책에 세 사람이 몸을 기댄 채 앉아 있었다. 포도주과 분노로 붉어진 얼굴을 한 남자와 여자가 밀랍 먹인 검은색 마대를 두고 다투는 중이었다. 두 사람은 난폭하게 욕설을 퍼부었지만 마대를 꽉 쥔 그들의 손은 거의 움직이지 않았다. 세 번째 사람은 즐거운 듯 그들을 바라보고 있었다. 나는 좁은 길로 들어섰다. 퇴색된 나무문들이 창고를 굳게 막고 있었다. 넝마주이들이 아침마다 종이와 고철을 쏟아 버리러 오는 곳이었다. 유리창이 달린 다른 문들은 대기실을 향해 조금 열려 있었는데 그 틈으로 개를 무릎 위에 얹은 채 앉아 있는 여자들이 보였다. 이런 보건 진료소에서 치료도 하고 '새들과 작은 동물들'을 고통 없이 죽인다는 내용을 안내서에서 읽은 적이 있었다. 나는 "가구 딸린 방 세

놓음"이라고 쓰인 벽보 앞에서 멈추어 초인종을 눌렀다. 계단참에는 언제나처럼 거대한 휴지통이 놓여 있었고, 계단을 몇 단 올라가자마자 검은 개가 난폭하게 짖기 시작했다. 폴은 뭔가 연출하는 것을 좋아해서, 처음 아파트를 방문하는 사람에게 문을 열어주며 곧잘 극적인 효과를 주곤 했다. 나역시 갑작스러운 화려함에 매번 놀랐다. 그녀의 기이한 옷차림도 마찬가지였다. 그녀는 일상보다 꿈속에서 사는 것을 선호했고, 언제나 변장을 하고 있는 듯했다. 문이 열렸을 때, 폴은 빛깔이 변하는 얇은 보랏빛 호박단으로 된 커다란 실내복 차림에 굽이 매우 높은 구두를 신고 있었다. 구두의 가느다란 가죽끈이 다리를 감싸고 있었다. 그녀의 구두 수집은 물신숭배자도 혀를 내두를 정도였다.

"어서 들어와서 몸 녹여." 폴이 나무가 타고 있는 난로의 큰 불길 쪽으로 나를 끌고 가며 말했다.

"그리 춥지는 않은데."

폴은 틈을 막은 창문 쪽으로 시선을 던졌다.

"다들 말은 그렇게 하지." 그녀는 앉아 다정하게 내 쪽으로 몸을 기울였다. "어떻게 지내?"

"잘 지내. 하지만 일이 너무 많아. 전쟁이 끝나서 사람들도 더 이상 일상의 공포는 느끼지 않는 것 같아. 대신 다시 스스로를 고문하기 시작했지."

"네 책은?"

"진척이 있어."

나는 폴이 질문을 던지듯이 예의상 대답하고 있었다. 그녀가 내 일에 전혀 관심이 없다는 건 잘 알고 있었다.

"일이 정말 즐거워?" 그녀가 물었다.

"열광적일 정도로."

"정말 운이 좋구나!" 폴이 말했다.

"즐거운 일을 해서 그렇다는 거야?"

"운명을 네 손에 쥐고 있으니까."

내가 나 자신에 대해 갖고 있는 인상은 전혀 달랐지만, 어차피 이 대화는 나와 관련한 것이 아니었다. 나는 열의를 가지고 입을 열었다.

"크리스마스 날 네 노래를 듣고 생각한 게 뭔지 알아? 네가 목소리로 뭔가를 해야만 한다는 거야. 앙리에게 헌신하는 것도 정말 아름다운 일이지. 하지만 너 자신 역시 중요하잖아……."

"아! 바로 그 문제로 앙리와 진지하게 얘기를 나눴어." 폴이 무심하게 말하고는 고개를 저었다. "하지만 아냐, 이제 무대에서 노래하는 일은 없을 거야."

"왜? 틀림없이 성공할 텐데."

"성공이 뭘 가져다주겠어?" 폴이 미소를 지었다. "포스터에 내 이름이 나오고 신문에 내 사진이 나오는 것, 나로서는 관심 없어. 원하기만 했으면 이미 오래전에 그런 명성을 전부 얻을 수도 있었을 거야. 하지만 원하지 않았지. 넌 나를 잘 몰라." 그녀가 덧붙였다. "난 어떤 개인적인 성공도 원하지 않아. 진정한 사랑이 내게는 경력보다 훨씬 중요한 것 같아. 아쉬운 게 있다면, 그저 내가 그 사람의 성공을 좌지우지 할 수 없다는 것뿐이야."

"하지만 아무도 네게 한쪽만 선택하도록 강요하지는 않

아." 내가 말했다. "앙리를 계속 사랑하면서 노래도 할 수 있잖아."

폴은 진지하게 나를 바라보았다. "진정한 사랑은 한 여자에게 잠시의 여유도 주지 않아. 로베르와 네가 서로 얼마나 끈끈히 연결되어 있는지는 알고 있어." 그녀가 덧붙였다. "하지만 그건 내가 진정한 사랑이라고 부르는 게 아냐."

나로서는 그녀의 표현에 대해서도, 내 인생에 대해서도 토론할 마음이 없었다. "요즘 하루 종일 여기서만 지내고 있잖아. 일할 시간이 있을 거야."

"시간의 문제가 아니야." 폴이 비난 섞인 얼굴에 미소를 띠었다. "10년 전에 내가 왜 노래를 포기했는지 알아? 앙리가 내 전부를 요구한다는 걸 깨달아서였지……."

"앙리가 다시 일하라고 권했다면서."

"하지만 그 말을 액면 그대로 받아들이면 앙리는 당황하고 말걸!" 폴이 쾌활하게 말했다. "내가 자기와 관계없는 생각을 한 번만 해도 그는 참지 못할 거야."

"그런 이기주의가 다 있담!"

"사랑은 이기주의가 아니야." 그녀가 자신의 실크 스커트를 부드럽게 어루만졌다. "아, 물론 그 사람은 절대 뭘 요구하지 않아. 아무것도 요구하지 않았지. 하지만 내 희생이 그의 행복뿐 아니라 그의 작품에도 필요하다는 걸 난 알아. 게다가 그 어느 때보다 바로 지금 그렇고."

"앙리의 성공을 그토록 중시하면서, 왜 너 자신의 성공은 중요하게 여기지 않지?"

"앙리가 유명하든 유명하지 않든, 사실 난 전혀 상관없어." 폴은 격렬하게 말했다. "문제는 다른 거야."

"도대체 그게 뭔데?"

그녀가 갑자기 일어섰다. "따뜻한 포도주를 준비했는데, 마실래?"

"좋지."

나는 부엌에서 폴이 움직이는 소리에 귀를 기울이며 불안한 마음으로 자문해보았다. '폴은 정말 무슨 생각이지?' 그녀는 명성을 경멸한다고 단언했다. 하지만 그녀가 진정한 연인의 모습으로 돌아온 건 바로 앙리의 이름이 유명해지기 시작하고 그가 레지스탕스의 영웅이자 젊은 문학도로 환대받기 시작할 때였다. 1년 전만 해도 그녀가 얼마나 침울하고 실망한 상태였는지 떠올려보았다. 폴은 도대체 이 사랑을 어떻게 생각하는 걸까? 왜 일을 시작하고 여기서 벗어나기를 거부하는 거지? 주위의 세상을 어떻게 보고 있는 거지? 폴과 함께 이 붉은 벽 안에 갇혀 난롯불을 바라보며 이야기를 나누면서도, 그녀의 머릿속에서 무슨 일이 일어나고 있는지 도무지 알 길이 없었다. 나는 일어나 창문으로 다가가서 커튼을 열었다. 땅거미가 내리고 있었다. 누더기를 걸친 남자 하나가 줄에 멋진 그레이트데인을 묶어 산책시키고 있었다. '희귀종 새와 색슨 새 전문점'이라는 수수께끼 같은 간판 아래, 유리창의 난간에 묶인 원숭이 한 마리도 역시 난처해하며 석양을 관찰하고 있는 것 같았다. 나는 커튼을 다시 내렸다. 난 무엇을 기대한 걸까? 한순간 폴의 눈으로 이 익숙한 풍경을 보고 싶었던 건가? 이 풍경 안에서 그녀가 보내는 나날이 어떤 색깔인지 포착하고 싶어서? 아니야. 저 거미원

숭이가 결코 인간의 눈으로 볼 수 없듯이, 나 역시 완전히 다른 사람의 눈으로는 무엇도 볼 수 없어. 폴은 김이 오르는 잔 두 개가 올라간 쟁반을 든 채 짐짓 연극적인 태도로 부엌에서 돌아왔다. "설탕 많이 넣은 걸 좋아하지?"

나는 타는 듯한 향기가 풍기는 붉은 용암빛 포도주의 김을 들이마셨다. "맛있겠다."

폴은 마치 진리의 미약을 맛보듯이 깊은 생각에 잠겨 몇 모금 마셨다. "불쌍한 앙리!" 그녀가 중얼거렸다.

"불쌍하다니? 왜?"

"앙리는 힘든 위기를 겪고 있어. 거기서 벗어날 때까지 너무 많은 고통을 겪을까 봐 걱정이야."

"무슨 위기라는 거야? 앙리는 활력에 넘치는 것 같던데. 최근 기사들은 이제까지 쓴 것들 중 최고였고."

"기사들 말이지!" 폴은 분노 비슷한 감정을 담아 나를 쳐다보았다. "옛날에 그는 저널리즘을 경멸했어. 단지 생계 수단 정도로만 생각했지. 그래서 정치에 거리를 둔 채 홀로이 길 원했던 거야."

"하지만 상황이 바뀌었잖아, 폴."

"상황은 조금도 중요하지 않아!" 그녀는 열을 내며 말했다. "앙리는 변해선 안 돼. 전쟁 동안 앙리는 자기 목숨을 위태롭게 했어. 위대한 일이었지. 하지만 오늘날 위대한 행위는 시대를 거부하는 짓이야."

"도대체 왜?" 내가 물었다.

폴이 대답 대신 어깨만 으쓱하기에, 나는 약간 짜증스럽게 덧붙여 말했다. "앙리도 자기가 왜 정치에 관여하는지 분명히 설명했잖아. 나는 앙리에게 전적으로 찬성해. 앙리를 믿어야 한다고 생각하지 않아?"

"앙리는 자신의 길이 아닌 길로 들어서는 중이야." 아주 단호한 어조였다. "난 알아. 증거도 보여줄 수 있어."

"설마."

"그 증거란 말이지," 폴이 힘주어 말했다. "앙리가 글을 쓸 수 없게 되었다는 거야."

"지금은 쓰지 않을지 모르지." 내가 말했다. "하지만 그게 다시는 글을 쓰지 않을 거라는 뜻은 아니잖아."

"물론 꼭 그렇다는 건 아니야." 폴이 말했다. "하지만 알아줘. 앙리를 만든 사람이 바로 나라는 걸. 앙리가 책의 등장인물을 창조하듯이 내가 그를 창조했어. 그래서 그가 등장인물들을 아는 것처럼 나도 그 사람을 아는 거야. 앙리는 자신의 사명을 배신해가는 중이야. 그를 다시 사명으로 이끌어 줄 사람은 나고. 바로 그래서 나 자신의 문제에 전념할 수 없다는 거야."

"너도 알다시피, 사명은 스스로 주는 거지 다른 사람이 줄 수 있는 게 아니야."

"앙리는 다른 작가들과 달라."

"작가들은 모두 달라."

폴은 고개를 저었다. "만약 앙리가 그냥 작가에 불과했다면, 난 흥미를 느끼지 못했을 거야. 작가들은 너무 많으니까! 내가 스물다섯 살에 앙리를 차지했을 때, 그 사람은 오로지 문학만 생각하고 있었어. 하지만 앙리를 더 높이 오르게 할 수 있다는 걸 난 곧바로 알 수 있었지. 내가 그를 가르쳤어.

그의 인생과 작품이 유일한 성공이 되어야 한다고. 너무나 순수하고 너무나 절대적이라서 세상의 모범이라 할 만한, 그런 성공 말이야."

나는 불안한 마음이 들었다. 만일 폴이 이런 식으로 앙리에게 말한다면, 그는 진짜로 화를 낼 터였다.

"그러니까, 사람은 자신의 책만큼이나 인생에도 정성을 쏟아야 한다는 얘기지?" 내가 물었다. "하지만 그렇다고 사람이 바뀌어선 안 된다고 할 수는 없잖아."

"그 자신과 일치하는 선에서는 괜찮아. 나도 많이 진보했지만, 그건 바로 나 자신의 길만 따라갔기 때문이야."

"사람에게 미리 정해진 길이란 건 없어." 내가 말했다. "세상은 그대로가 아니야. 누구도 어떻게 해볼 수 없다고. 그저 적응할 뿐이지." 나는 폴에게 미소를 지었다. "몇 주 동안, 나 역시 전쟁 전으로 돌아갈 수 있다는 환상을 가졌어. 하지만 어리석은 생각이었지."

폴은 고집스러운 태도로 난롯불을 응시했다. "진실한 것은 시간이 아니야." 그러더니 그녀가 갑자기 내 쪽으로 몸을 돌렸다. "그래! 랭보를 생각해봐. 뭐가 보여?"

"뭐가 보이느냐고?"

"그래, 그의 어떤 이미지가 보여?"

"젊은 시절의 사진."

"너도 알겠지! 하나의 랭보, 하나의 보들레르, 하나의 스탕달이 있어. 그들이 더 늙거나 더 젊었을 때도 있었지만, 그들의 모든 일생은 하나의 이미지로 요약되지. 그것처럼 유일한 하나의 앙리만 있는 거야. 나 역시 언제나 나일 거고.

시간은 아무것도 할 수 없어. 배반은 시간이 아니라 우리가 하는 거야."

"아! 넌 모든 것을 혼동하고 있어." 내가 말했다. "그래. 일흔 살이 되어도 넌 여전히 너일 거야. 하지만 사람들이나 사물들과 다른 관계를 가지게 되겠지." 그러고는 덧붙였다. "너의 거울과도."

"난 거울을 자주 보지 않아." 폴은 약간의 경계심을 가지고 나를 바라보았다. "무슨 얘길 하고 싶은 거야?"

잠시 나는 침묵을 지켰다. 시간을 부정하는 것, 모든 사람들이 아마 시도해보았을 것이다. 나도 자주 그랬다. 막연히, 난 폴의 완고한 확신이 부럽기도 했다.

"내 말은, 다만 우리는 현실을 살고 있고 별수 없이 그걸 받아들여야만 한다는 거야. 앙리가 좋아하는 일을 하게 내버려두고 조금이라도 너 자신에게 관심을 가져야 해."

"넌 앙리와 내가 별개로 된 두 존재인 것처럼 말하는구나." 그녀가 멍하니 말했다. "어쩌면 남이 이해할 수 없는 종류의 경험이 있는 건지도 몰라."

나는 폴을 설득하겠다는 희망을 완전히 잃고 말았다. 게다가, 뭘 설득한단 말인가? 그조차 이제는 알 수 없었다. 그럼에도 나는 말했다.

"두 사람은 서로 다른 존재야. 그 증거로 네가 앙리를 비판하고 있잖아."

"앙리에겐 경박한 면이 있어. 난 그에 대항해 싸우고 있고. 그게 우리 사이를 갈라놓는 건 사실이야." 그녀가 말했다. "하지만 근본적으로 우리는 하나야. 옛날에는 종종 그걸 느꼈어. 처음 그 계시를 받았을 때를 분명히 기억할 수도 있지. 그땐 정말이지 공포에 질릴 정도였어. 알겠지만, 완전히 다른 사람 안에서 자신을 잃는다는 건 이상한 기분이니까. 하지만 자기 안에서 그 사람을 발견할 땐 또 얼마나 큰 보상을 받는 기분인지 몰라!" 폴은 황홀한 시선을 천장에 고정하고 있었다. "한 가지는 확실해. 과거의 시간은 돌아올 거야. 앙리는 나에게 돌아올 거야. 진정한 모습으로, 내가 그를 그 자신에게 돌려주었던 모습으로."

그녀의 목소리에는 거의 절망적인 난폭함이 담겨 있었다. 나는 더 이상의 토론을 포기하고 활기 있게 말했다. "그래도, 사람들을 만나고 조금이라도 움직이는 게 좋을 거야. 다음 목요일에 같이 클로디 집에 가지 않을래?"

폴의 시선이 다시 지상으로 내려왔다. 어떤 내적인 절정에 도달한 뒤 다시 자유롭고 유쾌해진 듯한 모습이었다. 그녀는 내게 미소를 지어 보였다.

"아니야, 안 갈래." 폴이 말했다. "클로디가 지난주에 날 만나러 왔어. 당분간, 몇 달 정도는 클로디를 만나고 싶지 않아. 클로디가 스크리아신을 자기 집에서 머물게 해주고 있다는 거 알아? 그 사람은 도대체 무슨 생각으로 그걸 받아들였는지……."

"돈이 떨어졌나 보지."

"그렇담 그야말로 진짜 하렘이잖아!" 폴이 말했다.

크게 웃음을 터뜨리자 그녀는 10년은 더 어려 보였다. 오래전 나와 함께 있을 때면 언제나 그런 모습이었는데. 하지만 앙리 앞에서 그녀는 자신을 부자연스럽게 꾸몄고, 이젠 그가 없어도 늘 자신을 바라보는 그의 시선을 의식하는 것 같았다. 만약 자신의 이익을 위해 살 용기가 있다면 폴도 다시 유쾌해질지 모른다. '내가 폴에게 설명을 제대로 못 했어. 서툴렀어.' 그녀와 헤어지면서 나는 자책을 느꼈다. 폴의 생활은 정상이 아니었다. 때때로 그녀는 말도 안 되는 얘기까지 단호하게 내뱉고 있었다.

하지만 어차피 오늘은 폴에게 그다지 진지하게 훈계할 수 없었을 것이다. 정상적인 삶. 그보다 더 비정상적인 것이 있을까? 하루의 시작부터 마지막까지 무사히 보내기 위해서는 생각하지 말아야 할 일, 피해야만 하는 진실, 거부해야 하는 추억이 엄청나게 많은 것이다. '바로 그런 이유로, 떠나기가 두려워.' 나는 생각했다. 파리에, 로베르의 곁에 있으면 별로 힘들이지 않고 함정들을 피할 수 있으니까. 위험을 알리는 비상벨이 있는 셈이지. 그러나 낯선 하늘 아래 홀로 있게 되면, 무슨 일이 일어날까? 어떤 명백한 사실 때문에 갑자기 이성을 잃게 되는 건 아닐까? 어떤 심연이 드러나는 건 아닐까? 물론 틀림없이 심연은 닫히고 명백한 사실은 사라지겠지. 그런 일은 숱하게 보았어. 우리는 둘로 잘려도 아무렇지 않은 지렁이, 혹은 집게가 다시 자라나는 가재와 다를 게 없으니까. 하지만 가짜 임종의 순간, 다시금 스스로를 다잡기보다는 죽고 싶어지는 순간, 그 순간을 생각하면 용기가 사라져. 이성적으로 생각해보자. 반드시 무슨 일이 일어나리라는 법은 없어. 하지만 반대로 아무 일도 일어나지 않으리라는 법도 없지. 자주 오가는 길을 벗어나서 좋을 건 없어. 물론 이곳이 좀 답답한 건 사실이야. 그렇지만 우리는 답답함에도 역시 익숙해져. 게다가 습관이란 누가 뭐래도 절대 나쁘지 않은 법이니까.

"엄마 무슨 일 있는 거예요?" 며칠 뒤 나딘이 이상스럽다는 듯이 물었다. 그 애는 내 방에서 내 목욕 가운을 입은 채 장의자에 누워 있었다. 내가 집에 돌아와보면, 나딘은 보통 그런 모습이었다. 그 애의 눈에는 다른 사람의 옷이나 가구나 인생이 가치 있게 보이는 것이다.

"내가 어떻다는 거니?"

그 애에게는 로미외의 편지에 대해 얘기하지 않았다. 하지만, 날 아주 잘 알지 못한다 해도, 그 애는 내 기분이 조금이라도 변하는 것을 금방 알아채곤 했다.

"서서 자고 있는 사람 같아요." 나딘이 말했다. 사실 평소 같으면 자기의 하루에 대해 열심히 물었을 내가 그날 저녁엔 외투를 벗어둔 채 말없이 머리만 매만지고 있었으니 이상하게 생각할 만도 했다.

"오후 내내 생탄 병원에 있었어. 그래서 약간 정신이 멍하네." 나는 말했다. "넌 뭘 했니?"

"내가 무슨 일을 했는지 정말 궁금한 거예요?" 원망 섞인 목소리였다.

"그럼, 당연하지."

나딘의 얼굴이 밝아졌다. 그 애는 이제 뿌루퉁한 표정을 거두고 기쁨을 털어놓았다. "일생일대의 남자를 만났어요!" 나딘은 도전적인 목소리로 말했다.

"그래?" 나는 미소 지으며 말했다.

"네, 정말이에요." 나딘이 진지하게 말을 이었다. "라솜의 친군데, 대단한 사람이에요. 다른 사람들 같은 글쟁이가 아니라고요. 진짜 투사고, 이름은 졸리예요."

나딘은 얼마 전에 앙리와 사이가 틀어졌다. 나딘이 졸리에게 곧 반발심을 느끼게 되리라는 것이야 내 눈에는 너무나 뻔했는데, 막상 그 애 자신을 모르고 있어서 놀라울 정도였다. "그러면 이번에는 공산당에 입당하는 거니?"

"내가 아직 입당 안 했다니까 그 남자는 화를 내더라고요. 아! 하지만 지나치게 따지고 드는 그런 남자는 아니에요. 말하자면 진짜 남자다운 남자죠."

"오래전부터 네게 좋은 경험의 기회가 한 번은 올 거라 생각했었어."

"물론 엄마한테는 그게 한낱 경험일 뿐이니까 그렇겠죠." 그 애는 날카로운 목소리로 대꾸했다. "입당해봤자 곧 탈당할 거라는 뜻이죠? 젊을 때는 다 그런 거다, 그런 얘기죠?"

"절대 아니야. 그런 뜻으로 말하지 않았어."

"엄마가 생각하는 게 뭔지 알아요. 졸리의 힘은 진실을 믿는다는 거예요. 그는 즐기려고 경험하는 게 아니에요. 행동하는 사람이라고요."

며칠 동안, 나는 그 졸리라는 남자에 대한 나딘의 공격적인 찬사를 반발 없이 참고 들어주었다. 그 애는 책상 위 화학 교과서 옆에 『자본론』을 펼쳐놓았고, 그 애의 시선은 이 책에서 저 책으로 우울하게 헤매 다녔다. 그러더니 내 모든 행위를 역사적인 유물론에 비추어 검토하기 시작했다. 이른 봄, 추운 거리에는 거지들이 많았다. 내가 돈을 조금 주면 그 애는 비웃었다. "불쌍한 쓰레기에게 적선하는 것으로 세계의 상황을 바꿀 수 있다고 생각하시는군요!"

"그렇게 대단한 걸 바라는 건 아니야. 그 사람을 기쁘게 하면 그걸로 이미 됐어."

"그리고 엄마의 양심은 편안해지고, 모두 다 좋은 거죠."

나딘은 내가 늘 남모르게 계산을 하고 있다고 판단했다.

"엄마는 상류사회로 가기를 거부하고 사람들을 무례하게 대하는 것으로 자신의 계급에서 벗어났다고 믿고 있죠. 하지만 그저 불완전한 부르주아일 따름이에요."

클로디의 집에 가는 것이 즐겁지 않은 것은 사실이었다. 전쟁 중에 그녀는 부르고뉴의 성에서 많은 소포를 보내주었고, 지금은 거의 명령조로 목요일마다 나를 초대했다. 결국은 가는 수밖에 없었다. 눈 내리는 5월의 어느 저녁, 나는 정말 내키지 않는 마음으로 자전거에 올랐다. 봄이 한창인데 겨울이 변덕스럽게 되살아난 것 같았다. 고요하고 흰 하늘은 포근해 보이지만 피부를 차갑게 자극하는 커다란 눈송이들로 변해 대지 위에 흩어지고 있었다. 나는 폭신한 이 길 위를 내처 달려 멀리까지 가보고 싶었다. 사교계라는 고역이 전보다 더 두려웠다. 로베르는 몸을 숨기고 기자들이며 훈장이며 아카데미며 살롱들을, 연극 리허설까지 모두 피해봤지만 소용없었다. 사람들은 그를 공공 기념물 비슷하게 만들어가는 중이었고, 내 존재 또한 덩달아 노출되었다. 나는 느릿한 걸음으로 호화로운 계단을 올랐다. 사람들이 나에게 고개를 돌리고, 재빠르게 한 번 훑어보고, 나를 평가하고 해체하는 이 순간이 너무나 싫었다. 그 순간 나는 나 자신을 의식하며 언제나 자격지심에 빠지게 되는 것이었다.

"이렇게 만나게 되다니 정말 기적 같네요!"로르 마르바가 말했다. "정말 바쁘시잖아요! 우리는 이제 감히 초대도 못 하겠어요."

우리가 그녀의 초대를 적어도 세 번은 거절한 터였다. 이 무리의 지인들 가운데 조금이라도 죄책감 없이 만날 수 있는 사람은 거의 없었다. 사람들은 우리가 거만하다고, 아니면 사람들을 싫어하거나 잘난 체를 한다고 믿었다. 열심히 이곳에 와서 지루해하고 있는 사람들 가운데 어느 누구도 우리가 그저 사교계를 즐기지 않을 뿐이라는 생각은 하지 못할 것이다. 지루함은 어린 시절부터 내가 너무나 두려워하는 재앙이었다. 무엇보다 지루함에서 벗어나기 위해 어른이 되고 싶었고, 지루함에 대한 거부를 중심으로 내 인생을 설계했다. 그러나 여기서 나와 악수를 나누는 사람들은 지루함에 너무도 익숙해져 그것을 알아채지도 못하게 되어버린 것 같았다. 공기가 여기와는 다른 냄새를 풍길 수도 있다는 걸 그들은 아마 모르고 있을 것이다.

"로베르 뒤브뢰유는 같이 못 왔나요?" 클로디가 물었다. "《비질랑스》의 기사가 너무 훌륭했다고 전해줘요! 난 아예 그걸 외워버렸다니까요. 식탁에서, 욕실에서, 침대에서 혼자서 암송을 해요. 그 기사와 함께 잠자리에 들죠. 요즘 내 애인이라 할 수 있어요."

"그렇게 전할게요."

그녀가 나를 뚫어지게 쳐다보는 바람에 난처한 기분이 들었다. 로베르에 대해 나쁜 얘기를 듣는 건 당연히 싫었다. 하지만 그에게 찬사를 쏟아내도 나는 불편해졌다. 내가 바보 같은 미소를 짓고 있는 것이 느껴지기 때문이었다. 침묵하면 우쭐해하는 것 같고, 말을 하면 체신머리 없이 구는 기분이었다.

"《비질랑스》의 창간은 정말 중요한 사건이죠." 최근 클로디의 애인이 된 화가 페를렌이 말했다.

기트 방타두르도 다가왔다. 재치 있는 소설들을 쓴 사람으로, 자신이 이 살롱에서 가장 대단한 인물이라 느끼고 있는 것 같았다. 그녀의 화장한 모습과 태도로 보아 자신이 더 이상 젊지 않다는 사실을 의식하고 있다는 것, 그럼에도 한때의 아름다움을 다소 과하게 환기하고 있다는 것을 알 수 있었다. 그녀는 영감을 받은 듯한 목소리로 말했다. "뒤브뢰유가 놀라운 건 예술에 대해 매우 깊게 고민하면서도 현재의 세계에 대해 열정적으로 관심을 가질 수 있다는 점이에요. 언어와 인간을 동시에 사랑하는 건 정말 드문 일이죠."

"뒤브뢰유의 인생에 대해 기록하고 있나요?" 클로디가 내게 물었다. "그러면 세상에 굉장한 자료를 제공하게 되는 셈인데요!"

"시간이 없어서요." 내가 말했다. "게다가 로베르는 그런 걸 좋아하지 않을 거예요."

"정말 대단해요." 위게트 볼랑주가 끼어들었다. "그렇게 압도적인 인격을 가진 남자와 살면서 직업을 가질 수 있다는 거 말예요. 난 그렇게 못 할 것 같아요. 안 그래도 남편이 내 시간을 모두 써버리니까요. 하기야, 난 그게 정상이라 생각하지만요."

나는 목구멍까지 올라온 대답을 전부 얼른 삼켜버리고 최대한 아무렇지 않은 투로 대답했다.

"시간을 어떻게 배분하느냐의 문제죠."

"하지만 난 시간을 아주 잘 배분하는걸요." 위게트는 마음이 상한 눈치였다. "그보다는 오히려 정신적인 의지의 문제 아닌가 싶은데요……."

그들은 찌르는 듯한 눈초리로 날 노려보았다. 모두가 해명을 요구하고 있었다. 늘 이런 식이다. 그들은 나를 둘러싼 채 내가 이미 남편을 잃기라도 한 것처럼 교활한 태도로 질문을 해댔다. 하지만 로베르는 잘 살고 있고, 난 로베르의 시체에 방부 처리를 하려는 그들을 거들 생각이 없다. 그들은 로베르의 서명을 수집하고, 그의 초고를 두고 서로 다투며, 헌사로 장식된 그의 전집을 나무 책장에 정리해둔다. 나는 그의 책 중 겨우 두세 권만을 갖고 있을 뿐이다. 어쩌면 책을 빌려 간 사람들에게 돌려달라는 말을 일부러 하지 않은 건지도 모르겠다. 난 일부러 그의 편지들을 정리하지 않았고, 일부는 잃어버렸다. 언젠가 그들에게 넘겨주기 위해 그가 내게 쓴 편지들을 보관할 이유는 없지 않은가. 나는 로베르의 상속인이나 증인이 아닌, 그의 아내다.

기트가 내 불편한 마음을 짐작한 듯했다. 그녀는 예의 여왕과도 같은 자신감으로 다정하게 그 작은 손을 내 손목에 얹었다. "아무것도 대접해드리지 않았잖아요! 식탁으로 가요." 그녀는 나를 데리고 가면서 공범자의 미소를 지어 보였다. "다음에는 우리끼리만 더 오래 얘기하고 싶어요. 지성적인 여성을 만나기란 너무 어렵죠." 모임에서 자신을 이해할 수 있는 유일한 사람을 막 발견했다는 듯 그녀는 말했다. "언제 한번 로베르와 함께 우리 집으로 저녁 드시러 오시면 좋을 텐데요."

그들이 무관심한 태도로, 혹은 우월한 태도로 만나자고 요구할 때가 가장 고통스러운 시련의 순간이다. 의례적인 말로 "로베르가 요즘 너무 바빠서요"라고 대답하면, 나는 곧 비난 어린 냉정한 시선을 느끼고, 결국 내가 잘못 생각하고 있는 걸까 돌아보게 되는 것이다. 내가 그의 아내인 건 맞아. 하지만 그렇다고 대체 무슨 권리가 있다는 거지? 아내라고 해서 그를 독점할 수 있는 건 아니잖아. 공공 기념물은 모두의 것이니까.

"오! 뒤브뢰유의 일에 어떤 요구들이 따르는지는 나도 잘 알아요." 기트가 말했다. "나 역시 절대 외출을 안 하니까요. 당신을 여기서 만난 것은 정말 드문 우연이죠!" 내가 우스꽝스러운 착각을 하고 있다고, 사실 자신은 이런 곳에 오지 않는다고 암시하는 웃음이었다. "하지만 내 초대는 달라요. 아주 조촐한 저녁이고, 남자들만 초대할 거거든요." 기트는 은밀하게 덧붙였다. "난 여자들이랑 있는 게 싫더라고요. 너무 혼란스러운 기분이라서요. 당신은 안 그래요?"

"아뇨, 난 여자들과 아주 잘 지내는데요."

그녀는 깜짝 놀라 비난하는 듯한 표정으로 나를 보았다.

"신기하군요. 아주 신기해요. 틀림없이 내가 잘못된 거겠죠……."

기트는 자신의 책에서 여성의 열등함을 기꺼이 단언한 터였다. 자기 자신은 남성적인 재능에 의해 여성성에서 벗어났다고 그녀는 생각했다. 그뿐 아니라 남성들을 능가한다고 생각했는데, 남성들과 동일한 능력을 가진 데다 여성이라는 독특하며 매력적인 재질을 더 갖고 있기 때문이라는 식이었다. 그런 교묘한 책략에 나는 짜증이 치밀어 사무적인 어조로 말했다.

"당신은 조금도 잘못되지 않았어요. 대부분의 여자들은 남자를 더 좋아하거든요."

그녀의 시선이 완전히 얼어붙었다. 이어 그녀는 무성의한 몸짓으로, 하지만 단호하게, 위게트 볼랑주를 향해 돌아섰다. 불쌍한 기트! 그녀는 나르시시즘이라는 모든 비난을 피하려는 욕망과 자신의 가치를 정당화하려는 욕망 사이에서 고통 받고 있었다. 그래서 자신이 듣고자 하는 자신에 대한 평가를 다른 사람들로 하여금 그대로 말하게 하려고 애쓰는 것이다. 하지만 다른 사람들이 그렇게 말해주지 않는다면? 자신의 진가를 인정받지 못한다는 것을 받아들여야만 할까? 고통스러운 딜레마였다. 클로디는 내가 혼자 있다는 것을 알아채고 훌륭한 집주인답게 누군가를 소개했다.

"안, 뤼시 벨롬을 만나본 적 없죠? 당신 친구 폴이랑 한때 아주 잘 알고 지냈대요." 새로 도착한 손님에게 급히 다가가며 그녀가 말했다.

"아! 폴을 아세요?" 나는 검은색 오토만 직물로 된 옷에 다이아몬드로 치장한 키 큰 갈색머리 여자에게 물었다. 그녀는 나에게 억지 미소를 보냈다.

"네, 아주 잘 알았죠." 뤼시가 재미있다는 투로 대답했다. "홍보를 하느라 폴에게 옷을 공짜로 만들어주기도 했어요. 난 아마릴리스 양장점을 시작한 참이었고, 폴은 발쿠르의 가게에서 데뷔한 참이었죠. 폴은 아름다웠지만 옷을 너무 못 입었어요." 그러더니 뤼시 벨롬은 차가운 미소를 던졌다. "이 말씀은 드려야겠네요. 폴은 취향이 시원찮았고 어떤 조언도 받아들이지 않았어요. 불쌍한 발쿠르와 저는 정말 힘들었답니다."

"폴에겐 자기만의 스타일이 있으니까요." 내가 대꾸했다.

"당시에는 그걸 찾지 못했죠. 자신을 알기에는 자기도취가 지나쳤고, 그게 일에도 해가 되었어요. 폴은 예쁜 목소리를 가졌지만 아무것도 할 줄 몰랐어요. 자신의 장점을 절대 이용할 줄 몰랐고, 청중도 절대 감동시키지 못했죠."

"폴의 공연에 가본 적은 없지만, 꽤 성공했었다는 얘길 들었는데요. 리우데자네이루 공연 계약까지 했었다고요."

뤼시 벨롬이 웃기 시작했다. "예뻤으니 짧게 성공은 했었죠. 하지만 곧바로 추락했어요. 다른 일들처럼 노래도 고된 연습을 필요로 하는데, 그건 폴의 장기가 아니니까요. 브라질 얘기도 기억나네요. 폴에게 의상을 만들어줘야 했거든요. 하지만 그 남자의 관심사는 그녀의 노래가 아니었어요. 폴도 그 사실을 아주 잘 알고 있었죠. 보이는 것처럼 머리가 나쁜 사람은 아니니까요. 말리브란*인 척 행세했지만 사실 폴이 원하는 건 오직 자신을 돌봐줄 진실한 누군가를 찾는 것뿐이었죠. 그래서 나머지 다른 일들은 모두 포기했고요. 폴이 옳았어요. 결코 성공하지 못했을 테니까요. 그래, 지금은

* 마리아 말리브란Maria Malibran. 스페인의 메조소프라노 가수. 예외적인 음역과 힘, 활기찬 목소리로 유명했다.

어떻게 지내고 있어요?" 뤼시가 갑자기 친절한 목소리로 물었다. "아주 대단한 남자가 폴을 버렸다던데, 사실인가요?"

"절대 아녜요. 그들은 서로 아주 사랑하고 있어요." 나는 단호하게 대꾸했다.

"아! 다행이네요." 뤼시는 전혀 믿지 못하겠다는 투로 말했다. "그 애로선 꽤 오랫동안 그런 사람을 기다려왔잖아요. 가엾은 친구 같으니."

나는 잠시 당황한 채 있었다. 뤼시 벨롬은 폴을 아주 싫어하니 그녀가 전하는 폴의 모습을 그대로 받아들일 수는 없었다. 거만하고 노래나 흥얼거리며 후견인을 찾는 작은 매춘부의 이미지. 하지만 폴이 처음 파리에 올라와서 보냈던 시절, 젊은 시절, 어린 시절에 대해서 한 번도 얘기한 적이 없다는 사실이 곧 떠올랐다. 도대체 왜 그랬을까?

"인사드려도 될까요? 이제 절 미워하시지 않으시죠?" 마리-앙주가 짐짓 송구스럽다는 듯이 미소를 짓고 있었다.

"미움 받을 만하지 않나요?" 나도 그녀에게 미소를 지으며 말했다. "파렴치하게 날 속였잖아요!"

"그럴 수밖에 없었어요."

"안심해요. 형제자매가 여섯인 건 정말인가요?"

"제가 장녀인 건 사실이에요." 그녀가 솔직한 목소리로 대답했다. "형제는 남동생 하나뿐인데, 지금 모로코에 있고요." 나를 보는 마리-앙주의 시선이 탐욕스럽게 질문을 던지고 있었다. "그런데 방타두르 씨는 무슨 얘길 한 건가요?"

"아무 말도 안했어요."

"제게는 말씀하셔도 돼요." 마리-앙주가 말했다. "뭐든

지요." 그녀는 자기 귀를 가리켰고, 이어 입을 가리켰다. "이리로 들어와서, 이리로 나가니까요."

"내가 두려워하는 게 바로 그거예요. 그보다, 저 키 큰 심술궂은 여자에 대해 아는 게 있으면 얘기해봐요." 나는 뤼시를 가리키며 말했다.

"오! 대단한 여자죠."

"어떤 면에서요?"

"저 나이에 원하는 남자는 다 가져요. 쓸모 있는 남자들과 마음에 드는 남자들을 뒤섞어 적당히 관리하고 있죠. 지금은 세 남자가 있는데, 모두 그녀와 결혼하고 싶어 한대요."

"세 남자들은 각자 자신이 유일한 애인이라 믿고 있는 거예요?"

"아뇨, 하지만 세 남자 모두 애인이 둘 더 있다는 사실을 알고 있는 사람이 자기뿐이라고 믿고 있어요."

"썩 대단한 미인은 아닌 것 같은데."

"저 여자, 20대 때는 훨씬 더 못생겼었대요. 하지만 그런 모습을 감추려 자신을 다듬었죠. 엉덩이로 성공하는 못생긴 여자들도 있잖아요." 마리-앙주가 잘 안다는 듯 말을 이었다. "문제는, 그러려면 더러운 짓을 해야 한다는 거죠. 뤼시가 브로토 영감의 자금으로 아마릴리스 양장점을 열었을 땐 이미 40대였을 거예요. 큰돈이 들어오기 시작하던 참에 전쟁이 터졌고요. 지금은 다시 최고가 됐지만, 그간 고생을 좀 했죠." 그러고서 그녀는 덧붙였다. "그래서 저렇게 못된 거예요."

"그렇군요." 나는 마리-앙주의 얼굴을 빤히 쳐다보았다.

"여기엔 뭘 찾으러 왔어요? 스캔들과 관련된 가십거리?"

"제가 좋아서 왔어요. 칵테일파티에 다니는 걸 아주 좋아하거든요. 선생님은 아닌가요?"

"뭐가 재밌는지 모르겠네요. 왜 재밌는지 얘기해보세요."

"그러죠. 만나고 싶지 않은 사람들을 많이 만나니까요."

"명쾌한 설명이네요."

"게다가 사람들은 자기 모습을 보여주려 하고요."

"왜 그래야만 하죠?"

"모두들 남들 눈에 띄기를 원하거든요."

"그러면 당신도 눈에 띄고 싶어요?"

"그럼요! 특히 제가 좋아하는 건 사진 찍히는 거예요." 마리-앙주는 손가락을 깨물었다. "당연한 것 아닌가요? 혹시 제게 정신분석이 필요하다고 생각하세요?"

"알 만해요! 마음속에서 우글거리고 있군요."

"뭐가요? 콤플렉스들요?"

"비슷한 거죠."

"하지만 그걸 없애면 제게 뭐가 남을까요?" 애처로운 목소리였다.

"이쪽으로 오세요." 클로디가 나를 불렀다. "골치 아픈 사람들은 다 갔어요. 이제 더 재미있어질 거예요."

클로디의 모임에서는 늘 골치 아픈 사람들이 다 갔다고 말하는 순간이 있었다. 가는 사람들의 순서가 때때로 매번 달라지기는 하지만. 나는 말했다.

"미안하지만 나도 가야 해요."

"뭐라고요? 남아 있다가 밤참까지 먹지 않고요." 클로디가 말했다. "작은 테이블로 나눠서 식사할 거예요. 아주 편안할 텐데요. 게다가 소개해주고 싶은 사람들도 올 거고요." 클로디가 약간 떨어진 곳으로 나를 데리고 갔다. "난 당신을 돌봐주기로 결심했어요." 그녀는 유쾌하게 말했다. "사람들과 만나지 않고 사는 건 우스꽝스러워요. 아무도 당신을 모르잖아요. 돈을 벌게 해줄 사람 누구도 당신을 모른다고요. 당신을 세상에 알리게 해줘요. 여성복 디자이너들에게 데려가고, 당신을 알릴게요. 1년 뒤면 당신은 파리에서 최상류층에 속하는 고객을 갖게 될 거예요."

"이미 너무 많은 고객이 있어요."

"그중 절반은 무료 고객이잖아요. 나머지 절반은 너무 적게 내고요."

"그건 문제가 아녜요."

"그건 문제예요. 열 사람 몫을 내는 고객을 받아서 열 배 덜 일하면 되잖아요. 외출하고 치장할 시간을 얻는 거죠."

"이 얘긴 나중에 하죠."

클로디가 그토록 나를 모르다니 놀라운 일이었다. 하지만 사실 나도 그녀를 잘 아는 것은 아니었다. 그녀는 일이 성공과 부를 얻기 위한 수단에 불과하다고 믿고 있었다. 그리고 어렴풋이 확신하건대, 이런 속물들이라면 누구나 사회적 지위를 재능이나 지적인 성공과 기꺼이 바꿀 터였다. 어린 시절, 내 눈에는 공작 부인이나 백만장자보다 초등학교 교사가 훨씬 더 위대한 사람으로 보였다. 그리고 서열에 대한 이런 의식은 지금껏 조금도 바뀌지 않았다. 반면에 클로디는 아인슈타인 같은 인물에게도 최고의 보상은 자기 집에 초대

되는 것이라고 생각하는 사람이었다. 우리가 서로 잘 어울리기란 불가능한 일이었다.

"거기 앉아요. 우리 진실 게임을 해요." 클로디가 말했다.

나는 이 게임을 아주 싫어했다. 오직 거짓말만 하게 되기 때문이다. 그리고 무해한 선에서 비밀을 보여주려는 데 집착한 나머지 서로 조심스럽고 교활하게 질문을 던지는 모습을 보는 것도 고통스러웠다.

"제일 좋아하는 꽃은 뭐죠?" 위게트가 기트에게 물었다.

"검은 아이리스예요." 엄숙한 침묵이 흐르는 가운데 그녀가 대답했다.

저마다 제일 좋아하는 꽃, 제일 좋아하는 계절, 애독서, 마음에 드는 디자이너가 있었다.

위게트가 클로디를 쳐다보았다.

"당신은 애인이 몇 명인가요?"

"이제는 잘 모르겠어요. 스물다섯 아니면 스물여섯 명인가. 잠깐만요, 욕실에 있는 리스트를 보고 올게요." 이어 그녀는 돌아오며 의기양양한 목소리로 외쳤다. "스물일곱 명이에요."

"지금 무슨 생각을 하고 있어요?" 위게트가 내게 물었다.

내게도 역시, 문득 저항할 수 없는 진실의 욕구가 밀려들었다.

"다른 곳에 있고 싶다는 생각요." 나는 자리에서 일어났다. "정말 급한 일이 있어서요." 그러고는 클로디에게 말했다. "아뇨, 나오지 마세요."

살롱에서 나오자 장의자에 의기소침하게 앉아 있던 마

리-앙주도 따라 나왔다.

"급한 일이 있다는 거, 거짓말이죠?"

"일은 늘 있어요."

"선생님을 저녁 식사에 초대하고 싶은데요." 그녀는 애원하는 듯한, 그러면서도 어떻게든 무작정 약속을 잡겠다는 듯한 시선으로 나를 바라보며 말했다. 그러나 곧 그 시선을 거두었다.

"아뇨, 정말 시간이 없어요."

"그러면 다음번에요. 가끔 뵐 수 없을까요?"

"정말 바빠서요!"

마리-앙주는 불만스러운 표정으로 손가락 끝을 내밀어 악수를 청했다. 나는 자전거에 올라타 곧장 앞으로 내달렸다. 그녀와 함께 저녁을 먹는 편이 오히려 더 즐거웠을지도 모른다. 그러나 나는 그 식사가 어떻게 바뀔지 너무나 잘 알고 있었다. 그녀는 남자들을 두려워하고, 그래서 어린 소녀 역할을 하고 있는 것이다. 자신의 마음과 가냘픈 육체를 재빨리 나에게 주었을지도 모른다. 그 상황이 두려워 피해버린 것은 아니었다. 그냥 즐기기에는 너무나 불행한 우연이될 것 같아서였다. 나딘이 언젠가 나를 비난하며 했던 말에 많은 진실이 담겨 있다. "엄마는 절대 직접 뛰어드는 법이 없잖아요." 나는 의사의 눈으로 사람들을 관찰하고, 그 때문에 그들과 인간적인 관계를 가질 수 없다. 분노나 원한을 갖는 일도 드물다. 사람들이 내게 좋은 감정을 가져도 거의 감동하지 않는다. 그런 감정을 불러일으키는 것이 내 직업이니까. 환자에게 감정전이를 한 뒤 무심하게 받아들여야 하고, 원하는 순간에 그 결과를 정리해야 한다. 그런 태도는 사생활까지 그대로 이어진다. 상대를 병든 환자로 대하고, 즉시 유아적인 불안을 진단하며, 그의 환상 속에서 내가 어떻게 나타나는지를 보는 것이다. 어머니, 할머니, 누이, 아이, 우상이기도 한 나의 모습을. 사람들이 내 이미지에 자신을 맡기는 요술과도 같은 상황이 썩 달갑지는 않지만, 체념하고 받아들여야만 한다. 그러다 보니 보통 사람이 내게 집착하는 일시적인 애정과 맞닥뜨리면 나는 다음과 같이 자문하게 되는 것이다. '이 사람은 내 안에서 도대체 누굴 보고 있지? 어떤 빼앗긴 욕망을 채우려 하는 거야?' 그래서 나는 어떤 작은 열정도 가질 수 없다.

어느새 파리 외곽으로 벗어난 모양이었다. 나는 센강을 따라 좁은 도로 위를 달리고 있었다. 도로의 왼쪽은 난간으로 둘러싸여 있고, 오른쪽은 아주 낡은 가로등이 군데군데 비추는 가운데 크고 작은 집들이 보였다. 도로는 진흙투성이였지만 인도에는 흰 눈이 내려앉아 있었다. 나는 어두운 하늘을 향해 미소 지었다. 내가 클로디의 거실에서 도망쳐 얻은 것은 바로 이 시간이었다. 누구에게도 빚지지 않은 시간. 아마도 그랬기에, 이 차가운 대기 속에서 그토록 큰 기쁨을 느꼈던 것이리라. 나는 기억을 떠올렸다. 너무나 자주 내 호흡에 취하고 기쁨에 사로잡히던 오래전의 기억이었다. 그런 순간이 없다면 살아갈 가치가 없다고 생각했지. 그런 순간들은 되돌아오지 않는 걸까? 대양을 가로지르고 대륙을 발견할 기회를 앞에 두고 있는 지금, 내가 할 수 있는 말이라곤 '두렵다'뿐이라니. 뭘 두려워하는 거지? 옛날에는 겁이

많지 않았는데. 파이올리브 숲*이나 그레지뉴 숲**에서 배
낭을 베고 담요로 몸을 감싼 채 내 방 침대에서만큼이나 평
온하게 별빛 아래 홀로 잠들곤 했지. 높은 산에서부터 미끄
러운 만년설까지 안내자 없이 무턱대고 등반하는 것이 당연
했어. 조심해야 한다는 모든 충고를 무시했지. 르아브르나
마르세유의 저속한 카페에 홀로 앉아 있었고, 카빌리***의
마을을 가로질러 돌아다니기도 하고……. 나는 갑자기 방
향을 바꾸었다. 세상 끝까지 가는 척해봤자 아무 소용 없어.
옛날의 자유를 되찾고 싶다면, 집으로 돌아가 오늘 저녁에
라도 로미외에게 답장을 하는 편이 나아. '좋아요'라고.

　　그러나 나는 답장을 하지 않았다. 그리고 며칠 후에도 여
전히 걱정스럽게 조언을 구하고 있었다. 마치 그게 지구의
중앙을 탐험하러 가는 일이나 되는 것처럼.

　"제 입장이라면, 미국에 가시겠어요?"

　"당연히 가야죠." 앙리는 놀라서 말했다.

　빛나는 거대한 V 자****가 파리의 하늘을 가르던 날 밤이
었다. 다들 샴페인과 음반을 가지고 모였다. 나는 저녁을 준
비하고 사방에 꽃을 꽂았다. 나딘은 급한 일이 있다는 핑계
로 방에 틀어박혔다. 자신의 눈에는 죽음을 기념하는 것으
로밖에 보이지 않는 이 축제에 혐오를 느꼈던 것이다. "이상
한 축제군요." 스크리아신이 말했다. "이건 끝이 아니라 시

＊　프랑스 남부 아르데슈 지역에 있는 숲.

＊＊　프랑스 남부 미디-피레네 지역의 큰 숲.

＊＊＊　알제리 북부의 산악 지역.

＊＊＊＊　victoire, 즉 '승리'를 암시한다.

작이라고요. 진정한 비극의 시작 말입니다."

그는 제3차 세계대전이 막 시작되었다고 생각하고 있었다. 나는 유쾌하게 대꾸했다. "남들이 믿어주지 않는 예언자 짓은 그만둬요. 크리스마스 날 밤에도 대재앙이 있을 거라고 예언했죠. 내기에 지셨어요."

"내기를 하지는 않았는데요." 그가 말했다. "게다가 1년도 채 지나지 않았고요."

"어쨌든 프랑스인들이 문학에 혐오감을 느끼지도 않잖아요." 그러면서 나는 앙리에게 확인했다. "《비질랑스》로 쏟아지는 원고의 양이 엄청나지 않나요?"

"프랑스인들이 알렉산드리아의 운명을 선택했다는 증거죠." 스크리아신이 말했다. "차라리 난 《비질랑스》가 크게 성공하지 못하더라도 《레스푸아》가 파산의 위협을 받지 않는 편이 더 좋을 것 같은데요."

"무슨 소릴 하는 거야?" 앙리가 재빨리 말했다. "《레스푸아》 상황은 아주 좋은데."

"개인 후원금이 필요하게 될 거라던데."

"누가 그래?"

"아! 누군지는 모르겠어. 떠도는 소문이 그래."

"엉터리 소문이야." 앙리가 냉정하게 말했다. 그는 기분이 좋지 않은 것 같았다. 이상한 일이었다. 왜냐하면 모두가, 심지어 폴과 스크리아신까지 즐거워하고 있었으니 말이다. 만성적인 절망에 빠진 스크리아신도 이 순간만큼은 우울하지 않았다. 로베르는 다른 세계의 이야기, 20년대의 이야기를 늘어놓았고, 르누아르와 쥘리앵도 그와 함께 그 딴 세상

같은 시절을 떠올리고 있었다. 아무도 모르는 미군 장교 둘이서 소리를 죽여 서부 민요를 부르고, 한 미국인 여군은 장의자 구석에서 잠들어 있었다. 지나간 드라마와 다가올 비극에도 불구하고 그날 밤은 축제의 밤이었다. 나는 그렇게 확신했다. 노래나 불꽃놀이 때문이 아니라, 내가 웃고 싶었으며 동시에 울고 싶었기 때문에.

"밖에 무슨 일이 벌어지는지 보러 가요!"내가 말했다. "그런 다음 돌아와서 식사를 하죠."

모두 대찬성이었다. 우리는 큰 어려움 없이 지하철역에 도착해 열차로 콩코르드역까지 갔다. 하지만 광장으로 나가는 것이 쉽지 않았다. 계단이 온통 군중으로 뒤덮여 있어, 우리는 서로 떨어지지 않도록 팔로 단단히 서로를 붙들고 있었다. 그럼에도 계단을 다 올라갔을 때 나는 엄청난 인파에 떠밀려 로베르의 팔을 놓치고 말았다. 앙리와 둘이서 개선문으로 올라가려고 샹젤리제를 등진 채 섰지만 군중의 물결은 우리를 튈르리 쪽으로 끌고 갔다.

"괜히 저항하면 안 돼요."앙리가 말했다. "어차피 곧 선생님 댁에서 다시 만날 테니 지금은 인파를 따라가는 수밖에요."

노래와 웃음이 들리는 가운데, 우리는 오페라 광장까지 떠밀려 갔다. 광장은 빛과 붉은 장식 휘장으로 붉게 물들어 있었다. 비틀거리거나 넘어지면 발에 짓밟힐지 모른다는 생각에 약간 무서웠다. 하지만 흥분되기도 했다. 해결된 건 아무것도 없었다. 과거는 되살아나지 않을 것이며 미래는 불확실했다. 그러나 현재는 승리했으니, 머리를 비우고 마른 입술과 뛰는 가슴으로 현재가 이끄는 대로 따라갈 수밖에 없었다.

"한잔하실래요?" 앙리가 제안했다.

"그럴 수만 있다면 마시고 싶네요."

우리는 천천히, 갖은 수를 쓴 끝에, 몽마르트르로 이어지는 거리 한복판에서 인파로부터 빠져나왔다. 그러고는 군복을 입은 미국인들로 가득 찬 어느 술집으로 들어갔다. 모두 알아들을 수 없는 소리로 노래를 부르고 있었다. 앙리가 샴페인을 시켰고 나는 갈증과 피로와 감동으로 목이 말라 단숨에 두 잔을 비웠다.

"축제네요." 내가 말했다.

"그럼요."

우리는 우정을 담아 서로를 바라보았다. 앙리와 함께 있을 때 이렇게 편안한 기분이 드는 경우는 드물었다. 우리 사이에는 늘 너무 많은 사람들이 있으니까. 로베르, 나딘, 폴. 그러나 오늘 밤은 그가 정말 가깝게 느껴졌다. 내가 샴페인 덕분에 대담해져 있기도 했고.

"그렇지만 오늘 별로 즐거워 보이지 않던데요."

"아, 그럴 리가요." 앙리가 내게 담배를 내밀었다. 그가 즐거워 보이지 않는 것은 사실이었다. "《레스푸아》가 어려운 상태라고 소문을 퍼뜨린 게 누군지 궁금하긴 해요. 사마젤일 수도 있겠죠."

"그 사람 싫어하죠?" 내가 물었다. "나도 싫어요. 태도를 꾸미지 않고는 절대 밖에 나가지 않는 사람들, 정말 지긋지긋해요."

"하지만 뒤브뢰유 선생님은 그 친구를 아끼시죠." 앙리가 말했다.

"로베르가요? 그 사람이 쓸모 있다고 생각하는 거겠죠. 그에 대한 호감은 없어요."

"그 두 가지가 서로 다른가요?" 앙리가 물었다.

그의 억양이 질문만큼이나 이상하게 느껴졌다. "무슨 뜻이죠?"

"지금 뒤브뢰유 선생님은 정치 운동에 너무나 완전히 사로잡혀서 사람들에 대한 호감마저 쓸모에 따라 매기시죠. 그 이상도 이하도 아니에요."

"그건 절대 사실이 아니에요." 나는 화를 내며 말했다.

그가 비꼬듯이 나를 바라보았다. "《레스푸아》를 S.R.L.에 주지 않았다면 그분이 아직 제게 우정을 느끼고 있었지 의문인데요."

"그가 알면 실망할 거예요." 내가 말했다. "그런 이유로 당신이 그렇게 결정했다는 걸 알면 말이죠."

"오! 그래요, 이런 가정은 어리석은 짓이죠." 앙리는 지나치게 활발한 태도로 말했다.

로베르가 앙리에게 양자택일을 하라고 독촉하는 인상을 줬던 걸까? 무슨 수를 써서라도 목표에 도달하고 싶어 할 때, 그는 난폭하게 변할 수 있는 사람이었다. 그가 앙리에게 상처를 줬다면 유감스러운 일이었다. 게다가 로베르는 이미 꽤 고독한 처지 아닌가. 이 우정만큼은 잃지 말아야 했다.

"로베르는 누군가에게 집착하면 할수록 더 많은 요구를 하곤 해요." 내가 말했다. "예컨대 나딘의 경우를 보고 깨달게 되었는데, 로베르가 그 애에게 지나친 기대를 접으면서 약간 덜 집착하게 되더라고요."

"아! 하지만 상대를 위해 많은 걸 요구하는 것과 자기 자신을 위해 많은 걸 요구하는 건 절대 같지 않아요. 상대를 위한 경우야 물론 애정의 증거지만……."

"하지만 로베르에게는 같은걸요!"

보통 난 로베르에 대해 이야기하는 것을 좋아하지 않는다. 그러나 앙리가 품고 있는 듯한, 원망이라 할 수 있는 그런 감정은 반드시 없애고 싶었다. "《레스푸아》와 S.R.L.과의 결합은 로베르에게 꼭 필요한 일이었어요. 그는 당신도 그걸 분명히 인정했다고 생각했을 거예요." 나는 그에게 묻는 듯한 눈길을 던졌다. "로베르가 당신을 너무 마음대로 휘두른다고 생각하나요? 하지만 그건 당신을 존중해서 그랬던 거예요."

"나도 압니다." 앙리는 미소를 지었다. "뒤브뢰유 선생님은 자신에게 명백한 것들이 다른 사람들에게도 당연히 그러리라 생각하죠. 하지만 솔직히 그런 존중은 제국주의적인 방식이에요."

"어쨌든 당신이 찬성했으니 로베르가 그리 잘못한 건 아니잖아요." 내가 말했다. "무엇 때문에 그 사람을 비난하는지 잘 모르겠네요."

"제가 어떤 이유로든 뒤브뢰유 선생님을 비난한다고 했나요?"

"아뇨, 하지만 그런 느낌이 들었어요."

앙리가 머뭇거렸다. "그건 뉘앙스의 문제예요." 그는 어깨를 으쓱하며 말을 이었다. "잠시라도 제 입장에서 생각해주셨다면 감사했을 거예요." 그러면서 내게 아주 상냥한 미소를 보냈다. "선생님이라면 그렇게 해주실 수 있었을 텐데요."

"난 행동하는 사람이 아니에요." 내가 말했다. "그래요, 이따금씩 로베르는 일부러 더 편협하게 굴어요. 그렇지만 다른 사람을 진정으로 걱정하지 않거나 공명정대한 마음을 갖지 않는 건 아니에요. 당신 얘기는 좀 부당하군요."

"그럴지도요." 앙리는 유쾌하게 말했다. "아시다시피, 마지못해 뭔가를 하게 되면 그렇게 하게 만든 사람을 약간은 원망하게 되니까요. 그게 썩 옳지 못한 태도라는 건 인정합니다."

나는 일종의 가책을 느끼며 앙리를 뚫어지게 쳐다보았다. "《레스푸아》와 S.R.L.의 새로운 관계가 힘든가요?"

"아! 그건 더 이상 문제가 아니에요." 그가 말했다. "이미 전 연루되었으니까요."

"하지만 연루되고 싶어 하지 않았잖아요."

앙리는 미소를 지었다. "열렬하게는 아니었죠."

그는 늘 정치에 진력이 난다고 말하곤 했다. 그런 그가 이젠 정치에 목까지 빠져 있는 것이다. 나는 한숨을 쉬었다. "어쨌든 스크리아신의 말에도 진실은 있어요. 지금만큼 정치가 탐욕스러운 적은 결코 없었다는 이야기 말예요."

"뒤브뢰유라는 괴물은 정치에 잡아먹히지 않아요." 앙리가 부러움이 섞인 목소리로 말했다. "전만큼 왕성하게 글을 쓰시잖아요."

"전만큼이라." 잠시 망설임이 일었지만, 나는 앙리에게 진정으로 신뢰를 느끼고 있었다. "전만큼 쓰고 있긴 하지만 그때만큼 자유롭게 쓰지는 못해요." 나는 말했다. "당신도 몇 구절 읽어본 회고록 말예요. 글쎄요, 로베르는 출판을 포기했어요. 사람들이 그 글에서 자길 공격할 수단을 너무 많이 찾아낼 거라더군요. 공인이 되면 더 이상 작가로서 완전히 충실하지 못한다는 거, 그걸 생각하면 슬프지 않나요?"

앙리는 잠시 침묵을 지켰다. "글쓰기의 어떤 비목적성이랄까, 그런 게 사라지고 있는 건 사실이에요." 그가 말했다. "지금 뒤브뢰유 선생님이 출판하고 있는 글들은 모두 특정한 맥락에서 읽히죠. 선생님도 그걸 고려해야만 하고요. 하지만 그렇다고 선생님의 진정성이 사라질 거라고는 생각하지 않습니다."

"전 회고록이 출판되지 않으리라는 사실만으로도 얼마나 마음이 아픈지 몰라요!"

"잘못 생각하시는 거예요." 앙리가 다정하게 말했다. "책임감도 없이 모든 걸 고백하려는 사람의 작품은 자신의 이야기에 책임을 지는 사람의 작품보다 진실하지도 완벽하지도 않을 테니까요."

"그럴까요?" 그러고서 난 이렇게 덧붙였다. "당신도 그런 문제에 부딪친 적이 있나요?"

"아뇨, 그런 적은 없습니다."

"하지만 다른 여러 문제들에 부딪친 적은 있죠?"

"문제들은 계속 일어나니까요, 그렇잖아요?" 앙리가 얼버무리듯 말했다.

나는 집요하게 물었다. "유쾌한 소설은 어떻게 되어가고 있어요?"

"그 소설이야말로 더 이상 쓰지 못하고 있답니다."

"소설이 슬픈 이야기로 변해버린 건가요? 그러게 내가 뭐랬어요."

"이제는 글을 쓰지 않아요." 앙리는 변명하듯 미소를 지었다. "전혀 쓰지 않죠."

"설마!"

"기사는 써요. 그건 즉석에서 완성할 수 있으니까요. 하지만 진짜 책은 더 이상 쓸 수가 없어요."

그가 더는 글을 쓸 수 없다니. 결국 폴의 헛소리에 진실이 담겨 있었던 것이다. 그토록 글 쓰는 것을 좋아했던 앙리에게 어떻게 이런 일이 일어난 거지? "도대체 왜요?" 내가 물었다.

"아시다시피 쓰지 않는 것이 자연스러우니까요. 글을 쓰는 것이 오히려 비정상적이죠."

"당신은 아니에요." 내가 말했다. "글 쓰지 않고 살아가는 것을 이해 못 하잖아요."

나는 불안하게 앙리를 쳐다보았다. 폴에게 난 말했었지. 사람들은 변한다고. 하지만 사람들이 변한다는 것을 알고 있음에도, 우리는 결국 사람들이란 많은 점에서 불변한다고 고집스럽게 생각하는 것이다. 움직이지 않던 별 하나가 다시 나의 하늘에서 요동치며 회전하기 시작했다. "오늘날에는 글쓰기가 무의미하다고 생각하는 거예요?"

"오! 그건 아녜요." 앙리가 말했다. "여전히 글쓰기에 의미를 부여하는 사람들이 있다면, 그들에게야 다행이지요.

난 개인적으로 더 이상 쓰고 싶지 않아요. 그뿐입니다."그는 미소를 지었다. "전부 고백하죠. 이젠 더 할 얘기가 없어요. 아니면 제가 말해야만 하는 것이 아무런 의미가 없는 것같다고도 표현할 수 있겠죠."

"그건 일시적인 기분이에요."

"전 그렇게 생각하지 않습니다."

가슴이 아팠다. 이렇게 글쓰기를 포기하다니, 그는 분명 끔찍하게 슬플 터였다. 나는 비난과 자책을 담아 말했다. "그토록 자주 만났는데 그런 얘기는 한 번도 안 하셨네요!"

"할 필요가 없으니까요."

"정말 로베르와는 정치 얘기 말고는 전혀 안 하나 봐요!" 그때 문득 어떤 생각이 떠올랐다. "좋은 계획이 있어요. 이번 여름에 로베르와 자전거를 타고 여행을 떠날 거예요. 한두 주 동안 우리와 함께 떠나요."

"그거 괜찮겠네요."그가 주저하는 투로 말했다.

"분명 좋을 거예요!"그러고서 이번에는 내가 머뭇거렸다. "그런데 폴이 자전거를 못 타는군요."

"아! 어쨌든 휴가 내내 폴과 함께 있지는 않을 테니까요." 앙리가 재빨리 말했다. "폴은 투르에 있는 언니 집에 가 있을 거예요."

짧은 침묵이 흘렀다. 나는 불쑥 물었다.

"왜 폴은 다시 노래를 시작하려 하지 않는 거죠?"

"저야말로 그 이유를 알고 싶어요! 폴이 무슨 생각을 하고 있는지, 요즘은 도통 알 수가 없네요." 그는 낙심한 목소리로 말하며 어깨를 으쓱였다. "자신만의 생활을 해나가면 내

가 그걸 이용해 우리 관계를 바꾸어버리지나 않을까 두려워
하는 건지도 몰라요."

"그리고 당신은 그걸 원하고 있고요?" 내가 물었다.

"그래요." 그의 목소리가 갑자기 높아졌다. "어떻게 생각
하실지 모르겠지만, 전 폴을 사랑하지 않은 지 이미 오래됐
어요. 폴 역시 아무것도 변한 게 없다고 고집스럽게 주장하
지만 그 사실을 아주 잘 알고요."

"폴은 동시에 두 가지 관점으로 살아가는 것 같아요." 내
가 말했다. "한편으로는 완벽한 통찰력을 갖고 있죠. 하지만
다른 한편으로는 당신이 자신을 미칠 듯이 사랑하고, 자기
는 이 세기의 위대한 가수가 될 수도 있었으리라 생각하는
거예요. 결국은 통찰력이 이길 거예요. 하지만 그러면 폴은
어떻게 될까요?"

"아! 난 모르겠어요!" 앙리가 말했다. "개자식이 되고 싶
지는 않아요. 하지만 내가 순교자의 사명을 가진 것도 아니
잖아요. 가끔은 상황이 아주 단순해 보여요. 사랑이 식은 건
식은 거라고. 하지만 어떤 때는 폴을 사랑하지 않다는 게 부
당한 일로 여겨져요. 어쨌든 폴은 변함이 없으니까요."

"전 사랑하는 것 역시 부당하다고 생각해요."

"그러면요? 제가 뭘 할 수 있을까요?"

그는 정말 고통스러운 것 같았다. 다시 한 번, 나는 내가 여
자라는 사실에 깊이 안도했다. 여자인 나는 남자들을 상대
하고, 남자를 상대할 땐 까다로운 문제가 훨씬 적으니까.

"폴도 노력을 해야겠죠." 내가 말했다. "안 그러면, 당신
은 그야말로 궁지에 몰리게 될 거예요. 양심의 가책 속에서

살 수도 없고, 마지못해 살 수도 없는."

"마지못해 사는 법을 배워야 할 것 같군요." 그는 짐짓 쾌활한 태도로 말했다.

"안 돼요! 그건 분명 아니죠." 내가 말했다. "자기 자신의 삶에 만족하지 못하면서 어떤 관점으로 인생을 정당화할 수 있겠어요?"

"그럼 선생님은, 인생에 만족하세요?"

그 질문에 기습을 당한 기분이었다. 나는 줄곧 과거의 신념에 따라 얘기하고 있었던 것이다. 하지만 지금 그 신념을 어느 정도나 고수하고 있는지, 나로서는 더 이상 알 수 없었다. 나는 거북스럽게 대답했다. "내 인생이 만족스럽지 않은 건 아녜요."

이번에는 앙리가 나를 가만히 살펴보았다. "그걸로 충분한가요?"

"아주 나쁘지는 않죠."

"선생님은 변했어요." 그가 조용히 말했다. "전에는 거의 오만하리만큼 스스로의 운명에 만족하고 있었잖아요."

"혼자만 변하지 않고 남아 있을 이유가 뭐겠어요?"

그러나 그는 집요하게 말을 이었다. "가끔은 전만큼 일에 흥미를 느끼지 못하는 것 같아 보여요."

"일에는 흥미를 느껴요." 나는 말했다. "하지만 이제는 영혼을 치료하는 일 자체가 그다지 의미 없다고 생각하지 않아요?"

"선생님이 치료하는 사람들에게는 중요하죠." 그가 말했다. "옛날만큼 지금도 중요해요. 다를 게 뭔가요?"

나는 머뭇거렸다. "옛날에는 나도 행복을 믿었어요. 말하자면, 행복한 사람들이 진실하다고 생각했죠. 환자를 회복시킨다는 것은 곧 진실한 사람, 인생에 의미를 부여할 수 있는 사람을 만든다는 의미였고요." 나는 어깨를 으쓱였다. "모든 인생이 의미를 가질 수 있다고 믿기 위해서는 미래를 믿어야만 하죠."

앙리는 미소를 띤 채 눈으로 무언가를 묻고 있었다. 이어 그가 입을 열었다. "미래가 그리 암담하지는 않아요."

"글쎄요." 내가 말했다. "전에는 미래를 너무 장밋빛으로 생각했던 것 같아요. 그래서 회색이 날 두렵게 하네요." 나는 미소를 지었다. "바로 이런 점에서, 내가 가장 많이 변한 셈이에요. 모든 것이 두려워요."

"놀라운 얘길 하시는군요!" 그가 말했다.

"정말이에요. 몇 주 전에 정신분석학 학술 대회 참가를 위해 1월에 미국으로 오라는 제안을 받았어요. 그런데 아직 결정을 못 내리고 있어요."

"도대체 왜죠?" 앙리는 기가 막힌다는 듯 물었다.

"몰라요. 가고 싶기도 하지만 동시에 두려워요. 당신이라면 겁나지 않겠어요? 당신이 나라면 수락하겠어요?"

"당연히 가야죠!" 그가 말했다. "대체 무슨 일이 일어날 거라고 생각하는 겁니까?"

"별 특별한 일은 없겠죠." 나는 머뭇거렸다. "다른 세계 끝에 있는 나 자신을 보거나 유명한 사람들을 보는 건 분명히 이상하겠죠."

"분명 흥미로울 겁니다." 앙리는 용기를 북돋우려는 표정

으로 나에게 미소를 지었다. "물론 소소한 것들을 발견하게
되겠죠. 하지만 그런다고 인생이 완전히 바뀐다는 건 말도
안 돼요. 우리에게 일어나는 일들, 혹은 우리가 하는 일들이
결국 그렇게 중요한 건 아니니까요……."

　나는 고개를 숙인 채 생각했다. '그의 말이 옳아. 이런저런
일들이 내가 생각하는 것만큼 중요한 건 아냐. 떠났다가 다
시 돌아올 거잖아. 모든 것이 지나가고, 아무 일도 일어나지
않겠지.' 둘이서 머리를 맞대고 보내는 시간도 이미 끝나가
고 있었다. 식사를 하러 집으로 돌아가야 했다. 이 친밀감과
신뢰의 시간을 우리는 새벽까지 연장할 수도 있었으리라.
어쩌면 새벽이 지나서까지도. 하지만 수많은 이유로 인해
그래서는 안 되었다. 그런데, 그래서는 안 되었던 걸까? 어
쨌든 우리는 그럴 생각이 없었다.

　"다른 사람들을 찾으러 가봐야겠네요." 내가 말했다.

　"그래요." 앙리가 말했다. "시간이 꽤 지났어요."

　우리는 지하철역까지 말없이 걸어가 다른 사람들과 합류
했다.

　라포리와 로베르의 만남은 정중하면서도 격렬했다. 누구
도 목소리를 높이지 않았지만 두 사람은 서로를 전범으로
취급하고 있었다. 라포리는 서글픈 어조로 결론을 내렸다.
"우리는 공격으로 넘어가야 할 것 같습니다." 하지만 그것
도 6월에 예정된 대회를 열정적으로 준비하는 로베르를 막
지는 못했다. 그러던 어느 날 저녁, 사마젤과 앙리와 함께 긴
회의를 한 뒤 로베르가 느닷없이 내게 물었다.

"이 대회를 준비하는 것이 과연 옳은 일일까?"

나는 깜짝 놀라 그를 바라보았다. "왜 그런 걸 물어요?"

그가 미소를 지었다. "당신이 대답해줬으면 해서!"

"나보다 더 잘 알잖아요."

"절대 누구도 알 수 없지."

나는 당황한 눈으로 그를 계속 살폈다. "대회를 포기하는 건 곧 S.R.L.을 포기한다는 의미죠?"

"물론 그렇지."

"라포리와 다툰 뒤에 왜 절대 양보할 수 없는지 나한테 설명했었잖아요. 무슨 새로운 일이 일어난 거예요?"

"아무 일도 없어." 그가 대답했다.

"그러면? 왜 생각이 바뀐 거죠? 더 이상 공산주의자들을 버텨낼 수 없겠다고 생각하는 건가요?"

"아니, 대회가 성공하면 공산주의자들은 아마 우리와 관계를 단절하지 않겠지." 주저하는 목소리였다. 그는 잠시 머뭇거렸다. "내가 고민하는 건 바로 이 일 전체에 대해서야."

"이 운동 전체?"

"그래. 사회주의화된 유럽이라는 게 유토피아가 아닌지 종종 자문하게 되는 순간이 있어. 아직 실현되지 않은 사상은 희한하게도 전부 유토피아와 비슷하지. 만약 이미 존재하는 것 말고는 가능한 게 아무것도 없다고 생각하면 그 무엇도 할 수 없겠지만."

로베르는 마치 보이지 않는 누군가에 대항해서 자신을 방어하고 있는 것 같았다. 나는 이런 의혹이 갑자기 어디서 생긴 것인지 궁금했다. 그는 한숨을 쉬었다. "틀림없는 가능성과 꿈을 구별하는 것이 쉽지 않아."

"레닌이 말했잖아요. '꿈을 꿔야 한다.'"

"그래, 진지하게 꿈을 믿는다면 그렇지. 그게 문제야. 난 정말 내 꿈을 진지하게 믿고 있는 걸까?"

나는 놀라서 그를 보았다. "무슨 뜻이에요?"

"내가 도전이나 교만함이나 자기만족에 집착하는 건 아닐까?"

"그런 종류의 불안함을 느끼다니, 우스운 일이네요." 내가 말했다. "보통은 스스로를 의심하는 일이 없잖아요."

"나는 내 습관까지 의심하고 있는걸!" 로베르가 말했다.

"그러면, 그 의심까지 의심해봐요. 아마 실패에 대한 두려움이나 당신이 양보할 생각을 하는 그 복잡한 상황들에 대한 근심 때문이겠죠."

"아마 그렇겠지."

"공산주의자들이 당신에 대항해서 항의 운동을 벌일 거라고 생각하면 유쾌하진 않겠죠."

"맞아, 유쾌하지는 않아." 로베르가 말했다. "우리가 그들을 이해시키기 위해 얼마나 애를 쓰고 있는데! 그런데도 공산주의자들은 조직적으로 최악의 오해를 만들어내고 있지." 그는 덧붙였다. "정치인인 내게 그냥 순순히 굴복하라고 권유하는 비겁한 자는, 아마 내 안에 있는 작가일 거야."

"들어봐요." 내가 말했다. "동기가 뭐였는지 자세히 찾기 시작하면 끝도 없을걸요. 스크리아신이 말하듯이 객관적인 관점을 고수해야 해요."

"하지만 그 관점이라는 게 끊임없이 바뀐단 말이지!" 로베르가 말했다. "특히 불완전한 정보만 갖고 있을 때는 더욱 그래. 난 유럽 좌파의 가능성을 믿어. 하지만 그건 내가 좌파의 필요성을 확신하고 있어서가 아닐까?"

로베르가 이런 질문을 한다는 것이 나로서는 너무도 놀라운 일이었다. 그가 공산주의자들의 선의를 너무 순진하게 믿었던 것에 대해 깊이 자책해온 것은 사실이지만, 그 자책으로 이 정도까지 자신을 의심할 수는 없을 터였다. 그처럼 안이하게 해결을 내리려는 그의 모습을 보는 것은 우리가 함께 산 이후 처음 있는 일이었다.

"언제부터 S.R.L.을 포기할 생각을 한 거죠?" 내가 물었다.

"그래야겠다고 확실히 결정을 내린 건 아니야." 로베르가 말했다. "자문하는 중이지."

"언제부터 그걸 고려한 거예요?"

"이삼일 됐어."

"특별한 이유는 없고요?"

그는 미소를 지었다. "특별한 이유는 없고."

나는 그를 뚫어지게 쳐다보았다. "그냥 당신이 피곤해서 그런 건 아닐까요?" 내가 말했다. "피곤해 보여요."

"좀 피곤해. 그건 사실이야." 그가 말했다.

갑자기 그의 모습이 눈에 들어왔다. 그는 정말 매우 피곤해 보였다. 충혈된 두 눈에 피부는 윤기가 없고 얼굴은 부어 있었다. '이젠 젊지 않으니까.' 나는 걱정스럽게 생각했다. 물론 그는 아직 늙지 않았다. 하지만 어쨌든 전처럼 무리해서 일을 할 수는 없어. 사실 그동안은 무리했지. 심지어는 스스로 일을 두 배로 만들기도 했고. 아마 아직 젊다는 것을 증명하기 위해서였을 거야. S.R.L.과 《비질랑스》, 거기에 저서 말고도 방문객들, 편지들, 전화 통화들까지. 모두 로베르에게 전해야 할 시급한 일들이었지. 격려, 비판, 제안, 문제들. 그들을 받아들이지 않고 그들의 이야기를 인쇄하지 않는다는 건, 그들을 비참하게 만들고 미치게 하고 죽음과 자살로 몰아넣는 것과 같았어. 로베르는 그들을 받아들이고 밤 시간을 할애하느라 거의 자지 못했어.

"당신, 일을 너무 많이 해요!" 내가 말했다. "이런 식으로 계속하면 죽어버리고 말걸요. 언젠가 심장마비가 오겠죠. 난 어떻게 될까요!"

"한 달만 더 참으면 돼. 그 이상은 아냐." 그가 말했다.

"그런 다음 휴가 한 달 보낸다고 다시 원기를 회복할 수 있을 것 같아요?" 나는 잠시 곰곰이 생각해보았다. "교외에 집을 하나 찾아봐야겠어요." 내가 말했다. "일주일에 한두 번 파리에 나오고, 나머지 시간은 방문객도 전화도 없이 지내야 해요. 조용히 사는 거죠."

"당신이 그런 집을 찾아보겠다고?" 로베르가 놀리듯 대꾸했다.

부동산 소개소를 이리저리 돌아다니거나 빌라를 방문하는 일을 난 조금도 좋아하지 않았고 그럴 시간도 전혀 없었다. 하지만 로베르가 과로하는 것을 그냥 두고 볼 수는 없었다. 그는 결국 대회를 개최하리라 결심하고서도 끝없이 불안해했다. 대회가 눈부신 성공을 거두지 않는 이상 공산주의자들은 조금도 기가 죽지 않을 터였다. 공산주의자들이 관계를 단절한다면 S.R.L.은 어떻게 될까? 나에게도 역시

S.R.L.의 성공이 중요했다. 로베르 이상으로, 나 역시 개인 한 사람 한 사람, 사생활의 모든 풍요로움과 감정과 문화와 행복을 중요하게 생각하고 있었으니까. 계급 없는 사회에서는 인류가 자기 스스로를 조금도 부인하는 일 없이 스스로 완성되리라고 믿어야 했으니까.

다행히 나딘은 이제 공산당 동지들의 비난을 아버지에게 전하지 않았다. 미 제국주의에 대한 독설도 더는 내뱉지 않았다. 그리고 마침내 『자본론』을 덮어버렸다. 나딘이 느닷없이 이렇게 말했을 때도 나는 놀라지 않았다.

"근본적으로 공산주의자들은 부르주아들과 같아요."

"어째서?"

나는 밤 단장을 하는 중이었고 나딘은 장의자 끝에 앉아 있었다. 바로 이 시간에 그 애는 종종 마음속 이야기를 꺼내놓곤 했다.

"그들은 혁명가가 아니에요. 질서, 일, 가족, 이성을 지지하는걸요. 그들의 정의는 미래에 있어요. 그걸 기다리면서 다른 사람들처럼 부정과 합의하는 거죠. 게다가 그들의 사회도, 글쎄요, 여전히 하나의 사회일 거고요."

"물론 그렇겠지."

"변하지도 않을 세계를 위해 500년을 기다려야 한다면, 난 흥미 없어요."

"공산주의자들이 계절 하나 바뀌는 사이 세계를 다시 만들 거라고 기대했던 건 아니겠지?"

"우스워요. 엄마는 졸리처럼 말하고 있네요. 물론 그들의 엉터리 얘기야 나도 잘 알고 있어요. 도대체 내가 왜 공산당에 입당하려 했는지 모르겠어요. 공산당도 다른 당과 마찬 가지인데."

'또 잘 안 풀린 이야기로군.' 나는 화장을 지우며 안타까움을 느꼈다. '이 애에겐 정말이지 성공적인 무언가가 필요했는데.'

"제일 좋은 방법은 뱅상처럼 혼자 있는 거예요." 나딘이 말을 이었다. "그 애는 순수해요. 천사예요."

천사라. 이 표현은 그 애가 디에고 얘기를 할 때 쓰던 단어였다. 나딘은 아마 뱅상에게서 한때 자신을 감동시켰던 관대함과 엉뚱함을 다시 발견한 건지도 몰랐다. 다만 디에고는 광기를 글쓰기에 쏟았던 반면 뱅상은 삶에 광기를 허용하는데, 이는 걱정스러운 일이었다. 그는 나딘과 잤을까? 그런 것 같지는 않지만 요즘 두 사람은 자주 만났고, 나는 오히려 그래서 기뻐하고 있었다. 나딘이 격앙되어 있긴 해도 유쾌해 보였으니까. 그래서 그날 새벽 5시에 초인종 소리를 들었을 때도 전혀 걱정하지 않았다. 나딘이 열쇠를 잃어버린 채 이제야 들어온 모양이라고 생각했을 뿐이었다. 하지만 문을 열어보니 뱅상이 있었다.

"놀라지 마세요!"

그 말에 나는 덜컥 걱정이 들었다. "나딘에게 무슨 일이 생겼구나!"

"아니, 아니에요." 뱅상이 말했다. "나딘은 아주 잘 있어요. 다 해결될 거예요." 그는 거침없이 거실로 들어섰다. "나딘도 결국 여자일 뿐이더라고요!" 그는 불쾌한 표정으로 말하더니 점퍼 주머니에서 지도를 꺼내 테이블 위에 펼쳤다.

"간단히 말씀드리자면, 나딘은 지금 이 교차로에서 선생님을 기다리고 있어요." 그가 샹티이* 북서쪽에 있는 작은 두 거리의 교차점을 가리켰다. "자동차를 구해서 당장 나딘을 데리러 가야 해요. 페롱 씨가 신문사의 자동차를 빌려줄 거예요. 하지만 이유는 얘기하지 마세요. 자동차를 빌려달라고만 하시고 다른 말씀은 삼가세요. 특히 저에 대해서는요."

뱅상은 차분하면서도 엄격한 목소리로 단숨에 이야기를 마쳤고, 나는 조금도 안심이 되지 않았다. 그는 틀림없이 뭔가를 두려워하고 있었다. "나딘은 거기서 뭘 하고 있는 거지? 사고라도 당한 거야?"

"아니라고 말씀드렸잖아요. 발을 좀 다쳤어요. 그뿐입니다. 지금 걸을 수가 없어요. 늦지 않게 거기 도착하면 데려오실 수 있을 거예요. 어딘지는 잘 아시겠죠? 제가 십자 표시를 해둘게요. 클랙슨을 울리거나 이름을 부르시면 돼요. 나딘은 길 오른쪽의 작은 숲에 있어요."

"이게 도대체 무슨 말이야? 무슨 일이 일어났어? 얘기를 해봐."

"직무상의 기밀이에요." 뱅상이 말했다. "곧바로 페롱 씨에게 전화하시는 편이 좋을 겁니다."

뱅상의 창백한 얼굴과 충혈된 눈, 예쁜 옆얼굴이 나는 너무 미웠다. 하지만 그것은 하릴없는 분노일 뿐이었다. 나는 앙리의 전화번호를 눌렀다. 그가 놀란 목소리로 전화를 받았다.

* 파리에서 북쪽으로 40킬로미터 가량 떨어져 위치한 도시.

"여보세요? 누구시죠?"

"안 뒤브뢰유예요. 예, 저예요. 급히 도움을 청해야겠어요. 제발 이유는 묻지 마세요. 당장 자동차가 필요해요. 200 킬로미터쯤 달릴 수 있는 휘발유도요."

아주 짧은 침묵이 흘렀다. "어제 휘발유를 가득 채워놓길 잘했네요." 대수롭지 않다는 듯한 목소리였다. "30분 후에 자동차를 선생님 댁 앞에 둘게요."

"생탕드레-데-자르 광장으로 가져다주세요." 내가 말했다. "고마워요."

"아! 다행이군요!" 뱅상의 얼굴에 환한 미소가 떠올랐다. "페롱 씨만 믿고 있었어요. 정말 침착하셔야 합니다." 그가 덧붙였다. "나딘은 위험에 처해 있는 게 절대 아녜요. 특히 선생님이 약간만 서둘러만 주신다면요. 누구에게도, 아무 말도 하지 마세요! 선생님은 믿을 수 있는 분이라고 나딘이 장담을 했어요."

"그래." 나는 문으로 뱅상을 따라가며 말했다. "이제 도대체 무슨 일인지 얘기해봐."

"심각한 일은 전혀 아녜요. 맹세합니다."

나는 그의 뒤에서 문을 난폭하게 소리 내어 닫고 싶었다. 하지만 로베르를 깨우지 않기 위해 조용히 닫을 수밖에 없었다. 다행히 그는 깊이 잠들어 있는 것 같았다. 그가 잠자리에 드는 소리를 들은 게 겨우 두 시간 전이었다. 나는 급히 옷을 입으며 언젠가 나딘을 기다렸던 이틀 밤을 떠올렸다. 그동안 로베르는 파리를 전부 돌아다니며 그 애를 찾아 헤맸다. 끔찍한 시간이었지. 그런데 오늘은 그때보다 더해. 그들이 뭔가 심각한 일을 저지른 게 분명해. 뱅상은 두려워하고 있었다. 아무도 모르는 불법 침입이나 노상강도 짓인지도 모른다. 일이 끝난 뒤 나딘은 걸어서 역까지 갈 수 없게 되었을 것이다. 그러니 나는 그 일이 발각되거나 나딘이 발각되기 전에 도착해야만 했다. 한참 전부터 그 애는 홀로 추위에 떨며 두려움 속에서 나를 기다리고 있을 것이다. 아스팔트와 나뭇잎 냄새가 나는 아름다운 여름의 새벽이었다. 몇 시간 후에는 매우 더워질 테지만 지금은 시원하고 인적 없는 조용한 강변에서 새들이 노래하고 있었다. 불안으로 가득 찬 아침, 독일군이 침공해 피난을 떠나던 날 아침 같았다.

내가 오고 나서 몇 분쯤 지나 앙리가 광장에 도착했다.

"여기 사륜마차 대령했습니다." 앙리는 유쾌하게 말했다. 그는 운전석에 앉아 있었다. "제가 같이 갈까요?"

"감사하지만 괜찮아요."

"정말 괜찮겠어요?"

"네, 괜찮아요."

"운전 안 하신지 오래됐잖아요."

"할 수 있을 거예요."

앙리가 차에서 내리고, 나는 그가 앉았던 운전석에 앉았다. 그가 말했다.

"나딘 문젠가요?"

"네."

"아! 그들이 우리를 위협하려고 나딘을 이용하는 거예요!" 앙리가 격분한 목소리로 말했다.

"무슨 일인지 아세요?"

"약간은요."

"말해주세요……."

그는 머뭇거렸다. "단지 짐작일 뿐이에요. 하여간 저는 오전 내내 집에 있을 테니 무엇이든 도움이 필요해지면 전화 주세요."

'무엇보다 내가 사고를 당하면 안 돼' 나는 포르트 드 라 샤펠 쪽으로 차를 달리면서 생각했다. 신중을 기해야 하는 일이었기에 마음을 다잡았다. '앙리 얘기를 듣자니, 뱅상이 거짓말을 한 모양이야. 여럿이서 나를 기다리고 있는지도 몰라. 나딘이 거기 없을지도 모르고.' 정말 그랬으면 했다! 긴 밤 내내 추위와 두려움과 분노로 얼어붙어 있는 나딘을 상상하느니 그들에게 속았다고 생각하는 편이 더 낫다고 나는 수천 번도 넘게 되뇌었다.

대로는 텅 비어 있었다. 나는 오른쪽의 작은 도로를 탔고, 이어 또 다른 도로에 올랐다. 교차로에 도착했지만 인적이 없었다. 나는 클랙슨을 울리고 지도를 살펴보았다. 여기가 맞는데. 하지만 뱅상이 장소를 잘못 안 거라면? 아니야, 그는 아주 정확하게 알려줬어. 어떤 착오도 있을 수 없어. 나는 다시 클랙슨을 울렸다. 그런 뒤 시동을 끄고 차에서 내려 오른쪽의 작은 숲으로 들어가 조용히 불러보았다. "나딘." 처음에는 작게, 그러다가 점점 크게. 침묵만이 흘렀다. 죽음과도 같은 침묵이었다. 침묵이라는 단어의 의미가 그토록 여실하게 다가온 일이 없었다. 나딘은 대답이 없었다. 마치 디에고의 이름을 불렀을 때와 똑같이. 그 애도 사라진 것이다. 여기 있어야 하는데. 바로 여기에. 하지만 여기 그 애는 없다. 나는 제자리를 맴돌았다. 죽은 나뭇가지들과 신선한 이끼가 밟혔다. 더 이상 그 애 이름도 부르지 않았다. '체포당한거야.' 나는 공포에 사로잡혀 생각하며 자동차로 되돌아왔다. 아니면 기다리다 지쳐버렸을지도 몰라. 참을 수가 없었겠지. 용기를 내 가까운 역으로 걸어갔을 거야. 그 애를 따라잡아야 해. 그래야만 해. 이 시간에, 인적 없는 플랫폼이라면 쉽게 찾을 수 있을 거야. 혹시 샹티이역이라면 눈에 띄지 않을지도 모르지만 거긴 너무 멀어. 게다가 그리로 갔다면 길에서 이미 그 애와 마주쳤겠지. 클레르몽* 쪽으로 간 게 분명해. 나는 답을 찾아낼 수 있을 것처럼 지도만 계속 들여다보았다. 클레르몽으로 이어지는 길이 둘 있었다. 그 애는 아마 더 가까운 길을 택했을 거야. 나는 다시 열쇠를 돌려 시동을 걸었다. 심장이 절망적으로 뛰기 시작했다. 엔진이 되살아나지 않았다. 하지만 결국은 시동이 켜졌고, 자동차는 길에서 튀어 오르듯 출발했다. 축축한 손이 젖은 핸들 위에서 미끄러졌다. 주위에는 침묵이 끈질기게 흐르고 있었다. 하지만 햇살이 이미 환해져 있으니 곧 마을의 집집마다 문들이 열릴 터였다. '그 애는 체포될 거야.' 침묵, 부재. 이 평화가 더없이 끔찍하게 느껴졌다. 나딘은 도로에도, 클레르몽의 거리에도, 역에도 없었다. 그 애한텐 지도가 없을 거야. 이 지역을 잘 모르니 시골을 무작정 헤매고 있겠지. 나를 만나기 전에 그들이 그 애를 발견할지도 몰라. 나는 되돌아갔다. 다른 길로 교차로까지 돌아갈 작정이었다. 그런 다음

* 파리에서 북쪽으로 60킬로미터 가량 떨어진 곳에 위치한 도시.

엔 휘발유가 떨어질 때까지 모든 길들을 다시 돌아보자. 그다음에는? 자문하지 말자. 모든 길을 따라가보자. 길은 푸른 보리밭 사이의 높고 평평한 언덕으로 이어져 있었다. 그러던 중 갑자기, 마치 우리가 오래전에 약속해둔 것처럼, 입가에 미소를 띤 채 내 쪽으로 오고 있는 나딘이 보였다. 나는 급히 자동차를 세웠다. 그 애는 서두르지 않고 다가와서는 아주 자연스러운 목소리로 물었다.

"엄마, 날 찾으러 오신 거예요?"

"아니, 산책하는 중이야." 나는 차 문을 열었다. "타."

나딘은 내 옆에 앉았다. 잘 손질된 머리에 얼굴에 분을 바른 그 애는 아주 침착해 보였다. 내 발은 액셀러레이터를 밟고, 내 손은 핸들을 힘주어 쥐고 있었다. 나딘은 빈정거림과 너그러움이 절반씩 섞인 듯한 미소를 띠고 물었다. "화나셨어요?" 아닌 게 아니라, 내 눈에 차오르는 두 줄기의 쓰디쓴 눈물은 분노의 눈물이었다. 자동차가 도로를 살짝 벗어났다. 손이 떨리는 것 같아 나는 속도를 늦추며 손가락의 긴장을 풀고 목소리를 가다듬으려 애썼다.

"왜 숲에 있지 않았니?"

"지겨워서요." 나딘은 구두를 벗고 좌석 아래로 밀어 넣었다. "엄마가 와주실 거라고는 생각 못 했어요."

"도대체 너 바보니? 오는 게 당연하지."

"몰랐어요. 클레르몽에서 기차를 탈 생각이었어요. 결국은 도착했을 거고요." 그 애는 앞으로 몸을 구부려 자기 발을 주물렀다. "내 불쌍한 발!"

"무슨 짓을 한 거야?"

그 애는 대답하지 않았다.

"좋아, 비밀을 간직하고 있으렴." 내가 말했다. "오늘 석간신문에 날 테니."

"신문에 난다고요?" 나딘이 몸을 일으켰다. 잔뜩 일그러진 얼굴이었다. "내가 밤에 안 들어온 걸 관리인이 알아차렸을까요?"

"관리인은 증명하지 못할 거야. 여차하면 내가 반대로 증언할 테니까. 하지만 뭘 했는지는 알고 싶구나."

"제가 입을 다물어도 엄마는 결국 알아내겠죠! 아지쿠르에 어떤 여자가 있어요." 나딘은 침울한 목소리로 말했다. "전쟁 때, 그 여자가 농장에 숨어 있던 유대인 어린이 두 명을 고발했대요. 둘 다 죽었어요. 그 여자의 잘못이라는 걸 다들 알아요. 하지만 그 여자는 힘든 일도 겪지 않고 걱정 없이 살아요. 더러운 짓을 곱절로 한 셈이죠. 뱅상과 친구들이 그 여자를 처단하기로 결정했어요. 오래전에 난 그 사실을 알았고, 내가 돕고 싶어 한다는 걸 그들도 알고 있었어요. 이 일에는 여자가 필요했기 때문에 내가 같이 갔죠. 그 여자는 술집 주인이에요. 우리는 마지막 손님이 떠날 때까지 기다렸어요. 그 여자가 막 문을 닫으려 할 때, 내가 술 한잔 하고 쉬고 싶다며 잠깐만 들여보내달라고 애원했어요. 그 여자가 나에게 술을 주는 동안 그들이 들어와서 덮쳤어요. 그런 뒤 그 여자를 지하실로 데려갔죠."

나딘은 침묵을 지켰다. 나는 물었다. "그 애들이 여자를……."

"아뇨." 그 애가 재빨리 대답하고는 이렇게 덧붙였다. "그 여자 머리만 빡빡 깎았어요……. 나도 멍청한 짓을 하진 않았고요." 나딘의 목소리가 갑자기 변명하는 듯한 투로 바뀌었다. "난 문을 닫고 불을 껐어요. 시간이 정말 천천히 흐르는 것 같더라고요. 기다리면서 코냑 한 잔을 마셨어요. 단련이 안 된 일이라 완전히 녹초가 되었죠. 게다가 클레르몽에서부터 거기까지 이미 수십 킬로를 걸었던 참이었고요. 그들은 샹티이에서 다시 출발할 생각이었는데, 나는 더 이상걸을 수가 없었어요. 그래서 나를 작은 숲에 데려다 놓은 거예요. 엄마를 기다리라고 하더라고요. 그러는 사이 다시 기운이 나서……."

나는 그 애의 말을 끊었다. "그 일당이랑 관계를 끊겠다고 맹세해라. 아니면 넌 오늘 저녁에라도 파리를 떠나야 해."

"어차피 이젠 그 애들 쪽에서 날 원하지 않을 거예요." 나딘은 원망 비슷한 감정을 담아 말했다.

"그걸로 충분하지 않아. 약속을 해. 아니면 장담컨대 넌 내일 멀리 가게 될 거야."

지난 몇 년 동안 나는 나딘에게 이런 어조로 말한 적이 없었다. 그 애는 복종의 표정으로 애처롭게 나를 쳐다보았다.

"약속해주세요. 아빠에겐 아무 말 안 하겠다고."

나딘의 어리석은 짓을 로베르에게 알리지 않는 경우는 거의 없었다. 하지만 이번만큼은 정말 그가 새로운 근심거리를 얻을 필요가 없다는 생각이 들었다. "네가 약속하면 나도 약속할게."

"엄마가 원하는 대로 다 할게요." 그 애는 슬픈 표정으로 말했다.

"그렇다면, 아무 말 하지 않으마." 나는 근심스럽게 덧붙였다. "흔적을 남기지 않은 거 확실해?"

"뱅상이 모두 살펴봤다고 단언했어요." 나딘은 불안해하며 물었다. "만약 붙잡히면 어떻게 될까요?"

"넌 잡히지 않을 거야. 게다가 고작 공범일 뿐이고 아직 어리잖니. 하지만 뱅상은 너무 위험해. 감옥에서 평생을 보내게 되는 편이 차라리 나을 거다." 나는 화가 나 덧붙였다. "이 일은 추잡해. 정말 멍청하고 추잡한 짓이야."

나딘은 대답하지 않고 참시 침묵을 지키더니 입을 열었다.

"앙리가 아무것도 묻지 않고 자동차를 빌려줬어요?"

"거의 다 알고 있는 것 같더라."

"뱅상은 말이 너무 많아요." 나딘이 말했다. "앙리나 엄마는 몰라도, 세즈나크 같은 애는 위험할 수 있는데."

"세즈나크가 거기 가담한 건 아니겠지? 그랬다면 미친 짓이야!"

"세즈나크는 아니에요. 뱅상도 마약중독자를 조심해야 한다는 건 아니까요. 단지 두 사람은 사이가 너무 좋아요. 늘 함께 있죠."

"뱅상에게 말해야겠구나. 세즈나크를 멀리하라고 설득해야겠어……."

"엄마는 설득 못 해요." 나딘이 말했다. "엄마도 나도, 아무도 못 할 거예요."

나딘은 자러 갔고, 나는 로베르에게 기분 전환을 하느라 한 바퀴 돌고 왔다고 말했다. 그는 요즘 너무 바빠서 조금도 의심을 품지 못했다. 앙리에게도 전화를 걸어 애매모호한 말로 안심시켰다. 환자들에게 주의를 기울이는 것이 힘들었다. 나는 석간신문들을 기다렸다. 그 일에 대한 아무런 기사도 없었다. 그래도 나는 그날 밤 거의 잠을 이루지 못했다. '미국에 가는 건 어림도 없어.' 나는 생각했다. 나딘은 위험에 빠져 있다. 그 애는 다시 그러지 않겠다고 약속했지만, 다른 어떤 일을 생각해낼지 아무도 모른다. 이어 내가 그 애 곁에 있어봤자 소용이 없고 그 애를 보호할 수 없을 거라는 슬픈 생각이 들었다. 어쩌면 행복하고 사랑받는다는 기분만으로도 나딘이 스스로를 파괴하는 짓을 멈추기에는 충분하지 않았을까. 하지만 나는 그 애에게 사랑도 행복도 주지 못했다. 그 애에게 난 얼마나 쓸모없는 존재인가! 타인들, 낯선 사람들을 대할 땐 이야기를 끄집어내고, 그들이 지닌 추억의 실을 풀어주고, 열등감을 해결해주고, 그래서 그들이 돌아가 서랍에 정리할 수 있도록 잘 묶인 실타래를 돌려준다. 때때로 이런 일은 그들에게 도움이 된다. 하지만 나딘에게는, 그 애의 마음을 쉽게 읽을 수는 있어도, 그 애를 위해 해줄 수 있는 게 전혀 없었다. 한때 나는 이렇게 생각했었다. '사랑하는 사람들이 생명을 걸고 영원의 도박을 하고 있다는 걸 알 때, 어떻게 편안하게 숨을 쉬며 살아갈 수 있을까?' 신자는 기도를 하고 신에게 거래를 제안할 수 있으리라. 하지만 나에게는 성인들과의 일체감이 없었기에, 그저 이렇게 생각할 뿐이었다. '이 인생이 그 애의 유일한 기회야. 그 애가 아는 진실이 아닌 다른 진실은 없고, 그 애가 믿는 세계가 아닌 다른 세계는 없겠지.' 다음 날 아침 나딘은 지친 눈을 커다랗게 뜨고 있었다. 나도 여전히 애가 탔다. 그 애는 온종

일 화학 개론서를 앞에 펼치고 앉아 있다가, 저녁이 되어 화
장을 지우는 내게 낙담한 태도로 말했다.

"화학은 악몽이에요. 틀림없이 난 시험에 떨어질 거예요."

"넌 늘 합격했잖니……"

"이번엔 아니에요. 게다가 떨어지든 합격하든 마찬가지
예요. 절대 화학 분야에서 일하지 않을 테니까요." 그 애는
잠시 깊이 생각했다. "난 결국 아무 일도 못 할 거예요. 난 지
식인도 아니고, 정치 활동에도 겁을 먹잖아요. 아무 쓸모가
없어요."

"《비질랑스》에서는 완벽하게 해냈어. 그것도 곧바로 그
렇게 해낸 거잖아."

"자랑스러워할 일은 아니에요. 아빠 말씀이 옳아요."

"네가 흥미 있는 일을 찾게 되면 아주 잘해내리라고 확신
한다. 그리고 넌 그 일을 찾을 거야."

그 애는 고개를 저었다. "결국 나도 다른 여자들처럼 남편
을 얻고 아이를 가지기 위해 태어났나 봐요. 냄비나 닦고 매
년 애들을 낳겠죠."

"결혼하기 위해 결혼한다면, 그것 역시 만족스럽지 않을
텐데."

"안심하세요! 어떤 남자도 나랑 결혼할 만큼 바보는 아니
니까요. 나와 자고 싶어 하지만, 그런 다음엔 안녕이에요. 난
매력이 없나 봐요."

익숙한 태도였다. 자신에 대해 자연스러운 어조로 가장
불쾌한 이야기를 하는 그 애의 방식. 거침없는 태도로 가혹
한 진실을 누그러뜨리고 넘어설 수 있는 양 그렇게 말하는

것이다. 그러나 불행히도 진실은 그대로 남아 있었다.

"네가 매력적인 사람이 되고 싶어 하지 않으니까." 내가 말했다. "그런 데다 누군가가 너에게 애정을 가지면, 넌 그걸 믿으려 하지 않지."

"또 랑베르가 나한테 애정을 갖고 있다는 얘기를 하시려는 거죠……."

"지난 1년 동안 그 애와 데이트한 유일한 여자가 너라고 네가 직접 말했잖니."

"당연하죠. 그 애는 동성애자니까요."

"제정신이 아니구나."

"그 애는 남자들이 아니고는 절대 데이트하지 않는걸요. 게다가 앙리를 사랑해요. 아주 분명한 사실이에요."

"로자가 있었던 건 잊어버렸니?"

"아! 로자는 너무 예뻤죠." 나딘은 향수에 젖어 말했다. "심지어 동성애자도 사랑에 빠질 수 있을 정도로요. 엄만 이해 못 해요." 그 애는 초조하게 덧붙였다. "랑베르가 내게 우정의 마음을 가지고 있는 건 분명해요. 하지만 그건 남자끼리의 우정 같은 거예요. 친구로서는 완벽한 애죠. 나도 대용물이 되고 싶지는 않으니까." 그 애는 한숨을 쉬었다. "남자애들은 운이 좋아요. 랑베르는 프랑스 전역을 돌아다니며 현지 보도 기사를 크게 쓸 거잖아요. 황폐해진 지역의 재건이나 모든 것들에 대해서요. 그 애는 오토바이까지 샀어요. 그 꼴을 한번 보셔야 하는데. 고철덩어리를 타고 이리저리 돌아다니면서 자기가 로렌스 대령*이라도 된 줄 안다니까요." 나딘은 언짢은 기분으로 덧붙였다.

그 애의 목소리에는 커다란 부러움이 담겨 있었고, 그래서 내 머릿속에 어떤 생각이 떠올랐다. 다음 날 오후, 나는 《레스푸아》에 들러 랑베르를 만나고 싶다고 했다.

"제게 하실 말씀이라도 있나요?" 그가 정중한 어조로 물었다.

"잠깐 시간이 있으면 그러고 싶어."

"바에 올라가실까요?"

"그래."

웨이터가 내 앞에 자몽 주스를 내려놓자마자 곧바로 나는 얘기를 시작했다. "프랑스 전역을 돌며 현지 보도 기사를 크게 쓸 거라고 하던데?"

"네, 다음 주에 오토바이를 타고 떠나요."

"혹시 거기 나딘도 데려갈 수 있을까?"

랑베르는 거의 비난조의 눈빛으로 나를 바라보았다.

"나딘이 저랑 가고 싶어 할까요?"

"그 애는 그러고 싶어 죽을 지경이야. 하지만 절대 자기가 나서서 같이 가자고는 안 할걸."

"저도 나딘에게 같이 가자는 얘긴 안 했어요. 절대 승낙하지 않을 것 같아서요." 그는 어색한 목소리로 말을 이었다. "제가 뭘 제안하면 승낙하는 일이 아주 드물거든요. 게다가 요즘에는 거의 보지도 못했죠."

"나도 알아." 내가 말했다. "뱅상이랑 세즈나크와 어울려

＊ 토머스 E. 로렌스Thomas Edward Lawrence. 고고학자이자 작가이며 영국 육군 정보 장교를 지낸 인물. 아랍인의 복장을 하고 아랍 독립전쟁에서 싸워 '아라비아의 로렌스'라는 별명이 붙었다.

다녔으니까. 그 애에게 좋은 관계가 아니야." 나는 머뭇거리다가 매우 빨리 말을 이었다. "오히려 위험한 관계라고 할수 있지. 바로 그래서 널 만나러 온 거야. 넌 나딘을 좋아하니까, 그 집단에서 멀리 그 애를 데려가줘."

갑자기 랑베르의 얼굴이 변했다. 너무나 어리고 무력해보이는 표정이었다. "설마 나딘이 마약을 한다는 얘기는 아니시죠?"

그러한 의심에 너무나 마음이 놓였다. 나는 주저하듯 말했다. "모르겠어. 그런 것 같지는 않아. 하지만 무슨 일이든생길 수 있어. 그 애는 지금 위기에 처해 있어. 솔직하게 말하자면, 겁이 나."

랑베르는 잠시 침묵을 지켰다. 마음이 움직인 것 같았다. "나딘이 함께 간다면, 저야 정말 기쁠 거예요."

"그러면 한번 권해봐. 그리고 용기를 잃지 마. 처음에는분명히 싫다고 할 거야. 늘 그런 식이니까. 하지만 고집을 좀부려줘. 네가 그 애의 생명을 구하게 될지도 몰라."

사흘 뒤, 나딘이 무심한 어조로 말했다.

"별일이 다 있네요, 엄마. 저 불쌍한 랑베르가 날 여행에데려가고 싶대요!"

"프랑스 전역을 도는 탐방 기사 여행에 말이니? 참 피곤할 것 같구나." 내가 말했다.

"그런 거야 괜찮아요. 하지만 무엇보다 2주 동안이나 잡지 일을 내버려둘 수가 없는걸요."

"넌 휴가를 가질 권리가 있어. 네가 원한다면 그건 문제가안 되지."

"아주 재미있을 수도 있을 거예요." 나딘이 말했다. "하지만 랑베르와 3주를 보낸다니, 나로서는 여간한 희생이 아니라고요."

내가 이 여행을 강요하는 듯 보여서는 안 되었다. "랑베르가 그렇게 지겨운 애니?" 나는 순진한 어조로 물었다.

"지겨운 사람은 아녜요." 그 애가 짜증스럽게 말했다. "단지 너무 소심하고 답답해요. 별것 아닌 일에도 화를 낸다니까요. 내가 구멍 난 스타킹을 신고 술집에 들어가기라도 하면 싫은 표정을 할 거라고요! 진짜 명문가의 자식이라고나 할까요." 나딘은 말을 이었다. "랑베르가 아버지와 화해했다는 거 아세요? 정말 어쩌나 나약한지!"

"맙소사! 어쩌면 그리 쉽게 비난하니!" 내가 말했다. "그 사건에 대해 얼마나 알고 있다고? 랑베르와 아버지의 관계에 대해 네가 뭘 안다는 거니?"

내가 너무 열을 냈는지 나딘은 잠시 어리둥절한 표정이었다. 내게 확신이 있을 때 그 애를 설득하는 건 어렵지 않았다. 그런 식으로 나는 그 애의 어린 시절에 깊이 영향을 끼쳤고, 그래서 나딘은 보통 내 뜻에 따른 뒤 내게 너무 큰 원한을 품곤 했다. 이제는 그 애에게 영향을 끼치지 않을 생각이었는데, 오늘은 그토록 말도 안 되는 생각을 고집하는 그 애를 보니 화를 내지 않을 수 없었다.

그 애는 웅얼대는 소리로 말했다. "랑베르는 사랑하는 아빠 없이 살 수 없어요. 그건 어린애 같은 행동이라고요. 엄마가 궁금해하시니 말씀드리자면요, 바로 그런 점이 날 짜증나게 해요. 걘 절대 남자가 못 될 거예요."

"랑베르는 스물다섯 살이고, 남들과 다른 청소년기를 겪었어. 너도 잘 알잖니. 자신의 날개로 날기 시작하는 것이 얼마나 쉽지 않은지 말이야."

"아! 하지만 나랑은 달라요. 난 여자잖아요."

"그래서? 남자가 되는 것도 쉬운 일은 아니야. 지금은 남자들에게 요구하는 것이 너무 많잖니. 너부터 그러잖아. 다들 아직 젖비린내가 나는 나이에 영웅 행세를 해야 하니 의기소침해질 수밖에 없지. 그래, 랑베르에게 그렇게 엄격하게 굴 권리는 없어. 네가 그 애랑 잘 맞지 않고 이 여행이 재미없다고 한다면, 그건 다른 문제지만."

"오! 어떤 의미에서 여행이란 늘 재미있죠."

이틀 뒤, 나딘은 반쯤은 화가 나고 반쯤은 즐거운 듯한 태도로 말했다. "이 남자, 좀 심해요. 나한테 협박을 했다니까요. 평화로운 시기에 특파원이라는 건 따분한 직업이니까 내가 같이 가지 않는다면 자긴 관둘 거래요."

"그래서?"

"엄만 어떻게 생각하세요?" 나딘이 순진한 표정으로 물었다.

나는 어깨를 으쓱였다. "랑베르가 오토바이 운전은 할 줄 아니? 위험하잖아."

"전혀 안 위험해요. 그리고 오토바이가 얼마나 대단한데요." 그러고서 그 애는 이렇게 덧붙였다. "내가 여행을 승낙한다면, 그건 오토바이 때문일 거예요."

예상과 달리 나딘은 화학 시험에 합격했다. 필기시험은 아주 빠듯하게 통과했지만 구술시험에서 거침없는 태도와

말주변으로 시험관들을 쉽게 현혹한 것이다. 우리 셋은 야외의 식당에서 샴페인을 곁들인 거창한 저녁 식사로 합격을 축하했다. 그런 뒤 그 애는 랑베르와 떠났다. 다행한 일이었다. S.R.L.의 대회가 그다음 주에 열리기로 되어 있었기에 집은 언제나 사람들로 북적였다. 나는 로베르에게 주어지는 예외적인 자유 시간을 다른 누구와도 나눌 필요가 없이 함께할 수 있어서 너무 행복했다. 앙리는 열심히 그를 도왔다. 앙리가 이런 종류의 일에 열정이 거의 없다는 것을 알고 있는 만큼, 난 그런 모습에 감동하지 않을 수 없었다. 다들 대회가 아주 잘 진행되리라고 예상하고 있었다. '모두가 그렇게 말하니 분명히 그렇게 되겠지.' 나는 바그람 대로를 내려오며 생각했다. 그래도 걱정이 되었다. 지난 몇 년 동안 로베르는 대중 앞에서 연설해본 일이 없었다. 전처럼 사람들을 감동시킬 수 있을까? 나는 인도를 따라 정렬해 있는 경찰차들을 지나쳐 테른 광장까지 계속 걸어갔다. 아직 이른 시각이었다. 10년 전, 플레옐의 저녁 모임에서도 역시 혼자서 이른 시각에 도착했었지. 오랫동안 이 광장 주위를 돌다가 로렌에 들어가 포도주 한 잔을 마셨어. 오늘은 들어가지 않았다. 과거는 지나갔다. 나는 왜 갑자기 이토록 고통스럽게 그시절을 그리워하는 걸까? 단지 그때가 지나갔기 때문인지도 몰라. 다시 강연장으로 돌아와서 길고 우울한 복도를 따라갔다. 로베르가 단상에 올랐을 때 느꼈던 어색함이 떠올랐다. 사람들이 그를 내게서 빼앗아 간 기분이었다. 오늘 밤 연단 위에 선 그를 멀찌감치서 바라볼 생각을 하니 겁이 났다. 아직은 강연장에 사람들이 많지 않았다. "청중은 늘 마지막 순간에 들어오죠." 캉주와 그 동료들이 나에게 말했다. 나는 침착하게 대꾸하려 하면서도 불안스레 입구를 살피고 있었다. 사람들이 로베르를 따를 것인지 아닌지, 마침내 알게 될 터였다. 물론 사람들이 로베르를 따른다 해도 아직 이겼다고 할 수는 없었다. 하지만 강연장이 텅 비어 있다면 여지없는 실패로 판정될 것이다. 강연장은 점점 사람들로 채워졌고, 강연자들이 박수갈채를 받으며 단상으로 올라갔을 땐 모든 좌석이 꽉 차 있었다. 친숙한 얼굴들이 전부 공적인 인물로 변해버린 것을 보니 어리둥절한 기분이었다. 일종의 자기방어인지 르누아르는 의자나 테이블 같은 마른 나무토막이라 할 수 있는 상태로 변해 있었고, 사마젤은 반대로 이곳이 그의 본고장인 양 연단을 완전히 장악했다. 앙리가 말을 하기 시작했을 때, 그의 목소리는 거대한 강연장을 개인의 방으로 바꾸어놓았다. 그는 앞에 있는 5,000명의 사람들을 보고 있는 것이 아니라 5,000배가 된 한 사람을 보고 있었다. 그는 거의 대화의 어조로 이야기를 이어갔다. 조금씩 나의 감정도 강렬해졌다. 그의 입에서 나오는 말 이상으로, 그가 우리에게 전해준 우정이 이미 확실한 사실이 되었기 때문이었다. 사람들은 증오나 전쟁을 하도록 운명 지어진 것이 아니라는 그의 이야기를 들으며 난 그러한 사실을 확신할 수 있었다. 우리는 오랫동안 박수를 보냈다. 메리코가 활기 없는 짧은 연설을 했고, 이제 로베르의 차례였다. 그 대단한 갈채라니! 그가 일어서자마자, 청중은 소리를 지르며 손뼉을 치고 발을 구르기 시작했다. 그는 참을성 있는 태도로 기다렸다. 그도 감동을 받았을까? 나는 그랬다. 매일매

일 충혈된 눈과 굽은 등을 한 채, 고독하게 자신에 대해 회의
하면서 책상 위에 몸을 숙이고 있는 그의 모습을 보아온 터
였다. 바로 그 사람에게 5,000명의 청중들이 갈채를 보내고
있었다. 그들에게 이 사람은 정확히 누구인가? 위대한 작가
이자 《비질랑스》의 위원이며 반파시스트 모임의 인물. 지식
인으로의 자신의 모습을 부정하지 않으며 혁명에 몸을 바치
는 지식인이었다. 나이 든 사람들에게 그는 전쟁 전을 대표
하며, 젊은이들에게는 현재와 현재의 약속을 대표하고 있었
다. 과거와 미래의 결합을 실현한 사람……. 더하여 아마 수
많은 다른 것들을 대표하고 있을 것이다. 사람들은 각자 자
신의 방식으로 그를 사랑했다. 그들은 계속 박수갈채를 보
냈고, 그 소리는 내 안에서 커지며 거대하게 변했다. 보통 나
는 명성과 영광에 무관심했지만, 그날 저녁만큼은 그러한
것들이 부러웠다. '자기 삶의 진실을 똑바로 바라보고 즐길
수 있는 사람은 행복해.' 나는 생각했다. '친근한 얼굴들을
통해 자신의 삶의 진실을 읽어낼 수 있는 사람은 행복하지.'
마침내 청중이 조용해졌다. 로베르가 입을 열자마자, 내 손
은 축축해지고 이마는 땀으로 젖었다. 그가 언변에 능하다
는 사실을 알고 있어도 소용없었다. 나는 두려웠다. 다행히
금세 그의 이야기에 빠져들었다. 로베르의 이야기는 과장이
없었지만 그 논리가 너무나 열렬했기에 마치 폭력과 닮아
있었다. 그는 어떤 강령을 제시하는 대신 우리가 해야 할 일
들을 일깨워나갔다. 해야 할 일들이 너무나 시급했기에, 모
두가 끝까지 해내지 않을 수 없을 터였다. 승리는 필연적으
로 보장되어 있었다. 내 주위의 사람들이 미소를 지었다. 그

들의 눈은 반짝였고, 각자 옆 사람의 얼굴에서 자신의 확신을 확인하고 있었다. 그래, 이 전쟁은 헛되지 않을 거야. 체념과 이기주의가 어떤 대가를 가져오는지 다들 이해하고 있잖아. 그들은 자신의 운명을 손에 쥐게 될 거야. 평화가 지배하도록, 온 세계에서 자유와 행복이 성취되도록 이루어나갈 거야. 분명하고, 확실하며, 단순한 상식이야. 인류는 평화, 자유, 행복 외에 다른 것을 바랄 수 없어. 도대체 무엇이 인류의 염원을 방해할 수 있겠어? 인류는 홀로 지상을 지배하고 있잖아. 로베르의 모든 이야기를 통해 이 명백한 사실이 확고하게 우리의 마음을 사로잡았다. 그가 연설을 끝냈을 때, 우리는 오랫동안 박수갈채를 보냈다. 이 모든 박수는 바로 그 진실을 향한 것이었다. 나는 손수건으로 손을 닦았다. 평화는 확신되고 미래는 보장되었다. 가까운 미래와 먼 미래는 하나가 되었다. 나는 살레브의 연설은 듣지 않았다. 그는 메리코만큼이나 지루했다. 하지만 상관없었다. 승부는 승리로 끝났다. 단순히 대회만이 아니라, 대회가 의미하는 모든 면에서 그랬다.

사마젤이 마지막으로 단상에 올랐다. 곧 그는 으르렁대며 고함을 치기 시작했다. 장터에서 외치는 장사꾼 같았다. 나는 나처럼 말에 도취한 채 앉아 있는 군중 속의 나 자신으로 되돌아갔다. 그것은 약속도 예측도 아니었다. 그저 말, 그뿐이었다. 플레옐 강연장에서도 주의를 기울이는 얼굴들을 비추던 똑같은 불빛을 본 적이 있었다. 그리고 그것은 바르샤바도, 부헨발트도, 스탈린그라드도, 오라두르*도 막지 못했다. 그래, 체념과 이기주의가 어떤 대가를 요구하는지 사람들은 알고 있어. 하지만 오래전부터 알고 있었고, 그런데도 아무런 소용이 없었잖아. 우리는 한 번도 불행을 막는 일에 성공하지 못했어. 그렇게 빨리는, 어쨌든 우리 살아생전에는 성공하지 못하겠지. 이 긴 선사시대의 끝에 어떤 일이 일어날지 상상할 수조차 없다는 사실을 인정해야 해. 미래는 확실하지 않아. 가까운 미래도, 먼 미래도. 나는 로베르를 바라보았다. 여기 모든 사람들의 눈에 비치던 것이 정말 그의 진실이었을까? 다른 곳에서도 역시 그를 보고 있어. 미국에서도, 소련에서도, 여러 세기의 밑바닥에서도. 그들은 로베르를 어떤 사람으로 바라볼까? 쓸데없는 꿈을 꾸는 늙은 몽상가에 불과할지도 몰라. 내일이 오면 그 자신이 스스로를 그렇게 볼지도 몰라. 자신의 행동은 아무 소용 없었고, 더 심하게는 사람들을 기만하는 데 사용되었다고 생각할지도 몰라. 차라리 내가 이렇게 선언해버릴 수 있으면 좋을 텐데. "진리는 없다!" 하지만 하나의 진리는 있을 거야. 우리 인생이 여기에, 돌처럼 무겁게 놓여 있잖아. 그리고 거기엔 우리가 모르는 이면이 있지. 그게 두려워. 이번에는 내가 취한 채 제정신을 놓고 있는 것이 아님을 확신할 수 있었다. 술을 조금도 마시지 않았으니까. 날이 저물지도 않았건만 두려움에 숨이 막힐 지경이었다.

"다들 만족해요?" 나는 초연한 태도로 물었다. 앙리는 만족스러워하고 있었다. "성공이에요." 그가 유쾌하게 말했

---

* 오라두르쉬르글란Oradour-sur-Glane. 리모주의 북서쪽에 위치한 프랑스의 마을. 1944년 나치 친위대에 의해 642명의 마을 사람들이 학살당했다.

다. 사마젤이 말했다. "대성공입니다." 하지만 로베르는 중얼거렸다. "대회가 대단한 걸 증명해주지는 않아." 10년 전 플레옐 강연장을 나오며 했던 얘기와는 전혀 달랐다. 그때 그에게서는 빛이 났다. 그러면서도 우리는 결국 전쟁이 일어날지 모른다고 생각하고 있었다. 그 차분함은 어디서 온 것이었을까? 아! 그때 우리에게는 시간이 있어서였어. 전쟁의 위협을 넘어서, 로베르는 파시즘이 무너지리라 예상했었지. 치러야 할 희생을 이미 앞질러 미래를 내다보았던 거야. 하지만 이제 그는 자신의 나이를 느끼고 있었고, 그래서 짧은 기한 안의 확신을 원하는 것이었다. 대회가 끝난 뒤, 며칠 동안 그는 침울한 상태로 지냈다. 샤를리에가 S.R.L.의 가입을 선언했을 때도 응당 기뻐해야 마땅했지만, 그와의 만남 이후만큼 로베르가 당황한 모습을 나는 결코 본 적이 없었다. 하기야, 이해 못 할 바는 아니었다. 샤를리에의 신체적인 변화 때문만은 아니다. 그의 머리카락이 다시 자라지 않고 피부가 붉고 오돌토돌해진 것은 사실이나 마침내 3월부터는 체중이 10킬로가 늘어난 데다 이빨도 새로 해 넣은 터였다. 샤를리에가 해준 이야기들 때문도 아니었다. 수용소의 참상에 대해서는 우리도 대부분 알고 있었기 때문이다. 그보다 참을 수 없었던 건, 그가 이야기하는 어조였다. 가장 다정하고 고집스러운 이상주의자였던 샤를리에가 구타, 따귀, 고문, 굶주림, 설사, 어리석음에 대해 파렴치하게, 냉소적이라고도 할 수 없는 웃음을 터뜨리며 회상하고 있었던 것이다. 어린애라고나 할까, 아니면 노인이나 천사, 어쩌면 바보와도 같은 웃음이라고 해야 할까, 모르겠다. 또한 샤를리에는 사회주의자들이 자신의 합류를 기다리고 있다는 생각에 웃으면서도, 공산주의자들에 대해서는 오래된 증오를 계속 품고 있었다. 그래서 S.R.L.이 그의 마음을 사로잡은 것이다. 그는 자신의 배후에 결집된 계파를 로베르에게 데려오겠다고 약속했다. 그가 돌아가자 로베르가 말했다.

"저번에 내가 망설이는 걸 보고 당신 놀랐지. 하지만 이젠 당신도 이해할 거야. 오늘날 정치적 행동에 가담할 때 두려운 점은, 실수가 어떤 대가를 가져오는지 우리가 이제 너무 잘 알고 있다는 사실이야."

나는 그가 스스로를 포함한 동년배의 모두를 전쟁의 책임자로 간주한다는 것을 알고 있었다. 하지만 사실 그는 최고의 통찰력을 가지고 가장 맹렬하게 전쟁에 맞선 이들 중 하나였다. 그러나 실패했고, 그랬기에 자신이 죄를 지었다고 판단하는 것이다. 나를 놀라게 한 것은, 샤를리에와의 만남이 그의 죄책감을 불러일으켰다는 사실이었다. 보통 그는 특정한 경우보다는 전체적인 상황에 반응하는 사람이었기 때문이다.

"하여튼 S.R.L.이 실수였다 해도, 그 결과로 큰 혼란이 일어나지는 않을 거예요." 내가 말했다.

"작은 재난들 역시 중대해." 로베르는 잠시 주저하다가 말을 이었다. "미래가 모든 것을 구원하리라 믿기 위해서는 지금의 나보다 더 젊어야 할 거야. 내 책임이 전에 비해 제한되어 있지만, 더 결정적이고 무겁다는 걸 느끼게 되는군."

"그건 또 왜요?"

"글쎄. 나도 약간은 당신과 생각이 같아. 개인의 죽음이나 불행은 초월할 수 없다고 말이야. 아! 난 물결을 거슬러 올라가는 셈이야." 로베르는 덧붙였다. "젊은이들은 우리가 젊었을 때보다 더 완고해. 아예 냉소적이기까지 하지. 그런데 나는 감상적인 인간이 되어버렸거든."

"그보다는 전에 비해 구체적인 사람으로 변했다고 할 수 있지 않을까요?"

"그렇게는 생각 안 해. 구체적인 사람이 어디 있을까 싶군." 로베르가 말했다.

그래, 분명히 그는 전보다 더 상처 받기 쉬운 사람이 되어 있었다. 다행히 모임은 결실을 얻었고, 매일 새로운 사람들이 S.R.L.에 가입했다. 그리고 결국 공산주의자들은 S.R.L.에 전쟁을 선포하지 않았다. 그들은 악의를 드러내지 않은 채 그 모임에 대해 이야기했고, 그 이상은 아무것도 없었다. 이제 S.R.L. 운동이 진지하게 발전하리라 희망할 수 있었다. 유일한 문제는 《레스푸아》가 어쨌든 많은 독자를 잃게 되어 조만간 트라리외의 원조를 받지 않을 수 없게 되었다는 점이었다.

"정말 트라리외가 돈을 댈까요?" 나는 거울 속의 내 모습을 비난의 시선으로 살피며 물었다.

"틀림없이 그럴 거야." 로베르가 말했다.

"그러면 오늘 만찬에는 왜 가는 거예요? 왜 나까지 데려가는 거죠?"

"그가 좋은 기분을 유지하도록 하는 편이 나을 테니까." 로베르가 마지못해 넥타이를 매며 대답했다. "그 작자에게서 800만을 훔치려고 준비 중인 마당이니, 돈 쓰는 괴벽을 부추겨야 하지 않겠어?"

"800만이라고요?"

"그래!" 로베르가 말했다. "그런 지경이 되고 말았어. 이
건 뤼크의 잘못이야. 정말 고집불통이라니까! 결국 트라리
외의 돈을 받지 않을 수 없게 되었지. 사마젤이 조사를 좀 해
봤는데, 더 이상 버티지 못한대."

"그러면 나도 감수해야겠네요." 내가 말했다. "《레스푸아》
라면 나가서 억지로 먹는 저녁 식사 정도의 가치는 충분히
되니까!"

우리는 만면에 미소를 띤 채 트라리외의 방대한 서재 겸
거실로 들어섰다. 사마젤과 그의 아내도 이미 와 있었다. 사
마젤은 밝은 회색의 플란넬 정장 차림이라 그 비대한 몸집
이 한층 부각되어 보였다. 트라리외 역시 미소 가득한 모습
이었다. 아내는 보이지 않았지만 키가 큰 딸이 있었다. 우중
충한 머리 색깔을 보니 독실했던 내 중학교 급우들이 떠올
랐다. 검은색과 흰색 타일로 바닥을 깐 식당에 솜씨 좋게 준
비한 저녁이 차려졌다. 커피가 나올 때 트라리외는 식후주
를 내놓았는데 시가는 없었다. 사마젤은 분명 시가 한 대 즐
기고 싶었을 텐데. 어쨌든 그는 오래된 코냑을 음미하면서
아무 생각 없이 즐거워하고 있었다. 진짜 부르주아의 집에
발을 들인 것은 정말 오랜만이었다. 그래서인지 이런 시련
에 오히려 기운이 나는 것 같았다. 이따금씩, 내가 아는 지식
인들 모두 뭔가 석연찮은 면모를 지니고 있다는 생각이 들
때가 있다. 그러나 부르주아를 만나면, 지식인들은 그들과
비교할 바가 아니라는 걸 확인하게 되는 것이다. 나딘의 모

습과 내가 그 애에게 허락하는 자유가 그리 일반적이지 않은 것은 사실이지만, 억눌린 태도로 커피를 가져다주는 저 시들어버린 것 같은 여자아이의 모습이 내게는 훨씬 더 끔찍하게 보였다. 만일 그 아이를 진료용 장의자에 눕힌다면 분명히 아주 흥미로운 얘기들이 나오겠지. 또 짐짓 평범함을 가장한 저 사람, 트라리외는 또 얼마나 수상해 보이는지! 좀처럼 감춰지지 않는 그의 허영심은 사마젤을 향해 과시하듯 드러내는 열광적인 찬사와 도무지 어울리지 않았다. 그들은 오랫동안 레지스탕스 시절의 추억을 서로 나눈 뒤에야 이번 대회의 성공을 축하하기 시작했다. 사마젤이 선언했다. "아주 좋은 징조죠. 우리가 지방의 지지를 얻고 있다는 거 말입니다. 1년 후에는 가입자가 20만 명은 될 겁니다. 만일 그렇지 않다면, 패배한 셈이 되겠죠."

"우리는 패배하지 않을 겁니다!" 트라리외가 말하고는 그때까지 무례할 정도로 오랫동안 침묵을 지키고 있던 로베르에게로 몸을 돌렸다. "우리 운동의 커다란 행운은, 그게 적절한 때에 시작되었다는 겁니다. 프롤레타리아는 공산당이 자신들의 진정한 이익을 배반했다는 사실을 이해하기 시작했어요. 그리고 통찰력 있는 많은 부르주아들은 나처럼 이제 계급 청산을 받아들여야만 한다는 걸 깨닫고 있지요."

"가입자 20만 명은 힘들 겁니다. 그런 이유로 지지는 않을 테지만요." 로베르가 마지못해 입을 열었다. "우리 스스로를 속여봤자 어떤 이익도 얻을 수 없어요."

"전 너무 작은 것에 만족하면 큰 것을 얻지 못한다는 것을 경험으로 배웠습니다." 트라리외가 말했다. "우리의 야심에 한계를 정한다고 해서 무슨 이익이 있겠습니까!"

"중요한 건, 우리의 노력에 한계를 두지 않는 거죠."로베르가 말했다.

"전 우리가 가진 가능성을 철저히 이용하지 못하고 있다는 말씀을 드리는 겁니다."트라리외가 권위적으로 말했다. "S.R.L.의 기관지가 이러한 점에서 제 몫을 다하지 못해 애석합니다.《레스푸아》의 발행 부수는 터무니없이 낮아요."

"발행 부수가 낮아진 건 S.R.L.과의 합병 때문이에요."내가 끼어들었다.

트라리외는 불만스러운 표정으로 나를 바라다보았다. 만일 그에게 아내가 있다면 그녀는 질문을 받지 않는 한 말을 거의 할 수 없으리라는 생각이 들었다. "아뇨."그는 거의 무례한 태도로 말했다. "그건 활동이 부족해서죠."

"그 전까지《레스푸아》가 많은 독자를 갖고 있었던 건 사실입니다."로베르가 완고하게 대꾸했다.

사마젤이 부드럽게 나섰다. "《레스푸아》는 프랑스 해방 후의 열광적인 분위기를 이용했죠."

"현실을 직시해야 합니다."트라리외가 말했다. "우리 모두 앙리 페롱을 꽤 존경하고 있습니다. 그러니 더더욱 솔직하게 말할 권리가 있지요. 페롱은 매우 훌륭한 작가이지만, 정치적인 지도자도 아니고 사업가도 아닙니다. 그리고 그의 곁에 있는 뤼크도 사태를 해결해주지는 못해요."

로베르의 의견 역시 아주 다르진 않을 터였다. 하지만 그는 고개를 저었다. "앙리 페롱은 S.R.L.과 노선을 함께하면서 우파와 공산주의자 독자들을 잃었습니다. 게다가 재정적인 수단이 너무 제한되어 대세에 맞설 수 없었죠."

"전 절대적으로 확신하고 있습니다." 트라리외가 한 마디 한 마디에 힘을 주어 말을 이었다. "사마젤이 《레스푸아》의 대표가 된다면, 몇 주 안에 발행 부수가 두 배로 늘어날 거예요."

로베르가 사마젤의 얼굴을 이리저리 훑어보고는 짤막하게 대꾸했다. "그렇게는 안 돼요!"

트라리외는 잠시 시간을 둔 다음 말을 던졌다.

"제가 사마젤을 위해 《레스푸아》를 사겠다고 앙리 페롱에게 제안하면 어떨까요? 가격을 지불하고 말입니다."

로베르는 어깨를 으쓱했다. "그렇게 해보시죠."

"그가 받아들이지 않으리라 생각하십니까?"

"그의 입장이 되어 생각해봐요."

"좋습니다. 그러면 뤼크의 지분만 사겠다고 제안한다면요? 부득이한 경우 두 사람이 가진 지분의 3분의 1만 사겠다고 하면 어떨까요?"

"알고 있겠지만, 《레스푸아》는 그들의 신문입니다." 로베르는 말했다. "그들이 그 신문을 만들었죠. 분명 그들은 자기 집의 주인으로 있고 싶어 할 거예요."

"유감스럽군요." 트라리외가 말했다.

"그럴지도 모르죠. 하지만 아무도 그에 대해 뭐라고 할 수는 없습니다."

트라리외는 거실을 가로질러 몇 걸음을 걸었다. "저는 쉽게 포기하는 성격이 아닙니다." 즐거운 듯한 목소리였다. "어떤 일이 불가능하다고 하면, 즉시 그 반대를 증명하고 싶어지니까요. S.R.L.의 이익이 제겐 가장 존경하는 개인의 감정보다 중요하다고 덧붙여 말씀드리지요." 그는 엄숙하게 말을 맺었다.

사마젤이 불안한 표정으로 말했다. "엊그제의 그 계획에 대해 생각하시는 거라면, 저는 개인적으로 선생님 의견을 따를 수 없다고 이미 말씀드렸는데요."

"그리고 저는 선생의 배려심에 감탄했다고 대답했었지요." 트라리외는 짧은 미소와 함께 말하고는 다소 도전적인 태도로 로베르를 바라보았다. "《레스푸아》의 빚을 전부 갚는다는 조건으로 앙리 페롱에게 양자택일하도록 할 작정입니다. 사마젤을 합류시키든지, 아니면 신문을 파산에 몰아넣든지요."

"앙리는 협박에 굴복하느니 차라리 파산을 택할 겁니다." 로베르가 경멸 어린 어조로 말했다.

"좋습니다. 그는 파산하고 저는 다른 신문을 발행해서 사마젤이 주관하도록 하죠."

"안 돼요!" 사마젤이 신음했다.

"이해하시겠지만, 그럴 경우 그 신문은 S.R.L.과는 전혀 상관없는 매체가 될 겁니다. 그러면 선생은 즉각 제명될 거고요."

트라리외는 로베르가 얼마나 강하게 나오는지 재보려는 듯 그의 얼굴을 빤히 쳐다보았다. 이어 금세 판단을 마쳤는지, 서둘러 한발 물러섰다.

"당연히 이 계획을 실행에 옮길 생각은 없습니다." 그가 유쾌하게 말했다. "앙리 페롱을 압박하기 위한 방책이지요.

하지만 선생은 틀림없이《레스푸아》의 성공을 중요하게 여기실 텐데요." 그는 비난을 담아 덧붙였다. "두 배로 발행하고 인원도 두 배로 늘리면 좋지 않겠습니까!"

"그거야 나도 알죠." 로베르가 말했다. "하지만 반복해서 얘기했듯이, 내 생각에 앙리와 뤼크의 유일한 잘못이란 너무 적은 예산으로 고집스럽게 일해왔다는 거예요. 그들이 자유롭게 쓸 자금을 그처럼 관대하게 제공하는 날, 상황이 어떻게 달라지는지 보게 될 겁니다."

"물론 그렇겠죠." 트라리외는 미소를 지으며 말했다. "왜냐하면 자금과 함께 사마젤을 받아들여야 할 테니까요."

로베르의 얼굴이 굳어졌다. "이봐요! 4월에는 아무 조건 없이《레스푸아》를 지원할 준비가 되었다고 말했잖소."

나는 곁눈으로 사마젤을 관찰했다. 그는 전혀 난처한 얼굴이 아니었다. 그의 아내는 고문을 당하는 사람 같았지만, 그녀야 원래 늘 그런 표정이었다.

"그렇게 말한 적 없습니다." 트라리외가 대꾸했다. "정치적인 면에서 신문의 지휘권은 당연히 S.R.L.의 책임으로 돌아가고, 제가 거기에 관여하는 일은 없을 거라고 말씀드렸죠. 다른 문제에 대해서는 전혀 얘기가 없었어요."

"다른 어떤 것도 문제가 되지 않을 것 같았으니까요." 로베르가 분개한 목소리로 말했다. "난 앙리에게 전적인 독립권을 약속했습니다. 그 약속을 믿었기에 그는 엄청난 위험을 무릅쓰고《레스푸아》를 S.R.L.에 종속시킨 거고요."

"선생님의 약속에 저까지 매여 있을 필요가 없다는 건 인정하시겠죠." 트라리외는 상냥하게 말했다. "게다가 앙리 페롱이 왜 거부하는지 당최 이해할 수가 없군요. 사마젤도 그의 친구 아닙니까."

"그게 문제가 아니에요. 우리가 자신도 모르게 일을 꾸며 억지로 강요했다는 걸 알게 되면 앙리는 완강하게 저항할 겁니다. 그리고 나 또한 그가 그러는 걸 이해할 수 있고요." 로베르가 격렬하게 말했다.

그는 매우 난처한 표정이었고, 나 역시 그랬다. 특히 난 사마젤에 대한 앙리의 감정이 실제로 어떤지를 잘 아는 터였다.

"저도 꽤 완고한 사람입니다." 트라리외가 말했다.

"앙리의 의사에 반해서 《레스푸아》에 들어간다면, 사마젤의 입장도 매우 어색할 거예요." 로베르가 말했다.

"저도 그렇게 생각합니다!" 사마젤이 말했다. "물론 다른 상황에서라면, 몰락해가는 신문이 새로운 도약을 하게끔 만들 수 있어요. 하지만 앙리가 원하지 않는데 억지로 저를 받아들이게 하는 건 반댑니다."

"미안하지만 난 이 일을 다소 개인적인 문제로 보고 있습니다." 트라리외가 빈정거리는 목소리로 말했다. "재정적인 이익을 볼 생각은 없어요. 하지만 수백만 프랑을 그냥 쏟아붓는 일은 절대 받아들일 수 없습니다." 그러더니 그는 사마젤을 향해 말을 이었다. "난 결과를 원해요. 앙리 페롱이 당신과 같이 일하는 것을 거절하거나 당신이 앙리 페롱과 일하는 걸 거절하면 지원을 포기하겠습니다. 실패할 게 분명한 계획에 가담할 수는 없으니까요. 이런 식의 생각이 내겐 건전해 보여요. 어쨌든 누구도 이 생각을 바꿀 수는 없습니다." 그는 냉담하게 결론을 내렸다.

"선생님이 앙리와 이 상황에 대해 얘기해보시지 않는 한, 우리끼리 이렇게 논의하는 건 무의미한 것 같습니다." 사마 젤이 말했다. "전 앙리가 양보하리라고 확신합니다. 결국 정치 운동을 성공시키자는 점에서 우리 둘의 관심사는 일치하니까요."

"그래요. 특별히 선생께서 앙리 페롱을 설득해주시면, 그도 양보해서 이익을 얻을 수 있으리라 이해하겠죠." 트라리외가 로베르에게 말했다.

로베르가 어깨를 으쓱했다. "기대는 하지 마세요."

대화는 한동안 더 지속되었다. 30분 후, 계단을 다 내려올 즈음 내가 입을 열었다.

"낌새가 좋질 않네요! 4월에 트라리외가 정확히 뭐라고 했던 거죠?"

"이 일의 정치적인 면에 대해서만 얘기했었어." 로베르가 말했다.

"그런데 당신은 앙리에게 더 많은 것을 약속했던 거 아닌가요? 좀 경솔했던 거죠?"

"아마 그랬나 봐." 로베르가 말했다. "내가 조금이라도 주저했다면 앙리가 마음을 먹지 못했을 거니까. 때로는 지나치다 싶게 경솔한 행동이 필요한 법이야. 안 그러면 아무것도 못 하겠지!"

"왜 좀 전에 트라리외더러 양자택일하도록 요구하지 않았던 거예요?" 내가 물었다. "조건 없이 약속을 지키든지, 아니면 이걸로 끝이다. 당신을 S.R.L.에서 제명하겠다고 말이예요."

"그렇게 하면?" 로베르가 말했다. "트라리외가 절연을 택한다고 가정해봐. 앙리에게 돈이 절실해지는 날, 어떻게 되겠어?" 우리는 말없이 계속 걸었다. 갑자기 로베르가 말했다. "만약 앙리가 나 때문에 신문을 잃는다면, 나는 스스로를 용서하지 못할 거야."

연합군이 승리했던 밤 앙리의 미소가 떠올랐다. "이 일에 연루되고 싶어 하지 않았잖아요."라고 내가 말했을 때 그는 이렇게 대답했다. "열렬하게는 아니었죠." 《레스푸아》를 S.R.L.에 종속시킨다는 것이 그에겐 고통스러운 일이었다. 그는 이 신문을 사랑했고 자신의 자유를 사랑했다. 그리고 그는 사마젤을 좋아하지 않았다. 고약한 일이 일어난 것이다. 하지만 로베르가 너무 어두운 표정을 하고 있었기에 이 생각을 입 밖에 낼 수 없었다. 그저 이렇게만 말했을 뿐이다. "왜 트라리외를 믿었는지 나로선 잘 모르겠네요. 그가 조금도 맘에 들지 않아요."

"내 잘못이야!" 로베르가 짧게 내뱉고는 깊은 생각에 잠겼다. "모반에게 돈을 부탁해봐야 겠어."

"모반은 돈을 내놓지 않을 거예요."

"그럼 다른 사람들에게 부탁해야지. 돈을 가진 사람은 또 있으니까. 분명히 한 명은 수락할 거야."

"그러려면 백만장자이면서 동시에 S.R.L.의 위원이어야만 할 텐데요." 내가 말했다. "찾기 힘든 조합이군요."

"내가 찾아내야지." 로베르가 말했다. "그리고 사마젤을 통해 트라리외가 마음을 바꾸도록 해봐야겠어. 사마젤도 트라리외가 맡기는 대로 무턱대고 받아들이지는 못할 테니까."

"그 사람한테는 이 일이 그리 난처한 것 같지 않던데요."
나는 어깨를 으쓱였다. "어쨌든 설득해봐요."

로베르는 다음 날 모반을 만났다. 모반은 관심을 보였지
만, 그렇다고 무슨 약속을 한 건 아니었다. 로베르는 전혀 관
심을 보이지 않는 다른 사람들도 만났다. 나는 너무나 걱정
스러웠다. 이 문제가 줄곧 마음에 남아 있었다. 남자의 걱정
거리를 알고 그 걱정을 두 배로 키우는 여자가 되고 싶지는
않았기에 로베르에게 더 이상 얘기하지 않았지만, 내내 그
문제에 대해 생각했다. '예전 같았으면 로베르가 그런 일을
하지는 않았을 텐데.' 이상한 생각이었다. 이 생각은 정확히
뭘 의미하는 걸까? 로베르는 전보다 책임이 더 제한된 동시
에 무거워진 것 같다고 말했다. 이제 미래를 알리바이로 쓸
수 없기 때문이었다. 그래서 더 서둘러 일을 성공시키려 했
고, 그래서 더 비양심적인 사람이 된 걸까? 하지만 그렇게 생
각하기는 싫었다. 로베르와 나처럼 가까운 사이에서 상대를
비판하는 일은 이미 그를 배신하는 셈이니까.

그날 이후 며칠 지나서 나딘과 랑베르가 돌아왔다. 그들
의 귀환은 즐거운 기분 전환이 되었다. 두 사람은 햇볕에 그
을린 채 젊은 부부처럼 어색하게 웃고 있었다.

"나딘은 일류 특파원이 될 거예요." 랑베르가 말했다. "어
디든지 가고 누구나 말하게 하니, 정말 대단하다니까요."

"이 일도 가끔은 참 재밌어요." 나딘이 의기양양해하며
인정했다.

그러나 그 애가 가장 자랑스러워한 일은 따로 있었다. 여
행 도중, 파리에서 30킬로미터 떨어진 곳에서 내가 몇 주 전

부터 헛되이 꿈꾸던 시골집을 발견한 것이다. 파란 덧창이
달린 노란 외벽에 무성한 잔디밭, 작은 별채, 야생 장미들까
지, 나는 첫눈에 그 집을 좋아하게 되었다. 로베르도 마음에
들어 해 우리는 계약을 했다. 집 내부는 파손되었고 산책길
은 쐐기풀로 덮여 있었다. 그러나 나딘은 모두 멀쩡한 상태
로 만들어놓겠다고 단언했다. 그러고는 갑자기 비서직에 싫
증이 났다며 대리로 일하던 여자에게 다시 얼마간 일을 맡
긴 채 랑베르와 함께 별채로 캠핑을 갔다. 둘이서 글을 쓰고
정원을 가꾸고 벽화를 그리며 함께 시간을 보낼 계획이었
다. 랑베르는 볕에 탄 피부와 오토바이의 핸들을 잡느라 거
칠어진 손, 나딘이 완전히 헝클어뜨린 머리털 때문에 전만
큼 댄디 태가 나지는 않았지만, 그렇다고 육체노동에 어울
리는 모습도 아니었다. 어쨌든 나로서는 그들을 믿을 수밖
에 없었다.

　이따금씩 파리로 돌아오던 나딘이 마침내 생마르탱의 별
장으로 우리를 오게 한 것은 오베르뉴로 떠나기 전날이 되
어서였다. 그 애는 전화를 해서 우리를 성대한 저녁에 초대
한다고 말했다.

　"마요네즈가 있다고 아빠에게 전해주세요. 랑베르가 특
별한 솜씨로 만든 거예요."

　하지만 로베르는 초대를 거절했다. "랑베르는 나만 보면
공격해야 한다고 생각하는 것 같아. 나도 어쩔 수 없이 대응
을 해야 하는데, 그러면 다들 지겨워지지. 무엇보다 내가 제
일 먼저 지겨워지고." 그가 유감스럽다는 듯이 말했다.

　로베르가 있을 때 랑베르가 늘 공격적인 태도를 보이는

건 사실이었다. 로베르 앞에서 어떤 태도를 취해야 한다고 생각하지 않는 사람은 아주 드물었다. '결국 이 사람은 정말 고독하구나!' 나는 생각했다. 사람들이 이야기하는 사람은 로베르가 아니었다. 부자연스럽고, 거리감이 느껴지며, 이름 외에는 그와 전혀 다른, 진실성이 없는 다른 누군가였다. 예전에 그는 군중과 함께, 낯모르는 사람들과 가까이하는 것을 좋아했다. 그러나 이제는 자신의 이름이 다른 사람들 사이에 벽을 만들어버리는 것을 막을 수 없었다. 모든 이들이 그에게 이 사실을 냉혹하게 상기시켰다. 웃음과 다정함과 분노와 불면이 함께 존재하는 뼈와 살로 된 인간 로베르에게는 아무도 진정으로 관심을 갖지 않았다. 그래도 차를 타러 나갈 때, 나는 함께 가자고 다시 한 번 청했다.

"내가 가면 분명 불쾌한 저녁이 될 거야." 로베르가 말했다. "내가 랑베르에게 반감이 없다는 건 알아줘."

"랑베르가 이번에 나딘을 많이 도왔어요." 내가 말했다. "그 애가 누군가와 협력해서 일을 하기로 한 건 이번이 처음이잖아요."

로베르가 미소를 지었다. "그토록 문학을 경멸하는 애가 인쇄된 자기 이름을 보고는 어찌나 자랑스러워하던지!"

"다행이죠 뭐!" 내가 말했다. "그 애가 계속 이 일을 하도록 용기를 주니까요. 그 애에게 꼭 어울리는 일이죠."

로베르의 손이 내 어깨에 놓였다. "이제 당신 딸의 운명에 대해 좀 안심했어?"

"그래요."

"그러면 왜 로미외에게 편지 쓰는 걸 망설이는 거야?" 로베르가 힘주어 물었다. "더 이상 망설일 이유가 없잖아."

"지금부터 1월까지 어떤 일이 일어날지 모르잖아요." 내가 서둘러서 대꾸했다.

로미외는 집요하게 답장을 요구하고 있었으나, 난 결정적인 가부를 대답하는 게 몹시 불안했다.

"들어봐, 나딘이 당신 없이도 완벽하게 잘해나가리라는 거 잘 알잖아." 로베르가 말했다. "게다가 우리도 자주 얘기했지. 우리 없이 지내는 걸 배우는 것보다 그 애에게 더 좋은 일은 없을 거라고 말이야."

"그건 사실이에요." 나는 열의 없이 수긍했다.

로베르가 당황한 얼굴로 나를 빤히 쳐다보았다. "결국 이 여행을 하고 싶은 게 아니었어?"

"물론 하고 싶어요!" 그렇게 말하자마자, 곧 공포가 나를 사로잡았다. "하지만 파리를 떠나고 싶지 않아요. 당신을 떠나고 싶지 않다고요."

"당신은 정말 바보군. 나의 사랑스러운 바보." 로베르는 부드럽게 말했다. "내 곁을 떠나도, 돌아오면 똑같을 텐데 뭘 그래. 게다가 내가 없어도 보고 싶지 않다고 고백까지 해놓고는." 그가 웃으면서 덧붙였다.

"전에는 그랬죠." 내가 말했다. "하지만 지금은 당신이 근심거리를 잔뜩 안고 있잖아요."

로베르는 진지한 표정으로 나를 마주 보았다. "당신은 걱정이 너무 많아. 어제는 나딘 때문이고 오늘은 나 때문이잖아. 강박이 되어버린 거 아니야?"

"그럴지도 모르죠."

"틀림없어! 게다가 평화에 집착하는 경향도 좀 있고 말이야. 옛날에는 이런 적이 한 번도 없었는데!"

로베르의 미소는 부드러웠다. 내가 없으면 그가 불편해지리라는 생각이 그에겐 병든 두뇌가 만들어낸 망상으로 여겨지는 것 같았다. 석 달 동안 나 없이도 아주 잘 지낼 수 있다는 거겠지. 적어도 석 달은. 명성과 나이와 다른 사람들의 태도로 인해 강요받는 그의 고독을, 나로서도 함께 나눌 수 있을 뿐 없애버리지는 못하잖아. 내가 함께 나누지 않는다고 해서 그 고독이 더 견디기 쉽거나 힘들어지는 건 아닐 거야.

"불안은 전부 나에게 던져버리라고!" 로베르가 말했다. "얼른 편지를 보내. 그러지 않으면 눈앞에서 이 여행을 놓치게 될 거야."

"생마르탱에 가서 정말 모두 별일 없는 것 같으면, 돌아온 다음 편지를 쓸게요." 내가 말했다.

"모두 별일이 있더라도 그렇게 해야 해." 로베르가 강압적인 어조로 말했다.

"두고 보자고요." 나는 머뭇거렸다. "모반과는 일이 어디까지 진행된 거예요?"

"얘기했듯이 그는 지금 휴가를 떠났어. 10월에 확답을 줄 거야. 하지만 돈을 대겠다고 거의 약속한 거나 다름없어." 로베르는 미소를 지었다. "그 역시 좌파의 자리를 고수하고 싶어 하니까."

"정말 약속을 한 거예요?"

"그래, 모반은 약속을 하면 지켜."

"마음이 놓이네요!"

모반은 신뢰할 수 있는 사람이었다. 나는 정말 안심이 되었다. "앙리에게는 이 문제에 대해 얘기할 생각이 없어요?"

"말해 뭐 해? 앙리가 뭘 할 수 있겠어? 그를 이런 궁지에 몰아넣은 건 바로 나야. 거기서 빼내는 것도 내가 되어야지." 로베르는 어깨를 으쓱해 보였다. "게다가 앙리가 분노하면 전부 포기해야 할 수도 있고. 그래, 앙리에게는 돈을 구한 다음에 얘기할 거야."

"그게 좋겠네요." 나는 자리에서 일어났다.

로베르도 역시 일어나 나에게 미소를 지었다. "이젠 걱정 말고, 즐거운 저녁 보내!"

"최선을 다할게요."

분명 로베르의 말대로였다. 도대체 그 근원을 알 수 없는 이 불안함은 프랑스가 해방된 날부터 시작되었다. 다른 사람들처럼 나도 새로운 환경에 적응하는 것이 힘들었다. 생마르탱에서 저녁을 보내도, 나는 새로운 사실을 조금도 알 수 없을 것이다. 내가 로미외에게 답장 쓰기를 망설이는 건 나딘 때문도 로베르 때문도 아니었다. 나의 불안함은 오직 나 자신의 문제였다. 차를 타고 가는 내내, 내가 불안함에서 벗어날 수 있을지, 어떤 일도 무릅쓰고 여행을 강행할 수 있을지 자문해보았다. 나는 정원의 철문을 밀었다. 테이블이 보리수 아래 놓여 있었고, 집에서는 높은 목소리가 들려오고 있었다. 곧장 부엌으로 들어서자 목에 냅킨을 걸친 채 액체 소스를 맹렬히 휘젓고 있는 랑베르와 그 옆에 선 나딘이 보였다.

"비극적인 참사의 현장에 도착하셨군요!" 그 애가 유쾌하게 말했다. "마요네즈는 실패했어요!"

"안녕하세요." 랑베르가 침울한 표정으로 말했다. "예, 마요네즈는 실패했어요. 한 번도 실패한 적이 없었는데!"

"다시 성공할 수도 있다니까. 계속해봐." 나딘이 말했다.

"아냐, 망쳤어."

"너무 세게 휘저어서 그래."

"망쳤다고 했잖아." 랑베르는 화가 나 되풀이했다.

"아! 어떻게 다시 만들 수 있는지 알려줄게." 내가 말했다.

나는 실패한 소스를 쓰레기통에 던지고는 랑베르에게 새 달걀 두 개를 내밀었다. "이걸로 해결해봐."

나딘이 미소를 지었다. "가끔은 엄마도 좋은 생각을 한다니까." 그 애는 짐짓 객관적인 어조로 말하고는 내 팔을 잡았다. "아빠는 어때요?"

"정말 휴가가 필요한 상태지!"

"두 분이 프랑스 일주에서 돌아오실 때쯤 집수리가 끝나 있을 거예요." 나딘이 말했다. "우리가 얼마나 열심히 일했는지 보세요."

발판과 페인트 통이 가득한 미래의 거실에서는 아직 공사 현장의 쓸쓸함이 풍겼지만, 내 방의 벽은 잿빛이 도는 분홍색으로 초벽질이 되어 있었다. 로베르의 방은 연한 황갈색이었다. 솜씨가 아주 괜찮았다.

"훌륭한데. 누가 한 거니? 랑베르니, 너니?"

"둘이 같이 했어요. 나는 명령을 하고 랑베르는 일을 했죠. 아주 있는 힘껏 했다니까요. 시키는 대로 고분고분 잘해요." 나딘이 명랑한 어조로 말했다.

나는 웃었다. "아주 만족스러운 모양이네."

자신감을 얻기 위해서는 명령을 내리는 일이 필요했던 것
이다. 일을 시키는 데 몰두해서 그 애는 스스로에게 회의를
느낄 겨를도 없었다. 나딘이 이렇게 기뻐하는 모습을 본 건
정말 오랜만이었다. 가정주부 역할을 하는 것이 재미있는 모
양이었다. 랑베르가 샐러드 그릇과 차가운 고기 접시 사이
에 단단하고 미끈거리는 커다란 마요네즈 주발을 놓았다. 나
딘이 보는 앞에서 나는 랑베르와 함께 백포도주 한 병을 비
웠다. 두 사람은 앞으로의 계획에 대해 열정적으로 이야기했
다. 우선, 벨기에, 네덜란드, 덴마크, 독일이 점령했던 모든
나라를 가본 다음에, 나머지 유럽의 국가에 간다고 했다.

"제가 현지 보도 기사를 그만두려고 결심했었다니, 믿기
지가 않아요!" 랑베르가 말했다. "나딘이 없었다면 분명히
그만뒀겠죠. 게다가 나딘은 저보다 훨씬 더 재능이 있어요.
곧 저와 함께 다니고 싶어 하지 않게 될걸요."

"그래서 네 더러운 오토바이를 몰지 못하게 하는 거구
나." 나딘이 투덜대는 소리를 냈다. "어렵지 않단 말이야!"

"목을 부러뜨리는 건 어렵지 않지. 정말 미쳤어."

그는 영혼 깊은 곳에서부터 나오는 미소를 나딘에게 보냈
다. 마치 나딘이 나로서는 절대 알아차리지 못하는 마력을
가지고 있는 것만 같았다. 나는 내 딸이라는 모습 빼고는 그
애의 다른 면모를 결코 알지 못하는지도 모른다. 나에게 나
딘은 2차원적이고 평범한 아이이니까. 랑베르가 두 병째 백
포도주를 땄다. 그는 술을 전혀 마실 줄 몰랐다. 그래서 그의
눈은 이미 빛나기 시작했고 광대뼈도 붉어져 있었다. 이마

에 살짝 맺힌 땀도 보였다.

"너무 많이 마시지 마." 나딘이 말했다.

"아! 엄마 노릇 하지 말라니까. 계속 그러면 어떻게 되는지 알지?"

나딘의 얼굴이 굳어졌다. "바보 같은 소리 그만둬."

랑베르가 상의를 훌렁 벗었다. "너무 더워."

"그러다 병난다."

"난 절대 병 안 나." 그러더니 랑베르는 나를 향해 몸을 돌렸다. "나딘은 믿으려 하질 않아요. 전 건장하지는 않지만 강인하거든요. 어떤 상황에서는 주앵빌*의 교관보다 제가 분명 더 잘 버틸 수 있을걸요."

"사하라사막을 오토바이로 횡단할 때도 그러는지 두고 보자!" 나딘이 유쾌하게 말했다.

"암, 횡단하고말고!" 랑베르가 대꾸했다. "오토바이는 어디든 간다고!" 그가 나를 보며 물었다. "할 수 없다고 생각하세요?"

"난 아무 의견 없어." 내가 말했다.

"어쨌든 우리는 해볼 거예요." 그는 결론을 내리듯 말했다. "무언가를 해보는 게 필요해요! 지식인이라는 이유로 한가롭게 지내며 새로운 일에 도전하지 않는다는 건 말도 안 돼요."

"그럼 약속한 거야." 나딘이 웃으며 말했다. "사하라사막이랑 티베트의 고원을 횡단하고 아마존의 정글을 탐험하는

---

* 운동선수 양성을 목적으로 한 군사학교로 '주앵빌 대대'로 불렸다.

거지?" 그러면서 그 애는 병을 향해 뻗치는 랑베르의 손을 막았다. "안 돼, 이미 너무 마셨어."

"전혀 아닌데." 그는 일어나서 두 발짝을 떼었다. "내가 비틀거리니? 균형을 근사하게 잡고 있잖아."

"공놀이 묘기나 한번 보여줘." 나딘이 말했다.

"공놀이 묘기! 내 특기 중 하나지." 랑베르는 오렌지 세 알을 쥐어 공중에 던지더니, 한 알을 놓치고는 잔디밭에 쓰러져버렸다. 나딘이 큰 소리로 난폭하게 웃기 시작했다.

"정말 바보라니까!" 그 애는 다정하게 말하고서 앞치마 자락으로 땀범벅이 된 랑베르의 이마를 닦아주었다. 그는 행복한 표정으로 나딘이 하는 대로 내버려두었다. "랑베르에게 사교적인 재능이 있는 건 사실이에요." 나딘이 말했다. "정말 웃기는 노래들을 부른다니까요! 노래 하나 불러줄래?"

"〈돼지의 심장〉을 불러드리죠." 랑베르가 큰 결심이라도 한 듯 선언했다.

그가 노래를 부르는 동안 나딘은 너무 웃어서 눈물까지 흘릴 정도였다. 나는 랑베르의 쾌활함 속에서 거의 비극적이라 할 수 있는 추태를 보았다. 서투르게 경련하며 그는 자기 자신에게서 빠져나오려 애쓰는 듯했지만, 그 자아는 그의 육체에 밀착되어 있었다. 그의 찡그린 표정, 우스꽝스러운 목소리, 뺨에 흐르는 땀, 열기 어린 불안한 눈이 나를 불편하게 했다. 랑베르가 발밑에 쓰러지자 나딘은 그를 독점해서 행복한 듯 머리를 쓰다듬어주었고, 그 순간 나는 흡족함을 느꼈다.

"넌 착한 애야." 나딘이 말했다. "이제 진정하고 좀 쉬어!"

그 애는 간호사 역할을 원하고, 랑베르는 그 애가 자신을 애지중지해주길 원하는 것이다. 두 아이에게는 공통점이 많았다. 과거, 젊음, 사상과 표현에 대한 원한, 모험을 하고자 하는 꿈, 모호한 야망이 그랬다. 서로에게 신뢰를 주며 계획과 성공과 행복을 이루어갈 수 있을지도 모른다. 열아홉 살, 스물다섯 살. 얼마나 창창한가! 그 애들은 전쟁의 생존자가 아니었다. '그러면 난?' 나는 생각했다. '난 정말 과거 속에 생매장되어 있는 걸까?' 이어 나는 확고하게 답했다. '아니, 아니야!' 나딘과 로베르는 나 없이 잘 지낼 수 있어. 그들은 핑계일 뿐이야. 나는 그저 내 비겁한 마음의 희생자에 불과해. 그리고 이젠 이 비겁함이 수치스러워. 비행기가 나를 거대한 어떤 도시로 데려가주겠지. 석 달 동안 배우고 즐기라는 것 외에는 어떤 지시 사항도 없어. 그 자유, 그 새로움을 나는 얼마나 원하고 있었던가! 도금양* 아래 둥지를 틀었던 내가 살아 있는 사람들의 세계를 헤매러 간다는 게 어쩌면 너무 경솔한 짓일지도 모르지. 하지만 어쩔 수 없어! 솟아오르는 이 기쁨에 더 이상 저항하지 않을 거야. 그래, 오늘 저녁에라도 승낙한다고 답장을 보내자. 살아남는다는 것, 그건 결국 끊임없이 다시 살기 시작하는 거야. 나는 다시 살기를 원해.

* 아시아에서는 관상용 식물이지만 서양에서는 무덤에 심는 나무로 알려져 있다.

제5장

앙리는 마루 판자 위에서 몸을 뒤척였다. 자갈로 된 벽을 통해 바람이 들이치고 있었다. 이불을 덮고 스웨터도 입었지만 너무 추워서 잠들 수가 없었다. 머리만이 마치 열이 나는 듯 뜨겁고 윙윙 울려댔다. 정말 열이 있는 건지도 모른다. 태양과 피로와 적포도주가 불러온 기분 좋은 열. 여기가 정확히 어디지? 어쨌든 누구도 있어야 할 하등의 이유가 없는 장소였다. 그야말로 휴식을 주는 곳. 후회도 의문도 없었다. 불면마저 꿈 없는 잠처럼 평온했다. 그는 많은 것을 포기했다. 더 이상 글을 쓰지 않았다. 매일을 즐겁게 보내지도 않았다. 하지만 그 대가로 그는 마음의 평화를 얻었다. 그 효과는 아주 컸다. 세상과 여러 문제에서 멀리 떨어져, 추위와 바람과 지친 육체와도 멀리 떨어져, 순진무구한 상태에 잠겨 둥둥 떠 있었다. 순진무구함이란 관능만큼 매력적일 수 있는 것이리라. 잠시 그는 눈꺼풀을 열어 어두운 테이블과 양초를, 거기서 글을 쓰고 있는 사람을 보고는 만족에 겨워 생각했다. '정말 중세에 있구나!' 그리고 이 즐거운 조명 위로 어둘이 다시 내려앉았다.

"제가 꿈을 꾼 건 아니죠? 지난밤에 글 쓰고 계시는 선생님을 분명히 봤거든요."

"일을 좀 했지." 뒤브뢰유가 말했다.

"파우스트 박사인 줄 알았습니다."

그들은 바람에 부푼 이불로 몸을 감싼 채 산장의 문턱에 앉아 있었다. 그들이 잠든 사이 태양이 떠올랐고, 하늘은 완벽하게 푸르렀다. 하지만 발밑에는 구름의 둑이 드리워 있었다. 때때로 바람이 구름을 찢어 벌판의 일부가 드러났다.

"로베르는 매일 일을 해요." 안이 말했다. "이 사람은 환경의 영향을 잘 받지 않죠. 축사 안에 있든, 비를 맞든, 광장에 있든 상관없이 하루에 네 시간은 꼭 글을 써야 한다니까요. 그다음엔 하고 싶은 걸 다 하지만요."

"이제 뭘 하면 좋을까?" 뒤브뢰유가 물었다.

"내려가는 것도 괜찮지 않을까 싶은데요. 전망이 더 좋은 곳을 찾을 수 있을 거예요."

그들은 히드가 무성한 곳을 거쳐서 컴컴한 마을까지 급히 내려갔다. 늙은 여자들이 핀이 잔뜩 꽂힌 방석을 무릎에 얹은 채 문턱에 앉아 물렛가락을 흔들고 있었다. 그들은 자전거를 맡겨두었던 식료품점 겸 술집으로 가 어두운 색깔의 음료를 마신 뒤 자전거에 올라탔다. 자전거는 전쟁 때 쓰던 오래된 물건이라 낡고 볼품없었다. 페인트는 벗겨지고, 흙받기는 찌그러지고, 타이어는 이상한 형태로 부풀어 있었다. 앙리의 자전거는 잘 구르지도 않아서 저녁까지 버틸 수 있을지 의문이었다. 뒤브뢰유 부부가 루아르강가에 멈추자 앙리는 안도감을 느끼며 그들을 바라보았다. 미역을 감기에는 물이 너무 차가웠지만 그는 머리끝에서 발끝까지 물을 끼얹었다. 그러고서 안장에 다시 앉자, 결국 바퀴에는 문제가 없다는 것을 깨달을 수밖에 없었다. 사실상 가장 녹슬어 있던 건 그의 육체였다. 몸을 회복시키는 것이야말로 진짜 큰일이었다. 하지만 최초의 근육통이 지나간 뒤에는 그처럼 좋은 도구를 되찾은 것이 그저 기쁠 뿐이었다. 그동안 육체가 얼마나 유능할 수 있는지를 잊고 있던 터였다. 자전거 체인과 바퀴가 그의 노력을 배가해주기는 했지만, 결국 이 움직임의 유일한 동력은 그의 근육이요 호흡이며 심장이었다. 자전거는 제 몫으로 주어진 몇 킬로미터를 삼키며 거뜬히 고갯길을 기어오르고 있었다.

"잘 구르는 것 같네요." 안이 맨팔을 드러낸 채 머리를 바람에 나부끼며 말했다. 파리에서보다 훨씬 더 젊어진 모습이었다. 뒤브뢰유 역시 볕에 타고 몸이 여위었다. 짧은 바지에 근육이 발달한 다리, 그을린 얼굴에 새겨진 주름들. 그는 꼭 간디의 제자처럼 보였다.

"어제보다 나은데요!" 앙리가 말했다.

뒤브뢰유는 속도를 줄여 앙리의 옆에서 자전거를 달리기 시작했다.

"어제 잘 돌지 않긴 했지." 그는 유쾌하게 말했다. "자넨 우리에게 아무것도 말해주지 않는군. 우리가 떠난 뒤 파리에서 무슨 일이 있었나?"

"특별한 일은 전혀 없었어요. 날씨가 더웠죠." 앙리가 말했다. "하느님 맙소사! 정말 더웠어요!"

"그리고 신문은? 트라리외는 아직 안 만났나?"

뒤브뢰유의 목소리에는 불안하리만치 탐욕스러운 관심이 담겨 있었다.

"아직요. 뤼크가 나서서 상황을 무시하고 있어요. 만약 두세 달만 더 견디면 우리 힘으로 이 고비를 넘길 수 있을 겁니다."

"시도해볼 만하지. 다만 빚을 더 지면 안 될 거야."

"알아요. 이젠 돈을 빌릴 수도 없고요. 뤼크는 광고를 많이 이용하려고 생각하고 있어요."

"솔직히 《레스푸아》의 부수가 그렇게 줄어들 거라고는 생각하지 못했어." 뒤브뢰유가 말했다.

"아! 선생님도 아시잖아요." 앙리가 미소를 지으며 말했다. "트라리외의 돈을 결국 받지 않을 수 없게 되어도, 전 괴로워하지 않을 겁니다. S.R.L.의 성공을 위해서는 지나친 희생이라 할 수 없으니까요."

"사실 S.R.L.이 성공했다고 한다면, 그건 자네 덕분이야."

그의 목소리에는 말과 다른 의미가 감추어져 있었다. S.R.L.의 현재 상황에 만족하기에는 그의 야심이 너무 컸다. 과거의 사회당만큼 중요한 운동을 하루아침에 성공시킬 수도 없는 노릇이었다. 반면에 앙리는 대회의 성공에 놀라고 행복해했다. 대회가 대단한 것을 입증하지는 않았지만 자신을 올려다보던 5,000명의 얼굴들을 쉽게 잊을 수는 없는 것이다. 그는 안에게 미소를 지어 보였다.

"자전거도 그 나름의 매력이 있군요. 어떤 의미에서는 자동차보다 낫다고 할 수 있겠는데요."

그들은 속도를 더 늦추었다. 풀과 히드와 소나무의 냄새 속에서 바람의 부드러움과 싱그러움이 뼛속까지 스며들었다. 게다가 풍경은 어떤 무대장치보다도 멋졌다. 그들은 맹렬한 힘으로 풍경을 하나하나 정복해나갔고, 오르막의 피로와 내리막의 유쾌함 속에서 모든 인생의 희로애락을 받아들였다. 그저 구경거리로 풍경을 바라보는 것이 아니라, 풍경을 체험했다. 여행 첫날, 앙리는 이런 생활만으로 충분히 행복할 수 있음을 깨닫고 기뻤다. 머릿속이 얼마나 조용한가! 산, 들판, 숲이 그를 대신해서 존재했다. 그는 생각했다. '잠과 혼동되지 않는 평화란 정말 찾기 힘들지!'

"여행지를 잘 선택하셨어요." 그가 안에게 말했다. "아름다운 지역이네요."

"내일도 좋을 거예요. 지도에서 내일 여정을 볼래요?"

그들은 여인숙에 도착해 저녁 식사를 마친 뒤 이제 살인적인 맛의 투명한 술을 마시고 있었다. 뒤브뢰유는 이미 밀랍 입힌 천을 씌운 테이블 구석에 이런저런 물건들을 늘어놓았다.

"보여주세요." 앙리가 말했다. 그는 연필 끝을 따라 눈으로 붉은 선, 노란 선, 흰 선을 순순히 좇았다.

"이 작은 길들 중에서 어떻게 경로를 선택하세요?"

"바로 그게 묘미예요."

'묘미라.' 다음 날 앙리는 생각했다. '그건 미래가 얼마나 계획대로 정확하게 펼쳐지는지 확인하는 거지.' 하나하나의 모퉁이, 언덕길, 내리막길, 작은 마을이 모두 예측된 장소에 있었다. 얼마나 마음이 놓이는가! 마치 자신의 역사를 스스로 만들어내는 것 같잖아. 그러면서도 인쇄된 기호들이 진짜 길과 진짜 집으로 변신하는 순간 우리는 어떤 창조 행위도 줄 수 없는 것, 즉 현실을 맞닥뜨리게 되지. 이 폭포는 지도 위에 작은 푸른색 점으로 표시되어 있을 뿐이지만, 기복이 심한 협곡 깊숙한 곳에서 거대한 거품이 이는 진짜 폭포를 보면 정말이지 놀랄 수밖에 없거든.

"바라본다는 것도 그 자체로 정말 큰 만족을 주네요." 앙리가 말했다.

"그래, 다만 우리는 절대 바라보는 것으로 끝내지 않지." 뒤브뢰유가 아쉬운 듯이 말했다. "바라보는 것은 모든 것을 주는 동시에 아무것도 주지 않거든."

그는 모든 것을 바라보는 사람이 아니었다. 하지만 어떤 대상에 매혹을 느끼면 결코 싫증 내는 법이 없었다. 앙리와 안은 그의 뒤를 따라 바위에서 바위를 지나 물의 절벽 아래까지 내려가야 했다. 뒤브뢰유는 물이 반바지 바로 밑까지 차오를 때까지 소용돌이치는 물속을 맨발로 나아갔다. 이윽고 언덕 가장자리로 돌아와 앉았을 때, 그는 위엄 있게 말했다.

"지금까지 본 것 중에서 가장 아름다운 폭포야."

"당신은 늘 눈앞에 있는 것을 제일 좋아하는군요." 안이 웃으며 말했다.

"이 폭포는 전부 흑백으로 되어 있어." 뒤브뢰유가 말했다. "그래서 아름다워. 색깔을 찾아봤지만 흔적 하나 없어. 처음으로 내 눈으로 흑과 백이 정확하게 같다는 걸 보았어. 자네도 물에 들어가서 저 큰 바위까지 가봐야 해." 그가 앙리에게 말했다. "이해할 거야. 흰색의 검은색, 검은색의 흰색을 **보게** 될 거라고."

"선생님 말씀을 믿죠." 앙리가 말했다.

강가의 산책은 뒤브뢰유의 입을 통해 북극 탐사 같은 모험으로 변하곤 했고, 그래서 앙리와 안은 함께 자주 웃었다. 뒤브뢰유는 느끼는 것과 발견하는 것을 구분하지 않았다. 누구도 자신 이전에 폭포를 본 적이 없으며, 아무도 물이 무엇이고 흑과 백이 무엇인지 모른다는 식이었다. 만일 혼자였다면, 앙리는 마치 물 한 방울의 운명을 알고 싶다는 듯 뒤브뢰유가 탐색하고 있는 증기와 거품의 작용, 변신, 점진적 소멸, 작은 소용돌이 같은 지극히 사소한 부분까지 전부 관찰하고 있지는 않았을 것이다. '저분에게 화를 낼 수는 있어도, 저분 없이 살아갈 수는 없을 거야.' 앙리는 애정을 갖고 그를 바라보며 생각했다. 그의 곁에서는 모든 것이 풍요하게 변했다. 살아가는 것이 위대한 특권인 양 보였고, 그래서 두 배로 살아가게 되는 것이었다. 프랑스 시골의 횡단을 그는 탐험 여행으로 바꿔놓았다.

"선생님의 독자들이 지금 선생님의 모습을 보면 놀랄 겁니다." 앙리가 뒤브뢰유에게 미소를 지으며 말했다. 그는 화려한 주름 장식과도 같은 석양의 마지막 모습을 골똘히 바라보고 있었다.

"왜지?" 자신이 이야기 소재로 오를 때마다 나오곤 하는 화난 듯한 목소리로 뒤브뢰유가 물었다.

"선생님 책을 읽으면, 인간에게만 관심을 둘 뿐 자연은 조금도 중요하지 않게 여기는 분 같으니까요."

"사람들은 자연 속에서 살고 있잖아, 아닌가?"

뒤브뢰유에게 풍경과 돌과 색깔은 일종의 인간적인 진실이었다. 그는 사물들이 주는 추억이나 꿈이나 만족감에 의해 감동받는 것이 아니었다. 자신이 사물에서 읽어내는 의미를 통해 그는 감동을 느꼈다. 물론 초목 없는 평원보다 풀을 베고 있는 농부들 앞에서 그의 발길은 기꺼이 더 자주 멈추었고, 마을을 지날 때면 그의 호기심은 탐욕에 가까워졌다. 그는 모든 것을 알고 싶어 했다. 시골 사람들이 무엇을 먹는지, 그들이 어떻게 투표하는지, 그들 일의 세부적인 것들과 그들 사상의 색깔을 궁금해했다. 농가에 들어가기 위해서라면 어떤 핑계도 가리지 않았다. 달걀을 사거나 물 한 잔을 구걸하기도 했다. 그리고 기회만 되면 긴 대화를 시작했다.

여행 닷새째 저녁, 내리막길에서 안의 타이어에 펑크가 났다. 한 시간을 걸어간 후, 그들은 외딴집을 발견했다. 거기에는 이가 빠진 젊은 여자들 셋이 살고 있었다. 모두 약간 뚱뚱하고 아주 더러운 아이를 하나씩 팔에 안고 있었다. 뒤브뢰유는 타이어 튜브를 손보기 위해 거름이 덮인 안뜰 중앙에 자리를 잡았다. 그러고는 고무에 풀을 붙이면서 탐욕스레 주위를 둘러보았다.

"여자가 셋 있는데 남자는 하나도 없군. 이상하지 않아?"

"남자들은 밭에 있겠죠." 안이 말했다.

"이 시간에?" 그는 대야에 커다란 녹빛 순대 같은 튜브를 담갔다. 기포들이 위로 올라왔다. "아직 구멍이 있네! 안, 혹시 여자들이 우리를 헛간에서 재워줄까?"

"물어볼게요."

안이 집 안으로 사라졌다가 곧바로 되돌아왔다. "건초에서 자고 싶다고 하니 놀라긴 했지만 안 된다고 하지는 않았어요. 다만 자기 전에 뜨거운 것을 꼭 마시라고 하네요."

"여기서 잔다니 전 좋은데요!" 앙리가 말했다. "모든 것에서 멀리 떠나기 위해서는 모든 것에서 멀리떨어져야 하는 법이니까요."

연기 나는 램프 불빛 아래서, 그들은 보리 커피를 마시며 여자들과 이야기를 나누었다. 메마른 소작지를 공동으로 소유하고 있는 세 형제와 결혼한 여자들이었다. 열흘 전부터 남자들은 바스-아르데슈* 지역에 내려가 있었다. 거기서 라벤더 따는 일을 한다는 것이었다. 그동안 여자들은 가축과 아이들을 먹이면서 조용히 긴 하루를 보냈다. 간신히 미소만 지을 뿐 말하는 것은 거의 잊은 듯했다. 여기는 밤나무가 자라서 밤에 시원하고, 저기는 라벤더가 무성하게 돋아나 있으며, 몇 프랑의 수입을 위해서는 많은 땀이 요구된다는 것, 그녀들이 이 세상에 대해 아는 것은 그 정도가 거의 전부였다. 그래, 모든 것에서 멀리 떨어져 있어. 너무나 멀리 떨어져 있어서, 앙리는 건초에 몸을 누이며 이 모든 냄새와 마른 풀 안에 축적된 햇볕으로 정신이 멍해질 정도였다. 그는 더 이상 길도 도시도 없는 꿈을, 돌아갈 수도 없는 꿈을 꾸었다.

밤나무 숲을 꾸불꾸불 질러가는 길이 하나 있었다. 짧은 경사를 이루며 들판으로 이어지는 길이었다. 그들은 즐거운 마음으로 작은 도시에 들어섰다. 도시의 플라타너스들이 이

---

* 프랑스 남동부의 오베르뉴론알프에 위치한 산악 지역으로, 농업인구가 많다.

미 남부 지방의 열기와 페탕크 놀이를 예고하고 있었다. 뒤브뢰유가 신문을 사러 간 사이 안과 앙리는 그곳에서 가장 큰 카페의 인적 없는 테라스에 앉아 버터 바른 빵을 주문했다. 뒤브뢰유는 판매원과 몇 마디 말을 나누고는 신문을 읽으면서 느린 발걸음으로 광장을 가로질러 돌아왔다. 그가 탁자 위에 신문을 놓자 신문의 거대한 헤드라인이 앙리의 눈에 들어왔다. "미국, 히로시마에 원자폭탄 투하." 그들은 침묵 속에서 기사를 읽었다. 안이 큰 충격을 받은 목소리로 말했다.

"10만 명이 죽었다니! 도대체 왜!"

일본은 분명히 항복할 터였다. 전쟁은 끝날 것이다. 《르 프티 세베뇰》과 《레코 드 라르데슈》의 어조는 기뻐서 어쩔 줄 모르는 것 같았다. 그러나 세 사람은 모두 공포라는 감정만을 느끼고 있었다.

"일단 경고부터 해서 일본에 겁을 줄 수는 없었던 걸까요?" 안이 말했다. "사람이 없는 지역에서 먼저 실험해볼 수는 없었을까요? 미국은 정말 이 폭탄을 투하해야만 했던 걸까요?"

"당연히 먼저 일본 정부에 압력을 가할 수 있었을 텐데." 뒤브뢰유가 말했다. 그는 어깨를 으쓱였다. "미국이 감히 독일의 도시에도, 백인들에게도 폭탄을 투하할 수 있었을지 궁금하군! 하지만 유색인종들에게는 할 수 있는 거야! 미국은 유색인종을 아주 싫어하니까."

"한 도시가 전부 사라졌으니, 어쨌든 미국 쪽에서도 분명히 편치는 않을 겁니다!" 앙리가 말했다.

"내 생각엔 다른 이유가 있는 것 같아." 뒤브뢰유가 말했다. "미국은 전 세계에 자신들이 어떤 짓을 할 수 있는지 보여주며 매우 만족해하고 있어. 이렇게 해서, 아무도 감히 반발하지 못하는 가운데 정책을 추진할 수 있게 되는 거지."

"그걸 위해 10만 명을 죽이다니." 안이 말했다.

그들은 크림 커피를 앞에 두고 신문의 끔찍한 제목에 시선을 고정한 채 멍하니 앉아 차례로, 그리고 다 함께 똑같이 무의미한 말을 반복했다.

"하느님 맙소사! 만약 독일이 이 폭탄을 만들었더라면 어떻게 되었을지! 우리 정말 큰일 날 뻔했어요!" 안이 말했다.

"폭탄이 미국의 손에 있는 것도 그리 달갑지는 않아." 뒤브뢰유가 말했다.

"기사에서는 지구 전체를 날려버릴 수도 있을 거라잖아요." 안이 말했다.

"라르게가 설명해줬었는데," 앙리가 말했다. "만약 유감스러운 사고로 원자력이 방출되면, 지구를 폭발시키는 것이 아니라 대기층을 먹어치운대요. 지구가 달 비슷하게 변하는 거죠."

"썩 유쾌한 일은 아니겠네요." 안이 말했다.

그랬다, 유쾌한 일은 아니었다. 하지만 다시 햇살이 비치는 길을 자전거로 달리기 시작하자 내내 되풀이되던 그 끔찍한 생각은 의미를 잃었다. 40만의 사람이 사는 도시가 사라진 일도, 해체된 자연도, 더 이상 마음에 반향을 일으키지 않았다. 그날은 모든 것이 아주 순조로웠다. 푸른 하늘에 녹색 나뭇잎과 누런빛을 띤 마른 땅. 시원한 여명에서 귀뚜라미 우는 정오까지 시간이 차근차근 미끄러지듯 흘러갔다. 지구는 목적 없는 여행자들을 태우고도 그저 정해진 대로 무심하게 태양의 주위를 돌았다. 영원과도 같은 고요한 하늘 아래, 이 여행자들이 지구를 오래된 달로 바꿀 능력이 있다는 것을 지금 어떻게 믿을 수 있을까? 자연 속에서 며칠을 거닐다 보면 자연이 약간 광기를 지니고 있다는 것을 알아차리게 된다. 변덕스럽고 화려한 구름 속에, 끝없이 저항하고 투쟁하는 산속에, 시끄러운 소리를 내는 곤충과 광적으로 번식하는 식물 속에 기상천외함이 있는 것이다. 하지만 그것은 부드러우면서 전형성을 띤 광기였다. 인간의 뇌를 통과하면서 이 광기가 정신착란적인 살인으로 조직된다는 것이 기이하기만 했다.

"선생님께서는 아직 글을 쓸 용기가 있군요!" 다 같이 강가에 앉았을 때, 짐받이 가방에서 종이를 꺼내는 뒤브뢰유를 보고 앙리가 말했다.

"이 사람은 괴물이에요." 안이 말했다. "히로시마의 폐허 한가운데서도 일을 할걸요."

"왜 못 하겠어?" 뒤브뢰유가 말했다. "세계의 어디에도 늘 폐허는 있는걸."

그는 만년필을 쥔 채 오랫동안 멍하니 허공을 바라보고 있었다. 이렇게 완전히 새로운 허공 속에서 글을 쓰는 것이 쉽지 않았던 걸까. 뒤브뢰유는 종이로 몸을 굽히는 대신 문득 입을 열었다. "아! 그들이 우리가 공산주의자가 되는 걸 불가능하게 만들지만 않았다면 좋았을 것을!"

"그들이라뇨?" 안이 말했다.

"공산주의자들 말이야. 이 폭탄이 얼마나 무시무시한 압력 수단인지 알잖아! 미국 놈들이 당장 내일 모스크바에 폭탄을 투하하지야 않겠지. 하지만 그놈들은 그렇게 할 수 있고, 그 사실을 전 세계가 기억하게 만든 거야. 미국 놈들은 더 이상 올바른 판단을 내리지 못하게 될지도 몰라! 서로 도와야만 할 순간이라고. 그런데도 우리는 전쟁 전의 실수를 전부 반복하고 있잖아!"

"방금 우리라고 하셨죠." 앙리가 말했다. "시작한 것은 우리가 아니잖습니까."

"그래, 우리야 양심에 거리낄 게 없긴 하지. 하지만 그래서 어떷가는 건가?" 뒤브뢰유가 말했다. "우린 헛일을 한 거야! 만약 분열이 일어나면, 우리도 공산주의자들만큼 책임을 져야 할 테지. 그들이 더 강하니까 결국 우리가 더 책임져야 할지도 모르고."

"무슨 말씀인지 잘 모르겠군요." 앙리가 말했다.

"공산주의자들이 추악하다는 점에는 동의해. 하지만 우리 역시 하나도 다를 바가 없지 않나. 공산당이 우리를 적으로 삼으면, 우리는 적이 될 수밖에 없지. 공산주의자들의 잘못이라 말해도 소용없어. 잘못이건 아니건, 우리는 프랑스에 유일한 거대 프롤레타리아 정당의 적이 될 테니까. 물론 그건 우리가 원하는 바가 아니지만 말이야."

"그러면 공산주의자들의 협박에 굴복해야 합니까?"

"굴복하지 않으려다가 실패한 사람들을 현명하다고 생각한 적은 한 번도 없네." 뒤브뢰유가 말했다. "협박이든 아니든, 연합을 유지해야 해."

"공산주의자들이 진지하게 고려하는 유일한 연합이란 S.R.L.이 해체되고 모든 회원들이 공산당에 입당하는 것인데요."

"그런 상황에 이를 수도 있겠지."

"공산당에 입당하실 수 있다고요?" 앙리가 놀라서 물었다. "수많은 점에서 선생님은 공산주의자들과 함께하실 수 없잖습니까!"

"오! 그거야 어떻게든 되겠지." 뒤브뢰유가 말했다. "필요하다면, 난 침묵을 지킬 수 있어."

그는 종이를 쥐고 글을 쓰기 시작했다. 앙리는 짐받이 가방에서 책들을 꺼내 풀밭 여기저기에 던졌다. 글쓰기를 그만둔 뒤로 그는 많은 책을 읽었고, 책을 통해 전 세계를 두루 돌아다녔다. 이번에 그는 인도와 중국을 알게 되었다. 유쾌할 일이라곤 조금도 없는 곳이었다. 그 수십만의 굶주리는 사람들을 생각하면 많은 일들이 무의미한 것으로 변해버렸다. 공산당에 대한 그의 망설임 역시 무의미했다. 그가 공산당을 비난하는 가장 주된 요인은 그들이 사람을 물건으로 다룬다는 사실이었다. 사람들의 자유와 판단과 선의를 믿지 않는다면 사람에게 관심을 가질 필요가 없으며, 관심을 가질 수도 없게 되는 법이야. 하지만 이것도 사람들이 어느 정도의 생활수준, 즉 최소한의 독립성과 통찰력에 도달한 프랑스에서, 유럽에서만 의미 있는 불평이겠지. 비참과 미신으로 우둔해진 민중에게 그들을 인간으로 다룬다는 것이 무슨 의미가 있을까? 그들에게 먹을 것을 줘야 해. 그거면 돼. 아시아의 모든 나라에 미국의 패권이 영양실조와 영구적인 압제를 뜻한다면, 그 나라들의 유일한 희망은 소련이야. 가난과 노예 상태와 무지에서 해방될 수 있는 유일한 희망이 소련이라고. 그러니 소련을 돕기 위해 무슨 일이든 해야 해. 수백만의 사람들이 가난으로 인해 방황하는 짐승에 불과할 때, 휴머니즘은 웃음거리이며 개인주의는 개수작이지. 그 속에서 어떻게 감히 자신을 위해 더 나은 권리들을, 판단하고 결정하고 자유롭게 토론할 권리를 요구할 수 있겠어? 앙리는 풀을 하나 뜯어 그것을 천천히 씹었다. 어쨌든 자기 방식대로 살 수 없다면 왜 완전히 포기하지 않는 거지? 큰 정당 속으로 들어가 자신의 의지를 거대한 집단의 의지에 합하는 거야. 얼마나 큰 평화, 얼마나 큰 권력이 될까! 입을 열면 전 세계의 이름으로 말하는 셈이 되고, 미래는 개인적인 업적으로 변하는 거지. 많은 것을 희생할 만한 가치가 있는 일이야. 앙리는 다시 풀잎을 뜯었다. '하지만 매일매일 매우 힘겹게 고통을 참아야 할 거야.' 그는 생각했다. '생각해보지도 않은 걸 생각하고, 원하지 않은 걸 원하기란 불가능해. 좋은 투사가 되기 위해서는 카르보나리* 당원과 같은 신념이 필요한데 내겐 그게 없어. 게다가 문제가 이런 식으로 제기되어서는 안 돼.' 앙리는 짜증을 느꼈다. 결국 그는 이상주의자였다. '유일하게 구체적인 문제는, 내 입당이 무슨 소용이 될까 하는 거야. 내가 입당한다고 해서 인도인에게 쌀 한 톨이라도 더 줄 수 있는 건 아니니까.'

---

* 19세기 초 남부 이탈리아에서 조직된 비밀결사. 카르보나리란 '숯 굽는 사람'이란 뜻인데, 단원들이 숯 장사로 위장하며 사회의 최하층을 자처했기 때문에 이런 이름이 붙었다고 한다.

뒤브뢰유는 더 이상 자문하지 않았다. 그는 글을 썼고, 매일 계속해서 썼다. 무엇도 그의 글쓰기를 방해할 수 없었다. 어느 날 오후, 그들이 에구알의 산기슭 마을에서 점심을 먹는 사이 뇌우가 너무 심하게 퍼부어 자전거들이 넘어졌다. 짐받이 가방도 모두 날아가 뒤브뢰유의 초고가 진흙탕의 급류에 떠내려가게 되었다. 뒤브뢰유가 초고를 물에서 건져냈을 때, 글자들은 물에 젖은 노란 종이 위에서 길게 늘어진 검은색 줄로 변해 있었다. 그는 침착하게 종이를 말리고 가장 손상이 심한 구절들을 다시 베꼈다. 필요하다면 그 한결같이 담담한 태도로 처음부터 끝까지 책을 다시 쓸 수도 있을 것 같았다. 그러한 몰입은 분명 옳은 태도였다. 그럴 이유가 있으니까. 종이 위를 미끄러져 가는 그의 손을 바라보면서, 때때로 앙리는 자신의 손 안에서 그리움이라 할 수 있는 감정을 느끼곤 했다.

"선생님의 초고를 몇 페이지만 읽어볼 수 있을까요? 어디까지 쓰셨어요?" 그날 오후 앙리는 발랑스*에 있는 한 카페의 그늘진 자리에 앉아 그에게 물었다. 열기가 누그러지기를 기다리던 중이었다.

"문화에 대한 견해를 담은 제1장을 쓰는 중이야." 뒤브뢰유가 대답했다. "인간이 계속 자신에 대해 얘기하는 것이 무엇을 의미하는가? 왜 어떤 사람들은 다른 사람들을 대신해서 말하려고 결심하는가? 달리 말하면, 지식인이란 무엇인가? 그런 결심이 지식인을 다른 특별한 종족으로 만드는 건

---

* 프랑스 남동부 오베르뉴-론-알프의 도시. 남프랑스의 관문으로 알려져 있다.

아닌가? 인류는 스스로 부여한 이미지 속에서 어떻게 자신을 인식할 수 있는가? 뭐 그런 내용이지."

"그렇다면 어떻게 결론을 내릴 생각이시죠?" 앙리가 말했다. "문학이 의미를 갖는다는 결론인가요?"

"물론이지."

"자신이 옳다는 걸 보여주기 위한 글쓰기라니!" 앙리가 웃으며 말했다. "정말 멋집니다."

뒤브뢰유는 호기심 어린 눈으로 그를 쳐다보았다. "이봐, 자네도 언젠가는 다시 글을 쓸 거지?"

"오! 어쨌든 오늘 당장은 아닙니다." 앙리가 말했다.

"오늘이건 내일이건 간에 무슨 차이가 있겠어?"

"글쎄요, 분명히 내일도 아닐 거예요."

"도대체 왜 그러는 건가?"

"선생님은 에세이를 쓰시잖아요. 그건 문제가 안 됩니다. 하지만 지금 소설을 쓰는 것이 사람을 얼마나 의기소침하게 만드는지는 선생님도 인정하시겠죠."

"난 인정 못 해! 게다가 자네가 왜 소설을 포기했는지도 전혀 이해할 수가 없고."

"그건 선생님 탓입니다." 앙리가 미소를 지으며 대꾸했다.

"어떻게 그게 내 탓이라는 거지?" 뒤브뢰유는 어이가 없다는 듯 안을 향해 몸을 돌렸다. "당신, 방금 저 친구 얘기 들었어?"

"선생님이 제게 정치 활동을 부추기셨잖아요. 정치 활동 때문에 저는 문학에 혐오감을 느꼈거든요." 앙리는 카운터에 기대어 선 채 졸고 있던 웨이터에게 손짓을 했다. "맥주

한 잔 더 하고 싶은데, 두 분은 어떠세요?"

"아뇨, 난 너무 더워서." 안이 말했다.

뒤브뢰유는 고개를 끄덕여 그러겠다는 의사를 밝히고는 앙리를 채근했다. "설명해보게."

"제가 생각하는 것이나 느끼는 것이 사람들에게 무슨 의미가 있을까요?" 앙리가 말했다. "아무도 제 사소한 이야기엔 흥미가 없습니다. 그리고 거대한 역사는 소설의 주제가 아니죠."

"하지만 우리 모두 아무도 관심 없어 하는 하찮은 이야기를 가지고 있지 않나." 뒤브뢰유가 말했다. "또 이웃의 이야기 속에서 우리 자신을 발견하고 말이야. 그러니 누군가는 이야기를 하고, 결국은 모든 사람들이 흥미를 느끼게 되는 거지."

"처음 책을 쓰기 시작할 땐 저도 그렇게 생각했습니다." 앙리는 맥주를 한 모금 마셨다. 자기 생각을 설명하고 싶은 마음이 조금도 들지 않았다. 그는 빨간색 장의자 끝에 앉아 주사위 놀이를 하는 두 노인을 바라보았다. 이 카페는 얼마나 평화로운가. 하지만 이것도 허위야! 그는 애써 말을 이었다. "난처한 건, 개인적인 경험이란 결국 오류나 신기루라는 겁니다. 이걸 알게 되면 더 이상 개인적인 경험을 이야기하고 싶지 않게 되죠."

"무슨 말을 하려는 건지 모르겠군." 뒤브뢰유가 말했다.

앙리가 머뭇거렸다. "예컨대 한밤중에 물가에서 불빛을 본다고 해보죠. 정말 아름다운 광경입니다. 하지만 그 불빛이 사람들이 굶주림으로 죽어가는 교외 지역을 밝히고 있다는 것을 알게 되면, 불빛은 그 시적인 정취를 완전히 잃게 돼요. 그저 눈속임에 지나지 않는 겁니다. 선생님은 다른 것을 얘기하면 된다고 말씀하시겠죠. 가령 굶주림으로 죽어가는 사람들에 대해서요. 하지만 그런 얘기는 신문 기사나 모임에서 하는 편이 더 좋다는 게 제 생각입니다."

"그렇게 말할 생각은 전혀 없어." 뒤브뢰유가 격렬한 어조로 말했다. "자네가 말한 불빛들은 모두를 위해 빛나고 있어. 물론 사람들은 무엇보다 배를 채워야 하지. 하지만 인생의 즐거움을 만드는 사소한 것들을 전부 없애버린다면, 배를 채우는 것도 결국은 아무 소용이 없네. 왜 우리가 여행을 하겠나? 풍경이 그저 눈속임이 아니라고 생각하기 때문 아닌가."

"언젠가는 모든 것이 다시 의미를 찾게 되겠지요." 앙리가 말했다. "지금은 더 중요한 일들이 너무 많습니다!"

"아니, 그런 것들이야말로 당장 오늘 의미를 지니고 있어." 뒤브뢰유가 말했다. "그건 우리 인생에서 중요하거든. 그러니 우리의 책 속에서도 중요해야만 하네." 이어 그는 갑자기 신경질을 내며 덧붙였다. "자네 얘기는, 좌파가 단어 하나하나로 독자를 교화해야 하는 선전 문학만을 강요하고 있다는 말처럼 들리는군!"

"아! 전 그런 종류의 문학은 할 생각이 없습니다." 앙리가 말했다.

"알고 있어. 하지만 다른 것도 할 생각이 없잖아. 해야 할 것이 있는데도 말이야!" 뒤브뢰유는 간절한 표정으로 앙리를 응시했다. "물론 이 작은 불빛들이 의미하는 것을 잊어버린 채 불빛이 멋지다는 얘기로만 작품을 채운다면, 그 자식은 개자식이지. 하지만 바로 그렇기 때문에 우파 탐미주의자들이 표현하는 방식과 다른 방식을 찾아야 해. 불빛이 가진 아름다움과 비참한 교외 지역의 빛이라는 것을 동시에 느끼게 만들어보게나. 바로 그게 좌파 문학의 목표가 되어야만 할 걸세." 그는 활기찬 목소리로 말을 이었다. "사물을 진정한 자리에 재배치하고 사람들로 하여금 새로운 관점에서 사물을 보게 만드는 것 말일세. 세상을 빈약하게 만들어서는 안 돼. 개인적인 경험, 자네가 신기루라고 부르는 것은 현실에 엄연히 존재하고 있으니까."

"예, 그건 존재하고 있죠." 앙리는 열의 없이 수긍했다.

뒤브뢰유가 아마 옳을 것이다. 모두 회복시킬 방법이 있을지 모른다. 문학도 의미를 갖고 있을지 모른다. 하지만 지금은 단어로 세상을 재창조하는 것보다 이 세상을 이해하는 일이 더 긴급한 것 같았다. 짐받이 가방에서 백지보다 완성된 책 한 권을 꺼내는 편이 차라리 낫다는 게 그의 생각이었다.

"어떤 일이 일어날지 알겠나?" 뒤브뢰유가 열정적으로 이야기를 이어갔다. "우익 작가들의 책들이 결국은 우리 책들보다 더 가치 있는 것이 되어버릴 걸세. 볼랑주 같은 작가들에 의해 젊은 세대가 지식을 얻게 되리라는 거지."

"오! 볼랑주를 지지하는 젊은 세대는 절대 없을걸요!" 앙리가 말했다. "젊은 세대는 패배자들을 좋아하지 않아요."

"조만간 우리가 패배자 꼴이 될 위험이 있어." 그러고서 뒤브뢰유는 앙리를 집요하게 바라보았다. "자네가 글을 안 쓴다니, 정말 유감이군."

"아마 다시 쓰게 되겠죠." 앙리가 말했다.

토론을 하기에는 너무 더운 날이었다. 어쨌든 앙리는 자신이 당분간은 글을 다시 쓰지 않으리라는 걸 알고 있었다. 글을 쓰지 않아서 얻게 된 이득은, 마침내 공부할 시간을 얻었다는 점이었다. 지난 넉 달 동안 그는 부족했던 지식을 꽤 많이 채울 수 있었다. 사흘 뒤 파리로 돌아가면 곧장 연구 계획을 꼼꼼히 세울 작정이었다. 그렇게 한두 해가 지나면 정치적 소양을 적어도 초보 수준까지는 갖추게 되리라.

'폴이 아직 돌아오지 않았으면 좋겠는데!' 다음 날 아침, 맹렬한 태양을 엷은 그늘이 겨우 가리고 있는 숲속을 자전거로 천천히 달리며 앙리는 생각했다. 그는 뒤브뢰유와 안보다 뒤쳐져 있었기에 나중에야 홀로 숲속 빈터로 들어서게 되었다. 둥근 태양이 초록색 풀 위에서 떨고 있었고, 그는 까닭 없이 가슴이 죄어 옴을 느꼈다. 불타버린 막사 때문은 아니었다. 그 막사는 무관심과 시간으로 서서히 부식된 다른 폐허들과 아주 비슷했다. 아마 침묵 때문이었을지도 모른다. 새 한 마리, 벌레 한 마리도 없이, 바퀴 아래 삐걱거리는 자갈 소리만이 사치스럽게 들려왔다. 안과 뒤브뢰유는 자전거에서 내려 무언가를 바라보고 있었다. 그들에게 다가간 앙리는 그것이 십자가라는 것을 알게 되었다. 이름도 꽃도 없는 흰 십자가들. 베르코르.* 타버린 황금의 색깔, 짚과 재의 빛깔을 나타내는 이름. 황무지처럼 거칠고 건조하지만,

---

* 프랑스 남동부의 알프스산맥을 이루는 산악 지대. 제2차 세계대전 당시 레지스탕스들이 무장 항쟁을 하며 은거하던 지역으로 알려져 있다.

산악 지대의 시원함을 풍기는 이름. 그러나 더 이상 그런 전설은 아니게 된 이름. 베르코르는 축축한 적갈색 풀과 나무가 드문드문한 숲으로 이루어진 산악 지대였다. 그 숲에서 가혹한 태양이 십자가를 드러내고 있었다.

그들은 말없이 멀어져갔다. 너무 가파른 길이라 자전거를 끌고 걸어가지 않으면 안 되었다. 희미한 그늘을 통해 열기가 스며들었다. 앙리는 안의 이마와 뒤브뢰유의 구릿빛 뺨에서 줄줄 떨어지는 땀이 자기 얼굴에서도 흐르고 있음을 깨달았다. 그리고 세 사람의 마음속에서는 아마 똑같은 이야기가 끝없이 반복되고 있으리라. 텐트를 치기 좋은, 너무나 푸르른 초원이었다. 오래전 사람들이 순수하고 비밀스럽게 여기던 장소. 적어도 거기에는 전쟁이나 증오도 결코 스며들지 못했을 것 같았다. 그러나 곧 그들은 피난처란 어디에도 존재하지 않는다는 사실을 깨닫게 된 셈이다. 일곱 개의 십자가가 세워져 있었으니까.

"저기 언덕이 있어요!" 안이 외쳤다.

앙리는 앞이 보이지 않을 정도로 가파른 언덕길을 지나 밭과 울타리와 길과 마을이 자리한, 사람의 손길이 닿은 거대한 토지를 훑어보는 순간이 정말 좋았다. 햇빛이 슬레이트와 녹청색 지붕과 분홍색 기와를 적시고 있는 모습 말이다. 먼저 하늘을 등지고 선 장벽 같은 산이, 이어서 햇빛 아래 헐벗은 채 타고 있는 큰 고원이 눈에 들어왔다. 프랑스의 다른 고원들처럼 농장과 촌락과 마을들이 있었지만, 기와와 슬레이트와 지붕은 보이지 않았다. 아무렇게나 찢어진 채, 아무것도 막아주지 못하는 불규칙한 높이의 벽뿐이었다.

"이미 사실을 알고 있다는 것도 아무 소용 없네요." 안이 말했다. "안다고 믿었지만, 이 정도일 줄은 몰랐어요."

그들은 움직이지 않고 잠시 그대로 서 있다가, 이윽고 태양이 매질하듯 내리쬐는 자갈길을 조심스럽게 내려가기 시작했다. 일주일 전부터 그들은 히로시마에 대해 대화를 나누며 구체적인 숫자들을 입에 올리고 끔찍한 의미의 이야기를 주고받았지만, 무엇도 그들의 마음을 흔들지는 못했다. 그런데 갑자기, 이 광경을 한 번 보는 것으로 충분했다. 거기에서 끔찍한 일이 있었고, 그들의 가슴은 죄어 왔다.

뒤브뢰유가 갑자기 브레이크를 잡았다. "무슨 일이지?"

마을 위에서 떨고 있는 안개를 뚫고 나팔 소리가 들려왔다. 앙리도 멈춰 섰다. 발밑의 대로를 따라 군용 트럭과 장갑차, 자동차, 소형 이륜 포장마차들이 보였다.

"축제군요!" 그가 말했다. "제대로 들은 건 아닌데, 호텔 사람들이 어디선가 축제가 있다고 얘기했었어요."

"군대의 축제라! 어떻게 할까?" 뒤브뢰유가 말했다.

"이 길을 다시 올라갈 수는 없잖아요?" 안이 말했다. "햇빛 아래 그냥 서 있을 수도 없고요."

"그럴 순 없지." 뒤브뢰유가 얼떨떨한 얼굴로 말했다.

세 사람은 계속 내려갔다. 타버린 마을 왼편 화단에 붉은색 꽃다발로 장식된 흰 십자가들이 꽂혀 있었다. 세네갈 군인들이 열병식의 걸음으로 행진해 나아갔다. 붉은 술이 달린 챙 없는 모자들이 반짝였다. 이윽고 군악대의 소리가 공동묘지의 침묵을 뒤덮었다.

"거의 끝난 모양인데요. 아직 지나갈 수 있는 기회가 있을 것 같아요." 앙리가 말했다.

"오른쪽으로 얼른 달려볼까." 뒤브뢰유가 말했다.

군인들이 트럭으로 뛰어오르고 군중들이 흩어졌다. 남자들, 여자들, 아이들, 노인들 모두 검은색 상복 안에서 더위로 찜 요리가 되는 양 괴로워하고 있었다. 모두 인근 마을과 촌락에서 자동차와 이륜마차, 자전거, 오토바이를 타고, 혹은 걸어서 이곳에 와 모인 것 같았다. 5,000명에서 1만 명쯤 될까? 다들 죽은 나무나 검게 탄 벽의 그늘을 차지하기 위해 서로 다투고 있었다. 도랑에 쭈그리고 앉거나 자동차에 기댄 채, 그들은 바구니와 주머니에서 빵과 포도주 병을 끄집어냈다. 죽은 사람들이 연설과 꽃과 군악을 포식했으니, 이제 산 사람들이 먹을 차례였다.

"어디서 쉴 수 있을까." 안이 중얼거렸다.

아침의 고된 여정이 끝난 참이라 그들은 시원한 곳에 누워 찬물을 마시고 싶었다. 세 사람은 과부와 고아가 득실대는 길을 따라 우울하게 자전거를 밀고 나아갔다. 바람 한 점 없었다. 트럭들은 계곡 쪽으로 다시 내려가면서 흰 모래 먼지를 자욱하게 일으켰다.

"어디서 그늘을 찾을 수 있을까요? 대체 어디 있지?" 안이 말했다.

"저기 테이블이 그늘 안에 있군." 뒤브뢰유가 나무 막사를 등지고 놓인 긴 테이블들을 가리켰다. 하지만 자리가 다 찬 것 같았다. 여자들이 냄비를 사방으로 가지고 다니며 퓌레를 한 국자씩 나누어주고 있었다.

"연회를 하는 건가요? 아니면 식당일까요?" 안이 물었다.

"가보지 뭐. 삶은 달걀만 아니라면 뭐든 기꺼이 먹겠어."
뒤브뢰유가 말했다.

그곳은 식당이었다. 사람들이 장의자 위에서 조금씩 좁
혀 앉아 자리를 만들어주었다. 앙리는 뒤브뢰유의 맞은편에
앉았다. 그의 옆자리 여자는 두터운 베일을 썼는데, 눈이 붉
은 다래끼로 뒤덮여 있었다. 앙리의 접시에 흰 쇠똥 같은 것
이 떨어지더니 곧 한 남자가 포크 끝으로 그 위에 피가 흐르
는 고기 조각을 던져주었다. 빵 바구니들, 포도주 병들이 손
에서 손으로 옮겨지며 식탁을 돌았다. 사람들은 말없이 먹
었고, 꾸민 듯 부자연스러운 태도로 폭식하는 그들의 모습
을 보며 앙리는 어릴 때 갔던 시골의 장례식을 떠올렸다. 다
만 여기엔 수백 명의 과부와 고아들, 아이를 잃은 부모들이
있었다. 햇빛에 그들의 고통과 땀의 냄새가 섞여들었다. 앙
리 옆에 앉은 노인이 그에게 포도주 병을 건네주고는 다래
끼가 있는 여자를 가리키며 말했다. "저 사람에게 한 잔 따라
줘요. 생드니에서 교수형 당한 사람의 아내예요."

테이블 건너편에서 한 여자가 물었다. "거꾸로 매달려 죽
은 사람이 저치 남편인가요?"

"아냐, 그 사람은 아니지. 두 눈을 잃고 죽은 사람이 그 남
편이야."

앙리는 여자에게 포도주를 따라주었다. 감히 그녀를 바라
볼 수가 없었다. 갑자기 얇은 셔츠 안쪽에서 땀이 나는 것이
느껴졌다. 그는 노인에게로 몸을 돌렸다.

"독일 낙하산부대가 바시외*를 불태운 건가요?"

"그래요, 400명이나 왔지. 생각해봐요. 그들은 힘도 들이

지 않았어요. 바시외에서 희생자가 가장 많이 나왔죠. 그들은 큰 묘지에 묻힐 권리가 있어요."

"베르코르의 모든 사람들이 큰 묘지에 묻힐 권리가 있죠." 맞은편에 있는 여자가 자부심을 갖고 말했다. "꺽다리 르네네 아저씨시죠?" 그녀가 이어 물었다. "페브리에의 아들이랑 동굴 속에서 발견된 르네 말예요."

"그래요, 내가 그 애 아저씨예요." 노인이 말했다.

테이블 주위에서 잡담이 시작되었다. 그들은 적포도주를 꿀꺽꿀꺽 마시면서 끔찍한 기억을 떠올렸다. 생로슈에서 독일군들은 남자들과 여자들을 성당에 가두었다. 그리고 성당에 불을 붙인 다음 여자들만 나오도록 허락했다. 그중 두 여자는 나오지 않았다.

"곧 돌아올게요." 안이 벌떡 일어나 말했다. "난……."

그녀는 몇 걸음 걷다가 막사 벽에 기대어 쓰러져버렸다. 뒤브뢰유가 달려갔고 앙리가 뒤를 따랐다. 안은 눈을 감은 채였다. 창백한 이마가 땀으로 뒤덮여 있었다. "속이 좋지 않네요." 그녀가 손수건으로 딸꾹질을 막으면서 말을 더듬고는 잠시 후 다시 눈을 떴다. "이제 괜찮아요. 포도주 때문인가 봐요."

"포도주, 햇볕, 피로 때문이지." 뒤브뢰유가 말했다. 안을 거들어 핑계를 만들어주었지만, 그는 그녀가 페르슈산 말**처럼 건강하다는 걸 알고 있었다.

---

* 오베르뉴-론-알프 지방에 위치한 마을. 1944년, 레지스탕스를 도왔다는 이유로 75명의 마을 주민들이 학살당하고 집이 불태워졌다.
** 프랑스에서 가장 유명한 말의 품종.

"그늘에 누워서 쉬셔야 해요." 앙리가 말했다. "조용한 곳을 찾아볼게요. 5분쯤 자전거를 타실 수 있겠어요?"

"네, 그럼요. 이젠 괜찮아요. 미안해요."

여자들에게는 궁여지책이 있다. 기절하거나, 울거나, 토하거나. 하지만 그것 역시 아무 소용 없다. 죽은 자들을 앞에 두고는 어쩔 도리가 없는 것이다. 그들은 자전거에 올라탔다. 마치 마을이 다시 한 번 불타는 양 대기가 뜨거웠다. 건초더미며 관목 아래마다 사람들이 뒹굴고 있었다. 남자들은 장례식의 겉옷을 던져버렸고, 여자들은 소매를 걷어붙이고는 상의의 단추를 풀었다. 노랫소리와 웃음소리, 간지럼을 태우는 듯 작은 비명들도 들려왔다. 그들이 달리 뭘 할 수 있을까? 술 마시고 웃고 서로 간지럽히는 것 말고는. 살아 있는 이상, 살아갈 수밖에 없는 것이다.

그들은 반쯤 죽은 나무가 만든 보잘것없는 그늘을 발견할 때까지 5킬로미터를 달렸다. 안은 그루터기와 조약돌로 비죽비죽한 땅에 비옷을 펼쳐 웅크리고 누웠다. 뒤브뢰유는 짐받이 가방에서 진흙 냄새가 나는 종이를 꺼냈다. 종이가 마치 눈물에 잠겼던 것 같았다. 앙리는 그들 곁에 앉아 머리를 나무껍질에 기대었다. 잠을 잘 수도, 일을 할 수도 없었다. 공부를 하겠다는 생각이 갑자기 어리석게 느껴졌다. 프랑스의 정당들, 원조 기금, 이란의 석유, 소련 문제는 이미 과거가 되었어. 시작되는 새로운 세기는 책에서 예견되지 않지. 확고한 정치 지식이라는 게 원자력에 대항해서 얼마나 영향력을 미칠 수 있을까? S.R.L.과 《레스푸아》, 정치적인 행동이란 얼마나 침울한 농담인가! 소위 선의를 가졌다는 사람들이 조용히 동맹파업에 들어갈 수야 있겠지. 하지만 과학자들과 기술자들은 원자폭탄과 그에 대응한 폭탄을, 그리고 더 강력한 폭탄을 만드는 중이야. 바로 그들이 손에 미래를 쥐고 있는 셈이지. 즐거운 미래를! 앙리는 눈을 감았다. 바시외. 히로시마. 1년 사이 인간은 진보했어. 제3차 세계대전이 일어날지도 몰라. 그리고 전쟁이 끝난 뒤의 세상은 지금보다 더 말쑥해져 있겠지. 물론 전쟁 후에 세상이 있다면 말이야. 전쟁에서 진 쪽이 홧김에 지구를 날려버리지 않는다면 말이지. 그런 일도 충분히 일어날 수 있을 거야. 조각나지야 않는다 하더라도, 지구는 얼어붙고 사막이 된 채 계속 돌겠지. 이런 일을 상상한다고 더 즐거울 것도 없어. 그동안 앙리는 죽음을 생각하며 불편함을 느낀 적이 한 번도 없었다. 그러나 달과 같은 고요를 떠올리자, 갑자기 공포가 그를 사로잡았다. 인간은 더 이상 존재할 수 없을 거야! 영원히 귀머거리가 되고 벙어리가 된 상태에서, 말을 늘어놓고 정치적 모임을 이어가는 게 무슨 소용이 있을까? 침묵 속에서 우주의 파멸을, 혹은 개개인의 보잘것없는 죽음을 기다릴밖에. 아무것도 의미가 없어

그는 다시 눈을 떴다. 뜨거운 대지와 불타는 하늘. 안은 잠들어 있고, 뒤브뢰유는 글쓰기의 당위성에 대해 쓰고 있었다. 먼지로 하얗게 된 구두를 신은 상복 차림의 농촌 아낙네 둘이 붉은 장미를 팔에 가득 안은 채 서둘러 마을로 가고 있었다. 앙리는 여자들을 눈으로 좇았다. 남편의 유골을 꽃으로 장식하려는 생로슈의 여자들일까? 아마 그렇겠지. 저 여자들은 명예로운 아내가 될 거야. 아니면, 혹시 손가락질을

받고 있을까? 마음속으로 어떻게 감정을 추스르고 있을까? 약간은 잊은 건가? 많이 잊었나? 아니면 조금도 잊지 않았을까? 1년은 짧지만 길어. 죽은 동지들은 완전히 잊혔지. 해방의 8월이 약속했던 미래도 잊혔어. 다행이야. 과거에 집착하는 것도 병이니까. 하지만 다소간 과거를 부인했다고 인정할 때, 그리 자랑스러운 기분은 들지 않아. 바로 그래서 저 사람들은 이런 타협안을 만들어낸 거야. 어제는 피로, 오늘은 남모르는 눈물과 섞여 짭짤해진 포도주로 추모하며 그렇게 마음을 가라앉히는 사람들이 많을 거야. 다른 사람들에게는 이런 추모가 가증스러워 보이겠지. 저들 중 한 여자가 남편을 진정으로 사랑했다면, 군악과 연설이 다 무슨 의미일까? 앙리는 적갈색의 산을 응시했다. 옷장 앞에 선 채 베일을 가다듬는 여자가 눈에 보이는 듯했다. 군악이 울리면 그녀는 외치겠지. "난 못 해. 난 싫어." 그러면 사람들이 그녀에게 말해. "꼭 해야 해요." 그들은 붉은 장미를 그녀의 팔에 안겨주며 마을의 이름으로, 프랑스의 이름으로, 죽은 사람들의 이름으로 그녀에게 간청하겠지. 밖에서는 축제가 시작되고, 그녀는 베일을 뜯어버리는 거야. 그런 다음엔? 환각이 희미해졌다. '맙소사.' 앙리는 생각했다. '이제 글을 쓰지 않기로 결심했는데.' 그러나 그는 움직이지 않은 채 줄곧 한곳을 보고 있었다. 이 여자가 어떻게 될지, 어떻게든 결말을 짓고 싶었다.

앙리는 폴보다 먼저 파리로 돌아왔다. 그는 신문사 앞에 방을 하나 빌렸다. 찌는 듯한 여름 동안《레스푸아》의 일이 더디게 진행되었기 때문에, 하루 중 몇 시간은 책상 앞에서 보낼 수 있었다. '희곡을 쓰는 건 재미있군!' 그는 생각했다. 포도주와 꽃, 열기와 피로 무거워졌던 오후가 한 편의 희곡, 그의 첫 번째 희곡으로 변했다. 그래, 늘 폐허는 있어왔고, 늘 글을 쓰지 않을 이유들이 있었지. 하지만 글을 쓰고 싶은 욕망에 사로잡히자마자 그런 것들은 아무런 부담이 되지 않았다.

이제부터는 원룸아파트와 호텔을 오가며 밤을 보내겠다고 하자 폴은 저항하지 않고 받아들였다. 처음으로 앙리가 외박을 한 다음 날엔 폴의 눈 밑 그늘이 너무 짙어져서 다시 그러지 말아야겠다고 다짐했지만, 이제 그는 때때로 무심히 호텔 방으로 피신해 다소나마 해방감을 얻었다. '너무 많은 걸 바라지 말자.' 그는 생각했다. 그쯤 절제하는 것으로도 지금은 충분했다. 작은 만족을 많이 얻었으니까.

그러나 《레스푸아》의 상태는 여전히 불안정했다. 어느 목요일, 앙리는 금고가 빈 것을 보고 심한 불안감을 느꼈다. 뤼크는 그를 놀려댔다. 앙리가 금전 문제에 작은 책방 주인 정도의 배포를 가졌다는 것이다. 그 말이 맞는지도 몰랐다. 어쨌든 재정은 뤼크가 담당하고, 앙리는 그에게 기꺼이 전권을 맡기기로 합의를 보지 않았는가. 실제로 토요일이 되자 뤼크는 직원들의 급여를 마련해 내놓았다. "광고 계약의 선금이야." 그는 설명했다. 그 후로 위기는 없었다. 발행 부수가 늘지는 않았지만, 《레스푸아》는 기적적으로 버티고 있었다. 한편, S.R.L.도 대규모 운동이 되지는 않았으나 지역에서 꽤 유리한 위치를 차지한 참이다. 게다가 공산주의자들이 더 이상 공격해오지 않는다는 점도 위안이었다. 영속적인 좌파 연합에 대한 희망이 다시 일어났다. 11월, 위원회는 드골에 대항하여 토레즈*를 지지할 것을 만장일치로 결정했다. '친구들이나 동지들과 의견이 일치하니 삶이 쉬워지는군.' 위기에 대한 기사를 가지고 온 사마젤과 이런저런 이야기를 나누며 앙리는 생각했다. 윤전기가 부르릉거렸고, 밖은 아름다운 가을 저녁이었다. 어디선가 뱅상이 틀린 음정으로 즐겁게 노래를 부르고 있었다. 사마젤에게도 결국은 장점이 있었다. 무장 항독 지하 단체에 대한 그의 책은 큰 성공을 거둘 듯 보였고,《비질랑스》에서 그 책의 일부 내용을 발표했다. 사마젤이 커다란 성공의 전망에 얼마나 천진하게 기뻐하는지, 그의 모든 성의가 진심으로 보일 정도였다.

"무례한 질문이 있어요." 사마젤이 활짝 미소를 띤 채 말했다. "'무례한 질문은 없다, 무례한 대답만이 있을 뿐'이라는 말도 있긴 하지만요. 억지로 대답하지 않아도 됩니다." 그가 말을 이었다. "내가 궁금한 건, 그렇게 적은 발행 부수로《레스푸아》가 어떻게 지탱할 수 있는지 하는 겁니다."

"우리에게 비밀 자금이 있는 건 아닙니다." 앙리가 유쾌하게 말했다. "전보다 광고를 훨씬 많이 받거든요. 특히 구인 구직 광고들이 큰 재원이죠."

"그 광고 경비에 대해서는 나도 꽤 정확히 안다고 자부하는데요." 사마젤이 말했다. "글쎄요, 내 계산으로는 분명히

---

* 모리스 토레즈Maurice Thorez. 1930년부터 1964년까지 프랑스 공산당의 지도자를 지냈으며 1946년부터 1947년까지 프랑스의 부총리를 역임했다.

적자 상태일 텐데 말입니다."

"빚이 꽤 많긴 하죠."

"알고 있어요. 하지만 7월 이후로 그 빚이 늘어나지 않았다는 것도 알죠. 나에겐 그게 기적으로 보이는군요."

"계산에 분명 착오가 있었을 겁니다." 앙리가 가벼운 어조로 말했다.

"뭐, 그렇게 생각할 수밖에요."

그는 납득한 것 같지 않았다. 다시 혼자가 되었을 때, 앙리는 스스로에게 화가 났다. 명확한 숫자를 제시할 수 있어야 하지 않은가. '기적'이라니. 뤼크가 텅 빈 금고에서 급여로 줄 돈을 꺼냈을 때, 그 자신의 입에서 나왔던 말이었다. "광고 계약의 선금이야." 경솔하게도 앙리는 이 설명을 그대로 믿어버렸다. 어떤 계약이지? 선금이 얼마지? 뤼크가 사실대로 말한 걸까? 다시 불안감이 밀려왔다. 사마젤이 모든 자료를 손에 쥔 건 아니었다. 하지만 그는 계산을 할 줄 알았다. 뤼크는 문제를 정확히 어떻게 해결하고 있는 걸까? 개인적으로 불법적인 대출을 받았는지 누가 알아? 뤼크라면 결코 부정한 잔꾀를 쓰지 않았겠지만, 어쨌든 이 돈이 어디서 나오는지 알아야만 해. 새벽 2시, 사무실이 텅 비자 앙리는 편집실로 들어갔다. 뤼크가 계산을 하고 있었다. 앙리가 아무리 늦게 퇴근을 해도 뤼크는 그의 곁에 남아서 계산을 했다.

"이봐, 시간이 되면 장부 좀 같이 볼까?" 앙리가 말했다. "어쨌든 나도 우리 재정에 대해 조금은 알아야 하니까."

"한창 일하는 중인데." 뤼크가 대답했다.

"기다릴 수 있어. 기다리지." 앙리가 책상 끝에 앉으면서 말했다.

뤼크는 셔츠 차림이었다. 앙리는 그의 멜빵을 오랫동안 응시했다. 노란색 멜빵이었다. 뤼크가 고개를 들었다. "왜 굳이 돈 문제로 골치 썩으려고 그래? 그냥 나만 믿어."

"장부 보여주는 것쯤이야 일도 아닌데, 왜 무조건 믿으라고 하는 거지?" 앙리가 물었다.

"자넨 봐도 이해 못 해. 회계라는 게 엄청나게 복잡한 거거든."

"전에는 자네가 설명해줘서 이해했잖아. 어쨌거나 그리 어려운 건 아니야."

"시간만 엄청나게 낭비하게 될걸."

"시간 낭비 아니라니까. 자네가 어떻게 해결하고 있는지 몰라 불안하다고. 자, 장부 보여줘. 왜 싫다는 거야?"

뤼크의 다리가 테이블 밑에서 움직였다. 큰 가죽 쿠션이 그의 아픈 발을 받치고 있었다. 그는 짜증을 냈다.

"장부에 전부 적혀 있는 것도 아냐."

"내가 관심 있는 게 바로 그 부분이야." 앙리가 재빨리 말했다. "적혀 있지 않은 것 말야." 그는 미소를 지었다. "뭘 숨기고 있어? 돈을 빌린 거야?"

"빌리는 건 자네가 절대 안 된다고 했잖아." 뤼크가 투덜댔다.

"그러면? 공갈 협박이라도 한 거야?" 앙리가 농담 섞인 투로 물었다.

"내가 《레스푸아》를 공갈 협박이나 하는 신문으로 만든다는 거야?" 뤼크는 고개를 저었다. "넌 잠이 부족해."

"들어봐." 앙리가 말했다. "난 비밀이 싫어. 《레스푸아》가 임시방편으로 버티는 것도 싫고. 정 그렇다면 자네 비밀은 혼자서 간직하도록 해. 하지만 내일 아침 트라리외에게 전화하겠어."

"그게 바로 공갈 협박이야." 뤼크가 말했다.

"아니, 신중함이지. 트라리외의 돈이 어떤 돈인지야 잘 알고 있으니까. 하지만 지난 토요일 금고에 들어온 돈은 어디에서 왔는지 모르거든."

뤼크가 머뭇거렸다. "그건…… 자발적인 찬조금이야."

앙리는 걱정스러운 낯으로 뤼크를 빤히 쳐다보았다. 못생긴 아내와 세 아이, 튀어나온 배, 멜빵, 통풍, 잠든 듯 보이는 뚱뚱한 얼굴. 모든 것이 안정적인 그의 모습이었다. 그러나 1941년에 그는 알게 되지 않았던가. 경우에 따라서는 작은 광풍이 이 살덩어리를 꿰뚫어버릴 수도 있었다. 그 덕분에 《레스푸아》도 탄생했던 것이다. 그 엄청난 바람이 다시 불어닥치는 걸까?

"누군가에게서 돈을 뜯어낸 거야?"

"나를 그럴 사람으로 보는 건 아니겠지." 뤼크가 한숨을 쉬었다. "아냐, 기부금이야. 순전한 기부금이라고."

"누구도 그런 큰 금액을 그런 식으로는 주지 않아. 누구에게서 온 건데?"

"비밀로 하겠다고 약속했어."

"누구에게?" 앙리는 미소를 지었다. "이봐, 날 속이고 있군. 관대한 기부가라니, 그런 거짓말엔 안 넘어가."

"맹세컨대 그 사람은 진짜 있어."

"혹시 랑베르 아니야?"

"랑베르라니! 그 친구는 신문에 아예 관심이 없는걸. 널 보러 올 때 말고는 여기 발도 들여놓지 않는다고. 나 원, 랑베르라니!"

"그러면 누구야? 털어놔봐." 앙리가 초조하게 물었다. "아니면 전화를 걸 거야."

"내가 말했다고 하지 않을 거지?" 뤼크가 목쉰 소리로 물었다. "약속하지?"

"내 목을 걸고 맹세해."

"좋아, 뱅상이야."

앙리는 아연실색해서 뤼크를 바라보았다. 뤼크는 자기 발밑을 응시하고 있었다.

"미친 거 아냐? 뱅상이 어떻게 돈을 만드는지 몰라? 자네 몇 살이야?"

"마흔이지." 뤼크가 언짢게 대답했다. "뱅상이 대독 협력자였던 치과 의사 집에서 금을 훔친다는 건 나도 알고 있어. 그게 나쁘다고 생각 안 해. 공범자로 고소당할까 두렵다면 안심해. 내가 조심하고 있으니까."

"그러면 뱅상은? 그 친구 역시 참도 조심하고 있겠군! 이런 멍청한 게임을 하다가 뼈도 못 추리게 될걸. 그걸 모르겠어? 머리에 문제가 생긴 거야? 그 미친 녀석이 잡히는 날에 자네라고 당당할 수 있을 것 같아?"

"나는 뱅상에게 아무 부탁도 하지 않았어." 뤼크가 말했다. "그 돈을 거절하면 동물병원에 갖다준다는데 도대체 어쩌란 말이야."

"하지만 돈을 받는 게 뱅상을 더 하도록 부추기는 셈이라는 거 몰라? 그 친구가 신문사에 몇 번이나 돈을 줬지?"

"세 번."

"그래서, 그런 지원이 계속될 거라고 생각했어? 자네도 뱅상만큼 돌았군!"

앙리는 일어나서 창 쪽으로 걸어갔다. 지난 5월, 뱅상이 나딘을 폭력단에 끌어들였다는 것을 알게 되었을 때 그는 진지하게 그를 질책하고 한 달간 아프리카로 파견했다. 뱅상은 돌아와서 앞으로 주의하겠다고 단언했다. 그런데 이렇게 되었다니!

"뱅상에게 겁을 줄 방법을 찾아야겠는데." 앙리가 중얼거렸다.

"비밀로 하겠다고 약속했잖아." 뤼크가 말했다. "뱅상은 자네가 모르게 해달라고, 다른 사람은 몰라도 자네만은 알지 못하게 하라고 맹세까지 시켰어."

"물론 그랬겠지!" 앙리가 책상으로 돌아왔다. "뱅상에게 말하고 말고를 떠나서, 내 결론은 달라질 게 없어."

"열흘 후에 지불해야 할 어음이 있어." 뤼크가 말했다. "그걸 지불할 수 없을 거야."

"내일 바로 트라리외에게 가야겠어."

"우리가 한두 달만 여유를 얻을 수 있으면 정말 좋겠는데. 난관에서 거의 벗어나게 될 거야."

"거의로는 충분하지 않아." 앙리가 말했다. "고집 부려봐야 무슨 소용이 있겠어? 발행 부수는 다시 오르지 않아. 게다가 트라리외가 생각을 바꿀지도 모르고." 앙리는 뤼크의 어깨에 손을 얹었다. "우리가 전처럼 자유롭기만 하다면, 다 무슨 상관이겠어?"

"더 이상 전 같지 않을걸."

"돈 문제로 골치 썩는 것 말고는 전과 아주 똑같을 거야."

"하지만 그게 가장 재미있는 일이었는데." 뤼크가 한숨을 쉬며 말했다.

반대로 앙리는 돈 문제가 마침내 해결되리라는 생각에 오히려 안심이 되었다. 이틀 뒤 트라리외의 사무실에 들어섰을 때, 그의 마음은 차분했다. 책으로 가득한 사무실은 그가 사업가라기보다 지식인임을 드러내고 있었다. 그러나 마르고 우아하며 반쯤 머리가 벗어진 트라리외는 틀림없이 부유한 사업가의 모습이었다.

"독일 점령 내내 그토록 가까이서 일했으면서 한 번도 만나지 못했다니요!" 앙리와 힘차게 악수를 나누며 그가 말했다. "베르들랭을 잘 아시죠?"

"물론입니다. 그의 조직에 계셨었나요?"

"네, 놀라운 인물이었죠." 트라리외가 애도의 어조로 조심스레 말했다. 자부심 어린 미소가 그의 얼굴을 어린애처럼 부드럽게 만들었다. "그 사람 덕분에 사마젤을 만났어요." 그가 앙리에게 자리를 권하고 자신도 앉았다. "그땐 무엇보다 인간의 가치가 중요했죠. 돈이 아니라."

"이미 오래전 일입니다." 앙리는 자신이 할 말을 염두에 두고 이렇게 대꾸했다.

"결국, 어떤 가치들을 지키기 위해 돈을 사용할 수 있다는 게 하나의 위안이지요." 트라리외가 상냥한 태도로 말했다.

"우리 상황에 대해서는 뒤브뢰유에게 들으셨겠죠?" 앙리가 물었다.

"예, 대충은요."

트라리외의 시선에는 오만한 질문이 담겨 있었다. 그는 사실을 정확히 알고 있었지만 앙리의 속내를 확인할 여유가 필요했다. 그러니 연기를 해야만 했다. 앙리는 앙리대로 자신 없는 태도로 입을 열며 트라리외를 관찰했다. 그는 다소 거만함이 담긴 친절한 태도로 앙리의 말을 듣고 있었다. 트라리외는 자신의 특권에 대해 확신하면서 그것을 포기한다는 말만으로 자기만족을 느끼는, 그런 사람이었다. 아무것도 가지지 못한 사람들과 특권을 포기하려 하지 않는 사람들에 비해 자신이 우월하다고 생각하는 것이다. 앙리가 뒤브뢰유의 설명을 들으며 상상했던 모습과는 전혀 달랐다. 트라리외의 얼굴에서 무력함이나 두려움은 조금도 찾아볼 수 없었다. 관대함도 마찬가지였다. 그가 좌파라면 기회주의에 의한 것일 수밖에 없었다.

"잠시만요!" 트라리외가 갑자기 말했다. "발행 부수가 떨어지는 게 어쩔 수 없다고 말씀하시는군요." 그는 위험한 진실을 입 밖에 내려는 양 앙리의 눈을 똑바로 바라보았다. "저는 어쩔 수 없다는 말을 믿지 않습니다. 마르크스주의의 변증법에 동조할 수 없는 이유 중 하나가 바로 거기에 있죠. 제가 선생과 같은 경험을 하지 않은 건 사실입니다. 제 경험은 사업가의 경험, 행동하는 사람의 경험이죠. 이 경험이 절 가르쳤습니다. 사건의 진행이란 적절한 시기에 적절한 요인이 개입됨으로써 다른 방향으로 바뀔 수 있다는 사실을 말이지요."

"발행 부수의 감소를 피할 수도 있었다는 말씀이신가요?"앙리가 다소 고집스러운 목소리로 물었다.

트라리외는 잠시 뜸을 들였다. "어쨌든, 이제라도 발행 부수를 늘릴 수 있다고 확신합니다. 그것을 금전적인 문제로서 생각하는 건 전혀 아니에요." 그는 격렬한 동작을 해 보이며 덧붙였다. "그러나《레스푸아》가 상징하는 바를 보건대, 다시금 폭넓은 독자층을 얻는 것이 중요하다고 생각합니다."

앙리는 트라리외가 사마젤과 같은 표현을 쓰는 것을 알아채고는 재미있다고 생각하며 말했다. "저도 선생만큼이나 그렇게 되었으면 합니다. 우리가 곤란을 겪고 있는 건 다름 아닌 자금 부족 때문입니다. 돈이 있으면, 저는 책임지고 현지 보도와 조사를 시킬 겁니다. 그러면 많은 독자들을 얻게 되겠죠."

"현지 보도와 조사라. 그래요, 물론 그래야죠." 트라리외가 막연한 목소리로 대꾸했다. "하지만 본질적인 문제는 그게 아닙니다."

"그러면 뭐가 본질적인 문제죠?"

"솔직하게 말씀드리죠." 트라리외가 말했다. "선생은 매우 유명하고 인기도 많은 분입니다. 감히 말씀드리자면, 선생의 친구인 뤼크는 별 볼 일 없는 사람이고요. 그분은 명성이 조금도 없어요. 게다가 그분의 기사들을 읽어보니, 확실히 서투르더군요."

앙리는 냉정하게 말을 잘랐다. "뤼크는 우수한 기자입니다. 신문사는 제 것인 만큼 뤼크의 것이기도 하죠. 뤼크를 제거하려는 의중이라면, 더 이상《레스푸아》에 대해서는 생각하지 마십시오."

"뤼크 스스로 물러나도록 결심하게 할 수 없을까요? 상당한 금액으로 그분의 지분을 사들이고 괜찮은 지위도 주면서 말입니다."

"말도 안 됩니다!" 앙리가 말했다. "뤼크가 절대 받아들이지 않을 겁니다. 게다가 저도 그런 제안은 하지 않을 거고요. 《레스푸아》는 뤼크와 제 것입니다. 선생께서 우리에게 투자를 하실 것인지 말 것인지의 문제지, 그 중간의 협상은 없습니다."

"물론 회사에 관여하는 사람 입장에서는 권한을 나눈다는 게 외부에서 보는 것보다 어려운 문제겠지요." 재미있다는 듯한 말투였다.

"무슨 말씀인지 이해할 수 없군요."

"어떤 법도 신문사의 사장을 두 명의 위원으로 제한하고 있지는 않습니다." 트라리외가 말하고는 미소를 지었다. "다들 서로 친구시니까, 사마젤이 그 자리에 들어가는 걸 반대하시지는 않으시겠죠."

앙리는 침묵을 지켰다. 바로 그래서 사마젤이《레스푸아》의 운명에 그토록 관심을 보였던 거군! 마침내 그는 냉정하게 말했다. "그럴 필요는 없을 것 같습니다. 사마젤은 원할 때 우리 신문에 글을 쓸 수 있어요. 그걸로 충분하리라 보는데요……."

"그 사람이 아니라 바로 제가 그 협력을 바라고 있어요." 트라리외가 거만하게 말했다. 강경한 목소리였다. "선생 이름 옆에 그만큼 인기 있는 다른 이름이 필요하다고 생각합니다. 사마젤은 인지도가 급상승하고 있는 인물이죠. 조만간 모두들 그에 대해 얘기할 겁니다. 앙리 페롱과 장-피에르 사마젤이 신문사를 대표하게 되는 거죠. 게다가 선생의 신문에는 새로운 활력이 필요해요. 사마젤은 대단한 정력가고요. 제 제안은 이렇습니다. 빚을 청산해드리죠. 그리고《레스푸아》의 지분의 절반을 사겠습니다. 그 조건은 나중에 논의를 하도록 하죠. 선생은 뤼크와 사마젤과 나머지 지분을 나누십시오. 중요한 결정은 다수결로 하고요."

"저는 사마젤을 대단히 존경합니다." 앙리가 말했다. "하지만, 저도 솔직하게 말씀드리죠. 사마젤은 개성이 너무 강합니다. 그렇기 때문에 그가 자기 집에 있는 것처럼 느끼는 장소에서 저는 제 집에 있는 것처럼 느낄 수가 없어요. 신문사에서 전 집에 있는 것처럼 느끼고 싶습니다."

"매우 개인적인 반대 의사군요." 트라리외가 말했다.

"그럴 수도 있죠. 하지만 결국은 저 개인의 신문사와 관련한 문제니까요."

"그건 S.R.L.의 신문입니다."

"그렇다고 제 것이 아니란 건 아니죠."

"바로 그게 문제예요." 트라리외가 말했다. "저는 S.R.L.의 신문을 재정적으로 지원하고 최대한의 가능성을 확보할 마음입니다." 그는 단호한 몸짓을 했다. "《레스푸아》는 놀라운 성공을 실현했죠. 제가 정당하게 그 가치를 평가하고 있다는 것만은 믿어주십시오. 하지만 우리는 새로운 문제에 봉착했고, 더 넓은 범위의 성공이 필요합니다. 이제 단 한 사람의 힘으로는 거기에 충분히 도달할 수 없어요."

"반복해서 말씀드리지만, 저는 혼자가 아닙니다." 앙리가 말했다. "저는 뤼크와 함께 이 새로운 상황에 아주 완벽하게 대처할 수 있으리라 생각하는데요."

트라리외는 고개를 저었다. "저는 누군가의 능력을 꽤 정확하게 평가한다고 자부하고 있습니다. 극복해야 할 거센 흐름이 있고, 선생에겐 사마젤과 같은, 도움을 줄 누군가가 필요합니다."

"전 그렇게 생각하지 않습니다."

"하지만 제가 그렇게 생각하지요." 트라리외가 갑자기 무례한 어조로 말을 이었다. "아무도 제 생각을 바꾸지는 못할 겁니다."

"선생이 제안하는 협력을 거절하면, 《레스푸아》를 재정적으로 지원하지 않으시겠다는 거죠?"

"제 제안을 거절할 어떤 이유도 없잖습니까." 트라리외가 표정을 부드럽게 바꾸며 말했다.

"무조건 돕겠다고 약속하신 것으로 아는데요." 앙리가 말했다. "그 약속에 대한 믿음으로, 저는 《레스푸아》를 S.R.L.의 기관지로 만들었죠."

"보세요, 저는 선생께 어떤 조건도 강요하지 않습니다. 물론 신문의 정치적 노선은 동일하게 유지되어야겠지요. 저만큼이나 선생도 원하고 있는, 신문의 재건에 필요한 조치를 취하자고 요구하는 것뿐입니다."

앙리가 일어섰다. "사마젤과 얘기해보죠."

"물론 사마젤은 선생의 의사에 반대하면서까지 《레스푸아》에 들어가는 건 받아들이지 않을 겁니다." 트라리외가

497

말했다. "그래서 이 이야기는 우리만 아는 것으로 하는 편이 나아요. 사마젤이 거절하든 선생이 거절하든, 내겐 상관없습니다. 사마젤이 신문사 경영에 참가하는 경우에만, 저는 경제적 지원을 할 겁니다."

"어쨌든 전 사마젤에게 알리겠어요." 앙리는 자신의 어조를 억제하느라 애를 썼다. "선생의 말을 믿고 저는 《레스푸아》의 평판을 위태롭게 했습니다. 신문을 파산 직전까지 몰고 갔어요. 선생은 그걸 이용해 날 협박하고 있군요. 이처럼 비열한 수를 쓰는 사람의 도움이라면 없이 지내는 편이 어쨌든 낫겠습니다!"

"제가 협박한다고 비난할 권리는 없어요!" 이번에는 트라리외가 일어서면서 말했다. "전 모든 일들을 공정하게 처리하고 있습니다. 이번 일도 다른 일들과 마찬가지죠. 《레스푸아》를 제대로 경영하려면 반드시 어떤 개편이 필요하리라는 생각을 전 결코 감춘 적이 없어요."

"뒤브뢰유는 그렇게 말하지 않았는데요." 앙리가 말했다.

"그가 말한 걸 제가 책임질 수는 없죠." 트라리외가 어조를 높였다. "제가 무슨 말을 했는지는 똑똑히 기억하고 있습니다. 만약 오해가 있었다면 정말 유감이군요. 하지만 난 분명히 의견을 전했어요."

"선생의 계획에 대해서도 그에게 알렸습니까?"

"물론이죠. 우리는 그 문제에 대해 꽤 오랫동안 논의까지 했는걸요."

그의 목소리가 매우 그럴싸하고 진지하게 느껴졌기에, 앙리는 잠시 침묵을 지켰다. "어쨌든 뒤브뢰유는 그게 **필요 불**

가결한 조건이라고 이해하지 않았을 겁니다." 그는 겨우 입을 열었다.

"자기가 이해하고 싶은 대로 이해했나 보군요." 트라리외가 약간 흥분해서 말했다. "보세요," 그는 타협적인 어조로 말을 이었다. "제 제안을 그렇게 받아들이기 어려운 이유가 뭡니까? 부정한 술책의 희생자가 되었다는 생각에 화가 나신 것일 수도 있겠죠. 뒤브뢰유를 만나보시면 제 선의를 충분히 인정하실 겁니다. 제 제안이 얼마나 좋은 기회인지 이해하시겠죠. 왜냐하면, 단언컨대 600백만 프랑의 빚을 안고 《레스푸아》를 사들이려는 모험을 할 사람은 아무도 없을 테니까요. 신문사의 운영을 위해서는 저처럼 S.R.L.에 헌신적인 인물이 필요합니다. 제가 아니면 아주 다른 조건을 강요받게 될 거라고요. 정치적인 조건들 말입니다."

"절망하지 않고 이해관계를 초월한 원조자를 찾겠습니다." 앙리가 말했다.

"하지만 여기서 찾았잖습니까!" 트라리외가 미소를 지었다. "오늘 만남은 그저 첫 번째 교섭이라 생각하지요. 협상의 가능성은 언제나 열려 있습니다. 잘 생각해보세요."

"충고에 감사드립니다!"

언짢은 마음으로 그렇게 대답했지만, 사실 그가 원망하는 것은 트라리외가 아니었다. 뒤브뢰유의 낙천주의! 그의 치유되지 않는 낙천주의였다! 아니, 이 경우에는 낙천주의의 문제가 아니다. 뒤브뢰유가 그 정도로 어리석지는 않을 테니까. 문득 앙리의 머리에 진상이 떠올랐다. '날 속인 거야!' 앙리는 마르소가의 벤치에 주저앉았다. 머리와 몸에서 시끄러운 소리가 너무 크게 울려 정신을 잃게 되지나 않을까 싶을 지경이었다. '뒤브뢰유가 《레스푸아》를 갖고 싶은 마음에 일부러 나를 속인 거야. 그리고 나는 함정에 빠졌고.' 한밤중에 뒤브뢰유는 문을 두드리고, 미소를 짓고, 조건 없는 자금에 대해 이야기하고, 밤이 아름다우니 산책을 하자고 제안하고, 간간이 미소를 지으며, 덫을 놓은 것이다. 앙리는 다시 일어나 큰 걸음으로 걷기 시작했다. 빨리 걷지 않았다면 비틀거리며 쓰러졌으리라.

'뒤브뢰유는 뭐라고 대답할까? 아무 말도 못 하겠지.' 앙리는 거의 의식조차 못 한 채 파리를 가로질러 뒤브뢰유의 집 앞에 다다랐다. 두근거리는 심장을 진정시키기 위해 그는 층계참에서 잠시 멈추었다. 자기 입에서 분명한 말이 나오기나 할지 확신할 수가 없었다.

"뒤브뢰유 씨와 얘기를 좀 할 수 있을까요?" 앙리가 물었다. 자신의 목소리가 아무렇지 않은 것이 정말 놀라웠다.

"지금 안 계시는데요." 이베트가 말했다. "집에 아무도 없답니다."

"언제 돌아오실까요?"

"글쎄요, 전혀 모르겠네요."

"그러면 기다리죠." 앙리가 말했다.

이베트는 그가 서재로 들어가도록 내버려두었다. 어쩌면 뒤브뢰유는 밤이 될 때까지 돌아오지 않을지 모른다. 그리고 앙리는 할 일이 있었다. 하지만 이미 그에겐 아무것도 존재하지 않았다. 《레스푸아》도, S.R.L.도, 트라리외도, 뤼크도. 그의 머릿속에는 오직 뒤브뢰유뿐이었다. 폴과 사랑에 빠졌던 아주 먼 옛날의 봄이 지나간 뒤로 이토록 열렬하게 누군가를 만나고 싶어 한 적은 없었다. 그는 늘 앉던 소파에 앉았다. 하지만 오늘은 가구들도 책들도 그를 비웃고 있었다. 모두 공모자야! 안이 작은 수레에 햄과 샐러드를 가져왔었지. 그리고 그들은 친구들과 어울려 저녁 식사를 했었다. 결국 모든 게 한 편의 소극이었어! 뒤브뢰유는 지지자와 제자와 하수인들을 거느리고 있지만, 친구는 단 한 명도 없지. 그는 남의 이야기를 얼마나 잘 들어주는가! 얼마나 허심탄회하게 말을 하는가! 그러면서 기회가 닿는 대로 남을 짓밟을 준비를 하고 있는 거야. 그의 따뜻한 인간미, 남을 사로잡는 미소와 시선, 그런 것들은 이 세계 전체에 대한 그의 집착을 반영할 뿐이야. '내가 《레스푸아》에 얼마나 애착을 갖고 있는지 알고 있잖아. 그런데도 내게서 신문을 훔쳐 가다니!' 뤼크의 자리에 사마젤을 앉히자고 제안한 것도 뒤브뢰유일지 몰라. 그가 트라리외를 만나보라고 조언했었지. 그러면 자신은 의심을 피할 수 있으니까. 트라리외에게는 미리 지시를 해뒀을 거고. '음모였어. 함정이었어. 덫에 걸린 이상 어떻게 빠져나간단 말인가. 사마젤과 파산 중에서 선택하라면, 나는 사마젤을 선택해야만 할 거야. 그러면 뒤브뢰유는 꽤 놀라겠지.' 앙리는 자신의 결심을 뒤브뢰유의 면전에 내던질 격한 언사를 찾고 있었다. 하지만 그의 분노를 북돋을 만한 말은 아무것도 없었다. 반대로 그는 피로를 느꼈다. 막연하게 두려움과 모욕감마저 들었다. 마치 몇 시간의 사투 끝에 흘러내리는 모래언덕에서 구조된 것만 같은 기분이었다. 출입문에서 소리가 났다. 앙리는 소파의 팔걸이에 손톱을 깊이 찔러 넣었다. 그는 뒤브뢰유가 불러일으킨 혐오를 그와 함께 나눌 수 있기를 절망적으로 바라고 있었다.

"오래 기다렸나?" 뒤브뢰유가 손을 내밀었다. 앙리는 기계적으로 악수를 했다. 어제와 같은 손, 같은 얼굴이었다. 이제 그 가면을 알고 있다 하더라도, 그 너머의 것은 볼 수가 없었다. 그는 중얼거렸다.

"그리 오래 기다리지는 않았습니다. 급히 드릴 말씀이 있어서요."

"무슨 일이 생긴 건가?" 뒤브뢰유가 아주 걱정스러운 어조로 물었다,

"트라리외의 집에서 오는 길입니다."

뒤브뢰유의 얼굴이 변했다. "아! 일이 그렇게 되었나? 신문사를 더 이상 지탱할 수 없는 거야? 트라리외가 곤란하게 하던가?" 근심 어린 목소리였다.

"어떻게 된 일인지 아주 잘 알았습니다. 선생님은 트라리외가 조건 없이 《레스푸아》를 지원할 준비가 되어 있다고 단언하셨죠. 하지만 그는 사마젤을 신문사에 합류시키라고 요구하더군요." 앙리는 뒤브뢰유를 빤히 바라보았다. "선생님은 이 일에 대해 알고 계셨던 것 같은데요."

"7월 이후에야 알게 되었네." 뒤브뢰유가 말했다. "곧바로 다른 곳에서 돈을 마련하려고 했어. 모반이 돈을 주리라 믿었네. 거의 약속까지 했었지. 그러다가 최근 여행에서 돌아온 모반을 만나러 갔었는데, 이제는 태도가 영 확실하지 않아." 뒤브뢰유는 불안하게 앙리를 바라보았다. "자네, 한 달쯤 더 버틸 수 없을까?"

앙리는 고개를 저었다. "고려할 만한 여지가 없어요. 왜 미리 알려주시지 않은 겁니까?" 그는 화가 나서 물었다.

"모반을 믿었거든." 뒤브뢰유가 어깨를 으쓱였다. "자네에게 미리 알려야 했을지도 모르지. 하지만 자네도 알잖나. 난 패배를 인정하는 게 정말 싫어. 자네가 난처한 일에 엮인 건 다 내 잘못이고, 그래서 자네를 거기서 구해내야겠다고 마음먹은 터였네."

"선생님은 7월이라고 말씀하시지만, 트라리외는 조건 없이 지원하겠다고 약속한 적은 단 한 번도 없다고 주장하고 있어요."

뒤브뢰유가 격한 어조로 말했다. "4월에는 《레스푸아》의 정치적 노선 외에 문제 된 것이 없었어. 그리고 트라리외도 그걸 전부 받아들였고."

"선생님은 제게 그 이상을 보증하셨죠." 앙리가 말했다. "트라리외가 아무것도, 어떤 영역에도 개입하지 않을 거라고 말입니다."

"아! 4월의 논의에 대해서는 난 비난받을 일이 하나도 없네." 뒤브뢰유가 말했다. "자네에게도 즉시 트라리외를 만나 개인적으로 의논해보라고 권하지 않았나."

"선생님께서 하도 확신을 갖고 말씀을 하셔서, 전 의논할 필요가 없다고 생각했습니다."

"난 내가 이해한 것을 이해한 대로 말했을 뿐이야." 뒤브뢰유가 말했다. "내가 실수했을 수 있어. 누구든 실수는 할 수 있잖은가. 하지만 자네에게 내 말을 믿으라고 강요하지는 않았어."

"선생님은 보통 그토록 심한 실수는 하시지 않죠." 앙리가 말했다.

갑자기 뒤브뢰유가 미소를 지었다. "무슨 뜻인가? 내가 자네에게 일부러 거짓말을 했다는 건가?"

그가 스스로 그 말을 내놓은 것이다. 그 말에 "네"라고 대답하기만 하면 되었다. 어려운 일도 아니었다. 그러나 절대 그럴 수가 없었다. 그것은 불가능했다. 이 미소 앞에서, 이 서재에서는, 이런 식으로는 아니었다. "제가 생각하기에는, 선생님이 제 이해관계는 염려하지도 않은 채 몽상에 빠져 있었던 것 같습니다." 앙리가 억눌린 목소리로 말했다. "트라리외가 돈을 낸다고 했고, 그게 어떤 조건이든 결국 선생님에게는 중요하지 않으셨을 테죠."

"그래, 내가 몽상에 빠져 있던 것일 수도 있겠지." 뒤브뢰유가 말했다. "하지만 맹세컨대, 트라리외가 뭔가 작당을 하고 있다고 한순간이라도 의심했다면 수백만 프랑과 함께 그놈을 거기서 차버렸을 거야."

그의 목소리에는 설득력 있는 열의가 있었지만, 그럼에도 앙리는 수긍할 수 없었다.

"오늘 저녁에 트라리외와 이야기를 좀 해보겠네." 뒤브뢰유가 말했다. "그리고 사마젤과도."

"아무 소용 없을 겁니다."

아! 대화는 좋지 못한 방향으로 흘러가고 있었다. 생각하고 있는 것을 말로 바꾸는 것이 쉽지 않았다. '음모!' 이 말이 갑자기 어마어마하게 느껴졌다. 거의 미친 소리로 여겨질 정도였다. 물론 뒤브뢰유가 손을 비비면서 '난 음모를 꾸미고 있어'라고 생각한 적은 결코 없을 것이다. 앙리가 이 표현을 감히 뒤브뢰유의 면전에 대고 했다면, 그는 더 멋지게 웃어젖혔으리라.

"트라리외는 완고하지만 사마젤은 우리가 설득할 수 있을 걸세." 뒤브뢰유가 말했다.

앙리가 고개를 저었다. "선생님은 설득하지 못하실 겁니다. 해결책은 단 하나예요. 제가 포기하는 거죠."

뒤브뢰유는 어깨를 으쓱였다. "그럴 수 없다는 거 잘 알고 있잖아."

"그러니 선생님께서는 놀라게 될 겁니다." 앙리가 말했다. "제가 포기할 거니까요."

"자네 S.R.L.을 망하게 할 작정인가? 상대편에서 얼마나 좋아할지 모르겠나?《레스푸아》는 파산하고, S.R.L.은 끝장나고! 꼴좋게 될 걸세."

"사마젤에게《레스푸아》를 떠넘기면 됩니다. 그리고 전 아르데슈에 농장을 살 거예요. S.R.L.도 더는 타격을 받지 않겠죠." 앙리가 신랄하게 말했다.

뒤브뢰유는 가슴 아픈 얼굴로 그를 바라보았다. "자네가 화를 내는 것도 당연해. 내 잘못을 인정하네. 트라리외를 너무 쉽게 믿은 것이 실수였어. 7월에 그 얘길 자네에게 알리지 않은 것도 그렇고. 하지만 일을 전부 바로잡기 위해서 무슨 일이든 할 걸세." 그의 목소리가 간절하게 변했다. "부탁이네. 고집 부리지 말아줘. 우리 함께 해결책을 찾아보자고."

앙리는 말없이 뒤브뢰유를 빤히 쳐다보았다. 그는 능란하게 잘못을 인정했다. 그것이 잘못을 가장 작게 만드는 최고의 방법이니까. 그러나 뒤브뢰유는 가장 심각한 잘못은 말하지 않으려 했다. 사실 그는 엄청난 배신이라는 죄를 짓지 않았는가. 상대방에게 우정을 빌미로 요구한 희생에 보답해 자신의 우정도 주는 척하고 있었지만, 사실상 그는 아무것도 주지 않았다. 앙리는 뒤브뢰유에게 이렇게 말해야 했을 터였다. "선생님은 저와 다른 사람들을 전부 우습게 여기고 있어요. 진실과 선을 사랑한다는 이유로 누구라도 희생시키죠. 하지만 그 진실과 선이라는 것도 모두 선생님 머릿속에 있는 것들이잖아요. 선생님은 모든 우주를 자신의 창조물로 여기고, 다른 인간들과 자신 사이에 어마어마한 차이가 있다고 생각하시죠. 관대한 척 연기하는 건 자신의 영예를 위해서일 뿐이에요." 그것 말고도 할 수 있는 말은 더 있었다. 하지만 그 말들을 뱉은 다음에는 문을 소리 나게 닫고 나가서 다시는 돌아오지 않아야만 할 것이다. '그렇게 해야 해.' 앙리는 생각했다. 신문에 관해 어떤 결정을 내리든, 뒤브뢰유와의 인연은 당장 끊어야 할 터였다. 그는 일어섰다. 작은 수레와 책들을, 안의 사진을 쳐다보았다. 자신이 비겁하다는 생각이 들었다. 15년 동안 이 서재는 앙리에게 세계의 중심이었으며, 그의 가정이었다. 여기서는 진실이 확실해 보였고 행복이 중요하게 여겨졌다. 그리고 자기 자신이 되는 것이 크나큰 특권인 것만 같았다. 등 뒤에서 이 문이 영원히 닫히고 거리를 걸어가는 자신의 모습을 그는 상상할 수 없었다.

"소용없습니다. 우리는 궁지에 몰렸어요." 앙리는 생기 없는 목소리로 말했다. "고집 부리는 게 아닙니다. 어쨌든 이런 조건에서 《레스푸아》를 맡는 것은 흥미 없어요. 제가 그만두어도, 신문사나 S.R.L.에 손해가 가지 않도록 일을 처리할 수 있을 겁니다."

"이보게, 이틀만 여유를 주게." 뒤브뢰유가 말했다. "만약 이틀 후에도 내가 아무것도 얻어내지 못하면, 그때 가서 자네의 결심을 고려해보게나."

"좋습니다. 하지만 이미 결정된 일 아닐까요?"

밖으로 나왔을 때, 앙리는 현기증이 났다. 그는 신문사 쪽으로 몇 걸음을 내디뎠다. 지금 가장 가기 싫은 곳이었다. 한탄을 늘어놓거나 대독 협력자인 치과 의사를 다시 습격해야 한다고 암시할 뤼크를 상대한다는 건 못 견딜 일이야. 예언을 하고 지루하게 같은 말을 반복할 폴을 보는 것도 당치 않은 일이지. 하지만 그는 얘기를 하고 싶었다. 마치 교활한 마술사가 실수로 자신의 트릭을 드러낸 쇼를 보고 나온 양 기만당한 느낌이었다. 뒤브뢰유는 속임수를 썼다. 그는 증거를 잡으러 갔지만 그러지 못했다. 속임수를 쓴 카드는 감쪽같이 사라져 그의 손에도 주머니에도 없었다. 뒤브뢰유는 어느 정도로 거짓말을 하며 자기 스스로를 속이고 있는 걸까? 그의 배신은 파렴치함과 양심의 가책 사이 어디쯤에 놓여 있을까? 그가 배신했다는 사실에는 의심의 여지가 없었지만, 그 정황을 정확히 파악해내기란 불가능했다. '또다시 그 사람에게 조종당한 거야.' 앙리에게는 모든 것이 명백해 보였다. 심사숙고한 음모였다. 뒤브뢰유는 배후에서 사건을 조종하며 그를 비웃고 있었던 것이다. 앙리는 다리 한가운데서 걸음을 멈추고 난간에 손을 짚었다. 내가 당치도 않은 망상을 만들어내는 걸까? 뒤브뢰유의 권모술수를 의심하면서 어리석음에 빠져들고 있는 걸까? 어떻든, 상반되면서도 명백한 두 사실 사이에서 홀로 계속 동요한다면 결국은 머리가 터져버릴 터였다. 반드시 누군가와 이야기를 나누어봐야 했다. 앙리는 랑베르를 떠올렸다. '그 친구의 충고를 따랐다면 이 지경이 되지는 않았겠지.' 그는 생각했다. 랑베르는 뒤브뢰유를 좋아하지 않지만 스스로 공정하다고 자부하는 사람이었다. 이 일에 대해 분별 있게 대화를 나눌 만한 사람은 랑베르밖에 없었다. 앙리는 다리를 건너서 카페 비아르의 전화박스로 들어갔다.

"여보세요! 앙리 페롱이야. 인사하러 잠시 들러도 될까?"

"물론이죠! 저로서는 놀라울 정도로 반가운 일인데요!" 랑베르의 다정한 목소리에는 아닌 게 아니라 놀라움이 담겨 있었다. "별일 없으신 거죠?"

"별일 없지. 그럼 곧 보자고."

따뜻하게 염려해주는 랑베르의 목소리를 듣자 안심이 되었다. 랑베르의 우정이 다소 부자연스럽긴 했지만, 적어도 그는 앙리를 장기판의 졸로 생각하지는 않았다. 앙리는 빠른 걸음으로 계단을 올라갔다. 무슨 아카데미프랑세즈의 후보라도 된 양 여러 계단들을 오르내리며 보내는 이상한 하루였다.

"안녕하세요! 어서 들어오세요." 랑베르가 쾌활하게 그를 맞았다. "집이 난장판인 건 이해해주세요. 정리할 시간이 없었거든요."

"무슨 소리, 아주 괜찮은데 뭘." 앙리가 말했다.

커다란 밝은 방, 일부러 공들인 무질서함, 전축, 수집된 음반, 저자의 이름순으로 정리된 제본 도서들. 랑베르는 검은 스웨터 차림에 노란색 비단 스카프를 매고 있었다. 앙리는 얼마간 이방인이 된 듯한 기분이었다.

"코냑, 위스키, 광천수, 오렌지 주스 중에서 뭘 드시겠어요?" 랑베르가 서가 아래의 칸막이 함을 열며 물었다.

"아주 독한 위스키."

랑베르는 물을 가지러 연녹빛 욕실로 갔다. 타월 천으로 된 큰 목욕 가운이며 브러시와 비누 세트가 언뜻 보였다.

"이 시간에 어쩐 일이세요? 신문사에 계시지 않고요." 랑베르가 물었다.

"신문사에 문제가 좀 있어서."

"어떤 문제죠?"

랑베르가 신문사에 관심이 없다는 것은 사실이 아니었다. 그보다는, 뤼크와 랑베르가 같이 있을 때면 쉽게 알아차릴 수 있을 만큼 그 두 사람 사이에는 강한 반감이 있었다. 하지만 지금 랑베르는 분노하면서도 관심을 기울여 앙리의 이야기를 듣고 있었다.

"물론 그건 책략이고말고요!" 랑베르가 말하고는 곰곰이 생각을 하더니 다시 입을 열었다. "뒤브뢰유가 사마젤과 함께, 아니면 사마젤 대신 신문사에 들어가려고 요령 있는 수를 쓰는 건 아닐까요?"

"아냐, 그런 것 같지는 않아." 앙리가 말했다. "뒤브뢰유는 저널리즘에 흥미가 없어. 그리고 어쨌든 S.R.L.의 이름으로 《레스푸아》를 감독하고 있으니까. 하지만 그렇다고 바뀌는 건 아무것도 없어. 내게 더러운 덫을 놓은 건 사실이지."
앙리는 랑베르를 빤히 쳐다보았다. "자네가 내 입장이라면
어쩌겠나?"

"원하신다면 모두 내팽개쳐서 그들을 곤란하게 만들어버
리는 것도 괜찮겠죠." 랑베르가 말했다. "하지만 절대로 하
시면 안 되는 일은, 그자들에게 순순히 신문을 넘기는 겁니
다. 그들은 그것만 바라고 있으니까요."

"추문을 일으키고 싶지는 않아." 앙리가 말했다. "조용히
모든 걸 포기하고 싶어."

"그건 선생님의 패배를 시인하는 셈이 될 텐데요. 그자들
은 너무나 좋아할 거고요."

"자넨 내게 늘 정치를 하지 말라고 했잖아. 이건 정치를 그
만둘 좋은 기회야."

"《레스푸아》는 정치와 다른 문제예요." 랑베르가 말했
다. "선생님이 그 신문을 만드셨잖아요. 선생님의 모험이
죠……. 안 됩니다. 지키세요." 그는 열을 내어 말했다. "제
게 돈만 있다면! 지금 가진 돈 가지고는 뭘 어떻게 해야 할지
모르겠네요."

"어디서도 돈을 구할 수 없어. 그자들은 이 사실을 잘 알고
있고."

"사마젤을 받아들이세요. 그리고 뤼크와 함께 그자를 무
력하게 만드는 거예요."

"사마젤이 트라리외와 손잡으면 우리만큼 강해질 텐데."

"사마젤은 어떻게 자기 지분을 살 수 있을까요?"

"책의 인세를 미리 받겠지. 혹은 트라리외가 도와주거나."

"트라리외는 왜 그렇게 사마젤에게 집착하는 거죠?"

"내가 어떻게 알겠어? 왜 그 자식이 S.R.L.에 가입했는지 조차 모르겠어."

"반격할 방법을 찾아야 해요." 랑베르가 말했다. 그는 깊은 생각에 잠긴 듯한 태도로 방 안을 성큼성큼 오갔다. 그때 초인종이 급하게 두 번 울렸다. 랑베르는 귓불까지 새빨개졌다. "아버지예요! 이렇게 금방 오실 줄 몰랐는데!"

"난 가볼게." 앙리가 말했다.

랑베르가 어색하게, 동시에 애원하는 표정으로 그를 쳐다보았다.

"아버지와 인사 나누시지 않겠어요?"

"물론 만나 뵙도록 할게." 앙리는 재빨리 말했다.

인사를 나누는 것은 조금도 부담스럽지 않았지만, 자신에게 다가오는 이 남자를 보는 순간 그는 간신히 어색한 미소만 지을 수 있을 뿐이었다. 로자를 죽게 만들었을지도 모르는, 그리고 최선을 다해 독일군에게 봉사했을 남자 아닌가. 희끗희끗한 머리카락 아래 누렇고 부은 얼굴에서 도자기 같은 푸른 눈이 빛나고 있었다. 지쳐버린 얼굴 속 바래지 않은 그 부드러운 푸른색 눈동자에 놀라움이 스쳤다. 랑베르의 아버지는 앙리가 손을 내밀기를 기다리면서도 먼저 입을 열었다.

"선생님을 꼭 한번 뵙고 싶었습니다." 그가 말했다. "제라르가 선생님 얘기를 정말 많이 했거든요!" 그는 살짝 미소를 지었으나 그 미소는 곧 지워졌다. "정말 젊으시군요!"

그는 랑베르를 제라르라고 불렀다. 그에게는 아들이 어린

아이에 지나지 않는 것이다. 당연한 일이지만 왠지 그것이 낯설게 여겨졌다. 그들은 서로 닮지 않았다. 하지만 어떤 이유에서인지는 몰라도, 그들이 부자간이라는 것이 놀랍지는 않았다.

"젊은이는 제가 아니라 랑베르죠." 앙리가 쾌활하게 대꾸했다.

"그토록 화제가 되는 인사치고는 젊으셔서요." 랑베르의 아버지가 자리에 앉았다. "대화 중이셨군요……. 더 방해하지 않겠습니다." 그는 아들을 향해 몸을 돌렸다. "하지만 생각보다 일이 금방 끝나서 말이지. 어디로 가야 할지 몰라서 이렇게 왔다……."

"잘하셨어요! 뭘 드시겠어요? 과일 주스? 광천수 드릴까요?" 랑베르의 다정한 태도에서 일종의 정신적인 혼란이 느껴졌기에 앙리는 더욱 불편함을 느꼈다.

"고맙지만 됐다. 다섯 층을 올라온다는 게 내 늙은 뼈에는 좀 힘들구나. 하지만 여기 오니 참 편안해." 그가 칭찬하듯 주위를 둘러보았다.

"그렇죠, 랑베르가 방을 꽤 잘 꾸려놓았어요." 앙리가 말했다.

"우리 집안 사람들이 그렇습니다. 솔직히 이 애의 독특한 패션 감각은 높이 평가하지 않지만요." 랑베르의 아버지가 말했다. 주저하는 듯한 말투였지만 그의 엄한 시선은 랑베르의 검은 스웨터로 향하고 있었다.

"취향이란 각자 다른 법이니까요." 랑베르가 자신 없이 중얼거렸다.

짧은 침묵이 흘렀고, 앙리는 이 기회를 이용해 일어났다. "아쉽네요. 초인종이 울렸을 때 막 가려던 참이었습니다. 급한 일이 있어서요."

"저야말로 아쉽습니다." 랑베르의 아버지가 말했다. "선생님이 쓰신 글을 매우 꼼꼼히 모두 읽어보았습니다. 의견을 나눠보고 싶은 부분이 좀 있지요. 물론 그런 토론에는 저 혼자만 관심이 있을 것 같긴 하지만요." 그 말과 함께 그는 미소를 거두었다. 그의 단조로운 목소리며 억제된 미소와 동작에는 피곤한 매력이라 할 만한 것이 있었으나, 정작 그로서는 그 매력을 이용할 생각이 없어 보였다. 그리고 이런 신중함으로 인해, 그에게서는 거만하면서도 동시에 도망자와 같은 분위기가 풍겨 나왔다.

"다시 뵙고 더 오래 얘기를 나눌 기회가 있겠지요."

"글쎄요."

아마 몇 달 뒤면 그는 감옥에 있을 것이다. 그리고 살아서 감옥을 나오지는 못할 것이다. 전성기에 대독 협력자였던 이 거물 사장은 분명히 지독한 개자식이었으리라. 그러나 지금 그는 그런 선을 넘어서 있었다. 이미 죄인이 아니라 수형자에 속했으니까. 이번에는 앙리가 그에게 악수를 청하며 힘들이지 않고 미소를 보냈다.

"내일 뵐 수 있을까요?" 랑베르가 현관까지 따라 나오며 물었다. "제게 생각이 하나 떠올랐어요."

"괜찮은 생각인가?"

"내일 판단해주세요. 하지만 그걸 말씀드릴 때까지 결정은 미뤄주셨으면 해요. 10시쯤 들르면 괜찮을까요?"

"괜찮아. 더 늦으면 곤란하지만. 스크리아신과 만나기로 했거든."

"좋아요." 랑베르가 말했다. "전 오후에 나딘과 약속이 있어요. 10시 조금 전까지는 꼭 갈게요."

어쨌든 앙리도 오늘은 결정을 내릴 생각은 없었다. 자신이 무엇을 할 것인지 자문하고 싶지도 않았고, 논의라면 더더욱 사양이었다. 일단 신문사에 가야 했다. 뤼크에게는 트라리외와의 만남이 미뤄졌다고 차갑게 말한 뒤 편지를 쓰는 데 열중했다. 폴에게도 그 사실을 알리지 않을 생각이었다. 원룸아파트의 자물쇠에 열쇠를 넣고 돌리면서 그는 폴이 이미 잠들어 있었으면 했다. 그러나 앙리가 몇 시에 들어오든 그녀는 절대 잠들어 있는 법이 없었다. 폴은 빛나는 장의자에 앉아 실크 드레스 차림에 새로 화장한 얼굴로 앙리에게 입술을 내밀었다. 그는 재빨리 가볍게 입술을 댔다.

"오늘 잘 보냈어?" 폴이 물었다.

"아주 좋았어. 당신은 어땠어?"

그녀는 대답 없이 미소를 지었다. "트라리외가 뭐래?"

"알았다고 하더군."

"난처하지 않아?" 그녀가 걱정스러운 표정으로 앙리를 바라보았다.

"뭐가?"

"트라리외의 자금을 받는 것 말야."

"천만에. 이미 오래전에 결정된 문제야."

폴은 머뭇거리다가 더 이상 아무 말도 하지 않았다. 이틀 전부터 그녀는 뭔가를 두고 머뭇거리던 터였다. 앙리는 그녀가 무슨 생각을 하는지 짐작하고 있었지만, 굳이 의사를 밝히도록 거들고 싶지 않았다. 그는 폴의 신중함이 짜증스러웠다. '나를 조심스럽게 대하고 있어. 부딪치기 싫은 거지. 때가 오기를 기다리고 있는 거야.' 그는 적의를 느끼며 생각했다. '6개월 전이었나,' 앙리는 공정함을 가지려 애를 썼다. '폴이 쾌활하면서도 공격적으로 나왔을 때, 난 그런 태도를 비난했었지. 하지만 사실 나를 정말 화나게 하는 건 폴의 올바른 행실이야.' 폴은 자신이 위험에 처했음을 알고 스스로를 방어하려 애쓰는 것이다. 자연스러운 일이야. 슬픈 계략을 꾸미다가 스스로 상대방의 적이 되어버리는 것도 어쩔 수 없는 일이지. 앙리는 더 이상 폴에게 노래하라고 권하지 않았다. 폴이 앙리의 의도를 명백히 파악하고 자신을 위해 잡아놓았던 모든 약속을 철저히 거절했기 때문이다. 하지만 그녀는 잘못된 계산을 한 셈이었다. 앙리는 폴의 고집을 원망했고, 이젠 혼자 지내면서 그녀와의 관계를 청산해야겠다고 결심한 터였다.

"퐁슬레한테서 편지가 왔어." 폴이 앙리에게 봉투를 내밀며 말했다.

"거절 편지일 거야." 앙리는 편지를 훑어보고 폴에게 건넸다. "그렇네, 역시 거절이군."

그의 원고가 질겁할 만한 찬사와 함께 되돌아온 것이 벌써 세 번째였다. 매우 위대한 작품이지만 불미스럽고 시기에 맞지 않으며, 그런 위험을 무릅쓰고 출판하기란 불가능하다는 것이었다. 나중에, 사람들의 흥분이 가라앉은 뒤에야 출판이 가능할 것이라고 했다. 과거를 잊고 싶어 하는 사람들, 제멋대로 과거를 조작하려는 사람들은 모두 이 희곡을 싫어했다. 하지만 앙리는 희곡이 꼭 상연되었으면 했다. 그는 다른 어떤 책들보다 이 희곡에 더 애착을 느끼고 있었다. 소설은 다시 읽을 수 없어. 말이 눈에 달라붙거든. 하지만 희곡의 대사는 언젠가 살아 있는 자들의 목소리로 구현되겠지. 앙리는 멀리서 이미 그 대사를 듣고 있었다. 자신의 그림에 공모의 시선을 던지는 화가처럼 만족스러운 초연함으로.

"당신 희곡은 반드시 상연되어야만 해." 폴이 고양된 목소리로 말했다.

"나도 그것만 바라고 있어."

"당신과 마찬가지로 나도 성공에 집착하지는 않아. 하지만 이 희곡에서 해방되기 전에는 당신이 소설을 다시 쓰지 못할 것 같아."

"그게 무슨 소리야?" 앙리가 놀라 물었다.

"당신은 소설을 못 쓰고 있잖아."

"그래, 하지만 희곡과는 전혀 상관없는 일이야."

"그러면 왜 안 쓰는 건데?" 폴은 전부 알고 있다는 표정으로 앙리를 유심히 살폈다.

그는 미소를 지었다. "게으름 때문이라고 해두지."

"게으름이 뭔지도 모르는 사람이." 폴이 유쾌하게 말하고는 고개를 저었다. "분명히 마음속의 저항 때문이겠지."

"그때 썼던 소설은 시작이 좋지 않았어." 앙리가 말했다. "다시 쓰고 싶어. 하지만 그러면 엄청난 일이 되겠지. 그래서 서두르지 않는 거야. 그게 다야."

폴은 다시 고개를 저었다. "당신이 어떤 장애물 앞에서 불평하는 건 한 번도 본 적이 없어."

"그래, 이번에는 불평하고 있고."

"왜 원고를 보여주지 않지?" 폴이 말했다. "내가 조언을 해줄 수도 있을 텐데."

"수도 없이 말했잖아. 초고가 미완성이라고."

"말은 그렇게 했지." 그녀는 생각에 잠긴 듯한 표정으로 중얼거렸다.

"희곡은 보여줬잖아."

"희곡의 초고도 미완성이었지. 그래도 보여줬고."

앙리는 대답하지 않았다. 소설의 초안에서 자신과 폴에 대해 지나치리만치 자유롭게 표현한 터였다. 언젠가 초안에서 끌어내게 될 소설은 그보다 덜 노골적일 것이니, 폴은 약간의 인내심만 가지면 될 일이었다. 그는 하품을 했다.

"잠이 쏟아지는군. 내일은 안 들어올 거야. 호텔에서 잘 거니까. 스크리아신이 동트기 전에는 날 놔주지 않을 거라."

"새벽이든 저녁이든 호텔이 여기보다 왜 더 나은지 난 이해를 못 하겠어. 그렇지만 당신 좋을 대로 해."

앙리는 일어났고 폴도 역시 일어났다. 위기의 순간이었다. 그는 늘 그녀의 관자놀이에 급하게 키스를 한 뒤 곧 잠이 든 척 벽을 보고 몸을 돌리지만, 때때로 폴은 그에게 달라붙어 몸을 떨거나 입속말을 중얼거리기 시작하는 것이다. 그녀를 진정시키는 유일한 방법은 잠자리를 같이하는 것뿐이었다. 앙리는 그 일에 늘 성공하는 것이 아니었고, 고통 없이는 단 한 번도 성공하지도 못했다. 폴이 그걸 모를 수는 없었다. 그의 불감증을 보상하기 위해, 폴은 진짜로 느끼는 쾌락인지 의심스러울 만큼 열광적으로 노력했다. 앙리는 폴의 광적인 음란함보다 그녀의 악의와 비천함을 증오했다. 다행히 그날 밤 그녀는 조용했다. 무언가 잘못되었음을 느낀 걸까? 쾌적한 베개에 뺨을 댄 채, 앙리는 뜬눈으로 그날 일을 되새기며 이제 분노가 아니라 비탄을 느끼고 있었다. 잘못을 한 것은 그가 아니라 뒤브뢰유였다. 후회와 약속으로도 누그러뜨릴 수 없는 뒤브뢰유의 잘못이 그 자신의 잘못보다 더 무겁게 앙리의 가슴을 짓누르고 있었다.

'모두 그만두자.' 이것이 앙리가 잠에서 깨었을 때 처음 떠오른 생각이었다. 뒤브뢰유에게는 전화를 걸지 않았다. 그리고 하루 종일, 마음을 진정시키는 노래의 후렴구처럼 그 생각을 반복했다.《레스푸아》가 앙리의 소관이라는 점에는 이론의 여지가 없지만, 토론과 협상과 계약으로 점철된 미래의 전망에 그는 구역질이 날 것 같았다. 시골로 은거해 소설을 다시 쓰고 작가라는 직업을 되찾는 것이 훨씬 더 나을 것이다. 그러면 호기심 어린 눈으로 난롯가에서《레스푸아》를 읽을 수 있으리라. 너무나 매력적인 계획이었다. 그래서 밤 10시에 사무실 문이 열리는 순간, 앙리는 랑베르의 아이디어가 오히려 시시한 것이기를 바랐다.

"어제 잠시 같이 계셔주셔서 감사했어요!" 랑베르가 감사라기보다는 사과에 가까운 투로 말했다. "아버지께서 정말 좋아하셨어요!"

"아버님을 뵙게 되어 나도 좋았어." 앙리가 말했다. "피곤하신 듯 보였지만 옛날에는 아주 매력적이셨을 것 같던데.

아직도 그 흔적이 좀 남아 있더라고."

"매력적이라고요?" 랑베르가 놀라서 되물었다. "아버지께선 엄청나게 권위적인 분이었어요. 권위적이고 사람을 멸시하는 분이었죠. 게다가 사실은 아직도 그렇고요."

"오! 물론 부드러운 성격이 아니라는 건 쉽게 짐작할 수 있지."

"절대 아니죠." 랑베르가 말하고는 기억을 쫓아버리려는 듯한 몸짓을 했다. "신문사 쪽에는 뭐 새로운 일이 있나요?"

"전혀."

"그러시면 제 제안을 한번 들어보세요." 그러더니 랑베르는 갑자기 난처한 표정을 지었다. "아마 원하시지 않을지도 모르지만요."

"어쨌든 말해봐."

"사마젤과 트라리외에게 맞서서는 선생님과 뤼크가 먹힐 위험이 있죠. 하지만 만약 제가 거기 들어간다면요?"

"자네가?"

"제겐 사마젤만큼의 지분을 살 수 있는 돈이 있어요. 그러니 만약 다수결에 의해 결정을 내리기로 합의하는 경우, 우리는 3대 2로 이길 수 있을 거예요."

"신문사에 남는 것을 주저하고 있지 않았나?"

"다른 직업보다는 이게 나아요. 게다가 《레스푸아》에서의 경험은 제게 일련의 작은 모험들이기도 했으니까요." 랑베르가 짐짓 비꼬는 투로 말했다.

앙리는 미소를 지었다. "자네와 나의 정치적 견해가 항상 일치하지는 않을 텐데."

"정치야 전 상관없습니다." 랑베르가 말했다. "선생님이 신문을 지키기를 바랄 뿐이에요. 어떤 경우든 선생님께 동의할 겁니다. 또 한편으로는 선생님의 변화를 보리라는 기대도 있고요." 그는 유쾌하게 덧붙였다. "그보다 유일한 문제는, 트라리외가 과연 받아들일 것인가겠죠."

"이렇게 유능한 특파원이 들어온다고 하면 분명 만족스러워하겠지." 앙리가 말했다. "자네가 현지 보도 기사 쓰는 일을 싫어하지 않아 다행이야. 네덜란드에 대한 기사는 정말 좋더군."

"나딘 덕분이에요." 랑베르가 말했다. "그 애가 하도 재미있어해서 저도 덩달아 즐거웠거든요." 그는 걱정스러운 표정으로 앙리를 보았다. "트라리외가 받아들일까요?"

"내가 신문사를 떠나면 그자들도 난처해질걸. 사마젤을 받아들이면, 그쪽에서도 그 정도는 양보하겠지."

"별로 기뻐하시는 것 같지는 않네요." 랑베르가 약간 실망한 표정으로 말했다.

"아! 이 문제라면 전부 진절머리가 나서 말이야!" 앙리가 말했다. "내가 뭘 하고 싶은지도 모르겠고……. 오토바이 갖고 왔나?" 그는 일부러 화제를 돌렸다.

"네, 원하시면 태워드릴까요?"

"릴가에 내려줘. 스크리아신이 벨장스 아주머니 댁에서 지내고 있거든."

"둘이 같이 자는 사이인가요?"

"글쎄. 벨장스는 늘 예술가와 작가들을 집에 묵게 하니까. 누구와 자는지는 모르겠군."

"스크리아신을 자주 만나십니까?" 계단을 내려가며 랑베르가 물었다.

"아냐." 앙리가 말했다. "그 사람이 거의 강압적으로 날 부르지. 그래서 열 번 도망친 끝에 결국 한 번은 만나러 가게 되는 거야."

그들은 오토바이를 타고 요란하게 센강 변을 달렸다. 앙리는 약간의 가책을 느끼며 랑베르의 목덜미를 바라보고 있었다. 정말 친절한 제안이다. 그는 신문 경영에 참여하고 싶어서가 아니라, 단지 앙리를 도와주기 위해 그렇게 제안한 것이다. '랑베르에게 고맙다는 말도 하지 않았군.' 하지만 사실 그에게 고마운 마음이 들지는 않았다. '최선의 방법은 관두는 거야. 그러는 편이 훨씬 나아.' 앙리는 다시금 생각했다. 신문사를 지키고 S.R.L.에 머무르는 것은 뒤브뢰유와 계속 손을 잡고 일한다는 것을 의미했다. 그렇게 많은 원망을 품은 채 함께 일할 수는 없었다. 그렇다고 물의를 일으키면서 그와 관계를 끊을 용기도 나지 않았다. 하지만 친구인 척 연기하지는 않을 것이다. '그래, 이제 끝났어.' 오토바이가 벨장스의 대저택 앞에 멈췄을 때, 앙리는 결론을 내렸다.

"그러면 전 가볼게요." 랑베르가 실망 섞인 목소리로 말했다.

앙리는 망설였다. 랑베르가 진심으로 내놓은 제안을 그토록 차갑게 받아들이고서 이렇게 빨리 헤어지게 되어 난처했다.

"같이 들어가지 않겠어?" 그가 물었다. 랑베르의 얼굴이 밝아졌다. 그는 유명인들과 만나는 것을 아주 좋아했다. "아주 재미있을 것 같은데요. 하지만 실례가 되지 않을까요?"

"오! 절대 아니야. 집시 나이트클럽에 보드카 마시러 갈 거야. 게다가 스크리아신은 마음이 동하면 연주자들 모두에게 술을 사주거든. 그와 함께라면 거북해질 것 없어."

"그분이 절 별로 좋아하지 않는 것 같아서요."

"스크리아신은 좋아하지 않는 사람들과 어울리는 걸 아주 좋아하지. 그러니 같이 가." 앙리가 다정하게 말했다.

그들은 큰 건물을 돌아갔다. 건물의 모든 창문에 불이 밝혀져 있었고, 재즈 음악이 들려왔다. 앙리가 작은 곁문의 초인종을 누르자 스크리아신이 문을 열었다. 그는 랑베르의 등장에 조금도 놀라지 않은 듯 따뜻하게 미소를 지었다.

"클로디가 칵테일파티를 열었어. 끔찍해. 집이 온통 남창들로 가득 찼다니까. 내 집에 있는 것 같지가 않아. 어서 들어와. 조금만 뭉개다가 조용히 내빼자고." 그의 셔츠 칼라는 크게 벌어져 있었고, 시선은 흐리멍덩했다. 그들은 계단을 몇 개 올라갔다. 복도 끝 불 켜진 방을 향해 문이 열려 있었다. 거기서 사람들이 속삭이는 소리가 들려왔다.

"사람들이 많아?" 앙리가 말했다.

"놀랄걸." 스크리아신이 만족스럽다는 듯이 대꾸했다.

앙리는 약간 불안을 느끼며 그의 뒤를 따라갔다. 이어 손님들을 본 순간, 그는 뒤로 물러섰다. 볼랑주와 위게트였다. 루이 볼랑주가 허심탄회한 태도로 손을 내밀었다. 그는 거의 예전 모습 그대로였다. 이마의 주름이 전보다 약간 더 깊어지고 턱이 보다 뚜렷이 드러난 정도였다. 후손들이 보기에 잘 다듬어졌다고 할 만한 잘생긴 얼굴이었다. 자유 지역에 대한 그의 호의적인 기사를 읽으며 떠올렸던 결심이 번개처럼 스쳤다. 언젠가는 루이의 턱을 날려주리라고 그는 생각했었다. 하지만 앙리 역시 손을 내밀었다.

"이렇게 만나니 정말 기쁘군, 친구." 루이가 말했다. "감히 자넬 방해할 수가 없었어. 정말 바쁘다는 걸 알고 있었거든. 하지만 얘길 나누고 싶다는 생각은 자주 했지."

"하나도 변하지 않으셨네요." 위게트가 말했다.

그녀 역시 변하지 않았다. 금발에 창백한 얼굴, 옛날처럼 우아한 모습에 여전히 향기로운 미소를 짓고 있었다. 겉모습은 결코 변하지 않겠지만, 언젠가 누군가 곁을 스쳐 지나가는 순간 그녀는 갑자기 먼지로 변해버릴지도 모를 일이다.

"아닌 게 아니라 아무도 만나지 못하고 있어." 앙리가 말했다. "짐승처럼 일하고 있지."

"그래, 분명 고약한 생활을 하고 있겠지." 루이가 동정 어린 투로 말했다. "하지만 어쨌든 일류 문학가라는 지위를 얻었잖나. 뭐 놀랍지는 않아. 자네가 결국은 인정받게 되리라고 확신하고 있었으니까. 자네 책이 암시장에서 3,000프랑에 팔린다는 거 알고 있나?"

"지금은 어떤 책이라도 소시지처럼 팔리니까." 앙리가 대꾸했다.

"그건 그렇지. 하지만 자넨 놀라운 평가를 받았잖아." 루이가 격려하듯 말하고는 미소를 지었다. "정말 좋은 주제를 찾아냈다고 해야겠지. 그 점에서 운이 좋았어. 그런 주제를 잡으면, 책이야 저절로 써지는 법이니까."

열의 없는 미소였지만, 그의 목소리에는 한때의 날 선 표현과 대조적인 정중함이 있었다.

"어떻게 지내?" 앙리가 물었다.

그는 막연하게 수치심을 느끼고 있었다. 루이의 말로 인한 수치심인지, 자기 자신에 대한 수치심인지 그로서는 알수가 없었다.

"곧 출간될 주간지의 문학비평을 맡게 될 것 같아." 루이가 자신의 손끝을 바라보며 말했다.

"여기서 내빼자고." 스크리아신이 안달하며 말했다. "이음악은 정말 참아줄 수가 없군. 이즈바에 가서 샴페인 좀 마셔야겠어."

"지갑을 털린 뒤로 다시는 그곳에 안 가는 줄 알았는데." 앙리가 말했다.

스크리아신은 교활한 표정으로 미소를 지었다. "바가지 씌우는 게 그자들 일이야. 그러니까 고객 역할은 자신을 지키는 거지."

앙리는 망설였다. 실례를 무릅써야 할 것 같았다. 왜 사람들은 자신에게 강요를 하려는 걸까? 그는 루이와 저녁을 보내고 싶은 생각이 없었다. "하여간 난 못 가." 그가 말했다. "자네가 오라고 해서 급하게 온 것뿐이네. 이제 신문사로 돌아가봐야 해."

"난 나이트클럽이 끔찍이 싫어." 루이가 말했다. "그러니 여기서 조용히 있기로 하지."

"좋을대로 해!" 스크리아신이 내뱉고는 불행한 표정으로 앙리를 바라보았다. "그래도 한잔할 시간은 있지?"

"그야 물론이지." 앙리가 말했다.

스크리아신이 벽장을 열어 위스키 병을 꺼냈다. "많이 남지는 않았군."

"난 술을 마시지 않아. 위게트도 그렇고." 루이가 말했다.

클로디가 문간에 나타났다. "참 잘하는 짓이네!" 그녀는 손가락으로 스크리아신을 가리켰다. "저 사람, 반쯤 취한 채 칵테일파티에 와서는 손님들에게 욕을 했어요. 그래서 존경받는 손님들이 슬쩍 일어나 가버리고 있다고요! 우리 집에 다시 러시아인을 받나 봐라……."

"그렇게 소리 지르지 말아요. 크리크리는 올 거니까." 스크리아신이 말하고는 한숨을 쉬며 덧붙였다. "크리크리란 말이지, 트럼펫 연주자야."

클로디는 방으로 들어서서 문을 닫았다. "여기서 당신들과 같이 있을래요." 그녀가 결심한 듯이 말했다. "손님 접대는 딸아이가 하겠죠."

어색한 침묵이 흘렀다. 루이가 모두에게 차례차례 미국 담배를 돌렸다.

"요샌 뭘 하면서 지내나?" 그가 상냥한 태도로 앙리에게 물었다.

"새 소설을 구상 중이야." 앙리가 대답했다.

"안이 그러는데, 아주 아름다운 희곡을 썼다면서요." 클로디가 말했다.

"희곡을 쓰긴 했죠. 그리고 이미 세 명의 극장 감독에게 거절당했답니다." 앙리는 유쾌하게 말했다.

"뤼시 벨롬을 소개해드려야겠네요." 클로디가 말했다.

"뤼시 벨롬요? 누구죠?"

"정말 특이한 분이시네. 모두가 선생님을 알고 있는데 선생님은 아무도 모르니 말이죠. 아마릴리스 양장점을 운영하는 여자예요. 아주 유명하고 큰 양장점이랍니다."

"무슨 말씀인지 이해를 못 하겠군요."

"뢸뤼가 리슈테르의 정부거든요. 리슈테르의 전처는 이혼 후 베르농과 재혼했고요. 그리고 베르농은 스튜디오 46의 사장이지요."

"여전히 이해가 안 되는데요."

클로디가 웃기 시작했다. "베르농은 남자 친구들 사귀는 걸 무마하려고 아내인 쥘리에트에게 무조건 복종하고 있어요. 그는 반론의 여지 없는 동성애자거든요. 그리고 쥘리에트는 전남편인 리슈테르와 매우 친하게 지내고요. 또 리슈테르는 뢸뤼에게 무조건 복종하죠."

"이제야 이해가 되는군요." 앙리가 말했다. "하지만 부인의 친구 뢸뤼는 이 일에 어떤 이해관계가 있죠?"

"뢸뤼에게 매력적인 딸이 하나 있는데, 그 애는 배우가 되고 싶어 해요. 선생님 연극에도 물론 여자 배역이 있을 거잖아요?"

"네. 하지만……."

"계속 '하지만'만 하시면 아무것도 얻을 수 없어요. 매력적인 딸이라니까요. 우리 집에 다시 오실 때 그 애를 소개해드릴게요. 선생님은 늘 목요일 모임에 빠지셨죠. 이번엔 거절하시기 힘든 도움을 청하려고 해요." 클로디가 격정적인 어조로 말했다. "전 강제수용소로 끌려간 부모의 아이들을 위한 탁아소를 꾸려가고 있어요. 그런데 경비가 많이 든답

니다. 혼자 감당하기에는 너무 많죠. 그래서 무료 봉사 강연
자들을 불러 일련의 강연회를 열 생각이에요. 선생님을 직
접 만날 기회라면 속물들은 2,000프랑은 기꺼이 낼 거예요.
그런 사람들이 무진장 오면 전 마음이 놓일 거고요. 선생님
을 첫 번째 강연회 연사로 올려놓겠어요."

"그런 종류의 사교 모임을 아주 싫어하는데요." 앙리가
말했다.

"강제수용소에 끌려간 부모를 둔 아이들을 위한 일인데
거절은 못 하시겠죠. 뒤브뢰유라도 승낙할걸요."

"그 자선가들은 아무도 귀찮게 하는 일 없이 그냥 2,000프
랑을 뱉어낼 수 없답니까?"

"한 번이면 몰라도 열 번은 못 하죠. 자선이 매우 아름다운
일이긴 하지만 그것도 이득이 있어야 하거든요. 그게 자선
모임의 원칙이랍니다." 클로디가 웃기 시작했다. "스크리아
신이 얼마나 화난 얼굴인지 좀 보세요. 제가 선생님을 독점
한다고 생각하나 봐요."

"미안해요." 스크리아신이 말했다. "하지만 사실 앙리에
게 얘기할 게 좀 있어서."

"얘기해요!" 클로디가 말했다. 그녀는 위게트 곁으로 가
서 소파에 앉았다. 둘은 낮은 목소리로 잡담을 나누기 시작
했다.

스크리아신은 앙리 앞에 우뚝 섰다. "자넨《레스푸아》가
S.R.L.에 소속되어도 진실을 말하는 것을 포기하지 않겠다
고 했지."

"그랬지." 앙리가 말했다. "그래서?"

"바로 그 일로 급히 만나고 싶었지. 소련 정부의 진실, 의심의 여지 없는 가혹한 진실을 알려주면, 폭로할거야?"

"오! 분명히 《피가로》가 나보다 먼저 폭로할걸." 앙리가 웃으며 말했다.

"베를린에서 온 친구가 있어." 스크리아신이 말했다. "러시아인들이 독일혁명을 초기에 저지한 정황과 관련해서 정확한 정보를 전해주더군. 이걸 폭로하는 건 좌파 신문이어야만 해. 자네가 할 마음 없어?"

"친구가 뭐라고 했는데?" 앙리가 물었다.

스크리아신이 주위를 둘러보았다. "대충 이런 얘기야. 베를린의 몇몇 교외 지역들은 히틀러 치하에서조차 완강하게 공산주의로 남아 있었지." 그가 말을 이었다. "베를린 전투*에서 쾨페니크의 노동자들과 웨딩 라 루즈**의 노동자들이 공장을 점령한 뒤 붉은 기를 게양하고 위원회를 조직했지. 위대한 민중 혁명의 시작이 될 수 있었어. 노동자에 의한 노동자의 해방이 시작되고 있었으니까. 위원회는 새로운 정권의 틀을 제공할 완벽한 준비가 된 상태였고." 스크리아신이 잠시 말을 멈추었다가 입을 열었다. "그러는 대신, 무슨 일이 일어났는지 알아? 모스크바에서 관료들이 와서 위원회를 없애고 그 기반도 없앴어. 그러고는 정부 기관, 즉 점령국의 기관을 세운 거야." 그는 앙리를 응시했다. "이게 무슨 뜻일까? 인간을 멸시하고, 관료의 독재를 보여주는 전형적인

---

* 1945년 4월에 일어난 제2차 세계대전의 마지막 지상전. 소련군에 맞서 독일은 민간인까지 동원하여 격렬하게 저항했으나 패배했다.
** 베를린에서 가장 오래되고 규모가 큰 공장노동자들의 거주 구역.

모습이라고!"

"새로운 얘기는 아냐." 앙리가 말했다. "다만, 자네는 이 관료들이 소련으로 망명했던 독일 공산주의자들이라는 걸 잊은 모양이군. 이들은 오래전부터 소련에서 자유 독일 위원회를 만들었어. 베를린 함락 당시에 반란을 일으킨 사람들보다야 그들이 어쨌든 더 자격이 있었지. 그래, 노동자들 중에는 분명 진지한 공산주의자들도 있었을 거야. 하지만 6000만의 나치들이 자신들은 항상 나치 정권에 저항했었다고 입을 모아 항변하고 있을 때 거기 가서 진짜 공산주의자들을 한번 골라내보라고! 러시아인들이 이 사람들을 믿지 못했던 것도 무리는 아니야. 그게 러시아인들이 독일 공산당의 기반을 전적으로 무시했다는 증거가 되지는 못하지."

"분명 이럴 줄 알았어!" 스크리아신이 폭발하듯이 말했다. "미국을 공격하는 일에는 언제든 준비가 되어 있잖나. 하지만 소련에 대항해서 입을 여는 사람은 이제 아무도 없거든."

"소련의 행동이 옳았다는 건 명백하잖아!"

"난 이해 못 하겠어!" 스크리아신이 말했다. "눈이 멀었어? 아니면 겁이 나는 거야? 뒤브뢰유가 매수된 거야 세상이 다 알지. 하지만 자넨……!"

"뒤브뢰유가 매수되었다니! 자네 스스로도 그걸 믿지 않잖아!"

"오! 물론 공산당이 돈으로 당신네들을 매수한 건 아니지." 스크리아신이 말했다. "뒤브뢰유는 늙었어. 그는 유명하고 이미 부르주아 대중을 포섭했지. 그러니 이제는 민중을 원하는 거야."

"그러면 S.R.L.의 투사들에게 가서 뒤브뢰유가 공산주의
자라고 말해보든가!"

"S.R.L.! 멋진 속임수야!" 스크리아신이 말했다. 그는 기
진한 듯 소파 등받이에 머리를 기대었다.

"슬픈 일 아닌가? 친구끼리 이제 정치 논쟁을 하지 않고
는 하루 저녁도 보낼 수 없다니." 루이가 앙리에게 미소를 지
으며 말했다. "정치를 하는 건 좋아. 하지만 왜 언제나 정치
얘기야?"

스크리아신의 머리 너머에서, 그는 앙리와 젊은 시절에
이루었던 공감대를 되찾으려 애쓰고 있었다. 자신도 그와
같은 의견인 만큼 앙리는 더욱더 짜증이 났다.

"나도 같은 생각이야." 그는 마지못해 대꾸했다.

"결국은 지상에 다른 것들도 존재한다는 사실을 잊게 되
는 거야." 루이가 말했다. 그는 부끄러워하는 사람처럼 자신
의 손끝을 쳐다보고 있었다. "아름다움, 시, 진실이라 불리
는 것들에는 아무도 관심에 없지."

"그런 것에 관심 있는 사람들이 아직 있어." 그러고서 앙
리는 생각했다. '말해야 해. 이제 우리가 함께할 일은 아무것
도 없다고 루이에게 얘기해야 해.' 하지만 도발적인 말도 듣
지 않은 상황에서 옛 친구를 모욕하기란 쉽지 않았다. 그는
술잔을 내려놓고 일어나 돌아가려 했다. 그때 랑베르가 말
을 꺼냈다.

"그런 것에 관심 있는 사람들이라는 게 도대체 누굽니
까?" 그는 격한 어조로 말했다. "적어도《비질랑스》에는 그

530

런 사람들이 없어요. 선생님들 수락을 받으려면 원고가 정치적인 내용으로 가득 차 있어야 할걸요. 단순히 아름답거나 시적이라면, 결코 출판하려 하시지 않겠죠."

"사실 그게 바로 내가 《비질랑스》를 비난하는 이유야." 루이가 말했다. "물론 정치적인 주제로 매우 아름다운 책들을 쓸 수도 있겠지. 자네 소설이 그 예이기도 하고." 그는 세련된 목소리로 덧붙였다. "그러나 순수문학이 권리를 되찾는 것도 바람직하다고 봐."

"나에게는 순수문학이란 의미 없는 단어야." 앙리는 이렇게 대꾸한 뒤 매서운 목소리로 덧붙였다. "그건 위험한 단어야. 문학을 다른 모든 것으로부터 고립시키려 하면 어떻게 되는지 알고 있잖아."

"시대에 따라 다르지." 루이가 말했다. "1940년에, 내가 정치에 관여하지 않을 수 있다고 생각한 건 분명 잘못이었어. 믿어주게. 내가 큰 실수를 했고, 이제 그걸 기꺼이 인정한다는 걸 말이야." 이어 그는 확신에 찬 어조로 말을 이었다. "하지만 지금은 자신의 순수한 즐거움을 위해, 정치적 동기 없이 글을 쓸 수 있는 권리를 다시 가질 수 있다고 생각해."

그는 질문을 품은 듯한 정중한 태도로, 진정으로 허락을 간청하는 사람처럼 앙리를 바라보았다. 이 꾸며진 공손함 때문에 앙리는 화가 났다. 하지만 화를 내봤자 아무 소용이 없을 터였다.

"각자 생각하는 건 자유니까." 그는 냉담하게 말했다.

"그렇게 자유로운 건 아니죠!" 랑베르가 말했다. "선생님은 이해 못 하세요. 시류에 역행하는 것이 얼마나 힘든지 말입니다."

루이가 공감하듯 고개를 끄덕였다. "모두가 공모해서 개인은 아무것도 아니라는 걸 납득시키려는 시대인 만큼 더 힘들지. 개인이 자신을 되찾으면 많은 것을 되찾을 수 있을 텐데 악순환만 계속되고 있거든. 사회가 개인에게 자신을 찾을 방법을 주지 않으니 말이지."

"그래요, 사회가 그럴 방법을 주지 않죠." 랑베르가 단호하게 되풀이하고는 고무된 표정으로 앙리를 바라보았다. "전에 스크리브 호텔에서 이 문제에 대해 논쟁했던 것 기억하십니까? 전 선생님께 각자 자신의 문제에 관심을 가져야 한다고 말씀드렸죠. 지금도 그렇게 믿고 있어요. 만약 우리가 아무것도 아니며, 아무것도 할 수 없고, 어떤 권리도 없다고 생각한다면 어떻게 되겠어요? 보세요, 샹셀은 자살했고, 세즈나크는 마약중독자가 되었고, 뱅상은 늘 취해 있고, 라숌은 영혼을 공산당에 팔아버렸고……."

"자넨 모든 걸 혼동하고 있어!" 앙리가 말했다. "순수문학이 뱅상이나 세즈나크에게 뭘 줄 수 있다는 건지 모르겠군. 그리고 개인이 자신을 잃느니 다시 발견한다느니 하는 말은……." 앙리는 루이 쪽을 돌아보며 말을 이었다. "다 적당히 꾸며낸 수작이야. 대단하다 할 수 있는 개인들도 있고, 아무것도 아닌 개인들도 있잖나. 인생에서 그 사람들이 무얼 하느냐에 달려 있어. 젊을 때는 인생을 어떻게 해야 할지 아직 모르지. 그래서 따분해지는 거고. 하지만 어떤 일에, 자기 자신이 아닌 다른 무언가에 관심을 가지기만 하면 문제는 사라지는 거야."

앙리는 화를 내며 말했다. 랑베르가 루이의 헛소리를 중요하게 생각하는 게 짜증이 났다. 그는 일어났다. "이제 가봐야겠어."

스크리아신이 몸을 일으켰다. "정말 내 정보는 고려해볼 가치도 없다고 결론지은 건가?"

"자넨 어떤 새로운 정보도 주지 않았어." 앙리는 말했다.

스크리아신은 위스키 한 잔을 채워 단숨에 삼킨 뒤 다시 병을 쥐었다. 클로디가 급하게 다가와서는 그의 팔에 손을 얹었다.

"빅토르 아저씨, 이미 충분히 마셨잖아요!"

"내가 좋아서 마시는 것 같아요?" 스크리아신이 거친 목소리로 외쳤다.

앙리가 미소를 지었다. "핑계 한번 좋군."

"이래야 잊을 수 있으니까!" 스크리아신이 잔에 술을 가득 채우며 말했다.

"뭘 잊는다는 거예요?" 위게트가 멍한 표정으로 물었다.

"2년 뒤면 러시아인들이 프랑스를 점령할 거예요. 그리고 당신들은 무릎을 꿇고 이들을 맞아들이게 되겠지."

"2년 뒤라니!" 위게트가 말했다.

"절대 아니야." 앙리가 말했다.

"당신들은 유럽을 러시아인들에게 넘겨주고 있어. 당신들 모두 공모자라고!" 스크리아신이 말했다. "당신들, 두려운 거지. 그게 진실이야. 당신들은 두려워서 현실을 외면하고 있다고."

"진실은 자네가 소련을 증오해서 이성을 잃었다는 거야."

앙리가 말했다. "자넨 사실을 왜곡하고 아무 거짓말이나 퍼뜨리고 있어. 그건 비열한 짓이야. 소련을 통해서 사회주의 전체를 공격하고 있잖나."

"소련이 사회주의와 더 이상 아무 관련이 없다는 건 자네도 잘 알잖아." 스크리아신이 취해서 불분명한 목소리로 말했다.

"미국이 사회주의와 더 가깝다는 얘기는 아니겠지!" 앙리가 되받았다.

스크리아신은 분노로 붉어진 눈으로 앙리를 바라보았다. "자네, 내 친구라며! 그러고도 나에게 사형선고를 내린 정권을 옹호하다니! 내가 총살당하는 날, 자넨 놈들이 옳았다고 《레스푸아》에 보도하겠지."

"하느님 맙소사!" 앙리가 말했다. "과거의 투사라는 것도 정말 골치가 아팠는데, 이제는 미래에 총살당할 사람 타령이라니!"

스크리아신은 증오에 찬 눈길로 앙리를 쳐다보더니 잔을 반쯤 채워 그를 향해 힘껏 던졌다. 앙리는 살짝 피했고, 유리잔은 벽에 부딪쳐 박살이 났다.

"잠을 좀 자." 앙리는 문 쪽으로 걸어가면서 말하고는 작게 손짓했다. "잘 있게."

"저분을 나쁘게 생각하진 마세요." 클로디가 말했다. "취했잖아요."

"그래 보이네요."

스크리아신은 다시 소파로 쓰러져 머리를 손으로 감싸고 있었다.

"웬 난리람!" 랑베르와 함께 저택 안뜰로 나가며 앙리가 말했다.

"그러게요. 사실 전 루이 볼랑주의 의견에 동의합니다. 정치 토론은 금지되어야 해요."

"스크리아신은 토론을 하는 게 아니야. 예언하는 거지."

"아! 어쨌든 늘 그런 식으로 얘기가 흘러가잖아요." 랑베르가 말했다. "술잔을 상대방의 머리로 던지질 않나, 자기가 무슨 말을 하는지조차 모르는 거죠. 두 분 다 동독에서 무슨 일이 일어나는지 모르고 계시는 것 같던데요. 스크리아신은 소련에 반대해서 편파적이고, 선생님은 부분적으로 소련에 동조하셔서 편파적이에요."

"편파적인 게 아니야. 소련이 모든 면에서 완벽하지는 않으리라 생각하고 있어. 모든 것이 완벽하다면 오히려 이상하지. 하지만 결국 소련은 바른 길을 가고 있다고."

랑베르는 불만스러운 얼굴을 한 채 더 이상 대답하지 않았다.

"스크리아신이 대체 무슨 생각으로 나와 루이를 만나게 한 건지 궁금하군." 앙리가 말했다. "분명 루이가 만남을 제안했을 거야. 명예 회복을 위해 내 도움을 바라고 있거든."

"선생님과 다시 친구가 되고 싶은 게 아닐까요?"

"루이가? 말도 안 돼."

랑베르는 놀란 듯 앙리를 빤히 쳐다보았다. "옛날에는 그분이 선생님의 제일 친한 친구 아니었습니까?"

"이상한 우정이었지." 앙리가 말했다. "루이는 파리에서 튈의 고등학교로 전학 왔었어. 그래서 난 그 친구에게 강한 인상을 받았지. 그 친구는 나를 다른 애들에 비해 덜 촌스럽다고 생각했고. 하지만 우리는 서로를 좋아한 적이 한 번도 없었어."

"제가 보기엔 괜찮은 사람 같던데요." 랑베르가 말했다.

"자네도 정치에 싫증이 나 있는 참에 마침 루이가 순수문학을 옹호하니 괜찮아 보였겠지. 하지만 그 친구가 왜 그러는지 알아?"

랑베르는 망설였다. "어떤 이유에서건 루이가 말한 건 진실입니다. 개인적인 문제들은 엄연히 존재하거든요. 그런데 다들 개인적인 문제를 제기하는 것이 옳지 않다고들 하니, 그걸 해결하기가 쉽지 않아요."

"난 결코 그렇게 주장한 게 아냐." 앙리가 말했다. "개인적인 문제들을 스스로 제기해봐야 한다는 점에는 찬성이야. 내가 말하고자 하는 건, 개인적인 문제들을 다른 문제들과 떼어서 생각할 수 없다는 얘기야. 자신이 누구이고, 무엇을 원하는지 알기 위해서는, 스스로 세상에서 어떤 위치에 있을지를 결정해야만 한다는 거지."

랑베르는 오토바이에 올라탔고, 앙리도 그의 뒤에 올라앉았다. '1년으로 충분하다는 건가.' 그는 생각했다. '고작 1년만에 돌아오다니. 자기가 아흔아홉 명의 정의로운 인간과 동등한 가치를 지닌다고 확신하는 오만한 죄인 같으니. 그런 사람들은 우리와 다른 얘기를 하고, 그래서 랑베르 또래의 젊은이들은 그들이 새로움을 가져다주리라 믿겠지. 그들은 그렇게 젊은이들의 마음을 끄는 거야. 그건 안 돼.' 오토바이가 멈추자마자 그는 따뜻한 목소리로 말했다.

"자네 제안은 고맙게 받겠네. 정말 좋은 생각이야. 덕분에 우리가 계속 신문사의 주인으로 있게 됐군!"

"승낙하시는 거군요!" 랑베르는 기쁜 표정이었다.

"승낙하고말고. 이번 일 때문에 심기가 불편해 아까 마음 껏 기뻐하지 못했지. 하지만 상상할 수 있을 걸세. 내가 신문을 지키게 되어 얼마나 기쁜지 말이야!"

"트라리외가 받아들일까요?"

"그래야만 할걸." 앙리는 랑베르와 열렬히 악수를 나누었다. "고마워. 내일 만나자고."

'그래, 지금은 도망칠 때가 아니야.' 방으로 들어오며 그는 생각했다. 뒤브뢰유에 대한 원망이 금세 사라지지는 않겠지. 하지만 그렇다고 함께 일을 못 할 정도는 아니야. 감정 문제는 아주 부차적인 것이니까. 볼랑주와 같은 인간들의 복귀를 막는 것, 이기는 것이 중요해. 앙리는 담배에 불을 붙였다. 《레스푸아》의 위원회에 들어오는 건 랑베르에게도 좋은 일일 거야. 그를 차츰차츰 신문사의 운영에 끌어들여야 할 거야. 그러면 랑베르는 정치적으로도 육성되고, 소외감도 훨씬 덜 느끼게 되겠지. 일단 새로운 생활에 완전히 익숙해지면, 장래에 무엇을 해야 할지도 더 이상 고민하지 않게 될 거고.

'사실, 요즘 세상에 젊은이로 산다는 게 편치는 않겠지.' 앙리는 가까운 시일 안에 랑베르와 진지하게 얘기를 나눠 보기로 마음먹었다. '그런데 구체적으로 무슨 얘기를 해야 하지?' 그는 옷을 벗기 시작했다. '내가 공산주의자거나 기독교 신자였다면 난처함이 덜했을 텐데.' 앙리는 생각했다.

'보편적인 윤리를 강요할 수 있잖아. 하지만 각자의 인생에 부여하는 의미란 그것과는 달라. 몇 개의 문장으로 설명하기 불가능하지. 랑베르가 나의 시각으로 세상을 볼 수 있도록 만들어야 할 거야.' 앙리는 한숨을 쉬었다. 다름 아닌 문학의 역할이었다. 자신이 보는 세계를 다른 사람들에게 보여주는 것. 다만 그는 시도했다가 실패한 것이다. '내가 정말 시도를 해보기나 했던 건가?' 앙리는 자문하며 새 담배에 불을 붙이고는 침대 가장자리에 앉았다. 그는 동기가 없는 소설을 쓸 생각이었다. 동기가 없고, 필연성도 논거도 없으니, 그토록 빨리 싫증을 낸 것도 놀라운 일이 아니다. 글을 쓰겠다는 결심은 진지했지만, 그것도 결국 자기만족에 지나지 않았다. 과거에도 현재에도, 그는 자신의 위치를 정하지 않은 채 자기 얘기를 하려 했던 것이다. 하지만 그의 삶의 진실은 외부의 사건들에, 사람들에, 사물들에 있었고, 따라서 자기 얘기를 하기 위해서는 자기를 제외한 모든 것을 얘기해야만 했다. 그는 일어나서 물 한 컵을 단숨에 마셨다. 당장은 이제 문학이란 아무 의미가 없다고 생각함으로써 적당히 정리가 되었지만, 그럼에도 그는 희곡을 썼고, 그것에 만족을 느끼고 있었다. 그것은 때와 장소가 있으며, 모종의 의미가 존재하는 희곡이었다. 바로 그래서 그는 만족을 느끼는 것이다. 그러면 왜 때와 장소가 있고 의미가 있는 소설을 시작하지 않는 거지? 오늘날의 이야기를 해야 해. 그 이야기에서 독자들은 각자의 고민과 문제를 발견하겠지. 증명하거나 설득하는 것이 아니라, 증언을 해야 해. 그는 오랫동안 잠들지 못했다.

뒤브뢰유는 트라리외도 사마젤도 설득하지 못했다. 그러나 그들은 신문사의 위원회에서 랑베르의 존재가 앙리에게 무엇을 보장하는지 모르거나, 혹은 S.R.L.을 위태롭게 할 만한 물의가 일어나는 것이 두려운 모양이었다. 아니면 결국은 애초에 권모술수를 꾸미지 않았던 걸까? 어쨌든 그들은 앙리가 제안한 위원회 구성을 선선히 받아들였다. 신문사에는 순전히 행정 분야에서만 일어나는 변화에 대해 아무도 동요하지 않았다. 단지 뱅상만이 예외였다. 앙리와 뤼크 단둘이 남아 있을 때, 그가 편집실로 오더니 신랄한 목소리로 공격하기 시작했다. "신문사에서 일어나고 있는 일에 대해 전 전혀 이해를 못 하겠습니다."

"하지만 단순한 일인데!" 앙리가 말했다.

"전 트라리외라는 사람을 모릅니다. 하지만 돈이 많은 인간이 위험하다는 건 틀림없이 알죠. 그 사람 없이도 잘해나갈 수 있었을 텐데요."

"그럴 수 없었어."

"왜 랑베르를 위원회에 포함시키셨죠?" 뱅상이 말했다. "예상하지 못했던 나쁜 일들이 일어날 겁니다. 자기 아버지가 무슨 짓을 했는지 알면서도 화해한 녀석이라고요!"

"그 노인이 로자를 넘겼다는 어떤 증거도 없어." 앙리가 말했다. "그러니 생각 없이 사람들을 평가하는 짓은 그만둬. 난 랑베르를 알고, 신뢰하고 있어."

뱅상은 어깨를 으쓱였다. "이번 일 전부 유감스럽군요."

"이번 일이야 실패라고 인정할 수밖에 없긴 하지." 뤼크가 한숨을 쉬며 대꾸했다.

"이번 일이라니?" 앙리가 물었다.

"이 일 전부 말야." 뤼크가 말했다. "사정이 약간은 바뀌리라고 기대할 수도 있었는데, 결국 다시 돈 문제만 중요한 것이 되었잖아."

"사정이 그렇게 빨리 바뀔 수는 없으니." 앙리가 말했다.

"아무것도 결코 바뀌지 않을 겁니다!" 뱅상이 말하고는 갑자기 몸을 돌려 문 쪽으로 걸어갔다.

"네가 그 사실을 안다는 거, 뱅상은 모르지?" 뤼크가 근심스럽게 물었다.

"몰라." 앙리가 말했다. "뱅상에게 아무 얘기 안 했고, 아무 얘기도 안 할 거야. 뭐 하러 그러겠어?"

계약서에 서명하기로 한 날, 하늘이 포근해 보이는 11월인데도 폴은 난로에 장작으로 큰 불을 지폈다. 그러고는 멍하니 불을 뒤적거리며 물었다.

"정말로 서명할 생각이야?"

"정말로 해야지."

"왜?"

"다른 방법이 없으니까."

"방법은 항상 있어."

"이번에는 아니야."

"아니." 그녀는 몸을 일으켜 앙리의 앞에 섰다. "당신이 관둘 수도 있잖아!"

며칠 전부터 참고 있던 말을 결국 서투르게 뱉어버린 것이다. 그녀는 움직임 없이 숄 끝자락을 손으로 꽉 쥐고 있었는데, 그 모습이 마치 야수에게 몸을 바치는 순교자 같았다.

폴이 목을 가다듬었다. "당신이 그만두는 편이 더 품위 있다고 생각해."

"내가 얼마나 품위에 신경 안 쓰는 사람인지 당신이 알아주면 좋을 텐데."

"5년 전이라면 망설이지 않았을걸." 그녀는 말했다. "그만뒀겠지."

앙리는 어깨를 으쓱였다. "5년 동안 난 많은 걸 배웠어. 당신은 안 그래?"

"뭘 배웠는데?" 폴이 연극적인 어조로 물었다. "타협하는 것? 굽히는 것?"

"내가 어떤 이유로 받아들였는지는 설명했잖아."

"아! 이유야 늘 있지. 아무도 이유 없이 평판을 위태롭게 하지는 않는 법이거든. 바로 그래서 이유에 타협하지 않을 줄도 알아야 하는 거야." 폴의 얼굴이 변했다. 그녀의 눈에는 격렬한 애원이 담겨 있었다. "알다시피, 가장 힘든 길을 선택했잖아. 고독과 순수함을. 피사넬로*가 그린 흰색과 황금색 옷을 입은 어린 성인 조르주처럼. 우리는 그게 당신 모습이라고 했었잖아……."

"당신이 그렇게 말했지."

"과거를 부정하지 마." 폴이 외쳤다.

앙리는 화가 나서 말했다. "난 조금도 부정 안 해."

"당신은 부정하고 있어. 당신 자신의 모습을 배신하는 중

---

* 안토니오 피사넬로Antonio Pisanello. 15세기에 활동한 이탈리아 피사 출신의 화가.

이라고. 그리고 난 누가 여기에 책임이 있는지 알아." 폴이
분노하며 덧붙였다. "언젠가 그 사람에게 내 생각을 다 말해
버려야겠어."

"뒤브뢰유 말이야? 정말 터무니없군. 날 알잖아. 내가 다
른 누군가가 시킨다는 이유로 원하지도 않는 일을 할 사람
이야?"

"가끔 당신은 완전히 다른 사람이 된 것 같아." 그녀는 앙
리를 바라보며 절망적으로 말하고는 정신이 나간 사람처럼
물었다. "정말 당신 맞아?"

"그런 것 같은데." 앙리는 어깨를 으쓱이며 대꾸했다.

"당신도 확신을 못 하잖아. 옛날의 당신을 생각하면
난……."

그가 갑자기 폴의 말을 가로막았다. "늘 과거에서 나를 찾
는 거 이제 그만둬. 어제의 나만큼이나 오늘의 나도 진실하
니까."

"아냐, 우리의 진실이 어디 있는지 난 알아. 그리고 어떤
방법을 동원해서라도 그걸 지킬 거야."

"그래서 우리는 끝없이 싸웠잖아! 나는 변했어. 이 사실을
머리에 넣어둬. 우리는 변해, 폴. 생각도 변하고 감정도 변
해. 결국은 당신도 이 사실을 인정해야만 할 거야."

"절대 인정 못 해." 폴의 눈에 눈물이 고였다. "이렇게 말
다툼을 하고 나면, 당신보다 내가 더 고통스럽다는 거 믿어
줘. 어쩔 수 없는 경우가 아니면 나도 당신과 싸우지 않을 거
라고."

"아무도 당신에게 뭘 어떻게 하라고 시키지 않았어."

"나에게도 사명이 있으니까." 폴이 사나운 어조로 말했다. "그리고 난 그 사명을 완수할 거야. 누구라도 당신을 본연의 길에서 어긋나게 인도하는 건 용납할 수 없어."

이 과장된 표현에 대해서는 도무지 어떻게 할 수가 없었다. 그래서 그는 침울한 목소리로 중얼거렸다. "이제 무슨 일이 일어날지 알아? 우리는 결국 서로 증오하게 될 거야."

"당신은 날 증오할 수 있어?" 폴은 손으로 얼굴을 가렸다가 곧 고개를 들어 말했다. "필요하다면 난 당신의 증오조차 참아낼 거야. 당신을 사랑하니까."

앙리는 대답 대신 어깨만 으쓱이고는 방을 향해 걸어갔다. '끝내야 해. 끝내고 싶어.' 그는 집요하게 생각했다.

S.R.L.은 11월에 토레즈의 주장을 지지했다. 그 보답으로 공산주의자들은 다시 S.R.L.에 대해 호의를 표했고 공장에서 다시 《레스푸아》를 읽기 시작했다. 그러나 우호적인 관계는 오래가지 않았다. 그들은 《레스푸아》의 기사를 공격적인 태도로 지적하기 시작했다. 앙리가 기사에서 공산주의자들이 1400억의 군사 예산에 찬성투표 한 것을 비난한 데다, 사마젤은 세 강대국인 미국, 소련, 영국의 정책을 다루면서 공산주의자들과 사회주의자들 간 대립과 갈등을 강조한 터였다. 공산당은 S.R.L.에 잠입 공작을 하고, 가능한 모든 수단을 동원해 반격해 왔다. 사마젤은 공산주의자들과 단호하게 결별하기를 원하고 있었다. 그는 S.R.L.을 정당으로 만들어 6월 선거에 후보를 내야 한다고 주장했다. 그의 제안은 받아들여지지 않았으나, 위원회는 공산당에 대해 보다 적극

적인 대책을 세우기 위해 선거를 이용하기로 결정했다. 선
거운동이 시작될 예정이었다.

"공산당을 무력화시키고 싶은 건 아니야. 공산당이 노
선을 수정하길 바랄 뿐이지." 뒤브뢰유가 결론짓듯 말했다
"어쨌거나, 우리가 공산당보다 우세해질 기회가 있다면 바
로 지금이야. 우리 이름으로 말하는 것이 공산당에 큰 타격
을 입히지는 않겠지만, 하부 조직의 소리라면 고려하지 않
을 수 없겠지. 사람들에게 좌파 정당에 투표하라고 권하되
조건부로 해야 해. 지금 프롤레타리아는 공산주의에 많은
불만을 갖고 있어. 만약 우리가 이 불만을 한 방향으로 유도
해서 확실한 요구를 이끌어낸다면, 공산당 지도자들의 태도
를 바꾸게 만들 기회를 얻게 되는 셈이지."

뒤브뢰유가 어떤 결정을 내릴 때면, 그때까지 그의 생활
이 그 결정에 의해 줄곧 통제되고 있었다는 인상을 주곤 했
다. 토요일 회의가 끝나고 언제나처럼 센강가에 있는 작은
식당으로 저녁을 먹으러 가면서, 앙리는 다시 한 번 그런 인
상을 받았다. 뒤브뢰유는 앙리에게 그날 밤에 쓰기 시작할
기사에 대해 설명했는데, 마치 기사가 나올 정확한 날짜를
미리 예견하고 있는 것 같았다. 일단 그는 미국과 영국으로
부터 돈을 빌리자는 방침을 지지했던 공산주의자들을 비난
할 생각이었다. 그러면 나라는 빨리 번영하게 될지 몰라도
노동자들은 거기서 어떤 이익도 얻지 못한다는 것이었다.

"이 선거 운동이 정말 영향력을 갖게 될까요?" 앙리가 물
었다.

뒤브뢰유는 어깨를 으쓱했다. "두고 봐야지. 자네가 그런

얘기를 하지 않았나, 레지스탕스 활동을 하는 동안에는 그 활동의 효과가 보장된 듯 행동해야 한다고 말이야. 좋은 원칙이지. 난 그 원칙을 따르고 있네."

앙리는 뒤브뢰유를 빤히 쳐다보며 생각했다. '작년이라면 이런 식으로 얘기하지 않았겠지.' 최근 뒤브뢰유는 근심을 안고 있는 것이 분명했다.

"바꿔 말하자면, 대단한 걸 기대하지는 않는다는 거죠?" 앙리가 다시 물었다.

"아! 이보게, '기대한다'거나 '기대하지 않는다'는 건 아주 주관적인 말이야." 뒤브뢰유가 말했다. "만약 그런 주관에 따라 행동하면 끝이 없겠지. 우리는 스크리아신처럼 되어야 해. 결정을 내릴 때 자신의 감정을 살펴서는 안 돼."

그의 목소리와 미소에는 신뢰라고 할 만한 감정이 느껴졌다. 옛날 같았다면, 앙리도 그런 모습에 감동했을지 모른다. 하지만 11월에 위기를 겪은 뒤로, 그는 뒤브뢰유에 대해 인간적인 열의를 잃었다. '내게 이토록 신뢰를 갖고 얘기하는 것은 안이 없어서겠지. 자기 생각을 누군가에게 표현해야 할 필요가 있어서 이러는 거야.' 앙리는 생각했고, 동시에 자신의 악의에 약간의 가책을 느꼈다.

뒤브뢰유는 《레스푸아》에 극단적이고 신랄한 어조의 기사들을 연속해서 발표했고, 그러자 공산주의 언론은 화가 나서 반격해 왔다. 공산주의자들은 S.R.L.의 태도를 가리켜 영국의 제국주의를 돕는다는 이유로 레지스탕스 운동을 거부했던 트로츠키주의자들이나 다를 바가 없다고 지적했다. 하지만 노동자 계급의 진정한 이익을 무시한다며 서로를 비난하는 공산당과 S.R.L.의 논쟁은 그나마 비교적 예의가 지켜지고 있는 편이었다. 앙리는 목요일에《랑클뢰》의 기사를 읽고 매우 놀랐다. 뒤브뢰유를 매우 격렬하게 비판하는 기사로,《비질랑스》에 발표 중인 에세이를 공격하고 있었다. 그 에세이란 몇 달 전 뒤브뢰유가 앙리에게 말했던 저서의 한 장章이었는데 그 내용이 매우 간접적인 방법으로만 정치 문제를 다루고 있다는 것이었다. 기사는 처음부터 확실한 근거도 없이 뒤브뢰유를 향해 심각한 비난을 던지며 그를 자본주의를 수호하는 개이자 노동계급의 적으로 묘사하고 있었다.

"공산주의자들은 도대체 왜 이러는 거야? 라숌은 왜 이런 기사가 나가도록 그대로 두는 거지? 구역질 나는 인간이야." 앙리가 말했다.

"기사 보고 놀라셨어요?" 랑베르가 말했다.

"그래, 게다가 기사의 어조에도 놀랐어. 요즘은 오히려 관용의 분위기가 주도적인데."

"난 그리 놀랍지 않던데요." 사마젤이 말했다. "선거를 석 달 앞두고《레스푸아》와 같은 신문을 진창에 끌고 들어가지는 않을 겁니다. 수많은 노동자들과 공산주의자들까지 읽고 있는 신문이니 말이죠. 엄밀한 의미에서는 S.R.L.에 대해서도 비슷하고요. S.R.L.을 조심스럽게 대하는 게 유리할 테니까요. 그에 반해 젊은 좌파들의 눈앞에서 뒤브뢰유 개인을 뭉개버리는 건 대단한 이익이거든요."

사마젤과 랑베르가 아주 대놓고 만족스러운 기색이라 앙리는 짜증이 났다. 이틀 뒤, 랑베르가 즐거워하면서 거의 짓궂은 표정으로 이런 얘기를 했을 때도 그는 화가 치밀었다.

"《랑클륌》의 기사에 대해 저도 재미 삼아 기사를 하나 써봤어요. 선생님이 과연《레스푸아》에 실어주실지는 모르겠지만요."

"왜지?"

"라숌과 뒤브뢰유 모두를 공격했으니까요. 뒤브뢰유에게 일어난 일은 당연한 결과예요. 뒤브뢰유도 양다리를 걸치면서 알게 되겠죠. 지식인이라면 정치를 위해 지식인의 미덕을 희생해서는 안 된다는 걸요. 그런 미덕을 아무 이익 없는 사치라고 생각한다면 미리 분명히 밝혔어야 합니다. 그리고 사상의 자유에 대해서는 다른 데 호소하러 가야죠."

"《레스푸아》에 실을 수 있을지 모르겠군." 앙리가 말했다. "게다가 자네 의견은 공정하지 못해. 아무튼 보여주게."

기사는 재치 있고 예리했으며, 악의가 있긴 해도 제법 타당한 내용이었다. 그는 공산주의자들에게 맹공을 퍼붓는 한편 뒤브뢰유에게는 극도로 무례했다.

"풍자 작가의 재능이 있군." 앙리가 말하며 미소를 지었다. "글은 뛰어나. 분명 실을 수는 없겠지만."

"제 의견이 옳지 않나요?" 랑베르가 물었다.

"뒤브뢰유가 양쪽에 다 관여하는 건 사실이야. 하지만 그 점에 대해 그를 비난하는 게 좀 놀랍군. 자네도 알다시피, 나도 뒤브뢰유와 같은 부류잖나."

"선생님이요? 하지만 그건 뒤브뢰유에 대한 의리 때문이죠." 랑베르가 말했다. 그는 자신의 기사를 주머니에 다시 넣었다. "이 종잇조각에 집착하는 건 아니지만, 어쨌든 우스

워요. 발표하고 싶어도 방법이 없다니 말이죠.《레스푸아》
나《비질랑스》에서 전 지나치게 반공산주의적인가 봐요. 우
파에게는 너무 좌파적이고요."

"자네 원고를 거절한 건 이번이 처음이군."

"아! 현지 보도 기사나 짧은 비평문이야 어디서든 실어주
죠. 하지만 혹시라도 좀 중요한 문제에 대해 생각한 것을 발
표하고 싶어 하면, 선생님은 유감이지만 안 된다고 하시는
군요."

"그래도 써봐야지 어쩌겠어." 앙리가 정답게 말했다.

랑베르가 미소를 지었다. "다행히, 뭐 꼭 얘기해야 할 중
요한 문제도 없어요."

"다른 단편소설을 써볼 생각은 없나?" 앙리가 물었다.

"없어요."

"자넨 포기가 너무 빨라."

"제가 무엇 때문에 포기하는지 모르시죠?" 랑베르가 갑
자기 공격적으로 말했다. "묄르베 따위가 쓴 글을《비질랑
스》에서 보기 때문이에요. 더는 이해 못 하겠습니다. 선생님
이 그런 종류의 문학을 좋아하시다뇨."

"그 글, 흥미롭지 않았나?" 앙리는 놀라서 물었다. "인도
차이나가 느껴지고, 식민지가 무엇인지 느껴지고, 동시에
어린 시절이 느껴지던데."

"《비질랑스》에는 장편소설도 단편소설도 없이 현지 보도
기사만 싣겠다고 확실히 말해버리는 게 나을 겁니다." 랑베
르가 말했다. "식민지에서 어린 시절을 보내고 식민정책에
반대하는 사람이면 그 사람에게 재능이 있다고 단언하는 식

이잖습니까."

"푈르베는 재능이 있어." 앙리가 말했다. "사실 아무것도 말하지 않는 것보다 뭔가를 말하는 것이 더 흥미 있는 일이거든." 그는 덧붙였다. "자네 단편의 결점이란, 자네가 거기서 아무것도 이야기하지 않기로 했다는 점이야. 푈르베가 자기 경험을 이야기하듯이 자네도 경험을 얘기하면, 아마 뛰어난 글이 될 거야."

랑베르는 어깨를 으쓱했다. "저도 어린 시절에 대한 글은 생각해봤어요. 그러다가 포기했습니다. 제 경험은 세상에 문제를 제기하지 않으니까요. 순전히 주관적인 경험이고, 그러니 선생님의 관점에서는 완전히 무의미할 겁니다."

"무의미한 건 아무것도 없어." 앙리가 말했다. "자네 어린 시절은 의미 있어. 스스로 그 의미를 찾아서 우리에게 느끼게 해야지."

"잘 알겠습니다." 랑베르가 비꼬는 투로 말했다. "무엇이든 인간적인 기록으로 만들 수 있다는 말씀이시죠." 그는 고개를 저었다. "제가 관심 있는 건 그게 아니에요. 제가 글을 쓰는 이유는 무의미함 속에서 여러 사실을 이야기하기 위해서거든요. 제 방식으로 그런 사실들을 보전하고 싶어요." 그는 어깨를 으쓱였다. "안심하세요. 쓰지 않을 생각이니까요. 쓰면 아마 양심의 가책을 느끼게 되겠죠. 그저 전 선생님이 좋아하시는 문학을 좋아하지 않을 뿐이에요. 그래서 아무것도 쓰지 않으려는 거고요. 그게 더 간단하니까요."

"이봐, 다음번에 어디라도 가서 진지하게 전부 다시 얘기해보자고." 앙리가 말했다. "글 쓰는 일에 싫증을 느끼게 했다면, 내가 미안하네."

"미안해하지 마세요. 그럴 만한 가치도 없는 일인걸요."

랑베르는 미소도 짓지 않고 사무실을 나갔다. 조금 더 심했다면 문을 쾅 닫아버렸을지도 모른다. 그는 정말 상처를 받은 것이다.

'괜찮아지겠지!' 앙리는 더 이상 걱정하지 않기로 했다. 일이 늘 생각처럼 나쁘게 돌아가는 것은 아니었다. 사마젤도 앙리가 걱정했던 만큼 성가시게 굴지 않았다. 그는 성심성의를 다해 뤼크를 제외한 모든 신문사 사람들의 마음을 사로잡았다. 트라리외는 일절 신문사에 오지 않았다. 발행부수가 솟구쳤고, 결국 앙리는 전처럼 자유로워졌다. 하지만 무엇보다 그를 낙관주의자로 만든 것은 새 소설이었다. 그는 어려움이 많으리라 생각하며 불안해했지만, 책은 저절로 쓰이다시피 했다. 이번에는 시작이 좋았다고 그는 거의 확신하며 유쾌하게 글을 써나갔다. 유일하게 골치 아픈 일은 폴이 자기 곁에서 작업을 하라고 요구하는 것이었다. 그녀는 앙리의 초고를 보고 싶어 했고, 그가 거절하자 화를 냈다. 그날 아침에도 폴은 아침을 먹으며 다시 공격을 해왔다.

"소설은 진행되고 있어?"

"그럭저럭."

"언제 보여줄 거야?"

"아직 읽을 수 있는 정도는 아니라고 스무 번도 더 말했잖아. 미완성이야."

"그렇게 말했던 때부터 지금까지 시간이 제법 흘렀잖아. 어느 정도 형태가 갖추어졌을 텐데."

"처음부터 다시 쓰기 시작했거든."

폴은 팔꿈치를 테이블에 괴고 손바닥에 턱을 얹었다. "이젠 아예 날 믿을 수가 없는 거구나?"

"물론 당신을 믿지!"

"아니, 당신은 날 안 믿어. 자전거 여행을 떠난 이후로 그랬어." 폴이 깊은 생각에 잠긴 채 말했다.

앙리는 놀라서 그녀를 빤히 쳐다보았다. "그 여행이 어떻게 우리 사이를 바꿔놓을 수 있었다는 거지?"

"그 증거가 여기 있잖아." 폴이 말했다.

"무슨 증거?"

"내 말을 당신이 믿지 못하는 게 증거지." 앙리가 어깨를 으쓱이자 그녀는 재빨리 덧붙여 말했다. "당신이 날 믿지 못했던 경우를 스무 가지는 얘기할 수 있어."

"예를 들면?"

"예를 들면, 9월에, 난 당신이 원하면 호텔에서 자도 된다고 했지. 그런데도 당신은 매번 죄를 지은 표정으로 내게 허락을 구했어. 내가 내 행복보다 당신의 자유를 선택했다는 사실을 믿고 싶지 않았던 거지."

"폴, 내가 처음으로 호텔에서 잔 다음 날 아침에 당신은 눈이 퉁퉁 부어 있었잖아."

"나도 울 권리는 있으니까, 안 그래?" 폴이 공격적인 목소리로 되물었다.

"하지만 당신을 울리고 싶지 않아."

"그러면 당신이 날 못 믿을 땐 내가 울지 않을 것 같아? 당신이 원고를 넣고 열쇠로 잠그는 모습을 봤을 때는? 당신은 그걸 열쇠로 잠가놓고…….”

“정말 전혀 울 일이 아니잖아.” 앙리가 신경질적으로 말을 끊었다.

“그건 모욕이야.” 그러고서 폴은 어린애처럼 겁에 질린 모습으로 그를 쳐다보았다. “당신이 사디스트가 아닌지 때때로 의문이 들어.”

그가 대답 없이 두 잔째 커피를 따르자 그녀는 화를 내며 말을 이었다. “당신 원고를 뒤질까 봐 겁내는 거야?”

“내가 당신이면 겁을 내겠지.” 앙리는 애써 유쾌한 목소리로 대꾸했다.

폴은 의자를 밀며 일어났다. “이제야 고백하는군! 나 때문에 서랍을 잠그는 거잖아. 우리 사이에!”

“원고를 보고 싶은 유혹에서 당신을 꺼내주려고 그러는 거야.” 앙리는 말했다. 이번에는 그의 쾌활한 목소리도 완전한 거짓말처럼 울렸다.

“우리 사이에!” 폴이 되풀이하고는 앙리의 눈을 똑바로 쳐다보았다. “당신 원고에 절대 손 안 대겠다고 맹세하면 날 믿을 거야? 서랍을 잠그지 않을 거야?”

“당신은 이 몹쓸 원고에 너무나 집착하고 있어서 스스로도 무슨 짓을 할지 모르잖아. 난 당신의 진실함을 믿어. 하지만 서랍은 잠글 거야.”

침묵이 흐른 뒤, 폴이 천천히 입을 열었다. “지금만큼 당신이 날 상처 준 적은 한 번도 없었어.”

“진실을 감당할 수 없다면 나한테서 억지로 진실을 강요하지 마.” 앙리는 거칠게 의자를 떠밀면서 말했다.

그는 계단을 올라가 책상 앞에 앉았다. 폴에게 이 원고를 보여주는 게 나을지도 모른다. 그렇게 하면 그녀에게서 벗어날 수 있을 것이다. 물론 출판할 땐 그 페이지들을 수정해야겠지. 그사이 폴이 죽지 않는 이상은 말이야. 어쨌든 그는 원고를 다시 읽었고, 그러자 복수를 한 기분이었다! '어떤 의미에서, 문학은 삶보다 더 진실해.' 앙리는 생각했다. '뒤브뢰유는 날 엿 먹였어. 루이는 개자식이지. 폴은 날 난처하게 만들고. 그런데도 나는 그들에게 미소를 짓고 있어. 하지만 원고에서만큼은 느끼는 것을 끝까지, 극단적으로 쓸 수 있어.' 그는 이별 장면을 훑어보았다. 원고에서는 얼마나 쉽게 헤어지는가! 미워하고, 소리를 지르고, 죽이고, 자살을 한다. 끝까지 간다. 바로 그래서 허구인 것이다. '좋아.' 앙리는 생각했다. '어쨌든 아주 만족스러워. 현실에서 사람들은 끊임없이 스스로를 부정하고, 타인들의 반대에 부딪치지. 폴은 나를 짜증 나게 해. 그러나 이어 난 그녀를 가엾게 생각하며 용서하고, 그녀는 내가 실은 자신을 사랑한다고 생각하겠지. 원고에서는 시간을 멈추고 전 세계에 나의 확신을 강요할 수 있어. 그것이 유일한 현실로 변하게 되는 거지.' 그는 만년필의 뚜껑을 뺐다. 폴은 절대로 이 원고를 읽지 못할 것이다. 그럼에도 그는 자신이 그려낸 폴의 모습이 진정한 그녀임을 인정하라고 강요한 양 의기양양한 기분이었다. 자신의 연극과 망상만을 사랑하는, 가짜 사랑에 빠진 여자. 위대함, 관대함, 자기희생을 연기하지만 자존심도 용기도 없으며 이기주의와 꾸며낸 정열에 집착하는 여자. 그는 폴을 이렇게 보고 있었다. 그리고 원고 안에서 그녀는 정확하게 그런 이미지와 일치하는 모습이었다.

새로운 소란을 피하기 위해 앙리는 그 뒤로 며칠 동안 최선을 다했다. 그러나 폴은 다시 분개할 이유를 찾았다. 클로디의 집에서 열기로 한 그의 강연이 구실이 되었다. 처음에 앙리는 자신의 결정을 정당화하려 했다. 뒤브뢰유도 클로디의 집에서 강연을 했고, 탁아소의 운영 자금을 위한 일인데 거절할 수는 없지 않겠냐고 말이다. 그래도 폴의 화가 누그러지지 않기에, 그는 그냥 입을 다물기로 했다. 이 작전은 그녀를 더욱 화나게 할 뿐이었다. 폴도 역시 입을 다물었으나 머릿속으로는 중대한 결심을 하고 있는 것 같았다. 강연회가 열리는 날 폴이 너무도 완고한 표정으로 그를 바라보고 있었기에, 앙리는 방 안의 거울 앞에서 넥타이를 매며 희망을 느꼈다. '헤어지자고 하려나 보군.' 그는 다정한 목소리로 물었다.

"정말 같이 안 갈 거야?"

그러자 폴이 어찌나 느닷없이 웃음을 터뜨렸는지, 만약 앙리가 그녀를 알지 못했다면 미쳤다고 생각했을 정도였다. "장난해? 내가 그런 난장판에 따라가다니!"

"좋을 대로 해"

"난 더 나은 일을 할 거야." 질문을 유도하는 투였기에 앙리는 순순히 물어보았다.

"뭘 할 건데?"

"그건 내 문제야!" 폴은 소리를 높여 말했다.

이번에는 앙리도 대답을 강요하지 않았다. 그러나 그가 마지막으로 머리에 빗질을 할 때, 폴이 도전적인 어조로 말했다.

"《비질랑스》에 가서 뒤브뢰유를 만날 거야."

앙리가 급하게 몸을 돌렸다. 그녀로서는 효과를 본 셈이었다. "왜 뒤브뢰유를 만나려는 거지?"

"조만간 그 사람에게 내 생각을 밝히러 가겠다고 전에 말했잖아."

"무슨 생각?"

"내 입장, 그리고 당신 입장에서 할 얘기가 많아."

"제발 나와 뒤브뢰유와의 문제에 상관하지 말아줘." 앙리가 말했다. "당신은 그에게 할 말이 전혀 없잖아. 그러니까 만나러 가지 않았으면 좋겠어."

"미안하지만," 폴이 말했다. "그동안 너무 미뤄왔어. 그 남자는 당신에게 나쁜 영향을 주는 사람이야. 당신을 그자에게서 해방시켜줄 사람은 나밖에 없어."

앙리는 피가 머리로 솟구치는 기분이었다. 뒤브뢰유에게 무슨 얘기를 하려는 걸까? 그동안 화가 나거나 걱정이 생길 때, 그는 폴 앞에서 거침없이 자신의 생각을 얘기해왔다. 그 말들 중 어떤 내용들이 뒤브뢰유 앞에서 반복된다는 건 참을 수 없었다. 하지만 어떻게 그녀를 만류할 수 있을까? 클로디의 집에서 청중이 그를 기다리고 있었다. 남아 있는 5분으로는 폴을 설득할 수가 없었다. 그녀를 묶어놓거나 아니면 가둬야 했다. 앙리는 말을 더듬었다. "헛소리를 하는군."

"알겠어? 나처럼 너무 혼자 살아가면 생각할 시간이 많아진다고" 폴이 말했다. "당신과 당신이 관련된 일은 전부 생각하는 거지. 그러다 보니까 이따금씩 뭔가 깨닫게 되더라.

며칠 전엔 뒤브뢰유가 어떤 사람인지 아주 분명히 알게 되었어. 당신을 파멸시키기 위해 무슨 일이라도 할 수 있는 자라는 걸 말이야."

"아! 환영을 보기 시작했다면 어쩔 수 없군!" 앙리가 말했다. 그는 폴을 위협할 방법을 찾았다. 방법은 하나뿐이었다. 헤어지자는 얘기.

"환영만 보고 그러는 건 아니야!" 폴은 일부러 신비스러운 목소리로 말했다.

"그럼 다른 건 뭔데?"

"물어보고 알게 되었지." 그러고서 폴은 쾌활한 시선으로 앙리를 계속 바라보았다. 그는 당황해서 그녀의 얼굴을 마주 보았다.

"안이 와서 뒤브뢰유가 날 파멸시키고 싶어 한다는 얘기를 하지는 않았을 텐데."

"누가 안이 그랬대?" 그녀가 말했다. "안이라니! 안은 당신보다도 더 뒤브뢰유에게 맹목적이야."

"그렇다면 어느 점쟁이한테 물어본 거야?" 앙리는 막연한 불안감을 느꼈다.

폴의 시선이 근엄해졌다. "랑베르랑 얘기했어."

"랑베르라고? 어디서 그를 만났지?" 앙리가 물었다. 분노로 목이 막힐 지경이었다.

"여기서. 그게 무슨 범죄라도 돼?" 폴이 차분한 표정으로 말했다. "내가 와달라고 전화했어."

"언제?"

"어제. 랑베르도 뒤브뢰유를 좋아하지 않던데." 만족스러

556

운 목소리였다.

"그건 배신행위야!" 앙리가 말했다. 그녀가 우스꽝스러운 어휘와 웃음거리밖에 안 되는 집요함으로 랑베르와 얘기를 나누었다고 생각하니 당장에 따귀라도 때리고 싶었다.

"당신, 늘 순수함이니 우아함이니 하는 말을 입에 달고 지내잖아." 그는 격노한 목소리로 말을 이었다. "그런데 한 남자와 같이 살면서 그의 생각과 비밀을 나누는 여자가 양해도 구하지 않은 채 뒤에서 그걸 남에게 다 말하다니. 비열한 짓인 거 모르겠어?" 그는 폴의 손목을 잡고 되풀이했다. "비열한 짓이라고."

그녀는 고개를 저었다. "당신 인생이 내 인생이야. 왜냐하면 당신을 위해 내 인생을 희생했으니까. 그러니 난 당신 인생에 대한 권리가 있지."

"당신한테 어떤 희생도 요구한 적 없어." 앙리는 말했다. "작년에 당신 인생을 다시 시작하도록 도와주려 했지만 당신이 원치 않았잖아. 그거야 당신 자유지. 하지만 나에 대해서는 어떤 권리도 없다고."

"다시 노래를 시작하고 싶지 않았던 것도 당신 때문이야." 폴이 말했다. "당신이 날 필요로 하니까."

"내가 이 끝없는 싸움을 원한다고 생각해? 만약 그렇다면 정말 심각한 오해야! 당신 때문에 두 번 다시 여기 발을 들이고 싶지 않던 때도 있었어. 한마디만 하지. 만약 뒤브뢰유를 만나러 가면 용서하지 않겠어. 다시는 당신을 보지 않을 거야."

"하지만 당신을 구하고 싶단 말이야!" 폴이 열정적으

로 말했다. "스스로 파멸해가고 있다는 걸 모르겠어? 모든 타협안을 받아들이고 살롱에 가서 얘기까지 하려고 하잖아……. 그리고 쓰고 있는 걸 왜 더는 내게 보여주지 않는지도 알고 있어. 당신이 실패했다는 것이 작품 속에서 나타나니까, 당신도 그걸 느끼고 있으니까. 당신은 수치스러운 거야. 너무나 수치스러워 원고를 서랍에 넣고 열쇠로 잠가두지. 정말 수준 이하의 작품일지도 몰라"

앙리는 증오를 품고 그녀를 바라보았다. "원고를 보여주면, 뒤브뢰유를 만나러 가지 않겠다고 약속할 거야?"

갑자기 폴의 표정이 누그러졌다. "원고 보여줄 거야?"

"그렇게 약속해?"

그녀는 잠시 곰곰이 생각했다. "오늘은 안 가겠다고 약속할게."

"그렇다면 좋아." 앙리가 말했다. 그러곤 서랍을 열고 회녹색의 두꺼운 노트를 꺼내 침대 위로 던졌다.

"읽어도 돼? 정말?" 폴은 당황한 목소리로 말했다. 비극배우 같은 자신감은 사라졌고, 오히려 갑자기 가련해진 모습이었다.

"그래."

"아! 너무 기뻐." 그녀가 수줍게 미소를 지었다. "그럼 오늘 저녁엔 옛날처럼 원고에 대해 같이 얘기해보자."

앙리는 아무런 대답 없이, 폴이 손바닥으로 쓰다듬고 있는 자신의 노트를 바라보았다. 그저 종이와 잉크로 된 그 노트는 아버지가 열쇠로 잠가놓던 약상자의 가루약만큼도 위험해 보이지 않았다. 하지만 사실 그는 독살자보다 더 비겁한 인간이었다.

"이따 봐." 폴이 난간 너머로 외치는 사이 그는 원룸아파트를 가로질러 도망갔다.

"그래, 이따 봐."

계단에서도 앙리는 계속 도망치듯 내려갔다. 아무 생각도 하지 않으려 했지만 소용없었다. 그날 저녁 폴을 다시 만날 때면 이미 다 읽어버린 다음일 것이다. 문장 하나하나, 단어 하나하나 읽고 또 읽겠지. 그것은 살인 행위였다. 앙리는 발을 멈추었다. 난간을 잡고 천천히 몇 계단을 다시 올라갔다. 커다란 검은 개가 짖으며 그에게 덤벼들었다. 이 개, 이 계단, 폴의 광신적인 사랑, 침묵과 폭발적인 감정, 이 불행이 그는 증오스러웠다. 그는 다시 계단을 네 단씩 건너뛰어 큰길까지 내려갔다.

희미하게 안개가 낀 아름다운 겨울날이었다. 대기는 장밋빛으로 물들어 있었다. 유리창 너머로 실크처럼 부드러운 한 조각의 하늘이 바라다보였다. 시선을 다시 청중 쪽으로 돌렸지만, 사람들을 바라보면 이야기하자니 더욱 힘들었다. 작은 모자들, 보석들, 모피들. 특히 여자들이 많았다. 스스로 과거의 아름다운 자취를 잘 간직할 줄 안다고 믿는 여자들. 이 여자들은 프랑스 언론사의 어디에 흥미가 있는 걸까? 실내는 매우 덥고 공기 중에는 향수 냄새가 맴돌았다. 앙리의 시선이 마리-앙주의 희미한 미소와 부딪쳤다. 뱅상은 웃으며 얼굴을 찌푸렸다. 억만장자 아르헨티나 여인과 척추 장애를 가진 후원자 사이에 랑베르가 앉아 있었다. 앙리는 그와 얼굴을 마주하는 것이 두려웠다. 그는 수치스러움에 다시 시선을 낮추고 자연스럽게 이야기를 이어갔다.

"정말 멋져요!"

클로디가 박수를 치며 신호를 보내자, 다들 손뼉을 치고 소리를 지르며 연단으로 몰려왔다. 위게트 볼랑주가 앙리의 등 뒤에서 작은 문을 열었다.

"이쪽으로 와요. 부인들은 클로디가 돌려보낼 거예요. 친구분들이랑 몇몇 가까운 사람들만 남도록 해뒀어요. 목 마르시죠?" 그녀는 앙리를 음식이 차려진 식탁으로 데리고 갔다. 두 명의 웨이터 앞에서 쥘리앵이 홀로 앉아 샴페인 잔을 비우고 있었다.

"미안하네. 난 하나도 듣지 않았어." 그가 시끄러운 소리로 말했다. "내가 여기 온 건 공짜로 취하기 위해서거든."

"괜찮아. 강연이란 하는 것만큼 듣는 것도 지루하지." 앙리가 말했다.

"실례지만 전 조금도 지루하지 않았어요." 뱅상이 말했다. "교육적이기까지 하던데요." 그는 웃었다. "하여튼 저도 한잔하겠습니다."

"마셔!" 앙리가 말하고는 황급히 상냥한 미소를 지었다. 백발의 부인이 레지옹 도뇌르 훈장을 가슴에 단 채 다가오고 있었다.

"협력해주셔서 감사드립니다! 대단한 강연이었어요! 뒤아멜* 강연 때보다 돈이 더 많이 모인 거 알고 계세요?"

---

* 조르주 뒤아멜George Duhamel. 프랑스의 의사이자 시인, 소설가로 수도원에서 동료 작가 및 예술가들과 공동생활을 하며 수도원 그룹을 조직하였다.

"정말 기쁘네요." 앙리는 그렇게 말하며 눈으로 랑베르를 찾고 있었다. 폴이 무슨 얘기를 한 걸까? 앙리는 랑베르에게 자기 사생활에 대해 얘기한 적이 없었다. 물론 그는 나딘을 통해 앙리의 사적인 일들을 알고 있긴 했다. 그건 상관없었다. 나딘과의 일은 특별할 것도 없으니까. 그러나 폴은 달랐다. 그는 랑베르를 보고 미소를 지었다.

"이 난장판이 끝나면 오토바이로 나를 좀 데려다줄 수 있겠나?"

"좋죠!" 랑베르는 아주 당연하다는 듯 응했다.

"고마워! 얘기를 좀 할 수 있겠군."

그는 말을 멈췄다. 클로디가 혈기에 넘치는 모습으로 거실로 들어와 앙리에게로 뛰어왔던 것이다. "이 책들에 헌사를 써주시면 정말 감사하겠어요. 책을 가지고 온 부인들 모두 선생님의 열렬한 숭배자들이랍니다."

"기꺼이요." 그러고서 앙리는 낮은 목소리로 덧붙여 말했다. "하지만 오래 있기는 힘들어요. 신문사에 일이 있어서."

"벨롬 모녀를 만나셔야죠. 일부러 선생님을 뵈러 온다는데요. 곧 도착할 거예요."

"30분 뒤에는 가야 해요." 앙리가 말했다. 그는 키가 큰 금발 여자의 책을 손에 쥐었다. "성함이 어떻게 되시죠?"

"제 이름을 모르시는군요." 금발 여자는 거만한 옅은 미소를 지으며 말했다. "하지만 알게 되시겠죠. 콜레트 마송이에요."

그녀는 의미심장한 미소로 감사를 표했다. 이어 그는 또 다른 책에 또 다른 이름을 썼다. 이게 웬 코미디람! 앙리는 사인을 하고, 미소를 짓고, 미소를 짓고, 사인을 했다. 작은 거실은 사람으로 가득 차 있었는데 대부분이 클로디와 가까운 이들이었다. 그들 역시 미소를 짓고, 앙리와 악수를 하고, 외설적이라 할 만한 호기심으로 눈을 빛내고 있었다. 그들은 지난번 뒤아멜에게 했던 말을 했고, 다음에는 모리아크*와 아라공**에게 무심히 같은 말을 반복할 것이다. 열렬한 독자는 자신의 감탄을 반드시 표현해야만 한다고 믿는지, 어떤 이는 불면증의 묘사에 감명을 받았다고 얘기하는가 하면 또 다른 이는 묘지에 대해 서술한 문장에 감명을 받았다고 했다. 전부 무심히 써 내린 의미 없는 구절들이었다. 기트 방타두르는 비난을 담은 어조로, 왜 그토록 형편없는 남자들을 주인공으로 선택했는지 묻고는 그 주인공보다 훨씬 더 형편없는 주위의 많은 사람들에게 미소를 보냈다. '이 사람들은 소설의 등장인물에 대해 정말 까다롭군!' 앙리는 생각했다. '하나의 결점도 그냥 지나치질 않아. 게다가 정말이지 모두가 이상한 방식으로 읽고 있어! 대부분의 독자들은 줄거리를 따라가는 대신에 맹목적으로 페이지를 넘기는 모양이야. 때때로 단어 하나가 그들의 마음속에 울려 아무도 모르는 그들의 추억을 건드리고 향수를 자아내거나 어떤 이미지에서 자기 모습을 발견했다고 믿으면 잠시 멈춰 자신을 비춰본 뒤 황급히 떠나는 거야. 독자들을 직접 만나지 않는

---

* 프랑수아 모리아크François Mauriac. 프랑스의 가톨릭 작가. 소설을 통해 열정과 유혹으로 고통받는 심리를 묘사하였다.

** 루이 아라공Louis Aragon. 프랑스의 시인이자 소설가로 초현실주의 운동에 가담한 대표적인 작가이다.

편이 나을 것 같아.' 그는 마리-앙주에게 다가갔다. 그녀는 비웃는 표정을 하고는 경멸하듯이 앙리를 아래위로 훑어보았다.

"왜 비웃는 거죠?"

"비웃지 않아요. 관찰하는 거지." 그녀는 야유했다. "숨어 사시는 이유가 있네요. 뛰어난 분이 아니시니까."

"뛰어나기 위해서는 어떻게 해야 할까요?"

"선생님 친구 루이 볼랑주를 보고 배우세요."

"난 그럴 만한 소질이 없어서." 앙리가 말했다.

그는 독자를 현혹하는 것을 즐기지 않았고, 독자들을 분노하게 하는 것 역시 무의미하다고 생각했다. 쥘리앵이 과시적으로 술잔을 연거푸 비우며 우렁찬 목소리로 떠들어대는 가운데 사람들은 그의 주위에 몰려 관대하게 웃고 있었다. "내가 이런 이름을 가졌다면," 그는 외쳤다. "바로 버릴 거야. 벨장스. 폴리냐크. 라 로슈푸코* 같은 이름 말이야. 특히 라 로슈푸코는 프랑스 역사 어디서나 나와서 완전히 먼지를 둘러쓰고 있는 이름이지." 쥘리앵이 욕을 퍼붓고 가장 무례한 말을 해대도 저들은 그저 좋아하겠지. 만약 지위나 상이나 훈장으로 인정받지 못하는 경우, 시인은 광대가 되는 편이 나아. 쥘리앵은 자신이 저들보다 우위에 있다고 생각하지만 의식적으로 저들의 우월성을 확인하고 있어. 그래, 유일한 방법은 저들과 어울리지 않는 거야. 클로디 주위

* 프랑수아 드 라 로슈푸코François de la Rochefoucauld. 프랑스의 작가이자 사상가.

에서 비위를 맞추는 사교계의 작가들과 가짜 지식인들은 아마 더 참담한 자들일 것이고 말이야. 그들은 글 쓰는 것을 좋아하지 않지. 생각하는 것에도 흥미가 없고. 그들이 억지로 견디는 권태가 얼굴에 고스란히 드러나 있어. 관심 있는 일이라곤 꾸며낸 유명 인사가 되는 것, 직업으로 성공하는 것뿐이야. 저들은 더 가까이에서 질투하기 위해 서로 어울리고 있는 거야. 끔찍한 족속이군. 앙리는 스크리아신을 발견하고 상냥하게 미소를 보냈다. 그는 광적인 말썽꾼에 참아주기 힘든 사람이었지만, 생기가 넘쳤다. 그리고 그가 말을 한다면 그건 열정에서 나온 것이지, 돈이나 찬사나 명예를 얻기 위한 것이 아니었다. 이윽고 허영심이 고개를 들긴 하지만 그건 피상적인 결점에 지나지 않았다.

"날 원망하지 말아주게." 스크리아신이 말했다.

"물론 안 하지. 그땐 취했었잖나. 어떻게 지내? 여전히 여기서 지내고 있어?"

"그래, 자네한테 인사를 하려고 일부러 내려왔지. 사람들이 다 떠났을 줄 알았거든. 이런 사람들 앞에서 얘기한 거야? 클로디가 나보고도 강연을 하라고 하려나?"

"나쁜 청중은 아니지." 볼랑주가 유유한 발걸음으로 다가와 끼어들었다. 그는 주위의 사람들에게 살짝 거만한 미소를 보낸 뒤 랑베르에게 시선을 고정했다. "돈을 많이 가진 사람들은 경박한 척하지만, 사실은 진정한 가치에 대한 감식안을 갖고 있거든. 예컨대 클로디의 사치는 매우 지적이지."

"사치라니, 짜증 나는군." 스크리아신이 말했다.

마리-앙주가 웃음을 터뜨렸고, 그러자 루이가 엄격한 표

564

정으로 그녀를 쳐다보았다.

"가짜 사치가 싫다는 거죠?" 위게트가 관대한 태도로 물었다.

"가짜든 진짜든, 사치는 좋아하지 않아요." 스크리아신이 대답했다.

"어떻게 사치를 좋아하지 않을 수 있죠?" 위게트가 다시 물었다.

"사치를 좋아하는 사람들이 싫으니까요." 스크리아신이 말하고는 불쑥 덧붙였다. "빈에 있을 때, 우리 세 사람은 누추한 집에서 살았고 가진 거라곤 다 합쳐서 외투 한 벌밖에 없었죠. 그때가 내 인생에서 가장 아름다웠던 시절이에요."

"죄의식에서 나온 기묘한 콤플렉스를 증언하고 있군." 루이 볼랑주가 재미있다는 듯 말했다.

"내 콤플렉스는 내가 알아. 이건 콤플렉스와 아무런 관계가 없다고." 스크리아신이 냉담하게 말했다.

"당연히 관계가 있지! 다른 좌파들처럼 자네들도 엄숙주의자니까." 볼랑주가 앙리에게 몸을 돌리면서 말을 이었다. "사치에 충격을 받는 건 양심의 가책을 견디지 못하기 때문이지. 그런 엄격함은 무서워. 사치를 거부하고, 결국은 시와 예술을 거부하기 때문이지."

앙리는 대답하지 않았다. 루이의 말을 중요하게 생각하지 않았지만, 지난번의 만남 이후 그가 얼마나 변했는지 확인하게 된 것이 흥미로웠다. 그의 목소리와 미소에 이제 겸손의 흔적은 없었다. 그는 과거의 거만함을 되찾은 것이다.

"사치와 예술은 같지 않습니다." 랑베르가 쭈뼛쭈뼛 끼어들었다.

"물론 같지 않지." 루이가 말했다. "하지만 나쁜 인간이 하나도 없고 악이 지상에서 사라진다면, 예술 역시 사라질 걸세. 예술은 악에 동화하려는 시도거든. 조직화된 진보주의자들은 악을 제거하길 원하지. 그들은 예술에 사형선고를 내렸어." 그는 한숨을 쉬었다. "그들이 우리에게 약속하는 세상은 매우 우울할 걸세."

앙리는 어깨를 들먹였다. "자네들, 조직된 반反진보주의자들은 참 이상하군. 부정은 결코 없앨 수 없다고 예언하는가 하면, 인생이 목가처럼 무미건조해질 것이라고 선언하기도 하니 말이야. 자네들 논법은 그 자체가 모순이야!"

"악이 예술에 필요하다는 생각은 매우 흥미롭군요." 랑베르가 말하며 루이에게 묻는 듯한 시선을 던졌다.

그때 클로디가 앙리의 팔에 손을 얹었다.

"저분이 뤼시 벨롬이에요." 그녀가 말했다. "키가 크고 우아하기 그지없는 저 갈색머리 여자 말이에요. 오세요. 제가 소개해드릴게요."

그녀는 키가 크고 마른 몸에 검은 옷을 입은 여자를 가리켰다. 그녀가 우아한가? 앙리는 우아하다는 말의 의미를 결코 제대로 이해할 수 없었다. 그에게는 성적 매력이 있는 여자들과 그렇지 않은 여자들이 있을 따름이었다. 저 여자는 후자였다.

"이쪽은 조제트 벨롬 양이고요." 클로디가 말했다.

아름다운 여자인 건 분명했다. 그러나 사교계의 여왕 같은 그녀의 모습은 그의 극중 인물인 잔을 연기하기에 전혀 어울리지 않았다. 모피에 향수, 하이힐, 붉은 손톱, 땋은 호박색 머리까지, 다른 사람들 사이에서 그녀는 사치스러운 마네킹처럼 보였다.

"선생님 희곡을 읽었어요. 훌륭하더군요." 뤼시 벨롬이 적극적인 어조로 말했다. "그 극으로 많은 돈을 버실 수 있으리라 확신해요. 저는 그런 데 감이 좋거든요. 스튜디오 46의 감독이자 저와 아주 친한 친구인 베르농에게도 얘기했어요. 그 사람은 이 희곡에 매우 큰 관심을 갖고 있죠."

"물의를 일으킬 작품이라는 생각은 안 드시나요?" 앙리가 물었다.

"물의는 희곡에 도움이 되기도 하고, 어떤 경우엔 실패로 이끌기도 하죠. 많은 사정에 좌우돼요. 베르농에게 모험을 해보라고 설득할 수 있을 것 같은데요." 잠시 침묵이 흐른 뒤, 뤼시가 거의 무례하다 싶을 만큼 갑작스레 말을 이었다. "베르농도 조제트에게 기회를 주려는 참이에요. 아직까지는 단역만 했거든요. 겨우 스물한 살이니까요. 하지만 실력이 좋고 놀라울 정도로 등장인물을 잘 소화해낸답니다. 선생님께 이 애의 연기를 보여드리면 좋겠네요."

"기꺼이 보도록 하죠." 앙리가 말했다.

뤼시는 클로디 쪽으로 몸을 돌렸다. "우리 애가 연기를 보여드릴 만한 조용한 장소가 없을까요?"

"아! 지금은 안 돼요." 조제트가 불쑥 말했다.

그녀는 겁에 질린 표정으로 자기 어머니와 앙리를 쳐다보았다. 이런 사치스러운 마네킹 같은 여자들에게서 흔히 볼 수 있는 자신감이 그녀에겐 없었다. 오히려 자신의 아름다움 때문에 주눅이 들어 있는 것 같았다. 크고 어두운 색깔의 눈, 지나치다 싶게 둔중한 입, 엷은 황갈색 머리칼 아래 투명한 크림 빛깔의 피부를 가진 그녀는 정말 아름다웠다.

"10분 정도면 될 일이야." 뤼시가 말했다.

"하지만 그런 식으로 연기를 할 수는 없어요." 조제트가 차갑게 대꾸했다.

"조금도 서두를 필요 없습니다." 앙리가 말했다. "베르농이 희곡 상연에 동의하면, 그때 약속을 잡도록 하죠."

뤼시는 작게 미소 지었다. "조제트가 역할을 맡는 데 동의하시면, 그 사람은 분명히 승낙할 겁니다."

이마 끝에서 목까지, 조제트의 부드러운 피부가 붉게 물들었다. 앙리는 조제트를 향해 유쾌하게 웃어 보였다.

"약속 날짜를 정할까요? 화요일 4시쯤은 어떨까요?"

그녀는 고개를 끄덕였다.

"저희 집으로 오시면 돼요." 뤼시가 말했다. "연습하기에 아주 괜찮을 거예요."

"역할은 마음에 드나요?" 앙리가 의례적인 투로 물었다.

"물론이에요."

"솔직히 전 잔이라는 인물을 이렇게 미인으로 상상하지 않았어요." 그가 유쾌하게 말했다.

예의의 미소가 그녀의 비극적인 입 근처를 맴돌다가 이내 사라졌다. 조제트는 성공에 필요한 모든 기술을 배웠지만 그걸 제대로 이용하지 못하고 있었다. 막막한 눈을 한 무거운 표정이 그녀의 모든 가면을 벗겨내는 까닭이었다.

"지나치게 아름다운 여배우라는 건 없는 법이에요." 뤼시가 말했다. "아름다운 여인이 무대에 반쯤 옷을 벗고 나타날 때, 관객이 보고 싶어 하는 건 바로 이거죠." 그녀가 갑자기 조제트의 치마를 들어 올렸다. 그녀의 허벅지 절반과 실크처럼 부드러운 긴 다리가 드러났다.

"엄마!"

조제트의 당황한 목소리가 앙리의 마음을 흔들어놓았다. 정말 그녀는 같은 부류의 다른 여자들과 비슷한 사치스러운 마네킹에 불과할까? '분명 머리가 좋은 건 아냐.' 앙리는 생각했다. '하지만 이 비극적인 얼굴이 아무 의미도 없다고 생각하기는 어렵군.'

"순진한 척하는 연기는 관둬. 네게 안 어울린다." 뤼시 벨롬이 냉담한 목소리로 말하고는 덧붙였다. "약속을 적어두지 않을 거니?"

조제트는 고분고분 핸드백을 열어 수첩을 꺼냈다. 레이스 달린 손수건과 금으로 된 작은 콤팩트가 얼핏 앙리의 눈에 들어왔다. 오래전에, 여성의 핸드백은 그에게 신비로 가득 찬 물건 같았다. 그는 잘 다듬어진 보리 사탕처럼 긴 그녀의 손가락을 잠시 쥐고 악수를 나누었다.

"화요일에 봐요."

"화요일에 뵐게요."

"저 애가 마음에 드세요?" 두 여자가 멀어지자, 클로디가 다소 교활한 미소를 띤 채 말했다. "마음에 드시면 일을 진행해보세요. 그렇게 까다로운 애는 아니에요. 그보다는 불쌍한 아이죠."

"왜 불쌍하다는 거죠?"

"뤼시가 좋은 엄마는 못 되니까요. 아시다시피 성공하기 전에 너무 고생한 여자들은 대개 그리 다정하지 않죠."

다른 때라면 앙리도 클로디의 험담을 재미있게 들었을 것이다. 하지만 루이 볼랑주와 랑베르가 활기 있는 표정으로 이야기를 나누고 있었다. 볼랑주는 우아한 몸짓으로 거드름을 피우며 말했고, 랑베르는 미소를 지으며 고개를 끄덕였다. 앙리는 끼어들까 하다가 음식이 차려진 식탁 쪽에서 그리로 다가가는 뱅상을 보고 마음을 바꾸었다. 뱅상이 시끄러운 목소리로 외쳤다.

"질문 하나 하고 싶네요. 딱 하나만요. 당신 같은 작자가 여기서 뭘 하고 있는 거죠?"

"보다시피, 랑베르와 얘기하고 있는 중이오." 루이가 침착하게 대꾸했다. "당신, 취한 모양이군."

"아마 모르시는 모양인데," 뱅상이 말했다. "여기는 강제수용소로 끌려간 아이들을 위한 모임이에요. 당신이 있을 곳은 아니죠."

"이 세상에 자기 있을 곳을 정확히 아는 사람이 누가 있겠소?" 루이가 말했다. "당신이 당신 있을 곳을 잘 알고 있다면, 아마 거긴 주정뱅이들을 위한 특별한 은총이 있는 곳이겠군."

"오! 저 친구는 특별한 사람인걸요!" 랑베르가 신랄한 목소리로 말했다. "모든 걸 알고 있고 모두를 평가하죠. 절대 실수하는 법이 없어요. 돈을 주지 않아도 우리를 가르친답니다."

뱅상의 얼굴이 그렇게까지 창백해진 적은 없었다. 모든

피가 그의 눈으로 쏠린 듯했다. 그는 더듬거렸다.

"난 개자식을 구별할 줄 알거든⋯⋯."

"저 젊은이는 치료를 받아야 할 필요가 있겠군." 루이가 말했다. "저 나이에 술 냄새를 풍기고 있으니, 거참 실망스러운 광경이야."

앙리가 급히 다가갔다. "그렇게 용감하게 악에 동화되겠다고 나서더니, 이제는 갑자기 결벽주의자가 되셨나! 뱅상은 자신의 방식으로 선악을 구별한다고. 왜 술에 취하면 안 된다는 거야?"

"개자식과 개자식의 아들." 뱅상이 모욕적인 미소를 지으며 중얼거렸다. "물론 서로가 맘에 들겠지."

"너 뭐라고 했어? 다시 말해봐!" 랑베르가 말했다.

뱅상이 목소리를 가다듬었다. "로자를 넘긴 놈과 화해를 할 정도니, 너도 대단한 개자식임이 분명하다고 말하는 거야. 너, 로자를 기억하긴 해?"

"밖으로 나와. 얘기 좀 하지." 랑베르가 말했다.

"내려갈 필요 없어."

앙리가 뱅상을 붙잡았다. 그사이 루이는 랑베르의 어깨에 손을 얹었다. "그냥 내버려두게."

"얼굴을 한 대 갈겨주고 싶어요."

"다른 날에 해." 앙리가 말했다. "오토바이로 데려다준다고 약속했잖나. 난 바쁘다고." 이어 그는 혀가 잘 돌아가지 않는 소리로 크게 지껄여대는 뱅상을 향해 다정하게 말했다. "자네도 진정하고."

랑베르는 잠자코 따라왔지만 안뜰을 가로지르면서 어두

운 표정으로 말했다. "말리지 말지 그러셨어요. 뱅상 녀석 따끔히 손을 봐줘야 했는데. 선생님도 아시다시피, 저도 싸울 줄은 알아요."

"아니라고 하지는 않겠어. 하지만 주먹질은 바보짓이야."

"대꾸하는 대신 바로 쳤어야 했어요." 랑베르가 말했다. "전 반사 신경이 없어요. 때려야 할 때 얘기를 하죠."

"뱅상은 술을 마셨고, 알다시피 그 친구는 약간 제정신이 아니잖아." 앙리가 말했다. "뱅상 얘기엔 신경 쓰지 마."

"너무 쉽게 말씀하시네요! 그 자식이 그 정도로 제정신이 아니라면 선생님도 그놈이랑 그토록 친하게 지내진 않으시겠죠." 랑베르가 화를 내며 오토바이에 걸터앉았다. "어디로 가실 거예요?"

"집으로. 신문사에는 이따가 들를 거야." 앙리가 말했다.

갑자기 폴의 모습이 떠오른 터였다. 아마 원룸아파트 한가운데, 미동도 없이 한곳을 멍하니 바라보며 앉아 있을 것이다. 헤어지는 장면을 읽었겠지. 문장 하나하나, 단어 하나하나를. 앙리가 자신을 어떻게 생각하는지 전부 알아버렸을 것이다. 어서 폴을 만나야 했다. 랑베르는 격렬한 분노에 차서 빠른 속도로 강둑을 따라 달렸다. 그가 마지막 붉은 신호등 앞에 멈췄을 때, 앙리가 물었다.

"술 한잔 할까?"

폴을 만나야 했지만, 그녀와 마주한다는 생각만으로 그는 기절할 지경이었다.

"원하시면요." 랑베르가 시무룩하게 대꾸했다.

그들은 센강 모퉁이의 담배 가게를 겸한 카페로 들어가

카운터에 서서 백포도주를 주문했다.

"뱅상과 서로 치고받고 하는 걸 말렸다고 삐쳐 있을 건 아니지?" 앙리가 유쾌하게 말했다.

"어떻게 선생님이 저런 놈을 참고 계시는지 이해할 수가 없어요." 랑베르는 분통을 터뜨렸다. "그 자식의 주정, 때가 꼬질꼬질한 셔츠, 음담패설, 거기에 더해서 무법자적인 당당한 태도, 이런 것들이 전부 구역질 납니다. 그 자식이 무장 항독 지하 단체에서 사람들을 죽였다는 건 알아요. 하지만 다른 사람들도 그랬습니다. 영혼에 훈장을 달고 있는 양 굴면서 돌아다닐 이유는 못 된다고요. 나딘은 그 자식을 대천사라고 부르더군요. 반쯤은 성불능자라는 이유로 말이죠! 아뇨, 저는 이해 못 합니다." 랑베르가 반복해서 말했다. "그가 돌았으면, 전기 충격을 몇 번 맛보여줘야죠. 더 이상 우리를 귀찮게 굴지 못하게 해야 한다고요."

"그건 너무 불공평한데!" 앙리는 말했다.

"오히려 편파적인 건 선생님 같은데요."

"나는 뱅상을 아주 좋아해." 앙리가 다소 차가운 어투로 말하고는 다시 입을 열었다. "자네와 얘기하고 싶은 건 뱅상 문제가 아니야. 폴이 이상한 말을 했어. 뒤브뢰유에 대해 물어보려고 어제 자넬 불렀다면서. 아주 무례한 짓을 한 것 같더군. 그런 상황이 꽤 불편했겠지."

"천만에요." 랑베르가 재빨리 대답했다. "정확히 뭘 원하는 건지 잘 이해하지는 못했지만, 폴은 매우 친절했어요."

앙리는 랑베르를 빤히 응시했다. 그는 정말 진지한 표정이었다. 폴이 랑베르 앞에서는 그래도 자제를 했던 걸까?

"지금 폴은 뒤브뢰유를 아주 미워하고 있어. 아주 과격한 여자야. 아마 눈치챘겠지만 말이야."

"네, 하지만 저도 뒤브뢰유를 그리 좋아하지는 않아서요. 불편하지 않았습니다."

"그러면 다행이군! 그 만남이 불쾌하지나 않았을까 걱정했어."

"전혀요."

"다행이야!" 앙리가 반복했다. "그럼 곧 다시 보자고. 데려다줘서 고마워."

앙리는 느린 걸음으로 골목길에 접어들었다. 더 이상 미룰 수 없었다. 2분 뒤면 폴을 마주할 것이다. 그녀의 시선을 얼굴에 느낄 것이고, 그런 상태로 할 말을 찾아야 할 것이다. '부정해버리자. 이베트는 그녀와 아무 상관 없는 인물이라고 말하는 거야. 그녀의 말이나 몸짓 같은 걸 빌리기는 했지만 완전히 바꿨다고 해야지.' 앙리는 계단을 오르기 시작했다. '아마 절대 안 믿겠지!' 그는 생각했다. 아예 그에게 말할 기회를 주지 않을지도 모른다. 어쩌면…… 그는 걸음을 재촉했다. 목이 막힌 채 뛰어서 마지막 계단을 올라갔다. 아무 소리도 나지 않았다. 개 짖는 소리도, 초인종 소리도, 라디오에서 나오는 음악도 없었다. '죽음의 침묵이야.' 그는 공포에 사로잡혀 생각했다. '폴이 자살한 거야!' 그는 문 앞에 멈춰 섰다. 그때, 속삭이는 소리가 들렸다.

"들어와."

폴은 미소를 짓고 있었다. 살아 있는 것이다. 장의자 끄트머리에 앉아 있던 관리인 여자가 일어났다. "내 얘기로 시간을 너무 빼앗았네."

"무슨 말씀을요." 폴이 말했다. "정말 재미있었는걸요."

"아무튼 안심해요. 내일 집주인에게 얘기할 테니까." 관리인이 말했다.

"천장이 무너지려고 하더라고." 유쾌한 목소리였다. 그러는 동안 관리인은 문을 닫고 나갔다. "저분 정말 친절해." 폴이 덧붙여 말했다. "이 동네의 부랑자들에 대해 정말 놀라운 얘기를 해주시더라고. 책으로 써도 될 정도야."

"그렇겠지." 앙리는 실망과 안도가 뒤섞인 마음으로 폴을 바라보았다. 오후 내내 관리인과 수다를 떠느라 원고를 읽을 시간이 없었던 모양이군. 모든 게 다시 시작되는 거야. 그리고 그는 자신에게 더 이상 그럴 용기가 없다는 걸 잘 알고 있었다.

"관리인 때문에 소설은 못 읽었구나?" 앙리가 담담한 목소리로 묻고는 애써 미소를 지어 보였다. "그것참 아쉽게 됐네!"

폴은 기가 막힌다는 표정으로 그를 쳐다보았다. "당연히 읽었지!"

"아! 어땠어?"

"좋던데!" 폴은 간단히 대답했다.

앙리는 노트를 들어 무심한 척 페이지를 넘겼다.

"샤르발이라는 등장인물 어때? 호감이 가?"

"별로 그렇지는 않아. 하지만 진정한 위대함이라는 면모는 있더라." 폴이 말했다. "그렇게 의도했던 것 아냐?"

앙리는 고개를 끄덕였다. "7월 14일 장면은 좋았어?"

폴은 곰곰이 생각했다.

"나는 다른 대목이 더 좋았어."

이어 앙리는 그 운명의 페이지를 펼쳤다. "이베트와 헤어지는 부분은 어때?"

"감동적이야."

"그래?"

폴은 약간 의심 어린 눈으로 앙리를 쳐다보았다. "감동했다는데 왜 그렇게 놀라?" 그녀가 살짝 약간 웃었다. "그 대목을 쓰면서 우리 생각을 했던 거야?"

앙리는 노트를 테이블 위로 던졌다. "바보 같은 소리!"

"이 책은 당신의 가장 아름다운 소설이 될 거야." 폴이 선언하듯 말했다. 그러고는 앙리의 머리카락 사이로 부드럽게 손을 넣었다. "왜 그렇게 감췄는지 정말 이해가 안 되네."

"나도 이제는 모르겠어."

무거운 침묵에 앙리는 두려움이 느껴질 지경이었다. 양탄자와 커튼과 벽지가 크고 호화로운 방을 메우고 있었다. 닫힌 문 너머에서는 어떤 소리도 들리지 않았다. 누군가를 부르려면 가구라도 뒤엎어야 할까 하는 생각까지 들었다.

"오래 기다리셨죠?"

"아뇨, 아주 잠깐이었습니다." 앙리는 예의를 갖추어 대답했다.

조제트는 겁에 질린 미소를 지은 채 그의 앞에 우뚝 서 있었다. 찢어지기 쉽고 속이 훤히 비치는 호박색 드레스 차림이었다. "그렇게 까다로운 애는 아니에요." 클로디는 그렇게 말했었다. 이 미소와 침묵과 모피로 덮인 장의자들이 더

없는 대담함으로 유혹의 분위기를 조성하고 있었다. 너무나 분명하게. 이 암묵적인 동조를 이용했다면, 앙리는 조소를 보내는 포주 앞에서 어린 여자아이를 유혹하는 기분이 되었으리라. 그는 약간 어색하게 입을 열었다. "괜찮다면 바로 시작하죠. 제가 좀 바빠서. 대본은 갖고 있나요?"

"독백 부분을 외우고 있어요." 조제트가 말했다.

"시작해봐요."

그는 자기 대본을 둥근 탁자 위에 놓고 안락의자에 편안히 앉았다. 독백은 가장 어려운 부분이었다. 조제트는 극을 전혀 이해하지 못했고, 겁에 질려 있었다. 그의 마음에 들고 싶어 필사적으로 노력하는 그녀를 보자 마음이 불편했다. 결국 그는 고급 유곽에서 특별 쇼를 감상하고 있는 부자 변태와 같은 꼴이었다.

"2막 3장을 해볼래요?" 그가 말했다. "내가 대사를 불러줄게요."

"읽으면서 연기하는 건 어려운데요." 조제트가 말했다.

"같이 해봅시다."

사랑의 장면에서는 좀 나았다. 그녀는 발성이 좋았고, 얼굴과 목소리는 정말 감동적이었다.

능숙한 연출가라면 조제트에게서 무언가 끌어낼 수 있을지 모른다. 앙리는 활기 있게 말했다.

"아직 배역에 완전히 들어맞지는 않는군요. 하지만 희망은 있어요."

"그렇게 생각하세요?"

"물론이죠. 거기 앉아요. 등장인물에 대해 약간 설명해줄 테니."

조제트는 앙리의 옆에 앉았다. 이렇게 아름다운 소녀 옆에 앉아본 것도 정말 오랜만이었다. 이야기를 하면서 그는 그녀의 머리 향기를 맡았다. 모든 향수에서 나는 것과 같은 냄새였지만 조제트에게는 거의 자연의 향기인 듯 느껴졌다. 문득 그녀의 드레스 안쪽에서 풍길 또 다른 축축하고 부드러운 냄새를 맡고 싶다는 강렬한 욕망이 일었다. 조제트의 머리카락 사이에 손을 넣고 붉은 입안에 자신의 혀를 넣는 것은 쉬운 일일 것이다. 너무 쉽겠지. 앙리는 조제트가 실망 어린 체념 속에서 그러한 쾌락을 기대하고 있음을 느꼈다.

"이해했어요?" 그가 물었다.

"네."

"자, 시작하죠. 다시 해봐요."

그들은 다시 그 장면을 반복했다. 조제트는 대사 하나하나에 감정을 담으려 애썼고, 그래서 처음보다 훨씬 나쁜 결과가 나왔다.

"너무 과장하고 있어요." 앙리가 말했다. "더 꾸밈없이 해봐요."

"아! 전 절대 못 할 거예요!" 그녀가 침통한 목소리로 말했다.

"연습하면 돼요."

조제트는 긴 한숨을 내쉬었다. 가엾어라! 게다가 그녀의 어머니는 기회를 놓쳤다고 비난할 게 뻔했다. 앙리는 자리에서 일어났다. 자신의 자제심이 조금은 후회가 되었다. 정말이지 그녀의 입은 욕망을 자아내니까. 욕망을 자아내는 여자와 자는 것이 얼마나 큰 기쁨인지 그는 기억하고 있었다.

"새로 약속을 잡도록 하죠." 앙리가 말했다.

"시간만 낭비하실 텐데요!"

"나한테는 시간 낭비 아니에요." 앙리는 미소를 지었다. "당신의 시간을 낭비해도 괜찮다면, 다음번에는 연습한 다음 함께 외출할까요?"

"좋아요."

"춤 좋아해요?"

"물론이죠."

"그러면 춤추러 가도록 하죠."

그다음 주 토요일, 앙리는 가브리엘가에 있는 조제트의 집으로 갔다. 그는 분홍색과 하얀색의 반들반들한 가구가 놓인 거실에서 그녀를 만났다. 조제트를 다시 본 그는 약간 충격을 받았다. 진정한 아름다움이란, 그것에서 눈을 떼자마자 우리를 배신하는 법이다. 조제트의 피부는 기억보다 창백했고, 머리 색깔은 더 짙었다. 눈의 광채는 급류의 바닥을 보는 것 같았다. 그녀에게 건성으로 대사를 전달하면서, 앙리는 딱 달라붙는 검은 벨벳 옷이 드러내는 젊은 육체를 눈으로 훑었다. 이 육체와 목소리는 서투름을 용서받기에 충분해. 그는 생각했다. 게다가 지도만 잘하면 다른 여배우들에 비해 그리 서투르게 보이지도 않을 거고. 이따금씩 감동적인 어조까지 찾아내고 있잖아. 앙리는 한번 시도해보자고 마음먹었다.

"잘될 거예요." 그는 열렬하게 말했다. "물론 열심히 연습을 해야겠죠. 하지만 잘될 거예요."

"정말 그러고 싶어요."

"이제 춤추러 갑시다." 앙리가 말했다. "생제르맹-데-프레로 갈까 하는데, 어때요?"

"원하시는 대로 하세요."

그들은 생브누아가의 지하실에 있는 댄스홀, 수염 달린 여자의 초상화 아래 가서 앉았다. 조제트는 겉옷과 한 세트인 드레스를 입고 있었다. 짧은 윗도리를 벗자 둥글고 성숙한 어깨가 드러났다. 이 어깨가 어린애 같은 얼굴과 대조를 이루었다. '바로 이게 없어서 즐겁지가 않았던 거야.' 앙리는 유쾌하게 생각했다. '내 곁에 있는 아름다운 여자 말이지.'

"춤출까요?"

"춰요."

따뜻하고 매력적인 육체를 껴안자 약간 현기증이 느껴졌다. 이런 종류의 현기증을 얼마나 좋아했던가! 지금도 역시 좋았다. 재즈와 담배 연기, 젊은 목소리, 타인들의 유쾌함을 그는 다시 좋아하게 되었다. 조제트의 가슴과 복부를 사랑할 준비가 되어 있었다. 다만 행동으로 옮기기 전에, 조제트가 그래도 자신에게 약간이나마 호의가 있다는 걸 확인하고 싶었다.

"여기 맘에 들어요?"

"네." 그녀가 머뭇거렸다. "좀 특이한 곳이네요."

"그럴 거예요. 어떤 곳을 좋아해요?"

"아! 여기 아주 좋아요." 조제트가 재빠르게 말했다. 앙리가 말을 시키려고 할 때마다 그녀는 대번 공포에 질린 얼굴이 되었다. 틀림없이 그녀의 어머니가 입을 다물도록 철저하게 교육했을 것이다. 새벽 2시까지 그들은 말없이 샴페인을 마시고 춤을 추었다. 조제트는 슬픈 표정도 기쁜 표정도 아니었다. 2시가 되자 그녀는 돌아가자고 했다. 지루해서인지, 피곤해서인지, 아니면 조심성 때문인지 앙리로선 알 수 없었다. 그는 조제트를 집까지 바래다주었다. 자동차에서 그녀는 열성을 기울여 정중한 태도로 청했다. "선생님의 책을 읽고 싶어요."

"어려운 일도 아니죠." 그는 조제트에게 미소를 지었다. "독서를 즐기나요?"

"시간이 나면요."

"하지만 시간이 별로 없죠?"

조제트는 한숨을 쉬었다. "꼭 그렇지는 않아요."

그녀는 완전히 바보일까? 그저 약간 우둔할 뿐일까? 아니면 수줍음 때문에 주눅이 들어 있는 것일까? 판단하기가 어려웠다. 조제트는 너무나 아름다우니 일반적인 경우라면 바보임이 틀림없었다. 하지만 동시에 그 아름다움이 그녀를 신비롭게 만들기도 했다.

뤼시 벨롬은 자신의 집에서 친한 사람들과 저녁을 먹은 뒤 계약서에 서명을 하자고 했다. 앙리는 이 좋은 소식을 함께 축하하자며 조제트에게 전화를 걸었다. 그녀는 다정한 헌사를 적어 집에 두고 간 책에 대해 사교적인 목소리로 감사를 표했다. 그들은 몽마르트르의 작은 바에서 저녁에 만나기로 약속했다.

"기뻐요?" 앙리가 잠시 조제트의 손을 잡고 물었다.

"뭐가요?" 조제트가 물었다. 그녀는 평소보다 약간 나이

들어 보였다. 그리고 전혀 기쁜 것 같지도 않았다.

"계약서에 사인을 했어요. 이제 계약이 된 거죠. 기쁘지 않아요?"

그녀는 비시 광천수를 담은 유리잔을 입으로 옮겼다.

"두려워요." 그녀가 낮은 목소리로 말했다.

"베르농은 바보가 아녜요. 나도 그렇고. 두려워할 것 없어요. 당신은 아주 잘할 거니까."

"하지만 선생님이 원래 생각하셨던 등장인물은 저와 전혀 달랐죠?"

"이제는 그 인물의 다른 모습은 생각할 수도 없게 되었는걸요."

"정말이세요?"

"정말이죠."

그것은 사실이었다. 조제트는 그 배역을 그럭저럭 잘 연기해낼 것이다. 어쨌든 이제 그는 잔이 조제트와 다른 목소리와 다른 눈동자를 가질 수도 있다고는 상상하고 싶지도 않았다.

"선생님은 정말 너무나 친절하세요!"

그녀는 진심으로 감사를 담아 앙리를 바라보았다. 하지만 그녀가 몸을 내맡기는 것이 감사에 의한 것이든 계산에 의한 것이든, 그에겐 그리 다를 바가 없었다 앙리가 원하는 것은 그 동기가 아니었다. 그는 아직 행동에 나서지 않았다. 맥없이 부드러운 침묵 속에서, 그들은 앙리가 같이 일하고 싶어 하는 연출가들이며 출연진에 대해, 또 무대장치에 대해 애기했다. 조제트는 여전히 불안해하고 있었다. 앙리는 집

앞까지 조제트를 데려다주었다. 그녀가 그의 손을 쥐었다.

"그럼, 월요일에 뵈어요." 그녀는 목멘 소리로 말했다.

"이제 두렵지 않죠?" 그가 말했다. "얌전하게 잘 거죠?"

"아뇨." 그녀가 말했다. "두려워요."

그는 미소를 지었다. "돌아가기 전에, 위스키 한잔 줄 수 있어요?"

조제트는 행복한 표정으로 앙리를 쳐다보았다. "감히 청하지 못했는데!"

그녀는 활달하게 계단을 올라 모피로 된 망토를 벗어버리고 꽉 끼는 검은 실크 차림의 상반신을 드러냈다. 이어 그녀가 앙리에게 큰 유리잔을 내밀었다. 잔 안에서 얼음이 경쾌하게 울리고 있었다.

"당신의 성공을 위해." 그가 말했다.

그녀는 급하게 탁자의 나무판을 쳤다. "그런 말씀 마세요! 하느님 맙소사! 만약 실패하면 어쩌죠? 정말 큰일이에요!"

앙리는 반복해서 말했다. "잘할 거라니까요!"

조제트는 어깨를 으쓱였다. "저는 모든 걸 망쳐버리는 애예요!"

그는 미소를 지었다. "그거 놀랍구먼."

"정말이라니요." 그녀는 머뭇거렸다. "선생님께 이런 말씀 드리지 않는 게 나을지 몰라요. 불안해지실 테니까요. 오늘 오후에 카드 점을 보러 갔거든요. 점쟁이가 그러는데, 크게 실망할 일이 있을 거래요."

"카드 점쟁이들은 늘 과장을 하지." 앙리가 확고하게 말했다. "혹시 새 드레스를 주문하지 않았어요?"

"했어요. 월요일에 입을 거예요."

"그렇다면 그 옷이 실패작이라는 거예요. 바로 그래서 실망하게 된다는 거지."

"오! 어쨌든 난처한 일이긴 하네요!" 조제트가 말했다. "그럼 그날 저녁에 뭘 입죠?"

"실망이라, 분명 실망스러운 일이긴 하네요." 앙리는 웃으며 말했다. "자, 어차피 당신이 제일 아름다울 거예요. 항상 그렇듯이 월요일에도 그렇겠죠. 연기를 실패하는 것보다는 덜 심각한 일이죠?"

"너무나 자상한 방법으로 일을 해결하세요!" 조제트는 말했다. "선생님이 신이 아니라니, 애석할 정도예요."

조제트는 앙리 옆에 바싹 다가앉아 있었다. 그녀의 입술이 부풀어 오르고 눈이 흐릿해진 건 그저 감사의 마음 때문일까?

"하지만 신에게도 지금 내 자리를 양보할 생각은 없어요!" 그가 그녀를 끌어안으며 말했다.

앙리가 눈을 뜨자 어슴푸레한 빛 속에서 연록빛 쿠션을 댄 벽이 보였다. 이어 정사를 치른 다음 날이면 찾아오는 기쁨으로 그의 가슴이 두근거렸다. 그 즐거움이 거칠고 생생한 쾌락을 요구하고 있었다. 찬물과 마사지 장갑. 앙리는 조제트를 깨우지 않고 침대 밖으로 빠져나왔다. 몸을 씻고 옷을 입은 뒤 허기를 느끼며 욕실에서 나왔을 때도 조제트는 아직 잠들어 있었다. 앙리는 발끝으로 방을 가로질러 그녀 위로 몸을 숙였다. 조제트는 빛나는 머리카락을 눈 위로 늘어뜨린 채, 축축함과 향기 속에 싸여 있었다. 앙리는 이 여자가 자신의 것이 되었다는 것에, 또 자신이 남자라는 사실에 완벽한 행복을 느꼈다. 다른 눈으로 졸음을 놓치지 않으려는 양, 조제트가 한쪽 눈만 반쯤 떴다.

"벌써 일어났어?"

"응, 모퉁이 카페에 가서 커피 마시고 올게."

"안 돼!" 조제트가 말했다. "가지 마. 내가 차를 끓일게."

그녀는 졸린 눈을 비비고는 부드럽고 가벼운 잠옷으로 싸인 아직 따뜻한 몸을 침대 시트 밖으로 빼냈다. 앙리는 그녀를 껴안았다.

"귀여운 목신 같아."

"여자 목신이네."

"아냐, 그냥 귀여운 목신이야."

조제트는 황홀한 표정으로 입술을 삐죽 내밀었다. 페르시아 공주, 귀여운 인디언, 여우, 나팔꽃, 등나무 꽃송이. 여자들은 어떤 것, 다른 것과 닮았다고 말해주면 늘 기뻐하지. "나의 귀여운 목신." 앙리는 조제트에게 가볍게 키스하며 되풀이했다. 그녀는 실내복을 입고 샌들을 신었다. 그는 부엌으로 그녀를 따라갔다. 하늘은 빛나고, 흰 유리창은 반짝였다. 조제트는 서투른 동작으로 허둥지둥 움직였다.

"우유를 넣을까, 아니면 레몬을 넣을까?"

"우유를 약간 넣어줘."

그녀는 피붓빛을 띤 규방으로 쟁반을 가져갔다. 앙리는 둥근 탁자들과 밑단 장식이 달린 안락의자들을 호기심 어린 눈으로 바라보았다. 그토록 옷을 잘 입고 목소리와 몸짓이 조화로운 조제트가 왜 이렇게 통속적인 영화 세트 같은 곳에서 살고 있을까?

"이 아파트에 직접 가구를 놓은 건가?"

"엄마랑 내가."

조제트가 걱정 어린 표정으로 앙리를 쳐다보았기에 그는 얼른 말을 이었다.

"아주 예쁘네."

그녀는 언제부터 어머니 집에서 나와 살았을까? 왜? 무슨 이유로? 갑자기 너무나 많은 질문이 떠올랐다. 그녀의 뒤에는 매일 매시간 살아온 생활 전부가, 그리고 하루하루의 밤이 있었다. 그는 조제트의 과거에 대해 아무것도 몰랐다. 지금은 그녀를 심문할 때가 아니야. 그러나 잘못 선택한 조악한 실내장식품과 보이지 않는 추억의 한가운데서 앙리는 불편함을 느꼈다.

"뭘 해야 할지 모르겠지? 둘이서 산책을 가는 거야. 너무 날씨가 좋은 아침이잖아."

"산책을? 어디로?"

"거리로."

"걷자는 뜻이야?"

"그래, 거리를 걸어 다니자는 거야."

조제트는 당황한 표정이었다. "옷을 갈아입어야겠네."

그는 웃었다. "그래야겠지. 하지만 귀부인으로 꾸밀 필요는 없어."

"뭘 입지?"

아침 9시에 거리를 산책하기 위해서는 어떻게 입는 게 좋을까? 그녀는 벽장의 서랍을 열어 스카프와 블라우스를 뒤적거렸다. 조제트가 실크 스타킹을 골라 신자, 앙리는 타는 듯한 살로 부풀어 오른 실크의 감촉을 손바닥에 떠올렸다.

"괜찮아 보여?"

"매혹적인 모습이야."

조제트는 어두운색 귀여운 정장에 녹색 스카프를 매고 머리를 틀어 올렸다. 매혹적이었다.

"이거 입으니까 뚱뚱해 보이지 않아?"

"아니."

조제트는 고민하는 표정으로 거울 속 자신의 모습을 바라보았다. 무엇을 보고 있을까? 여자라는 것, 아름답다는 것을 마음속으로 어떻게 느끼고 있을까? 실크 스타킹이 허벅지를 스칠 때, 따뜻한 배에 윤기 나는 새틴이 놓일 때 어떤 기분일까? 그는 생각했다. '조제트는 우리가 함께 보낸 밤을 어떻게 기억할까? 밤중에 내던 신음 소리로 다른 이름도 부른 적이 있을까? 피에르, 빅토르, 자크를? 앙리라는 이름은 그녀에게 무슨 의미일까?' 앙리는 둥근 탁자 위에 잘 보이게 놓여 있는 자신의 소설을 가리켰다.

"이 책 읽었어?"

"잠깐 보기만 했어." 그녀는 머뭇거렸다. "바보 같아. 난 읽을 수 없나 봐."

"지루해서?"

"아니, 하지만 책만 읽으면 멍하니 다른 생각을 하게 돼. 단어 하나로 꿈을 꾸러 가는 거야."

"어디로 가는데? 무슨 꿈을 꾸냐는 뜻이야."

"그건 좀 막연한데. 꿈을 꿀 때면 보통 막연하잖아."

"장소나 사람을 생각하는 거야?"

"아무것도. 그저 꿈을 꾸는 거지."

앙리는 조제트를 품에 안고 미소를 지으며 물었다.

"사랑에 쉽게 빠져?"

"내가?" 그녀는 어깨를 으쓱였다. "누구랑?"

"많은 남자들이 당신을 사랑했을 텐데. 당신은 정말 아름 다우니까."

"아름답다는 건 모욕이야." 고개를 옆으로 돌리며 그녀가 말했다.

앙리는 포옹을 풀었다. 왜 조제트가 그토록 연민을 불러 일으키는지 그는 도대체 알 수가 없었다. 그녀는 일도 하지 않고 호화롭게 사는데. 게다가 신분이 높은 여자의 손을 하고 있지 않은가. 그런데도 그녀 앞에서 그는 연민을 느꼈다.

"이렇게 이른 시간에 거리에 있다니 이상해." 조제트가 화장한 얼굴로 하늘을 올려다보며 말했다.

"난 여기서 당신이랑 함께 있는 게 이상한데." 앙리는 그 녀의 팔을 꽉 잡고는 즐겁게 바깥의 공기를 들이마셨다. 그 날 아침에는 모든 것이 새롭게 보였다. 봄도 새로웠다. 겨우 희미하게 시작되는 참이었지만, 이미 공기 중에 포근한 기운이 느껴졌다. 아베스 광장에서는 양배추와 생선의 냄새가 풍겼다. 실내복을 입은 여자들이 미심쩍다는 표정으로 이르게 나온 샐러드용 채소를 살펴보고 있었다. 졸음으로 끈적끈적한 그들의 머리는 자연적이지도 인공적이지도 않은 독특한 빛깔이었다.

"저 늙은 요정 좀 봐." 앙리는 분칠한 얼굴에 보석을 주렁 주렁 달고 커다랗고 더러운 모자를 쓴 노파를 가리켰다.

"아! 저분 알아." 조제트가 말했다. 그녀의 얼굴에 미소는 없었다. "언젠가는 나도 아마 저렇게 되겠지."

"설마." 그들은 말없이 층계의 몇 단을 내려갔다. 조제트가 너무 높은 구두 굽 위에서 비틀거렸다. 그가 물었다. "몇 살이지?"

"스물한 살."

"진짜 나이 말이야."

조제트는 머뭇거렸다. "스물여섯. 하지만 엄마한테는 내가 그러더라고 하면 안 돼." 그녀는 공포에 질려 덧붙였다.

"벌써 잊어버렸는걸." 앙리는 말했다. "당신, 아주 어려 보여."

그녀는 한숨을 쉬었다. "내가 신경을 쓰니까. 정말 피곤한 일이야."

"그러면 그렇게 애쓰지 마!" 앙리는 부드럽게 말하며 그녀의 팔을 더 단단히 잡았다. "옛날부터 연극을 하고 싶었어?"

"모델은 절대 되고 싶지 않았어. 늙은 남자들을 좋아하지 않아서." 조제트는 웅얼거렸다.

틀림없이 어머니가 정부들을 골라주었을 것이다. 결코 사랑을 해본 적이 없다는 것도 아마 사실일 것이다. 스물여섯에 이런 눈, 이런 입술을 하고 사랑을 모른다니, 어떻게 가엾게 여기지 않을 수 있겠어! '그런데 나는 그녀에게 도대체 뭘까?' 앙리는 다시금 자문해보았다. '나는 그녀에게 무엇이 될까?' 어쨌든 지난밤 그녀의 쾌락은 진짜였고, 눈 속에 비친 신뢰감도 진실했다. 그들은 시장의 가건물들이 반쯤 잠들어 있는 클리쉬 대로에 도착했다. 두 아이가 작은 회전목마 위에서 맴을 돌았고, 롤러코스터는 덮개 아래 잠들어 있었다.

"일본 당구 할 줄 알아?"

"아니."

조제트는 앙리의 옆, 구멍 뚫린 판 앞에 얌전히 섰다. 앙리가 물었다. "장터 축제 안 좋아해?"

"한 번도 가본 적이 없어."

"롤러코스터 타본 적 없어? 유령 열차도?"

"안 타봤어. 어렸을 때는 아주 가난했어. 그래서 엄마가 날 기숙사에 넣었지. 거기서 나왔을 땐 다 자라 있었고."

"그때 몇 살이었는데?"

"열여섯 살."

그녀는 둥근 구멍을 향해 나무 공을 열심히 던져보았다. "어렵네."

"전혀 아냐. 봐, 거의 이겼어." 앙리는 다시 그녀의 팔을 잡았다. "다음에는 저녁때 회전목마를 한번 타보자."

"당신이 목마를 탄다고?" 조제트가 못 믿겠다는 표정으로 되물었다.

"물론 혼자일 때는 안 타지."

경사가 급한 도로 위에서 그녀는 다시 비틀거렸다.

"피곤해?"

"구두 때문에 발이 아프네."

"여기 들어가자." 앙리는 무턱대고 눈에 보이는 카페의 문을 밀어젖혔다. 방수포를 씌운 테이블이 놓여 있는 아주 작은 카페였다. "뭐 마실래?"

"비시 광천수."

"왜 늘 비시 광천수야?"

"간 때문에 그래." 그녀는 슬픈 표정으로 설명했다.

"비시 광천수 한 병이랑 적포도주 한 잔요." 앙리가 주문을 하고는 벽에 걸려 있는 게시판을 가리켜 보였다. "저것 좀 봐!"

느릿느릿 심각한 목소리로 조제트가 게시판의 글을 읽었다. "포도주를 마시면서 알코올중독과 싸우세요." 그녀는 시원하게 웃기 시작했다.

"우스워라! 재밌는 장소들을 알고 있네."

"여긴 처음 와봤어. 하지만 알다시피 산책을 하다 보면 많은 것들을 발견하게 되거든. 산책은 전혀 안 해?"

"시간이 없어."

"대체 뭘 하는데?"

"항상 할 일이 많아. 발성법 수업, 장 보기, 미용실 가기. 그리고 다과회와 칵테일파티가 있지."

"다 좋아해?"

"그런 걸 좋아하는 사람이 있나?"

"자기 삶에 만족하는 사람은 있지. 예를 들면 나 같은 사람 말이야."

조제트는 아무 말도 하지 않았고, 앙리는 다정하게 그녀를 안았다.

"당신을 만족시키려면 어떻게 해야 할까?"

"어머니가 더는 필요 없어지는 거. 그리고 절대 가난해지지만 않으면 돼." 그녀는 단숨에 말했다.

"그렇게 될 거야. 그러면 뭘 할 거야?"

"만족하겠지."

"하지만 뭔가를 할 거잖아. 여행? 아니면 외출?"

조제트는 어깨를 으쓱였다. "생각 안 해봤어."

그녀는 핸드백에서 금으로 된 콤팩트를 꺼내 입술을 다시 칠했다. "가봐야 해. 엄마 가게에서 가봉을 해야 되거든." 그러더니 불안한 얼굴로 앙리를 바라보았다. "내 드레스 정말 실패일까?"

"절대 아냐." 웃으며 그가 말했다. "카드 점쟁이가 완전히 틀린 거야. 안 맞을 때도 있잖아. 예쁜 드레스야?"

"월요일에 보게 될 거야." 조제트는 한숨을 쉬었다. "나를 알리려면 약간은 나 자신을 보여줘야겠지. 그러니 옷을 잘 입어야 해."

"옷을 잘 차려입는 것이 귀찮지 않아?"

"가봉이라는 거 얼마나 피곤한지 모를걸! 하고 나면 하루 종일 머리가 아프다니까."

"데려다줄게."

"안 그래도 괜찮아."

"내가 그러고 싶어서 그래." 그가 다정하게 말했다.

"당신은 정말 자상한 사람이야."

그 목소리와 그 눈빛으로 "당신은 정말 자상한 사람이야"라고 그녀가 말하는 순간, 앙리는 마음이 아려 왔다. 택시에서 그는 조제트의 머리를 어깨에 기대게 하고서 자문했다. '조제트를 위해 뭘 할 수 있을까?'

여배우가 될 수 있게 도와주는 것, 좋아. 하지만 조제트가 딱히 연극을 좋아하는 건 아니잖아. 여배우가 된다고 해서 마음속 공허함이 채워지지는 않겠지. 게다가 성공하지 못하면? 그녀는 자신의 단순하고 무의미한 삶에 만족하지 못하는 거야. 그렇다면 무엇에 흥미를 느낄 수 있을까? 조제트와 대화를 하고 지적인 능력을 길러주자……. 하지만 역시 그녀를 박물관이나 콘서트에 데려가거나, 책을 빌려주거나, 세계정세를 설명해주거나 할 수는 없을 터였다. 그는 조제트의 머리에 부드럽게 키스했다. 그녀를 사랑해야 할지 모른다. 여자들과 함께일 때, 앙리는 늘 이 문제에 부딪치곤 했다. 모든 여자들을 제각각 유일한 사랑으로 사랑하지 않으면 안 되는 것이었다.

"저녁때 또 만나." 조제트가 말했다.

"그래, 우리 만나는 그 작은 술집에서 기다릴게."

그녀는 부드럽게 앙리의 손을 쥐었다. 그는 둘 다 같은 생각을 한다는 것을 알 수 있었다. 오늘 밤 같은 침대에 있을 것이라는 생각. 조제트가 장엄한 건물 안으로 사라지자 그는 센강가로 걸어서 내려가기 시작했다. 11시 30분이었다. '폴에게 약속한 것보다 일찍 도착하겠군. 기뻐하겠지.' 오늘 아침 그는 모든 사람을 기쁘게 해주고 싶었다. '하지만…….' 다소 불안감이 일었다. '폴에게 얘기해야만 해.' 조제트를 품에 안은 순간부터 그는 폴과 함께 밤을 보낸다는 생각만으로도 견딜 수가 없었다. '폴에게도 마찬가지일 거야. 내가 더는 자신에게 욕망을 느끼지 않는다는 걸 잘 알고 있으니까.' 앙리는 희망을 갖고 생각했다. 폴은 자신이 앙리의 소설에 나오는 비극적인 여주인공이라는 사실을 인정하려 하지 않았다. 하지만 소설을 읽은 뒤 그녀는 변했고, 이제 그와 전혀 싸움을 벌이지 않았다. 앙리가 호텔 방으로 원고와 옷들을 조금씩 옮기는 것을 보고도 반대하지 않았다. 그는 종종 호텔에서 잤다. 폴 역시 편안한 우정이라는 관계를 안도에 가까운 감정으로 받아들일지 모른다. 봄날 하늘이 너무나 유쾌하게 보였고, 누구에게도 고통을 주지 않고 진지하게 살아갈 수 있을 듯한 기분이었다. 앙리는 길모퉁이의 꽃장수 앞에서 머뭇거리다가 멈춰 섰다. 예전처럼 폴에게 연한 제비꽃 한 다발을 가져다주고 싶었다. 하지만 그녀가 느낄 기쁨이 두려웠다. '포도주 한 병이 덜 위험할 거야.' 그는 이렇게 생각하며 근처의 식료품 가게로 들어갔다. 이윽고 그는 즐겁게 계단을 올라갔다. 목이 마르고 배가 고팠다. 오래된 보르도산 포도주의 강한 맛이 벌써부터 입안에서 느껴졌다. 폴에게 주고 싶은 우정이 그 하나에 집약되어 있기라도 한 양, 그는 포도주 병을 가슴에 꼭 껴안았다.

문을 두드리지 않고, 전처럼 아주 조용하게 자물쇠에 열쇠를 넣어 문을 열었다. 폴은 아무 소리도 듣지 못한 채였다. 그녀는 낡은 종이가 잔뜩 널린 양탄자 위에 무릎을 꿇고 있었다. 앙리는 자신이 보낸 편지들을 알아볼 수 있었다. 그녀는 손에 그의 사진을 쥐고서, 그가 한 번도 보지 못한 얼굴로 그것을 보고 있었다. 울고 있는 것은 아니었다. 하지만 그녀의 메마른 눈을 보면, 그래도 모든 눈물 속에는 희망이 아직 남아 있다는 것을 알 수 있었다. 폴은 자신의 운명을 마주한 채 깊은 생각에 잠겨 있을 뿐, 더는 아무것도 기대하지 않았다. 그저 운명을 계속 견딜 뿐이었다. 움직이지 않는 영상을 앞에 둔 폴이 너무나 고독해 보였기에 앙리는 정신이 나갈 것만 같았다. 초조함이 연민의 감정을 씻어버리는 것을 어찌할 수 없어서 그는 다시 문을 닫아버렸다. 이윽고 문을 두드리자 종이와 실크가 스치는 불안한 소리가 들렸다. 이어 폴이 기운 없는 목소리로 말했다. "들어오세요."

"뭐 하고 있었어?"

"옛날 편지들을 다시 읽고 있었어. 당신이 이렇게 일찍 올 줄은 몰랐네."

폴은 안락의자에 편지들을 던지고 사진을 감추었다. 그녀의 얼굴은 고요했지만 침울했다. 앙리는 최근 폴의 유쾌한 모습을 본 적이 한 번도 없다는 사실을 떠올리지 않을 수 없었다. 그는 화난 듯이 술병을 테이블 위에 놓았다.

"과거에 파묻혀 있는 대신 좀 더 현재를 사는 편이 나을 텐데." 그가 말했다.

"아! 현재가 어떤지 알면서!" 폴은 테이블 위로 멍한 시선을 던졌다. "식사 준비를 안 했는데."

"레스토랑 갈까?"

"아냐, 아냐! 잠깐이면 돼."

폴이 부엌으로 걸어가자 그는 편지로 손을 뻗었다. "만지지 마!" 그녀가 날카롭게 말했다.

폴은 편지를 쥐고 가서 벽장에 던져버렸다. 그는 어깨를 으쓱였다. 어떤 의미에서는 그녀가 옳다. 굳어버린 이 모든 옛날이야기들은 이제 거짓말이 되어버렸으니까. 앙리는 식탁 주위에서 분주하게 움직이는 폴을 말없이 바라보았다. 그녀에게 우정을 이야기하기란 쉽지 않을 것이다. 그들은 전채 요리를 앞에 두고 마주 앉았다. 앙리가 포도주 코르크를 땄다.

"보르도산 적포도주 좋아하지?" 그가 다정하게 물었다.

"좋아하지." 폴은 무심히 대답했다.

물론 오늘은 폴에게 축제일이 아니다. 그녀와 함께 자신의 새로운 사랑을 축하하려는 것은 극도로 무분별하고 이기적인 짓이었다. 하지만 스스로를 비난하면서도 앙리는 울분이 슬며시 치미는 것을 느끼고 있었다.

"어쨌든 잠깐이라도 외출을 좀 하는 게 좋을 것 같은데." 그는 말했다.

"외출을 하라고?" 그녀가 깜짝 놀란 표정으로 되물었다.

"그래, 밖에 나가 사람들을 만나라는 거야."

"뭐 하러?"

"그럼, 이 구멍에 하루 종일 처박혀 있는 게 무슨 도움이 되겠어?"

"이 구멍이 난 너무 좋은데." 그녀가 슬픈 미소를 띠었다. "지루하지 않아."

"평생 이렇게 계속 살 수는 없잖아. 이제 노래는 부르고 싶지 않다고 했지? 좋아, 그건 끝난 일이야. 하지만 그렇다면 다른 할 일을 찾아봐야지."

"도대체 무슨 일을 찾으라는 거야?"

"같이 찾아봐."

폴은 고개를 저었다. "난 서른일곱에 어떤 일도 할 줄 몰라. 넝마주이야 할 수 있을지 모르지만, 그것도 막상 어떨지 누가 알겠어!"

"일은 배우는 거야. 아무도 당신이 배우는 걸 말리지 않는다고."

그녀는 근심스러운 얼굴로 앙리를 바라보았다. "내가 생활비를 벌었으면 하는 거야?"

"돈 문제가 아니야." 그가 재빨리 대답했다. "어떤 일에 관심을 갖고 전념해줬으면 좋겠다는 거지."

"우리 두 사람 일에 관심을 갖고 있는걸."

"그걸로는 충분하지 않아."

"10년 전부터 그걸로 충분했어."

앙리는 있는 용기를 다 끌어모았다.

"들어봐, 폴. 우리 사이가 변했다는 거 잘 알고 있잖아. 스스로를 속여도 아무 소용 없어. 우리는 멋지고 아름다운 사랑을 했어. 이제 그 사랑이 우정으로 변하는 중이라는 걸 인정해야 해. 그렇다고 가끔만 만나자거나, 아주 만나지 말자는 의미는 아니야." 그는 열의를 가지고 덧붙여 말했다. "하지만 당신은 다시 홀로 서야만 해."

폴은 그를 빤히 쳐다보았다. "난 절대 당신을 친구로 삼을 수 없어." 엷은 미소가 그녀의 입술을 스쳐 갔다. "당신도 나를 친구로 삼을 수 없고."

"당연히 그렇게 할 수 있어, 폴……."

그녀가 그의 말을 가로막았다. "봐, 오늘도 당신은 약속 시간까지 기다리지 못했지. 20분 일찍 와서는 그렇게 거칠게 문을 두드렸잖아? 그런 걸 우정이라고 부르다니."

"그건 오해야."

폴의 고집 앞에서 앙리는 다시 분노에 사로잡혔다. 하지만 너무나 침통한 그녀의 얼굴에 자신이 얼마나 놀랐던가를 떠올렸고, 그러자 적의에 찬 말들이 목구멍에서 사라져버렸다. 그들은 말없이 식사를 끝냈다. 폴의 얼굴이 모든 말을 막아버렸다. 식탁에서 일어나면서, 그녀는 담담한 어조로 물었다.

"오늘 저녁에 들어올 거야?"

"아니."

"이젠 자주 안 오네." 폴은 슬픈 미소를 짓고 있었다. "이것도 우정이라는 새로운 계획의 일부야?"

앙리는 머뭇거렸다. "그렇게 됐어."

폴은 오랫동안 강렬한 눈으로 그를 응시했다. "난 말했어. 당신의 자유를 전적으로 존중하면서 아주 관대하게 당신을 사랑한다고. 그건 어떤 해명도 요구하지 않는다는 뜻이야. 당신은 다른 여자들과 잘 수 있고, 나에게 죄책감을 느끼거나 얘기하거나 할 필요도 없다는 거지. 당신 생활의 일상다반사에 나는 더 이상 무관하니까."

"하지만 숨기는 건 없어." 그는 거북하게 말했다.

"내가 말하고 싶은 건," 그녀는 진지한 목소리로 말을 이었다. "양심의 가책을 느끼지 않아도 된다는 거야. 어떤 일이 일어나도 부끄럽다 생각하지 말고 이곳으로 자러 돌아와도 된다고. 오늘 밤 당신을 기다릴게."

'할 수 없군.' 앙리가 생각했다. '폴은 내가 말해버리기를 원하는 거야.' 그래서 그는 목소리를 높였다. "들어봐, 폴. 솔직히 말할게. 이제 함께 밤을 보내지 않는 게 좋을 것 같아. 과거에 그토록 집착하니 우리가 한때 얼마나 아름다운 밤들을 보냈는지 당신은 잘 알 거야. 그 추억을 망치지 말자. 이제 우리 사이에 큰 욕망이랄 것도 없잖아."

"이제 날 원하지 않는다는 거야?" 폴이 믿을 수 없다는 듯 물었다.

"충분한 욕망이 없다는 거야." 앙리는 대답했다. "당신도 마찬가지잖아. 아니라고 말하지 마. 다 기억하고 있으니까."

"당신 오해하고 있어!" 폴이 말했다. "끔찍한 오해라고! 난 변하지 않았어!"

그는 그것이 거짓말이라는 걸 알고 있었다. 하지만 그녀는 그에게만이 아니라 스스로에게도 거짓말을 하고 있었다.

"어쨌든 난 변했어." 그는 조용히 말했다. "여자는 아마 다를지 모르지. 하지만 남자는 같은 육체를 영원히 원하는 게 불가능해. 당신은 옛날과 똑같이 아름다워. 하지만 내게 너무 익숙해졌어."

앙리는 불안한 듯 폴의 얼굴을 찾아 그녀에게 미소를 지으려 했다. 폴은 울지 않았다. 그녀는 공포로 마비된 것 같았다. 폴이 간신히 중얼거렸다.

"이제 여기서 자지 않겠다는 거지? 지금 말하고 있는 게 바로 그 뜻이야?"

"그래, 하지만 그렇게 많이 달라지는 건 없을 거야⋯⋯."

폴은 앙리의 말을 손짓으로 막았다. 스스로 꾸며낸 거짓말 외에는 받아들이려 하지 않는 것이다. 그녀로 하여금 진실을 순순히 받아들이도록 하는 것은 진실을 강요하는 것만큼이나 어려웠다.

"가줘." 화도 내지 않고 폴이 말했다. "가줘." 그녀는 반복했다. "혼자 있고 싶어."

"설명을 좀 할게……."

"부탁이야." 그녀가 다시 말했다. "가줘."

앙리는 일어섰다. "당신이 원한다면 가지. 하지만 내일 다시 올게. 그때 얘기하자."

폴은 대답이 없었다. 그는 문을 다시 닫고 흐느낌이나 쓰러지는 소리, 다른 움직임의 기척이 들리지 않는지 귀를 기울인 채 잠시 층계참에 머물러 있었다. 하지만 아무 소리도 나지 않았다. 계단을 내려가며, 앙리는 생체 해부라는 고문을 겪기 전에 성대가 잘린 개들을 떠올렸다. 그들의 고통은 세상에 표시 하나 없다. 개들이 울부짖는 소리를 듣는 것보다는 그 편이 더 견디기 쉬울지 모른다.

그들은 다음 날도, 이어지는 날들에도 얘기하지 않았다. 폴은 두 사람이 나눈 대화를 잊어버린 척했다. 앙리 또한 다시 그 이야기를 꺼내려 하지 않았다. '결국은 조제트에 대해 털어놔야 해. 하지만 지금은 아니야.' 그는 매일 밤을 연초록색 방에서 보내고 있었다. 정말이지 열정적인 밤이었다. 그러나 아침에 일어나면, 조제트는 절대 그를 붙잡는 일이 없었다. 계약서에 서명하는 날 그들은 오후 늦게까지 같이 있기로 했지만, 그녀는 2시가 되자마자 미용실에 가야 한다며 그와 헤어졌다. 조심성이 많아 그러는 걸까? 무관심 때문일까? 육체는 아끼지 않고 주지만 그 외에는 다른 무엇도 줄 것이 없는 여자의 감정을 헤아린다는 게 쉬운 일은 아니군. '그러면 나는? 나는 조제트에게 마음을 주게 될까?' 앙리는 포부르 생토노레의 진열장을 멍하니 바라보면서 자문했다. 약

600

간 난처한 상황이었다. 신문사에 가기에는 너무 일렀던 것이다. 그는 바 루즈에 들르기로 마음먹었다. 한때 시간을 때워야 할 때마다 가던 곳이었다. 지난 몇 달 동안 그곳에 가지 않았지만 바뀐 것은 전혀 없었다. 뱅상과 라숌, 세즈나크가 늘 앉는 자리에 앉아 있었다. 세즈나크는 여전히 졸고 있는 것 같았다.

"선생님을 만나다니 반갑군요!" 라숌이 활짝 미소를 지었다. "이 동네를 버리신 겁니까?"

"약간은 그랬지." 앙리는 앉아서 커피를 한 잔 주문했다. "나도 자넬 만나고 싶었어. 하지만 그냥 보고 싶어서는 아니고." 그는 반쯤 미소를 지으며 말을 이었다. "그보다는 내 생각을 말해주려고 말이야. 지난달에 뒤브뢰유에 대해 그런 기사를 내보낸 건 구역질 나는 짓이었어."

라숌의 얼굴이 어두워졌다. "네, 선생님이 반감을 드러내셨다고 뱅상이 그러더군요. 하지만 왜죠? 피코의 말 중 많은 부분이 사실 아닌가요?"

"아니지! 인물 묘사가 전체적으로 잘못된 데다 세부 내용도 사실이 아냐. 뒤브뢰유가 노동자계급의 적이라니! 이봐! 기억 못 해? 1년 전에 바로 이 자리에서 자네는 우리가, 자네와 자네 친구들, 뒤브뢰유와 내가 손을 잡고 일해야만 한다고 말했잖아. 그래놓고 그런 더러운 기사를 내다니!"

라숌은 비난 어린 표정으로 그를 쳐다보았다. "《랑클륌》이 선생님께 반대하는 내용을 기사화한 적은 없습니다."

"곧 하게 되겠지!"

"아니라는 거 아시잖아요."

"왜 하필 이런 때 그런 식으로 뒤브뢰유를 공격하는 건가?" 앙리가 물었다. "그동안 자네들 신문은 그를 정중하게까지 대해왔잖아. 그러다가 갑자기 아무 이유 없이, 정치 논평도 아닌 기사에서 천박하게 욕을 하기 시작하다니!"

라쇼은 망설였다. "좋아요." 그가 말했다. "시기를 잘못 택했어요. 피코가 약간 세게 나갔다는 건 인정합니다. 하지만 이해하셔야 해요! 그 늙은이는 가치 없는 휴머니즘으로 우리를 성가시게 하고 있어요. 정치적인 면에서만 보자면 S.R.L.은 그렇게 거북하지 않아요. 하지만 이론가로서 뒤브뢰유는 입심이 좋아 젊은이들에게 영향을 끼칠 위험이 있죠. 게다가 그가 젊은이들에게 뭘 제안하죠? 마르크시즘과 낡은 부르주아적 가치를 절충해야 한다잖아요! 지금 우리에게 필요한 건 그게 아니라는 거, 선생님도 인정하시겠죠! 부르주아적 가치는 청산되어야 한다고요."

"뒤브뢰유는 부르주아적 가치가 아닌 다른 것을 옹호하고 있어."

"그의 주장이야 그렇죠. 하지만 바로 거기에 속임수가 있어요."

앙리는 어깨를 으쓱였다. "난 동의 못 해. 하지만 왜 방금 내게 한 얘기를 쓰지 않았지? 뒤브뢰유를 자본주의를 수호하는 개로 묘사하는 대신 말이야."

"이해시키려면 단순화해야 하니까요." 라쇼이 대답했다.

"그게 무슨 소린가!《랑클륌》은 지식인들을 대상으로 하잖아. 완벽하게 이해했을 텐데." 앙리는 역정을 냈다.

"아! 그 기사를 쓴 건 제가 아녜요."

"하지만 자네가 게재를 허락했겠지."

라숌의 목소리가 변했다. "선생님은 제가 저 하고 싶은 대로 하고 있다고 생각하세요? 시기를 잘못 택했고, 피코가 너무 세게 나갔다는 건 인정한다고 방금 말씀드렸잖아요. 뒤브뢰유 같은 사람과는 욕하는 대신 토론을 해봐야 한다고 생각하고 있어요. 만약 제 친구들과 저만의 신문이 있었다면 바로 그렇게 했을 거고요……."

"자네가 완전히 자유롭게 의견을 발표할 수 있는 신문 말이지." 앙리는 미소를 지으며 물었다. "그에 대한 계획은 더 이상 없는 건가?"

"없습니다."

짧은 침묵이 흘렀다. 앙리는 라숌을 빤히 쳐다보았다.

"나도 규율이라는 것이 뭔지는 알아. 하지만 그래도, 다른 의견을 가진 채로 계속 《랑클림》에서 일하는 게 불편하지 않나?"

"다른 사람보다는 제가 거기 있는 편이 훨씬 더 낫다고 생각합니다." 라숌이 말했다. "거기서 저를 그냥 두는 동안에는 거기 있을 거예요."

"자넬 쫓아낼 거라고 생각하는 건가?"

"아시다시피, 공산당은 S.R.L.과 다르니까요." 라숌이 말했다. "두 파벌이 대립할 경우, 지는 쪽은 너무 쉽게 반동분자가 되어버리죠."

그의 목소리에 너무나 많은 회한이 담겨 있기에 앙리는 물었다. "이봐, 공산당에 입당하라며 날 그토록 설득해놓고, 결국 자네가 거기서 나오게 되는 것 아닌가?"

"제가 나가기만을 기다리고 있는 인간들이 있긴 해요. 족히 한 바구니는 되는 멍청이들이죠. 당의 지식인들 말입니다!" 라숌은 고개를 저었다. "상관없어요. 전 당을 떠나지 않을 거니까. 정말 그러고 싶은 때도 있지만요." 그가 덧붙여 말했다. "우리가 성인은 아닙니다. 하지만 견디는 것을 배우고 있어요."

"난 결코 배우지 못할 것 같군."

"선생님은 그렇게 말씀하시지만," 라숌이 말했다. "당이 전반적으로 옳은 방향을 지향하고 있다고 일단 납득해버리면, 선생님 개인의 작은 문제들은 당면한 문제들에 비해 그리 중요하지 않다고 생각하시게 될 거예요. 이해하시죠?" 그는 열정적으로 말을 이었다. "확실히 공산주의자들만이 유익한 일을 할 수 있어요. 그러니까, 원하시면 저를 경멸하세요. 하지만 저는 도망가기 보다는 다 참아내려고 해요."

"아! 이해하고말고!" 앙리가 말했다. 그는 생각했다. '누가 정말 올곧은 거지? 난 S.R.L.에 가입했어. 그 방침에 찬성하니까. 하지만 S.R.L.의 운동이 실패할지도 모른다는 사실은 무시하지. 반면 라숌은 실효성을 추구하여 자신이 인정하지 못하는 방식을 받아들이고 있어. 누구도 자신의 모든 행동에 완벽할 수는 없어. 행동이라는 것 자체가 그걸 불가능하게 만들어버리니까.'

그는 일어섰다. "신문사로 가봐야겠군."

"저도요." 뱅상이 말했다.

세즈나크도 의자에서 몸을 일으켰다. "나도 같이 갈게."

"올 것 없어. 선생님께 드릴 말씀이 있어." 뱅상이 단호한 어조로 말했다.

그들이 바의 문을 밀고 나왔을 때, 앙리가 물었다. "세즈나크는 어떻게 지내나?"

"별거 없어요. 번역을 한다는데, 실제로 뭘 하는지는 아무도 모르죠. 친구들 집에서 지내고 있어요. 그들이 주는 걸 먹고요. 요샌 저희 집에서 자요."

"조심하게."

"뭘요?"

"마약중독자들은 위험해." 앙리가 말했다. "제 부모님도 넘겨버릴 수 있다고."

"저도 바보는 아녜요." 뱅상이 말했다. "세즈나크는 아무것도 몰라요. 전혀 모르죠. 전 그 친구가 맘에 들어요." 뱅상이 덧붙였다. "함께 있으면 중간이라는 게 없거든요. 순수한 상태의 절망이죠."

그들은 말없이 길을 내려왔다. 앙리가 물었다.

"정말 내게 할 말이 있는 건가?"

"네." 뱅상이 앙리와 눈을 맞추려 했다. "사람들 얘기가 사실인가요? 선생님 희곡이 10월에 스튜디오 46에서 상연될 거고, 벨롬의 딸이 주연을 맡는다던데요?"

"오늘 저녁 베르농과 계약할 거야. 그건 왜 묻지?"

"아마 모르고 계실 텐데, 그 어머니인 벨롬은 삭발을 당했었어요. 자업자득이죠. 그 여자, 노르망디에 성이 있는데, 거기서 수많은 독일군 장교들을 받아들이고 같이 잤다더군요. 틀림없이 딸도 그랬겠죠."

"왜 그런 험담을 하고 다니는 거지?" 앙리가 말했다. "언제부터 형사 노릇을 했나? 그리고, 내가 이런 험담을 즐길 것 같아?"

"험담이 아닙니다. 증거 서류도 있어요. 그 증거를 제 친구들이 봤습니다. 어떤 놈이 언젠가 써먹을 수 있겠다 싶어서 재미로 모아둔 편지들과 사진들이죠."

"직접 봤나?"

"아뇨."

"물론 못 봤겠지. 하여튼 나는 상관 안 해." 앙리는 격분해서 되풀이했다. "나랑은 상관없는 일이야."

"개자식들이 다시 국가의 통치권을 잡지 못하게 하는 것, 그들과 어울리기를 거부하는 것, 전부 우리 모두와 상관있는 일입니다."

"설교는 딴 데 가서 하게."

"들어보세요. 화내지 마시고요." 뱅상이 말했다. "벨롬 부인이 목표가 되어 있다고 미리 알려드리려는 겁니다. 그 여자를 주시하고 있다고요. 선생님이 그 창녀 때문에 난처해지신다면 어처구니없는 일이니까요."

"내 일은 걱정하지 마." 앙리가 말했다.

"좋아요." 뱅상이 말했다. "미리 알려드리고 싶었어요. 그뿐입니다."

그들은 말없이 신문사에 도착했다. 하지만 하나의 소리가 앙리의 가슴에 자리 잡은 채 쉼 없이 되풀이되고 있었다. "딸도 그랬겠죠." 오후 내내, 그 소리는 후렴처럼 박자에 맞추어 반복됐다. 조제트는 어머니가 자신을 판 게 이번이 처음이 아니라고 거의 고백까지 했었다. 그리고 앙리가 그녀에게 원하는 건 그저 며칠 밤을 함께 보내고, 아마 또다시 며칠 밤을 보내는 것뿐이었다. 그럼에도 끝날 것 같지 않은 저녁 식사 동안, 열의 없는 교태의 표정으로 베르농에게 미소를 보내는 조제트를 보면서 앙리는 그녀와 단둘이 되어 그 사실을 물어보고 싶은 욕구에 고통을 느낄 지경이었다.

"이제 만족하시죠? 서명했으니까요!" 뤼시가 말했다.

뤼시의 드레스와 보석들은 머리카락만큼이나 피부에 찰싹 붙어 있었다. 그녀는 아마릴리스에서 맞춘 드레스를 입은 채 태어났고, 그 차림으로 잠을 자며, 그렇게 죽을 것 같은 모습이었다. 그녀의 검은 머리카락 사이에서 황금빛 끈이 물결쳤다. 앙리는 매혹이라도 된 듯 그것을 바라보았다. 삭발을 당했을 때, 그녀는 어떤 낯짝을 하고 있었을까?

"예, 아주 만족스럽군요."

"뒤딜이 말씀드릴 거예요. 일이 제 손에 들어오면 만사가 얼마나 편한지 말이죠."

"오! 정말 놀라운 여성이죠." 뒤딜이 차분하게 말했다.

공식적인 정부라 할 수 있는 이 뒤딜은 아주 정직한 사람이라고 클로디가 보증했었다. 아닌 게 아니라, 은회색 머리카락 밑의 그의 얼굴은 아주 침착하고 단정했다. 능력 있는 악당들에게서만 볼 수 있는 얼굴. 이 악당들은 양심도 살 수 있을 만큼 부자였다. 하지만 그들의 규범에 따르면 아마 그는 정직한 사람이리라.

"폴이 안 온 건 너무하다고 전해주세요!" 뤼시가 말했다.

"폴은 정말 너무 지쳐 있어서요." 앙리가 말했다.

그는 작별 인사를 하기 위해 조제트 앞으로 몸을 숙였다.

여자들은 모두 검은색 옷차림에 반짝이는 보석을 달고 있었다. 조제트 역시 검은 옷을 입고 있었다. 숱 많은 머리에 짓눌린 듯한 모습이었다. 그녀는 아주 정중한 태도로 미소를 띠며 앙리에게 손을 내밀었다. 파티 내내 눈 한 번 깜빡이지 않고 뚜렷하게 무관심을 나타내던 터였다. 위선이라는 게 조제트에게는 그렇게 쉬울까? 밤에 옷을 벗은 그녀는 너무나 단순하고 솔직하고 순진한데. 애정과 연민과 혐오가 뒤섞인 불안 속에서, 앙리는 그 증거 서류 안에 그녀의 사진도 있을지 궁금증을 느꼈다.

며칠 전부터 택시가 다시 자유롭게 달리게 되었다. 뒤에트 광장에 택시 세 대가 정차해 있었다. 앙리는 한 대를 잡아 몽마르트르로 올라갔다. 그가 막 위스키 한 잔을 주문했을 때, 조제트가 그의 옆에 있는 푹신한 안락의자에 몸을 던졌다. "베르농은 근사한 사람이야." 그녀가 말했다. "게다가 동성애자고. 나한테는 행운이지. 그 사람은 날 귀찮게 굴지 않을 테니까."

"남자들이 귀찮게 굴면 당신은 어떻게 하는데?"

"상황에 따라 달라. 가끔은 난처한 일도 있고."

"전쟁 중에 독일군들이 귀찮게 하지는 않았어?" 자연스러운 어조를 유지하려고 애쓰며 앙리가 물었다.

"독일군들?" 조제트는, 언젠가 그도 한 번 보았던 것처럼 이마 끝에서 가슴팍까지 새빨개졌다. "왜 그런 걸 물어봐? 누가 무슨 얘길 했어?"

"당신 어머니가 독일군들을 노르망디 성에 받아들였다고 하던데."

"성이 그 사람들한테 접수된 거지. 하지만 그건 우리 잘못이 아니잖아. 나도 알아, 마을 사람들이 엄마를 싫어해서 못된 소문을 퍼뜨렸어. 그럴 만도 했지. 엄마가 마을 사람들에게 친절하지 않았거든. 하지만 엄마는 조금도 나쁜 짓을 하지 않았어. 독일군들과도 항상 거리를 뒀고."

앙리는 미소를 지었다. "만약 독일군과 그랬다 해도, 그랬다고 말하지는 않겠지."

"아! 왜 그런 말을 해?" 조제트는 슬픔 어린 얼굴을 찡그리며 앙리를 쳐다보았다. 그녀의 눈이 흐려졌다. 이 아름다운 얼굴에 권력을 휘두를 수 있다는 사실에 그는 문득 겁이 났다.

"당신 어머니는 양장점을 운영해야 했고, 양심의 가책으로 고통 받는 사람이 아니잖아. 어머니가 당신을 이용하려 했을 수도 있어."

"도대체 무슨 생각을 하는 거야?" 조제트는 공포에 사로잡힌 표정이었다.

"예를 들어, 당신이 경솔하지는 않았나, 독일 장교들과 데이트를 한 건 아닐까 생각하고 있어."

"난 그저 예의를 갖추어 행동했어. 그 이상은 전혀 아니야. 그들이 대화를 걸고, 가끔 날 차에 태워 마을에서 집까지 데려다주긴 했지만." 조제트는 어깨를 으쓱였다. "난 그들에게 조금도 반감이 없었어. 알다시피 그들은 예의 발랐고 난 어렸으니까. 전쟁에 대해서는 아무것도 몰랐지. 그냥 그게 어서 끝나기를 원했을 뿐이야." 이어 그녀는 재빨리 덧붙였다. "지금은 그들이 얼마나 무시무시한 짓을 했는지 알지만. 강제수용소들이랑 전부……."

"그렇게 많이는 모를 거야. 어쨌든 상관없어." 앙리가 다정하게 말했다. 1943년이라면 그녀가 아주 어렸던 건 아니다. 나딘 같은 경우엔 그때 열일곱에 불과했으니까. 하지만 둘을 비교할 수는 없지. 조제트는 제대로 가정교육을 받지 못했고 사랑도 받지 못했잖아. 그리고 누구도 그녀에게 설명해주지 않았어. 마을에서 독일 장교들을 만났을 때, 그들의 차에 탔을 때, 지나치게 친절하게 미소를 지었겠지. 나중에 마을 사람들의 분노를 사기에 충분할 만큼. '그 이상의 일이 일어났을까? 조제트가 거짓말을 했을까? 너무나 솔직하면서도 너무나 위선적인 사람이잖아. 하지만 어떻게 진실을 알 수 있겠어? 게다가 내가 무슨 권리로?' 문득 그는 자기혐오를 느꼈다. 경찰 행세를 한 것이 부끄러웠다.

"당신, 날 믿어?" 조제트가 머뭇거리며 말했다.

"믿지." 그는 그녀를 끌어당겼다. "이 얘기는 이제 그만하자고. 더는 아무 말 말기로 해. 당신 집으로 갈까? 자, 얼른 돌아가자."

랑베르네 아버지의 공판이 5월 말 릴에서 열렸다. 아들이 재판에 관여한 것이 그에게는 확실히 도움이 되었다. 게다가 유력한 인맥이 영향력을 발휘한 것이 틀림없었다. 그는 석방되었다. '랑베르에게는 잘된 일이군.' 앙리는 재판 결과를 듣고 생각했다. 나흘 뒤, 랑베르가 신문사에서 일하고 있는데 릴에서 전화가 걸려 왔다. 저녁 급행열차로 파리에 도착했어야 할 아버지가 열차 문에서 떨어져 중태에 빠졌다는 소식이었다. 한 시간 뒤, 사실은 그가 그 자리에서 즉사했음을 알게 되었다. 랑베르는 거의 아무 말도 없이 오토바이에 올라탔다. 장례식을 마치고 파리로 돌아온 그는 모두와 연락을 끊은 채 자기 집에 웅크렸다.

'랑베르를 만나봐야겠어. 오늘 오후에 들러야지.' 랑베르의 소식 없이 며칠을 보낸 뒤 앙리는 생각했다. 전화를 해보려 했지만 소용없었다. 랑베르가 전화를 아예 끊어버렸던 것이다. '고약하게 됐군.' 앙리는 테이블 위에 펼쳐진 서류를 열의 없이 바라보며 반복해서 생각했다. 그 영감은 이미 늙었고, 호감이 가는 사람도 아니었다. 랑베르도 아버지에게 애정보다는 연민을 더 느끼고 있었다. 하지만 앙리로서는 이 사건을 무심히 넘길 수 없었다. 그런 판결 후에 그런 사고라니, 이상한 운명의 장난이었다. 그는 타이핑한 서류에 다시 집중해보려 애를 썼다.

'정오에 조제트가 올 테니 이 서류는 못 보겠구나.' 그는 아쉬운 마음으로 생각했다. 카라간다, 차르드스쿠이, 우즈베크. 이런 야만스러운 지명들과 숫자에 그는 아무 관심도 쏟을 수 없었다. 그러나 오늘 오후 회의가 열리기 전까지는 이 서류의 내용을 이해하고 있는 편이 바람직할 터였다. 사실인즉 그가 관심을 가질 수 없는 것은 그 서류를 믿을 수 없기 때문이었다. 스크리아신이 준 자료를 어떻게 신뢰할 수 있지? 이 정보를 폭로하기 위해 일부러 공산당의 지옥을 탈출했다는 수수께끼의 소련 관리는 정말 실재하는 인물일까? 사마젤은 그의 존재를 단언하며 신원 확인까지 했다고 주장했다. 하지만 앙리는 회의적이었다. 그는 페이지를 넘겼다.

"안녕."

커다란 흰색 외투를 입은 조제트였다. 멋진 머리칼을 어깨에 풀어 내린 모습이었다. 조제트가 문도 다시 닫기 전에, 앙리는 일어나서 그녀를 안았다. 여느 때 같으면 그녀와 키스를 하는 동시에 곧바로 무게 없는 장난감들로 둘러싸인 작고 귀여운 세계 속에 갇히는 듯 느끼곤 했지만, 오늘은 그러한 전환이 어려웠다. 걱정이 그의 몸에 달라붙어 있었기 때문이다.

"그러니까, 여기서 지내는 거구나?" 조제트가 유쾌하게 말했다. "날 한 번도 부르지 않았던 이유를 알겠네. 너무 보잘것없는 곳이잖아! 그런데 책은 어디에 뒤?"

"없어. 한 권 읽으면 친구들에게 빌려주고, 친구들은 그걸 돌려주지 않거든."

"작가는 책으로 뒤덮인 벽에 둘러싸여 산다고 생각했는데." 조제트는 의심스러운 표정으로 앙리를 쳐다보았다. "진짜 작가가 맞아?"

그는 웃기 시작했다. "어쨌든 글을 쓰고 있긴 하지."

"일하고 있었어? 내가 너무 일찍 왔나?" 그녀가 자리에 앉으면서 물었다.

"5분만 기다려줘. 그런 다음엔 난 당신 차지야." 앙리가 말했다. "신문 볼래?"

조제트의 얼굴이 약간 뾰로통해졌다. "잡보 면도 있어?"

"정치 기사를 읽기 시작했다고 생각했는데." 그가 나무라듯이 말했다. "아닌가? 벌써 그만뒀어?"

"내 잘못이 아냐. 노력은 했다고." 조제트가 말했다. "하지만 문장들이 눈앞에서 지나가버리는걸. 모두 나랑은 상관없는 일 같아." 그녀는 애처로운 표정으로 덧붙였다.

"그러면 퐁투아즈에서 교수형을 선고받은 사람 이야기라도 즐겨봐." 그가 말했다.

나릴스크, 이가르카, 아브사가셰프. 이름들과 숫자들 모두 죽은 상태로 머물러 있었다. 그에게도 이 문장들은 눈앞에서 지나가버렸고, 모든 것이 그와 상관없는 일인 것만 같았다. 너무나 먼 곳, 너무나 다르고 너무나 알 수 없는 세상에서 일어나는 일들이었다.

"담배 있어?" 조제트가 낮은 목소리로 물었다.

"응."

"성냥은?"

"여기 있어. 왜 그렇게 낮은 목소리로 얘기하는 거야?"

"당신을 방해하지 않으려고 그러지."

그는 웃으며 일어났다. "난 끝냈어. 점심 어디서 먹을까?"

"일 보로메로 가자" 그녀가 과단성 있게 말했다.

"엊그제 개업한 최고로 속물적인 업소 말이지? 안 돼. 제발 다른 곳을 찾아줘."

"하지만…… 예약을 했는걸."

"취소하기야 쉽지." 그는 전화기로 손을 내밀었지만 그녀가 만류했다.

"우리를 기다리고 있어."

"누가?"

조제트는 고개를 숙였고, 앙리는 반복해서 물었다. "누가 우릴 기다린다는 거야?"

"이건 엄마 생각인데, 곧바로 내 선전을 시작해야 한대. 일 보로메는 유명한 곳이잖아. 엄마가 기자들에게 사진이 실리는 인터뷰 기사를 부탁했어. '주연 배우와 의논하는 작가' 뭐 그런 제목으로……."

"안 돼, 내 사랑." 앙리가 말했다. "당신 사진이야 원하는 만큼 찍어도 상관없어. 하지만 나랑은 안 돼."

"앙리!" 조제트의 눈은 눈물로 가득 찼다. 그녀는 스스럼없는 어린애처럼 울었고, 그래서 앙리는 당황했다. "일부러 이 드레스도 맞췄어. 난 정말 기뻤는데……."

"다른 좋은 레스토랑들도 많잖아. 조용히 있을 수 있는 곳 말야."

"하지만 날 기다리고 있다니까!" 그녀는 절망에 차서 내뱉고는 눈물이 그렁그렁한 커다란 눈으로 빤히 그를 바라보았다. "할 수 있잖아. 당신, 날 위해 뭔가 해줄 수 있잖아."

"그렇지만 내 사랑, 당신은 날 위해 뭘 했지?"

"나? 하지만 난……."

"그래 당신은……." 그가 유쾌하게 말했다. "하지만 나도 그랬잖아. 나는……."

조제트는 웃지 않았다. "그건 달라." 그녀가 진지하게 말했다. "난 여자잖아."

그는 다시 웃었다. 그러고는 생각했다. '그녀가 옳아. 정말 옳아. 그건 다르지.'

"왜 그렇게 이 점심 식사에 집착하는 거야?" 그가 말했다.

"당신은 이해 못 해! 내 경력에 필요한 일이잖아. 성공하

기를 원하면, 자신을 드러내고 자신에 대한 얘기가 나오게
만들어야지."

"특히 자기가 하는 일을 잘해야지. 연기를 잘하면 돼. 그
러면 사람들이 네 얘기를 할 거야."

"할 수 있는 건 다 해보고 싶어." 이어 그녀의 얼굴이 굳어
졌다. "엄마한테 구걸하는 게 즐거울 것 같아? 거실에 들어
가면, 엄마는 다른 모든 사람들 앞에서 이런 얘길 해. '왜 넌
나막신을 신었니?' 이게 재밌을 것 같아?"

"그 구두가 어때서? 아주 예쁜데."

"시골에 점심 먹으러 가기에는 괜찮지만, 도시에서는 너
무 스포츠화 같다는 거지."

"난 늘 당신이 우아하다고 생각하는데."

"왜냐하면 당신은 아무것도 모르니까, 내 사랑." 그녀가
슬프게 말하고는 어깨를 으쓱했다. "성공하지 못한 여자의
삶이 어떤지 모르잖아."

앙리는 그 부드러운 손 위에 자기 손을 포갰다. "당신은 성
공할 거야." 그가 말했다. "일 보로메에 사진 찍으러 가자."

계단을 내려가면서 그녀가 물었다. "자동차 있어?"

"아니, 택시 탈 거야."

"차가 왜 없어?"

"내가 부자가 아니라는 거 아직도 모르고 있었어? 그래서
파리에서 가장 예쁜 구두를 선물받는 일은 없을 거라는 생
각도 못 했고?"

"하지만 왜 부자가 아니지?" 택시에 오르자 그녀는 다시
물었다. "엄마나 뒤뷜보다 훨씬 더 똑똑하잖아. 돈을 좋아하

지 않는 거야?"

"돈을 좋아하지 않는 사람은 없어. 하지만 정말 돈을 가지려면, 다른 어떤 것보다 돈을 더 좋아해야 하지."

조제트는 곰곰 생각하다가 입을 열었다. "난 다른 어떤 것보다 돈을 더 좋아하지는 않아. 하지만 돈으로 살 수 있는 것들은 좋아해."

앙리는 그녀의 어깨를 팔로 감쌌다. "어쩌면 내 희곡이 우리를 아주 부자로 만들어줄지도 몰라. 그러면 당신 좋아하는 걸 사자."

"멋진 레스토랑에도 데려가줄 거야?"

"가끔은." 그는 흔쾌히 대답했다.

그러나 너무나 화려하게 차려입은 여자들과 윤기 흐르는 얼굴을 한 남자들의 시선을 받으며 꽃 핀 정원을 지나가는 동안, 앙리의 마음은 불편했다. 장미 덤불, 오래된 보리수, 햇빛을 받은 분수, 돈으로 만들어진 이 모든 아름다움에 그는 무감각했다. 그는 자문했다. '난 대체 여기 왜 온 거지?'

"예쁘지 않아?" 조제트가 열광적으로 말했다. "난 전원이 정말 좋아." 커다란 미소가 그녀의 체념 섞인 얼굴을 바꿔놓고 있었다. 그래서 앙리도 미소를 지었다. "아주 예쁘네. 뭘 먹고 싶어?"

"자몽과 구운 고기로 할래." 조제트가 내키지 않는다는 듯 대답했다. "몸매 관리 때문에."

초록색 마로 된 드레스 차림에 유연하면서도 활동적인 팔을 드러낸 그녀는 매우 어려 보였다. 부자연스럽게 치장한 여자로 변장하고 있지만 사실은 어쩌면 이렇게도 자연스러울까! 조제트가 성공하고, 자신을 드러내고, 잘 차려입고, 즐기고 싶어 하는 건 당연해. 게다가 자신의 욕망이 고상한지 야비한지를 재보는 일 없이 솔직하게 욕망을 고백한다는 건 어마어마한 장점이지. 설사 거짓말을 한다 해도, 조제트는 절대 거짓말을 하지 않는 폴보다 더 진실해. 폴이 스스로 만들어낸 숭고한 법전 안에는 이미 많은 위선이 있으니까. 앙리는 이런 손쉬운 사치에 반감을 드러내는 폴의 거만한 가면 같은 얼굴과 뒤브뢰유의 놀란 미소, 안의 질겁한 시선을 상상해보았다. 이 인터뷰와 사진이 나오면 그들은 모두 당황한 표정으로 고개를 흔들 것이다.

'우리 모두가 약간은 엄숙주의자라는 건 사실이야.' 앙리는 생각했다. '나를 포함해서 그렇지. 그래서 우리는 스스로의 특권과 마주하기를 싫어하는 거야.' 그가 이 점심을 피하고 싶었던 건, 자신에게 이 식사의 비용을 치를 만한 돈이 있다는 것을 인정하지 않기 위해서였다. '하지만 바 루즈에서 친구들과 함께 있을 땐 하룻밤에 마구 쓰는 돈을 계산하지 않잖아.'

그는 조제트에게 몸을 기울였다. "즐거워?"

"오! 당신은 정말 다정해!" 그녀가 말했다. "당신뿐이야."

자신의 유치한 금기 때문에 그녀를 이렇게 미소 짓지 못하게 한다면 어리석은 짓임이 분명하다. 가엾은 조제트! 그녀는 미소를 지을 기회가 그렇게 많지 않았어. '여자들은 즐거울 일이 없겠지.' 앙리는 그녀를 바라보며 생각했다. 폴과는 한심하게 끝났다. 나딘에게는 뭘 줘야 할지 몰랐다. 하지만 조제트는…… 그래, 이번에는 다를 것이다. 조제트는 성

617

공을 원한다. 그는 그녀를 성공시킬 것이다. 앙리는 다가오는 두 명의 기자에게 상냥하게 미소를 지었다.

두 시간 뒤 앙리가 랑베르의 집 앞에 택시를 세우고 내렸을 때, 나딘이 마침 진입로의 문으로 나오고 있었다. 나딘은 다정하게 미소를 지었다. 그녀는 과거 두 사람의 관계에서 자신이 좋은 역할을 했다고 믿었기에 늘 앙리에게 아주 친절했다.

"저런, 선생님도 왔네요! 사랑스러운 고아 주위에 사람들이 이렇게 많다니 참 대단하죠!"

앙리는 약간 화가 난 표정으로 나딘을 쳐다보았다. "이게 농담할 일은 아니잖아."

"그 늙은 개자식이 죽은 게 무슨 상관인데요?" 나딘은 어깨를 으쓱였다. "내 역할은 잘 알아요. 동정하고 위로하는 누이가 되어주는 거죠. 하지만 난 못 해요. 오늘은 단단히 결심을 하고 왔죠. 루이 볼랑주가 있어서 그냥 물러났지만."

"볼랑주가 와 있어?"

"그래요, 랑베르랑 자주 만나던데요." 그 말에 무슨 꿍꿍이라도 있는 건지, 나딘의 말투로는 도무지 간파할 수가 없었다.

"어쨌든 난 올라가볼게." 앙리가 말했다.

"즐거운 시간 보내요."

그는 천천히 계단을 올라갔다. 랑베르가 볼랑주와 자주 만난다니. 랑베르는 왜 그 얘기를 안 했을까? '내가 짜증을 낼까 봐서겠지.' 그는 생각했다. 아닌 게 아니라 그는 짜증이 치밀었다. 벨을 누르자 열의 없이 미소 짓는 랑베르의 얼굴이 나타났다.

"아! 선생님이시군요. 와주셔서 고맙습니다……."

"이거 멋진 우연이네." 루이가 말했다. "몇 달 동안 못 만났잖아!"

"몇 달이나 됐군." 앙리는 랑베르 쪽으로 몸을 돌렸다. 그는 플란넬 양복 차림이었고, 깃에는 검은 상장이 달려 있었다. 그의 아버지도 이 양복의 고전적인 우아함은 인정했을지 모른다.

"요즘 별로 외출하고 싶지 않겠지." 앙리가 말했다. "하지만 오늘 오후 뒤브뢰유의 집에서 중요한 회의가 있어. 《레스푸아》에 대해 여러 가지 결정을 내려야 하거든. 나와 함께 꼭 참석해줬으면 해."

사실 랑베르가 반드시 필요한 건 아니었다. 그보다는 그가 끊임없이 후회를 곱씹지 못하게 하고 싶었다.

"전 오히려 다른 데 정신이 팔려 있어서요." 랑베르는 소파에 몸을 던지더니 어두운 목소리로 말을 이었다. "볼랑주 선생님은 저희 아버지께서 사고로 돌아가신 게 아니라고 확신하고 있어요. 아버지는 살해당한 게 분명해요."

앙리는 소스라쳤다. "살해당했다고?"

"기차 문은 저절로 열리지 않잖아요." 랑베르가 말했다. "막 석방된 아버지가 자살하실 리는 없고요."

"리옹과 발랑스를 오가는 기차에서 있었던 몰리나리 사건 기억 안 나?" 루이가 말했다. "페랄 사건은? 그들 역시 석방된 지 얼마 안 되어 기차에서 떨어졌잖아."

"자네 아버지는 연세가 드셨고 피곤한 상태셨어." 앙리가 말했다. "법정에서 흥분하신 바람에 현기증이 났을 수도 있겠지."

랑베르는 고개를 저었다. "누가 그랬는지 알아낼 겁니다!" 그가 말했다. "제가 알아낼 거예요."

앙리는 두 손을 꽉 쥐었다. 일주일 전부터, 그 역시 바로 같은 의혹으로 괴로워하던 터였다. '아냐!' 그는 마음속으로 빌었다. '뱅상이 아니야. 그도 아니고, 다른 사람도 아니야!' 몰리나라나 페랄은 그에게 아무 상관 없었다. 사실 랑베르의 아버지도 그들만큼 개자식이었을지 몰랐다. 그러나, 앙리는 선로의 자갈 위에서 피를 흘리는 그의 얼굴을 마음속에 떠올렸다. 깜짝 놀라 눈을 크게 뜬 누런 얼굴. 이 일은 사고가 되어야만 했다.

"프랑스에 살인자 집단이 있어. 그건 사실이야." 루이가 말하며 일어섰다. "사라지기를 거부하는 이 증오라니, 정말 끔찍하군!" 잠시 침묵이 흐른 뒤, 그는 매력적인 목소리로 덧붙였다. "조만간 우리 집에 저녁 먹으러 와. 이제 안 보고 사는 거, 너무 어리석은 짓이야. 자네랑 얘기하고 싶은 게 너무 많아."

"시간이 좀 나는 대로 그렇게 하지." 앙리는 애매하게 대답했다.

루이가 나가고 문이 닫히자, 앙리는 물었다. "릴에서 많이 힘들었지?"

랑베르는 어깨를 으쓱였다. "아버지가 살해당했을 때 충격을 받으면 남자답지 않다고들 하나 보던데요!" 그가 원망에 찬 목소리로 말했다. "하지만 어쩔 수 없죠! 고백하자면, 머리를 크게 얻어맞은 기분이니까요!"

"이해해." 앙리가 말하고는 미소를 지었다. "남자답다느니 하는 얘기야말로 계집애 같은 생각이야."

랑베르는 아버지에게 어떤 감정이었을까? 그 자신은 연민뿐이라고 인정했었고, 원망을 드러내기도 했다. 아마 감탄, 존경, 혐오, 배신당한 애정 같은 것들도 거기 섞여 있을 것이다. 어쨌든 아버지는 그에게 중요한 사람이었다. 앙리는 아주 다정한 목소리로 말했다.

"이렇게 집에서 속만 끓이지 마. 힘을 내서 나와 함께 가자고. 회의가 흥미로울 테고, 날 도와줄 수 있을 거야."

"아! 어차피 전 선생님 의견에 찬성할 거니까요." 랑베르가 말했다.

"난 자네 의견이 궁금한데." 앙리가 말했다. "스크리아신이 주장하길, 한 소련의 고위 공무원이 고국에서 도망쳐 놀라운 정보를 전해줬다는 거야. 물론 현 정권에는 성가신 내용들이지.《레스푸아》,《비질랑스》와 S.R.L.이 도와서 그 내용을 폭로하면 어떻겠냐고 사마젤에게 제안했다더군. 그런데 그 정보에 무슨 가치가 있을까? 정보 일부를 갖고 있지만 평가할 방법이 없어."

랑베르의 얼굴이 갑자기 활기를 띠었다. "아! 그거 흥미롭네요." 그가 갑자기 일어섰다. "아주 흥미진진해요."

두 사람이 뒤브뢰유의 서재에 들어갔을 때, 뒤브뢰유는 사마젤과 단둘이 있었다.

"이해하세요? 이런 정보를 발표하면 대단한 파란을 일으킬 수 있을 겁니다!" 사마젤이 말했다. "최근의 5개년 계획이 시작된 게 3월인데, 대부분의 사람들은 여전히 그에 대해 잘 모르고 있어요. 특히 강제 노동 수용소 문제는 여론을 들끓게 할 겁니다. 전쟁 전에 이미 문제가 있었다는 사실에 주목하셔야 해요. 특히 제가 소속되었던 분파에서 이 문제에 전념했었는데, 당시에는 전혀 반향을 일으킬 수 없었죠. 이제 모두가 소련의 문제 앞에서 입장을 분명히 해야 할 때예요. 그리고 우리가 새로운 시각으로 이 문제를 밝혀내는 겁니다."

이 거대한 종소리 같은 목소리에 견주면 뒤브뢰유의 목소리는 너무 미약한 듯 들렸다. "우선, 이런 종류의 증언은 두 가지 면에서 의심스러워." 뒤브뢰유가 말했다. "첫째는, 고발자가 자기가 고발하는 정권에 너무나 오래 순응해왔다는 점이야. 두 번째로, 일단 정부를 벗어난 다음 정부를 공격할 땐 신중함을 기대할 수 없는 법이거든."

"그 고발자에 대해서 정확하게 무얼 알고 있죠?" 앙리가 물었다.

"이름은 게오르기 펠토프. 테브리우카의 농경제 연구소 소장이었다고 하더군요⋯⋯." 사마젤이 말했다. "한 달 전에 독일의 소련 지구에서 도망쳐 왔고요. 그의 신분은 아주 확실합니다."

"하지만 그의 성격은 아니지." 뒤브뢰유가 말했다.

사마젤은 초조한 듯 몸을 움직였다. "어쨌든 스크리아신이 보내준 서류도 검토하셨잖아요. 러시아인들도 강제 노동 수용소가 존재하고 강제로 거주 지역이 정해지고 있다는 점은 스스로 인정했습니다."

"그건 그렇지." 뒤브뢰유가 말했다. "하지만 그 수용소에 몇 명이나 있지? 그게 문제야."

"제가 작년에 독일에 있었을 때……." 랑베르가 말했다. "떠도는 소문에 의하면, 소련 해방 이후만큼 부헨발트에 죄수가 많았던 적도 없다고 했어요."

"아주 적게 잡아도 1500만 이상일 것 같은데요." 사마젤이 말했다.

"1500만!" 랑베르가 반복했다.

앙리는 두려움이 목으로 치밀어 오르는 것을 느꼈다. 이미 이 수용소에 대한 이야기를 들은 적이 있긴 하지만, 다소 막연한 이야기였기에 그리 깊이 생각하지 않았다. 너무 많은 이야기들이 돌고 있었으니까! 그 서류도 열의 없이 훑어봤다. 스크리아신을 믿지 않았기 때문이다. 종이 위의 숫자들은 괴상야릇한 음조로 된 지명만큼이나 비현실적으로 보였다. 하지만 러시아 공무원은 실재하는 인물이고, 뒤브뢰유도 이 사건을 진지하게 다루고 있는 것이다. 무지함은 정말 편리하지만, 현실에 대한 판단 기준은 주지 않는다. 그는 조제트와 일 보로메에 있었다. 날씨는 좋았고, 그는 쉽게 누그러질 양심의 가책을 느꼈을 뿐이다. 그동안, 세계 도처에서 사람들이 착취당하고 굶주리며 죽어가고 있었다.

스크리아신이 급히 방으로 들어왔다. 이어 모두의 시선은 한 낯선 인물로 향했다. 검은색과 은색이 섞인 머리칼에 무연탄 조각처럼 빛나는 눈을 한 남자가 미소도 없이, 태어날 때부터 눈이 먼 사람처럼 무표정한 얼굴로 스크리아신의 뒤

를 따라 들어섰다. 석탄처럼 검은 그의 눈썹은 날카로운 콧
등 위에서 서로 이어져 있었다. 키가 컸고, 옷차림은 나무랄
데 없었다.

"제 친구 게오르기입니다." 스크리아신이 말했다. "임시
로 이 이름을 쓰기로 했습니다." 그러고서 그는 주위를 둘러
보았다. "이 장소 안전한 거 확실합니까? 우리 대화가 누설
될 염려는 없겠죠? 위층에는 누가 살고 있습니까?"

"전혀 위험하지 않은 피아노 선생이 살고 있네." 뒤브뢰
유가 말했다. "아래층 사람들은 휴가를 떠났고."

스크리아신의 심각한 표정을 보며 웃을 생각이 나지 않
는 것은 이번이 처음이었다. 그의 곁에 선 남자의 크고 어두
운 모습이 이 공간에 불안한 엄숙함을 내던지고 있었다. 모
두 자리에 앉자 스크리아신이 말했다. "게오르기는 러시아
어와 독일어를 합니다. 그가 여러분을 위해 간단히 요약하
고 보충 설명을 할 만한 서류를 갖고 왔어요. 이제 이 친구가
그 끔찍한 진실을 밝혀줄 모든 문제들 중에서도 가장 시급
한 건 강제 노동 수용소 문젭니다. 그 얘기부터 시작하죠."

"저분께 독일어로 얘기해달라고 해주세요. 제가 통역할
게요." 랑베르가 재빨리 말했다.

"그러죠." 스크리아신이 러시아어로 몇 마디를 했다. 게
오르기는 무표정한 얼굴에 동요하는 빛도 없이 고개를 끄덕
였다. 고통스럽고 지울 수 없는 원한으로 아예 마비되어버
린 것 같았다. 갑자기 그가 말을 하기 시작했다. 그의 시선은
스스로의 내면을 향해, 이 세상의 것이 아닌 환영을 향해 고
정되어 있었다. 하지만 그 죽어 있는 듯한 입에서는 다채롭

고 열정적이며, 때로는 냉정하고 비정한 목소리가 흘러나왔다. 랑베르는 듣지 못하고 말하지 못하는 사람의 언어를 해독하려는 듯 그의 입술에 시선을 고정하고 있었다.

"저분 얘기는, 무엇보다 강제 노동 수용소가 언젠가 사라지리라 기대할 수 있는 일시적인 현상이 아니라는 점을 확실히 이해해야 한다는 겁니다." 랑베르가 말했다. "소련의 국가 건설 계획에는 초과 노동에 의해서만 공급될 수 있는 잉여분이 필요합니다. 자유노동자들의 소비가 일정 수준 이하로 내려가면, 노동생산성도 그만큼 감소할 겁니다. 따라서 최대한의 노동을 제공하되 최소한의 혜택으로 생명을 유지하는 프롤레타리아 아래의 계층을 체계적으로 만들기 시작한 거죠. 이런 조절은 집단 수용소 체제로만 가능합니다."

죽음 같은 침묵이 서재를 덮쳤다. 아무도 움직이지 않았다. 게오르기는 다시 이야기를 이어갔고 랑베르는 다시 비극적인 목소리를 말을 옮겨놓았다. "강제 노동은 소련 정부 초기부터 있어왔습니다. 하지만 내부 인민위원회가 행정적인 기준에 의해 강제 노동 수용소에서 5년을 초과하지 않는 기간 동안 복역시킬 수 있는 법이 만들어진 건 1934년이나 되어서였죠. 더 긴 형량에 대해서는 반드시 재판 과정을 거쳐야 했습니다. 1940년에서 1945년 사이 이 수용소들의 일부가 텅 비게 되었습니다. 많은 죄수들이 군대에 징집되었죠. 나머지는 굶어 죽었고요. 그러나 1년 전부터 다시 수용소에 사람들이 채워지고 있습니다."

이제 게오르기는 자기 앞에 펼쳐놓은 서류의 지명과 숫자들을 가리켰고, 랑베르는 통역을 이어갔다. 카라간다. 차르

드스쿠이, 우즈베크. 그것은 지명이 아니었다. 그것은 얼어
붙은 대초원의 일부요, 늪이요, 썩은 막사였다. 거기서 남자
들과 여자들이 600그램의 빵을 얻기 위해 하루 열네 시간을
일하고 있었다. 그들은 추위, 괴혈병, 이질, 피로로 죽어가
고 있었다. 그들이 너무 쇠약해서 일하지 못하게 되면 곧바
로 병원에 가두고 계획적으로 굶겨 죽였다. '하지만 이게 사
실일까?' 앙리는 반발심을 느꼈다. 게오르기는 의심스러웠
고 러시아는 너무 멀었다. 게다가 워낙 많은 이야기가 떠돌
고 있지 않은가! 그는 아무런 표정 없이 굳은 얼굴을 한 뒤브
뢰유를 바라보았다. 뒤브뢰유도 의심을 선택한 것이다. 의
심이란 최초의 방어다. 하지만 의심이라는 입장만 고수해서
도 안 된다. 떠도는 이야기들 중에는 사실인 것도 있으니까.
1938년, 앙리는 곧 전쟁이 일어나리라는 사실을 의심했다.
1940년에는 유대인 수용소의 가스실을 의심했다. 게오르기
가 과장하고 있는 것일지도 모른다. 그러나 그가 전부 지어
내지 않았다는 것만은 틀림없었다. 앙리는 무릎 위에 두터
운 서류를 펼쳤다. 몇 시간 전에 건성으로 읽었던 모든 내용
이 갑자기 끔찍한 의미를 갖게 되었다. 영어로 번역된 공식
문서. 그것은 강제수용소의 존재를 인정하고 있었다. 악의
를 가지지 않고서야 모든 증언을 통째로 부정할 수는 없었
다. 증언의 일부는 미국인 참관인들에 의한 것이었고, 나머
지는 나치에게 인도되었다가 감옥에서 발견된 유형수들의
증언이었다. 이런 사실을 부정하기란 불가능해. 소련에서도
역시 사람들은 사람들을 죽도록 착취하고 있었던 거야!

  게오르기가 입을 다물자, 기나긴 침묵이 흘렀다.

"당신들은 지식인 특유의 마조히즘으로 정신의 독재를 받아들였죠." 스크리아신이 말했다. "하지만 인간에 대한, 모든 인류에 대한 이런 조직적인 범죄를 인정할 수 있겠습니까?"

"그에 대한 답변은 의심할 여지가 없는 것 같군요." 사마젤이 말했다.

"미안하지만 난 의심의 여지가 있네." 뒤브뢰유가 냉정한 목소리로 입을 열었다. "자네 친구가 왜 도망쳤는지, 왜 그토록 오랫동안 협력해왔던 정권을 우리 앞에서 고발하는지 모르겠군. 물론 훌륭한 이유일 수 있겠지만, 나는 반소련 공작을 거들어주는 위험을 감수하고 싶지 않네. 게다가 우리는 지금 S.R.L.의 이름으로 답변할 자격이 없어. 전체 위원회의 절반만이 출석한 상태니까."

"우리가 찬성하면 위원회의 결정은 분명히 얻어낼 수 있을 텐데요." 사마젤이 말했다.

"어째서 주저하시는 겁니까!" 랑베르의 얼굴이 분노로 번득였다. "저분 얘기 가운데 고작 반의 반만이 진실이라 해도, 우리는 곧장 수많은 확성기에 대고 그 사실을 외쳐야만 할 겁니다. 선생님은 수용소가 어떤 곳인지 모르시잖아요! 러시아인이든 나치든 똑같아요. 우리가 한쪽 편을 들기 위해 다른 쪽과 싸운 게 아니잖습니까……."

뒤브뢰유는 어깨를 으쓱해 보였다. "어쨌든, 소련 정부를 변화시킨다는 건 우리에게 별문제야. 문제는 소련에 대한 현재 프랑스의 생각에 영향을 미치는 것이지."

"바로 그래서 이 사건이 우리와 직접적으로 관련이 있다

627

는 겁니다." 랑베르가 말했다.

"그렇지. 하지만 충분한 조사 없이 이 일에 연루되는 것은 범죄행위가 될 수도 있네." 뒤브뢰유가 말했다.

"바꿔 말하면, 선생님은 게오르기의 말을 의심하신다는 거죠?" 스크리아신이 물었다.

"절대적인 진실이라고는 생각하지 않네."

스크리아신은 책상 위에 놓인 서류를 두드렸다.

"그러면 이건요?"

뒤브뢰유는 고개를 저었다. "어떤 사실도 확실하게 입증되지 않았다는 게 내 생각이야."

스크리아신이 러시아어로 수다스럽게 말을 늘어놓았고, 그러자 게오르기는 냉정한 목소리로 그에게 대답했다.

"이 친구가 말하기를, 자신이 책임지고 결정적인 증거를 제공할 수 있답니다. 서독으로 사람을 보내세요. 거기 있는 게오르기의 친구들이 소련 지역의 수용소에 대한 정보를 줄 겁니다. 게다가 나치 독일의 기록 보관소에서 독-소 협정* 후에 소련이 전달한 서류들이 발견되었다는군요. 거기 있는 숫자들도 살펴볼 만할 겁니다."

"제가 독일로 가죠." 랑베르가 말했다. "바로 갈게요."

스크리아신이 승인의 표정으로 랑베르를 바라보았다.

"떠나기 전에 나한테 들르게." 그가 말했다. "미묘한 임무이니 준비에 신경을 써야 할 거야." 이어 그는 뒤브뢰유 쪽으

---

* 1939년 모스크바에서 소련과 독일 사이에 맺어진 불가침 협정. 이 협정으로 독일은 풍부한 자원을 확보했고 소련은 동유럽 지역에서의 영토 확장에 힘을 얻었다. 1941년 독일이 소련을 침략할 때까지 2년간 지속되었다.

로 몸을 돌렸다. "선생님이 요구하시는 증거를 우리가 갖다 드리면, 발표하시는 겁니까?"

"자네들의 증거를 가져오게. 그러면 위원회에서 결정할 걸세." 뒤브뢰유가 초조한 듯 대답했다. "그때까지는 전부 잡담에 불과해."

스크리아신이 일어섰고, 게오르기도 따라 일어섰다. "방금 나눈 대화는 반드시 비밀로 해주시길 요구합니다. 게오르기는 개인적으로 여러분과 만나기를 원했던 겁니다. 파리 같은 도시에서 그가 어떤 위험에 처해 있는지는 상상하실 수 있겠죠."

그들 모두는 안심하라는 표정으로 고개를 끄덕였다. 게오르기는 어색하게 몸을 숙여 인사를 한 뒤, 더 이상 한마디도 덧붙이지 않고 스크리아신을 따라 나갔다.

"발표를 미루다니 유감이로군요." 사마젤이 말했다. "근본적인 문제에 대해서는 의심의 여지가 없습니다. 곧 법령의 일부를 공개할 수 있겠죠. 그것만으로도 여론을 불러일으키는 데 충분할 겁니다."

"소련에 반대하는 여론을 불러일으키자는 말인가!" 뒤브뢰유가 말했다. "그것이야말로 우리가 피해야만 하는 일이야. 특히 지금은!"

"하지만 이런 캠페인을 통해 이익을 얻는 것은 우파가 아닙니다. 그건 S.R.L.이에요. S.R.L.에는 이런 게 필요하단 말입니다!" 사마젤이 말했다. "선거 이후로 상황이 변했어요. 만약 우리가 양쪽을 다 만족시키고자 한다면, S.R.L.은 끝장나는 겁니다." 그는 격렬하게 덧붙였다. "공산주의자들의 승리로, 그동안 망설이던 많은 사람들은 공산당에 입당하게 될 겁니다. 또 다른 많은 사람들은 공산당에 대한 공포 때문에 반동파의 품으로 몸을 던지겠죠. 하지만 그들을 제외한 나머지 사람들을 우리가 포섭할 수 있습니다. 만약 우리가 솔직하게 스탈린주의를 공격하고 모스크바로부터 독립된 좌파의 재결성을 약속한다면 말이지요."

"반공주의 강령으로 반공주의자들을 결집시키겠다니, 거 참 기묘한 좌파로군!" 뒤브뢰유는 말했다.

"이제 무슨 일이 일어날지 아십니까?" 사마젤이 화난 목소리로 말했다. "이런 식으로 계속한다면, 두 달 뒤의 S.R.L.은 그저 지식인들의 작은 모임에 지나지 않게 될 겁니다. 공산주의자들에게 경멸당하고 조종당하면서 공산당에 예속되어 있는 모임 말이죠."

"아무도 우리를 조종할 수 없어!" 뒤브뢰유가 말했다.

이 흥분한 목소리들이 앙리에게는 잘 들어오지 않았다. S.R.L.의 운명이야 당장 어떻게 되든 그로서는 상관없었다. 유일한 문제는, 게오르기가 어느 정도로 진실을 얘기했는가 하는 것이었다. 그가 완전히 거짓말을 하지 않은 이상 앞으로 소련을 지금까지와 같이 생각하는 것은 불가능했다. 모든 것을 다시 검토해야만 했다. 뒤브뢰유는 다시 생각해볼 마음도 없이 회의주의로 도피하고, 사마젤은 공산주의자들을 치기 위해 이 기회를 이용하려고만 들었다. 앙리로서는 공산주의자들과 단절할 생각이 조금도 없었지만, 더 이상 스스로를 속이고 싶지도 않았다. 그는 일어섰다. "문제는 게오르기가 말한 것이 사실이냐 아니냐입니다. 그게 전부죠. 그때까지는 허공에 대고 얘기하는 거나 마찬가지일 겁니다."

"나도 같은 의견일세." 뒤브뢰유가 말했다.

앙리는 랑베르와 사마젤과 함께 나왔다. 문이 닫히자마자 랑베르가 투덜거렸다. "뒤브뢰유가 포섭되었다는 소문이 사실이군요! 이 사건을 덮고 싶어 하잖아요. 하지만 이번만큼은 안 될 겁니다."

"안타깝게도 위원회는 늘 그분 의견을 따르지." 사마젤이 말했다. "사실상 S.R.L.은 곧 뒤브뢰유란 말이야."

"하지만《레스푸아》가 S.R.L.의 의견에 따를 필요는 없죠!" 랑베르가 말했다.

사마젤이 미소를 지었다. "아, 지금 제기된 내용은 정말 중차대한 문제인데!" 그는 깊이 생각하는 듯한 투로 덧붙였다. "물론, 우리가 즉시 발표하기로 결정하면 아무도 막을 수 없겠지!"

앙리는 놀라서 그를 쳐다보았다. "《레스푸아》와 S.R.L.의 결별을 염두에 두는 겁니까? 당신, 제정신이에요?"

"이런 식으로 가면 두 달 뒤에는 더 이상 S.R.L.도 없을 거예요." 사마젤이 말했다. "난《레스푸아》가 살아남길 바라는 겁니다."

그는 만면에 미소를 지으며 멀어져갔다. 앙리는 강둑 난간에 팔꿈치를 괴었다.

"사마젤이 무슨 짓을 꾸미고 있는지 궁금하군!"

"《레스푸아》가 다시 자유로운 신문이 되길 바란다면, 사마젤의 생각이 당연히 옳습니다!" 랑베르가 말했다. "거기서 노예제를 다시 만든다면, 여기서는 사람들을 죽이죠! 그래서 우리가 항의하지 않기를 원하는 거예요!"

앙리는 랑베르를 쳐다보았다. "사마젤이 조금 전에 얘기한 결별을 제안하는 경우, 자네 나와의 약속을 잊지 말게. 어떤 경우든 날 지지하겠다던 약속 말이야."

"좋아요." 랑베르가 말했다. "다만 미리 말씀드리죠. 만약 뒤브뢰유가 이 사건을 덮으려고 고집한다면, 전 신문사를 떠날 겁니다. 제 지분을 다시 팔겠어요."

"이봐, 사실이 확인될 때까지는 어떤 결정도 할 수 없어."

"사실이 확인되었다는 건 누가 결정합니까?"

"위원회지."

"다시 말해 뒤브뢰유란 말씀이군요. 만약 그의 입장이 이미 정해져 있다면, 아마 사실을 인정하지 않을 겁니다!"

"증거도 없이 인정하는 것도 입장을 미리 정하는 셈 아닌가?" 앙리가 약간 비난조로 물었다.

"게오르기가 이 모든 걸 지어냈다고 말씀하실 수는 없겠죠! 모든 서류가 가짜라고 할 수는 없을 겁니다!" 랑베르는 불같이 화를 내더니 곧 의심의 눈으로 앙리를 응시했다. "선생님은 당연히 찬성하시죠? 만약 이게 사실이라면 당연히 발표해야만 한다는 것 말입니다."

"그래." 앙리는 대답했다.

"그러면 됐어요. 최대한 빨리 독일로 출발하죠. 그리고 맹세컨대, 거기서 시간 낭비는 않을 겁니다." 그는 미소를 지었다. "자, 어디로 모셔다 드릴까요?"

"아니, 고맙지만 괜찮아. 좀 걷고 싶군." 앙리가 말했다.

폴의 집에서 저녁을 먹기로 한 터였다. 하지만 그는 서두르지 않았다. 앙리는 좁은 보폭으로 걷기 시작했다. 진실을 말하는 것. 지금까지는 별다른 문제가 없었다. 조금 전 그는 망설임 없이 랑베르에게 그러겠다고 말했다. 거의 반사적인 대답이었다. 하지만 사실 무엇을 믿어야 하는지, 무엇을 해야 하는지도 앙리는 알지 못했다. 아무것도 알 수 없었다. 머리를 크게 얻어맞은 듯 아직도 얼떨떨한 기분이었다. 물론 게오르기가 전부 지어냈을 리는 없다. 어쩌면 그 모든 게 진실일지도 몰랐다. 1500만 명의 노동자들이 인간 이하의 상태로 머물고 있는 수용소들. 하지만 이 수용소들 덕분에 나치가 패배했고, 위대한 나라가 건설되었다. 중국과 인도에서 굶주림으로 죽어가는 수억의 비참한 사람들에게 남은 유일한 기회, 비인간적인 조건에 예속된 수백만 노동자들의 유일한 기회, 우리의 유일한 기회가 소련에서 현실화되었던 것이다. '우리는 그런 기회를 놓치게 되는 걸까?' 그는 두려움을 느끼며 자문했다. 그리고 자신이 이를 결코 진지하게 문제 삼은 적이 없었음을 깨달았다. 소련의 결점과 권력 남용에 대해서는 알고 있었다. 그래도 언젠가 정의와 자유가 더불어 조화하는 진정한 사회주의가 결국 소련에서 승리할 것이며, 소련에 의해 승리할 것이라고 그는 믿어왔다. 만약 오늘 저녁 이 확신을 잃는다면, 미래는 완전히 어둠 속에 잠길 것이다. 다른 어디에서도 희망의 신기루조차 찾아볼 수 없을 테니까. '내가 회의로 도피하는 게 바로 그 때문일까?' 앙리는 자문했다. '약간의 믿음을 갖고 지표로 삼을 만한 곳이 지상에 한 군데도 없으면 더 이상 숨 쉬고 살아갈 수 없기 때문에 명백한 사실을 비겁하게 거부하고 있는 건가? 아니,

어쩌면 그 반대로 끔찍한 모습들을 묵인하고 받아들이면서 스스로를 속이고 있는 건지도 몰라. 공산주의에 가담할 수 없으니 아예 철저하게 싫어하면서 그걸 위안 삼고 있는지도 모르지. 전적으로 찬성하거나 반대할 수 있다면 얼마나 좋을까! 하지만 공산당에 반대하려면, 그걸 대신할 다른 가능성을 사람들에게 제시해야만 해. 혁명이 소련에 의해 이루어지든지, 아니면 영영 이뤄지지 못하리라는 것은 너무나 당연하다. 하지만 그로써 한 억압 체제가 다른 억압 체제로 바뀌는 것에 불과하다면, 그들이 노예제도를 다시 만든 것이라면, 어떻게 소련에 대한 아주 작은 호의라도 간직할 수 있을까? 아마도 악은 어디에나 있는 것인지도 몰라…….' 앙리는 세벤의 산장에서 보낸 밤을 떠올렸다. 그때, 그는 순수한 기쁨 속에서 기분 좋게 잠이 들었다. 만약 어디에나 악이 있다면, 순수함이란 존재할 수 없어. 뭘 하든 간에 잘못을 저지르게 될 것이다. 부분에 지나지 않는 진실을 폭로하는 것 역시 잘못을 저지르는 셈이야. 부분이라 해도 진실을 감춘다면, 그 또한 잘못을 저지르는 셈이지. 그는 강둑으로 내려 갔다. 만약 어디에나 악이 있다면, 인류를 위한 출구도 나 자신을 위한 출구도 없을 것이다. 그렇게까지 생각해야만 하는 걸까? 그는 앉아서 얼빠진 듯 흐르는 강물을 바라보았다.

레 망다랭 1

초판 1쇄 발행 · 2020년 8월 25일

지은이 · 시몬 드 보부아르
옮긴이 · 이송이
펴낸이 · 조미현

책임편집 · 박이랑
교정교열 · 홍상희
디자인 · 나윤영

펴낸곳 · (주)현암사
등록 · 1951년 12월 24일 (제10-126호)
주소 · 04029 서울시 마포구 동교로12안길 35
전화 · 02-365-5051 팩스 · 02-313-2729
전자우편 · editor@hyeonamsa.com
홈페이지 · www.hyeonamsa.com

ISBN 978-89-323-2078-6 (04860)
ISBN 978-89-323-2077-9 (세트)

이 도서의 국립중앙도서관 출판예정도서목록(CIP)은 서지정보유통지원시스템 홈페이지
(http://seoji.nl.go.kr)와 국가자료공동목록시스템(http://www.nl.go.kr/kolisnet)에서
이용하실 수 있습니다.(CIP제어번호 CIP2020030633)